Jens Johler

# Kritik der mörderischen Vernunft

Thriller

Ullstein

Besuchen Sie uns im Internet:
www.ullstein-taschenbuch.de

Umwelthinweis:
Dieses Buch wurde auf chlor- und säurefreiem Papier gedruckt.

Originalausgabe im Ullstein Taschenbuch
1. Auflage Februar 2009
3. Auflage 2009

Umschlaggestaltung: Sabine Wimmer, Berlin
Titelabbildung: © getty images/Tim Flach
Satz: LVD GmbH, Berlin
Gesetzt aus der Sabon
Druck und Bindearbeiten: CPI – Ebner & Spiegel, Ulm
Printed in Germany
ISBN 978-3-548-26954-2

Aber Fiona glaubte damals wie auch jetzt noch,
dass jede Gesellschaft die Verbrecher bekam,
die sie verdiente.

*Val McDermid, Die Erfinder des Todes*

Ein kaltblütiger Mörder hat eben das Pech, eine so
niedrige Tötungsschwelle zu haben.

*Professor Wolf Singer, Hirnforscher*

Wo aber Bestimmung nach Naturgesetzen aufhört,
da hört auch alle Erklärung auf, und es bleibt nichts
übrig als Verteidigung, d. i. Abtreibung der Einwürfe
derer, die tiefer in das Wesen der Dinge geschaut zu
haben vorgeben und darum die Freiheit dreist für
unmöglich erklären.

*Immanuel Kant,*
*Grundlegung zur Metaphysik der Sitten*

# I

Er trippelte mit kleinen, schnellen Schritten auf die Wand zu, stieß mit dem Kopf dagegen, hörte aber nicht auf zu laufen, seine Beine trippelten weiter, ohne dass er von der Stelle kam. Dann, endlich, kamen sie zur Ruhe. Er stand einen Augenblick still, drehte sich dann ruckartig um neunzig Grad nach rechts. Er sah auf seine Füße. Sah, wie sie ihn noch einmal um exakt neunzig Grad drehten und anschließend in die Richtung trippelten, aus der er gekommen war. Er befand sich jetzt auf dem Trottoir einer belebten Straße. Passanten wichen ihm aus, blieben stehen, machten große Augen, schüttelten die Köpfe. Er schämte sich, so viel Aufsehen zu erregen. Kinder liefen hinter ihm her, flitzten seitlich an ihm vorbei, zeigten auf ihn und kicherten mit hohen Stimmen. Er wollte fliehen, fing aber an, im Kreis zu laufen, schneller, immer schneller, mit diesen kleinen atemlosen Schritten. Wie aufgezogen und abgespult. Es war beängstigend. Vor einer Schaufensterscheibe blieb er stehen. Er sah sein Bild im Spiegel. Was war das da auf seinem Kopf? Erneut drehte er sich ruckartig in zwei Etappen um. Seine Beine führten ihn jetzt direkt auf die Straße, mitten zwischen all die fahrenden Autos. Er wich ihnen nicht aus, sie wichen ihm aus. Er trippelte weiter auf die andere Straßenseite zu, ohne sein Tempo zu drosseln oder zu beschleunigen. Das kann nicht gutgehen, dachte er, als ein Lastwagen direkt auf ihn zuraste. Sein Kopf drehte sich nach rechts. Auf die Kühlerhaube zu. Nur noch Zentimeter, dachte er und schlug die Augen auf.

Troller starrte auf den Schatten des Fensterkreuzes an der Decke. Sein Herz klopfte. Er spürte den Schweiß auf seiner Stirn. Seine Beine schmerzten vom vielen Trippeln.

Er tastete mit der Hand nach rechts. Wo war Jane? Ein Schreck durchzuckte ihn, dann fiel es ihm ein. Jane war in London. Dies war nicht ihre Wohnung, es war seine. Er lauschte auf das hohe, sirrende Geräusch, das von den Heizungsrohren kam.

*Ich muss die E-Mails checken.*

Mit einem Ruck richtete er sich im Bett auf. Ein stechender Schmerz fuhr durch seinen Kopf. Er hielt sich mit der linken Hand die Stirn, während er auf die Uhr schaute. Es war kurz nach halb vier.

Ich muss die E-Mails checken, dachte er wieder.

Es war vollkommen unsinnig, er konnte es genauso gut am Morgen machen, aber die Idee saß fest.

Er stand auf, zog sich den Bademantel an, ging hinüber ins Arbeitszimmer und drückte auf die Power-Taste des Computers. Dann machte er sich auf den Weg ins Bad. Als er wieder herauskam, hielt er eine Schlaftablette und eine Doppelpackung Aspirin mit C in der Hand.

In der Küche nahm er ein Glas aus dem Regal, füllte es mit Wasser, riss die Aspirinpackung auf und ließ zwei Brausetabletten ins Glas gleiten. Während sie sich auflösten, dachte er an das Telefongespräch, das er gestern Abend geführt hatte. Es ging eigentlich nur um die Verabredung am kommenden Samstag. Sein Freund Hans-Otto Mertens wurde fünfzig und gab ein großes Fest, auf dem ihre alte Band aus der Schülerzeit noch einmal auftreten sollte. Sie hatten erst über die Songs geredet, die sie spielen wollten, und dann noch ein bisschen übers Älterwerden und darüber, dass Troller ja in diesem Jahr auch fünfzig wurde, und auf einmal war alles aus ihm herausgebrochen, er wusste selbst nicht, warum: dass er es leid war, dass er es satt hatte, das ganze Leben, die ewige

Wiederkehr des Gleichen und vor allem die totale Wirkungslosigkeit. Natürlich war es undankbar, so zu reden, er hatte einen Job, um den ihn neunzig Prozent seiner Kollegen beneideten, er hatte eine Freundin, um die ihn neunzig Prozent der Männer beneideten, er hatte eine Tochter, die er liebte, auch wenn er sie zu selten sah, er verdiente gut, er war sogar gesund, was wollte er mehr? Er war undankbar, aber wem gegenüber? Dem Schicksal? Warum hatte ihm das Schicksal nicht ein anderes Leben zugewürfelt? Eines, in dem er etwas bewirken konnte. Eines, in dem er sich nicht so nutzlos fühlte. Denn das war er: nutzlos. Er schrieb bedeutende Artikel, aber was bedeutete das schon? Sie verpufften. Wie alles, was für den Pressemarkt geschrieben wurde. »Ich sage ja nicht, dass ich keinen Erfolg habe«, hatte er wörtlich gesagt, »ich *habe* Erfolg, die Kollegen klopfen mir auf die Schulter und sagen: interessant, hochinteressant, ich werde auch zu Diskussionsveranstaltungen eingeladen, man braucht ja Meinungsvielfalt, sonst wird's langweilig, und ich bin eben die Kassandra vom Dienst, der Moralist, der Mann, der durch die Gegend läuft und Warnungen ausstößt, vor der Stammzellenforschung, vor der PID, vor dem Klonen, vor dem Eingriff in die Gehirne, vor der Gedankenkontrolle. Ich bin der Exot, der Rufer in der Wüste. Die anderen verstehen nicht, warum ich mich über Dinge aufrege, die sie für banal und ungefährlich halten, und ich verstehe nicht, warum kein Mensch sich darüber aufregt.«

»Aber die Leute lesen doch Woche für Woche deine Artikel«, hatte Hans-Otto eingewendet, um das Gespräch dann schnell wieder auf den kommenden Samstag und den Auftritt der Band zu lenken, und Troller hatte nicht weiter insistiert. Es war auch sinnlos, mit Hans-Otto darüber zu reden.

Die Aspirin hatten sich aufgelöst. Er legte die Schlaftablette auf seine Zunge, spülte sie mit dem sprudelnden Zeug herunter und ging zurück ins Arbeitszimmer.

Auf dem Schreibtisch neben dem PC lagen stapelweise Bücher mit Titeln wie: *Descartes' Irrtum*, *Wie kommt die Welt in den Kopf?*, *Mind Time – Wie das Gehirn Bewusstsein produziert*, *Der menschliche Geist* oder *Das Ende des Menschen*. Bücher, mit deren Hilfe er wiederum ein neues Buch schreiben wollte.

Sinnlos.

Windows XP war inzwischen hochgefahren. Troller öffnete das Outlook und klickte auf Senden/Empfangen. Das Pop-up-Fenster seines Virenschutzprogramms öffnete sich und zeigte an, dass eine E-Mail angekommen war.

Troller sah die Anführungsstriche in der Absenderzeile und war drauf und dran, die Mail ungelesen zu löschen. Spam, dachte er. Die Verfasser von Spam-Mails hatten eine ausgeprägte Neigung, ihre phantasievoll erfundenen Namen mit Anführungsstrichen zu versehen. Der Absender dieser Mail nannte sich »Kant«. Das war bestimmt nicht sein richtiger Name, aber er weckte Trollers Neugier. Eine Mail mit dem Absender »Kant« schickt man nicht so einfach in den Papierkorb, nicht wenn man Journalist ist und sich mit Wissenschaft und Philosophie beschäftigt.

Wer war »Kant«? Wer Kant ohne Anführungsstriche war, wusste Troller natürlich, aber »Kant«? Selbst wenn es sich um Spam handelte – war es nicht komisch, den Namen des Philosophen der Aufklärung als Absender zu wählen, um damit Prozac, Viagra, Cialis oder die neueste Methode zur Penisverlängerung anzupreisen? Oder wollte »Kant« Bücher verkaufen? Oder philosophische Computerspiele? Die Schlacht zwischen Nominalisten und Realisten?

Aber niemand, der Computerspiele verkaufte, würde als Betreff das Wort *Prolegomena* eingeben.

Troller schwankte zwischen Neugier und Angst vor einem Virus, der seine Festplatte infizieren und zum Absturz bringen könnte. Schließlich siegte die Neugier.

Die Mail bestand aus einem einzigen Satz:

*Ich werde in dieser Nacht mit unserer praktischen Kritik beginnen, Troller. – Kant*

Diesmal ohne Anführungsstriche.

*Ich werde in dieser Nacht …?*

Wer war dieser Kant? Und was meinte er mit »unserer praktischen Kritik«? Wer waren »wir«? Kant und ein anderer oder eine ganze Gruppe? Oder Kant und – er, Troller? Wie kam dieser Kerl dazu, ihm eine derart vertrauliche, ja verschwörerisch klingende Mail zu schicken?

Merkwürdig.

Es gab die drei berühmten Kritiken von Immanuel Kant: die *Kritik der reinen Vernunft*, die *Kritik der praktischen Vernunft* und die *Kritik der Urteilskraft*, wobei man als sein Hauptwerk immer die *Kritik der reinen Vernunft* aus dem Jahre 1781 bezeichnete, in der Kant dem menschlichen Verstand seine Grenzen aufzeigt. In der *Kritik der praktischen Vernunft* dagegen ging es um die Frage der Ethik. Alle drei Kritiken waren Bücher, philosophische Schriften – aber mit »praktischer Kritik« war normalerweise etwas anderes gemeint. Praktische Kritik, das hieß im Jargon der Revolutionäre des neunzehnten Jahrhunderts und auch später noch: Jetzt wird auf den Putz gehauen, jetzt bringen wir die Verhältnisse zum Tanzen, jetzt wird nicht mehr geredet, jetzt wird gehandelt!

Was, zum Teufel, sollte es also bedeuten, dass jemand, der sich Kant nannte, *in dieser Nacht* mit irgendeiner praktischen Kritik begann?

Kryptisch, dachte Troller, äußerst kryptisch – und wenn er etwas hasste, dann war es Geheimnistuerei. Es gab genug Rätsel auf dieser Welt, da musste man nicht noch zusätzlich Verwirrung stiften.

*Ich werde heute Nacht mit unserer praktischen Kritik …*

Die Schlaftablette begann zu wirken.

Troller fuhr den Computer herunter und ging zurück ins Bett.

Ich werde heute Nacht, nein morgen, Jane anrufen, dachte er im Dämmerzustand, und sie fragen, ob wir mit der Kritik der praktischen Vernunft …

Er schreckte aus dem Halbschlaf auf, legte sich auf die andere Seite – und schlief ein.

## 2

Das Wasser prasselte belebend auf ihren Kopf, rann über ihr Gesicht, das sie ihm mit leicht geöffnetem Mund entgegenhielt, und sprudelte energisch über Schultern, Brüste, Bauch und Beine. Es schmeckte nach Chlor, aber das war nun einmal so in großen Städten, zu Hause in Berlin nicht, aber dafür in New York, Boston, L. A. oder San Francisco, und hier in London auch. Immerhin bereiteten sie den Kaffee nicht mit gechlortem Wasser zu, nicht hier im Méridien am Piccadilly, nur einen Steinwurf entfernt vom Piccadilly Circus.

Das Méridien war ein Fünfsternehotel mit einer großzügigen Bade- und Saunalandschaft, einem recht ordentlichen Schwimmbad und einem Fitnessraum, in dem Jane gerade eine Stunde trainiert hatte. Jetzt freute sie sich auf das Frühstück. Sie hatte noch viel Zeit, bevor sie los musste ins Gericht. Es war der Tag der Urteilsverkündung über Frederick McKinnock, den Mann, den sie den *Erlöser* nannten.

Der Erlöser – niemand wusste, wer ihn zuerst so genannt hatte, die Presse, der Volksmund, er sich selbst? – war wegen Mordes in siebenunddreißig Fällen angeklagt, allesamt an schwerkranken, meist alten Menschen, die todgeweiht waren und sich nur noch von Tag zu Tag, von Minute zu Minute ihrem Ende entgegenquälten. Er hatte die unterschiedlichsten Methoden angewandt, um diese Menschen von ihren Qualen zu erlösen, wie er es selbst nannte. Es sei ihm nicht um Euthanasie gegangen, er habe nicht »unwertes

Leben« beseitigen wollen, er habe nur an die Menschen gedacht. Er habe gesehen, wie sie sich quälten, wie sie den Tod herbeisehnten, und habe es nicht mehr mit ansehen können. So umstritten und heftig diskutiert seine Taten auch waren – dass es ihm nicht um Eigennutz oder persönliche Bereicherung gegangen war, schien niemand zu bestreiten.

Jane war während des drei Monate dauernden Prozesses einige Male in London gewesen, hatte mit Kollegen, Anwälten, Ärzten oder Leuten auf der Straße gesprochen und versucht, etwas von der erregten Stimmung und der hitzigen Diskussion über Sterbehilfe, Euthanasie, Apparatemedizin, lebensverlängernde Maßnahmen, humanes Sterben und so weiter nach Deutschland zu berichten, wo die Taten des Erlösers eine noch heftigere Debatte ausgelöst hatten als in England, weil in Deutschland die Erinnerung an die Euthanasieprogramme der Nazis immer noch lebendig war. Das hatte man auch an dem harten Urteil gegen den Krankenpfleger von Sonthofen gesehen, der an die dreißig Patienten getötet hatte, aus Mitleid und Überforderung, wie es hieß. Eine Kollegin, die Jane eigentlich sehr schätzte, hatte damals geschrieben, der Fehler läge darin, dass ein ungeschulter und schlechtbezahlter Pfleger mit solchen Fällen betraut gewesen sei, der Mann sei überfordert gewesen, ihm hätte es an Professionalität gefehlt. Aber was hieß Professionalität? Ein Arzt war in dem Prozess als Zeuge aufgetreten und hatte zu Protokoll gegeben, seine auf 47 Kilo herabgemagerte Krebspatientin hätte mit künstlicher Ernährung durchaus noch eine oder sogar zwei Wochen am Leben gehalten werden können. War das Professionalität?

Jane schob den Hebel des Wasserhahns zurück, verließ die Duschkabine und trocknete sich mit dem flauschigen weißen Handtuch ab. Die Uhr, die in den Waschtisch eingebaut war, zeigte 7.43 a. m. Die Urteilsverkündung war für 10.30 Uhr angesetzt. Von hier bis zum Old Bailey brauchte das Taxi kaum mehr als eine Viertelstunde. Sie hatte also unendlich viel Zeit für das grandiose Frühstück, auf das sie sich schon freute, und auch dafür, ihre Aufzeichnungen noch mal durchzugehen, damit sie alles im Kopf hatte, wenn sie sich gleich nach dem Urteilsspruch ans Notebook setzen und ihren Artikel schreiben würde.

Sie begann, ihre Haare zu föhnen, und überlegte dabei, ob sie Troller anrufen und ihn fragen sollte, ob er mit seinem Artikel über den Quantencomputer rechtzeitig fertig geworden war. Aber natürlich war er fertig geworden, sie kannte ihn gut genug. Es war nur möglich, dass er unzufrieden war. Das war sogar wahrscheinlich. Er war fast immer unzufrieden und glaubte, dass er es noch besser hätte machen können. Er gehörte nun einmal nicht zu den Kollegen, die jeden Satz, den sie geschrieben hatten, selbstverliebt bejubelten. Das waren ohne Zweifel die glücklicheren Naturen als die bis ins Pedantische hinein selbstkritischen, und das Gemeine daran war: Man konnte sich nicht einmal damit trösten, dass sie schlechtere Journalisten waren. Es war weder ein Zeichen von guter noch von schlechter Qualität, wenn jemand mit sich selbst zufrieden war, und ebenso wenig, wenn er es nicht war. Es hatte nur etwas mit seinem Temperament zu tun, mit seiner genetischen Grundausstattung, seinem Endorphinhaushalt oder seiner familiären Konditionierung. Die Unglücklichen neigten dazu, sich für ernsthafter, tiefer, seelenvoller, gründlicher oder was auch immer zu halten, damit sie wenigstens eine Kompensation für ihre Selbstquälerei bekamen, aber die Wahrheit war: Es gab einfach glücklichere und unglücklichere Naturen. Und Troller gehörte nun einmal nicht zu den glücklichen. Was wiederum nicht hieß, dass er ständig deprimiert war, das nicht, das hätte sie auch nicht ertragen. Er gehörte nur zu den Geistern, die, wenn sie ein Problem gelöst hatten, nicht vor Freude in die Hände klatschten, sondern gleich schon wieder das nächste sahen.

Sie selbst war unkomplizierter. Sie wusste, was sie konnte, und war im Großen und Ganzen damit zufrieden.

Als sie den Föhn ausstellte, hörte sie, wie ihr Handy die ersten Takte von Mozarts kleiner Nachtmusik dudelte. Dam-dadam-dadamdadamdadaaaa. Sie schaute auf das Display, klappte das Handy auf und fragte: »Schon wach?«

»Das wollte ich dich auch gerade fragen.«

»Eine Stunde Fitness, eine Dusche, einmal Haare föhnen – und gleich ein gutes Frühstück. Ich konnte sowieso nicht länger schlafen. Bin viel zu gespannt darauf, wie das Urteil ausfällt.«

»Das weiß man doch. Der Erlöser wird ans Kreuz geschlagen.«

»Wird er, aber wofür? Für Mord in siebenunddreißig Fällen? Oder nur für Totschlag? Oder nur für Beihilfe zum Selbstmord? Die Richter müssen jeden Fall gesondert bewerten, und ich verspreche dir, das wird noch einmal richtig spannend. Davon gehen unter Umständen Signale für die Gesellschaft aus, deren Konsequenzen wir noch gar nicht absehen können.«

»Schon möglich.« Troller klang abwesend, so, als müsste er sich Mühe geben, ihr zuzuhören. Das war normalerweise gar nicht seine Art. Er interessierte sich immer für ihre Arbeit, mehr als sie sich für seine. Sie hatte einfach nicht immer Lust dazu, sich auf seine speziellen wissenschaftlichen Fragen einzulassen.

»Was ist los mit dir?«, fragte sie. »Ist was passiert?«

»Ich weiß nicht. Vielleicht.«

»Willst du's mir erzählen?«

»Ich will dich nicht vom Frühstück abhalten. Und du hast einen schweren Tag vor dir, ich nehme an, du willst auch deine Unterlagen noch mal durchgehen und …«

»Ich liebe es, wenn du so rücksichtsvoll bist, Troller. Aber Altruismus ertrage ich nur in Kombination mit einem gesunden Egoismus. Sonst kriege ich Herzbeklemmung vor lauter schlechtem Gewissen. Also, was ist passiert?«

»Ich weiß wirklich nicht. Vielleicht war es nur ein schlechter Scherz.«

»Hör zu, Troller«, sagte sie, »du musst dich entscheiden. Entweder du hast mir etwas zu erzählen oder eben nicht.«

»Okay«, sagte er, »entschuldige. Wir können ja später noch mal telefonieren. Geh erst mal frühstücken.«

Und damit legte er auf.

Zurück blieb ein ungutes Gefühl. Das hatte er immerhin geschafft. Oder lag es an ihr? War sie zu ungeduldig gewesen? Wer hatte jetzt den Schwarzen Peter, er oder sie?

Sie begann sich anzuziehen: Slip, BH, Strümpfe, Bluse, Rock, Kostümjacke. Sie hätte auch ihre Jeans anziehen können, aber für den Tag der Urteilsverkündung passte, fand sie, das Jil-Sander-Kostüm besser als die schlichten Jeans. Während sie ihre Haare noch einmal durchkämmte, lächelte sie sich aufmunternd zu. Als das ungute Gefühl dennoch nicht verschwand, nahm sie ihr Handy und wählte Trollers Nummer. Er hob sofort ab.

»Erzähl's mir«, sagte sie. »Fang einfach an.«

Es war eine merkwürdige Geschichte, die Troller ihr erzählte. Von einer E-Mail, die er in der Nacht abgerufen hatte, von einem unbekannten Absender, der sich Kant nannte und in seiner Nachricht den Beginn einer praktischen Kritik ankündigte, was immer das bedeuten sollte. Und von einer zweiten Mail, die heute Morgen gekommen war, mit demselben Absender und dem Betreff: *Prolegomena § 1.*

»Und was steht drin?«, fragte Jane ungeduldig, weil Troller die Informationen mal wieder nur portionsweise herausrückte.

»In der Mail steht: ›*Ich habe in Professor Ritters Hirn nach Spiegelzellen gesucht. Befund negativ. – Kant.*‹«

Professor Ritter war, das wusste sogar Jane, eine Koryphäe auf dem Gebiet der Hirnforschung.

»Und was ist von der Sache zu halten? Klingt eher nach einem schlechten Scherz, oder? Ich meine, wie kann jemand im Hirn des Professors nach Spiegelzellen suchen, das ist doch absurd.«

»Es sei denn, er bohrt ihm den Schädel auf.«

»Wie bitte?«

»Der Witz ist, dass der Professor es selber macht. Mit Affen.«

»Und du meinst ...«, sie bekam auf einmal ein mulmiges Gefühl in der Magengegend.

»Das ist es ja, Jane. Ich weiß nicht, was ich meine. Es kommt mir nur unheimlich vor. Ich meine, wenn ich es ernst nehme, dann ...«

»Okay, fang an zu recherchieren.«

»Hab ich schon. Ich hab ins Internet geschaut, auf den Nachrichtenticker – nichts.«

»Hast du angerufen?«

»Wo?«

»In seinem Institut. Bei ihm zu Hause. Bei seinen Kollegen.«

»Nein.«

»Warum nicht?«

»Ich weiß nicht.«

»Hast du Angst?«

»Wovor?«

»Davor, dass es nicht nur ein schlechter Scherz ist.«

»Ich meine, ich kannte – ich kenne ihn«, korrigierte er sich, »und wenn ich mir vorstelle, dass jemand ihn vielleicht gefesselt hat und mit einem Bohrer ...« Er atmete tief durch und sprach nicht weiter.

»Du musst herausfinden, was passiert ist, Troller.«

»Ja, ich weiß.«

»Dann fang an. Und zwar sofort.«

Er sagte nichts mehr dazu. Er fragte nur: »Wann kommst du zurück?«

»Morgen. Ich will mich nach der Urteilsverkündung sofort ans Notebook setzen und schreiben. Das kann ich im Hotelzimmer besser als auf dem Flughafen und im Flugzeug.«

»Von mir aus könntest du heute schon kommen«, sagte er. »Aber ich freue mich auch, wenn du morgen kommst.«

»Ich mich auch, Troller. Mach's gut.«

Sie hätte ihm jetzt gern geholfen. Diese Art von Recherche lag ihm nicht. Er war ein hervorragender Wissenschaftsjournalist, er führte und schrieb gute Interviews, wusste eine Menge über Wissenschaft und Philosophie, aber ein Spürhund war er nicht. Sie selbst war Polizei- und Gerichtsreporterin, sie hatte ein großes Vergnügen an investigativen Aufgaben, ihr machte es nicht einmal etwas aus, sich unter falschem Namen Zugang zu Ämtern oder Privatpersonen zu verschaffen, wenn es die Recherche erforderte, aber für Troller war so etwas undenkbar. Er bewunderte sie dafür, jedenfalls sagte er das immer wieder, sogar ein bisschen zu oft. Umgekehrt bewunderte sie ihn für sein umfangreiches Wissen und seine Fähigkeit, komplizierte und abstrakte Zusammenhänge nicht nur zu verstehen, sondern auch Leuten zu erklären, die keinen Schimmer davon hatten.

*Pass auf dich auf, Troller.*

Nach allem, was er erzählt hatte, glaubte sie nicht eine Sekunde daran, dass es sich bei diesen E-Mails nur um einen folgenlosen Scherz handelte. Im Gegenteil. Da hatte jemand einen sehr genau durchdachten Plan, und was sie am meisten beunruhigte, war der Gedanke, dass Troller ein Teil dieses Plans war.

# 3

Die Wirklichkeit ist nicht einfach so da und hat dich im Griff oder du sie. Sie gleicht oft einem Traum, der sich erst nach und nach zur Realität verfestigt wie Lavaschaum zu Bimsstein oder wie ein Schiff im Nebel, von dem du anfangs nur das dumpfe Tuten des Horns wahrnimmst, bevor die ersten schwachen Konturen sichtbar werden, die Positionslichter, das Steuerhaus, die Masten, der Bug. Aber ganz sicher, dass es kein Spuk ist, bist du erst, wenn das Schiff am Quai angelegt hat und du es betreten kannst.

Troller wählte die Nummer von Professor Ritters Sekretariat. Normalerweise hätte sich Ritters Sekretärin gemeldet, und zwar mit einem routiniert aufgesagten: »Institute for Applied Neurophysics, Sekretariat Professor Ritter, mein Name ist Traudel Müller, was kann ich für Sie tun?« Stattdessen hörte Troller eine Männerstimme, die nichts weiter sagte als: »Ja, bitte?«

»Professor Ritter?«

»Nein«, sagte der Mann, »hier ist das Sekretariat. Mein Name ist Leoni. Was kann ich für Sie tun?«

»Ich würde gern den Professor sprechen.«

»Das ist«, sagte der Mann und machte eine kleine Pause, »im Augenblick leider nicht möglich. Kann ich etwas ausrichten?«

Was hieß das, *im Augenblick nicht*? Im nächsten Augenblick doch?

»Wann kann ich den Professor sprechen?«

Wieder entstand eine kleine Pause. Der Mann schien zu überlegen, was und wie er antworten sollte. Dann sagte er: »Das kann ich Ihnen leider nicht sagen. Am besten, Sie nennen mir Ihren Namen und Ihre Nummer, und wir rufen Sie zurück.«

»Wer ist ›wir‹?«

»Wenn Sie mir sagen, wer Sie sind, rufe ich Sie bestimmt zurück«, wiederholte der Mann.

*Nun, warum eigentlich nicht?*

Troller nannte seinen Namen.

»Und Ihre Telefonnummer bitte.«

»Die sehen Sie auf dem Display.«

»Sagen Sie sie einfach.«

Troller gehorchte.

»Danke«, sagte der Mann. »Wir rufen zurück.«

Troller legte den Hörer in die Halterung und stand einen Moment ratlos neben dem Schreibtisch, ganz still, bewegungslos, äußerlich wie innerlich. Nichts geschah. Gar nichts. Bis, einen kleinen Moment später, ein leiser Atemzug durch ihn hindurchging und er wusste, was zu tun war.

Er verliess die Avus an der Ausfahrt Wannsee und fuhr die endlos lange Königsstraße hinunter bis zur Glienicker Brücke, wo in früheren Zeiten die Agenten ausgetauscht wurden, Ost gegen West, Stasi gegen BND, KGB gegen CIA. Er passierte die Brücke und fuhr geradeaus weiter, vorbei an den nach der Wende eindrucksvoll renovierten Prachtvillen und am Schloss Cecilienhof, immer dem Schild Sanssouci folgend. Er sah zu seiner Linken das Schloss und zu seiner Rechten die Mühle des Müllers, der Friedrich dem Großen zu widersprechen gewagt hatte. Er folgte dem Straßenverlauf um den Park von Sanssouci herum, verließ Potsdam, kam durch einen kleinen Ort mit Namen Eiche und erreichte schließlich Golm. Ein Zweitausend-Seelen-Dorf. Kopfsteinpflaster. Eine Kirche. Eine Schule. Ein Hotel. Ein Restaurant mit dem humorvollen Namen Golmé, in dem Troller noch vor wenigen Tagen mit einem Physiker zusammen gegessen hatte, der behauptete, das Rätsel des Quantencomputers gelöst zu haben. Und am anderen Ende dann der sogenannte Wissenschaftspark – ein Areal gläserner Neubauten, das in den neunziger Jahren des letzten Jahrhunderts aus dem Boden gestampft worden war. Heute forschten hier rund tausend hochkarätige Naturwissenschaftler. Die Polymerforscher der Fraunhofer-Gesellschaft entwickelten umweltfreundliche Kunststoffverbindungen, die Physiker des Max-Planck-Instituts mit ihren Superrechnern betrieben Gravitationsforschung, die Chemiker am Institut für Kolloid- und Grenzflächenforschung erfanden intelligente Werkstoffe, und die Forscher am zuletzt gegründeten und in Windeseile hochgezogenen Institute for Applied Neurophysics versuchten, dem menschlichen Geist auf die Schliche zu kommen. Troller musste an den Philosophen Piet van Dijk denken, den er mal auf einer Konferenz im Schloss Neuhardenberg kennengelernt hatte, einen dicken Mann mit fettigen blonden Haaren, der aus seinen müden Augen überheblich auf die kleinen Geister herabblickte und dabei asthmatisch schnaufte. Piet van Dijk hatte die These vertreten, Menschen seien Wesen, die, wo auch immer sie lebten, Parks einrichteten, um darin zu leben, Stadtparks, Nationalparks, Kantonalparks, Ökoparks. Was in seiner Aufzählung noch gefehlt hatte, war der Wissenschaftspark. Aber was immer man sich bei dem Wort Wissenschaftspark gedacht haben mochte, ein Architekturerlebnispark war das nicht. Das Wort klang nach Vielfalt, die Realität war gläsern und monoton. Aber es kam ja auch mehr auf die Vielfalt in den Köpfen der Wissenschaftler an, die hier beschäftigt waren.

Als Troller aus dem Kreisverkehr herausfuhr und in die Straße zum Institut einbog, sah er die Polizeifahrzeuge mit blinkenden Blaulichtern und in einiger Entfernung vom Haupteingang des IfAN kleine Gruppen wartender Wissenschaftler und Studenten.

Troller spürte, wie seine Muskeln kalt wurden, kalt und schwach. Sein Herz stockte, seine Hände hatten Mühe, das Lenkrad festzuhalten. Er überlegte, ob er anhalten sollte, auf den Parkplatz des Instituts fahren und sich unter die Menge begeben, um zu fragen, was denn los sei, was passiert sei, aber er wusste es ja, wusste es besser als alle anderen, besser als die Polizei. Nun wollte er nur noch weg, zurück nach Hause oder in die Redaktion. Aber in der Redaktion war heute niemand, wenigstens niemand, mit dem er darüber sprechen konnte, und die Einzige, mit der er überhaupt darüber sprechen wollte, war in London und hatte genug mit dem Erlöser zu tun.

Er fuhr im Schritttempo am Parkplatz vorbei, gab vorsichtig Gas und atmete erleichtert auf, als er das Ende der Straße erreicht hatte und links in die Querstraße einbog, von der aus er das blaue Blinken nicht mehr sah, auch nicht im Rückspiegel. *Deutschlands Hirnforscher Nummer eins. Der Engländer aus Bayern. Das Bindungsproblem gelöst? Der Herr der Spiegelzellen! Ist Empathie ein moralisches oder ein neurologisches Konzept? Auf dem Weg zu einem wissenschaftlich begründeten Strafgesetzbuch.* – Troller fielen noch eine ganze Reihe weiterer Schlagzeilen ein, die seine Kollegen und auch er selbst über Ritters Arbeit geschrieben hatten. Ritter war derjenige, der die deutsche Hirnforschung auch international am prominentesten repräsentierte. Und nun?

Er kam jetzt wieder an den Kreisverkehr, an den er vorhin schon einmal aus der anderen Richtung gekommen war. Wenn er ihn halb umrundete und geradeaus weiterfuhr, dann war er wieder auf dem Rückweg.

Er umrundete ihn halb, fuhr weiter und nahm wieder Kurs auf das Institut.

Es war sozusagen seine Antwort auf die Frage: Was würde Jane an meiner Stelle tun? Jane hatte diese unbändige Neugier der Kriminalreporter, gepaart mit dem nötigen Mut. Seine eigene Neugier beschränkte sich in der Regel auf Philosophie und Wissenschaft. Aber hier gab es noch etwas anderes, etwas Dunkles, Bedrohliches. Etwas, das sofort einen Fluchtreflex bei ihm ausgelöst hatte, das aber nun, ohne dass er es wollte, einen immer stärkeren Sog entfaltete.

Er bog auf den Parkplatz ein, stellte seinen Wagen ab, stieg aus, verriegelte die Türen, gab sich innerlich einen Ruck und ging dann mit energischen Schritten auf das gläserne Gebäude zu.

Ob »Kant« jetzt auch hier war? Als Zuschauer unter den Wissenschaftlern und Studenten? Vielleicht selbst ein Wissenschaftler oder Student?

Troller widerstand der Versuchung, stehen zu bleiben und in der Menschengruppe nach dem Gesicht des Mannes zu fahnden. Er schaute nicht links, nicht rechts, sondern unbeirrt geradeaus und strebte mit geschäftigem Gang auf den Eingang zu, als gäbe es nicht den geringsten Zweifel daran, dass er ein Recht darauf hatte hineinzugehen. *Just pretend*. Janes Devise. So tun, als ob. Und es klappte sogar. Die beiden Uniformierten, an denen er vorbeikam, unterbrachen nicht mal ihr Gespräch. Er sprang die Stufen zum Eingang hinauf, öffnete die Glastür, eilte an der Pförtnerloge vorbei und war schon am Fuß der breiten Treppe, die in den ersten Stock hinaufführte.

»Momentchen mal eben!«

*Also doch*.

Er blieb stehen und schaute sich um. Einer der beiden Uniformierten, an denen er eben vorbeigeeilt war, ein schlaksiger Kerl mit einer Warze auf der Oberlippe, fragte mit strenger Miene und Stimme, wohin er wolle.

»Ich werde erwartet«, erwiderte Troller in einem Ton, als wäre damit alles gesagt.

»Von wem?«

»Ich habe vor einer halben Stunde mit Kommissar Leoni telefoniert.«

Das war die Wahrheit. Vorausgesetzt der Mann, mit dem er telefoniert hatte, war ein Kommissar.

»Und was wollen Sie jetzt von ihm?«

»Ich?«, fragte Troller empört. »Ich will gar nichts. Ich bin hergekommen, weil Herr Leoni mich darum gebeten hat.«

Es kam so überzeugend, dass er es beinahe selbst geglaubt hätte.

»Geben Sie mir bitte Ihren Namen, dann melde ich Sie an.«

Troller spürte, wie er weich wurde. Ein ganzer Chor in seinem Kopf fing an, ihn zu verunsichern. Du hast hier nichts zu suchen, flüsterten die Stimmen, was willst du dich hier hereinschleichen, du bist doch kein verdeckter Ermittler oder Undercover-Agent, du bist ein Wissenschaftsjournalist, und Wissenschaftsjournalisten spielen keine Indianerspiele, also geh einfach wieder raus, setz dich ins Auto und fahr nach Hause, es war sowieso eine Schnapsidee, hierherzukommen, du hast ihr auch nur nachgegeben, weil neuerdings das Bauchgefühl wieder in Mode ist.

Er hatte vor einer Weile ein Interview mit dem britischen Wissenschaftler Malcolm Gladwell geführt, der eine Lanze für das Unterbewusste brechen wollte. Das Unterbewusste sei, so behauptete Gladwell, der bessere Rechner. Der Verstand quäle sich mit viel zu vielen Informationen herum, das Unterbewusste dagegen treffe *aus dem Bauch* seine Wahl und liege damit meistens richtig. Daher die Devise: Folge der Stimme deines Bauches. Oder: Geh, wohin dein Bauch dich führt. Troller hasste das Wort *Bauchgefühl,* aber wenn man stattdessen von Intuition sprach, konnte er damit leben. Die größten Mathematiker und Physiker hatten davon berichtet, dass sie ihre genialen Gedanken der Intuition verdankten, und manchem war die alles entscheidende Idee sogar buchstäblich im Schlaf gekommen.

»Am besten, Sie geben mir Ihren Ausweis«, sagte der Polizist mit der Oberlippenwarze.

»Okay.« Troller zog die Brieftasche aus dem Inneren seiner Lederjacke. »Welchen wollen Sie. Personalausweis? Oder Dienstausweis?« Den Begriff Presseausweis vermied er vorsichtshalber.

»Herr Dr. Marquardt?« Die Stimme kam von oben, vom ersten Stock.

Troller drehte sich um und sah einen kleinen drahtigen Mann die Treppe herunterkommen. Er trug eine schwarze Bundfaltenhose, schwarze Schuhe, ein schwarzes Hemd und einen orangefarbenen Schlips. Sein Schädel war – bis auf ein paar Stoppeln – rasiert, sein Teint dunkel, sein Aussehen levantinisch. Der Mann streckte Troller die Hand entgegen und sagte: »Wir warten schon auf Sie.«

»Tut mir leid«, sagte Troller.

Wird schon schiefgehen, dachte er.

»Leoni«, sagte der andere.

»Angenehm.«

»Schön, dass Sie da sind«, fuhr Leoni fort, während er die Treppe wieder hinaufeilte und Troller dabei ein Zeichen gab, ihm zu folgen. »Ich hab Sie schon vom Fenster aus gesehen, aber es sind ja wirklich ewig lange Gänge, die man hier zu laufen hat. Haben Sie es gleich gefunden?«

»Ja«, sagte Troller. »Kein Problem.«

»Na ja, ich dachte, für jemand, der in dieser Gegend fremd ist ..., aber Sie haben wahrscheinlich einen Navigator im Auto, stimmt's?«

Troller nickte. Er hatte einen Navigator.

Leoni wandte sich, als sie oben angekommen waren, nach links in einen hellen, geräumigen Flur hinein, der mit graublauem Teppichboden ausgelegt war.

Troller folgte ihm und versuchte Schritt zu halten.

»Wir wissen natürlich auch, dass es absolut ungewöhnlich ist, bei einem einfachen Mord einen Profiler hinzuzuziehen«, sagte Leoni entschuldigend, »aber die Kollegin – Hauptkommissarin Graf – war der Ansicht, wenn Sie schon einmal hier in Potsdam sind und sowieso das Seminar mit uns abhalten werden, dann könnten wir Sie ja auch ganz praktisch an unseren Ermittlungen teilhaben lassen, verstehen Sie?«

Troller verstand. Dr. Marquardt kam von irgendwoher, sollte ein Seminar abhalten und war nun mehr oder weniger zufällig hinzugezogen worden.

»Zumal dieser Mord schon seine Besonderheiten hat«, fügte Leoni geheimnisvoll hinzu, »aber na ja, ich sag lieber nichts. Unvoreingenommenheit, nicht wahr? Der erste Blick ist der wichtigste! Den ersten Eindruck festhalten. Den Tatort *lesen*. Und dann so peu à peu das Profil des Täters erstellen. Haben Sie nicht sogar noch beim alten Ressler gelernt, drüben beim FBI?«

»Ach«, sagte Troller vage, »das ist lange her.«

»Und, wie war er so?«

Troller begnügte sich mit einem Schulterzucken als Antwort.

»Ja, ja, ich weiß«, sagte Leoni und blieb stehen. »Inzwischen sind wir weiter. Ressler war noch zu undifferenziert. Ich hab vor ein paar Tagen im Fernsehen diesen Film gesehen, nicht *Sieben*, sondern den anderen, in dem es auch immer regnet, mit diesem Kerl, der den Highlander gespielt hat, ja, jetzt weiß ich's wieder: *Resurrection* hieß er, *Auferstehung*, weil irgend so ein Irrer darin den Körper des gekreuzigten Christus zusammenbaut, und zwar aus lauter Leichenteilen von 33-jährigen Männern, die er aufs Grausamste ermordet, aber – was wollte ich denn jetzt sagen?«

»Ressler.«

»Ach ja, in diesem Film kommt doch ein FBI-Mann vor,

auch so ein Profiler wie Sie, und Christopher Lambert, also der Kommissar, macht, bevor sein Kollege und er zu dem Profiler gehen, einen Witz. Pass auf, sagt er, gleich wird er uns sagen: Suchen Sie nach einem weißen Mann, intelligent, zwischen fünfundzwanzig und vierzig. Gut. Und dann sitzt ihnen der Profiler gegenüber, und was sagt der?«

»Suchen Sie nach einem weißen Mann, intelligent, zwischen fünfundzwanzig und vierzig.«

»Und zwar wortwörtlich! Ist das nicht komisch?«

»Ist es«, sagte Troller. Er hatte den Film zusammen mit Jane gesehen, und Jane hatte ihm erklärt, dass in dem Buch von Robert K. Ressler, dem Urvater aller Profiler, tatsächlich alle Serienmörder weiß, intelligent und zwischen fünfundzwanzig und vierzig waren.

»Und der größte Witz war«, sagte Leoni, »dass dieser Mann nicht nur selbst ein Weißer zwischen fünfundzwanzig und vierzig war, sondern, wie sich am Ende des Films herausstellt ...«

»... der Mörder.«

»Ist das nicht genial?«

»Und ob«, sagte Troller, der allmählich an Sicherheit gewann. »Vor allem, weil ja beide, der Kommissar und der Mörder, einander nur wechselseitig das Klischee vom Profiler bestätigen.«

»Wie jetzt?« Leoni ließ den Mund offen stehen.

»Nun ja, es hätte den Kommissar doch eigentlich misstrauisch machen müssen, dass der vermeintliche FBI-Mann genau das sagt, was dem Klischee entspricht! Stattdessen zwinkert er nur seinem Kollegen zu – *hab ich nicht gesagt, dass er das sagen würde?* – und geht vor lauter Überheblichkeit und Selbstüberschätzung dem Mann auf den Leim.«

»Donnerwetter«, sagte Leoni bewundernd und setzte sich wieder in Bewegung, »so weit hatte ich gar nicht gedacht. – Also, was ist? Wollen Sie sein Büro sehen?«

»Ritters?«

»Ja, klar, es kommt gleich hier links, und wir können ja einfach mal ...« Leoni blieb abrupt stehen, schaute Troller misstrauisch an und fragte mit veränderter Stimme: »Woher wissen Sie das?«

»Was?«

»Dass es Ritter ist. Das habe ich Ihnen am Telefon nicht gesagt. Absichtlich. Ich habe nur gesagt, es gibt einen Mord im Institut. Wir wollten ja, dass Sie unvoreingenommen sind. Also, woher wissen Sie es?«

*Da haben wir's. Ich bin dem nicht gewachsen.*

Er war einfach eine zu ehrliche Haut. Für einen Augenblick fürchtete er, Leoni werde Alarm schlagen und ihn festnehmen lassen. Aber was sollte schon passieren? Schlimmstenfalls würden sie herauskriegen, dass er Journalist war und sich unter falschem Vorwand hier hereingeschlichen hatte. Und nicht mal das hatte er getan. Leoni hatte ihn mit irgendeinem Dr. Marquardt verwechselt, und er hatte ihn in diesem Glauben gelassen, das war alles. Sie würden ihn rauswerfen und sich bei seiner Redaktion beschweren, darüber konnte er nur lachen. Komisch, dass man Angst vor einer Situation haben konnte, die nichts als ein bisschen peinlich zu werden drohte.

»Woher haben Sie es gewusst?«, hakte Leoni mit einer Schärfe nach, die Troller dem kleinen Mann gar nicht zugetraut hätte.

»Das ist eine gute Frage«, sagte er, um Zeit zu gewinnen. »Eine verdammt gute Frage. Ich würde sagen ...«

»Nun?«

Das Wort, das ihm vor ein paar Minuten durch den Kopf gegangen war, lag immer noch im Arbeitsspeicher seines Gehirns und bot sich an, ausgesprochen zu werden: »Bauchgefühl.«

»Bauchgefühl?«

»Sie können es auch Intuition nennen.«

»Verzeihen Sie, aber – das mit dem Bauchgefühl habe ich noch nie verstanden. Ich kenne so etwas nicht. Können Sie's mir erklären?«

»Ich fürchte, nein«, sagte Troller. »Ist ja auch irrational. Die rationale Erklärung lautet: Professor Ritter ist der Gründer, Direktor und die Seele dieses Instituts. Wenn man ans IfAN denkt, dann denkt man automatisch an ihn. Vielleicht ist es dem Mörder genauso gegangen.«

»Sie meinen, es ist nichts Persönliches, sondern hat was mit dem Institut zu tun?«

»Ich meine noch gar nichts«, sagte Troller. »Ich probiere Hypothesen aus. Und dann lege ich mein Augenmerk darauf, ob sich eine von ihnen bewährt.«

»Interessant.« Leoni setzte sich zögernd wieder in Bewegung. »Kommen Sie, ich zeige Ihnen das Büro.«

Vor Ritters Büro stand ein Polizist in Zivil. Leoni gab ihm einen Wink. Der Polizist trat von der Tür zurück und ließ sie hinein.

Troller hatte hier vor zwei Jahren, kurz bevor das Institut seine Arbeit aufnahm, ein Interview mit dem Professor geführt und kannte das Büro. Der Raum hatte sich kaum verändert. Ein großes Eckzimmer mit einem halbrunden Schreibtisch aus Walnussholz, einem ergonomischen Schreibtischstuhl dahinter, eingebauten Bücherregalen, einer schwarzen Sitzecke im Bauhausstil und einer Vitrine mit exotischen Figuren und Handwerksarbeiten, die Ritter gesammelt hatte.

Troller und sein Kollege Hebold hatten Ritter damals eine hübsch geschnitzte Holzkröte aus Kambodscha mitgebracht, die einen Stock im Maul hatte, und den Professor gefragt, was bei ihrem Anblick in seinem Kopf vorgehe. Der Professor hatte ihnen etwas von einem zweidimensionalen Bild erzählt, das auf seiner Netzhaut erschien, von den Ganglienzellen der Netzhaut, die das Bild in Erregungsmuster verwandelten, die dann wiederum in der Großhirnrinde analysiert wurden, und von dem kombinatorischen Spiel, welches das Hirn nun veranstaltete, indem es die neuen Informationen mit den bereits gespeicherten Gedächtnisinhalten verglich. Daraufhin hatte Hebold den Professor gebeten, die Holzkröte in die Hand zu nehmen, und dieser hatte nach kurzer Überlegung den Holzstock aus ihrem Maul gezogen, damit auf den Rücken der Kröte geklopft und die durchaus zutreffende Vermutung angestellt, dass die Kröte ein folkloristisches Musikinstrument sei.

Jetzt stand die Kröte auf Ritters Schreibtisch, als Briefbeschwerer über einem Stapel von Briefen. Der Stock steckte in ihrem Maul.

»Nun«, fragte Leoni. »Was sagen Sie?«

»Nichts«, sagte Troller. »Nichts Ungewöhnliches.« Er machte sich auch nicht die Mühe, nach etwas zu suchen. Er wollte wieder weg. Hier im Büro war der Mord nicht geschehen, und er wollte den Tatort sehen, bevor der richtige Profiler kam und sein Schwindel aufflog. »War offenbar ein penibler Bursche, der Professor«, sagte er vage.

»Sieht ganz so aus.«

Und war auch so gewesen. Den Gentleman aus Bayern hatte man ihn genannt, weil er wie ein englischer Gentleman aussah, stets korrekt gekleidet, mit einem gepflegten Schnurrbart, der die etwas zu lange Oberlippe kaschieren sollte, mit vollen grauen Haaren, die er rechts gescheitelt trug, mit buschigen Augenbrauen und einer fleischigen Nase, die dann doch wieder mehr bayrisch als britisch aussah, jedenfalls nicht aristokratisch.

»Wo ist er ermordet worden?«

»Im Labor«, sagte Leoni. »Die Spezialisten sind noch bei der Arbeit.«

»Gut«, sagte Troller. »Dann lassen Sie uns gehen.«

Sie liefen einen langen, lichtdurchfluteten Gang entlang,

der in Höhe des ersten Stockwerks das Bürogebäude mit dem Trakt verband, in dem sich die Labors befanden. Das Laborgebäude war niedriger als der dreistöckige Bürotrakt, es hatte nur zwei Ebenen und war wie ein Atrium gebaut. Im Innenhof mit dem Glasdach befand sich eine hübsch gestaltete Gartenanlage mit einem kleinen Teich in der Mitte, ein paar Bänken und einigen vermutlich afrikanischen Skulpturen, die besser zu einem modernen Museum gepasst hätten als zu einer wissenschaftlichen Einrichtung. Aber vielleicht brauchten die Wissenschaftler ja doch ein bisschen Kunst zur Inspiration.

»Gibt es eigentlich Zeugen?«, fragte Troller, während er stehen blieb und so tat, als wollte er sich den Innenhof noch genauer anschauen. »Hat jemand den Mörder gesehen?«

»Ich könnt's Ihnen verraten«, sagte Leoni. »Aber wie steht's mit der Unvoreingenommenheit?«

Was sollte dieses Gewese um die Unvoreingenommenheit? Hatte Leoni sich das selbst ausgedacht, oder stand das in irgendeinem Profiler-Handbuch, womöglich im Standardwerk? »Zeugenaussagen fallen nicht darunter«, behauptete er.

»Nun gut.« Leoni war jetzt ebenfalls stehen geblieben. »Dann sag ich Ihnen, was wir bis jetzt herausbekommen haben.«

Was sie bis jetzt herausbekommen hatten, war dies: Kurz nach 22 Uhr war ein Motorradkurier an der Glastür des Instituts erschienen, hatte dem Nachtwächter oder Nachtportier einen braunen, wattierten Briefumschlag hingehalten und ihn dazu gebracht, die Tür zu öffnen. Das war alles, woran der Portier sich erinnern konnte. Gleich darauf musste er von dem Unbekannten betäubt worden sein, zunächst mit Chloroform oder einem schnell wirkenden Gas aus einer Sprühdose, das war zu diesem Zeitpunkt noch unklar, danach mit der Injektion einer ebenfalls noch nicht identifizierten Substanz, die bewirkt hatte, dass der Portier erst am heutigen Morgen um halb acht aus einem narkoseartigen Tiefschlaf erwacht war. Es sei ein Wunder und aus der Sicht des Mörders wahrscheinlich eine Panne, dass er sich an den Kurier erinnerte. »Vergessensdroge«, sagte Leoni und setzte sich wieder in Bewegung.

Der Unbekannte hatte offenbar gewusst, dass sich zu diesem Zeitpunkt außer dem Portier und dem Professor nur noch eine dritte Person in dem weitläufigen Gebäude aufhielt, ein junger Doktorand aus Berkeley, dessen Studierzimmer sich im ersten Stock des Gebäudes befand, nicht weit vom Büro des Professors entfernt. Der Mörder hatte als Erstes diesen Doktoranden aufgesucht, ihn möglicherweise mit Hilfe einer Betäubungspistole bewusstlos geschossen und dann ebenfalls narkotisiert, so dass der Amerikaner erst heute Morgen gegen acht aus der Narkose erwacht war, auch ohne die geringste Erinnerung daran, wie und von wem er betäubt worden war.

Danach hatte der Mörder den Professor gesucht.

Und gefunden.

Sie waren jetzt am Labor angelangt. Durch den Spalt der halbgeöffneten Tür sah Troller einen Mann mit Latexhandschuhen und kleinen Pinseln in der Hand offenbar nach Fingerabdrücken suchen.

»Warten Sie«, sagte Leoni und zog sich nun ebenfalls Latexhandschuhe und transparente Überzieher über seine Schuhe an. »Ich bin gleich wieder zurück.«

Troller sah durch den Türspalt, wie eine blonde Frau mit roter Lederjacke auf den Spurensucher zuging, ihm etwas sagte, nickte und wieder aus dem Blickfeld verschwand.

Während er wartete, hörte er aus dem Keller Schreie, die ihn zusammenzucken ließen. Was war das? Kindergeschrei? Oder das Gelächter einer ganzen Bande von Verrückten? Tiergebrüll? Ja, jetzt hörte er es deutlicher: Es waren Affen.

Es waren die Schreie der Schimpansen und Paviane, mit denen der Professor experimentierte.

Leoni kam mit Latexhandschuhen und Schuhüberziehern für Troller zurück. Troller streifte alle vier Teile über. Dann betraten sie das Labor.

Troller sah den Mann von der Spurensicherung und die Frau mit der roten Lederjacke sowie zwei weitere Spurenexperten.

Und er sah den Primatenstuhl.

»Oh, mein Gott!«

Der Affen- oder Primatenstuhl war eine ausgeklügelte Vorrichtung für sehr spezielle Experimente. Es war tatsächlich ein Stuhl, auf dem der Affe sitzen oder auch stehen konnte. Der Stuhl war umrahmt von einem Gestänge mit vielfältigen Scharnieren und Gelenken, das man ausziehen und auch wieder zusammenschieben konnte, um es der Größe des jeweiligen Affen anzupassen, Makak, Schimpanse, Pavian. Das Gestänge enthielt Röhren, durch die diverse Kabel verliefen, deren Elektroden an einem Ende mit Puls, Haut und vor allem dem Gehirn des Versuchstiers verbunden wurden und die am anderen Ende zu einem Computer führten, der seine Rechenergebnisse auf verschiedenen Monitoren abbildete. Das Gestänge erlaubte es auch, die Glieder des Versuchstieres zu fixieren – die Beine mit Fußfesseln, die Arme mit Handfesseln und, auf zweierlei Weise, den Kopf: Man konnte ihn in eine Metallvorrichtung einklemmen, die an einen mittelalterlichen Pranger erinnerte, zwei Bretter mit jeweils einer halbrunden Aussparung, die um den Hals geschlossen wurden, so dass der Kopf über der Halskrause festgeklemmt saß und sich allenfalls ein wenig nach links oder rechts bewegen konnte. Zusätzlich konnte man Schraubzwingen von beiden Seiten her an den Kopf heranführen und ihn an den Schläfen fixieren, so dass er überhaupt nicht mehr zu bewegen war. Die Besonderheit an diesen Schraubzwingen war, dass sie hohl waren und erlaubten, durch ebenfalls hohle Stahl- oder Kunststoffbolzen, sogenannte Kammern, die man den Tieren in die Schädeldecke einsetzte, feine Elektroden ins Hirn zu führen. Mit deren Hilfe ließen sich bei verschiedenen Experimenten die elektrischen Signale messen, die diese oder jene Hirnregion bei dieser oder jener Wahrnehmung erzeugte.

Troller sah, eingezwängt in diesen Stuhl, einen in einen fleckigen Glencheck-Anzug gekleideten Menschenkörper. Er sah eine bizarr in die Lehne des Stuhls verkrallte Hand. Er sah einen mit blutverkrusteten Löchern verunstalteten Menschenkopf und ein Gesicht, das auch der Tod nicht erlöst hatte.

Troller hasste Filme, in denen die Leute sich beim Anblick einer verstümmelten Leiche oder sonstiger Scheußlichkeiten übergaben. Der Profi blieb kühl, der Neuling übergab sich, das war die Regel, aber wenn ein Mord besonders ekelhaft war, dann übergab sich auch der Profi. In dem Film, von dem Leoni vorhin erzählt hatte, *Resurrection*, übergaben sich alle. Troller hatte das für Ironie gehalten, Komik. Doch hier und jetzt war nichts Komisches daran. Die Übelkeit stieg in ihm hoch und verbreitete in seinem Mund einen bitteren, galligen Geschmack. Es war ihm unmöglich, den Blick auf den Primatenstuhl auszuhalten und nicht sofort woanders hinzuschauen, auf die blonde Frau in der roten Lederjacke, die jetzt auf ihn zukam, auf Leoni, der neugierig auf seine Reaktion zu warten schien, oder auf die anderen Männer im Raum, die sich nicht um ihn kümmerten, sondern stoisch weiter ihrem Handwerk nachgingen.

»Rita Graf«, sagte die blonde Frau und gab Troller die Hand. Es gab einen elektrischen Schlag, als er ihre Hand berührte.

»Oh«, sagte er, »es hat gefunkt.«

»Die Gummisohlen«, sagte sie. »Ist Ihnen schon etwas aufgefallen?«

Ihm war etwas aufgefallen. Die Löcher im Schädel des toten Professors.

*Ich habe in Professor Ritters Hirn nach Spiegelzellen …*

»Spiegelzellen«, sagte er. »Er hat nach Spiegelzellen gesucht.«

»Wer?«

»Der Mörder. Und Ritter. Ritter bei den Affen. Der Mörder bei Ritter. Sehen Sie die Löcher in seinem Schädel?«

»Was sind Spiegelzellen?«

»Spiegelzellen sind der letzte Schrei der Hirnforschung«, antwortete Troller, froh, dass sie endlich ein Terrain betraten, auf dem er sich auskannte. Ein Italiener, Vittorio Gallese, erklärte er der Kommissarin, hatte 1991 die erste Spiegelzelle entdeckt. »*Spiegel* deswegen, weil wir uns mit Hilfe dieser Neuronen in andere Wesen hineinversetzen, uns in ihnen spiegeln. Das ist die neuronale Basis für unser Mitgefühl. Natürlich weiß die Menschheit schon lange, dass es so etwas wie Empathie gibt. Aber die Entdeckung der Spiegelzellen gilt als der endlich gefundene wissenschaftliche Beweis. Und ich fürchte, der Mörder hat – in grausamer Parodie der Experimente, die Professor Ritter mit den Affen durchführte – nun seinerseits im Hirn des Professors nach Spiegelzellen gesucht.«

Von den beiden Mails, die er bekommen hatte, verriet Troller der Kommissarin nichts. Er war nur der Profiler. Er las den Tatort. Zählte zwei und zwei zusammen. Den Professor und die Affen. Den Mörder und den Professor.

»Und was sagen Sie zu dem da?«, fragte die blonde Frau und zeigte auf ein Plakat, das an der Stirnwand des Raumes hing, ein eher kleines Plakat, vielleicht sechzig mal vierzig, mit nichts als einem Paragraphenzeichen, einer Zahl und ein paar Worten in schwarzer Schrift darauf. Troller streifte das Plakat mit einem kurzen Blick, schaute wieder auf den Primatenstuhl, wandte seinen Blick mit einem Ruck zurück zu dem Plakat und machte ein paar Schritte darauf zu:

»Ist das von ihm?«, fragte er krächzend.
»Davon bin ich überzeugt.«
Sie schauten jetzt alle auf das Paragraphenzeichen und den Text darunter:

§1

In den Tierversuchen zeigt die Hirnforschung ihr wahres Gesicht. Die Beherrschung des Affenhirns ist nur die Vorstufe zur Beherrschung des Menschengehirns. – Kant

»Warum Kant?«, fragte die Kommissarin.
Troller antwortete nicht. Er starrte nur auf das Plakat.
»Warum Kant?«, wiederholte die blonde Frau. »Ist es ein Zitat? Von diesem Philosophen?«
»Nein«, murmelte Troller. »Ist es nicht.«
»Dann verstehe ich es nicht.«
»Ich auch nicht.« Er warf einen Blick auf seine Armbanduhr, obwohl er nicht wissen wollte, wie spät es war. »Entschuldigen Sie«, sagte er, immer noch bemüht, seine Fassung zu wahren. »Ich geh nur mal eben …« Er machte eine vage Geste in Richtung Ausgang. »Ich komme gleich zurück.«
Aber wenn er etwas ganz bestimmt nicht vorhatte, dann war es das.

# 4

Jane begann das Frühstück mit einem Fruchtsalat aus frischen Früchten, ließ sich danach ein Omelette mit Champignons und Käse zubereiten und ging, während sie weiter Kaffee trank und hin und wieder mal in ein Croissant biss, ihre Aufzeichnungen über den Erlöser noch einmal durch. Das Stimmengewirr und die Bewegung im Raum störten sie nicht. Leute kamen herein, ließen sich an einen Tisch führen, standen wieder auf, gingen zum Buffet und trugen ihre Beute zurück an den Tisch. Die meisten sprachen in gedämpftem Ton miteinander. Nur an einem Tisch saß eine Gruppe von jungen Männern, die offenbar Wert darauf legten, dass die ganze Welt ihnen zuhörte. Es waren Landsleute, Amerikaner, und Jane schämte sich ein bisschen für sie.

Was den Prozess des Erlösers von ähnlichen Prozessen unterschied, war, dass hier jemand selbstbewusst und offensiv zu seinen Taten stand. Er entschuldigte sich nicht. Er plädierte nicht auf mildernde Umstände. Er verwies auch nicht, wie der Krankenpfleger von Sonthofen, auf sein Mitleid und darauf, dass er das Leiden der Todkranken nicht mehr ertragen habe. Nein. Der Erlöser drehte den Spieß um. Er klagte an. Die Apparatemedizin sei Teufelswerk, sagte er. Es sei unmenschlich, ja frevelhaft, vom Krebs zerfressene Menschen künstlich am Leben zu halten, Menschen, die kaum noch bei Bewusstsein waren, die nur noch Schmerzen hatten und keine Chance auf Heilung. Solchen Menschen durch Zwangsernährung und Zwangsbeatmung die Erlösung durch den Tod zu verweigern, sei ein Verbrechen! Eine Gesellschaft, die so mit ihren Sterbenden umgehe, mit Menschen, die sich gegen das medizinische Lebensdiktat nicht mehr wehren könnten, sei des Teufels.

Frederick McKinnock war zum Zeitpunkt seiner Verhaftung fünfunddreißig Jahre alt, unverheiratet, Nichtraucher, Abstinenzler, Vegetarier, Christ. Er betete täglich morgens und abends und besuchte jeden Sonntag den Gottesdienst. In den verschiedenen Gemeinden, denen er im Laufe der Jahre angehört hatte, war er einigermaßen beliebt, auch wenn man ihn für einen Sonderling hielt.

Er vollbrachte sein Erlösungswerk ganz im Geheimen, sprach mit niemandem ein Wort über das Thema, auch nicht in den Krankenhäusern und Pflegeheimen, in denen er arbeitete, und sobald er das Gefühl hatte, man könne ihm auf die Spur kommen, wechselte er das Krankenhaus und meistens auch die Stadt. So hatte er im Laufe von fünf Jahren nach eigenen Angaben insgesamt siebenunddreißig Menschen »erlöst«, Alte und Junge, Frauen und Männer, Krebskranke, Wachkomapatienten, Querschnittsgelähmte, ALS- oder MS-Kranke und Aidspatienten.

Die meisten seiner Opfer hätten ihn sogar ausdrücklich um Erlösung gebeten, sagte er, ob er das nun beweisen könne oder nicht. Einer seiner *Patienten* – so nannte er seine Opfer – war ein an ALS erkrankter Mann, der im Rollstuhl saß, sich kaum bewegen konnte und künstlich beatmet wurde.

Jane hatte dieser Fall ganz besonders berührt, weil ein Freund ihres Vaters vor einigen Jahren an ALS erkrankt und in einer ähnlichen Lage war. Als sie das letzte Mal bei ihrem Vater in Naples, Florida, gewesen war, hatten sie Michael Wagner, so hieß der Freund, in seinem luxuriösen Pflegeheim in Bonita Springs besucht. Michael konnte schon nicht mehr ohne Sauerstoffgerät leben und auch nicht mehr mit seiner eigenen Stimme sprechen. Es war unendlich traurig gewesen. Am Ende hatte Michael noch mit ihrem Vater allein sprechen wollen, und der war vollkommen verstört gewesen, als er nach unten zum Parkplatz kam, wo sie auf ihn gewartet hatte. Er wollte es erst nicht sagen, aber dann hatte sie doch aus ihm herausgekriegt, dass Michael ihn gefragt hatte, ob er ihm helfen würde, wenn er so weit wäre. Er hatte es nicht genauer ausgedrückt, aber es war klar gewesen, was er meinte. Michael war sein bester Freund, und normalerweise würde er alles für ihn tun, wirklich alles. Das Problem war nur, dass ihr Vater religiös bis in die Knochen war. Er könne es nicht tun, hatte er gesagt, es sei gegen das Gesetz. Womit er die Zehn Gebote meinte.

Was Jane während dieses ganzen Prozesses geärgert und aufgeregt hatte, war die Verlogenheit, die sie in allen Gesichtern las. Die Verwandten der unheilbar Kranken, die versuchten, deren qualvolles Dahinvegetieren noch als Leben »mit schönen Momenten« hinzustellen. Der Rechtsmediziner, der euphemistisch von einem »ondulierenden Krankheitsverlauf« sprach, wo der betreffende Patient schon kaum noch bei Bewusstsein war und nicht mehr aß. Und die Ärzte, die immer nur auf ihren Eid verwiesen und ihre Hände in Unschuld wuschen. Aber alle, man sah es ihnen an und hörte es aus ihren Mündern, wenn man sie beiseitenahm und inoffiziell mit ihnen sprach, alle dachten dasselbe: Wenn ich jemals in diese Lage kommen sollte, abgemagert bis auf die Knochen, mit einem vom Darmverschluss geblähten Bauch, von Schmerzen gepeinigt, die auch das Morphium nicht mehr beseitigen kann, und vor allem: nicht mehr entscheidungsfähig, weil mein Hirn schon dabei ist, sich aufzulösen – wenn ich jemals in diesen Zustand gerate, dann gebe Gott, dass ein Erlöser in der Nähe ist, der mich aus den Klauen der Ärzte und ihrer Apparate befreit!

Jane dachte da nicht anders. Und deshalb würde sie genau

das schreiben. Und zwar sobald das Urteil gefällt war. Egal welches.

Es gab sie immer noch, die guten alten Taxis in London. Mit der Beinfreiheit im Fond, mit der Trennscheibe zwischen Fahrgast und Fahrer und mit den hartgepolsterten Ledersitzen. Diese hier waren dunkelrot. Zumindest waren sie das mal gewesen. Jetzt spielten sie mehr ins Schwärzliche hinein.

»Old Bailey«, sagte Jane.

»Oh«, sagte der Fahrer, der mit seinem karierten Jackett, dem gestutzten Schnäuzer und den buschigen Augenbrauen ebenso gut Apotheker, Schreibwarenverkäufer oder Buchhalter in einem Wettbüro hätte sein können, »wird heute nicht das Urteil gegen den Mann gesprochen, den sie den Erlöser nennen?«

»Ja«, sagte Jane. »Genau da fahre ich hin.«

»Sind Sie von der Presse?«

»Ja.«

»Amerikanerin?«

»Ja.«

»In Ihrem Land würde man ihn zum Tode verurteilen, da bin ich sicher.«

Jane erwiderte nichts darauf. Aber sie war gar nicht so sicher, dass der Erlöser die Höchststrafe bekommen würde. Die Stimmung auf der Straße und unter den Kollegen war geteilt. Und die Verteidigung hatte sich noch einen ganz besonderen Coup einfallen lassen. Sie hatte aus Deutschland einen Neurowissenschaftler einfliegen lassen, der den Erlöser in einen Kernspintomographen hineingeschoben und sein Gehirn untersucht hatte. Dabei war herausgekommen, dass irgendein Teil des Erlösergehirns, die Amygdala, nicht normal reagierte. Das bedeutete so viel wie: mildernde Umstände. Oder, wie der Gutachter, Professor Laurenz Block aus Bremen, auf die Frage des Verteidigers hin gesagt hatte:

»Der Angeklagte hat seine Taten nicht aus freiem Willen heraus begangen. Er konnte gar nicht anders handeln, als er gehandelt hat. Deswegen kann man von einer Schuld im klassischen Sinne nicht sprechen.« Das klang wie ein eindeutiger Punktsieg für die Verteidigung. Allerdings war die Reaktion des Staatsanwalts ziemlich geschickt. Er rief den Gutachter noch einmal in den Zeugenstand und fragte, wie es denn generell um den freien Willen stünde, ob es Menschen mit freiem Willen gebe und andere ohne.

»Nein«, sagte der Professor, »so etwas wie einen freien Willen gibt es überhaupt nicht. Der freie Wille ist eine Illusion. Wir alle sind durch die Architektur unseres Gehirns und die Verschaltungen unserer Neuronen determiniert. Nicht das Ich entscheidet, sondern das Gehirn entscheidet, das scheint mir eine wissenschaftlich korrekte Aussage zu sein.«

»Aber«, sagte der Staatsanwalt, »wenn niemand einen freien Willen hat, weder der Angeklagte noch die Geschworenen noch Sie oder ich, dann kann man die Frage nach dem freien Willen doch aus dem Prozess streichen. Dann spielt sie doch überhaupt keine Rolle mehr.«

»Ja, äh, nein«, fing der Professor an zu stammeln, »das ist zwar einerseits korrekt, aber Sie müssen doch andererseits auch sehen, dass seine Amygdala …«

»Keine weitere Fragen«, hatte ihn der Staatsanwalt unterbrochen und damit die Aussage des Professors beendet. Frederick McKinnock hatte sich übrigens gegen diesen Coup seiner Verteidigung zur Wehr gesetzt. Man habe die entsprechenden Experimente unter Vorspiegelung falscher Tatsachen mit ihm durchgeführt, sagte er mit einer ungewöhnlich starken Erregung, wie er sie sonst nicht ein einziges Mal gezeigt hatte. Es sei eine Frechheit, dass seine eigene Verteidigung – eine Pflichtverteidigung wohlgemerkt – ihn für verrückt erklären wolle! Er sei nicht verrückt. Er sei kein Psychopath oder Soziopath, er sei vollkommen normal. Er habe in vollem Bewusstsein gehandelt, in voller Verantwortung, aus freiem Willen. In dieser Hinsicht könne er dem Staatsanwalt nur zustimmen!

ALS SIE DEN TRAFALGAR SQUARE umrundeten, kam eine SMS von Troller. Jane las: *Ritter wirklich ermordet. Habe es mit eigenen Augen gesehen. Grauenvoll. – T.*

Also doch. Sie hatte es ja geahnt. Aber wieso *mit eigenen Augen gesehen*? Wie hatte er das angestellt? Und warum schickte er nur eine SMS?

Sie wählte seine Nummer, hörte die Ansage von Trollers Mobilbox, hinterließ eine kurze Nachricht und legte wieder auf. Sie würde ihn später noch einmal anrufen.

Schon vom Taxi aus sah sie, dass im Old Bailey etwas Ungewöhnliches vorgefallen sein musste. Die Kollegen, die vor dem Eingangsportal darauf warteten, dass sie in den Gerichtssaal gelassen wurden, plauderten nicht so ruhig und entspannt miteinander wie sonst, sondern liefen durcheinander wie aufgescheucht. Jane erkannte in einem kleineren Pulk Marty Whitaker von der *Times*. »Was ist los, Marty?«

»Genau weiß es keiner«, sagte Marty und zuckte mit den Schultern, »aber es geht das Gerücht um, dass er sich umgebracht hat.«

»Der Erlöser?«

»Ironie des Schicksals«, sagte ein junger, sportlich aussehender Kollege, den Jane nicht kannte, der ihr aber schon einige Male aufgefallen war. »Der Erlöser hat sich selbst erlöst.«

»Woher wisst ihr das?«

»Das ist ja das Schöne«, sagte Marty. »Alle wissen es, aber keiner weiß, woher. Und es weiß auch niemand, ob es stimmt.«

»So ist das eben mit Gerüchten«, schaltete der junge Kollege sich wieder ein, »sie kommen auf, sie entstehen, sie verbreiten sich, sie machen die Runde, sie eilen voraus, sie machen eine Menge verrückter Sachen, und alles ganz von allein. Kennen Sie die Zeichnung von diesem Deutschen, ich glaube, er hieß Webber oder Webster, der das Gerücht als Tier dargestellt hat, als Monster, als schlangenartiges Wesen? Der Mensch ist ihm ausgeliefert, weil er selbst ein Teil dieses Monsters ist, so sieht's aus.«

»Das ist übrigens Frank Teschemacher von der *SUN*«, sagte Marty. »In seiner Redaktion verstehen sie eine Menge von Gerüchten.«

Die *SUN* war das reißerischste Boulevardblatt von ganz England, möglicherweise sogar der ganzen Welt. Dagegen war selbst die *BILD*-Zeitung ein Intellektuellen-Journal. Schade, dachte Jane, während sie ihn in Augenschein nahm. Warum muss er ausgerechnet bei diesem Schundblatt arbeiten?

»Und das«, sagte Marty zu dem Kollegen, »ist Jane Anderson von *Fazit.*«

»Oh«, sagte der *SUN* Man mit einem freundlichen und zugleich ironischen Lächeln und reichte ihr die Hand. Es war ein hübsches, anziehendes Lächeln, und es war eine warme, trockene, sehr angenehme Hand.

»Kann es sein, dass ich Sie schon kenne? Aus einem Roman, der mit Wissenschaftlern zu tun hat?«

»Ja und nein«, sagte Jane und wollte es dabei belassen. Doch Mr Frank Irgendwas mit seinem Athletenkörper und seinem Jude-Law-Lächeln zog so provozierend die Augenbrauen hoch, dass sie hinzufügte: »Ja, es ging um eine Recherchereise, an der ich beteiligt war, und nein, das in dem Roman bin nicht ich, es ist nur eine SciFi-Version von mir.«

»Ich fand den Roman ganz spannend.«

»Vielleicht sind Sie ja Science-Fiction-Fan.«

»Auch«, sagte Frank mit einem vieldeutigen Lächeln. »Aber nicht nur.«

Schüchtern war er nicht gerade, aber sie war ihm dankbar, dass er nicht weiter auf dem Roman herumritt. »Also«, sagte sie, »was wisst ihr über den Erlöser?«

»Nichts«, sagte Marty. »Wenn man es genau nimmt, wissen wir nichts.«

»Der Witz an Gerüchten ist allerdings«, sagte Frank, »dass meistens etwas daran ist. Wenn wir wetten wollten, würde ich mein nächstes Gehalt darauf setzen, dass der Erlöser sich in seiner Zelle erhängt hat.«

»Womit?«

»Mit einem Strick aus seinem zerrissenen Hemd.«

»Woran?«

»Am Fensterkreuz.«

»Klar«, sagte Marty, »wo sonst.«

»Gibt es da drinnen überhaupt ein Fensterkreuz?«

»Das sollten wir unbedingt herausfinden.«

»Aber warum sollte er sich umbringen?«, fragte Jane. »Das ergibt für mich überhaupt keinen Sinn. Er müsste doch an dem Urteil interessiert sein. Erhängen kann er sich doch immer noch.«

»Vielleicht wollte er verhindern, dass das Urteil gesprochen wird.«

»Aber er hat doch eine Botschaft. Er ist ja kein Triebtäter oder Mörder aus niederen Motiven. Der ganze Prozess hat ergeben, dass er nicht aus Eigennutz gehandelt hat. Er hat sich nicht wie andere Altenpfleger testamentarische Vorteile erschlichen oder sich sonst wie bereichert. Er hat's getan, weil er es für richtig und barmherzig hielt. Weil er nicht mit ansehen konnte, wie diese Leute sich gequält haben. Er hat ihnen gewissermaßen den Gnadenstoß gegeben. Er wollte sie wirklich erlösen.«

»Bist du auf seiner Seite?«, fragte Marty erstaunt. »Du redest ja geradeso, als fändest du es richtig, wie er gehandelt hat.«

»Nein, aber …«

»Aber – was?«

»Ich finde es nicht richtig, wie er gehandelt hat«, sagte Jane, »aber ich finde, er hat auf sehr drastische Weise ein Problem deutlich gemacht. Meine These ist: Jede Gesellschaft hat die Verbrecher, die sie verdient. Das heißt: Wir sollten die Verbrechen als Symptome sehen, als Zeichen dafür, dass etwas nicht stimmt. Jedenfalls interessiert mich das Urteil wirklich sehr. Zum Beispiel, ob der Richter alle Fälle gleich behandelt oder ob er sie differenziert beurteilt. Und wie wird das Urteil aussehen? Weswegen wird Frederick McKinnock verurteilt? Wegen Mordes, wegen Totschlags, wegen Tötung auf Verlangen – oder wird er vielleicht sogar in einigen Fällen freigesprochen? Das Problem ist jedenfalls nicht so einfach, wie es in manchen Boulevardblättern dargestellt wird. Nichts gegen Sie persönlich, Frank, aber Ihr Blatt hat den Erlöser als Teufel dargestellt, und ich weiß nicht, ob man ihm damit gerecht wird.«

»Es ist nicht unsere Aufgabe, einem Mörder in alle Verästelungen seines Gehirns zu folgen und ihm auf diese Weise Gerechtigkeit widerfahren zu lassen.«

»Sondern?«

»Wir sind das Blatt für einfache Menschen, die einfache Geschichten lesen wollen. Geschichten mit einer klaren Moral. Hier die Guten, da die Bösen.«

»Und daran glauben Sie wirklich?«

»Daran glaube ich wirklich. Wie heißt es in der Bibel? Deine Rede sei ja, ja – nein, nein.«

»Wenn Sie so weitermachen, können Sie die *SUN* als Hauspostille des Vatikans verkaufen«, sagte Jane. »Nur die Bilder von den nackten Frauen passen nicht dazu.«

»Ach die!«, sagte Frank Teschemacher mit einer abwinkenden Geste. »Text und Fotos sind doch sauber getrennt.«

Sie lachten alle drei darüber, Marty, Jane und der *SUN* Man auch.

In diesem Augenblick ging eine eigenartige Bewegung durch die Gruppen und Grüppchen. Jane sah, dass am Eingang zum Old Bailey ein Sog entstand, der Menschen schluckte. Alle strömten jetzt in das Gerichtsgebäude hinein, schoben sich die Treppe hinauf und suchten sich oben in dem nach Bohnerwachs und Reinigungsmittel riechenden Saal einen Platz. Zuschauer drängten sich auf der Galerie, von der sie wie Theaterbesucher vom ersten Rang hinunter in den Gerichtssaal schauten. Als alle ihre Plätze eingenommen hatten und halbwegs Ruhe eingekehrt war, ging am Kopfende des Saales eine Tür auf, und die Geschworenen kamen herein, um in den zwei Bankreihen hinter der Balustrade ihre Plätze einzunehmen.

»Würden Sie immer noch darauf wetten, dass an dem Gerücht etwas Wahres dran ist?«, flüsterte Jane Frank zu, der links neben ihr saß. Übrigens roch er gut. Was war das? *Azzaro*?

»Ich würde die Wette noch halten«, antwortete Frank. »Aber so ganz überzeugt bin ich nicht mehr.«

Jetzt kam auch der Richter aus der hinteren Tür und setzte sich auf den Platz. Er hatte allerdings, und das war ungewöhnlich, seine Perücke nicht aufgesetzt. Er hatte dichtes, volles, silbergraues Haar und sah eher aus wie der Vorstandsvorsitzende eines Golfclubs.

Und wo war der Angeklagte?

Der Richter klopfte dreimal mit seinem Hammer auf das Pult, um Ruhe im Saal herzustellen. »Meine Damen und Herren«, sagte er, »die heutige Sitzung wird sehr kurz werden. Frederick McKinnock hat heute Nacht versucht, seinem Leben ein Ende zu setzen. Es ist ihm nicht gelungen, er wurde von einem der Wärter rechtzeitig gefunden und wiederbelebt, ist jedoch zurzeit nicht verhandlungsfähig. Das Gericht sieht sich daher nicht in der Lage, heute, wie ursprünglich geplant, das Urteil zu sprechen. Die Urteilsverkündung wird bis auf weiteres vertagt.«

Ein weiterer Schlag mit dem Hammer aufs Pult bekräftigte diese Worte.

# 5

Sie stiegen hinauf in den fast wolkenlosen Himmel, der nur von ein paar Zirruswolken leicht verschleiert war. Der Wind trieb ihnen die Tränen in die Augen, die Kälte rötete ihre Gesichter, der Atem strömte als weißer Nebel aus ihren Mündern, aber sie hatten es nicht anders gewollt, und sie beklagten sich auch nicht. Sarah jubelte. »Schau mal, Troller, da, die Kuppel«, rief sie und zeigte auf den Reichstag, »und da, das Tor, wie winzig das ist.«

Der Fesselballon hatte jetzt die Höhe von 150 Metern erreicht, höher stieg er nicht. Er täte es, versicherte eine Männerstimme aus dem Lautsprecher, wenn es ihm gelänge, sich aus seinen vierfach gesicherten Fesseln zu lösen, »aber das wird nicht passieren, keine Angst, und selbst wenn, wäre es keine Katastrophe. Sie werden von einer staatlich geprüften Ballonfahrerin begleitet, die würde den HiFlyer auch auf freiem Felde sicher landen.«

Der HiFlyer war, wenn man der Tonbandstimme glauben durfte, der größte Fesselballon der Welt. Er hatte einen Durchmesser von 22 Metern, eine Heliumfüllung von 5700 Kubikmetern und flog als blauweiße Weltkugel Reklame für *DIE WELT*. Die kreisrunde Gondel erlaubte einen Rundgang von nahezu 360 Grad, und sie war bis oben hin durch ein geknüpftes Netz gesichert, so dass man sich zwar nicht hinauslehnen konnte, aber auch keine Angst haben musste, in die Tiefe zu stürzen. Die staatlich geprüfte Ballonfahrerin bat die Fluggäste allerdings, nicht alle gleichzeitig auf eine Seite zu laufen, sondern sich einigermaßen gleichmäßig zu verteilen, damit die Gondel nicht in eine Schieflage geriet. »Das wäre dann nicht so lustig.«

»Guck mal, Troller, da hinten.«

Sie sahen den Funkturm auf der einen und den Fernsehturm auf der anderen Seite, und Sarah konnte sich nicht genug darüber wundern, »wie irre nah das alles ist!«

Es war tatsächlich ein atemberaubender Blick über Berlin, ganz anders und viel faszinierender als der Blick durch die trüben Scheiben des Fernsehturms am Alexanderplatz, auf dem er mit Sarah auch schon gewesen war. Aber auch diese seltene und zweifellos faszinierende Perspektive auf die Stadt schaffte es nicht, Troller abzulenken. Er hatte Mühe, sich nichts anmerken zu lassen. Immer und immer wieder blitzte dieses Bild durch sein Gehirn, das Bild der Leiche im Primatenstuhl, die er vor ein paar Stunden gesehen hatte. Leben und Tod, dachte er. In jedem Menschen, der gemartert wird, die ganze Menschheit. Jesus Christus hat alle Sünden auf sich genommen, aber wäre es nicht eine bessere Idee gewesen, alle Schmerzen auf sich zu nehmen?

Ihm fiel ein, dass Ritter auch eine kleine Tochter gehabt hatte, aus seiner zweiten Ehe, das hatte er ihm und Hebold damals beim Interview erzählt. Troller erinnerte sich sogar noch immer an ihren Namen: Patricia.

Er schaute Sarah nach, als sie den runden Gang entlanglief, zur anderen Seite hinüber, um auch von dort die Eindrücke in sich aufzusaugen.

*Einmal die Woche ist zu wenig, Troller, du wirst sie in Zukunft öfter sehen!*

Wie oft hatte er sich das schon vorgenommen? Im Grunde fasste er den Vorsatz jedes Mal, wenn er mit ihr zusammen war. Und verstieß dann doch wieder dagegen. Einmal die Woche holte er Sarah ab und verbrachte den Nachmittag und meistens auch den frühen Abend mit ihr, einmal die Woche, daran hielt er sich. Dienstag war Redaktionsschluss, Mittwoch hatte die Redaktion frei, und daher galt die eiserne Regel: Mittwoch ist Sarahtag. Aber warum nicht noch ein anderer? Vielleicht Samstag? Oder Sonntag? Und wenn es nur für zwei Stunden war!

Es war jetzt fast fünf Jahre her, dass er seine Familie verlassen hatte, Sarah und Maria, auch wenn es formal so gewesen war, dass Maria sich von ihm getrennt hatte und nicht er sich von ihr. Maria hatte die Nase voll gehabt, weil er sich nicht genug gekümmert hatte, weder um Sarah noch um sie noch um »die nötigen Kleinigkeiten des Lebens«, wie Maria sich ausgedrückt hatte. Stattdessen hatte er nur seinen Job im Kopf gehabt, seinen Job und das Buch, an dem er damals schrieb, das Jahrhundertbuch über den *Terror der Wissenschaft.* »Den Titel kannst du eins zu eins auf unsere Ehekrise übertragen«, hatte Maria einmal gesagt. Sie hasste das Buch, sie verfluchte es, noch bevor es auf den Markt kam. Und so wurde es dann auch ein Flop.

Sarah kam wieder angelaufen, schaute sich besorgt um, ob der HiFlyer nicht ihretwegen in eine Schieflage geriet, und forderte unerbittlich seine Aufmerksamkeit: »Sieh mal, Troller, das Sony-Zelt! Was findest du schöner, das Sony-Zelt oder Daimler-City?«

»Dreimal darfst du raten.«

»Das Sony-Center, jaaa!«

Sie schrie es hinaus in den kalten Märztag, schrie es von oben herab auf das zeltartige Dach über dem runden Innenhof des Sony-Gebäudes, das direkt vor und unter ihnen lag. Sie liebte dieses Zeltdach, das sie »voll cool« fand, weil es »so anders« war. Was ja auch stimmte, aber erstaunlich war es doch, dass sie schon einen so ausgeprägten Sinn für Architektur hatte. Als sie im letzten Sommer bei einer gemeinsamen Fahrradtour an der Neuen Nationalgalerie vorbeigefahren waren, hatte sie auf den quadratischen Pavillon aus Stahl und Glas gezeigt und gerufen: »Es tanzt! Sieh mal, Troller, das Haus tanzt!« Und da hatte er es auch gesehen: die Leichtigkeit des Baus, die das Gebäude förmlich schweben ließ. Mies van der Rohe hätte Sarahs Worte garantiert als schönstes Kompliment verstanden.

»Und? Was jetzt?«, fragte Troller, als sie wieder unten waren und durch das Drehkreuz nach draußen gingen. »Sony-Zelt oder Arkaden?«

»Arkaden natürlich.«

»Ich denke, das Sony-Zelt gefällt dir besser?«

»Ja, schon, aber – ach, komm, Troller, du weißt schon.«

Sie sagte Troller zu ihm wie alle anderen auch. Es war, als hätte er nur diesen einen Namen. Niemand, von seinen Eltern abgesehen, hatte ihn je Richard genannt. Schon seine Mitschüler damals in Hamburg sagten nur Troller. Oder »Alter«, aber das zählte nicht, weil damals jeder jeden mit »Alter« anredete.

Sarah nahm seine Hand und zog ihn über die Straße. Das tat sie nicht mehr sehr oft, sie fand es kindlich, und sie war ja kein Kind mehr, nicht mehr so ganz. Sie strebte mit Siebenmeilenstiefeln aus der Kindheit heraus, jedenfalls in seiner Wahrnehmung, und der Umstand, dass sie ein Scheidungskind war, schien diese Entwicklung noch zu beschleunigen. Scheidungskinder waren immer auch Entscheidungskinder, sie mussten Entscheidungen treffen, von denen andere Kinder noch befreit waren. Das machte sie erwachsener, ob sie wollten oder nicht. Umso mehr rührte es Troller, dass Sarah jetzt seine Hand nahm, halb Tochter, halb neunjährige Freundin, und mit ihm auf das Weinhaus Huth zuging, das einzige alte Gebäude am Potsdamer Platz.

Er merkte, wie er sich in ihrer unbeschwerten Gegenwart entspannte, und war nun doch froh, den Sarahtag nicht gecancelt zu haben. Im ersten Moment, als er das Institut fluchtartig verlassen hatte und im Auto saß, hatte er gedacht, er müsse es tun. Um seinet- und um ihretwillen. Damit er sie nicht mit dem Bösen ansteckte, dem er begegnet war. Denn das Böse rückte ihm näher: »Kant« hatte auf dem Plakat einen Satz aus Trollers Buch zitiert und ihn auf diese Weise direkt mit dem Mord in Verbindung gebracht.

Sarah krallte ihre Finger in seine Handfläche, als sie die Straße überquert hatten. »Kennst du den eigentlich?«, fragte sie.

»Wen?«

»Den Mann da! »Sie streckte den Arm aus und nahm ihn gleich wieder zurück. Dann blickte sie sich verwirrt um. »Komisch, jetzt ist er nicht mehr da. Aber ich weiß genau, dass er uns beobachtet hat.«

»Seit wann?«

»Seit wir in den HiFlyer gestiegen sind.«

»Warum hast du mir das nicht gleich gesagt?«

»Da habe ich ja noch nicht gewusst, dass er uns die ganze Zeit beobachtet. Ich dachte, der guckt einfach nur blöd. Aber jetzt ...« Sie blickte sich erneut um, und auch Troller suchte die Straße nach einem bekannten oder verdächtigen Gesicht ab. Verdächtig waren sie alle, aber bekannt war keines.

»Vielleicht bilde ich mir das auch nur ein«, sagte Sarah.

Als sie durch die Glastüren der Potsdamer-Platz-Arkaden gingen, ließ Sarah seine Hand los und stürmte auf die Rolltreppe zu. Oben, auf der Galerie, war der Eissalon, der beste in ganz Berlin. Das wussten inzwischen auch die Touristen, daher gab es immer eine endlos lange Schlange vor der Eistheke, die meist sogar den breiten Eingang zum daneben gelegenen Gerry-Weber-Geschäft versperrte und sich bis zum Schuhtick hinzog. Sarah rannte vor, um sich schon mal anzustellen. Das war bei ihren Besuchen hier schon zur Routine geworden. Es ist ein Glück, eine solche Routine zu haben, dachte Troller. Wie viele davon gäbe es wohl, wenn ich Sarah öfter als einmal pro Woche sähe? Er sah sie nach oben hasten, schlank und zerbrechlich, obwohl ihre braune, fellgefütterte Lederjacke ihren Oberkörper kompakter erscheinen ließ, als er war. Sie war groß für ihr Alter, eins fünfzig, wenn er noch auf dem neuesten Stand war, er müsste sie nachher mal fragen. Aus der Ferne sah sie älter aus, als sie war, mit ihren dunklen, halblangen Locken und dem flächigen Gesicht, das sie von Maria geerbt hatte. Zwei Jahre noch, dann kam sie in die Pubertät, und noch drei Jahre weiter, dann würde sie von ihm nichts mehr wissen wollen, weder von ihm noch von Maria. Ich muss die Zeit ausnutzen, dachte er wieder, als sie ihm von der Galerie aus zuwinkte, den breiten Mund lachend geöffnet, in dem die Zahnspange glitzerte.

»Ich nehme drei Kugeln«, sagte Sarah, als er bei ihr war. »Walnuss, Haselnuss und Zitrone. Und du?«

»Ich nehme dasselbe.«

»Nein, das ist langweilig.«

»Wieso? Wenn zwei dasselbe essen, ist es doch nicht dasselbe.«

»Hä?«

»Wenn ich Zitroneneis esse, dann ist es mein ganz persönlicher Geschmack, mit meinen höchst eigenen Geschmacksnerven, meinem eigenen Appetit und den ganz persönlichen Erfahrungen, die ich in meinem bisherigen Leben mit Zitroneneis gemacht habe. Wenn du Zitroneneis isst, dann sind es deine Geschmacksnerven, dein Appetit und deine Erfahrungen, daher.«

»Wieso, wenn wir Zitroneneis essen, dann schmeckt es nach Zitroneneis, wo ist da der Unterschied? Beispiel bitte.«

»Darf's ein Beispiel mit Butter sein?«

»Warum nicht mit Eis?«

»Das müsste ich mir ausdenken. Das mit Butter habe ich selbst erlebt.«

»Okay, Beispiel mit Butter.«

»Ich hatte mal einen Freund, er hieß Georg Hermann, der mochte keine Butter. Und warum? Weil er keinen Käse mochte.«

»Er mochte keine Butter, weil er keinen Käse mochte?«, fragte Sarah und schaute ihn an wie einen, der auch schon mal bessere Witze gemacht hatte. »Willst du mich veräppeln?«

»Die Sache war die: Er mochte keinen Käse, aber seine Mutter wollte ihn unbedingt dazu bringen, Käse zu essen. Also hat sie einen Schmelzkäse gekauft, der wie Butter aussah, ihn auf sein Brot geschmiert und behauptet, es wäre Butter.«

»Wie gemein ist das denn?!«

»Ziemlich gemein, aber seine Mutter dachte garantiert, sie tut ihm was Gutes.«

»Und er hat reingebissen und geschrien: Iii, das ist ja Käse.«

»Richtig.«

»Und warum mochte er dann keine Butter mehr?«

»Weil er von da an immer, wenn er Butter aß, diesen Käsegeschmack im Mund hatte.«

»Verstehe. Und warum wollte die Mutter unbedingt, dass er Käse isst?«

»Keine Ahnung, hab ich vergessen zu fragen.«

Sie rückten wieder ein paar Schritte vor.

»Okay«, sagte Sarah, »und welche Sorten willst du jetzt?«

Troller konnte sich ein Grinsen nicht verkneifen. »Weiß ich noch nicht.«

»Doch, du nimmst Stracciatella, Nougat und Rumtraube.«

»Woher willst du das wissen?«

»Wetten, dass …?«

»Also gut, ich nehme Stracciatella, Erdbeer und Rumtraube«, sagte er und zwinkerte ihr zu.

»Nougat, nicht Erdbeer«, sagte sie und lachte.

»Okay, am besten sagst du es, wenn wir dran sind. Dann kann nichts schiefgehen.«

Sie hätten sich auch hinsetzen und einen riesigen Eisbecher essen können, es gab eine Menge runder Tische im Caffè e Gelato, aber sie hätten warten müssen, die Tische waren alle besetzt von einer multikulturellen Mischung aus Deutschen, Japanern, Türken, Arabern und Afrikanern. Hier, beim Eisessen, waren sie alle friedlich vereint.

»Troller?«

Er stand auf einmal neben ihnen, Troller hatte ihn nicht kommen sehen, er hatte sich einfach aus dem Nichts materialisiert. Er war etwas kleiner als Troller, vielleicht eins fünfundsiebzig, also ziemlich klein für heutige Verhältnisse. Die Menschen wurden ja immer größer. In Trollers Jugend wäre eins fünfundsiebzig noch mittlere Größe gewesen, heute grenzte es an Zwergwuchs. Er hatte seine blonden Haare zurückgegelt, vielleicht weil sie so dünn waren und ihm sonst weggeflogen wären. Die spitze Nase in dem ovalen Gesicht war schon auffällig genug, aber noch hervorstechender waren die ungewöhnlich hellen, blauen Augen. Raubtieraugen, dachte Troller, aber was für eins? Gekleidet war der Mann in einen dicken grauen Mantel mit Pfeffer-und-Salz-Muster. Lennart? Lienhard? Irgendwas mit L. Zumindest wusste Troller sofort, woher er ihn kannte: vom Philosophiezirkel. Beim letzten Mal hatte jemand diesen Lennart mitgebracht, der jetzt auf ihn einredete, ohne zu beachten, dass Troller in Begleitung war. Er habe den Zirkel außerordentlich interessant gefunden, verkündete Lienhard, er habe es auch als eine Ehre empfunden, dabei sein zu dürfen, es seien ja doch einige sehr, wie solle er sagen, illustre Geister dort versammelt gewesen, und die Atmosphäre sei so entspannt und humorvoll gewesen, ohne deswegen flach oder geistlos zu sein, dass er schon sagen müsse: So etwas habe er noch nicht erlebt. Dieser Zirkel sei ja wohl eher so etwas wie ein Salon, wie man ihn vor allem zu Beginn des neunzehnten Jahrhunderts gekannt habe, bei Rahel von Varnhagen zum Beispiel oder bei Bettina von Arnim. Jedenfalls freue er sich schon auf das nächste Treffen und habe auch etwas dafür vorbereitet, das habe er ja versprochen.

»Ach ja?« Troller schaute kurz zu Sarah hinüber.

Ja, sagte Lienhard, und er sei sogar durch ihn, Troller, dazu inspiriert worden. Er habe doch in seinem Buch die These vertreten, dass man in der heutigen Zeit nicht mehr vom Terror der Politik oder vom Terror der Ökonomie sprechen müsse, sondern vor allem vom Terror der Wissenschaft, weil die Wissenschaft so ungebremst und unkontrolliert voranschreite und das Leben und sogar das *Wesen* der Menschen verändere wie sonst nichts auf dieser Welt, und habe er nicht sogar gefordert, dass man der entfesselten Wissenschaft Einhalt gebieten müsse, irgendwie?

»Ja«, sagte Troller, »diese These habe ich vertreten. Aber wissen Sie« – er hielt inne, weil ihm zu Bewusstsein kam, dass man sich im Philosophiezirkel duzte, er hatte diesen Lienhard sicherlich auch schon geduzt und würde ihn nächstes Mal wieder duzen, deswegen setzte er noch einmal an und sagte: »Aber weißt du, das war bloß so ein Rufen in der Wüste. Und, um ehrlich zu sein, ich habe auch nicht die geringste Ahnung, wie man das Problem lösen könnte.«

»Troller!!! Wir kommen gleich dran«, sagte Sarah und zupfte an seinem rechten Ärmel. »Ich brauche Geld.«

»Das ist übrigens Sarah.« Er machte es sich zum Vorwurf, dass er sie nicht gleich vorgestellt hatte, bevor Lienhard losschwadronieren konnte. Aber er hatte es nicht getan, weil er seinen Namen nicht genau wusste. »Ja, und das ist ... Lienhard?«

»Linus«, sagte der junge Mann. »Wie Linus Pauling, der Chemiker. Mein Vater hat mich nach ihm benannt.«

»Das Geld, Troller«, sagte Sarah drängend.

Troller zog seine Brieftasche aus der Lederjacke und gab ihr einen Zwanzig-Euro-Schein.

»Willst du auch ein Eis?«, fragte er Linus.

»Danke, aber ich muss weiter. Ich will mir eine Kamera kaufen, drüben bei Sony.«

»Na dann.« Vogelaugen, dachte er, aber welcher Vogel?

»Ja«, sagte Linus und löste sich von ihnen, »bis übermorgen.«

»Übermorgen?«, rief Troller ihm hinterher.

»Aber ja doch«, sagte Linus und machte wieder einen Schritt auf sie zu. »Da treffen wir uns doch wieder. Also bis dann.«

Troller sah ihm nach, wie er auf die Rolltreppe zuging und, ohne noch einmal zu ihnen herüberzuschauen, nach unten fuhr. Freitag war schon wieder Zirkel? Sie hatten sich doch gerade erst getroffen, das war doch … Er rechnete in Gedanken nach und kam darauf, dass es wirklich schon vier Wochen her war.

»Der hatte so komische Augen«, sagte Sarah, als sie das Eis in den Händen hielten und nun auch mit der Rolltreppe hinunterfuhren. »Findest du nicht?«

»Doch«, sagte Troller.

»Irgendwie unheimlich.«

»Na ja, unheimlich …«

»Wie eine Möwe.«

Genau das war es. Nicht Adler, nicht Habicht, nicht Falke, sondern Möwenaugen.

Als sie in der Osteria Nr. 1 am Kreuzberg saßen und beide eine Pizza vor sich hatten, waren die Augen von Linus längst vergessen. Die Pizza war immer der Höhepunkt, auch wenn das Essen als letzte Station vor dem Abschied immer zugleich etwas Trauriges hatte.

»Ich kann ihn überhaupt nicht ausstehen.«

»Was?« Troller hatte den Anfang nicht mitgekriegt, weil ihm gerade wieder die Szene im Labor durch den Kopf gegangen war.

»Hallo, Troller, jemand zu Hause?«

»Ja klar«, sagte er und grinste. »Bin gerade zurückgekommen. Aber ab jetzt bin ich wieder ganz Ohr. Ich versprech's.«

Er hoffte, dass er sein Versprechen halten konnte. Er hatte seine Pizza Diabolo noch kaum angerührt, legte aber trotzdem das Besteck beiseite. Irgendwo hatte er mal gelesen, dass das Weglegen dessen, mit dem man gerade hantierte, eine Geste der Aufmerksamkeit war.

»Hast du keinen Hunger? Wenn du nicht losisst, wird sie kalt.«

»Ich hör dir erst mal zu«, sagte er. »Also, wen kannst du nicht leiden?«

»Diesen Tom.«

»Ach den.« Marias aktueller Freund. Künstler, Bildhauer, Australier. Gastprofessor an der Universität der Künste. Ging gern in Cowboystiefeln und Jeans. Trug einen Zopf. »Und was stört dich an ihm?«

»Ich finde es doof, wenn ich allein esse.«

»Okay.« Er nahm sein Besteck wieder und schnitt sich ein Stück ab. Wieso hatte er eigentlich ausgerechnet heute eine Diabolo bestellt? Schmeckte aber gut.

Jetzt war Sarah diejenige, die nicht aß. Stattdessen schob sie den Thunfisch über die Pizza, als wollte sie ein Bild damit malen. Ein Thunfischmonster. »Ich weiß nicht«, sagte sie schließlich, »irgendwie alles.«

»Zum Beispiel?«

»Na ja, er nervt eben.« Sie starrte nach unten und stach die Gabel in das Monster. Die Sache war offenbar wirklich ernst. Troller spürte instinktiv, dass sein Einfühlungsvermögen gefragt war, und geriet in leichte Panik. Natürlich konnte er einfühlsam sein, das hatte ihm Maria ebenso bescheinigt wie

Jane, er war sogar ein guter Zuhörer, aber Sarah gegenüber fühlte er sich immer ein wenig hilflos. Ratlos blickte er um sich. Zwei Tische weiter räumte die Kellnerin den Tisch ab. Sie hieß Bruna, hatte blonde Haare und braune Augen und eine Stimme wie eine Barsängerin, rau und sexy. Um die Hüften herum hatte sie ein bisschen zu viel Fett. Na ja, Geschmacksache.

Als er wieder zu Sarah sah, bemerkte er, dass ihr Tränen aus den Augen rannen.

»Oh nein.« Er schob sich mit seinem Stuhl zurück, stand auf, ging um den Tisch herum, setzte sich neben sie und legte seinen Arm um ihre Schulter. Sie verstand es als Einladung, was es auch war, und rutschte herüber auf seinen Schoß. Er spürte ihren Kopf unter seinem Kinn, roch ihre Haare und konnte nicht verhindern, dass aus den anfänglichen Tränen hemmungsloses Schluchzen wurde.

»Ist ja gut, ist ja gut.« Er strich ihr über den Rücken und schmiedete in Gedanken Rachepläne gegen diesen Tom, was immer er getan haben mochte. Er wollte sie fragen, aber er wollte sie auch nicht bedrängen. Er streichelte ihren Rücken und flüsterte nur wieder: »Ist ja schon gut.«

Als Sarah loslegte, wirkte sie auf einmal eher empört und trotzig als niedergeschlagen. »Der hat so eine grobe Haut, und ich kann es nicht ausstehen, wenn er mich anfasst. Und er redet immer so komisches Zeug. Und dauernd sind irgendwelche Türen zu, und ich hasse, hasse, hasse es, wenn er mich ansieht, als wär ich Mama. Und so Sachen sagt.«

»Was für Sachen?«

»Sexy Girl und so was. Das bin ich doch gar nicht!«

»Na ja, was nicht ist, kann ja noch werden.«

»Ich finde das überhaupt nicht komisch, Troller«, sagte sie schrill und rutschte von seinem Schoß herunter. »Auch nicht, wenn du das sagst!«

»Entschuldige. Tut mir leid.« Er verfluchte sich für den

Versuch, die Situation mit Ironie zu entschärfen. Er hatte es mit einem Kind zu tun, verdammt. »War 'n dummer Witz.«

»Stimmt«, sagte sie, sah ihn aber wieder deutlich freundlicher an, als er es verdient hatte.

Er ging hinüber zu seinem Stuhl und setzte sich vor die kalte Pizza. Säbelte sich auch ein Stück ab und aß es auf.

Sarah aß auch.

Er dachte darüber nach, ob dieser Tom nur ein Typ war, der es nicht lassen konnte, jede Frau anzumachen, auch wenn sie noch nicht zehn war, oder ein Pädophiler.

»Ich will da nicht mehr sein«, sagte Sarah plötzlich.

»Wo?«

»Bei Mama. Ich mag es nicht, wenn dieser Mann in der Wohnung ist. Und er ist jetzt fast immer da. Tag und Nacht. Und ich muss immer allein ins Bett.«

»Na ja …«, setzte Troller an.

»Nein, ich meine, bevor dieser Tom dauernd da war, hat sie sich noch zu mir gesetzt und mir was vorgelesen oder wir haben irgendwie geredet oder so. Und jetzt sagt sie auf einmal, du willst das doch gar nicht mehr, du bist doch schon groß. Und dauernd haben wir Stress miteinander. Sie will mich gar nicht mehr dahaben. Sie wär viel lieber allein mit ihrem Lava.«

»Lover.«

»Hab ich doch gesagt.«

»Also gut«, sagte Troller. »Ich werde mit deiner Mutter reden. Ich versprech's dir.«

Sarah nickte eine Weile vor sich hin, als wäre jetzt alles geritzt und in Ordnung, und sagte dann: »Kann ich nicht zu dir ziehen?«

»Wie bitte?«

»Oder zu euch, zu Jane und dir?«

Trollers Gedanken überschlugen sich mit einem Male. Er dachte daran, wie schön es wäre, einfach ja zu sagen. Ohne

Einschränkung und ohne jedes Zögern. Er dachte daran, wie lange es her war, dass Jane ihn gefragt hatte, ob sie nicht doch zusammenziehen sollten. Vor seinem inneren Auge sah er Sarah abwechselnd in seiner tristen Junggesellenwohnung und in einer phantasierten Familienresidenz mit einem von Jane üppig gedeckten Frühstückstisch.

»Ich wär wirklich viel lieber bei dir«, sagte Sarah mit piepsiger Stimme, ein Vogel, der aus dem Nest gefallen war. Aber sie war ja noch im Nest. Es gefiel ihr bloß nicht mehr. »Wär doch auch gerecht«, fügte sie mit trotziger Stimme hinzu.

»Wieso gerecht?«

»Na ja, ich bin jetzt neun. Das ist genau die Hälfte von achtzehn. Und mit achtzehn bin ich volljährig und darf eh allein wohnen, wenn ich will.«

In seinem Gesicht spielte sich wahrscheinlich gar nichts ab. Aber da drinnen sah es anders aus. Er hätte lachen mögen, er hätte weinen mögen, er wusste gar nicht, wohin mit sich vor lauter Vaterstolz, er hatte auch den Impuls, aufzuspringen und den Leuten in der Osteria zuzurufen: »Hey, habt ihr's gehört? Meine Tochter wird noch mal die beste Anwältin, die es gibt. Familienrecht, versteht ihr?«

»Was guckst du denn so?«

»Ach, nichts. Ich hab nur überlegt, ob ich nicht wirklich mal mit Jane reden sollte.«

Das Strahlen in Sarahs Augen verscheuchte sogar die Angst vor der eigenen Courage. Jane wollte mit ihm zusammenziehen, Sarah wollte mit ihm zusammenziehen, warum machte er es nicht? »Aber erst mal rede ich mit deiner Mutter, okay?«

*Erst mal.* Das war sein Vorbehalt. Er würde mit Maria reden. Er würde sie fragen, wie sie die Sache sah. Er würde sie – möglicherweise – fragen, ob Sarah nicht für eine Weile zu ihm ziehen könnte. Bis der Australier wieder in Australien war. Aber so oder so würde er auch bei Jane vorfühlen. Sowie sie aus London zurück war.

»Weißt du was, Troller«, sagte Sarah, für die jetzt offenbar alles geklärt war, »wir könnten doch nächsten Mittwoch zur Blue Man Group gehen. Sophia war mit ihren Eltern da drin, und sie war *absolut total* begeistert.« Sophia war ihre beste Freundin. »Die machen ganz viel mit Farbe und mit Trommeln, aber man lernt auch was über moderne Kunst.«

Trollers Kollege Hebold war mit seinen Kindern drin gewesen und hatte gesagt, es sei strunzlangweilig, er hätte sich für das Getrommle und Gepansche mit Farben überhaupt nicht erwärmen können, aber seinen Kindern hätte es gefallen.

»Es ist bestimmt ganz toll! Oh ja, Troller, bitte!«

»Einverstanden«, sagte er und schaute auf die Uhr, weil er noch zu einer Vortragsveranstaltung musste. »Versprochen. Nächsten Mittwoch ist Blue-Man-Group-Tag.«

# 6

*»Pleased to meet you – hope you guess my name, oh yeah – Ah, what's puzzling you – is the nature of my game, oh yeah …«*

Laurenz Block drehte das Radio noch etwas lauter. Er hörte sie immer wieder gern, die frühen Stones, deswegen wählte er auch meistens diesen Oldie-Sender, wenn er von der Universität nach Hause fuhr. Sie brachten all die guten alten Sachen: die Beatles, Eric Clapton, Van Morrison, Randy Newman, den ganzen unerschöpflichen Fundus, den seine Generation, oder na ja, die seines älteren Bruders, hervorgebracht hatte. Auch manches Spätere wie die Dire Straits oder Queen konnte ihm den Tag versüßen, aber das meiste, was nach den Siebzigern Mode wurde, war ihm unerträglich, Punk genauso wie Hip-Hop oder Techno. Wenn er wie jetzt von der Universität nach Hause fuhr und sich auf seine Frau und seine Tochter freute, wollte er Musik hören, die ihm ein gutes Gefühl gab und sein Gehirn in die richtige Schwingung versetzte.

Block trödelte hinter einem grauen, verbeulten Mercedes-Diesel her, der ihm seine rußigen Auspuffgase in die Klimaanlage blies. Er scherte aus, um ihn zu überholen, brach den Überholvorgang aber ab, weil auf der Gegenfahrbahn gerade jemand seine Parklücke verließ. Stattdessen stellte er die Klimaanlage aus und trödelte weiter hinter dem Mercedes her.

Ja, er freute sich jeden Tag, nach Hause zu kommen, vor

allem auf seine Tochter, mehr als auf seine Frau. Aus seiner ersten Ehe hatte er nur zwei Söhne, einer siebzehn, einer schon neunzehn, der hatte gerade sein Abitur gemacht und wollte Arzt werden, HNO. Komische Generation. Wieso hatte jemand im Alter von neunzehn Jahren den Wunsch, Hals-Nasen-Ohren-Arzt zu werden? Warum nicht Sportmediziner oder Herzchirurg? Aber immer noch besser als Zahnarzt oder Proktologe. *Und du, was willst du mal werden? – Proktologe. – Oh, das ist aber ein schöner Beruf!* Anderen in den Hintern gucken. Absurd. Er selbst war in seinem Leben ein einziges Mal beim Proktologen gewesen. Name: Dr. Loch. Kein Witz! Darüber müsste man mal eine Studie verfassen, wie der Name das Leben bestimmt: Zahnarzt Dr. Lücke. Gemüsehändler Gernot Rübsam. Bauer Helge Landmann. Und so weiter. Da käme eine hübsche Liste zusammen. Aber es gab natürlich auch Gegenbeispiele. Schauspieler Clint Eastwood. Der hätte eigentlich Förster werden müssen. Hat sich dann aber immerhin für den Schutz der Bäume eingesetzt, damals, als er Bürgermeister von Carmel by the Sea war. Oder Heribert Ritter. Dem hatte man es bestimmt nicht in die Wiege gelegt, dass er mal Deutschlands führender Hirnforscher werden würde.

*Deutschlands führender Hirnforscher.*

Sie hatten es gerade in den Nachrichten gebracht. Er hatte das Radio schon ausschalten wollen, war dann aber doch dabei geblieben, wegen der Wettervorhersage, weil Julia ein Trampolin zum Geburtstag bekam, das morgen Vormittag im Garten aufgebaut werden sollte, während sie in der Schule war. Überraschung! Am Nachmittag feierte sie dann ihren siebten Geburtstag, zu dem sie die Hälfte ihrer Schulfreundinnen und -freunde eingeladen hatte und außerdem die aus dem Reitclub und noch die aus der Nachbarschaft. Da würden wohl dreißig bis vierzig Kinder im Haus herumtoben, einen Heidenlärm veranstalten, die Möbel zerkratzen und sich die Torten ins Gesicht schmieren. Sie wussten ja alle nicht mehr, wie man sich benahm, heutzutage. Das war selbst hier in Bremen so, wo sich das Bürgertum mit seiner eigenartigen Mischung aus Spießigkeit und Weltoffenheit relativ lange dem allgemeinen Trend zur Verwahrlosung entgegengestemmt hatte. Aber der Trend war stärker gewesen. Soziale Entropie, könnte man sagen. Gute Sitten ade. Selbst Julia war nicht mehr so wohlerzogen wie die ersten beiden. Das lag aber auch an Beate, die stammte selbst schon aus einer anderen Generation. Regine, seine erste Frau, hatte noch klare Prinzipien gehabt. In dieser Hinsicht hatten sie am selben Strang gezogen, er und sie. Die geistige Gemeinschaft war, wenn man mal ehrlich war, in seiner ersten Ehe größer gewesen. Aber irgendwann, nach zwanzig Jahren, ist einfach die Luft raus, und du willst noch einmal den Zauber des Anfangs erleben. Das war eben so.

Der graue Mercedes bog rechts ab. Block ließ durchs Seitenfenster frische Luft herein, dann schloss er das Fenster wieder und stellte die Klimaanlage wieder an.

*Deutschlands führender Hirnforscher!* Im Grunde war es eine Frechheit, so etwas in den Nachrichten zu bringen. Aber was konnten der Redakteur und der Sprecher dafür, wenn sie das nachplapperten, was aus irgendeinem Grunde herrschende Meinung geworden war? Wie sollten sie es besser wissen? Es kam sogar vor, dass sie so etwas in seinem Beisein sagten. Da saß er, Professor Dr. Laurenz Block, auf einem Podium, um mit Philosophen, Genetikern, Theologen und Politikern über das Problem des freien Willens zu diskutieren, und der Moderator brachte in seinen einleitenden Worten Sätze wie: »Erst vor wenigen Tagen hat Deutschlands führender Hirnforscher Professor Ritter davon gesprochen, dass …« Aber was sollte er machen? Aufstehen, dem Moderator das Ansteckmikrofon vor die Füße werfen und das Podium verlassen? Stattdessen sitzt man da, lächelt und denkt: Wartet nur, eines Tages werdet ihr auch noch dahinterkommen, wer die wahre Nummer eins ist.

Er verließ die Thomas-Mann-Straße und bog in die Gerhart-Hauptmann-Straße ein. Der Verkehr war hier ruhiger, aber die Straße war so eng, dass er das Tempo drosseln musste.

Jetzt war er die Nummer eins.

*Deutschlands führender Hirnforscher Professor Ritter ist gestern Nacht in seinem Institut bei Potsdam tot aufgefunden worden. Nach Angaben der Polizei fiel er einem Mord zum Opfer.*

Nein, das hatte er dann doch nicht verdient. Er war ein arroganter Knochen gewesen, der Gentleman aus Bayern, aristokratisch, überheblich, elitär, er hatte immer und überall die erste Geige spielen müssen und sich wer weiß was eingebildet auf seine Theorie – oder seine Hypothese, mehr war es ja nicht – zum *Bindungsproblem*, aber das war ja wohl kein Grund, ihn umzubringen. Wer, um Gottes willen, hatte eine solche Wut auf ihn gehabt? Oder wollte jemand Geld von ihm? Hatte er ein Doppelleben geführt und sich mit der ukrainischen Mafia eingelassen?

Es lag eine seltsame Ironie in der Geschichte. Ritter war ja derjenige gewesen, der am lautesten verkündet hatte, ein Mörder sei nicht schuldig, sondern nur fehlgesteuert, daher könne man ihn nicht für seine Tat verantwortlich machen. *Ein Mörder hat eben einfach nur das Pech gehabt, mit einem Organ volljährig geworden zu sein, dessen funktionelle Architektur ihm kein angepasstes Verhalten erlaubt.* Wörtlich! Und nun hatte er das Pech gehabt, von so einem Pechvogel ermordet zu werden.

Ich sitze allerdings im Glashaus, dachte Block, und sollte nicht …

Nein, sollte er wirklich nicht. Er selbst vertrat ja dieselbe These, auch wenn er es nicht ganz so provozierend formulieren würde. Er hatte diese Ansicht neulich sogar vor Gericht vertreten, im altehrwürdigen Old Bailey, wo er als Gutachter im Prozess gegen den Mann ausgesagt hatte, den sie den Erlöser nannten. Dem hatte er auch attestiert, dass er keinen freien Willen hatte, allein schon weil seine Amygdala atypisch verkleinert war. Er hatte nur die Ungeschicklichkeit begangen, dem Staatsanwalt auf seine entsprechende Frage hin die – theoretisch durchaus richtige – Antwort zu geben, dass überhaupt niemand einen freien Willen habe, weder Mörder noch Richter, weder Gutachter noch Geschworener. Womit natürlich keineswegs gemeint war, dass wir alle gleich funktionieren, im Gegenteil. Aber man hatte ihm keine Gelegenheit gegeben, das genauer auszuführen. Keine weiteren Fragen, hatte der Staatsanwalt gesagt. Man musste eben doch noch besser aufpassen, in welchem Kontext man etwas sagte.

Trotzdem fand Block es merkwürdig, dass ausgerechnet Ritter, der in einem *Fazit*-Interview diesen Pechvogelsatz gesagt hatte, nun einem Mord zum Opfer gefallen war. Und noch merkwürdiger, ja geradezu *strange*, wie Beate immer sagte, fand er, dass jetzt dieses Paket neben ihm auf dem Beifahrersitz lag. Heute Morgen war es gekommen, die Sekretärin hatte es angenommen und ihm ins Arbeitszimmer gelegt. Er hatte so viel zu tun gehabt, dass er es gar nicht weiter beachtet hatte. Ein Paket, was soll's, hatte er gedacht, das Paket kann warten.

Vorhin, als er vom Labor ins Büro zurückkam, um den Burberry zu holen, den er neulich in London gekauft hatte, war ihm der Smiley auf dem Paket aufgefallen. Ein Smiley hieß: Absender Heribert Ritter. Patricia, die siebenjährige Tochter des Kollegen, hatte nämlich eines Tages die Idee gehabt, einen Smiley auf ein Paket zu kleben, das ihr Vater gerade packte, und diese Idee hatte nicht nur ihr, sondern auch ihrem Vater außerordentlich gut gefallen. So wurde es von nun an zum Familiengesetz, dass auf jedes Ritter-Paket ein

Smiley geklebt werden musste, als Erkennungszeichen und lächelnder Vorabgruß oder was immer die kleine Patricia sich dabei gedacht haben mochte.

Aber auch hier saß Block im Glashaus. Er war genauso ein närrischer Vater wie Ritter. Wenn Julia eines Tages auf die Idee käme, Smileys auf seine Pakete zu kleben, dann würde er das am Ende auch ganz toll finden.

Patricia und Julia waren nur ein halbes Jahr auseinander. Und die Parallele ging noch weiter: Auch Ritter hatte zwei Söhne aus erster Ehe, nur ein paar Jahre älter als seine eigenen. Und als die Jungs groß waren, Scheidung. Und noch mal eine Jüngere geheiratet. Das Drama des erfolgreichen Mannes. Da läuft hinter deinem Rücken etwas ab, das stärker ist als du. *Das egoistische Gen*. Daraus erklärte sich alles. Hirnforscher hier, Hirnforscher da. Erste Ehe hier, erste Ehe da. Zwei Söhne hier, zwei Söhne da. Noch eine Tochter hier, noch eine Tochter da. Alles auf Befehl der Gene. Mit freiem Willen oder individueller Entscheidung hatte das nicht viel zu tun.

Block warf wieder einen Blick auf das Paket. Was mochte wohl da drin sein? Ein Geburtstagsgeschenk für Julia? Nein, dann hätte er das Paket direkt an Julia adressiert. Bücher? Hatte er schon wieder was veröffentlicht? Man kam ja schon gar nicht mehr hinterher. Aber die Ironie, die grausige Ironie war, dass das Paket von einem Toten kam. Abgeschickt von einem Lebenden, angekommen als Botschaft von einem Toten. Beinahe so, als wäre es ein Gruß aus dem Jenseits.

*Home, sweet home.*

Er fuhr über den knirschenden Kies bis vor die Garage. Er schaltete die Zündung aus, nahm das Paket vom Beifahrersitz und stieg aus. Er schloss die Wagentür und verriegelte den Wagen mit der Infrarotfernbedienung des Schlüssels. Er ging nicht zum Eingang hoch, sondern ums Haus herum in den Garten. Allein der Anblick der großzügigen, zweistöckigen, blendend weiß gestrichenen Patriziervilla gab ihm das angenehme Gefühl, ganz und gar zu Hause zu sein. Besonders gefielen ihm die hübschen Jugendstilverzierungen. Über dem Eingang hielten zwei verspielte Putten eine Girlande, auf der die Zahl 1904 zu lesen war. Über hundert Jahre alt, dachte er. Aber natürlich nur die Grundmauern, drinnen war alles renoviert und umgebaut worden, Wände eingerissen, Wände neu gezogen, Leitungen herausgerissen, Leitungen neu gelegt, Fenster herausgeschlagen, Fenster neu eingesetzt. Der Spaß hatte Unsummen gekostet, aber er konnte Beate nun mal keinen Wunsch abschlagen, schon gar nicht gleich nach der Heirat. Allem Anfang wohnt ein Zauber inne. Und dieser Zauber hatte dazu geführt, dass sie jetzt im Bremer Nobelviertel Schwachhausen wohnten, in diesem riesigen weißen Kasten mit dem Kiesweg und den Rhododendronbüschen im Vorgarten und dem parkähnlichen Garten hinter dem Haus, für den sie von März bis Oktober einen Gärtner beschäftigen mussten, weil Beate mit ihren gepflegten Händen verständlicherweise kein Unkraut jäten und keine Rosen beschneiden konnte. Zum Glück verdiente er mit seinen Vorträgen und seinen Büchern genügend nebenbei. Die Professur sicherte nur das Basiseinkommen und die Pension, das große Geld bescherten ihm die Früchte seiner Forschung, die er in schriftlicher und mündlicher Form unters Volk brachte. Und wie war das möglich? Durch den wunderbaren Umstand, dass die Hirnforschung in Mode war. Die Welt war verrückt danach, sich quasi in den eigenen Schädel zu sehen, und sie, Ritter und er und die anderen Kollegen, hatten alles dafür getan, dass sie noch verrückter wurde. Seit ein paar Jahren herrschte Goldgräberstimmung in der Branche.

Womit hatte das eigentlich angefangen? Mit Crick und Koch? Francis Crick, derselbe, der dreißig Jahre vorher zusammen mit Watson hinter das Geheimnis der Doppelhelix gekommen war, hatte damals diese Blackbox-Parole ausgegeben, und die ganze Welt hatte sich verwundert an den Kopf gefasst und die Augen gerieben und gesagt: Oh, ja, darauf sind wir ja noch gar nicht gekommen! Bisher haben wir unser Gehirn immer als Blackbox behandelt, ohne uns darüber Gedanken zu machen, was drin ist in der Box. Schauen wir doch mal hinein. Auf, auf, lasst uns das Rätsel des Bewusstseins lösen! Und dann hatten sie sich alle daraufgestürzt und ihre Claims abgesteckt wie anno dazumal die Goldsucher in Kalifornien. Und der amerikanische Präsident George Herbert Bush hatte das letzte Jahrzehnt des letzten Jahrtausends zum *Jahrzehnt des Gehirns* ausgerufen, was unter anderem bedeutete, dass ein Füllhorn von Forschungsgeldern über die Branche ausgekippt wurde. Davon hatte man hier in Deutschland natürlich nichts gehabt, aber dieser gewaltige Schub, finanziell wie geistig, hatte der Welt eine neue Leitidee beschert, die Idee von der zentralen Rolle des Hirns und damit auch von der führenden Rolle der Hirnforschung. Gestern waren es noch Relativitätstheorie, Quantenphysik, Astrophysik, heute waren es Neurophysiologie, Neurophysik, Neurobiologie, mit einem Wort: Gehirnforschung, die in immer neuen Variationen die Welt eroberte: Gehirn und Werbung, Gehirn und Erziehung, Gehirn und Lernforschung, Gehirn und Kreativität, Gehirn und Verbrechen, Gehirn und Sport, das Gehirn des Kindes, im Alter, des Mannes und der Frau, Gehirnkunde für jedermann, Gehirnakrobatik und was nicht alles noch. *In brain we trust.* Eine wahre Goldgrube.

Ritter, er und die anderen hatten den Goldrausch auch hier in Deutschland kräftig geschürt, sie hatten sogar ein Manifest veröffentlicht, in dem sie über den Stand und die Aussichten der Hirnforschung Auskunft gegeben und ihren Anspruch bekräftigt hatten, die Leitdisziplin aller Wissenschaften zu werden. Waren Forschung und Wissenschaft ohne Gehirn denkbar? Nein? Nun also, dann gebührte doch der Wissenschaft vom Gehirn die Krone! Die Physiker grummelten zwar und wandten ein, dass Hirn und Neuronen schließlich auch aus Molekülen, Atomen und Elementarteilchen bestünden, aber das waren bloß noch Rückzugsgefechte.

Ritter und er mochten Konkurrenten gewesen sein, aber so gut gefügt waren ihre Gehirne doch, dass sie nicht aufgehört hatten, gemeinsam die Trommel zu rühren und dafür zu sorgen, dass Politik und Presse ihnen aus der Hand fraßen. Oh ja, es war ein großes Vergnügen, in einer Wissenschaft tätig zu sein, deren kometenhafter Aufstieg gerade erst begonnen hatte! Und mit populär gehaltenen Büchern und phantastisch honorierten Vorträgen so viel Geld zu verdienen, dass man seiner bildschönen zweiten Frau und der über alles geliebten Tochter, die man mit ihr gezeugt hatte, ein entbehrungsfreies Leben bieten konnte!

Julia.

Da war sie. Sie war ein bisschen zu klein für ihr Alter, sehr dünn, mit einem zarten, fast ätherischen Gesicht unter den blonden Locken. Sie hatte etwas Elfenhaftes, fand er, aber sie war kräftig genug, um dieses Viech vor sich herzutragen.

»Schau mal, Papa. Quitzkatl ist krank geworden. Er hat heute noch nichts gefressen. Ich hab ihm Löwenzahn, Karotten und Sprossen ins Terra gelegt, und er hat nichts davon angerührt.«

Der grüne Leguan, *Iguana iguana*, rührte sich nicht. Er war noch jung, ein knappes Jahr alt. Einen ausgewachsenen Iguana hätte sie gar nicht tragen können, die wurden bis zu einen Meter vierzig lang. Quitzkatl öffnete träge blinzelnd ein Auge. Und schloss es gleich wieder. Sie strich ihm mit der linken Hand über den Kamm. »Was ist mit dir, Quitzkatl? Was hast du? Bist du krank?«

»Aber Schatz«, sagte Block. »Du solltest ihn nicht so oft

aus dem Terrarium nehmen. Das bekommt ihm nicht. Wahrscheinlich hast du ihn nur wieder zu viel herumgetragen, und er ist seekrank geworden oder flugkrank. Komm, wir bringen ihn zurück und warten erst mal ab. Was hältst du davon?«

»Aber seine Haut ist so komisch. So grau. Guck mal hier, am ganzen Kopf.«

Es war nicht am ganzen Kopf, sondern nur an der linken Seite, aber es stimmte: Die Haut wurde grauweiß und trocken. »Er häutet sich«, sagte er. »Ganz normaler Vorgang. Hinterher sieht er dann viel besser und frischer aus.«

»Und warum frisst er nicht?«

Er sah in ihre besorgten dunkelbraunen Augen und hatte auf einmal das dringende Bedürfnis, dieses zarte Geschöpf in den Arm zu nehmen. Was Quitzkatl aber verhinderte.

»Ist das Paket für mich?«, fragte Julia unvermittelt.

»Nein«, sagte er. »Es ist für mich. Es ist ja auch in die Uni gekommen und nicht hierher. Wo ist eigentlich deine Mutter?«

»Mama ist nur gerade zum Einkaufen gefahren. Wir haben keinen Parmesan mehr, und ich mag doch keine Spaghetti ohne Parmesan.«

»Sie lässt dich hier allein im Haus?«

»Es ist doch nur für fünf Minuten«, sagte sie und wechselte gleich wieder das Thema. »Aber da ist ein Smiley auf dem Paket. Bestimmt ist es von Patricia. Zu meinem Geburtstag.«

»Es ist von Patricias Vater«, sagte er. Fast hätte er gesagt: »von Patricias totem Vater« oder sogar: »von Patricias ermordetem Vater«. Aber das kam nicht in Frage. Nicht heute. Am besten gar nicht. Sie würde sich sofort in Patricia hineinversetzen. Sie würde sich vorstellen, dass ihr dasselbe passierte. Sie würde abends im Bett liegen, starr vor Angst, und nicht einschlafen können. Sie würde es nicht mehr für selbstverständlich halten, dass sie mal fünf Minuten oder auch länger allein im Haus wäre. Was ihm allerdings auch nicht recht war. Beate sollte sie nicht so oft allein lassen. Obwohl – früher, in seiner Kindheit, war er auch allein oder mit seinen Freunden durch Felder und Wiesen gestreift, und niemand hatte daran gedacht, ihn dauernd zu beaufsichtigen. Kinder kamen ganz gut allein zurecht. Nichts war schlimmer als überbehütende Eltern.

»Aber vielleicht ist das Paket doch für mich. Schau doch mal rein.«

»Später«, sagte er. »Ich bin nicht neugierig.«

»Aber ich!«

Sie waren im Wintergarten angelangt, der zum Terrarium umgebaut worden war. Mit Fußbodenheizung, Luftfeuchtigkeitsregler, UV-Lampen, Keramikstrahler, Kletterbaum, Badeschale und sogar einer Dusche, damit der Leguan das Gefühl hatte, in einem Regenwald zu leben.

»Kannst du ihn für mich wieder ins Terra tun?«

Er stellte das Paket ab und nahm den Leguan, um ihn behutsam in sein Luxusterrarium zurückzusetzen.

Sie schnappte sich das Paket und lief damit aus dem Raum.

»He!« Er konnte den Leguan nicht einfach fallen lassen, er musste ihn erst absetzen, bevor er ihr hinterhergehen konnte, die Treppe hinauf und ins Kinderzimmer.

»Darf ich es aufmachen?«, fragte sie, als er oben ankam. »Oh, bitte!«

Nein, dachte er, das ist unfair. Wenn sie dieses *Oh, bitte* sagte, dann schmolz er sofort dahin.

»Nehmen wir mal an, es ist für dich«, sagte er. »Wollen wir das annehmen?«

»Klar«, rief sie aus, und ihre Augen leuchteten.

»Nehmen wir an, es ist ein Geburtstagspaket.«

»Jaaa!« Ihr linker Arm zeigte in Siegerpose nach oben. »Es ist für mich zum Geburtstag!«

»Okay. Dann darfst du es heute noch nicht öffnen, sondern erst morgen. Es bringt Unglück, wenn man sein Geschenk vorher öffnet.«

»Unglück?«

»Ja, klar.«

Sie schaute ihn zweifelnd an. Überlegte. Zergrübelte sich den Kopf nach einem passenden Argument. »Das ist doch Aberglaube«, sagte sie schließlich. »Daran glaubst du doch selbst nicht.«

»Aber sicher glaube ich daran.«

»Nein«, sagte sie und lachte kokett. »Ein Wissenschaftler *glaubt nicht aber.*« Es waren seine eigenen Worte. »Außerdem ...«, fügte sie hinzu, und er sah an ihrem Grinsen, dass jetzt etwas noch Raffinierteres kommen würde.

»Außerdem was?«

»Außerdem ist es ja gar nicht für mich. Es steht dein Name darauf. Also können wir es auch heute schon öffnen.«

»Wir?«

»Ja, du und ich. Wir machen es gemeinsam. Oh, bitte!«

Wieder dieses *Oh, bitte*. Er wusste schon nicht mehr, warum er ihr nicht nachgeben sollte. Was sprach dagegen? »Also gut«, sagte er. »Hast du eine Schere?«

»Laurenz?«

Die Stimme kam von unten, Beates Stimme.

»Warte«, sagte er, »ich gehe eben Mama begrüßen, dann machen wir weiter, ja?«

»Ist gut. Aber mach schnell.«

Er glaubte nicht ernsthaft daran, dass sie auf ihn warten würde. Sie war viel zu neugierig. Aber man durfte in der Erziehung auch nicht zu lasch sein.

»Moment noch«, rief er nach unten. »Bin gleich da!« Und zu Julia: »Pass auf, du spielst solange auf deiner Blockflöte, damit ich hören kann, dass du auf mich wartest. Sonst nehme ich das Paket lieber mit. Es ist immer noch meins, okay?«

»Okay.« Es klang nicht begeistert, aber doch irgendwie einverstanden.

Während er die Treppe herunterging, hörte er *Der Mond ist aufgegangen*, ein Lied, das er schon in seiner Kindheit besonders geliebt hatte. Julia spielte es sehr schön, sehr weich, überhaupt nicht fiepsig oder mit falschem Staccato, sondern so, dass die Töne zugleich klar unterschieden waren und doch sanft ineinander übergingen.

*Der Mond ist aufgegangen – die goldnen Sternlein prangen – am Himmel hell und klar …*

Sie musste lernen, sich an Regeln zu halten. Und er musste lernen, sich ihr gegenüber durchzusetzen. Das Problem der Väter, die vom Alter her schon Großväter waren: Sie waren zu milde, zu leicht verführbar, zu leicht um den Finger zu wickeln.

Beate war damit beschäftigt, ihre Einkaufstasche auszupacken, als er herunterkam. Er umarmte sie und genoss den Duft ihres Parfüms und ihre zarte, mit tausend teuren Schönheitscremes gepflegte Haut.

*Wie ist die Welt so stille – und in der Dämmerung Hülle – so traulich und so hold …*

Er dachte daran, sie zu ermahnen, Julia nicht allein im Haus zu lassen, entschied sich aber dagegen. Beate reagierte immer so heftig auf Kritik von ihm. Hör auf, mich zu bevormunden, ich bin nicht deine Tochter. Und wahrscheinlich hatte sie sogar recht damit, sich zu wehren. Es fiel ihm schwer, sie als gleichrangig oder ebenbürtig zu behandeln. Er wollte es, aber es gelang ihm nicht immer. Ihr Verstand war dem seinen unterlegen, keine Frage. Aber sie hatte ihre Jugend und ihre Schönheit. Und sie war die Mutter von Julia. War das nicht genug? Aber was konnte man denn überhaupt noch sagen, wenn jede Kritik gleich als Bevormundung gewertet wurde?

Von oben hörte er weiter die Melodie.

*Wollst endlich sonder Grämen – aus dieser Welt uns nehmen – durch einen sanften Tod! …*

»Wer ist eigentlich Ted Katzinski?«, fragte Beate.

»Ted – wer?«

»Katzinski oder Katschinski – keine Ahnung, wie das ausgesprochen wird.«

»Die beiden Polen«, sagte er. »Die heißen so. Diese Zwillinge, die beide aussehen wie Schweinchen Schlau. Der eine war Präsident, der andere Premierminister. Der eine hieß Lech Kaczynski und der andere, weiß nicht mehr, vielleicht Theodor.«

»Und was haben die mit dem Terror der Wissenschaft zu tun?«

»Mit was?«

Sie hielt einen großen graubraunen Briefumschlag in der Hand, holte ein großes Stück Papier daraus hervor und faltete es auseinander. Es war ein Plakat, vielleicht sechzig mal vierzig Zentimeter. Beate hielt ihm die Seite mit der Schrift hin:

§2

– Ted Kaczynski hat uns gezeigt: Es gibt ein Widerstandsrecht gegen den Terror der Wissenschaft. – Kant

Es ging etwas Kaltes, Böses von diesen rabenschwarzen, fettgedruckten Buchstaben aus. Es nahm einem die Luft zum Atmen. Und auf einmal fiel es ihm ein: Es war nicht der polnische Präsident. Es war der Mann mit demselben Namen, der damals in den USA …

*Kalt ist der Abendhauch …*

Warum spielte sie nicht mehr? Warum, verdammt noch mal, spielte sie nicht mehr! Spiel weiter, um Gottes willen, spiel weiter, spiel weiter! »Julia!!«

Er rannte die Treppe hoch, zwei Stufen auf einmal, stolperte, fiel zurück, rappelte sich wieder auf, hastete für einen Moment auf allen vieren nach oben, er war noch niemals in seinem Leben eine so endlos lange Treppe hinaufgestiegen, und während er mit den Tücken der Treppe zurechtzukommen versuchte, schrie und stammelte er halbe Sätze wie: Julia, komm her, und: Julia, lass das Paket in Ruhe, und: Julia, fass das Paket nicht an, und zugleich betete er in seinem Inneren zu einem Gott, an den er nicht glaubte, er möge Julia davor bewahren, das Paket zu öffnen, möge ihm noch einmal die Chance geben, Julia so zu erziehen, dass sie tat, was er ihr sagte, Flöte spielte, wenn sie Blockflöte spielen sollte, ein Paket nicht öffnete, wenn sie es nicht öffnen sollte, und er wünschte sich in diesem Augenblick sogar, er würde sie weniger lieben oder hätte sie weniger geliebt, damit es ihm leichter gefallen wäre, streng mit ihr zu sein.

»Lass das Paket in Ruhe und komm sofort her!«, schrie er mit sich überschlagender Stimme. »Komm her!« Und noch einmal: »Komm sofort her!«

Aber die letzten Worte waren schon nicht mehr zu hören, weder von Beate da unten noch von Julia da drinnen noch von ihm selbst, der gerade noch rechtzeitig ins Kinderzimmer kam, um vom Blitz der Explosion geblendet und von ihrer Wucht zu Boden geschleudert zu werden.

## 7

Als Troller durch die Glastür in den Leibnizsaal der Berlin-Brandenburgischen Akademie eilte, war die Veranstaltung schon in vollem Gange. Troller setzte sich so unauffällig und geräuscharm wie möglich auf einen freien Stuhl und versuchte, sich auf die neue Situation einzustellen. Gerade wurde eine Leinwand heruntergelassen und das Saallicht gelöscht. Der Vortragende, ein belgischer Professor, bat die Zuschauer, sich nicht daran zu stören, dass in dem nun gezeigten Film das Gesicht des Patienten unkenntlich gemacht worden sei. Persönlichkeitsrechte, Sie verstehen. Und damit gab er das Zeichen, die Abspielung zu starten.

Der Film zeigte den Kopf eines Kranken – eines wirklich sehr stark Kranken, sehr Depressiven, man dürfe sich nicht täuschen, sagte der Professor auf Englisch mit französischem Akzent, stark Depressive seien ja in gewisser Weise todkrank, ständig dächten sie daran, sich von einer Brücke zu stürzen oder vor einen Zug zu werfen oder Schlaftabletten zu schlucken oder sich aufzuhängen. Um einen dergestalt Kranken handele es sich hier, und dieser Kranke habe unter anderem aus Gründen, die jetzt nichts zur Sache täten, eine Butterphobie. Wenn er ein Stück Butter sehe oder in die Hand nehme, ja, schon wenn er nur das Wort höre, bekomme er Angstzustände, Herzklopfen, Schweißausbrüche und so weiter. Diesem wirklich sehr, sehr stark depressiven Patienten (der Professor betonte das noch einmal, um deutlich zu machen, dass der Eingriff in das Hirn dieses Menschen wirklich moralisch gerechtfertigt, medizinisch geboten und *ultima ratio* gewesen sei) habe man links und rechts ins Hirn Elektroden eingepflanzt, die von außen elektrisch stimuliert werden könnten. Man sah auf dem Kopf des Patienten, vor dessen Augen und Nase permanent ein weißer Kreis tanzte, allerdings keine Funkantennen wie bei einem Marsmenschen, sondern lediglich Verbände an den Stellen, an denen der Professor das Hirn aufgebohrt hatte, um das Implantat mit den Miniatur-Elektroden darin zu versenken. Wenn man nun die linke Gehirnhälfte stimuliere, so der Professor, dann lächele der Patient mit seiner rechten Mundhälfte – der Film zeigte es –, wenn man die rechte Gehirnhälfte stimuliere, dann lächele der Patient mit seiner linken Mundhälfte – auch das zeigte der Film –, und wenn man beide Seiten stimuliere, dann komme ein volles Lächeln zustande.

Es war beinahe komisch, diesen lächelnden Mund unter einem tanzenden weißen Kreis zu beobachten. Aber Troller fand es vor allem gruselig, dieses ferngesteuerte Lächeln. Ihm fiel ein, dass er erst heute Nachmittag Sarah von seinem Jugendfreund erzählt hatte, der auch keine Butter mochte. Wenn man dem damals solche Elektroden eingepflanzt hätte, dann hätte er vielleicht sogar Käse gegessen.

Der Professor kam jetzt zum eigentlichen Experiment. Man hatte mit dem Patienten vereinbart, dass er seine eigene Erregung auf einer gedachten Skala von eins bis zehn einschätzen sollte, wobei zehn für den höchsten Erregungsgrad stand. Dann sah man eine Hand, wahrscheinlich die Hand einer Ärztin oder Assistentin, die dem Probanden ein Stück irischer Butter reichte, es sah auch für jemanden, der keine ausgesprochene Butterphobie hatte, ziemlich eklig aus, ein abgebrochener Klumpen, das Goldpapier aufgerissen, die Butter schmierig an den Rändern überquellend. Der Patient hatte die Butter kaum in die Hand genommen, als er auch schon anfing zu stöhnen und zu zittern. Von der Assistentin aus dem Off danach gefragt, schätzte er den Grad seiner Erregung auf der Skala von eins bis zehn mit acht ein. Troller hätte zehn erwartet.

»Und jetzt«, erklärte der belgische Professor, »werden wir seine linke Gehirnhälfte stimulieren, nur seine linke, wohlgemerkt.«

Der Film zeigte erneut den Probanden mit dem weißen Kreis vor der Nase, die Hand der Assistentin, die ihm die Butter reichte, diesmal in einem Behälter aus dickem Glas, in dem sie nicht ganz so widerlich aussah wie in dem schmierigen Papier, und der Patient, dessen rechter Mundwinkel leicht nach oben gezogen war, schätzte seinen Erregungsgrad auf fünf.

Dann noch einmal dasselbe Experiment, diesmal aber mit Stimulierung beider Gehirnhälften und einem vollen Lächeln des Probanden. Er konnte es offenbar gar nicht fassen, dass das, was er jetzt in die Hand bekam, überhaupt Butter war, weil er kaum noch Abscheu verspürte, und als er wieder gefragt wurde, wie er seinen Erregungsgrad einschätze, entschied er sich nach einigem Zögern für zwei. Und damit endete der Film, und der belgische Professor überließ einem Juristen aus Hamburg das Stehpult und das Wort.

Die Veranstaltung war eigentlich eine Buchpräsentation. Zwölf Professoren präsentierten ihr Gemeinschaftswerk zum Thema *Intervening in the Brain*, das die Perspektiven der Hirnforschung beschreiben und die damit verbundenen moralischen und juristischen Probleme reflektieren sollte. Die Hälfte der Autoren saß oben auf dem Podium bzw. stand am Stehpult, und Troller kannte keinen von ihnen; mit Ausnahme eines in München lehrenden Professors für Neuroethik mit Namen Alois Krauthammer, dessen Bild Troller schon einmal in einer Zeitung gesehen hatte und dessen Gesicht man nicht vergaß, weil er mit seinen wirren Haaren und seinem Rauschebart so aussah, als lebte er in einer Höhle bei Oberammergau.

In der abschließenden Diskussion meldete sich als Erster ein Biologe aus Leipzig zu Wort, der mit einer vollkommen unverständlichen Rede offenbar nur kundtun wollte, dass er auch noch auf der Welt war. Danach stellte eine Philosophiestudentin der Humboldt-Universität die Frage, ob sich das weibliche Gehirn auch genetisch oder nur durch Erfahrung vom männlichen unterscheide. Tatsache war, dass es kleiner war und weniger wog, aber man beeilte sich hinzuzufügen, dass diese Tatsache keine Auswirkung auf den Intelligenzgrad hätte. Und schließlich gab ein Journalist zu bedenken, dass man bei Straftätern, denen man Hafterleichterung oder gar Entlassung anbiete, wenn sie sich einem gehirnchirurgischen Eingriff unterzögen, wohl kaum von Freiwilligkeit sprechen könne. Das sei ein ernstzunehmender Einwand, sagte der Ethiker, an den die Frage gestellt war, aber die Tatsache, dass die Straftäter als Straftäter verurteilt worden und nicht in einer therapeutischen Anstalt gelandet seien, belege ja, dass sie einen freien Willen hätten.

Danach beendete der Präsident der Akademie die Diskussion und forderte die Anwesenden auf, bei ein paar »Häppchen« und »einem Glas Wein« noch weitere Fragen zu erörtern, »bei Bedarf«.

Troller stand einen Augenblick unschlüssig an seinem Platz und überlegte, ob er noch zum Buffet gehen sollte, aber er war ja vorhin mit Sarah in der Osteria gewesen und hatte dort auch schon ein Glas Rotwein getrunken. Als er sich auf die große Glastür zubewegte, kam Pit Kern auf ihn zu. Der Kollege von der *WELT* war etwas kleiner und einige Jahre jünger als Troller und trug mit Vorliebe Tramperkleidung: Hosen und Westen mit tausend Taschen, die den Eindruck erweckten, er befände sich gerade auf einer Wanderung um die Welt. Für heute Abend hatte er sich in einen Anzug gezwängt und wirkte deutlich steifer als sonst. Troller mochte ihn und traf sich gelegentlich mit ihm zum Fachsimpeln beim Bier.

»Wie geht's Jane?«, fragte Pit Kern.

»Sie ist wütend«, sagte Troller. »Sie ist in London und wollte eigentlich über das Urteil gegen den Krankenpfleger schreiben, den sie den Erlöser nennen. Aber er hat sich gestern Nacht in seiner Zelle …«

»Erhängt«, ergänzte Pit Kern. »Ich weiß.«

»Sie hat mich heute Mittag angerufen und eine halbe Stunde lang getobt und geteufelt, so sauer war sie auf den Kerl.« Und ohne im Geringsten daran zu denken, was mit mir gerade los war, dachte Troller. Erst nachdem ihr buchstäblich die Luft ausgegangen war, hatte sie nach »Kant« und Ritter gefragt. War dann aber voll des Lobes über seine Profiler-Idee gewesen. Dass es gar keine Idee war, sondern ein Irrtum des Kommissars, ignorierte sie. »Das hätte ja nicht mal ich fertiggebracht«, sagte sie nur, »das war ja ein echter Coup.« Und dann hatte sie wieder angefangen, über den Erlöser zu schimpfen und darüber, dass sie für den Abend keinen Flug mehr bekommen habe und nun in London festsitze und dass im Augenblick wohl alles schiefgehe, und überhaupt.

»Wie fandst du eigentlich den Film?«, fragte Pit Kern.

»Welchen?«

»Den von eben. Mit der Butterphobie.«

»Schaurig.«

»Wegen der Phobie oder wegen der Therapie?«

»Beides.«

»*Intervening in the Brain* – wir sollten endlich unser Buch über diese Sachen schreiben.«

»Ja, mal sehen.« Troller wich seinem Blick aus, bemühte sich aber, es sich nicht anmerken zu lassen. Er hätte Pit Kern schon vor Wochen sagen sollen, dass er längst allein an seinem nächsten Buch arbeitete.

»Kommst du noch mit zum Buffet?«

»Nein«, sagte Troller. »Ich muss noch Gitarre üben.«

»Du spielst Gitarre?«

»Alle zehn Jahre. Die sind gerade wieder um.«

Er erklärte, dass er am Wochenende nach Hamburg fahren würde, zum fünfzigsten Geburtstag eines alten Kumpels. »Immer wenn er einen runden Geburtstag feiert, will er, dass die Band noch einmal auftritt, daher.«

»Na dann«, sagte Pit Kern. »Ich gehe noch zum Buffet. Ich will den Jungs noch ein paar Fragen stellen. Besonders dem Chirurgen. Ich bin da an einer Sache dran …«

»An was für einer?«, fragte Troller mehr aus Höflichkeit.

»Ist noch nicht spruchreif. Aber ich bin kurz davor.« Pit Kern senkte geheimnisvoll die Stimme, als käme jetzt die große Enthüllung, wiederholte dann aber nur noch einmal: »Wir sollten wirklich unser Buch schreiben. Überleg's dir noch mal. Wir telefonieren.«

Als Troller sich aus einiger Entfernung noch einmal umdrehte, sah er, wie auch Pit sich umdrehte und die linke Hand mit abgespreiztem Daumen und kleinem Finger an sein Ohr hielt.

Zu Hause, als er den dicken Kaschmirpullover aus dem Schrank holte, fragte Troller sich, ob er Pit nicht doch noch mit ins Boot holen sollte. Warum schrieb er das Buch nicht mit ihm zusammen? Sie waren beide an demselben Thema dran, den Gefahren und Grenzüberschreitungen, die mit den modernen Lebenswissenschaften verbunden waren, vor allem der Genetik und der Hirnforschung. Aber Pit hing für Trollers Geschmack zu sehr an den exotischen Blüten der Wissenschaft, die an Jahrmarktsensationen erinnerten. Ihm selbst ging es weniger um die Auswüchse als darum, wohin der normale oder als normal empfundene Wissenschaftbetrieb die Menschen führte. Der Arbeitstitel seines halbfertigen Buchmanuskripts lautete: *Die Zukunft der Hirnforschung und das Ende des freien Willens.* Er sprach aber mit niemandem darüber, außer gelegentlich mit Jane. Das hatte etwas damit zu tun, dass die Enttäuschung über sein erstes Buch noch an ihm nagte. *Der Terror der Wissenschaft* hatte sich exakt 1743-mal verkauft. Und das, obwohl er jahrelang daran gearbeitet und die Arbeit daran, wie Maria behauptete, seine Ehe ruiniert hatte.

Troller streifte sich den Kaschmirpullover über, nahm seine Gitarre und fing an, die Griffe zu üben, die er für den Auftritt am Samstag brauchte. Er begann mit »All along the Watchtower«, wobei er mehr das Original im Kopf hatte als die Version von Jimi Hendrix. Zwar taten ihm bald die Fingerkuppen weh, aber er achtete nicht darauf. Er spielte die alten Songs von CCR, The Who und Ton Steine Scherben, und das Gitarrespiel half ihm, die Ereignisse des Tages und die damit verbundenen inneren Turbulenzen in den Hintergrund zu schieben, die E-Mails von »Kant« und die Leiche des Professors, das Glück von Sarah im HiFlyer und ihre Traurigkeit in der Osteria, den Anruf von Jane und den erhängten Erlöser, den ferngesteuerten Patienten und die Begegnung mit Pit Kern. Vergessen, dachte er, wäre wohl zu viel verlangt. Aber immerhin spürte er wieder so was wie Vorfreude auf das Wiedersehen mit den alten Buddies von der Band. Nach einer Stunde intensiver Akkordarbeit ging er in die Küche und öffnete die Flasche Gigondas, die er vor ein paar Tagen in der Enoteca gekauft hatte. Als er den ersten Schluck Rotwein kostete, rollte eine kleine Welle des Glücks durch seinen Körper. Fast so, als hätte der belgische Professor auf beide Knöpfe gedrückt.

# 8

Als Jane das Flughafengebäude verliess und mit prüfendem Blick in den grau-schwarzen Himmel hinaufschaute, aus dem sie gerade herabgeschwebt war, erklang aus ihrer Handtasche die kleine Nachtmusik. Ich muss unbedingt den Klingelton ändern, dachte sie.

»Wo sind Sie?«, fragte der Anrufer. »Im Hotel?«

»Am Flughafen.«

»Heathrow oder Gatwick«

»TXL-Tegel.«

»In Berlin?«

»Ein anderes Tegel kenne ich nicht.«

»Dann kommen Sie am besten sofort her.«

»Wohin?«

»In die Redaktion. Ein anderes Her kenne ich nicht.«

Na ja, dachte Jane, während sie mit dem Handy am Ohr auf die wartenden Taxis zuging, ich schon. Du wohnst in einem Penthouse in Mitte, du speist zu Mittag im Borchardts, im Malatesta oder in der Paris Bar, und du treibst dich auch um diese Tageszeit schon auf dem Golfplatz herum, immer mit beruflichem Vorwand, versteht sich, Hintergrundgespräche, ist ja klar. Es gibt eine Menge Hiers oder Hers für dich, aber ich werde mich hüten, so etwas laut zu sagen, man soll sich mit seinem Chef ja nur anlegen, wenn es unbedingt sein muss.

»Haben Sie was dagegen«, fragte sie nur, »wenn ich vorher noch in meine Wohnung fahre und mich ein wenig frisch mache?«

»Hab ich«, sagte Bäumler, während sie ins Taxi einstieg. »Für mich sind Sie frisch genug.« Und legte auf.

»Arrogantes Arschloch.«

»Wasnnulos?«, sagte der Taxifahrer. »Ich hab doch gar nichts gesagt.«

»Ich hab Sie ja auch gar nicht gemeint«, sagte sie gereizt und nannte ihm die Adresse der *Fazit*-Redaktion.

Kaum hatten sie das Flughafengelände verlassen, mussten sie an der Ampel am Saatwinkler Damm schon wieder halten. Vereinzelte Regentropfen schlugen auf die Frontscheibe, Vorboten eines Wolkenbruchs.

In London hatte die Sonne geschienen. Die ersten Forsythien hatten den Green Park gelb getupft; blaue, violette und gelbe Krokusse hatten ihre Köpfe aus dem Rasen gereckt. Hier hinkte die Natur noch hinterher, obwohl Berlin fast auf demselben Breitengrad lag wie London.

»Kann ich da mal reinschauen?« Jane beugte sich vor und zeigte auf die *BILD*, die auf dem Beifahrersitz lag. Sie war so gefaltet, dass Jane nur in dicken Lettern

***DER FOLT***

lesen konnte. Der Folterer? Der Folterknecht? Der Foltermörder?

Der Fahrer nickte und reichte ihr die Zeitung nach hinten.

Jane faltete sie auf und las: *Der Folterstuhl.*

Darunter ein grobgerastertes Foto: Es zeigte einen Affen- oder Primatenstuhl, in dem ein Pavian fixiert war, festgeschnallt an Händen und Füßen, festgeschraubt am Kopf, verkabelt mit Drähten, deren Enden am rasierten Schädel hafteten, ein Mundstück im Maul, an das ein Schlauch angeschlossen war, die Augen weit aufgerissen, die Zähne gebleckt – ein Bild der Ohnmacht, der Demütigung, der puren Qual.

Fotos von der Leiche hatte die Polizei offenbar nicht freigegeben. Jane hatte während des Fluges die Berichte in der

*Frankfurter Allgemeinen*, der *Süddeutschen* und dem *Tagesspiegel* über den Mord gelesen, aber keiner hatte ihr so drastisch vor Augen geführt, was geschehen war, wie dieses Bild. Die Phantasie ersetzte im Nu den Affen durch einen Menschen, und dieser Mensch war am Ende man selbst.

Die Ampel sprang auf Grün. Das Taxi fuhr an und beschleunigte noch einmal, als sie auf die Autobahn kamen. Blitze zuckten über der Siemensstadt, und gleich darauf krachte der Donner in Kaskaden los wie ein kosmischer Knallfrosch. Und wieder ein paar dicke Tropfen.

»Ich hab einen Hund«, sagte der Fahrer und schaute sie aus dem Rückspiegel heraus an, »einen Schäferhund. Mirco. Mein bester Freund. – Haben Sie Tiere?«

»Nein«, sagte Jane. *Und wenn, dann eine Katze.*

»Ich könnte ohne das Tier nicht leben«, sagte der Fahrer. »Er verabschiedet mich morgens, bevor ich auf den Bock steige, er begrüßt mich abends, wenn ich zurückkomme, und er hat mehr Grips in seinem Schädel als die meisten Menschen, darauf wette ich. Und eins steht für mich fest: Wenn jemand auf die Idee käme, meinen Mirco in einen solchen Apparat zu stecken und mit ihm irgendwelche verrückten Experimente zu machen, dann würde ich mir den Kerl auch schnappen und ihn auch auf diesen Stuhl setzen.«

»Mit anderen Worten, er hat's verdient.«

»Wer?«

»Der Professor.«

»Na ja, der Mann, der das gemacht hat, ist natürlich etwas übers Ziel hinausgeschossen, aber – Scheiße, jetzt geht's aber richtig los.«

Als wären mit einem Male alle Dämme gebrochen, pladderte der Regen mit voller Macht auf die Scheibe, trommelte aufs Dach und versperrte die Sicht. Der Fahrer drosselte das Tempo. »Kann ich auf der Autobahn bleiben?«, fragte er, als sie zum Heckerdamm kamen.

»Ist mir sogar sehr recht«, sagte Jane und blätterte weiter in der *BILD*.

Für den Selbstmordversuch des Erlösers war nur noch auf den hinteren Seiten Platz. *Wollte er sich selbst erlösen?*, stand unter dem Foto eines Mannes mit traurigen Augen, der eine entfernte Ähnlichkeit mit Frederick McKinnock aufwies. Es war dieselbe Formulierung, die Frank gestern gebraucht hatte. Frank Teschemacher. Da hatten sie aber noch vor dem Old Bailey gestanden.

Als das Taxi am Halensee die Stadtautobahn verließ, blitzte es wieder, und gleich darauf rollte der Donner erneut wie ein Verhängnis über die Stadt hinweg. Der Himmel war so düster, dass man meinen konnte, die ewige Nacht sei hereingebrochen.

Auf dem Ku'damm staute sich der Verkehr, aber auf der Taxi- und Busspur kamen sie so einigermaßen voran. Sie passierten die Gedächtniskirche, das KaDeWe und den Fünfzigerjahre-Bau der Urania, in dem immer Vorträge über Wissenschaft, Kunst, Reisen oder Religion gehalten wurden. Auch Heribert Ritter hatte mühelos den großen Saal gefüllt.

Nicht weit entfernt, am Lützowplatz, lag das Redaktionsgebäude von *Fazit*. Jane gab dem Fahrer die Zeitung zurück, zahlte, nahm ihre Reisetasche und flüchtete sich vor den Wassermassen unter das Vordach des Hauses.

Der Fahrstuhl brachte sie in den dritten Stock. Sie ging in ihr Büro, stellte die Reisetasche auf einen Stuhl, holte sich eine frische Bluse und einen anderen Pullover heraus, ging zur Tür, drehte den Schlüssel im Schloss, zog sich schnell um und überprüfte vor dem Spiegel ihr Make-up. Viel war's nicht, aber das Wenige sollte sitzen.

Den noch ungeöffneten Lippenstift in der Hand, betrachtete sie ihr Gesicht. Sah man ihr etwas an? Ihren Augen vielleicht oder der Partie um den Mund? Und wenn ja, was sah man? Eher das noch immer spürbare Nachbeben oder das schlechte Gewissen? Es war ihr erster Seitensprung, seitdem sie mit Troller zusammen war. Der erste Seitensprung in über vier Jahren! Und ausgerechnet mit Mister Frank T.

Sie schloss für einen Moment die Augen und spürte sofort das Prickeln im ganzen Körper. Und dann gleich wieder diesen dumpfen Druck irgendwo zwischen Herz und Hirn. Aber verdammt noch eins, sie hatte keine Lust, sich die Erinnerung an diese Nacht durch Schuldgefühle verderben zu lassen. Es war einmalig gewesen, in jeder Bedeutung dieses Wortes, und es hatte nichts mit Troller zu tun, überhaupt nichts, es war einfach nur – wie hieß es in diesem Gedicht? – *es war, wie es war*.

Sie öffnete die Augen und blickte sich selbstentschlossen an. Dann zog sie den Lippenstift nach, ging zu ihrem Schreibtisch, hob den Telefonhörer ab und wählte dreimal die Fünf.

»Ja?«

»Jane hier. Ich bin jetzt im Haus.«

»Okay. Kommen Sie rauf.«

Sie fuhr nicht mit dem Aufzug, sondern nahm die Treppe. Während sie vom dritten in den vierten Stock hochstieg, überlegte sie, ob sie kurz zu Troller hineinschauen und ihn begrüßen sollte, entschied sich aber dagegen. Ob sie wollte oder nicht, sie hatte ein mulmiges Gefühl bei dem Gedanken, ihn wiederzusehen. Als sie gestern Mittag telefoniert hatten, hatte er sie am Ende gefragt, warum sie trotz des verschobenen Urteils über Nacht in London bleiben wollte, und sie hatte gesagt, sie hätte keinen Flug bekommen. »Alles ausgebucht, sogar die Business-Class. Jetzt bin ich mit Marty verabredet. Du kennst ihn ja. Marty Whitaker von der Times.« Das war die Wahrheit gewesen, aber nicht die ganze Wahrheit. Sie hatte vergessen zu erwähnen, dass sie zu dritt verabredet waren, in dem kleinen Bistro am Shepherd Market, das Frank T. empfohlen hatte.

»Was ist denn jetzt mit Ihrem Erlöser?«, fragte Bäumler, nachdem er sie ungewöhnlich charmant begrüßt hatte. Er war nicht nur aus seinem Sessel aufgestanden, sondern hatte ihr sogar einen Handkuss gegeben, wenn auch als ironische Geste verpackt. Schließlich war er kein Österreicher, er stammte aus Hamburg und sprach mit einem stark norddeutschen Akzent, den er in all den Jahren seines prominenten Journalistenlebens niemals abgelegt hatte, weder in den Redaktionen der großen Zeitungen und Magazine, die er geleitet hatte, noch in seiner politischen Talkshow. »Wird er wieder auf die Beine kommen?«

»Ich hoffe«, sagte Jane. »Ich würde gern noch mein Stück über das Urteil schreiben.«

Man sagte *Stück* zu einem Artikel. Journalistenslang. Keiner wusste genau, wer damit angefangen hatte.

»Und wenn es gar nicht mehr zu einem Urteil kommt? So sieht's doch im Augenblick aus, oder?«

»Ich könnte diesen Kerl umbringen.«

»Das hat er ja nun gerade selbst versucht.«

»Nein, im Ernst«, sagte Jane, »ich bin richtig wütend. Ich hatte von diesem McKinnock mehr erwartet. Ich hatte Verständnis für ihn, in gewisser Weise sogar Respekt. Er hat die Leute zum Nachdenken gebracht, über diesen ganzen Komplex von Sterbehilfe bis Euthanasie. Ich will seine Taten nicht rechtfertigen, aber ich denke, es hätte sich gelohnt, die Debatte weiter zu vertiefen. Es ist doch so ...«

»Haben Sie von dem Mord im Affenstuhl gehört?«, unterbrach Bäumler sie, bevor sie eine mündliche Version ihres ungeschriebenen Artikels bringen konnte.

Jane schaltete sofort. Bäumler hätte diese Frage nicht gestellt, wenn er nicht wollte, dass sie die Sache übernahm. Etwas Besseres konnte sie sich gar nicht wünschen. »Ja«, sagte sie, wobei sie sich bemühte, ihr übermäßiges Interesse zu kaschieren, »ich habe davon gelesen.«

»Und?«

»Abscheulich. Aber interessant.« Was so viel heißen sollte wie: Ja, Chef, die Story ist genau das Richtige für mich.

»Wissen Sie schon, dass es gestern noch einen gab?«

»Noch einen was?«

»Mord. An einem Wissenschaftler. Aber warten Sie –« Er ging zum Schreibtisch, drückte die Taste seiner Gegensprechanlage und fragte: »Ist er da?«

»Ja«, sagte eine quäkige Stimme.

Troller? Sofort stellte sich wieder dieses mulmige Gefühl ein. Vielleicht hätte sie doch erst mal zu ihm gehen sollen, bevor sie hier heraufkam.

Sie gab sich innerlich einen Ruck, als die Tür aufging, aber es war nicht Troller, es war Hebold, Trollers Kollege aus der Wissenschaftsredaktion. Sie hätte erleichtert sein können, stattdessen zuckte sie erst recht zusammen. Hebold war ungefähr so alt wie sie, also um einiges jünger als Troller, und maßlos ehrgeizig. Er konnte sich partout nicht damit abfinden, dass Troller und nicht er die Wissenschaftsredaktion leitete. Seltsamerweise störte sich Troller nicht daran, sondern arbeitete recht gut mit ihm zusammen. Jane konnte Hebold nicht ausstehen. Sie hatte eine körperliche Aversion gegen ihn. Er war dick, schwitzte immerzu und war schlampig gekleidet. Er trug Hemden, die zu kurz waren und ihm ständig aus der Hose herausrutschten, oder Pullover, die er dem Geruch nach zu urteilen nur alle paar Jahre wusch. Dass man so jemanden überhaupt zum Interview auf hochkarätige Wissenschaftler losließ, war Jane unverständlich. Aber wenn sie Troller glauben durfte, trug Hebold zu solchen Anlässen immer einen Anzug und ein sauberes Hemd, so dass er sich nicht allzu sehr für ihn schämen musste.

Heute war nicht so ein Anlass. Hebold trug verwaschene Jeans, ein schwarzrotkariertes Flanellhemd, ein Souvenir von einer USA-Reise, und eine braune Lederweste.

»Oh«, sagte Hebold überrascht. »Lady Jane.«

Auch das gehörte zu den Gründen, warum sie ihn nicht mochte: Seit die Rolling Stones diesen Song herausgebracht hatten, und das war wirklich eine Million Jahre her, wusste jeder pubertierende Jugendliche, dass *Lady Jane* im Englischen ein Synonym war für, nun ja, Muschi, Möse, Schnecke oder was man sonst so im Deutschen sagte. Hebold ließ keine Gelegenheit aus, Gebrauch von diesem Namen zu machen, und kam sich dabei ungeheuer witzig vor. Troller hätte so einen pubertären Mist niemals von sich gegeben, nicht einmal als er noch in der Pubertät war.

»Setzen Sie sich«, sagte Bäumler mit einer einladenden Geste zu ihnen beiden und ließ sich nun auch in seinen Ledersessel neben dem Eileen-Gray-Tischchen fallen, auf dem, wie Jane erst jetzt sah, die *BILD* mit dem Folterstuhl auf der Titelseite lag. Jane und Hebold setzten sich auf die beiden Freischwinger, die in einiger Entfernung von Bäumlers Sessel standen.

»Erzählen Sie von dem Anschlag in Bremen.«

Hebold erzählte von dem Anschlag in Bremen, und Jane hörte ungläubig zu. Wer war so hinterhältig und verschlagen, eine Paketbombe zu verschicken? Und zwar – irgendwie machte das für sie doch einen Unterschied – nicht an einen General oder einen Innenminister, die sich ja von Berufs wegen selbst in die Kampfzone begaben, sondern an einen harmlosen Wissenschaftler? Und diese Bombe hatte noch nicht einmal den Wissenschaftler selbst getroffen, sondern seine kleine Tochter. Der Professor hatte überlebt, wenn auch verletzt, aber das siebenjährige Mädchen war auf der Stelle tot gewesen.

»Mein Gott«, sagte Jane. »Aber ...«

»Genau.« Bäumler ließ seine Brille kreisen. »Was hat das eine mit dem anderen zu tun? Der Mord im Affenstuhl mit der Paketbombe? Das wollten Sie doch sagen, oder?«

Jane nickte.

»Hebold?«

»Ich weiß nicht, wie die Polizei und die Kollegen von den anderen Zeitungen das sehen«, sagte Hebold. »Aber die sind ja auch nicht blöd. Ich bin jedenfalls davon überzeugt, dass es einen Zusammenhang gibt. Beide Opfer sind Wissenschaftler, und nicht nur das, beide sind Hirnforscher, und beide sind vor einiger Zeit in die Schlagzeilen geraten, weil sie Experimente mit Tieren gemacht haben, Ritter sogar mit Primaten. Block selbst betreibt zwar keine Tierexperimente mehr, aber an seinem Institut werden eine Menge Katzen verbraucht. Man kann zum Beispiel an der Neuronenaktivität im Hirn von Katzen erkennen, ob die Katze gerade ein waagerechtes oder ein senkrechtes Gitter sieht, und zwar erkennt man das daran …«

»Ja, ja«, unterbrach Bäumler ungeduldig, »aber wichtig ist doch nur, wer dahintersteckt. Und warum.«

»Ja, warum«, sagte Hebold. »Ich war gestern Abend auf der Pressekonferenz in Potsdam, und die Polizei stochert total im Nebel. Natürlich denken die auch, dass es irgendwelche Tierschützer waren, aber dazu gehört ja wohl nicht viel, oder?«

»Was haben die auf der PK gesagt?«, fragte Jane. »Haben sie irgendwelche Einzelheiten preisgegeben? Die Art der Folter? Die Instrumente? Irgendwelche Spuren? Bekennerschreiben?«

»Sie hüllen sich in Schweigen«, antwortete Hebold. »Es hat wohl eine Reihe von Bekennerschreiben gegeben, aber die werden noch analysiert. Und über die Art der Folter wollten sie nichts sagen, außer dass das Opfer in diesen Stuhl gezwängt wurde. Sie haben dann das Bild mit dem Pavian verteilt. Ich verstehe ja nicht viel von Polizeiarbeit, aber ich fand diese Geheimniskrämerei etwas übertrieben. Die schienen alle noch unter Schock zu stehen. Aber ich kenne mich in der Szene natürlich nicht so aus wie Jane.«

»Was den Schock betrifft«, sagte Jane, »nach meiner Erfahrung handelt es sich bei Polizisten immer noch um Menschen und nicht um Robocobs. Dass die am Abend eines Tages, an dem sie eine brutal gefolterte Leiche gefunden, den Tatort nach Spuren abgesucht und offenbar kaum Anhaltspunkte gefunden haben, nicht gerade fröhliche Gesichter machen, finde ich eher normal.«

»Ich sag doch gar nichts«, sagte Hebold pikiert.

»Wir haben auch ein paar E-Mails erhalten«, berichtete Bäumler, »von Tierliebhabern, die ihre klammheimliche Freude ausdrücken. Zum Beispiel vom stellvertretenden Vorsitzenden der Autonomen Tierbefreier.« Er wandte sich an Hebold. »Haben Sie die dabei?«

»Hab ich.« Er hielt Jane ein Blatt Papier vor die Nase.

*Sehr geehrte Damen und Herren!*

*Ein entsetzliches Verbrechen ist geschehen. Nach allem, was wir hören, ist der berühmte Hirnforscher Professor Dr. Heribert Ritter von einem noch unbekannten Täter gequält, gepeinigt, gefoltert und ermordet worden. Eine abscheuliche, unmenschliche Tat.*

*Und doch, mischt sich nicht in das Entsetzen über die Grausamkeit dieses Verbrechens ein Moment der Besinnung?*

*Verstehen Sie mich recht, wir vom Verein der Autonomen Tierbefreier billigen die Tat nicht, wir verurteilen sie aufs Schärfste und »gönnen« sie dem Opfer keinesfalls. Wir sind nur der Ansicht, dass auch andere Kreaturen, die in solcher Weise gequält, gepeinigt und ermordet werden, unser Mitleid verdienen.*

*Mit vorzüglicher Hochachtung*
*Martin Wollanke*
*(Stellvertretender Vorsitzender des Vereins Autonome Tierbefreier Deutschlands e. V.)*

»Und was sollen wir Ihrer Ansicht nach tun?«, fragte Jane, nachdem sie den Text überflogen hatte.

»Wir recherchieren«, sagte Hebold. »Ich habe diesen Martin Wollanke sofort angerufen, aber er wollte nicht mit mir sprechen und hat gleich wieder aufgelegt. Dann habe ich die Erste Vorsitzende des Vereins angerufen, sie heißt Lisa Grossmann, sie war sehr verärgert über die Mail und meinte, dass das nicht abgesprochen gewesen sei. Sie gibt uns gern ein Interview. Ich hab für morgen um zwölf einen Termin mit ihr gemacht, sie lebt auf dem Land, in einem kleinen Dorf in der Nähe von Neuruppin. Eine Stunde Fahrt von hier. Lassen Sie uns zusammen hinfahren.«

»Ich weiß nicht«, sagte Jane zögernd, »ich meine, wir sind Journalisten, wir sind nicht die Polizei.« Das war ein ziemlich törichter Vorbehalt, wie sie genau wusste. Sie wollte nur nicht mit Hebold zusammen dort hinfahren.

»Das Problem der Polizei ist, dass sie nichts von Wissenschaft versteht«, sagte Hebold. »Wir schon.«

»Und?«

»Na ja«, Hebold sah sie an, als könnte er nicht begreifen, warum sie überhaupt noch Fragen stellte, anstatt sofort mit ihm loszustürmen. »Wenn wir es sind, die dem Täter oder den Tätern auf die Spur kommen, dann würde das auch nicht schaden, oder? Aber es geht ja auch um Wissenschaft. Es geht um Experimente mit Tieren. Es geht um Hirnforschung. Da könnte man doch was draus machen. Denken Sie mal an die Recherche, die Sie zusammen mit Troller in Amerika gemacht haben. Die Serie war doch ein voller Erfolg.«

*Ach, daher weht der Wind.*

Hebold war damals ganz krank vor Neid auf Troller und sie gewesen, weil die große Recherchereise durch die Vereinigten Staaten sein großer Traum gewesen war und er nicht dabei sein durfte. Er hatte sogar behauptet, Troller hätte ihm die Idee dazu geklaut, was nicht ganz falsch war, aber auch nicht ganz richtig.

»Wäre das nicht etwas?«, fragte Bäumler und kaute auf seinem Brillenbügel herum. »Sie beide recherchieren den Fall, und zugleich berichten Sie darüber, was dieser Ritter und dieser Block geforscht haben? Und von mir aus auch, wie die Tierschützer denken. Das ist zwar nicht neu, aber die Öffentlichkeit hat sich lange nicht mehr damit beschäftigt.«

Jane war weniger davon überzeugt, dass der Mörder ein Tierschützer war. Hätte ein Tierschützer sich nicht eher Heinz Sielmann genannt oder Konrad Lorenz? Oder war Kant, der Philosoph, ein Pionier des Tierschutzgedankens gewesen? Wie auch immer, ihr Plan stand fest: Sie wollte Bäumler dazu bringen, dass sie die Story zusammen mit Troller recherchieren durfte. »Ich bin jetzt gerade erst aus London zurückgekommen«, sagte sie unentschieden, »und mit meinen Gedanken noch gar nicht wieder ganz hier. Kann ich eine Stunde darüber nachdenken?«

»Sie können ja mit Hebold zusammen darüber nachdenken«, sagte Bäumler. »Kommen Sie in einer Stunde wieder, dann entscheiden wir, wie wir vorgehen.«

Er stand auf, ging zu seinem Schreibtisch und deutete damit an, dass die Unterredung beendet war.

Hebold und Jane standen ebenfalls auf, Hebold ging zur Tür, Jane folgte ihm, verzögerte aber ihre Schritte und blieb stehen, als Hebold den Raum verlassen hatte. »Es gibt noch ein Problem«, sagte sie, »über das ich gern mit Ihnen sprechen würde.«

»Schießen Sie los«, sagte Bäumler, der gerade hinter seinem Schreibtisch Platz genommen hatte.

»Ich komme gleich nach«, rief Jane Hebold hinterher und zog die Tür von innen zu.

»Was ist Ihr Problem?«

»Mein Problem ist, dass ich in diesem Fall nicht mit

Hebold zusammenarbeiten kann. Wenn schon, dann mit Troller.«

»Moment mal!« Jane konnte förmlich sehen, wie sich in dem so gemütlich und freundlich wirkenden Mann ein cholerischer Anfall vorbereitete. Noch zehn oder zwanzig Sekunden, dann würde er explodieren, und das war erfahrungsgemäß sehr unangenehm.

»Nein, warten Sie, es ist nicht, wie Sie denken!«, beeilte sie sich zu sagen. »Der Mörder hat zu Troller Kontakt aufgenommen.«

Die neue Information machte den cholerischen Ausbruch zwar überflüssig, aber er hatte sich schon zu weit vorbereitet, als dass Bäumler noch imstande gewesen wäre, ihn zu stoppen. Das Einzige, was er noch steuern konnte, waren die Worte, die den Ausbruch begleiteten. Anstatt, wie er es vermutlich vorgehabt hatte, etwas zu brüllen wie: »Was fällt Ihnen ein, mir Vorschriften zu machen!«, schrie er: »Warum, verdammt noch mal, haben Sie das nicht gleich gesagt! Das muss ich doch wissen, Herrgott!« Und damit senkte sich sein Hormonspiegel auch schon wieder auf das normale Niveau herab. Anstatt weiterzuschimpfen, griff er zum Telefonhörer, wählte drei Ziffern, nuschelte etwas – und ein paar Augenblicke später kam Troller durch die Tür. Er sah angestrengt aus. Übermüdet.

»Hallo«, sagte er nur und zupfte an dem Kragen seines schwarzen Polohemdes herum, wahrscheinlich um sich zu vergewissern, dass er nicht halb über und halb unter der schwarzen Lederjacke stand. Danach versenkte er seine Hände in die Taschen seiner Jeans.

Für einen Augenblick glaubte sie fest, er hätte sie ertappt. Von der Rezeption des Méridien wusste sie, dass er am späten Abend angerufen und sie nicht erreicht hatte. Und er hatte eine Nachricht auf ihrem Handy hinterlassen, weil sie nicht drangegangen war. Vielleicht hatte er ja auch noch

Marty angerufen und gefragt, wo sie sein könnte, und Marty hatte vom Bistro am Shepherd Market und von Frank Teschemacher erzählt. Doch dann rief sie ihre Gedanken zur Ordnung und sagte sich, dass Trollers etwas sprödes Verhalten nichts mit ihr zu tun hatte, sondern nur damit, dass Bäumler und überhaupt *das Haus* es nicht mochte, wenn die Mitarbeiter liiert waren. Daher zeigten sie sich in Gegenwart des Chefs immer nur von der professionellen Seite.

»Ich hab ihm von den E-Mails erzählt«, sagte Jane, »ich hoffe, du hast nichts dagegen.«

»Nein«, sagte Troller zögernd, nachdem er mit misstrauischer Miene von ihr zu Bäumler und wieder zurück geschaut hatte. »Hab ich nicht.«

Hatte er offenbar doch. Und so ganz wohl war ihr auch nicht mehr dabei. Es kam immer darauf an, die Dinge in der richtigen Reihenfolge zu tun, und die richtige Reihenfolge wäre gewesen, erst Troller zu begrüßen und dann zu Bäumler zu gehen, und natürlich auch erst Troller zu fragen, ob sie von den Mails erzählen durfte, und es dann zu tun. Sie hatte von Anfang an die falsche Reihenfolge gewählt, und sie wusste auch, warum.

»Haben Sie einen Ausdruck von den Dingern?«

»Ja«, sagte Troller, holte zwei DIN-A4-Seiten aus der Innentasche seiner Lederjacke und hielt sie Bäumler hin. »Ich hab sie erst für einen Scherz gehalten, aber das, was ich in Golm gesehen habe, war kein Scherz.« Er gab Bäumler einen kurzen, stichwortartigen Bericht.

»Da scheint es einer auf Hirnforscher abgesehen zu haben«, kommentierte Jane, »und ich frage mich, warum?«

»Nun ja«, sagte Bäumler. »Bisher ist es ja eine bloße Vermutung, dass es sich beide Male um denselben Täter handelt. Außerdem könnte es auch eine Gruppe sein, die sich Kant nennt. Vielleich ist K. A. N. T. eine Abkürzung. Für K-eine Experimente AN T-ieren oder so.«

»Fehlt ein E«, sagte Jane. »Für Experimente.«

»War ja nur ein Versuch. Aber vielleicht sind es wirklich radikale Tierschützer. War Kant, ich meine, der Philosoph, eigentlich ein Tierfreund?«

»Nicht so wie Schopenhauer«, sagte Troller. »Aber Kant hielt Grausamkeit gegen Tiere für eine Vorstufe der Grausamkeit gegen Menschen. Daher lautete seine Maxime: Geht vernünftig mit den Tieren um, damit ihr lernt, vernünftig mit den Menschen umzugehen.«

»Na bitte«, sagte Bäumler, »da haben wir's ja.«

»Ist auf jeden Fall eine Hypothese, die man überprüfen sollte«, sagte Jane. »Und mein Vorschlag lautet: Troller und ich machen uns daran, diese und alle weiteren Fragen zu beantworten. Was halten Sie davon?«

»Es war Hebolds Idee«, sagte Bäumler. »Wollen Sie ihn so einfach ausbooten?«

»Von mir aus kann Troller es auch mit Hebold zusammen machen«, sagte Jane, »aber Troller muss dabei sein. Ich bin ziemlich sicher, dass der Mann oder die Gruppe, die sich Kant nennt, wieder Kontakt zu ihm aufnehmen wird.« Und sie war ebenso sicher, dass Bäumler ihren Vorschlag, Hebold wieder ins Boot zu holen, nicht ernsthaft in Erwägung zog. Das ideale Gespann für diesen Fall waren nicht zwei Wissenschaftsredakteure, sondern ein Wissenschaftsredakteur und eine Kriminalreporterin. Das ideale Gespann waren Troller und sie.

»Hm.«

*Jetzt bitte kein Wort mehr, Jane Anderson, halt einfach deine Klappe und warte ab.*

Bäumler legte immer erst eine Entscheidungspause ein, bevor er einen wichtigen Auftrag vergab. Sie dauerte eine Minute oder eine halbe Minute, manchmal auch fünf Minuten oder mehr. Er horchte dann in sich hinein und versuchte zu spüren, ob sich irgendwo in seinem Inneren eine Stimme bemerkbar machte, die ihn vor der betreffenden Entscheidung warnte. Das kam durchaus vor, und dann hieß es auf einmal, sorry, meine innere Stimme sagt nein.

Als Bäumler aus seiner Meditation auftauchte, sagte er: »Also gut, Sie beide kümmern sich um die Sache. Fangen Sie ruhig mit dieser Lisa Grossmann an, vielleicht kann die Ihnen ja weiterhelfen. Dann gehen Sie zu den Instituten, an denen die Opfer gearbeitet haben, und wenn Sie wieder eine Nachricht von diesem Kant bekommen«, sagte er zu Troller, »dann will ich das sofort wissen. Im Übrigen behalten wir diese Connection erst einmal für uns. Also – dann los.«

*Yes!* Jane hätte am liebsten einen kleinen Triumphschrei ausgestoßen. Sie hatte erreicht, was sie wollte: Hebold war draußen, und sie hatte wieder eine Aufgabe. Sie warf Troller einen Anerkennung heischenden Blick zu und stutzte, als sie sah, wie er langsam den Kopf schüttelte. Erst jetzt fiel ihr auf, dass er seit seinem kurzen Bericht über seine Fahrt nach Golm kein Wort mehr gesprochen hatte.

»Was ist?«, fragte Bäumler irritiert. Sein Hals schwoll bereits wieder bedenklich an.

»Ich – ich möchte die Story nicht machen«, sagte Troller mit belegter Stimme. »Ich will damit nichts zu tun haben. Jane denkt, weil dieser Kerl mir die Mails geschickt hat, wäre ich der Richtige für den Job. Aber je mehr ich es mir überlege, desto mehr denke ich, ich bin genau der Falsche. Der Mörder erwartet doch von mir, dass ich über ihn schreibe. Er bildet sich vielleicht sogar ein, ich wäre mit seiner Tat einverstanden. Ich denke, ich sollte ihn nicht darin bestärken. Tut mir leid.«

Bäumlers Hals war wieder abgeschwollen. Die Explosion blieb aus.

Jane verstand die Welt nicht mehr. Sie hatte erwartet und sogar gehofft, dass Bäumler anfangen würde zu toben. Dass er Troller anbrüllte und von ihm verlangte, dass er seine verdammte Journalistenpflicht tat. Was sollte dieser Quatsch mit der Richtige und der Falsche? Kant, oder wie er hieß, würde sowieso nicht lockerlassen. Er würde wieder zu Troller Kontakt aufnehmen, und das bedeutete auch: Troller saß an der Quelle der Information. Es war absoluter Irrsinn, diesen Vorteil ungenutzt zu lassen. Natürlich lag etwas Bedrohliches in der Nähe, die der Mörder zu ihm suchte. Aber das hieß doch nicht, dass man so einfach weglaufen durfte! »Ich finde«, sagte sie, »wir sollten noch einmal in Ruhe …«

»Ich kann mir denken, was du findest«, fiel Troller ihr ins Wort. »Und du hast bestimmt gute Gründe dafür. Aber die Antwort ist nein.«

»Okay«, sagte Bäumler ungeduldig. »Wenn Troller nicht mitmachen und Sie nicht mit Hebold zusammenarbeiten wollen, dann ziehen Sie eben erst einmal alleine los. Lassen Sie sich von Kowalski ein Dossier über die autonomen Tierbefreier zusammenstellen. Ich will ein Interview mit dieser Lisa Grossmann. Also fahren Sie morgen hin. Das war's.«

*»Kant«@freemind.de* an troller@fazit.de
Betreff: Laurenz Block

*Es war ein Unglück, Troller, eine unvorhergesehene Verkettung von Umständen. Ich hatte es nicht so geplant. Aber nun ist es passiert. Ein kleines Mädchen stirbt auf dem Altar der Wissenschaft. Ein kleines Mädchen, so wie Sarah. Ich denke mir, dass Deine Erschütterung darüber besonders groß ist. Aber manchmal geschieht es eben, dass einem das Liebste auf der Welt fortgerissen wird. War es nicht auch bei Kant so, als seine Mutter starb? Er war noch ein Kind damals. Und er hat niemals eine andere Frau geliebt.*

*Der Tod des kleinen Mädchens war ein Irrtum, der Tod im Primatenstuhl war eine Notwendigkeit. Wir leben in einer Zeit des Spektakels. Wer beachtet schon einen gewöhnlichen Mord?*

*Es sollte so aussehen, als hätte ich dem Professor bei vollem Bewusstsein den Schädel aufgebohrt. Aber in Wahrheit habe ich ihn vorher unter Narkose gesetzt. Die Obduktion wird das bestätigen.*

*Dennoch habe ich es nicht gern getan. Mein Kopf schmerzt immer noch, es ist kaum zu ertragen. Aber einer musste das Opfer bringen. Für unseren Kampf. Und es liegt mir sehr daran, dass Du mich verstehst.*

*– Kant.*

# 9

*Autsch!*

Trollers linker Zeigefinger blutete, aber es war zum Glück keine tiefe Wunde, der Schnitt war nur eben unter die Haut gegangen. Troller hielt den Zeigefinger unter laufendes Wasser und schaute der dünnen, himbeerroten Flüssigkeit nach, die gluckernd im Abfluss verschwand. Vielleicht brauchte er doch mal eine neue Brille. Wenigstens zum Knoblauchzerkleinern mit dem scharfen Zwiebelmesser.

*Na ja, ist ja noch mal gutgegangen.*

Er schielte hinüber zu Jane, die auf dem schwarzen Drehstuhl vor ihrem Monitor saß und mit kühlem, konzentriertem Blick zwischen den Tierschützerseiten hin und her googelte, die Ärmel ihrer weißen Bluse einmal umgekrempelt, um besser tippen zu können. Sie war länger als er in der Redaktion geblieben, um auf das Dossier über radikale Tierschützer zu warten, das Kowalski, der Doku-Redakteur, für sie zusammengestellt hatte. Troller war derweil in die Ludwigkirchstraße gefahren, hatte in der Enoteca Wein und Reis für das Risotto geholt, hatte im türkischen Gemüseladen nebenan Knoblauch, Schalotten und getrocknete Steinpilze besorgt und war dann schon hierher gefahren, in Janes Wohnung. Als er den Tisch gedeckt und den Salat gewaschen hatte, war sie wortlos hereingerauscht, hatte ihre Reisetasche abgestellt, den Computer angeworfen, war kurz ins Bad geeilt und hatte sich dann gleich wieder vor den Monitor gesetzt. »Ich brauch noch ein paar Minuten.«

»Ja, klar, lass dir Zeit«, hatte er gesagt, aber gedacht hatte er etwas anderes. Normalerweise, wenn sie für ein paar Tage getrennt gewesen waren, gingen sie erst einmal eine Stunde ins Café Einstein oder ins Manzini, um sich wieder aneinander zu gewöhnen. Oder nein, gewöhnen war das falsche Wort, um wieder zueinanderzufinden und die gemeinsame Aura wiederherzustellen. Aber heute war dazu offenbar keine Zeit. Jane saß da hinten, markierte mit ihrem Textmarker Sätze in Kowalskis Dossier, googelte im Internet herum, druckte irgendwelche Seiten aus und bereitete sich auf das Interview mit der Tierschützerin vor. Aber konnte die Sache nicht mal für ein paar Minuten ruhen? Konnte Jane nicht einmal – wenigstens für fünf Minuten! – herkommen, sich auf den Barhocker setzen, ein Glas Wein mit ihm trinken und ein paar Worte sagen wie: »Auf uns, Troller, ich bin froh, wieder bei dir zu sein«?

*Und jetzt die Schalotten.*

Schälen und in kleine Würfel schneiden. Er hasste es, aber es musste sein. Seine Augen fingen sofort an zu tränen, und zugleich stieg ein weinerliches Gefühl in ihm hoch, das zu seiner Stimmung passte. Mit tränenverschleierten Augen blickte er wiederholt zu Jane hinüber und wurde den Verdacht nicht los, dass sie die ganze Zeit vor dem Computer hockte, um einem Gespräch mit ihm auszuweichen.

Wahrscheinlich ärgerte sie sich immer noch über den Erlöser. Wahrscheinlich waren sein Selbstmordversuch und der vorläufige Prozessabbruch für sie so schlimm, weil das Urteil ein Ventil für sie gewesen wäre. Wegen der Sache mit diesem Freund ihres Vaters, der an ALS erkrankt war und Janes Vater um Sterbehilfe gebeten hatte. »Ich stell mir dauernd vor, er hätte mich gefragt«, hatte Jane immer wieder gesagt, und Troller war überrascht gewesen, wie sehr das Thema sie berührt hatte.

*Fertig.*

Er wusch sich den Zwiebelsaft von den Händen und betupfte sich die Augen mit frischem Wasser. Sein Selbstmitleid zog sich zurück. Er nahm eine Kasserolle, erhitzte Öl, tat die Zwiebeln und den Knoblauch hinein, wartete, bis sie glasig geworden waren, und gab dann eine gute Handvoll Reis zusammen mit einer halben Handvoll Pilze dazu. Nach drei bis vier Minuten Rühren fügte er den Brühwürfel und so viel Wasser hinzu, dass der Reis bedeckt war. Nun musste er das Ganze nur noch würzen, auf starker Flamme kochen und immer wieder Flüssigkeit nachgießen, zunächst wieder Brühe, bald aber auch den Wein.

*Jetzt fünfzehn Minuten rühren. Ohne zu ermüden!*

Während er den vor sich hin köchelnden Reis umrührte, kamen die Bilder wieder hoch. Der Professor im Primatenstuhl. Das kleine Mädchen, das von der Bombe zerfetzt wurde. Er hatte es nicht gesehen, aber das Bild war in seinem Kopf.

*Ein kleines Mädchen, so wie Sarah.*

Sein Herz zog sich zusammen, wenn er daran dachte, dass Sarah so etwas passieren könnte. Er würde Amok laufen, wenn es dazu käme. Wie werden Leute damit fertig, dass man ihr Kind ermordet oder vergewaltigt hatte, ohne sich in Rambos zu verwandeln?

*Und es liegt mir sehr daran, dass du mich verstehst.*

Was sollte das?

Er schenkte sich ein Glas Weißwein ein und fragte Jane, ob sie auch eins wollte.

»Hast du auch Rotwein?«

»Ja, klar. Zum Essen gibt's Gigondas.«

»Ich würde gern einen Tempranillo trinken.«

»Seit wann machst du dir was aus spanischem Wein?«

»Ich weiß nicht. Ist nur so eine Laune.«

»Und seit wann sprichst du Spanisch mit englischem Akzent?«

»Hab ich das?«

»Hast du«, sagte er und machte es nach: »Tempra-nil-lo.«

»Ja, klingt komisch, findest du nicht?«

»Hast du in London Tempranillo getrunken?«

»Yep.«

»Ich wusste gar nicht, dass es in London Tempranillo gibt.« Was natürlich nur ein Witz war, fast achtzig Prozent der spanischen Weine wurden aus dieser Traube gemacht.

»In London weiß man auch nicht, dass es in Berlin Tempranillo gibt.«

»Du meinst, Marty Whitaker weiß nicht, dass es in Berlin Tempranillo gibt?«

»Ja, so ungefähr.«

*Ja, so ungefähr?*

War sie deswegen letzte Nacht nicht im Hotel gewesen? Oder war sie im Hotel und ist nur nicht ans Telefon gegangen? Und wenn ja, war sie allein im Hotelzimmer? Oder ist sie nicht ans Telefon gegangen, weil sie nicht allein war?

*Du bist eifersüchtig, Troller.*

Ja, er war eifersüchtig. Eigentlich immer. Aber genau genommen war es nicht Eifersucht, auch wenn es sich so ähnlich anfühlte. Es war nur so, dass Jane so viel jünger war als er. Sie war Mitte dreißig, er fast fünfzig, und der Preis, den er dafür bezahlte, war dieser ständig an ihm nagende bittersüße Schmerz, der sagte, Jane ist zu jung für dich, sie ist zu schön für dich, und eines Tages wird sie dich verlassen. Stell dir vor, du bist sechzig und sie Mitte vierzig. Aber auch das traf noch nicht den Kern. Der Kern der Sache war, dass er in jeder Minute, jeder Sekunde spürte, dass sie so viel *lebendiger* war als er.

Vielleicht war das der Grund dafür, dass er sich immer darum herumgedrückt hatte, ganz mit ihr zusammenzuziehen. Er wollte, dass alles so blieb, wie es war. Er wohnte in der Zweizimmerwohnung, in die er vor vier oder jetzt bald fünf

Jahren provisorisch eingezogen war, nachdem er sich von Maria getrennt hatte oder sie sich von ihm. Anfangs hatte er noch nach einer richtigen Wohnung suchen wollen, aber dazu war es nie gekommen, weil er sich kurz danach in Jane verliebt hatte und ziemlich bald Dauergast bei ihr geworden war.

Die Wohnung hier war aber auch eine Pracht! Sie lag an einem der schönsten Plätze Berlins, ganz oben in einem Jugendstilhaus. Ein ausgebautes Dachgeschoss mit einer Terrasse, von der aus man die ganze Stadt überblicken konnte. Der Wohnraum war riesig und hatte verschiedene Zentren, eine Sitzecke mit Kamin, einen Esstisch, den man nach Bedarf ausziehen konnte, einen Arbeitsplatz mit Computer und Bücherregal und, hinter einer Theke, an der zwei Barhocker standen, eine perfekt eingerichtete Küche mit Terrakottafußboden und einem Sechsflammenherd. Leider gehörte die Wohnung nicht Jane, sondern einem Kollegen ihres Vaters, der gerade an der Botschaft in Djakarta Dienst tat und der, wie sie vor ein paar Wochen erfahren hatten, in einem halben Jahr nach Berlin zurückkommen würde. Jane musste sich eine neue Wohnung suchen. Und die Frage war: Allein oder zusammen?

»Du willst immer auf beiden Klavieren spielen«, hatte Jane neulich bemerkt. »Du bist mit mir zusammen, aber wenn dir danach ist, machst du auf Lonesome-Cowboy und ziehst dich in deine Bude zurück.«

*Vielleicht wäre es anders, wenn wir Sarah zu uns nehmen würden.*

Janes Drucker arbeitete. Es hatte etwas Besessenes, wie sie da am Computer saß. Natürlich ärgerte sie sich auch darüber, dass er bei der Story nicht mitmachte. Aber spätestens wenn sie die Mail sah, die er kurz vor dem Verlassen der Redaktion bekommen hatte, würde sie einsehen, dass er unmöglich mitmachen konnte.

*Noch fünf Minuten.*

Er fing an, sich aufzuregen. Er stand hier am Herd, rührte den Reis um, konnte sich nicht dagegen wehren, dass wieder und wieder diese Bilder durch seinen Kopf geisterten, und Jane saß wie eine wildfremde Person am Computer und recherchierte irgendwelchen Tierschützerscheiß.

*Glaubst du denn ernsthaft, dass der Mörder ein Tierschützer ist? Du fährst doch nur dahin, weil Bäumler es will.*

»Troller?«

»Ja?«

»Ich hätte jetzt doch gern einen Gigondas.«

Eine Woge der Erleichterung durchflutete seinen Körper.

»Moment«, sagte er, »ich bin gleich fertig. Ich muss nur noch erst …«

Ach was, er musste gar nicht *noch erst*. Der Wein war schon geöffnet, weil er ja Luft bekommen sollte, und der Reis konnte auch noch eine Minute länger auf dem Herd bleiben. Außerdem brauchte man noch nicht mal eine Minute, um ein Glas Gigondas einzuschenken. Troller brachte Jane das Glas hinüber zum Schreibtisch.

»Nein«, sagte sie, »stell's auf den Tisch. Ich bin hier fertig.«

Er küsste sie in den Nacken.

»Mehr!«, sagte sie.

»Später«, sagte er und versuchte, sich sein plötzliches Glück nicht anmerken zu lassen. »Ich muss wieder zu meinem Reis.«

Das ganze Risotto war versaut, wenn der Reis anbrannte oder klitschig wurde.

Und wirklich. Es wurde Zeit. Jetzt musste er nur noch Butter hineingeben und frischgeriebenen Käse *einmontieren*, wie es im Rezept hieß, dann war es so weit.

Jane saß bereits an dem mit einer weißen Tischdecke gedeckten Esstisch und hielt das Glas in der Hand. Er ließ seines dagegenstoßen, und es gab einen hübschen Klang.

»Wie geht's Marty?«

»Gut. Ich soll dich grüßen.«

»Danke.«

»Mhmmm!« Sie hatte das Risotto probiert und geriet sofort ins Schwärmen. Zu Recht, wie er fand. Es war wirklich gelungen.

»Erzähl mir etwas über Kant«, sagte sie. »Ich meine den Philosophen.«

Die E-Mail steckte immer noch in der rechten Innentasche seiner Jacke. Wenn er sie jetzt herausholte und vorlas, dann wäre es vorbei mit dem gemütlichen Abendessen. Und die Aura des Paares Jane & Troller wäre zusätzlich in Gefahr. Dabei sah es im Moment doch ganz danach aus, als würden sie wieder zueinanderfinden.

»Was soll ich dir erzählen?«

»Alles«, sagte sie und grinste. »The complete Kant in five minutes.«

Sie hatten mal zusammen in London ein Theaterstück gesehen. *The complete works of Shakespeare in ninety minutes*. Sehr amüsant.

»Okay«, sagte er. »Immanuel Kant, Sohn armer Eltern, geboren 1724 in Königsberg, gestorben 1804 daselbst. Und auch in der Zwischenzeit ist er kaum aus Königsberg herausgekommen.«

»Okay, das weiß man. Was ist mit der Liebe? Verheiratet? Kinder?«

»Junggeselle. Die Biographen sagen, er hätte zu wenig Geld gehabt, um heiraten zu können. Ich vermute, er war schwul. Oder latent schwul, sagen wir mal so.«

»Okay, weiter.«

»Lebte sehr diszipliniert, quasi nach der Uhr. Einer seiner Lieblingsbegriffe hieß Pflicht. Aber er konnte auch genießen. Jeden Mittag speiste er in Gesellschaft. Das war ein wichtiges Ritual für ihn. Die Zahl seiner Gäste lag immer zwischen drei und neun. Zahl der Grazien und Zahl der Musen.«

»Komischer Kauz.«

»Man könnte auch sagen, der Mann hatte Stil.«

»Das meinte ich damit. Und sein Werk?«

»Sein Ziel war die Verbindung zwischen englischem Empirismus und deutschem Dogmatismus. Das hat er auch irgendwie hingekriegt. Sein Hauptwerk besteht aus den drei Kritiken. Kritik der reinen Vernunft, Kritik der praktischen Vernunft, Kritik der Urteilskraft.«

»*Ich werde heute Nacht mit unserer praktischen Kritik beginnen.* Also daher der Satz in dieser Mail?«

Das hatte er befürchtet. Jetzt ging es nicht mehr anders. »Warte mal.« Er stand auf, ging zu dem Stuhl, über dessen Lehne er seine Lederjacke gehängt hatte, zog aus der rechten Innentasche ein gefaltetes DIN-A4-Blatt hervor und reichte es Jane.

Sie brauchte ungefähr dreißig Sekunden, um es durchzulesen oder zumindest zu überfliegen, ein paarmal den Kopf zu schütteln, zweimal durchzuatmen, den Kopf in den Nacken zu werfen und das erste »Sag mal ...« auszustoßen: »Sag mal, bist du von allen guten Geistern verlassen? Du kriegst eine Mail von diesem Killer, und anstatt damit sofort zu mir zu kommen, spazierst du seelenruhig in die Ludwigkirchstraße, kaufst ein, fährst hierher, kochst dein Risotto, füllst uns beide mit deinem Tempranillo ab und lässt mich die ganze Zeit ...«

»Gigondas.«

»Wie bitte?«

»Gigondas, nicht Tempranillo.«

»Ist doch schnurzegal, ob Gigondas oder Tempranillo.«

»Ist nicht schnurzegal. Tempranillo ist London, Gigondas ist Berlin.«

Sie starrte ihn einen Moment lang irritiert an, atmete noch

einmal tief durch und sagte dann beschwichtigend: »Jedenfalls hättest du es mir sofort sagen müssen.«

»Hätte ich«, räumte er ein, »aber ich musste erst mal selbst damit fertig werden. Und du warst die ganze Zeit so hyperprofessionell, da hatte ich einfach nicht den Nerv.« Er versuchte gar nicht erst, die Wut aus seiner Stimme zu verbannen. Sie sollte ruhig merken, dass er sich nicht von ihr auf die Anklagebank setzen ließ.

»Okay«, sagte sie, »war nicht so gemeint. Ich mache mir nur Sorgen um dich.« Sie nahm sich die E-Mail wieder vor. »Wieso hat dieser Kerl so einen Narren an dir gefressen? Was erwartet der von dir? Wieso schmeißt er sich so an dich ran? Was soll dieser Mist mit *unsere Kritik*?«

»Was mir viel mehr Sorgen macht, ist, dass er mich offenbar beobachtet. Er war da, als ich ins Institut gegangen bin.«

»Hört sich ganz so an. Von wem ist eigentlich dieser Satz?«

»Welcher?«

»Der Paragraph. Wie hieß er noch mal?«

»*Die Beherrschung des Affenhirns ist nur die Vorstufe zur Beherrschung des Menschengehirns.*«

»Ja, von wem?«

»Von mir. Aus meinem Buch.«

Sie atmete tief ein und blähte die Backen, als sie die Luft wieder ausstieß. Sprachlos für einen Moment. Was nicht oft vorkam. »Aber ... das ist doch krank«, stieß sie hervor.

»Was ich geschrieben habe?«

»Dass er glaubt, sich auf dich berufen zu können! Und bitte, fang gar nicht erst an, dir Schuldgefühle einzureden. Du bist Journalist. Kein Hassprediger.«

»Ich sollte vielleicht mit meinen Worten etwas vorsichtiger sein.«

»Fang gar nicht erst damit an, Troller, sonst hat er dich in der Falle. Es sind seine Morde. Seine. Dass er versucht, sie mit deinen Worten zu rechtfertigen, ändert gar nichts daran. Capito?«

»Capito.«

Sie pickten beide die letzten Reiskörner von ihren Tellern, beide im selben Rhythmus.

»Wie war noch mal der Betreff?«

»Laurenz Block. Steht doch da.«

»Nein, in der ersten Mail. Und in der zweiten.«

»Prolegomena?«

»Ja. Was ist das?«

»Vorworte. Vorüberlegungen. Vorstudien. Der Titel einer berühmten Schrift von Kant lautete: *Prolegomena einer jeden möglichen Metaphysik, die als Wissenschaft wird auftreten können.*«

»Klingt ziemlich – wie soll ich sagen – anspruchsvoll.«

»Ist es auch.«

»Und warum hat der Mörder seine Mail mit Prolegomena überschrieben?«

»Keine Ahnung.«

»Doch, Troller, du hast eine Ahnung. Wir beide haben eine. Wir müssen sie nur formulieren. Komm, gib mir noch was zu trinken.«

Während er ihr einschenkte, ging sie zum Schreibtisch und kam mit einem Schreibblock und einem Kugelschreiber zurück. Sie nahm einen Schluck Rotwein, schrieb in Druckschrift ein Wort auf das leere Blatt und unterstrich es zweimal. »Also, Punkt eins: Er hält sich für einen Philosophen. Oder für eine Wiedergeburt des Philosophen. Aber warum Kant? Warum nicht Sartre? Oder Camus?«

*Punkt eins.* Sie war groß darin, Listen anzufertigen. Sie liebte es geradezu. Ihr Vater hatte es ihr schon als Kind beigebracht. Das war eine Geschichte, die sie oft erzählte. Wenn du Ordnung in deine Gedanken bringen willst, hätte ihr Vater immer gesagt, dann fertige eine Liste an. So hatte sie sich von Kindesbeinen an darin geübt: erstens Aufstehen, zweitens Zähneputzen, drittens Frühstücken, viertens auf den

Schulbus warten. Normale Kinder schrieben nur Wunschlisten zu Weihnachten. Sie übte sich jeden Tag darin. Aber, so bürokratisch es auf den ersten Blick auch aussehen mochte, es förderte sogar die Phantasie. Hatte man den ersten Punkt, dann wollte man unbedingt noch einen zweiten und einen dritten. Die Liste entwickelte eine eigene Dynamik und trieb das Denken voran.

»Also noch mal«, sagte Jane, »warum gerade Kant? Hat das etwas mit diesem Imperativ zu tun? Aufsagen bitte.«

Troller gehorchte: »Handle so, als ob die Maxime deiner Handlung durch deinen Willen zum allgemeinen Naturgesetz werden sollte.«

»Wieso Naturgesetz?«

»Weil unumstößlich. Menschliche Gesetze können wir ändern. Naturgesetze nicht.«

»Es sei denn, die Wissenschaft findet etwas Neues heraus.«

»Es sei denn.«

»Gut, aber wieso sollte man Mord zum Naturgesetz machen?«

»Frag ihn, nicht mich.«

»Na schön«, sagte Jane. »Wir lassen das jetzt erst mal als Frage stehen. Immerhin wissen wir, dass er sich mit Philosophie auskennt. Was noch?«

Troller überlegte. Er kann Motorrad fahren, dachte er. Wenn er als Motorradkurier angekommen ist, dann muss er das können. Aber das war banal.

»Er kann Motorrad fahren«, sagte Jane. »Das heißt, er ist einigermaßen sportlich. Jedenfalls kein Rollstuhlfahrer oder so.«

»Könnte aber auch mit dem Auto gekommen sein und sich nur als Motorradfahrer verkleidet haben.«

»Stimmt. Was noch?«

»Er kennt sich mit Hirnforschung aus. Mit Spiegelzellen.«

»Und mit Narkose.«

»Hoffentlich.«

»Möglicherweise Mediziner. Arzt.«

»Also Akademiker. Er hat studiert.«

»Philosophie und Hirnforschung würde passen.«

»Schreib's auf.«

»Übrigens – du bist ihm schon einmal begegnet.«

»Wann?«

»Woher soll ich das wissen? Ich glaube nur, dass er dich kennt. Persönlich.«

»Wieso? Er hat mein Buch gelesen, das reicht doch.«

»Und deswegen nimmt er diese Beziehung zu dir auf?«

»Warum nicht?«

»Kein starkes Motiv, tut mir leid für dein Buch, aber nicht stark genug. Ich denke, er kennt dich persönlich. Von der Uni, von irgendwelchen Konferenzen, aus einer Redaktion, oder vielleicht hast du ihn mal interviewt. Auf jeden Fall bist du ihm begegnet. Er nennt dich Troller, wie alle, die dich kennen.« Sie schrieb es in ihre Liste.

Troller war nicht wohl bei dem Gedanken. Sollte er jetzt Hunderte von Leuten, denen er schon mal begegnet war, vor seinem geistigen Auge Revue passieren lassen und sich immer fragen, ist es der? Oder der? Könnte ich mir vorstellen, dass er – oder sie? Konnte es auch eine Frau sein? – Menschen mordet? Das Schlimme war ja, dass man es einem Menschen nicht ansah, ob er ein Mörder war oder nicht, nicht von außen. Die Hirnforscher arbeiteten daran, sie taten das schon seit den Tagen der Phrenologie im neunzehnten Jahrhundert, aber sie brauchten einen Hirnscanner, um Anomalien zu erkennen. Von außen sahen Mörder aus wie normale Menschen. Und normale Menschen wie potentielle Mörder.

»Er hat Kopfschmerzen«, sagte Jane.

»Glaubst du?«

»Steht doch da.«

»Ich hatte das mehr metaphorisch verstanden.«

Sie nahm sich noch einmal den Ausdruck vor: »*Dennoch habe ich es nicht gern getan. Mein Kopf schmerzt immer noch, es ist kaum zu ertragen. Aber einer musste das Opfer bringen.* So etwas schreibt einer nur, wenn ihm der Schädel wirklich weh tut. Also.«

Sie wartete nicht auf seine Zustimmung, sondern trug es in ihre Liste ein. Es waren schon eine Menge Punkte zusammengekommen. »Was meinst du, wie er lebt? Allein? Mit Familie? Zusammen mit einem Freund? Einem Lover?«

»Allein«, sagte Troller. »Du kannst nicht einen solchen Mord begehen wie den an Ritter und dann nach Hause fahren und deiner Tochter oder deinem Geliebten einen Gutenachtkuss geben. Kann ich mir jedenfalls nicht vorstellen.«

»Ich schon«, sagte Jane. »Denk mal an die KZ-Kommandanten. Die haben Leichenberge vor sich aufgetürmt und sind nach Hause gegangen, haben ihren Schäferhund getätschelt, ihre Kinder ins Bett gebracht und ihre Frau gevögelt. Dienst ist Dienst und Schnaps ist Schnaps.«

»Trotzdem. Ich schätze eher, dass er einsam ist. Er hat niemanden, mit dem er offen reden kann. Deswegen die Mails an mich.«

»Schreiben wir also: Einzelgänger. Lebt allein. Das passt sowieso besser zum Serienmörder.«

»Serienmörder?«

»Er hat zwei Menschen umgebracht. Er wird noch mehr umbringen. Das nennt man Serienmord.«

»Aber es ist doch ein Unterschied ...«

»Ob einer sich Kant nennt oder Jack the Ripper? Ob er Hirnforscher umbringt oder Straßennutten? Du bist dabei, auf ihn hereinzufallen, Troller.«

Er wusste, dass sie recht hatte. Und genau das war der Grund dafür, dass er an der Story nicht mitarbeiten wollte. Er konnte sie beraten, so wie jetzt, das machten sie immer.

Er half ihr, sie half ihm. Aber er wollte nicht noch tiefer in die Geschichte hineingezogen werden.

»Wenn man es genau nimmt, ist er allerdings doch noch kein Serienmörder«, sagte Jane. »Nach FBI-Definition beginnt Serienmord erst ab drei.«

»Ja«, sagte Troller und stand auf, »und die Frage ist: Wer ist der Nächste?«

Er räumte die Teller ab, um sie in die Spülmaschine zu stellen. Er war noch nicht richtig müde, aber er wollte nicht mehr reden, sondern nur noch im Bett neben ihr liegen, sie berühren, sie küssen und die gemeinsame Aura schließen.

Endlich. Sie lagen auf dem King-Size-Bett, und er konnte seine Augen nicht von ihr lassen. Er liebte alles an ihr, ihren vollen Busen, ihren flachen Bauch, ihre schmalen Hüften, ihre schlanken Beine. Und auch die dunklen Augen, die ihn anschauten, als wäre er ein Fremder, als zeigte sie sich ihm das erste Mal. Sie bewegte sich mit tänzerischer Leichtigkeit über ihm, ließ ihre Brüste über sein Gesicht streifen, über seinen Bauch und über *ihn*, der sich den Brüsten voller Erwartung entgegenreckte und sich von ihnen umspielen ließ. Troller verschlang Jane mit den Augen und konnte es kaum erwarten, dass sie sich endlich auf ihn setzte. *Komm schon, bitte, öffne dich, lass mich herein, jetzt gleich!* Sein Verlangen nahm zu und steigerte sich fast schon zum Schmerz. Als sie – endlich – sein lautloses Flehen erhörte und sich auf ihn herabsenkte, stöhnte er auf vor Lust und Erleichterung und schloss verzückt die Augen.

Aber das hätte er nicht tun sollen. Nicht die Augen schließen. Nicht heute. Diesmal nicht. Mit einem Male waren sie wieder da, die Bilder. Das kleine Mädchen, das von der Bombe zerfetzt wird. Der in einen Affenstuhl gezwängte Menschenkörper. Die blonde Kommissarin, die Spurenexperten, Leoni, das Plakat. Und während die Bilder in seinem

Kopf mächtiger und immer mächtiger wurden, geriet seine Begierde in arge Bedrängnis, und seine Männlichkeit schmolz dahin wie eine Schneeflocke im August.

Er lag lange wach und lauschte auf Janes Schlafgeräusche. Schnarchen konnte man es nicht nennen, dazu war es zu zart. Es waren leise, hohe, fast singende Atemtöne, die sie im Schlaf mit ihren beiden Instrumenten hervorbrachte, der vibrierenden Nasenscheidewand und dem flatternden Gaumensegel. Man sollte die Melodie vielleicht mal mit dem Recorder aufnehmen und dann orchestrieren. *Anderson's Theme.*

Jane schlief immer sofort ein, wann und wo sie wollte. Schlaflosigkeit war ein Fremdwort für sie. Das war ja das Verrückte: Die aktiven, lebenskräftigen Menschen schliefen besser als die passiven, grüblerischen. Napoleon setzte sich mitten in der Schlacht auf einen Stuhl und nickte für ein Viertelstündchen ein. Nietzsche dagegen war schlaflos in Sils-Maria. Und Kant? Hatte alles nach der Uhr gemacht, wahrscheinlich auch geschlafen. Und der andere? Lag der jetzt wach und grübelte über seine Morde nach?

*Er ist dir schon einmal begegnet, Troller.*

Ein junger Wissenschaftler fiel ihm ein, dem er während seines Studiums begegnet war und der ihm von seiner Affenliebe erzählt hatte, im wahrsten Sinne des Wortes. Er machte Experimente mit Schimpansen, monatelang, er musste ihr Vertrauen gewinnen, und es gelang ihm ohne Mühe, sie liebten ihn genauso, wie er sie liebte. Doch eines Tages kam die Stunde der Wahrheit. Das Experiment hatte einen letzten Akt, und der hieß: Ich muss mir dein Gehirn anschauen. Das war in der Zeit, in der die bildgebenden Verfahren noch nicht erfunden waren, so dass man in das Gehirn nur hineinschauen konnte, wenn man den Affen tötete. Er leide wie ein Schwein darunter, hatte der Wissenschaftler gesagt.

*Vielleicht ist es der?*

Nein, Unsinn. Der wäre eher das nächste Opfer. Aber wer könnte der Täter sein? Was war sein Plan? Und welche Rolle sollte Troller in diesem Plan spielen?

Er schlug die Decke zurück, stand auf und tastete sich im Dunkeln auf den Flur hinaus. Ihn fröstelte. Es war kalt an den Füßen. Aber er würde ja gleich wieder ins Bett gehen. Er brauchte nur eine kurze Auszeit von der Dunkelheit.

Im großen Zimmer schaltete er das Licht an, ging hinüber zur Küchenzeile, öffnete den Kühlschrank, holte eine Flasche Mineralwasser heraus und schenkte sich ein Glas ein. Er trank es halb aus, stellte die Flasche zurück, überlegte, ob er noch irgendetwas essen sollte, einen Joghurt, ein Stück Käse, eine Tomate, einen Apfel, entschied sich dann aber dagegen. Mit dem halbvollen Glas Mineralwasser ging er zur Fensterfront und schaute hinaus auf die Häuser am Viktoria-Luise-Platz. Hier und da brannte noch Licht, flackerte ein Fernseher, blinkte ein idiotischer Lichterstern, rot – gelb – rot – gelb, als wäre noch immer Weihnachten.

Aber irgendwo war *er*. Irgendwo musste er sein.

Wer bist du?, dachte Troller. Wo versteckst du dich? Was ist dein Ziel? Was erwartest du von mir? Wirst du mich in Ruhe lassen, wenn ich dich in Ruhe lasse?

Sein Blick veränderte sich. Er sah nicht mehr durch die Scheibe hindurch auf die Häuser in der Nacht, sondern im Spiegel der Scheibe schemenhaft sich selbst. Ein alternder Mann im blauen Schlafanzug, das halb ausgetrunkene Glas Wasser in der Hand, die spärlichen Haare zerzaust, die Augen müde, gerötet. War das der Mann, den Jane lieben konnte? Ein Zauderer, der sich nicht entschließen konnte, mit ihr zusammenzuwohnen. Warum hatte er ihr heute Abend nicht von Sarah erzählt und sie gefragt, ob Sarah nicht für eine Weile zu ihnen ziehen könnte? Weil er Angst vor ihrer Antwort hatte? Und wenn ja, hatte er Angst vor einem Nein oder Angst vor einem Ja? Während er weiter auf sein Spiegelbild starrte, kam es ihm auf einmal so vor, als sähe er nicht nur eine, sondern zwei Versionen von sich.

Er schaute wieder durch das Doppelfenster hinaus in die Nacht, auf die anderen beleuchteten Fenster und auf den Weihnachtsstern, der seine bunte blinkende Botschaft in die Welt hinaussandte, obwohl Weihnachten längst vorbei war. Vielleicht ein geheimer Code, der die Aliens mit Informationen versorgte? Oder eine Ampelanlage, die die Vampire abschreckte?

Vorhin – vorher! – hatte er Jane erzählt, dass er auf die Mail von heute Nachmittag ein »Re« geschickt hatte. Seine Antwort enthielt nur einen einzigen Satz: *Scher dich zum Teufel.* Kaum hatte er sie abgeschickt, war die Mail auch schon zurückgekommen: *Mail delivery failed – returning message to sender.*

»Warum hast du nicht gefragt, wer er ist und wie du ihn erreichen kannst? Oder wo ihr euch treffen könnt?«

»Ist doch egal. Die Mail ist doch sowieso zurückgekommen.«

»Nein«, hatte Jane gesagt, »es ist nicht egal.«

Wut stieg in ihm hoch, unbändige Wut. Er musste sich beherrschen, nicht auf sein Spiegelbild einzuschlagen, auf diesen gedoppelten Schwächling, den er dort sah. Auf diesen Traumtänzer, der versuchte, einer Bedrohung auszuweichen, die längst in seinem Kopf war und nicht nur da.

Er legte seine rechte Hand flach gegen die kalte Scheibe und ließ sie einen Augenblick dort ruhen. Dann löste er sich vom Fenster und ging zum Schreibtisch, auf dem das Dossier lag, das Kowalski für Jane zusammengestellt hatte. Er schlug es auf, blätterte darin, las einige Passagen, die mit gelbem Textmarker hervorgehoben waren, und setzte sich auf den schwarzen Drehstuhl, auf dem vor einer Weile noch Jane gesessen hatte.

# 10

Gestern Blitz und Wolkenbruch, heute blauer, ungetrübter Himmel. Jane saß auf dem Beifahrersitz, und die Sonne wärmte ihr durch die Scheibe hindurch das Gesicht. Sie fuhren nach Norden, Richtung Ostsee, zum Bauern- oder Künstlerhof von Lisa Grossmann, der Ersten Vorsitzenden der Autonomen Tierbefreier e.V., mit der Hebold den Interviewtermin ausgemacht hatte. Hebold hatte heute Morgen in aller Herrgottsfrühe angerufen. Er habe gehört, dass Troller an der Story nicht interessiert sei, und ob sie die Sache nicht doch mit ihm zusammen durchziehen wolle, aber da hatte Troller ihr schon den Kaffee ans Bett gebracht und zu ihrer großen Überraschung gesagt: »Auf der Fahrt sollten wir vielleicht noch einmal die Hauptfragen besprechen.«

Jane warf einen Blick zur Seite. Troller saß am Steuer des roten Volvo und lauerte darauf, dass der Lastwagen vor ihnen mit seinem endlosen Überholmanöver fertig wurde und wieder nach rechts hinüberzog. Seine Schultern waren verkrampft, sein Mund arbeitete. Er spannte die Lippen an, versuchte sie zu lockern, spannte sie wieder an, versuchte sie wieder zu lockern. Eigenartige Frühgymnastik. Sie fragte sich, ob es etwas mit letzter Nacht zu tun hatte. Aber warum eigentlich? Es konnte ja schließlich mal vorkommen, dass es nicht klappte, *so what*? Man musste auch nicht darüber reden. Es war, wie es war, und nächstes Mal wurde es eben wieder anders. Aber da war etwas, das an ihr nagte. Eine Kleinigkeit, klein und lästig wie eine Mücke, die nachts ums Bett herumschwirrt. Das war die Erinnerung daran, dass sie, kurz bevor Trollers Lust sich in nichts auflöste, an Frank gedacht hatte. Sie hatte es nicht gewollt, aber es war so gekommen. Ob Troller das gespürt hatte?

»Wer war eigentlich dieser Andi Wolff?«, fragte Troller, nachdem er den Lastwagen überholt hatte und wieder auf die rechte Spur hinübergewechselt war. »War das der mit dem Mäusebunker?«

»Ja, genau der.«

Andreas »Andi« Wolff hatte 1982 mit ein paar Molotowcocktails ein Feuer im Neubau des Tierversuchlabors der Freien Universität Berlin gelegt, dem sogenannten Mäusebunker. Ein Jahr später verübte er noch einen ähnlichen Anschlag. Er richtete kaum nennenswerten Schaden an, wurde aber in einem aufsehenerregenden Prozess zu einer Freiheitsstrafe von zwei Jahren verurteilt.

»Er hat sich zunächst nach Österreich abgesetzt, ist dann aber später zurückgekehrt und hat sich gestellt. Auch das wieder sehr spektakulär, indem er ein Holzkreuz in die Frankfurter Polizeiwache schleppte.«

»Das Kreuz der leidenden Tiere? Gefällt mir irgendwie.«

»Das Kreuz war aber wohl zu schwer«, sagte Jane. »Zehn Jahre später zog er sich aus der Tierbefreiungsbewegung zurück. Und noch einmal zehn Jahre später nahm er sich in Kolumbien das Leben.«

»Wie alt?«

»Vierundvierzig.«

»Zu jung.«

»Oder zu alt. Jesus ist mit dreiunddreißig gestorben.«

Sie schwiegen eine Weile.

Schweigeminute für Andi Wolff.

Es war Troller, der das Gespräch wiederaufnahm. »War diese Lisa Grossmann zu der Zeit schon dabei?«

»Nein. Sie lebte damals in Amerika. Sie kam erst Ende der

Neunziger nach Deutschland und hat den Tierbefreiern neue Impulse gegeben. Unter anderem dadurch, dass sie Undercoveragenten in Versuchslabors einschleuste, die heimlich Videoaufnahmen machten.«

»Nicht schlecht. Aber was die Tierbefreiung betrifft: Ich habe mich heute Nacht, als ich das Dossier las, dauernd gefragt: Was machen die eigentlich mit den Viechern, wenn sie die befreit haben? Ich meine, Hühner, okay, die kommen dann auf den ökologischen Hühnerhof, bis die nächste Vogelgrippe grassiert und sie trotzdem gekeult werden, aber was machen die mit Ratten und Mäusen? Oder mit Panther, Tiger und Co?«

»Von Tigerbefreiung habe ich noch nichts gelesen«, sagte Jane. »Aber problematisch ist die Sache schon. In Nürnberg hat mal irgendjemand nachts den Eisbärenkäfig geöffnet. Daraufhin turnten die Bären im Zoo herum und wollten sich nicht wieder einfangen lassen. Sie ließen sich nicht mal betäuben. Ich hab's nur gelesen, verstanden habe ich nicht, warum es den Wärtern nicht gelang, ihnen Betäubungspfeile unter den Pelz zu jagen. Jedenfalls mussten sie am Ende erschossen werden. – Da kommt übrigens die Ausfahrt.«

Sie fuhren von der Autobahn ab, unter der Autobahnbrücke hindurch, auf die andere Seite, nach Westen. Es war flaches Land, Weideland, Hecken am Rande, Straßenbäume, die die Chaussee säumten.

Sie kamen durch drei Dörfer mit Namen, die so hässlich waren wie die Dörfer. Aber man konnte nicht für alles den Sozialismus verantwortlich machen, die Dörfer waren schon vorher so hässlich gewesen. Sogenannte Straßendörfer. Schmucklose, grauverputzte, zweistöckige Häuser links und rechts der Straße, manchmal mit einem traurigen Stück Wiese davor, ansonsten pfiff der Wind durchs Dorf und war froh, wenn er wieder draußen war.

Das vierte Dorf war anders angelegt, schöner, liebevoller.

Es hatte ein Zentrum, eine Backsteinkirche und sogar, wie Jane aus dem Internet wusste, ein Schloss mit einem Landschaftsgarten. In einem der Nebengebäude dieses Schlosses lebte und arbeitete die Künstlerin und Erste Vorsitzende. Sie bräuchten nur dem Schild *Hofladen* zu folgen, hatte sie gesagt.

Das Schild *Hofladen* zeigte nach links auf eine breite Toreinfahrt, und als sie hindurchfuhren, sahen sie das Schloss. Es war unbewohnt und ziemlich heruntergekommen, und ob es wirklich ein Schloss war oder nur ein größeres Herrenhaus, war nicht ganz klar. Aber es musste einmal ein prächtiger Herrensitz gewesen sein, das Haus eines Gerichtspräsidenten aus adliger Familie, der sich hier im neunzehnten Jahrhundert angesiedelt und den Lokalfürsten gespielt hatte.

Sie fuhren um den runden Vorplatz herum und dann nach rechts, vorbei an einem Fachwerkhaus, das gerade renoviert wurde, auf einen mit Kopfsteinen gepflasterten Hof, um den hufeisenförmig angeordnet drei doppelstöckige Fachwerkhäuser mit roten Ziegeldächern standen. Die Tür zum Hofladen war geöffnet und mit einem davorstehenden Stuhl fixiert. Auf dem Stuhl saß eine Katze mit sandfarbenem Fell. Vor dem Gebäude gegenüber, offenbar die frühere Scheune, parkten ein ziemlich ramponiert aussehender VW-Bus und ein weißer Transit. Auf dem Hof liefen Hunde herum, bellten aber nicht. Ob sie bissen, würde sich gleich zeigen.

Troller stellte den Motor ab, öffnete die Fahrertür einen Spalt weit und schloss sie sofort wieder, als er sah, wie die Hunde, zwei große und ein kleiner, auf ihn zugeschossen kamen.

»Sei mutig, Troller.«

»Das wollte ich dir auch gerade sagen.«

»Okay, lass uns beide mutig sein.«

Sie öffneten ihre Türen, und die Hunde trennten sich. Die beiden großen, ein Schäferhund und eine Dogge, blieben auf

Trollers Seite, der kleine, irgendein in die Jahre gekommener Jagdhund, kam zu Jane herübergelaufen und schnupperte an ihr herum. Ans Beißen dachte keiner von ihnen, oder wenn, dann ließen sie es bei dem Gedanken.

»Keine Angst, die tun nichts«, rief eine kleine, schlanke Frau, die hinten aus dem Quergebäude heraus auf sie zukam. Sie trug eine grüne Leinenhose und einen rostroten Pullover, darüber eine hübsche Kette aus bunten Holzkugeln. Sie war Anfang sechzig und hatte ein komisches und zugleich trauriges Clownsgesicht mit einer Menge Falten. »Sie sind Troller und Jane«, sagte sie, »hab ich recht?«

Jane warf Troller einen kurzen Blick zu. Wenn jemand sie als Troller und Jane bezeichnete, dann hieß das normalerweise, dass er oder sie den Roman gelesen hatte, auf den sie so ungern angesprochen wurden.

Troller erwiderte Janes Blick mit einem leichten Lächeln, stellte sie und sich vor, was im Grunde überflüssig war, und bat die Erste Vorsitzende um die Erlaubnis, ihr Gespräch aufzuzeichnen. Er hielt das kleine Gerät mit dem eingebauten Mikrofon bereits in der Hand und zeigte es ihr. »Selbstverständlich veröffentlichen wir kein Wort und keine Zeile, ohne dass sie von Ihnen abgesegnet sind«, sagte er, »falls wir überhaupt etwas veröffentlichen. Es soll eigentlich nur ein Hintergrundgespräch sein. Aber ich nehme immer gern alles auf, wer weiß, wozu es gut ist.«

»Ach so«, sagte die Erste Vorsitzende enttäuscht. »Ich dachte, Sie wollen ein richtiges Interview. Aber von mir aus können Sie alles aufnehmen. Jedes Wort. Ich will ja gehört werden, verstehen Sie, wir wollen gehört werden, wir werden ja viel zu wenig gehört. Es ist sogar ein Skandal, wie man uns ausgrenzt, ignoriert, belächelt. Und das angesichts des millionenfachen Leids, auf das wir aufmerksam machen. Millionenfaches Leid! Man wüsste, wenn man es aufzählen wollte, gar nicht, wo man anfangen sollte. Sie bekommen ja, wann immer Sie sich damit befassen, nur einen winzigen Ausschnitt des Grauens zu fassen, nur einen Zipfel der Hölle, in der wir Menschen die Teufel sind. Sie werden vielleicht sagen, was macht ihr so ein Gewese um die Tiere, kümmert euch doch erst mal um die Menschen. Gibt es nicht Mord und Totschlag, Krieg und Folter, Grausamkeit und Roheit genug unter den Menschen? Gibt es nicht KZs und Foltergefängnisse, Völkermord und Bombenterror, Kindersoldaten und Kinderprostitution, Selbstmordattentäter und Autobomben – wieso protestiert ihr nicht dagegen? Aber ist das ein Gegensatz? Sollten wir nicht eher den Zusammenhang sehen zwischen Tierfolter und Menschenfolter, zwischen der Ausrottung ganzer Tierarten und der Ausrottung ganzer Völkerstämme, zwischen der industriellen Ausbeutung des Tieres und der industriellen Ausbeutung des Menschen? Und glauben Sie wirklich, dass derjenige, der morgens eine Vivisektion am Tier durchführt und es entsetzliche Qualen leiden lässt, am Nachmittag seine Patienten mit Feingefühl behandelt? Wissen Sie, was Mahatma Gandhi sagte? *Die Vivisektion ist das schwärzeste aller schwarzen Verbrechen.* Und wussten Sie, dass weltweit jährlich dreihundert Millionen Versuchstiere *verbraucht*, also ermordet werden? Das ist so viel wie die gesamte Einwohnerzahl der USA! Dreihundert Millionen Mal unvorstellbares Leid, grauenhafte Qualen, unwürdige Behandlung, unbeweinter Tod. Wie heißt es bei Sophokles? *Ungeheuer ist viel. Doch nichts ist ungeheurer als der Mensch.* Aber entschuldigen Sie«, unterbrach sie sich und griff sich mit einer Hand in das hennarotgefärbte, zu einer Pagenfrisur geschnittene Haar. »Ich schwatze drauflos, anstatt Ihnen erst einmal etwas anzubieten! Mögen Sie Kaffee? Oder Tee? Mineralwasser? Oder schon einen Sherry? Es ist alles da, ich habe auch ein paar Sandwichs vorbereitet, Sie müssen doch hungrig sein nach der langen Fahrt. Kommen Sie.«

Damit drehte sie sich um und machte sich auf den Weg zu dem Quergebäude, ohne sich darum zu kümmern, ob Troller und Jane ihr folgten. Aber natürlich folgten sie ihr, ebenso wie die Hunde, die inzwischen aufgehört hatten, an ihnen herumzuschnüffeln.

»Sie sind vermutlich wegen dieses Leserbriefes gekommen«, sagte Lisa Grossmann, als sie an dem großen, glänzend lackierten Holztisch Platz genommen hatten, der in ihrer Küche stand. Der Raum war sehr hoch, eine aus Stahlrohren und Holz gefertigte Treppe führte hinauf zu einem Zwischengeschoss, das offensichtlich erst nachträglich eingebaut worden war. An den Backsteinwänden, zwischen den dunkel gebeizten Fachwerkbalken, hingen an Angelschnüren Bilder. Die meisten waren abstrakt und erinnerten an Miró oder Klee, manche auch an kubistische Gemälde, nur ohne Konzession an die Welt der Gegenstände. Es gab aber auch einige Stilleben.

»Sind die alle von Ihnen?«, fragte Jane, nachdem die Künstlerin ihnen Kaffee eingeschenkt und sich zu ihnen gesetzt hatte.

»Bis auf die Stilleben. Die sind von einem Deutschen, der in Paris lebte. Sein Name ist Herbert Zschimmer.«

»Wunderschöne Bilder«, sagte Jane. »Ich meine alle. Sie sind so ruhig. So gelassen.«

»Ja«, sagte die Malerin und lachte, »ganz im Gegensatz zu mir, nicht wahr? Das sagen alle. Niemand traut mir zu, dass ich solche Bilder male. Aber ob Sie's glauben oder nicht, wenn ich male, bin ich eine andere.«

»Kann ich mir vorstellen«, sagte Troller.

»Ach was«, sagte die Malerin, »das können Sie überhaupt nicht. Aber das macht nichts, Sie sind schließlich nicht wegen meiner Bilder hier. Sie sind da, weil mein Stellvertreter Ihnen diese Mail geschrieben hat, die übrigens nicht mit mir abgestimmt war und die ich auch nicht gutheiße. Nicht weil ich den Inhalt nicht unterschreiben könnte, sondern weil ich denke, es ist nicht der richtige Augenblick für einen solchen Brief. Ich nehme an, Sie wittern bei uns Autonomen Tierbefreiern so etwas wie eine klammheimliche Freude. Hab ich recht?«

»Nun ja«, sagte Troller ausweichend.

»Sie haben recht«, sagte Jane. »Wir haben uns auch die Website Ihres Vereins angeschaut, und das Erschreckende für mich war, dass darauf nicht bloß Empörung über die Grausamkeit der Tierexperimente geäußert wurde, sondern auch Gewaltphantasien, die teilweise schon den Charakter des Aufrufs zur Gewalt hatten. Professor Ritter war offenbar das bevorzugte Hassobjekt dieser Leute. Warten Sie«, sie blätterte kurz in ihren Ausdrucken, »da schreibt zum Beispiel jemand wörtlich: *Dieser Hirnforscher Ritter sollte sich mal selbst einen Nachmittag in seinen Primatenstuhl quetschen und da versuchen nachzudenken, wie das Tier sich so fühlt, wenn es vollkommen bewegungslos ist und merkt, welchen unsinnigen Mist der Typ da erforschen will. Welches Monster hat das Ding überhaupt erfunden?*«

Lisa Grossmanns Miene verdunkelte sich. »Ich nehme nicht an, dass Sie gekommen sind, um mir den Prozess zu machen«, sagte sie knapp.

»Das Zitat stammt von Ihrer Website.«

»Ich weiß. Aber in unserem Forum kann jeder schreiben, was er denkt. Und vielleicht haben Sie auch meinen Kommentar dazu gelesen. *Ich bin nicht Tierfreundin, um Menschenhasserin zu sein.* Das wäre doch nichts anderes als umgekehrter Speziesismus!«

»Spezie – was?«

»Speziesismus.«

Jane konnte sich immer noch nicht an das Wort gewöhnen. Sie hatte es gestern während ihrer Recherche zum ersten Mal gelesen und gleich bei Wikipedia nachgeschaut. Gemeint war damit – in Analogie zum Rassismus – die Bevorzugung einer Spezies gegenüber den anderen, die für weniger lebens- und schützenswert gehalten werden. Der australische Philosoph Peter Singer hatte sich in seiner Ethik entschieden gegen den Speziesismus gewandt, unter anderem mit dem Argument, dass ein Menschenaffe die Intelligenz eines zweijährigen Menschen habe.

»Wenn Sie sagen, dass Sie die Mail Ihres Stellvertreters inhaltlich unterschreiben könnten«, fragte Troller, »worin gefordert wird, dass uns der brutale Mord an Professor Ritter zum Nachdenken anregt, ist das nicht fast schon zynisch? Sie verurteilen die Tat, und doch wollen Sie davon profitieren?«

»Ich will – was?«, rief die Malerin und sprang empört von ihrem Stuhl auf. »*Profitieren*? Ich? Ja glauben Sie denn, dass es um mich geht? Nein, es geht um die Kreatur, um das Geschöpf, das fühlt und empfindet wie wir und das so sinnlos leiden muss. Aber – halt! – halt!« Sie schlug beide Hände vor den Mund, als wollte sie mit Gewalt die Worte, die ihr herausgeplatzt waren, wieder zurückstopfen. »Ich falle jetzt auf Ihre Frage herein, ich ziehe mir einen Schuh an, der mir nicht passt, ich könnte ja nur profitieren wollen, wenn ich die Mail geschrieben hätte, ich habe sie aber nicht geschrieben und hätte sie auch nicht geschrieben, das habe ich bereits betont! Ich unterschreibe den Inhalt, aber ich distanziere mich davon, dass er, wie soll ich sagen, transportiert wurde. Aber wenn ich mich schon verteidigen muss, dann will ich Ihnen auch sagen, dass ich keine Nacht ruhig schlafen kann, weil mich die Schreie der gequälten Tiere bis in meine Träume verfolgen. Wissen Sie, warum Menschen wie ich so viel reden? Weil sie den Schmerz nicht aushalten. Das haben sogar die Hirnforscher bestätigt: Aktiviert man das Sprachzentrum, dann wird ein Teil der Aufmerksamkeit und der Energie vom Schmerzzentrum abgezogen, und das heißt so viel wie: Sprechen lindert den Schmerz.«

Sie erhob sich und machte ein paar Schritte auf die Tür zu. »Kommen Sie«, sagte sie, »ich zeige Ihnen meine Ausstellung, das hatte ich sowieso vor, ich dachte nur, wir würden uns etwas vernünftiger unterhalten. Kommen Sie!«

Sie verließ den Raum durch die große Glastür und marschierte auf den Hofladen zu, die Hunde hinter ihr her. Aber sie ging nicht in den Laden hinein, sondern schloss eine andere Tür auf, links daneben.

»Du hättest sie nicht so provozieren sollen«, flüsterte Jane.

»Du hast doch mit deinen Zitaten auch nichts anderes gemacht. Und das war gut so. Ich will doch nicht nur die edle Tierbefreierin kennenlernen. Ich will wissen, ob irgendjemand aus ihren Kreisen etwas mit den Morden zu tun hat. Okay?«

»Okay«, sagte Jane so laut, dass die Tierbefreierin es hören konnte. »Da wären wir.«

Und damit gingen sie in den Raum hinein.

Es war ein düsterer Raum. Überall an den Wänden hingen Fotos, größere, kleinere, einige schwarzweiß, die meisten farbig, von Tieren, die gefoltert wurden. Es kam Jane so vor, als hätte sie einige dieser Bilder schon während ihrer Recherche im Internet gesehen, aber ob es nun dieselben waren oder nur sehr ähnliche, es waren Fotos der ewig wiederkehrenden Folter von Tieren, sei es durch Einkerkerung auf engstem Raum in Legebatterien, Rinder- oder Schweineställen, durch gewaltsame Deformation bei der Truthahn- oder Gänsemast oder durch *Verbrauch* in Tierexperimenten für die Kosmetikindustrie, die Pharmaindustrie oder die Forschung an Universitäten. Jane konnte die entsetzt und fassungslos aufgerissenen Augen der Tiere kaum ertragen, sie musste sich zusammenreißen, um nicht einfach kehrtzumachen und davonzulaufen, hinaus auf den gepflasterten Hof, wo die Hunde herumtollten und ein normales, hundewürdiges Leben genossen. Wieso richtete sich jemand ein solches Gruselkabinett ein? Wen wollte die Künstlerin mit dieser elendigen Dokumentation der millionenfachen Tierhölle erreichen? Man wusste ja, dass es dieses Elend gab. Man begegnete ihm, wenn man durch eine Fußgängerzone ging oder über den Wittenbergplatz, man sah schon von weitem Stände mit den Plakatwänden, den Unterschriftenlisten, den Postkarten und den selbstverlegten Büchern. Man hatte einen instinktiven Widerstand dagegen, aber man leistete trotzdem seine Unterschrift. Man wollte eigentlich nur Schuhe kaufen oder ein bisschen Make-up und geriet stattdessen in die Fänge der Tierschützer und der Menschenschützer und musste sich sagen lassen, dass man in der Matrix lebte, in der alles Schöne nur Schein war. Jane hörte den nicht abreißenden Strom von Kommentaren und Erklärungen der Tierbefreierin, bis sie es nicht mehr aushielt und murmelte: »Danke, ich glaube, es ist genug.«

Als sie wieder in der geräumigen Küche saßen, versuchten Troller und sie, das Gespräch noch einmal auf die Morde an Ritter und Block zu bringen, darauf, ob es in den Kreisen der radikalen Tierbefreier Einzelne oder eine Gruppe geben könnte, die zu einer solchen Tat fähig wären, aber die Erste Vorsitzende, die zu Beginn so redselig und geradezu überschäumend mitteilsam gewesen war, hatte nun auf einmal überhaupt keinen Mitteilungsdrang mehr und schien nur noch darauf zu warten, dass sie endlich wieder in ihr Auto stiegen und davonfuhren.

»Haben Sie mal von einem Mann oder einer Gruppe gehört, die sich Kant nennt?«, fragte Troller.

»Ich habe mal von einem Philosophen gehört, der sich Kant nannte. Ich glaube, er hielt Tiere für Automaten. Oder verwechsle ich das jetzt mit Descartes?«

Es war sinnlos. Sie verabschiedeten sich von der Künstlerin, die sie aber noch zum Wagen begleitete. Troller stieg ins Auto und wendete, während Jane mit ihrer Digitalkamera noch ein paar Fotos machte, vom Hof, von den Hunden, von Lisa Grossmann, die ihnen aber bald den Rücken zukehrte und ins Haus zurückstapfte, ohne sich noch einmal umzusehen.

## 11

MERKWÜRDIG, DACHTE TROLLER. Du kennst jemanden kaum, du hast ihn nur ein einziges Mal gesehen, und dann triffst du ihn in einer Woche gleich zweimal hintereinander, am Mittwoch auf dem Potsdamer Platz und heute hier im Zirkel. War das nur Zufall? Oder womöglich so etwas wie ein Zeichen?

Früher, bei den alten Griechen, wimmelte es von solchen Zeichen. Da erschienen die Götter noch auf Erden, wenn auch in verwandelter Gestalt, Zeus im Körper eines Schwanes oder eines Stieres, Apollon getarnt als Hirte, Athene in der Gestalt des greisen Mentor, so dass man nie so genau wusste, ist der, mit dem ich gerade spreche, er selbst, oder ist es ein Gott oder eine Göttin, die nur vorübergehend menschliche Gestalt angenommen haben? Es war eine Welt der Maskeraden, der Vexierspiele, der Täuschungen, aber irgendwann, so um fünfhundert vor, als die Griechen ihre Stadtstaaten gründeten und die Demokratie erfanden, wurde es ihnen zu vieldeutig, zu verwirrend und zu wechselhaft, und sie machten sich auf die Suche nach etwas, das unverrückbar fest war, unwandelbar, unvergänglich, ewig, etwas, das dem Strom des Werdens und Vergehens ganz und gar entzogen wäre, und sie erfanden – das SEIN.

Das war die Geburtstunde der Philosophie, und um darüber zu sprechen, was im Laufe der Jahrtausende daraus geworden war, versammelten sie sich regelmäßig hier bei Anuschka Berger im Philosophiezirkel, wie immer um den großen Ausziehtisch gruppiert, der in dem geräumigen Berliner Zimmer stand und an den zur Not zwölf Personen passten. Heute waren es nur zehn, weil das Lehrerehepaar, das hier im Haus wohnte, abgesagt hatte.

Die anderen saßen schon um den Tisch herum und aßen, als Troller kam. Es gab ein paar italienische Vorspeisen, eingelegte Paprika, eingelegte Zwiebeln, Artischockenherzen, Vitello Tonnato, es gab Flusskrebssalat und Gänseleberpastete, diverse Käsesorten, italienisches Brot – mit einem Wort, jemand hatte sich mächtig in Unkosten gestürzt, um alle mit solchen Delikatessen zu versorgen.

Der Jemand war Hansen, ein Schriftsteller, der zu den Gründungsmitgliedern des Zirkels gehörte und mit großer Regelmäßigkeit kam. Er war, von der Gastgeberin abgesehen, derjenige, der fast niemals fehlte. Das lag neben seinem ausgeprägten Interesse an der Philosophie auch daran, dass er sich als Schriftsteller seine Zeit besonders frei einteilen konnte. Oder daran, dass er keinen besonders großen Erfolg mit seinen Büchern hatte (er schrieb humoristische Romane) und deswegen nicht durch ausgedehnte Lesereisen absorbiert war. Wilfried Martini, der Quantenphysiker, gehörte ebenfalls zu den tragenden Säulen, auch wenn er hin und wieder fehlte, weil er auf internationalen Kongressen Vorträge hielt oder als Dekan seines Fachbereichs an der Universität Potsdam von den Anforderungen der Bürokratie aufgerieben wurde.

Der Zirkel hatte sich vor etwa zehn Jahren gegründet, und zu seinen Regeln gehörte, dass reihum einer oder eine für das Essen zuständig war und ebenso einer oder eine etwas vortrug, meist eine kleine Einleitung zu dem Text, den sie sich vorgenommen hatten, manchmal aber auch etwas Größeres, so dass dann der Vortrag selbst zum Gegenstand der Diskussion wurde.

Für heute hatte Linus sein kleines Referat angekündigt,

und nachdem Troller sich gesetzt und seinen ersten Schluck Wein getrunken hatte, erteilte Anuschka, die als Gastgeberin immer auch die Regie des Abends übernahm, Linus das Wort.

Linus hatte ein paar Notizzettel vor sich, machte einige einleitende Bemerkungen über ein Buch, das er geschrieben hatte und das vom Wandel des Wissens und der Wissenschaft vom achtzehnten zum neunzehnten Jahrhundert handelte. Übrigens sei das, was er hier zum Besten geben wolle, die Kurzform eines Vortrages, den er am Dienstagabend in Wien gehalten habe, aber das nur nebenbei.

Gemeinhin setze man ja, sagte er, den Beginn der modernen Wissenschaft auf das siebzehnte Jahrhundert fest, auf die mathematische Methode, die René Descartes, und auf die experimentelle oder empirische Methode, die Francis Bacon gefordert habe. Der Engländer Bacon und der Franzose Descartes, diese beiden seien es auch tatsächlich, denen die moderne Naturwissenschaft ihren Startschuss verdanke, wozu freilich noch viele andere Großes und Wertvolles beigetragen hätten, wie Newton und Galilei, Faraday und Laplace, um nur einige zu nennen. Aber das sei nicht sein Thema, weder in seinem Buch noch an diesem Abend. Ob er schon anfange, die Anwesenden zu langweilen?

Nein, beteuerten alle übereinstimmend, soweit sie nicht gerade Wein oder Brot im Mund hatten und nur verneinende Gesten hervorbrachten.

Gut, sagte Linus, dann könne er ja weitermachen.

Vorher wurde er allerdings von der Gastgeberin unterbrochen: »Entschuldige«, sagte sie, »ich will euch nur kurz vorstellen, weil Troller ja zu spät gekommen ist und letztes Mal nicht da war.«

»Ich war letztes Mal da«, sagte Troller. »Außerdem haben wir uns in dieser Woche schon einmal getroffen.«

»Vorgestern«, bestätigte Linus. »Auf dem Potsdamer Platz.«

»Na, umso besser, wenn ihr euch schon kennt«, sagte Anuschka, »aber ich sage dann trotzdem noch mal für alle, weil ich es nämlich letztes Mal auch nicht richtig mitbekommen hatte, dass Linus jetzt als Einziger in unserem Zirkel ein richtiger Philosoph ist, das heißt, er hat Philosophie studiert, ist Doktor der Philosophie und hat sogar eine Habilitationsschrift verfasst ...«

»Dieses Buch hier«, sagte Linus und hob mit bescheidenem Lächeln ein dickes Buch mit blaugrünem Einband in die Höhe.

»... und er lehrt als Privatdozent an der FU.«

»HU«, korrigierte Linus. »Humboldt-Universität.«

»Also gut, an der HU«, sagte Anuschka in einem Tonfall, der besagte, dass es vollkommen wurscht sei, ob an der Freien oder an der Humboldt, »jedenfalls hat Linus versprochen, uns die wichtigsten Thesen seiner Habilitationsschrift vorzutragen, also bitte, Linus.«

»Danke«, sagte Linus. »Ja, also – wo war ich stehengeblieben?«

»An der Humboldt-Universität«, sagte Hansen und erntete damit einen Lacher.

»Nun gut«, sagte Linus, der als Einziger nicht mitlachte und der ohnehin, wie Troller fand, ziemlich humorlos und auch irgendwie bleich und streng aussah, schmallippig, übernächtigt, mit schwarzumränderten Augen.

*Möwenaugen.*

»Das Thema meines Buches«, fuhr Linus fort, »ist aber nicht die Naturwissenschaft, obwohl auch die sich an der Schwelle vom achtzehnten zum neunzehnten Jahrhundert noch einmal gewaltig veränderte, sondern die Wissenschaft vom Menschen, die ja überhaupt erst im neunzehnten Jahrhundert entsteht.«

»Ach ja?«, unterbrach Hansen. »Und was ist mit Descartes, den du ja gerade erwähnt hast, der hat den Menschen doch auch in den Mittelpunkt seines Denkens gestellt. Oder mit Francis Bacon?«

»Das ist Philosophie«, sagte Linus mit Strenge, »Descartes und Bacon waren Philosophen, sie waren überhaupt alle Philosophen. Die Forscher und Lehrer, die wir heute Wissenschaftler nennen, waren bis zum Ende des achtzehnten Jahrhunderts noch Philosophen; der gesamte Kosmos des universitären Wissens war in zwei große Abteilungen geordnet, in Naturphilosophie und Moralphilosophie. Erst im neunzehnten Jahrhundert wurden daraus Natur- und Geistes*wissenschaften*, aber ich bitte zu bedenken, dass es sich hier nicht um eine bloße Umbenennung handelt. Es war noch einmal eine Revolution des Wissens, die hier stattfand, und nichts verdeutlicht das vielleicht mehr als der Titel einer programmatischen Schrift des großen Immanuel Kant: *Prolegomena zu einer jeden künftigen Metaphysik* ...«

»... *die als Wissenschaft wird auftreten können*«, ergänzte Sabine Hardenberg, eine Musiktheoretikerin, deren Stimme sich immer leicht überschlug.

Trollers Herz klopfte auf einmal schneller, heftiger. Wieso kam Linus jetzt auf Kant? Ausgerechnet er? Ausgerechnet heute? Und wieso gerade auf die Prolegomena? War das schon wieder so ein Zeichen? Er hätte ihn am liebsten sofort zur Rede gestellt und ins Kreuzverhör genommen, aber er konnte sich zum Glück beherrschen. Paranoid zu sein, war eine Sache, es zu zeigen, eine andere.

»*Prolegomena einer jeden möglichen Metaphysik, die als Wissenschaft wird auftreten können*«, wiederholte Linus, »und daran erkennt man schon, dass das Wissen sich unter dem Dach der Philosophie nicht mehr zu Hause fühlte, und zwar so wenig, dass sogar die Philosophie ihr eigenes Haus verließ und bei der Wissenschaft anklopfte, um dort unterzuschlüpfen.«

»Na schön«, sagte Gerrit, ein junger Filmregisseur, »und

was bedeutet das jetzt alles? Ich meine, vielleicht könntest du uns einfach mal einen *Pitch* geben, wenn du weißt, was ich damit meine.«

Jeder wusste, was er damit meinte. Ein Pitch war in der Sprache der Kinobranche eine kurze, prägnante und möglichst überzeugende Darstellung der Grundidee eines Films. Jeder erfolgreiche Drehbuchschreiber musste das können: in einen Raum von gelangweilten Erwachsenen gehen, die alle an ihren Handys oder Computern herumspielten, ihnen dreißig Sekunden lang die Idee für einen grandiosen Film entwickeln und mit einem Koffer voll Geld wieder hinausspazieren, das es ihm erlaubte, sich an die Arbeit zu begeben. Gerrit brachte die Forderung nach dem Pitch nicht das erste Mal, es war sein *running gag*, aber er konnte einen Vortragenden damit ganz schön in Verlegenheit bringen. Wer überlegte sich schon vorher, wie er das, was er in einem halbstündigen Vortrag sagen wollte, *pitchen* konnte?

Doch Linus ließ sich nicht aus der Ruhe bringen. »Okay«, sagte er mit einem leichten Anflug von Hochmut oder sogar Verachtung in der Stimme, »wenn du einen *Pitch* willst, dann sollst du ihn haben. Auf den Punkt gebracht, lautet meine These: *In dem Moment, in dem die Wissenschaft sich des Menschen bemächtigt, verliert er seinen freien Willen.* Ist das kurz genug so?«

»Ja«, sagte Gerrit anerkennend, »klingt gut. Oder nein, es klingt nicht gut, aber du weißt, wie ich es meine.«

»Ich würde jetzt aber gern die etwas längere Version hören«, sagte Anuschka.

»Die etwas längere Version«, sagte Linus mit einem verhaltenen Lächeln, »lautet: Der Mensch des achtzehnten Jahrhunderts war der Idee nach ein freies, selbstbewusst handelndes Individuum, der Mensch des neunzehnten Jahrhunderts wird ein getriebenes, von äußeren und inneren Gesetzen bestimmtes Wesen. Und das ganze Bestreben der Wissenschaft besteht seitdem darin, die Gesetze herauszufinden, nach denen dieses Menschentier oder diese Menschenmaschine handelt.«

»Jetzt hätte ich aber auch mal eine Frage«, sagte Harald, ein Rundfunkjournalist, der politische Sendungen moderierte. »Genau genommen sogar zwei. Die erste lautet: Stimmt es so, wie du es behauptest? Hat sich das Bild vom Menschen wirklich in so kurzer Zeit gewandelt? Und zweitens: Hat sich nur das *Bild* vom Menschen gewandelt oder auch der Mensch?«

»Die erste Frage werte ich jetzt mal als Provokation«, sagte Linus und lächelte wieder hochmütig. »Aber die zweite ist durchaus berechtigt, sie hat auch mich lange Zeit beschäftigt. Ist der Mensch etwas anderes als das Bild, das wir von ihm haben? Oder das Bild, das er von sich selbst hat? Sein Verständnis von sich selbst? Die Antwort, zu der ich nach langem Nachdenken gekommen bin, lautet: Wir haben ja nur dieses Verständnis oder dieses Bild. Und entsprechend verhalten wir uns zueinander und zu uns selbst. Was der Mensch darüber hinaus in Wahrheit sein mag, ist eine Grübelfrage, die niemand beantworten kann.«

»Kannst du uns da irgendwie ein Beispiel geben?«, fragte Gerrit, der es immer gern anschaulich hatte. »Ich meine, was bedeutet das praktisch? Man redet ja immer vom Menschenbild, aber ich weiß nie richtig, was es für einen Unterschied macht, ob ich den Menschen nun als ursprünglich guten Wilden sehe wie Rousseau oder als des Menschen Wolf wie Hobbes. Das sind doch sowieso alles nur Fiktionen.«

»Ja«, entgegnete Linus, »aber Fiktionen schaffen Fakten. Wenn der Mensch von Natur aus gut ist, dann sollte man ihn so wenig wie möglich durch Vorschriften und Gesetze reglementieren. Wenn er dagegen eine Bestie ist, dann müssen wir ihn in einen Käfig sperren oder mit einem Korsett von Regeln und Gesetzen zähmen. Da liegt – ganz praktisch – der Unterschied.«

»Okay«, sagte Gerrit, »aber ich hatte dich unterbrochen. Du warst, wenn ich es richtig sehe, beim Exposé.«

»Ach, du immer mit deinen Filmausdrücken«, sagte Stephan, ein Student, der normalerweise nie den Mund aufmachte. Alle blickten erstaunt auf, als sie seine Stimme hörten, mit dem Effekt, dass Stephan krebsrot anlief, eine Entschuldigung nuschelte und vor sich auf seinen Teller starrte, als könnte er sich damit unsichtbar machen.

»Also gut, ich will euch ein Beispiel geben«, sagte Linus, »eines, das auch in meinem Buch vorkommt. Es geht um das Menschenbild bei Adam Smith, dem Begründer der liberalen Marktwirtschaft, der noch ein Philosoph war – und um das ganz andere Menschenbild der Ökonomen, die nach ihm kamen und sich als Wissenschaftler verstanden. Ich muss euch aber bitten, ein wenig Geduld mit mir zu haben. Also: Smith lebte von 1723 bis 1790. Er war mit David Hume befreundet, aber anders als Hume ein Einzelgänger, der oft in eine grüblerische Abwesenheit verfiel. Die Marktfrauen in Schottland bedauerten ihn, wenn er, in eifrige Selbstgespräche vertieft, an ihren Ständen vorbeikam. Der arme Mann, sagten sie kopfschüttelnd, er ist wieder so verwirrt. Am Anfang der Smith'schen Theorie – ich rede jetzt nicht von seiner Moralphilosophie, sondern von seiner Wirtschaftstheorie –, am Anfang dieses *Systems*, wie Smith es nannte, steht eine menschliche Neigung, nämlich die Neigung, zu tauschen. Hat man je zwei Hunde ihre Knochen tauschen sehen?, fragt Smith, und die Antwort lautet: Nein. Aber der Mensch mit seiner Fähigkeit, zu sprechen, zu handeln, ist ständig bereit, die Produkte seiner Arbeit mit denen der anderen auszutauschen. Auf Arbeitsteilung und auf der Bereitschaft zum Austausch beruht letztlich unser ganzer Wohlstand.«

»Ja, aber …«, begann Sabine Hardenberg.

»Nein«, unterbrach Linus mit einer Schärfe, die Troller zusammenzucken ließ. »Gebt mir fünf Minuten, dann bin ich damit durch. Also: Adam Smith begründet sein System mit einer bestimmten Fähigkeit des Menschen, mit der Tauschneigung, und das Maß, nach welchem die Menschen ihre Waren austauschen, ist die geleistete Arbeit. Ich brauche einen Tag, um einen Stuhl anzufertigen, du brauchst einen Tag, um einen Hirsch zu jagen, gut, dann tauschen wir einen Hirsch gegen einen Stuhl.«

»Aber das ist doch dasselbe wie Marx«, warf die Musiktheoretikerin mutig ein.

»Nein«, sagte Linus, »ist es nicht, und das ist genau das, worauf es mir ankommt. Der große Unterschied zwischen der Arbeitswert-Theorie von Smith auf der einen und Marx auf der anderen Seite ist der: Bei Smith handelt es sich um zwei Menschen, die ihre Arbeit wechselseitig einschätzen und einen entsprechenden Tauschvertrag eingehen. Bei Marx dagegen fließt die Arbeit quasi wie ein Quantum potentieller Energie in den bearbeiteten Gegenstand hinein und *gerinnt* dort, wie es bei Marx wörtlich heißt. Da hat der Tischler seinen Stuhl gefertigt, und nun *enthält der Stuhl* eine gewisse Menge Arbeit, und ebenso der Hirsch, den der Jäger geschossen hat. Und wenn der Stuhl gegen den Hirsch getauscht wird, dann spielt der Mensch gar keine Rolle mehr, die Waren tauschen sich nach ihrem objektiven Wert, und der Mensch ist nur noch ein Anhängsel der Warenwelt.«

»Aber so *ist* es doch auch«, rief Sabine Hardenberg aus.

»Dass es so ist, würde ich nicht sagen«, entgegnete Linus, »aber so hat man gedacht, da haben Sie« – er hielt inne, um sich zu korrigieren –, »da hast du recht. Aber worauf ich hinauswill, und dann bin ich auch schon fertig, ist Folgendes: Die Ökonomen, die auf Smith folgten, verehrten den Meister über alles, doch gleichzeitig wurden sie nicht müde zu wiederholen, dass er noch Philosoph gewesen sei und dass die Ökonomie nun endlich Wissenschaft werden müsse. Und Wissenschaft, das hieß: Es gibt keinen frei handelnden Menschen mehr, sondern nur noch eine sich nach objektiven Gesetzen bewegende Warenwelt, eine Mechanik der Dinge sozusagen. Und wenn dann, gegen Ende des neunzehnten Jahrhunderts, der Mensch wieder in der Ökonomie auftaucht, dann nur als *homo oeconomicus*, der nichts anderes ist als ein menschlicher Computer. Ich fasse zusammen: Der Mensch der Philosophie des achtzehnten Jahrhunderts war ein freies, selbstbewusst handelndes Individuum, der Mensch der Wissenschaft des neunzehnten Jahrhunderts wird ein triebhaftes, getriebenes, nach inneren oder äußeren Gesetzen funktionierendes Wesen, halb Marionette, halb Wunschmaschine. Und damit bin ich auch schon am Ende. Danke fürs Zuhören.«

Alle klopften auf den Tisch, das war so üblich, ob der Beifall nun berechtigt war oder nicht. Aber er war ja berechtigt. Selbst für Troller waren einige Aspekte neu.

»Ich würde jetzt aber gern noch wissen«, sagte Wilfried, der Quantenphysiker, mit seiner klaren, durchdringenden, metallisch klingenden Stimme, »auf welcher Seite der Herr Kant mit seinen Prolegomena-Dingsda in deinem Modell steht. Auf der Seite der Philosophie oder auf der Seite der Wissenschaft? Immerhin hat er uns doch diesen Imperativ hinterlassen, nach dem wir vernünftig und moralisch handeln sollen, das klingt nicht gerade danach, dass wir in seinen Augen bloße Triebwesen wären, oder?«

»Der Herr Kant, wie du ihn nennst«, sagte Linus, der nicht wissen konnte, dass Wilfried alle Philosophen als Herren bezeichnete, was durchaus nicht despektierlich gemeint war, ganz im Gegenteil, es war nur etwas anderes, ob man Schopenhauer sagte oder der Herr Schopenhauer, Kant oder der Herr Kant, wenn man *der Herr* sagte, dann sah man die Philosophen nicht als steinerne Büsten in einem Pantheon, sondern im Gehrock über die Straße spazieren, »der Herr Kant stand mit einem Bein im achtzehnten und mit dem anderen im neunzehnten Jahrhundert. Er gab der Naturwissenschaft, was der Naturwissenschaft war, nämlich das Zugeständnis, dass wir als physische Wesen den Gesetzen der Natur unterworfen sind – und er hatte einen geradezu emphatischen Begriff vom Menschen als Vernunftwesen, das zu moralischem Handeln fähig ist. Das Wort Moral bekam dann ja im neunzehnten Jahrhundert einen negativen Beigeschmack.«

»Was du offenbar bedauerst.«

»Was ich bedauere«, bestätigte Linus. »Zumal man ja die Zweifel, die Kant an unseren Erkenntnismöglichkeiten formuliert hat, gern vergisst. Kant wollte mit der Philosophie in die Wissenschaft hinein, er wollte, dass die Philosophie noch rechtzeitig auf den Zug aufsprang, aber er – gerade er! – war es auch, der der Wissenschaft ihre Grenzen aufzeigte. Die Grenzen ihrer Erkenntnismöglichkeiten.«

»Könnte es sein, dass aus all deinen Worten eine gewisse, wie soll ich sagen, Wissenschaftsfeindlichkeit spricht?«, fragte Sabine Hardenberg.

»Könnte nicht nur sein«, sagte Linus mit feinem Lächeln, »sondern ist so. Ich halte den Siegeszug der Wissenschaft im neunzehnten und mehr noch im zwanzigsten Jahrhundert für eine Katastrophe. Jedenfalls dort, wo sie sich des Menschen bemächtigt. Da stimme ich mit Troller überein, der darüber ja ein sehr beachtenswertes Buch geschrieben hat. Ich nehme an, ihr kennt es alle.«

Es war Troller ein wenig peinlich, dass Linus jetzt sein Buch erwähnte, zumal er ziemlich sicher war, dass niemand das Buch kannte.

»Das wäre doch was fürs nächste Mal«, sagte Anuschka. »Dann führen wir das Thema damit weiter. Ich meine, ich weiß nicht, ob wir das Buch alle lesen müssen, aber wenn du uns auch einen kleinen Vortrag halten könntest – was meinst du?«

»Kein Problem«, sagte Troller.

»Könntest du vielleicht schon mal …«, begann Gerrit, der Filmregisseur.

»Einen Pitch?«, fragte Linus ironisch. »Kannst du haben. Mit deiner Erlaubnis, Troller. Die Kurzformel lautet: Der Zug der Wissenschaft rast unkontrolliert und immer schneller auf ein Ziel zu, das wir nicht kennen, und eines Tages wird er uns alle in den Abgrund fahren.«

»Na ja«, sagte Troller, »ganz so entschieden ist meine Prognose nicht. Aber meine Kritik richtet sich tatsächlich dagegen, dass wir mit immer neuen Forschungsergebnissen konfrontiert werden, die unsere Identität als menschliche Wesen bedrohen. Ich sage nur Genforschung, Künstliche-Intelligenz-Forschung, Nanotechnologie und Hirnforschung …«

»BANG«, sagte Wilfried und freute sich über die verständnislosen Gesichter der anderen.

»So ist es«, sagte Troller. »Ihr kennt ja die Amerikaner, sie sind Meister in der Konstruktion von Eselsbrücken. BANG ist das Kürzel für Bits, Atome, Neuronen und Gene, will sagen, für das Zusammenspiel der vier Wissenschaften oder Technologien, von denen ich gerade gesprochen habe und die im Augenblick rasant dabei sind, die Erde und den Menschen umzukrempeln. Das Problem dabei ist: Bevor wir darüber entscheiden können, ob wir genetisch veränderten Mais essen wollen oder nicht, ob wir genetisch aufgemotzte Babys bekommen wollen oder nicht, ob wir genetisch *humanisierte* Schweine zur Xenotransplantation züchten wollen oder nicht, ob wir das menschliche Gehirn verändern wollen oder nicht, ist es bereits geschehen. Die Öffentlichkeit, die Presse, die Bürger, die Politiker sind dieser Entwicklung hilflos ausgeliefert, weil sie immer nur auf etwas reagieren können, das es bereits gibt. Wir stellen immer nur die Frage: Wie gehen wir damit um?, anstatt: Wollen wir überhaupt, dass es existiert? Das ist das, was ich den *Terror der Wissenschaft* genannt habe. Da läuft eine gigantische Forschungsmaschinerie auf immer höheren Touren, und niemand kommt auf die Idee, Halt! zu rufen wie dieser junge Mann in der Geschichte von Kafka.«

»Der es aber auch nicht tut«, sagte Hansen. »Er sitzt auf der Galerie in einem Zirkus und denkt, man sollte es tun, um dem grausamen Dressurwahn Einhalt zu gebieten, aber er tut es nicht.«

Nein, dachte Troller, als er mit dem Auto nach Hause fuhr, was er vernünftigerweise hätte bleiben lassen sollen, er tut es nicht. Niemand ist da, der Halt! ruft, und wenn, dann hört sowieso keiner zu. Und dann fiel ihm der Satz aus der Mail ein. *Wir leben in einer Zeit des Spektakels. Wer beachtet schon einen gewöhnlichen Mord?*

# 12

»Der Flug Nr. BA0986 von London-Heathrow nach Berlin-Tegel, planmäßige Ankunft 18.35 Uhr, wird voraussichtlich zehn Minuten später landen.«

Jane stand auf der schwarzgenoppten Auslegeware des Tegeler Flughafens und trat von einem Bein aufs andere. Ihre Nervosität wuchs, ihr Herzschlag beschleunigte sich.

*Wieso?* Schließlich ging es hier doch nur um einen freundlichen Empfang für einen ausländischen Kollegen, der nach Berlin kam, um über den Affenstuhlmörder zu berichten, weil sich inzwischen auch in England herumgesprochen hatte, dass es in Deutschland einen spektakulären Mord gegeben hatte. Der Fall versprach sogar interessanter zu werden als der des Erlösers. War Fred McKinnock eigentlich inzwischen aus dem Koma erwacht? Sie hatte sich gar nicht mehr darum gekümmert, aber wahrscheinlich lag er noch auf der Intensivstation und dämmerte vor sich hin. Ein enttäuschender Erlöser.

»Gelandet«, stand jetzt auf der Anzeigetafel.

Okay, Frank Teschemacher, dann lass dir Folgendes gesagt sein: Ich stehe jetzt hier, weil du ein netter und unterhaltsamer Kollege bist, dem man ein bisschen auf die Sprünge helfen muss, was natürlich auch die Kollegen von der *Times* machen könnten, aber wir sind uns nun einmal zufällig vor dem Old Bailey über den Weg gelaufen und haben am Shepherd Market miteinander im Bistro gesessen und dann noch in deiner Wohnung einen Tempranillo getrunken, aber bilde dir nicht ein, dass es so weitergeht.

Wenn er in diesem Moment schon da gewesen wäre, hätte sie das womöglich sogar laut gesagt, oder nein, wohl doch nicht, sie wusste ja gar nicht, wie er jetzt dachte oder fühlte, vielleicht wollte er die Nacht in Mayfair genauso vergessen wie sie. Sie bildete sich gar nicht ein, dass er jetzt unsterblich in sie verliebt war, er war sowieso nicht der Typ dafür. Ob sich so jemand wie Frank Teschemacher überhaupt unsterblich verlieben konnte? Wie sah es in der Seele eines Mannes aus, der jede Frau haben konnte? Sagen wir mal: Brad Pitt. Oder George Clooney. So einer war Frank ja auch. Einer von diesen Kerlen, die man am liebsten verprügeln möchte, weil sie wirklich alles haben: Charme, gutes Aussehen, Talent, Witz, Erfolg und ein so gewinnendes Lächeln, dass ihnen kein Mensch widerstehen kann. Wie sah es in solchen Männern aus?

Aber andererseits: Wie sah es in ihr selber aus? Sie war ja auch von der Sorte, wenigstens sagten das die anderen. In den Augen ihrer Kolleginnen war sie rundum zu beneiden, weil sie schön war, taff oder voll fit, wie eine Kollegin mal anerkennend gesagt hatte, und weil sie nicht nur mutig recherchierte, sondern auch gut schreiben konnte. Sie war inzwischen das, was man eine Edelfeder nannte, mit all den Privilegien, die dazugehörten. Sie konnte sich Zeit lassen, sie stand nicht unter Abgabedruck, und wenn sie ein paar gute Geschichten pro Jahr ablieferte, dann hatte sie ihr Soll erfüllt. Davon konnten andere nur träumen. Und das taten sie auch. Sie träumten davon, so schön, klug und erfolgreich zu sein wie Jane Anderson. Jane fand auch selbst, dass sie Glück hatte. Trotzdem sah es in ihr anders aus, als die anderen dachten.

Ihr fiel auf einmal ein, dass sie nicht einmal wusste, ob Frank eine Freundin hatte. Sie hatte ihn nicht gefragt, er hatte sie nicht gefragt. Sie hatte in seinem Apartment kein Foto von irgendeiner Frau gesehen, nur einige von ihm selbst in verschiedenen hochartistischen Positionen beim Kickboxen, das er, wie er mit bescheidenem Lächeln gesagt hatte, »halbwegs gut« beherrsche. Oder ein anderes, wie er aus einem Flugzeug springt, lachend, mit Fliegerbrille über den Augen, Fallschirm auf dem Rücken, ausgebreiteten Armen und leicht angewinkelten Beinen in der Luft schwebend wie ein …

*Da war er.*

Sie stutzte einen Moment. Er hatte die kurzen Haare nach oben gegelt, wodurch er anders aussah, als sie ihn in Erinnerung hatte. Frecher. Lustiger. Doch je näher er kam, desto mehr wurde er wieder zu Frank. Seine Wimpern wirkten wie immer so schwarz, dass man denken konnte, er hätte sie geschminkt. Wie bei diesem Richard aus *Lost*, diesem smarten, verdammt gutaussehenden Typen von den sogenannten *Others*. Sie sah die Serie manchmal, und dieser Typ hatte was. Frank trug Jeans und ein dunkelblaues Jackett. Darunter ein blauweißgestreiftes Sporthemd. Über seinem Arm hing ein heller Mantel. Er zog einen schwarzen Trolley hinter sich her.

»Hallo, Frank.«

»Hallo. Schön, dich wiederzusehen.«

*Küsschen?*

Küsschen. Aber neutral. Routinemäßig. *Gut so.*

Sie gingen hinaus zum Wagen. Jane zupfte den Strafzettel unter dem Scheibenwischer hervor.

»Was ist das für einer?«

»Twingo.«

»Passt zu dir.«

Sie fragte nicht nach, warum. Sie mochte ihr Auto, es war klein, aber man hatte viel Platz darin und eine gute Sicht. Und man konnte sich darauf verlassen, dass es fuhr.

»Und? Was machen wir jetzt?«

»Ich fahr dich ins Hotel, du checkst ein, und dann gehen

wir was essen. Ich hab einen Platz in einem vietnamesischen Restaurant bestellt. Magst du vietnamesisch?«

»Gibt's da auch deutsches Bier?«

Es gab deutsches Bier im Lang Nuong. Es gab auch guten Wein, aber zum asiatischen Essen, besonders wenn es scharf ist, passte Wein nicht. Allenfalls ein halbtrockener mit Restsüße. Jane und Frank tranken Bier.

Aus den Lautsprechern klang unaufdringliche Jazzmusik, an den Wänden hingen Fotos von berühmten Musikern. Der Restaurantchef war Jazzliebhaber und erzählte es ihnen stolz. Vor allem Miles Davis, den sie da gerade hörten, schätze er sehr. Er erklärte auch, wie man hier aß. Es gab zwei Tische mit eingebauter Grillplatte, die er von einem japanischen Restaurant übernommen hatte, und die zweite Spezialität des Hauses war der sogenannte Feuertopf: ein breitrandiger Topf auf einem Gasbrenner, den der Gast selber regulieren durfte. In dem Topf köchelte eine Suppe vor sich hin, und auf dem breiten Rand lagen die Zutaten, die man nach eigenen Belieben in die Suppe hineinfallen ließ, um sie nach angemessener Zeit mit Hilfe der Stäbchen wieder herauszufischen: Sojasprossen, Okraschoten, Hühnerfiletstücke, Chinakohlschnipsel. Man konnte Spaß daran haben, und Frank und Jane hatten Spaß daran.

»Jetzt würde ich gern etwas über euren Affenstuhlmörder hören«, sagte Frank nach einer Weile.

»Was willst du wissen?«

»Am besten alles«, sagte er mit seinem unverschämten Lächeln.

Und selbstverständlich erzählte sie ihm alles. Das heißt, alles, was die anderen auch wussten. Aber natürlich verriet sie ihm nichts, was Stoff für eine exklusive Story hergeben konnte. Nichts von Kant und seinen E-Mails an Troller.

»Okay«, sagte Frank. »So viel zu den Tatsachen. Soweit

die Polizei sie verraten hat. Ich würde zum Beispiel gern noch wissen, welcher Absender auf dem Paket stand. Oder was die Bekennerschreiben sagen, egal ob man sie für echt hält oder nicht. Ich meine, das Wichtigste ist doch, herauszufinden, was das Ziel des Mörders ist. Wie denkt er? Was ist sein Plan?«

»Tja, da beginnt die Spekulation.« Sie musste eine Entscheidung treffen: Hühnerfilet oder Okraschoten? »Und wenn du dir die Zeitungen anschaust, dann merkst du sehr schnell, dass jeder Kollege seine eigene Geschichte dazu erfindet. Der Täter als radikaler Tierschützer. Der Täter als enttäuschter Kollege. Der Täter als ehemaliger Patient, der von Hirnforschern ins Unglück getrieben wurde. Der Täter als durchgeknallter Serienkiller. Und und und. Niemand weiß etwas, alle müssen drüber schreiben, also spekuliert jeder wild drauflos und erschafft sich einen Mörder nach seinem eigenen Bild. Dir wird auch nichts anderes übrigbleiben. Du hast alle Freiheiten, Frank«, sagte sie und bekam einen Schreck, als sie das sagte, weil sie es zwar nicht zweideutig gemeint hatte, er es aber so auffassen könnte. »Solange niemand wirklich etwas weiß, kannst du schreiben, was deine Phantasie hergibt.«

Frank stupste für sich beides zusammen in den Topf. Hühnerfilet und Okraschoten. »Er hat zwei Hirnforscher attackiert«, sagte er, »also schreibe ich nicht, dass er Tierschützer ist, sondern dass er Hirnforscher hasst. Du weißt ja, ich bin ein Freund der einfachen Lösung. Und die Wette geht auf, wenn das nächste Opfer wieder ein Hirnforscher ist.«

Hühnerfilet, Okraschoten und Chinakohl, so. Warum sich entscheiden, wenn man alles haben kann? »Damit weißt du aber immer noch nicht, warum er sie hasst«, sagte Jane. »Und wer der Nächste ist.«

»Und was schreibst du morgen?«, fragte Frank. Er nahm für einen kurzen Moment ihre Hand, als ginge die Frage direkt an sie.

»Ich recherchiere«, sagte Jane. »Ich muss nicht jeden Tag etwas schreiben. Ich muss nicht einmal für die nächste *Fazit*-Ausgabe etwas haben. Nicht um jeden Preis. Wenn es um die tägliche Routine geht, machen das die Kollegen von *Fazit-Online*. Ich recherchiere die Hintergründe.«

»Zusammen mit Troller?«, fragte er und fischte sich ein paar Teile wieder aus dem Topf heraus. Ihr war längst aufgefallen, wie geschickt er mit den Stäbchen umgehen konnte.

»Ja«, sagte sie. »Ich arbeite wieder mit Troller zusammen.«

»Womit auch klar ist, dass die Tierschützer für euch nicht ernsthaft als Täter in Frage kommen.«

Wie kam er jetzt darauf? Ach so. Weil Troller Wissenschaftsredakteur war. »Wir waren gestern bei einer bekannten Tierschützerin«, sagte sie, »sie heißt Lisa Grossmann. Sie versichert, dass die autonomen Tierbefreier niemals jemanden foltern würden. Hauptargument: Wir quälen keinen Menschen, weil wir grundsätzlich dagegen sind, dass eine Kreatur gequält wird.«

»Da hat der Mensch ja noch mal Glück, dass er unter den Tierschutzparagraphen fällt.«

*Mist.*

Durch die Scheibe sah Jane, wie zwei Kollegen von der anderen Straßenseite her auf das Restaurant zukamen. Sie war extra nicht mit Frank ins Manzini oder ins Café Einstein gegangen, weil dort zu viele Kollegen ein und aus gingen. Aber natürlich, wenn man in ein Restaurant ging, dass so *in* ist wie das Lang Nuong, durfte man sich nicht wundern.

Ein wenig zerstreut erzählte sie Frank, dass sie heute Morgen bei einem weiteren Tierschützer gewesen war. Reine Zeitverschwendung.

»Wenn ihr sowieso nicht daran glaubt, dass es Tierschützer waren«, fragte Frank, »wieso recherchiert ihr dann in dieser Richtung?«

»Weil es nicht darum geht, was wir glauben. Ich hab schon

oft rein routinemäßig recherchiert, ohne im Geringsten an einen Erfolg zu glauben, und dann hat es doch zu etwas geführt.«

»Okay«, sagte Frank, »war eine dumme Frage. Wie ist eure Arbeitsteilung? Du kümmerst dich um die Tierschützer, während Troller Wissenschaftler interviewt?«

»Na ja, normalerweise recherchieren wir zusammen. Das heute Morgen war eine Ausnahme, weil Troller an diesem Wochenende in Hamburg ist. Geburtstag eines Freundes.«

*Warum hab ich das jetzt gesagt? Nur weil es die Wahrheit ist?*

Tatsächlich war Troller heute Morgen schon sehr früh in den Zug nach Hamburg gestiegen. Er hatte für seine Verhältnisse richtig fröhlich gewirkt. Jedenfalls kam es nicht alle Tage vor, dass er schon vor dem ersten Schluck Kaffee vor sich hin flötete. Es war nicht nur ein Revival seiner Band, es war auch ein Revival seiner Jugend. Jane war beinahe gekränkt gewesen, dass er so tirilierend davonflatterte. Andererseits hatte es auch etwas Erleichterndes: So konnte sie sich ganz auf ihr eigenes Wochenende konzentrieren.

»Mir liegt die ganze Zeit noch eine Frage auf der Zunge«, sagte Frank und schaute sie aus seinen blauen Augen an.

*Oh Gott, bitte nicht.*

Er ließ sich Zeit mit seiner Frage. Trank erst einmal einen Schluck Bier. Bedeutete dann dem Kellner, dass er ein neues haben wollte. Sie hatte noch genug in ihrem Glas. Dann erst stellte er die Frage.

Aber es war nicht das, was sie gefürchtet hatte.

»Du hast vorhin gesagt, vom Täter fehlt jede Spur, und dann noch ein *fast* hinzugefügt. Es gibt also doch eine?«

Offenbar war er ein aufmerksamer Zuhörer.

»Ich war ja gestern Abend auf der Pressekonferenz der Polizei«, sagte sie. »Eine Spur, die sie möglicherweise gefunden haben, waren Haare.«

»Was für Haare?«

»Affenhaare.«

»Aber«, sagte Frank mit leichtem Kopfschütteln, »das ist doch keine Spur. Affenhaare im Primatenstuhl?«

»Es sind falsche.«

»Falsche was?«

»Affenhaare. Das heißt, der Täter hat möglicherweise ein Affenkostüm getragen. Oder eine Affenmaske.«

»Im Ernst?«

»Im Ernst.«

»Huuuh«, machte Frank mit einer übertriebenen Grimasse. »Ich meine, wenn man bedenkt, wie er ihn gefoltert hat …«

»Ja«, sagte sie und kam sich ein wenig verlogen dabei vor. »Schrecklich.«

Kant hatte in der Mail an Troller behauptet, er habe den Professor vorher narkotisiert. Die Kommissarin hatte auf der PK gesagt, das endgültige Obduktionsergebnis läge noch nicht vor. Das war vermutlich nicht die Wahrheit. Sie wollten die Öffentlichkeit noch im Ungewissen lassen, *um die Ermittlungen nicht zu gefährden*, wie es immer hieß. Ein paar Details der Tat behielt die Polizei immer für sich. Wenn irgendein Spinner sich zu dem Mord bekannte und nicht wusste, dass der Mörder einen Bohrer benutzt oder eine Narkose angewandt hatte, konnte man ihn gleich wieder vor die Tür setzen. Auch von dem Plakat, das Troller an der Wand des Labors gesehen hatte, war auf der PK nicht die Rede gewesen.

»Aber«, sagte Frank, »dann wären wir ja doch wieder bei den Tierschützern. Die laufen doch andauernd mit solchen Masken und Kostümen herum und demonstrieren gegen die Ausrottung der Gorillas oder für die Seligsprechung von Jane Goodall oder dafür, dass Menschenaffen Menschenrechte bekommen.«

»Stimmt. Und weißt du …«

Weiter kam sie nicht. Jetzt war es so weit. Die beiden Kollegen begnügten sich nicht damit, aus der Ferne zu winken. Sie waren aufgestanden, alle beide, und kamen geradewegs auf ihren Tisch zu. Pit Kern von der *WELT* und Schmidt-Schönbein von der *F.A.Z.* Schmidt-Schönbein in einem beigefarbenen Anzug, Pit Kern in Hemd und ärmelloser Globetrotterweste. Jane stellte alle einander vor und forderte die beiden Kollegen auf, sich zu setzen. Pit Kern war unentschlossen, Schmidt-Schönbein lehnte ab. Er rümpfte unübersehbar die Nase, als Jane erwähnte, dass Frank von der *SUN* war und über den Affenstuhlmord berichten sollte. Immerhin wechselte er sofort die Sprache. »Very interesting story«, sagte er mit übertrieben breitem amerikanischen Akzent. »Wir haben auch gerade darüber gesprochen, der Kollege Kern und ich. Der Fall geht ja nicht nur die Polizeireporter etwas an, sondern auch uns Wissenschaftsredakteure. Ein Mörder, der Hirnforscher umbringt. Pikante Angelegenheit.«

»Wobei ja die Verschiedenheit der Morde nicht auf einen Serientäter schließen lässt«, sagte Pit Kern.

»Nein«, sagte Schmidt-Schönbein, »aber die Berufe der Opfer. Wenn ich Hirnforscher wäre, würde ich erst einmal ein Forschungssemester auf Bali oder den Bahamas einschieben.«

»Stattdessen werden in einer Woche dreitausend solche Wissenschaftler nach Berlin kommen«, sagte Pit Kern. »Zum Kongress. Ich habe gestern mit dem Uni-Präsidenten telefoniert und ihn gefragt, ob er das noch verantworten kann. Er macht sich natürlich auch seine Gedanken.«

»Aber sie können doch jetzt nicht alle ihre Arbeit niederlegen, nur weil ein verrückter Killer sich auf Hirnforscher spezialisiert hat.«

»Genau dasselbe hat er dann auch gesagt. Man darf sich nicht erpressbar machen.«

»Hat der Mörder denn eine Forderung gestellt?«

»Nein, so war das nicht gemeint.«

»Wollt ihr euch nicht doch setzen?«, fragte Jane, weil in diesem Augenblick der Kellner mit Franks Bier kam und es ihr unangenehm war, dass die beiden nicht nur standen, sondern dabei auch gewissermaßen auf dem Trockenen saßen. »Ihr könntet ja euer Bier rüberholen.«

»Gute Idee«, sagte Pit Kern und machte sich auf den Weg.

»Bring meins mit«, rief Schmidt-Schönbein hinter ihm her.

»Was sind Ihre Hypothesen?«, fragte Frank, als Pit Kern die Gläser geholt und beide sich gesetzt hatten. »Warum tut er das? Was ist das Motiv? Und vor allem: Was ist das Ziel?«

»Es gibt Leute, die sagen, dass es kein Einzelner, sondern eine Gruppe ist«, sagte Pit Kern.

»So verrückt kann doch nur ein Einzelner sein«, widersprach Schmidt-Schönbein.

»Cheers«, sagte Pit Kern.

»Gesundheit«, sagte Frank auf Deutsch.

Alle lachten.

»Es gibt eine auffallende Gemeinsamkeit zwischen den beiden«, sagte Schmidt-Schönbein, als sie die Gläser wieder abgesetzt hatten. »Ich meine, zwischen Ritter und Block. Sie gehören beide zu den Unterzeichnern des Manifests.«

»Was für ein Manifest?«, fragte Frank.

»*Der freie Wille ist eine Illusion*. Das war der Titel. Darin geben neun Hirnforscher Auskunft über den Stand der Forschung, fordern neue Lehrstühle, verkünden die These, dass es keinen freien Willen gibt und dass daher die Rechtsprechung geändert werden muss. Jenseits von Schuld und Sühne sozusagen.«

»Und deswegen geht jemand her und bringt sie um?«

»Dieser Laurenz Block«, fragte Frank, »das ist doch derselbe, der als Gutachter im Prozess gegen den Erlöser ausgesagt hat, oder?« Und als Jane nickte: »Der arbeitet doch mit Gewaltverbrechern. Vielleicht ist der Mörder einer der Soziopathen, mit denen er experimentiert hat und der sich für irgendeine wirkliche oder eingebildete Kränkung rächen will.«

»Das Problem ist nur, dass Ritter mit Affen gearbeitet hat, nicht mit Soziopathen.«

»Ja, aber Ritter war Deutschlands Hirnforscher Nummer eins«, gab Schmidt-Schönbein zu bedenken. »Wenn ich einen Hass auf Hirnforscher hätte, würde ich auch bei der Nummer eins anfangen.«

»Cheers«, sagte Frank und hob sein Glas.

»Gesundheit«, sagte Pit Kern und zwinkerte Jane zu.

Sie selbst führte ihr Glas nur noch pro forma zum Mund. Es war schon das zweite Bier, und mehr als zwei wollte sie nicht trinken. Sie hatte noch eine Flasche Pago Florentino im Auto.

»Wenn Ritter die Nummer eins war, wer war die Nummer zwei?«, fragte Frank. »Laurenz Block?«

»Könnte man annehmen.«

»Und Nummer drei? Ich meine, wenn es ein Serienkiller ist, dann ...«

»Also, Serienkiller«, unterbrach Schmidt-Schönbein, »das ist so ein Wort. Ich meine, darunter stellt man sich doch irgend so einen Triebtäter vor, der Kinder schändet oder Leuten die Herzen rausschneidet und ihr Blut trinkt oder Frauen vergewaltigt und sie währenddessen stranguliert oder ...«

»Danke«, sagte Jane mit einiger Schärfe. »Es reicht.«

»Aber die Frage ist ja nicht verkehrt«, sagte Pit Kern. »Wer ist Nummer drei?«

»Könnte Wilbrandt in Freiburg sein«, überlegte Schmidt-Schönbein. »Oder Gronius in Frankfurt. Ich würde darauf wetten, dass es wieder jemand ist, der an dem Manifest mitgeschrieben hat.«

»Vielleicht gibt es ganz andere Motive«, schlug Pit Kern vor. »Ich meine, ich bringe doch keine Leute um, nur weil sie irgendeinen Text verfasst haben.«

»Na ja, wenn's *Satanische Verse* sind …«

»Ich vermute nämlich, dass es um wirtschaftliche Dinge geht. Zum Beispiel um die Medizinmafia.«

»Gibt es so was?«

»Es gibt auf jeden Fall ziemlich seltsame Verbindungen«, sagte Pit Kern geheimnisvoll. »Ich bin an der Sache schon länger dran. Ihr wisst ja, ich bin studierter Ökonom, und ich habe mir mal den Spaß gemacht und nachgeschaut, woher diese Hirnforschungsinstitute eigentlich das Geld hernehmen. Ich meine, woher sie ihre sogenannten Fremdmittel beziehen. Und da gibt es, abgesehen von Geldern der Deutschen Forschungsgemeinschaft, von EU-Mitteln und sonstigen staatlichen oder halbstaatlichen Fördertöpfen, auch noch Zuwendungen von einer gewissen Firma …« Er hielt inne und schien zu überlegen, ob er seine Information herausgeben sollte oder nicht.

»Nämlich?«

»Ihr könnt ja am nächsten Samstag mal die *WELT* aufschlagen.«

Samstag, das war der Tag vor dem Kongressbeginn. Strategisch durchaus der richtige Termin für so eine Hintergrundstory.

»Ach, komm schon, Herr Kollege Kern, machen Sie es nicht so spannend«, drängelte Schmidt-Schönbein.

»Nein, lieber nicht, mein Freund. Solange ich die letzten Beweise nicht in der Hand habe, halte ich mich bedeckt.«

Aber Schmidt-Schönbein ließ nicht locker. »Also, wenn es um einen Zusammenhang zu den Morden gehen sollte, dann kann es nur eine Medizintechnikfirma sein, die Magnetresonanztomographen oder PET-Scanner produziert. Verdammt teure Apparate. Hab ich recht?«

»Teure Apparate«, bestätigte Pit Kern doppeldeutig. »Ganz gewiss.«

»Und damit wären wir bei Siemens, General Electric, Philips, Braintech – was noch?«

»Braintech?«, fragte Frank interessiert.

Das war eine englische Firma, da horchte der Engländer natürlich auf. Genauso wie Jane als Deutschamerikanerin bei Siemens und General Electric.

»Ich halte mich bedeckt«, wiederholte Pit Kern noch einmal. Aber seine Blicke verrieten, dass Braintech heißer war als Siemens oder General Electric. »Es hat«, fuhr er fort, »offensichtlich eine Reihe von Unregelmäßigkeiten gegeben, Korruption, schwarze Kassen, Schweizer Konten – das übliche Spektrum, wenn man so will. Ich bin da auf einen Informanten gestoßen, der – aber Entschuldigung, das geht jetzt wirklich zu weit. Lest am nächsten Samstag die *WELT*, dann wisst ihr Bescheid.«

»Respekt«, sagte Schmidt-Schönbein – hatte er wirklich *Respekt* gesagt? –, »das klingt tatsächlich interessant. Aber ich frage mich: Was hat es zu bedeuten?«

»Es bedeutet«, sagte Pit Kern, »dass es nie verkehrt ist, sich die ökonomische Seite einer Sache anzuschauen – aber Moment mal, ich glaube, da kommt unser Feuertopf.«

Der Restaurantchef kam an ihren Tisch und fragte, ob er den Feuertopf der beiden an Janes und Franks Tisch servieren sollte, und Jane fürchtete schon, die Kollegen würden das Angebot annehmen.

Pit Kern sah ganz so aus. Sie wusste von Troller, dass er Schmidt-Schönbein nicht besonders mochte. Umso dankbarer war sie Schmidt-Schönbein, als er entschieden ablehnte. »Tut mir leid, aber wir haben noch etwas zu besprechen«, sagte er, als hätte Jane ihn auf den Knien angefleht zu bleiben.

Auch Pit Kern machte eine bedauernde Geste und sagte,

sie wollten jetzt aber wirklich nicht weiter stören. Und damit zogen sie sich zurück.

»Ich weiß nicht«, sagte Frank, als sie wieder allein waren, »allmählich geht mir dieser unterkühlte Jazz hier auf die Nerven. Wollen wir nicht noch woanders hingehen?« Er hob die linke Hand und gab dem Kellner ein Zeichen.

»Oh, entschuldige«, sagte Jane, »ich wusste nicht, dass du keinen Jazz magst.«

»Oh, nein, nein«, sagte er und hob abwehrend die Hände, »im Gegenteil. Ich mag Jazz. Und wie! Ich bin ja sogar die Reinkarnation eines berühmten Jazzklarinettisten. Wusstest du das?«

Sie schüttelte den Kopf, und Frank fing an, von seinem Vater zu erzählen, der schon in den Fünfzigern und Sechzigern eine Jazzband geleitet hätte, »eine Zeitlang sogar als Vollprofi, aber dann, als erst Chuck Berry, Elvis und Bill Haley kamen und dann die Beatles und die Stones, da konntest du mit dem guten alten Dixieland kein Geld mehr verdienen.«

Trotzdem habe sein Vater weiter Jazz gemacht, erzählte Frank, während Jane fasziniert beobachtete, wie seine Augen zu leuchten anfingen und er in eine andere Welt einzutauchen schien. Sein Vater habe Klarinette gespielt, sagte er, genau wie sein berühmter Verwandter in Chicago. Er selbst, Frank, habe es über alle Maßen geliebt, wenn sein Vater zu Hause geübt habe, und natürlich habe er in seiner Kindheit auch Klarinettenunterricht bekommen, »daran führte bei uns kein Weg vorbei«. Sein Vater habe ihn auch immer mitgenommen, wenn er am Sonntagmorgen zum Brunch in irgendwelchen Pubs gespielt habe, oder auch freitagabends, da hätten sie immer einen Gig gehabt, sein Vater und die *New Leeds Kids*, so der Name der Band. Er, Frank, habe sich immer in der Küche des Pubs oder auf der Bühne hinter einem Vorhang verstecken müssen, »falls es da einen Vorhang gab, weil im Pub keine Kinder erlaubt waren. Mein Vater lebt ja nicht mehr, aber diese Sorte von Musikern gibt's bei uns immer noch, die stirbt nicht aus, und ich mag sie, ob du es glaubst oder nicht, ich mag sie, ganz einfach weil ich meinen Vater und seine Musik immer geliebt habe. Wenn die Zeiten anders gewesen wären, dann wäre er bestimmt Berufsmusiker geblieben, aber nachdem der Jazz aus der Mode kam, hat es für die Familie nicht mehr gereicht, also musste er in so einem Baumarkt Eisenwaren verkaufen, Nägel, Schrauben, Werkzeug, den ganzen Krempel. Er war, wenn man so will, nicht erfolgreich in seinem Leben, er hat nicht viel Geld verdient, aber die Leute mochten ihn, und er dachte sowieso nur an seine Musik. Er hatte eine riesige Plattensammlung, und natürlich hatte er auch Platten, auf denen mein Namensvetter zu hören war, Frank Teschemacher, den hat's ja wirklich gegeben, der war legendär. Mein Vater«, erzählte Frank weiter, und Jane konnte ihren Blick nicht von ihm abwenden, so begeistert und so jungenhaft sah er aus, »hat immer behauptet, das wäre ein richtiger Onkel von ihm, also ein Großonkel von mir, aber vielleicht war's auch nur so eine Familienlegende, weil – na ja, auf manchen Platten steht der Name auch anders geschrieben, *Teschemaker*, damit gerät die Theorie natürlich ins Wanken. Frank Teschemacher, also *der* Frank Teschemacher, hat zu der sagenhaften Austin-High-School-Gang gehört, zu der auch Bud Freeman und Jimmy MacPartland gehörten, aber dann ist er leider sehr früh durch einen Autounfall – warte mal, jetzt hat er mich gesehen«, unterbrach er sich, weil endlich der Kellner kam.

Während Frank von seinem Vater und all diesen Musikern erzählt hatte, deren Namen sie nicht kannte und die ihr auch nichts anderes verrieten, als dass es hier eine Welt gab, für die man sich begeistern konnte, eine Welt, in der – und im Gedanken an die – die Menschen leuchtende Kinderaugen bekamen, so dass man sie unwillkürlich in die Arme schließen wollte, während dieser ganzen Zeit hatte sie sich immer wieder die Frage gestellt: Was mache ich denn nur, was mache ich, wenn wir jetzt gehen und draußen ins Auto steigen und hinten auf dem Rücksitz die Flasche Tempranillo liegt, die ich heute Nachmittag noch schnell in der Enoteca gekauft habe, für alle Fälle, wie man so sagt, aber es geht ja nur um einen einzigen Fall, und ich weiß nicht, ob ich das will. Sie hatte Lust dazu, ja, das hatte sie, aber sie wusste auch wieder, dass es falsch wäre, ganz bestimmt. Sie wusste bloß nicht, wie sie es entscheiden sollte.

Die eine Stimme sagte, mach's doch einfach, warum denn nicht. Troller gibt sich wahrscheinlich gerade mit den alten Kumpels die Kante, er hat also auch seinen Spaß. Und wir sind schließlich nicht verheiratet. Aber dann war da noch die andere Stimme, die Stimme ihres Vaters, die sagte, nichts ist folgenlos, Jane, alles hinterlässt Spuren in deiner Seele. Und wenn Frank auf seinen Vater schwört, warum schwörst du nicht auf deinen? Nur weil dein Vater ein gläubiger Christ ist und strenge Moralvorstellungen hat? Aber während noch die eine Stimme mit der anderen darüber debattierte, meldete sich bereits die dritte, die anfing, Überlegungen darüber anzustellen, wie man denn überhaupt zu einer Entscheidung kommen konnte, wenn so ein Widerstreit und Durcheinander in einem herrschte; und eine vierte sagte, wenn jetzt jemand käme und dich fragte, ob du Troller liebst, dann würdest du antworten, ja, ich liebe ihn, es ist doch nur eine Laune, die reine Lust des Augenblicks – *Ja, aber was heißt nur!* – Moment mal, ruhig Blut, sagte eine weitere Stimme, man wusste ja gar nicht, wer sprach, wenn es in einem sprach, und es gab auch berechtigte Zweifel daran, ob es sich hier überhaupt um Stimmen handelte, es waren wahrscheinlich nur Neuronenfeuerwerke in verschiedenen Regionen des Hirns, die sich miteinander Gefechte lieferten und um die Vorherrschaft kämpften, aber wer war in dem ganzen Durcheinander das ICH? Oder anders gesagt: Wie, verflucht noch mal, sollte sie sich denn jetzt entscheiden?

Frank half ihr in den Mantel, und sie gingen hinaus auf die Pfalzburger Straße. Zu ihrem Auto waren es ein paar Schritte, zweihundert Meter vielleicht. Frank legte seinen Arm um sie, und sie schmiegte ihren Kopf an seine Schulter. So gingen sie zu ihrem Twingo, und sie fühlte sich gut dabei. Sie öffnete die Türen mit dem Infrarotschlüssel, Frank stieg auf der Beifahrerseite ein, sie setzte sich hinter das Lenkrad, und als sie den Motor anließ, wusste sie auf einmal, dass sie sich entschieden hatte. Sie wusste nicht, wie es dazu gekommen war, aber sie hatte es getan.

# 13

Diethelm W. Gronius schloss die kastanienbraungebeizte Tür zu seinem Institut auf, gab den Zahlencode in die Alarmanlage ein, schloss die Tür hinter sich und stieg die Stufen zu seinem Büro hinauf. Er war ärgerlich, und sein Ärger entlud sich in einem gemurmelten Fluch. Warum hatte er sich nur darauf eingelassen? Warum? Es war im Grunde eine Unverschämtheit, eine Zumutung. Er hatte sich mit Händen und Füßen dagegen gewehrt, bildlich gesprochen, sie hatten ja nur telefoniert miteinander, er hatte gesagt, nein, Sonntag kann ich nicht, da bin ich gar nicht in Frankfurt, lassen Sie es uns auf den Montag legen, da habe ich Zeit, und außerdem ist am Sonntag niemand im Institut. Aber das war schon der Fehler gewesen: Gibst du zwei Begründungen, dann neutralisieren sie sich gegenseitig, das ist wie Minus mal Minus gibt Plus. Wenn du gesagt hast, du seist gar nicht in Frankfurt, dann solltest du nicht hinterher betonen, dass *außerdem* auch niemand mehr im Institut ist, das macht dich unglaubwürdig. Und dieser Troller hatte das natürlich sofort gerochen und umso entschiedener auf dem Termin bestanden, zumal das Interview schon in der nächsten Ausgabe von *Fazit* erscheinen sollte.

Gronius konnte das sogar verstehen. Schließlich hatte gerade jemand in Potsdam den Kollegen Ritter umgebracht, dieses arrogante Arschloch *(pardon, de mortuis nihil nisi bene)*, und am selben Tag hatte Laurenz Block in Bremen eine Paketbombe erhalten. »Hirnforscher sind offenbar eine bedrohte Spezies«, hatte er am Telefon zu Troller gesagt, und dann hatten sie beide über die Bemerkung gelacht, wobei ihm allerdings ein bisschen komisch zumute gewesen war.

Am Ende hatte er sich breitschlagen lassen, obwohl er eigentlich noch einen Tag länger mit León zusammen im Elsass hatte bleiben wollen. Es gab da dieses kleine Hotel am Col de Steige, in das sie sich schon einige Male übers Wochenende zurückzogen hatten, mit einem Restaurant, *da legst di nieder*, wie León sagte. León war enttäuscht und auch ein bisschen sauer gewesen, hatte es dann aber eingesehen.

Wieso er als Bayer den Namen León trug, war übrigens ein Rätsel. Wieso hatten diese einfachen Bauern aus Iffeldorf, Herr und Frau Hinterseer, ihren Sohn damals León genannt und nicht einfach Joseph oder Hans? Inzwischen war León ja geradezu ein Modename geworden, aber damals, Anfang der Achtziger, kam er in der Vornamenshitparade noch nicht vor. Die Schulkameraden hätten ihn auch immer nur Leo genannt, sagte León, »und mir war's grad recht, ich wollt ja als kleiner Bub auch nix zu tun haben mit dem komischen Akzent, erst nach der Ding – na, du weißt schon – nach der Pubertät hab ich's schätzen gelernt, da hat fei auch der Max seinen Anteil daran g'habt, der hat ja unbedingt wollen, dass wir nach Höherem streben.«

Diethelm W. Gronius wurde immer ein bisschen eifersüchtig, wenn León von Max redete. Max war Leóns erste Liebe gewesen, das war zwar fünfzehn Jahre her, aber León bekam, ob nun mit Absicht oder nicht, jedes Mal einen verklärten Gesichtsausdruck, wenn er von Max erzählte, und gab damit zu verstehen, dass an die Dimension der Liebe, die die frühe Begegnung mit Max für ihn gehabt hatte, niemals etwas herankommen würde, weil damals die alles entscheidende Spur gelegt worden war.

Das Schlimme daran war, dass León recht hatte. Was in den ersten vierzehn, fünfzehn, sechzehn Jahren geschieht, ist für das Hirn das alles Entscheidende, danach kommt nur noch Trallala. Die Kollegen rannten zwar geschäftig in der Gegend herum und verkündeten so bahnbrechende Erkenntnisse wie: Auch im hohen Alter entwickelt sich das Gehirn noch weiter, auch wenn du neunzig bist, bilden sich noch neue synaptische Verbindungen! Ja, aber frag mich nicht, wie viele! Die Kollegen versuchten damit auch nur, sich bei der älteren Generation anzubiedern; die Leute, die die Forschungsgelder vergaben, wurden ja auch nicht jünger.

Das war ja letztlich auch der Grund dafür, dass er jetzt hier saß und auf diesen Troller wartete. Ein Interview mit *Fazit* bekam man nicht alle Tage, und das konnte bei der nächsten Verhandlung um eine neue Assistentenstelle oder einen weiteren Kernspintomographen die entscheidende Rolle spielen! So war es ja heutzutage. Die Wissenschaft musste ihre Haut zu Markte tragen. Der reine Forschergeist, getrieben von Neugier und Interesse, war passé. Der Elfenbeinturm war eingestürzt. Heute war Forschung Krieg, und nicht bloß ein Krieg Mann gegen Mann, in dem Intelligenz, Wissen und persönliche Fähigkeiten zählten, sondern ein Krieg der Organisationen und der Apparate. Wie viel Geld wurde in eine bestimmte medizinische oder biologische Forschung gesteckt, welcher wissenschaftliche Apparat wurde dafür aufgebaut, wie viele Forscher in den Labors konzentriert, welches technologische Gerät dafür angeschafft und sogar eigens dafür entwickelt? Das waren die Fragen, die zählten.

Und damit war die Presse zu einem bedeutenden Faktor für den Wissenschaftsbetrieb geworden. Public Relations! Da musste man sich eben auch mal an einem Sonntag mit dem Herrn Wissenschaftsredakteur verabreden, wenn der das wollte, und Troller hatte seine Drohung ungeniert ausgesprochen: »Entweder Sie machen es, oder ich gehe zum Kollegen Wilbrandt nach Freiburg, ganz wie Sie wollen.« Damit war die Sache entschieden gewesen: Sonntag, heute, 11.30 Uhr im Institut.

Es war Sonntag, es war heute, und es war 11.38 Uhr.

Diethelm W. Gronius stand auf, ging zum Fenster, schaute hinaus. Es war ein blödes Wetter da draußen, grau und freudlos. Es nieselte unentschieden vor sich hin. Der Himmel wusste offenbar nicht, was er wollte.

Ein Auto bog langsam in die Straße ein. Das war er. Das musste er sein. Um diese Zeit verirrte sich sonst kaum jemand in diese Gegend. Gronius hatte sich damals, als er die Berufungsverhandlungen geführt hatte, ausbedungen, dass er diese Villa bekam, er wollte nicht tagein, tagaus in einem überheizten Neubau sitzen, mit niedrigen Decken und Rigipswänden. Die Villa war ihm wichtig gewesen, und er hatte sie bekommen. Der Nachteil war, dass sie keinen Pförtner hatten, so dass sie immer die Alarmanlage einstellen mussten, wenn sie das Haus verließen.

Ja, das war er. Er hatte seinen Audi, oder was das war, geparkt, war ausgestiegen, hatte eine große schwarze Aktentasche aus dem Fond geholt und kam jetzt auf das Haus zu. Er trug helle Jeans und eine schwarze Lederjacke.

Gronius beeilte sich, die Treppe hinunterzugehen, weil er den schrillen Klingelton hasste. Gerade noch rechtzeitig öffnete er die Tür. »Gronius«, sagte er, als er Troller hereinließ. »Den Professor können wir uns sparen, Herr Dr. Troller.«

»Gern. Dann lassen wir den Doktor aber auch beiseite.«

Sie stiegen zusammen die Treppe hinauf in sein Büro und verständigten sich darüber, dass es ein Sauwetter war, dass es aber schlimmer hätte kommen können und dass sie beide den Sommer herbeisehnten oder wenigstens einen richtigen Frühling. Er war nicht wirklich unsympathisch, dieser Troller. Ein bisschen ernst, ein bisschen bleich, hohle Wangen, Augen, aus denen man nicht schlau wurde, aber unsympathisch war er nicht. Er stellte seine Aktentasche auf einen Stuhl und holte das Aufnahmegerät heraus.

»Was soll es werden«, fragte Gronius, »ein Kurzinterview oder ein längeres? Eine Seite? Oder eher zwei oder drei?«

»Wir werden sehen«, sagte Troller. »Mindestens eine Seite, wahrscheinlich aber zwei. Wollen wir anfangen?«

Sie kamen gleich zur Sache. Es hatte den Mord an Professor Ritter und den Anschlag auf Laurenz Block gegeben, beide prominente Hirnforscher von internationalem Rang. Eine gewisse Unruhe machte sich unter den Kollegen breit. Die Zeitungen und Zeitschriften, die Fernsehsender und Rundfunkanstalten beschäftigten sich mit dem Thema und versuchten, es so spektakulär wie möglich aufzubereiten, was von der Sache her nicht schwer war. Beide Fälle hatten ihre emotional aufwühlenden Seiten. Hier der grässliche Affenstuhlmord, dort der Tod eines unschuldigen Kindes. Ein ernstzunehmendes Bekennerschreiben lag noch nicht vor, oder wenn, dann hielt die Polizei es unter Verschluss. Das große Rätsel: Wer war der Täter? War es ein Einzelner oder eine Gruppe? Und was war ihr – oder sein – Motiv?

»Daher meine erste Frage: Herr Professor Gronius, fühlen Sie sich bedroht?«

»Nun«, sagte er zögernd, »man macht sich so seine Gedanken. Angenehm ist es jedenfalls nicht, zu wissen, dass da draußen ein Mörder herumschleicht, der es offenbar auf Wissenschaftler meiner Disziplin abgesehen hat. Wie würden Sie sich fühlen, wenn jemand plötzlich Journalisten ermordete?«

»Nicht gut«, sagte Troller. »Aber es ist ein schlechtes Beispiel. Journalisten werden häufiger umgebracht, als Sie denken. Journalisten stochern in Wespennestern herum, sie berichten über Korruption, Geheimdienste, politische Morde, Mafiamethoden. Dafür werden sie bisweilen ermordet. Pro Jahr trifft es weltweit ungefähr fünfundsiebzig Journalisten. Wissenschaftler dagegen richten oft großen Schaden an, kommen aber fast immer gut dabei weg. Denken Sie an Fritz Haber, der das Senfgas erfand, das im Ersten Weltkrieg eingesetzt wurde. Oder an J. Robert Oppenheimer und Co, die Konstrukteure der Atombombe. Einstein schrieb einen Brief an Präsident Roosevelt und drängte ihn dazu, die Bombe zu bauen, und als er die zweihunderttausend Toten sah, bereute er es. Das ist Wissenschaft. *Trial and error*. Aber ungestraft. Oder denken Sie an Ärzte wie Mengele und Kurt Blome, die in den Konzentrationslagern von Auschwitz, Dachau und Mauthausen die grausamsten Menschenversuche gemacht haben …«

»Moment mal!« Das ging jetzt aber doch zu weit. Wollte der Herr Troller ihn und seine Kollegen etwa mit Mengele und Konsorten in einen Topf werfen, nur weil sie Wissenschaftler waren?

»Nun gut«, sagte Troller ungerührt und faltete seine Hände. Übrigens sehr schlanke, aber doch, wie es schien, kräftige Hände. »Das waren nur Beispiele, die üblichen, wie ich gern zugebe, für das Janusköpfige der Wissenschaft. Allerdings«, fügte er prüfend hinzu, »Menschenversuche machen Sie doch auch, oder?«

»Experimente mit Menschen, ja. Aber nur auf freiwilliger Basis.«

»Mit Gewaltverbrechern.«

»Alles freiwillig. Niemand wird gezwungen. Auch nicht mit dem Versprechen auf frühere Entlassung oder dergleichen. Wir geben unseren Versuchspersonen allerdings eine kleine finanzielle Entschädigung.«

»Na bestens«, sagte Troller, »aber steht Ihre Behauptung, dass die Menschenversuche, die Sie anstellen, auf freiwilliger Basis stattfinden, nicht im Widerspruch zu Ihrer Theorie?«

»Ich wüsste nicht, warum.«

*Gut, dass ich nicht an einem Lügendetektor angeschlossen bin.*

»Nun ja, Ihre Theorie lautet doch, es gibt keinen freien Willen. Wie können Sie dann behaupten, die Gewaltverbrecher hätten sich freiwillig an den Versuchen beteiligt?«

Das war ein Einwand, der nicht von der Hand zu weisen war. Im Grunde konnte man gar nichts dagegen sagen. Man konnte nur sagen: Es war nicht freiwillig. Wir haben sie mit Geld gelockt, und sie sind uns in die Falle gegangen. Aber er würde sich hüten, so etwas zuzugeben. »Ja, also«, begann er zögernd, »Sie sprechen da einen Punkt an, der nicht ganz unwesentlich ist. Genau genommen müsste man sagen, die Probanden haben *im Sinne unseres jetzigen Rechtssystem freiwillig* gehandelt. Verstehen Sie?«

»Nein«, sagte Troller, »das verstehe ich nicht. Ich weiß nicht einmal, wie man nach Ihrer Theorie einen Unterschied machen kann zwischen einem Menschen, der mit vorgehaltener Pistole zu einem Experiment gezwungen wird, und einem anderen, der dem Lockruf des Geldes folgt. Der normale Mensch würde sagen, im ersten Fall handelt es sich um Zwang, im zweiten um einen Anreiz, aber nach Ihrer Theorie handelt es sich doch nur um zwei unterschiedliche Naturprozesse, die beide mit der gleichen Zwangsläufigkeit ablaufen. *Nicht das Ich, sondern das Gehirn entscheidet*, so heißt es doch in dem Manifest, zu dessen Autoren Sie gehören.«

Das Argument kannte Gronius schon aus Trollers Kommentar zu dem Manifest, das Ritter, Block, er und noch sechs andere Kollegen vor einem halben Jahr veröffentlich hatten. Natürlich wollten sie mit dem Titel *Der freie Wille ist eine Illusion* auch die Öffentlichkeit provozieren, aber sie waren durchaus davon überzeugt, dass es an der Zeit wäre, die Grundlagen des gesellschaftlichen Zusammenlebens zu ändern. Wenn es keinen freien Willen gab – und die Hirnforschung konnte so etwas partout nicht finden –, dann konnte man doch nicht länger an einem Rechtssystem festhalten, das mit Begriffen wie Schuld oder Unschuld operierte! War es nicht angemessener und sogar menschlicher, einen Gewaltverbrecher als Kranken zu behandeln? Er konnte doch nichts dafür, dass sein Gehirn so war, wie es war. *Ob nun aus genetischen Gründen oder aus Gründen der Erziehung, die gleich mächtig in die Programmierung von Hirnfunktionen eingehen, ist unerheblich. Ein kaltblütiger Mörder hat eben das Pech, eine so niedrige Tötungsschwelle zu haben.* So lautete ein Abschnitt, den Heribert Ritter in das Manifest hineingeschrieben hatte. Und der Kollege Laurenz Block, mit dem Gronius vorhin noch telefoniert hatte, um ihm sein Beileid auszusprechen, hatte sogar einen Vorschlag für ein neues Rechtssystem mit eingebracht. Jede Tat bekommt ihren Preis. Wer immer sie begangen hat, aus welchen Gründen auch immer, hat diesen Preis zu zahlen. Mildernde Umstände kommen nicht mehr in Betracht. Wohl aber Sicherheitsverwahrung und Therapie. Und, ein Lieblingsgedanke von Block, Prävention. Das Verbrecherhirn erkennen, schon bevor es etwas verbrochen hat. Und dann: wegsperren.

Dr. Troller war ein entschiedener Gegner des Manifests gewesen. Und klug. Das musste Gronius ihm lassen. Er hatte Trollers Artikel heute Morgen noch einmal im Internet nachgelesen. Zum Beispiel seine Argumentation gegen diesen Satz, auf dem Laurenz Block bestanden hatte und der ihm, Gronius, auch immer etwas merkwürdig vorgekommen war: *Nicht das Ich, sondern das Gehirn entscheidet.* Troller hatte diesen Satz brillant auseinandergenommen: *Von einem (hirnlosen?) Ich zu sprechen, das vom Gehirn gesteuert wird, scheint mir ziemlich abenteuerlich zu sein. Vor allem aber: Wenn alle Prozesse im Gehirn mit Naturnotwendigkeit ablaufen – wer könnte dann überhaupt noch entscheiden? Entscheidungen kommen in naturgesetzlich ablaufenden Prozessen nicht vor. Entscheidet sich ein Apfel, vom Baum zu fallen? Entscheidet sich die Sonne, ihr Licht zur Erde zu schicken? Entscheiden sich die Flüsse, bergab zu fließen? Hier von Entscheidungen zu sprechen, ist Unsinn. Und ebenso ein Unsinn ist das rechtspolitische Programm der Hirnforscher. Denn wohin soll uns das führen? Dahin, dass wir in jedem Gerichtssaal einen Gehirnscanner aufstellen? Dahin, dass die Neurophysiologen den Platz einnehmen, den heute Psychologen und Psychiater besetzt halten? Dahin, dass wir den Verbrecher zur Strafe, die dann nicht mehr Strafe heißt, einer Gehirnoperation unterziehen? Im Übrigen wäre mit einem solchen Gesetzesprogramm jeder Moral der Boden entzogen. Jenseits von Schuld und Unschuld aber lautet die Moral nur noch: Lass dich nicht erwischen!*

»Ich weiß«, sagte Gronius, um Troller von vornherein den Wind aus den Segeln zu nehmen, »dass Sie ein entschiedener Gegner unseres Manifests sind …«

Troller nickte.

»… aber um darüber zu diskutieren, sind Sie ja heute nicht gekommen, oder?«

»Nur wenn Sie sich vorstellen könnten, sich öffentlich von diesem Manifest zu distanzieren.«

»Wie bitte?«

»Ich glaube, Sie haben mich ganz gut verstanden.«

»Wie kommen Sie darauf, dass ich so etwas tun könnte? Warum sollte ich?«

»Wäre das so abwegig?«

»Wer sind Sie?«, fragte Gronius zurück. »Der Papst? Die Inquisition?« Der Mann war ganz offensichtlich nicht ganz richtig im Kopf. Aber so waren sie, die Journalisten. Größenwahnsinnig, alle miteinander. Und selbstgerecht. Von den Haarwurzeln bis in die Zehenspitzen.

»Nun ja«, sagte Troller mit einer beschwichtigenden Geste, »reden wir also über Ihre Forschung. Es geht dabei, wenn ich es recht verstanden habe, darum, wie weit Sie das Gewaltpotential eines Menschen am Zustand seines Gehirns ablesen können, ist das richtig?«

»Ja und nein«, sagte Gronius, um Zeit zu gewinnen. Man musste bei Journalisten ja immer vorsichtig sein. Behauptest du zu viel, dann hauen sie dich in die Pfanne, stellst du dein Licht unter den Scheffel, dann lassen sie dich links liegen. »Wir untersuchen das Gehirn von Gewalttätern, von Soziopathen, und unsere bisherigen Untersuchungen haben ergeben, dass bei allen Soziopathen eine stark verminderte Aktivität der Amygdala zu beobachten ist, also in dem Teil des Hirns, der zum limbischen System gehört und der etwa die Größe eines Mandelkerns hat, daher der Name.«

»Das limbische System ist für die Gefühlsverarbeitung zuständig ...«

»... und die Amygdala«, fuhr Gronius fort, »hat zum Beispiel die Aufgabe, Ihnen Angst zu machen und Sie so vor leichtsinnigem und lebensgefährlichem Handeln zu bewahren. Angst baut Hemmschwellen auf. Diese Hemmschwellen sind beim Soziopathen extrem niedrig, weil seine Amygdala mangelhaft durchblutet ist.«

»Und Sie versuchen nun mit Ihrer Methode des Biofeedbacks, der Amygdala des Soziopathen auf die Sprünge zu helfen.«

»Richtig«, sagte Gronius. »Wir versuchen, unsere in ihrem Sozialverhalten schwer gestörten Probanden dahin zu bringen, dass sie mit Hilfe gewisser Konzentrationsübungen die Durchblutung ihrer Amygdala anregen und damit ihre Angstfähigkeit und ihre Hemmschwelle erhöhen. Ich weiß nicht – wollen wir uns das vielleicht mal praktisch anschauen? Wir können das Experiment doch einfach mal durchführen. Was halten Sie davon?«

So ganz begeistert schien Troller nicht von der Idee zu sein. Er schaute auf die Uhr, kratzte sich für einen Moment am Kopf, fuhr sich mit der linken Hand an die Stirn und massierte seine Schläfen, bevor er zögernd fragte: »Haben Sie den Tomographen hier im Haus?«

Warum fragte er das? Hatte er so wenig Zeit mitgebracht?

»Er steht unten in dem ehemaligen Salon.«

»Und«, fragte Troller, »Sie haben einen Verbrecher dort unten, einen Soziopathen?«

Ach, da lag der Hund begraben! Der Herr Dr. Troller hatte Angst vor einem Verbrecher! »Nein«, sagte Gronius lachend, »nein, da unten ist niemand, wir sind ganz allein im Haus, ich dachte, Sie probieren es selbst einmal aus, es kann ja nichts passieren. Das Einzige, was ich Ihnen zumuten muss, ist, dass Sie sich ein paar unschöne Bilder anschauen. Das gehört zum Experiment dazu. Wollen wir?«

Troller warf erneut einen Blick auf seine Uhr, nickte, steckte das Aufnahmegerät ein und ging zu dem Stuhl, auf den er seine Aktentasche gestellt hatte.

»Sie können die Tasche hierlassen«, sagte Gronius. »Wir kommen bestimmt nachher noch mal hier herauf.«

Aber Troller bestand darauf, sie mitzunehmen, und er war ja schließlich alt genug, um es selbst zu entscheiden. Wie alt mochte er sein? Ende vierzig?

Unten war alles vorbereitet. Der Computer war hochgefahren, ebenso das MRT-Gerät. Genau genommen handelte es sich um ein funktionelles MRT, das noch feiner selektieren konnte. Troller brauchte nur die Lederjacke auszuziehen und die Metallteile abzulegen, die er bei sich hatte, und sich in dem von einer Glaswand abgeteilten eigentlichen MRT-Raum auf die ausfahrbare Liege zu legen, dann konnte es auch schon losgehen. Gronius schloss den Journalisten an die Messapparaturen an und schob ihn dann in die Röhre hinein wie eine Weihnachtsgans in den Ofen. Na ja, so ähnlich. Der Kopf kam am anderen Ende wieder heraus. »Alles okay?«

»Alles okay.«

»Gut«, sagte Gronius. »Dann setzen wir Ihnen nur noch die Spule auf.« Die Spule war eine Art gitterförmiger Helm, der von oben über das Gesicht gesetzt wurde und Nase, Mund und Augen frei ließ.

»Sie haben einen Bildschirm über sich. Ich zeige Ihnen jetzt ein paar Fotos, das gehört zum Experiment. Es sind abwechselnd ganz normale Urlaubsfotos, Landschaften, Tiere, Gruppen von friedlichen Menschen oder Ähnliches, und dann auch wieder sehr unschöne Bilder, Gewaltszenen, Tod, Blut und Schrecken, und während Sie darauf schauen, zeichnen wir auf, was Ihre Amygdala so macht. Sind Sie bereit?«

»Ja.«

»Gut. Dann los.« Er verließ den Raum mit dem MRT-Gerät und nahm hinter der Glaswand am Computer Platz.

Jetzt kam der interessante Teil. Er spielte Troller die Bilder auf den Monitor, zunächst die friedlichen, wie eine Meeresbucht mit Segelschiffen oder Schafe auf einer Wiese, und dann die grausamen: einen Soldaten mit zerschossenem Bauch, aus dem die Gedärme heraushingen; eine Frau, die von zwei Männern brutal vergewaltigt wird; die Leiche eines Kindes mit einer zerrissenen Puppe daneben; der Schauplatz eines Selbstmordattentates – Leichenteile, Gliedmaßen, Rümpfe, schreiende Menschen.

»Ich sehe die Bilder.«

»Aber ich sehe nichts. Ihre Amygdala reagiert nicht auf die Bilder«, sagte Gronius mit Staunen und Erschrecken in der Stimme.

»Tatsächlich?« Troller klang mehr interessiert als erschrocken.

Es war sein Standardscherz, Gronius machte ihn fast immer, wenn er das Experiment mit einem Studenten oder einem Journalisten durchführte, aber diesmal ging der Scherz nach hinten los. Die Durchblutung war tatsächlich ziemlich schwach. Wahrscheinlich war der Journalist zu abgebrüht und kannte solche Bilder viel zu gut, um davon noch berührt zu sein. Außerdem – Moment mal!

Er blätterte am Computer ein paar Aufnahmen zurück, auf denen die Schädelbasis genauer zu sehen war, da war doch – da war – oder täuschte er sich? – nein, kein Zweifel, das war ein Tumor. Und nicht gerade klein. Große Murmel. Wachtelei. Mann Gottes, da konnte man ja nur noch hoffen, dass der nicht bösartig war! Wenn das Krebs war, dann gute Nacht. Aber es sah mehr nach einem Meningeom aus, klare Umrandung, nicht ausgefranst, ein Glioblastom war's nicht, soweit er auf den ersten Blick sagen konnte. Aber trotzdem!

*Der muss doch Kopfschmerzen haben wie ein Verrückter!*

Obwohl, es gab auch Leute, die einen Tumor hatten und nicht das Geringste davon mitbekamen. Bis eines Tages alles explodierte, bildlich gesprochen.

*Ich muss es ihm sagen.*

Aber jetzt nicht. Später. Beim Abschied würde er beiläufig bemerken, *Sie sollten vielleicht mal zum Arzt gehen, Herr Troller. Es könnte sein, dass es in Ihrem Hirn eine kleine Anomalie gibt. Mehr kann ich Ihnen darüber nicht sagen, ich bin kein Arzt.* Und dann mit gütigem oder verschwörerischem Augenzwinkern: *Lassen Sie sich mal durchchecken.*

Andererseits – durfte er als jemand, der nur ein Experiment zu Demonstrationszwecken gemacht hatte, Troller überhaupt etwas davon sagen? Das war so ein Problem, über das die Neuroethiker nachdachten. Er hatte darüber vor ein paar Wochen mit Krauthammer in München diskutiert, und Krauthammer hatte sich entschieden für das Recht auf Nichtwissen stark gemacht. Troller war ja nicht zu ihm als Arzt gekommen. Er wollte ein Interview. Und jetzt soll er auf einmal erfahren, dass er einen Tumor hat?

Er ging hinüber, nahm die Spule von Trollers Kopf, drückte den grünen Button am anderen Ende des Kernspintomographen, und mit einem surrenden Geräusch fuhr die Liege mit dem Journalisten aus der Röhre heraus.

»Also«, begann Gronius, als Troller seine Lederjacke wieder anzog und Uhr, Schlüsselbund, Kugelschreiber und Autoschlüssel wieder an sich nahm. »Ihre Amygdala war zwar weniger durchblutet, als ich es erwartet hatte, aber ein bisschen Selbstschutz ist in manchen Berufen ja durchaus von Vorteil, nicht wahr?«

*So ganz geheuer bist du mir trotzdem nicht.*

»Es erlaubt einem vielleicht, klarer zu denken«, sagte Troller mit einem etwas schmallippigen Lächeln. Er näherte sich Gronius, offenbar in der Absicht, selbst einen Blick auf den Bildschirm zu werfen, und Gronius machte, ohne es zu wollen, eine abwehrende Geste, auf die Troller mit einem Stirnrunzeln reagierte.

»Können Sie mir eine CD von diesen Aufnahmen brennen?«, fragte er.

»Nun«, sagte Gronius ausweichend. »Diese MRT-Aufzeichnungen sind eigentlich …« Eigentum des Instituts, wollte er sagen, wurde aber von Troller in scharfem Ton unterbrochen.

»Tun Sie's einfach.« Es klang nicht nur so, es war ein Befehl.

»Sie bekommen nachher eine Kopie«, versprach Gronius.

»Gut«, sagte Troller. »Mich interessiert noch eine Frage: Warum sollten Ihre Probanden, die ja wohl, wenn ich es recht verstanden habe, Schwerverbrecher sind, ein Interesse daran haben, ängstlicher oder mitfühlender zu werden? Ich nehme mal an, die sehen die Bilder und fühlen dabei nichts, vielleicht noch weniger als ich. Aber warum sollte ich, wenn ich dabei nichts fühle, irgendwelche Anstrengungen dafür unternehmen, dass ich etwas fühle?«

Dumm war er wirklich nicht, der Herr Dr. Troller. Das war nämlich in der Tat ein zentrales Problem. Wie kriegt man diese abgestumpften Kerle dazu, sich auf ein solches Experiment einzulassen? »Ich habe es ja bereits erwähnt«, sagte Gronius. »Wir geben ihnen finanzielle Anreize. Das ist nun einmal das Einzige, womit wir sie ködern können. Wir packen sie bei ihrem egoistischen Interesse, um sie zum Mitgefühl zu bringen.«

»Der Proband bekommt also Geld. Und dann?«

»Dann machen wir unsere Biofeedback-Übungen. Wir zeigen die Bilder, so wie bei Ihnen eben, und sagen: Jetzt stellt euch mal vor, ihr seid als Opfer inmitten einer Gruppe, die von einem Selbstmordattentäter in die Luft gesprengt wird. Stellt euch das mal ganz plastisch vor. Und so weiter. Und dann spielen wir ihnen zugleich den Zustand ihrer Amygdala vor, und zwar – sehen Sie hier«, er drückte auf eine Taste am Computer, eine Art Streifenmuster erschien auf dem Bildschirm, grüne und rote Streifen, »wenn die Probanden einen grünen Streifen sehen, dann heißt das: zu geringe Durchblutung. Sehen sie dagegen den roten Streifen, dann heißt das: hohe Durchblutung. Und mit der Zeit lernen sie dann, durch eigene Konzentrationskraft, den Zustand ihrer Amygdala zu verändern. Ist das nicht faszinierend?«

»Zweifellos«, sagte Troller. »Und zwar vor allem, weil auch dies wieder der These widerspricht, die Sie und Ihre Kollegen in Ihrem Manifest so entschieden vertreten. Im Manifest sagen Sie, dass nicht das Ich entscheidet, sondern das Gehirn. Nun aber scheinen der Wille und die Konzentrationsübung doch gerade umgekehrt das Gehirn zu beeinflussen.«

Ja, doch, auf den Gedanken war er natürlich auch schon gekommen. Und im Unterschied zu den Kollegen Ritter und Block war er sich in der Frage des freien Willens nicht ganz so sicher. Er wusste nur nicht, wie etwas Immaterielles wie Geist auf die Materie wirken konnte. In einer Welt der Ursachen und Wirkungen war einfach kein Platz dafür, sosehr die Menschen sich auch subjektiv einbildeten, sie hätten einen freien Willen. Das war das Dilemma. »Es ist allerdings so«, wandte er ein, »dass gerade wir Hirnforscher immer wieder betonen, dass die Architektur unseres Gehirns auch und wesentlich von der Erfahrung geprägt wird. Erfahrung hinterlässt Strukturen. Ein Erlebnis schafft synaptische Verbindungen, die möglicherweise von großer Dauerhaftigkeit sind. Ein böses Wort, das Sie einem Kind sagen, kann schlimmere Wirkungen haben als ein Faustschlag. Denken Sie immer daran!«

»Das will ich gern tun«, sagte Troller und lächelte wieder. *Er lächelt, aber die Augen lächeln nicht mit.*

»Aber«, fuhr Troller fort, »Ihr Ziel ist es, das Gehirn nicht nur durch Konzentrationsübungen zu beeinflussen, sondern auch durch direkte Stimulation. Hab ich recht?«

»Wir denken an Implantate«, gab Gronius zu. »Aber das ist Zukunftsmusik.«

»Wieso eigentlich? Hirnimplantate gibt es doch längst. Elektroden für Parkinson-Kranke. Chips für Querschnittsgelähmte.«

»Ich rede von der Amygdala. Eine Tiefenhirnstimulation der Amygdala des Menschen ist, soweit ich weiß, noch nicht versucht worden. Aber es wäre natürlich ein großer Fortschritt. Stellen Sie sich vor, Sie könnten die Amygdala eines potentiellen Gewalttäters mit Hilfe von Elektroden stimulieren. Und sie könnten es von außen tun, funkgesteuert, mit Hilfe eines kleinen Apparates, der immer dann aktiv wird, wenn der Proband eine Gewaltphantasie hat oder eine Gewalttat verüben will. So eine Art automatische Rückkoppelung, verstehen Sie? Die Gewaltphantasie löst eine elektrische Stimulation der Amygdala aus, die Stimulation der Amygdala löst einen Angstschub aus, die Gewaltphantasie bricht in sich zusammen und wird durch friedliches soziales Verhalten ersetzt. Wäre das nicht eine großartige Sache? Man kennt im Strafvollzug schon die elektronische Fußfessel. Dies hier wäre dann so etwas wie eine elektronische …«

»… Gehirnfessel.«

»Sie sagen es.«

»Mit anderen Worten, das Ziel Ihrer Forschung ist Gedankenkontrolle und Verhaltenssteuerung.«

»Aber natürlich«, sagte Gronius, erstaunt über Trollers Naivität. »Was denn sonst? Wenn wir einen Parkinson-Kranken behandeln wollen, dann ist das doch der einzige Weg! Der Kranke hat die Kontrolle über seinen Körper verloren, sein defektes Gehirn schüttelt ihn – und wir pflanzen ihm Elektroden ein und geben ihm einen Apparat in die Hand, mit dem er sein Gehirn davon abhalten kann, ihn zu schütteln. Wenn Sie das Gedankenkontrolle nennen wollen ...« Er zuckte mit den Achseln.

»Die Apparate, mit denen Sie arbeiten«, sagte Troller, indem er sich im Raum umschaute und auf das Logo der Firma Braintech zeigte, das am MRT-Gerät deutlich sichtbar angebracht war, ein Kopf, umgeben von einer Art Heiligenschein, »diese Apparate beziehen Sie bei der Firma Braintech. Nach unseren Informationen erhält Ihr Institut auch beachtliche Fördermittel von dieser Firma. Ist das korrekt?«

»Meinen Sie, ob die Information stimmt, oder ob alles mit richtigen Dingen zugeht?«

»Ob die Information stimmt.«

»Ja, sie ist korrekt. Wir bekommen beachtliche Fördermittel von Braintech. Und wir sind dieser Firma sehr dankbar dafür.«

»Hat die Firma Siemens, mit der Sie früher zusammengearbeitet haben, Ihrem Institut auch Fördermittel zukommen lassen?«

»In geringerem Maße, ja.«

»Hat dieser Wechsel von der einen Firma zur anderen auch etwas mit dem gutdotierten Beratervertrag zu tun, den Sie persönlich mit der Firma Braintech abgeschlossen haben?«

Verdammt. Woher wusste er das? Gronius hatte mit Braintech darüber strengste Geheimhaltung vereinbart. Vertraulichkeit war sogar Bestandteil des Vertrages. Und nun wusste die Presse davon? Oder war das nur ein Testballon von Troller, ein Schuss ins Blaue, in der Hoffnung, einen Zufallstreffer zu landen? »Ich bin gern bereit«, sagte er vorsichtig, »mit Ihnen über meine Forschungen zu sprechen, Herr Dr. Troller, und auch über den Haushalt des Instituts, aber nicht über meine persönlichen Finanzen. Das ist ein Thema, das ich mit meinem Steuerberater und dem Finanzamt behandele und mit sonst niemandem.«

»Womit Sie andeuten, dass Sie das Geld aus dem Beratervertrag ordnungsgemäß versteuern? Es handelt sich also nicht um Geld aus einer schwarzen Kasse von Braintech, das ebenso schwarz auf einem Schweizer Konto von Ihnen landet?«

Jetzt war aber Schluss. Das musste er sich nicht bieten lassen. Er hätte diesen Kerl sofort an die Luft setzen sollen. Spätestens nach dem Experiment. »Sie wissen wohl auch, dass Sie zu weit gehen, oder?«

»Nun ja, ich würde gern noch etwas weiter gehen.«

Schon wieder dieses Lächeln. Er sah, wie Troller zu dem Stuhl ging, auf dem er seine Aktentasche abgestellt hatte.

»Schluss!«, sagte Gronius entschieden. »Wir brechen das Interview ab. Und zwar sofort. Ich geleite Sie noch zur Tür, und dann …« Seine Stimme hatte nicht die Festigkeit, die er sich wünschte. Aber er hatte es gesagt!

Troller hatte ihm den Rücken zugewandt und machte sich an seiner Aktentasche zu schaffen. Als er sich umdrehte, hielt er eine Pistole in der Hand, so ein langes Ding mit einem Schalldämpfer, und dieses lange schwarze drohende Ding war genau auf Gronius gerichtet. Trollers Gesicht zeigte keine Emotion. Er sah kalt, sachlich und entschlossen aus. Und einsam, dachte Gronius. Aber er konnte sich jetzt kein Mitleid erlauben. Er musste sich etwas einfallen lassen. Er musste einen Trick finden, um Troller hinzuhalten, abzulenken und von seinem Vorhaben abzubringen.

»Das ist eine hübsche Pistole«, sagte er, um seine Angst zu überspielen.

»Ja«, sagte Troller. »Und sie hat eine erstaunliche Wirkung, wenn man diesen kleinen Abzug hier benutzt. Deswegen gebe ich Ihnen den guten Rat, mit mir zu kooperieren. Ich werde Ihnen die Frage nach dem Beratervertrag mit Braintech noch einmal stellen, und Sie werden mir eine genaue und präzise Antwort geben. Und dann werde ich Sie nach dem Club fragen, dessen Mitglied Sie sind. Sie wissen schon, nach dem *Projekt*. Und da ich annehme, dass Sie leben wollen, werden Sie mir alle meine Fragen bereitwillig beantworten. Haben wir uns verstanden?«

In diesem Moment ging die Tür auf.

Die Überraschung war für beide gleich groß, für ihn ebenso wie für Troller. Er hatte nichts gehört und Troller vermutlich auch nicht. Sie waren zu sehr mit sich selbst beschäftigt gewesen, um auf Geräusche im Haus zu achten, und León gehörte sowieso nicht zu den Leuten, die immer und überall Lärm verbreiteten. Jetzt stand er in der Tür, und sie starrten ihn beide mit offenem Mund an. León starrte – Momentaufnahme – genauso verdutzt zurück, während sein Gehirn die Situation verarbeitete. Seine Augen sahen die Pistole, die Information raste mit wahnsinniger Geschwindigkeit vom Auge zum Thalamus, der Thalamus schickte sie weiter an die Amygdala, und diese löste sofort eine angstgesteuerte Reaktion aus, mit der León Hinterseer sein Leben besiegelte. Kaum hatte er den ersten Schritt auf Troller zu gemacht, um ihm die Waffe zu entreißen, fiel auch schon der Schuss, der ihn zu Boden warf. Der zweite Schuss traf ihn direkt ins Gesicht.

Diethelm W. Gronius war normalerweise ein besonnener, nicht überhastet reagierender, eher sogar allzu zögerlich handelnder Mann. Aber nicht, wenn es um León ging. Nicht jetzt. Er stürzte sich mit einem Schrei, in dem sich Wut,

Schmerz und Verzweiflung Bahn brachen, auf Troller und hörte noch im selben Augenblick den dritten Schuss.

Es war nicht so, dass das ganze Leben vor einem ablief wie ein Film. Es war eher so, als sei es in einem einzigen Augenblick allgegenwärtig, wie ein Gemälde, auf dem alles zugleich abgebildet war, wie eine Epiphanie.

Jetzt weiß ich, wie es wirklich ist, dachte er. Jetzt weiß ich es! Und als er durch den Tunnel in das gleißende Licht hineinging, da war sogar so etwas wie ein Jubel in ihm, eine stille, ekstatische Freude über ein vollkommen sinnloses Glück.

# 14

Es war etwas kühl, aber die Sonne schien, und wenn man einen warmen Pullover unter der Lederjacke hatte, war es hier draußen im Park unter den Bäumen viel schöner als drinnen. Troller saß an einem runden Metalltisch mit einer ornamental durchlöcherten Platte, der leider etwas wackelte, hatte einen faden Cappuccino vor sich, aß ein Stück Kirschstreuselkuchen und schaute sich auf dem Bildschirm seines Notebooks die Website des Krankenhauses an.

Am 8. Dezember 1848, so erfuhr er, hatte die Bremer Bürgerschaft den Bau eines Krankenhauses *fernab der Stadt* beschlossen. Der Baumeister Alexander Schröder hatte daraufhin mit Unterstützung des Arztes Dr. Daniel Meyer die Pläne für die neue städtische Krankenanstalt entworfen.

Gebaut wurde zunächst ein dreistöckiges Hauptgebäude entlang der heutigen St.-Jürgen-Straße mit 270 Betten, ein Irrenhaus mit 62 Betten, ein Absonderungshaus (Pockenhaus) mit 29 Betten, ein Wohnhaus für die Direktoren sowie ein Waschhaus und Stallungen. Im Haupthaus gab es einen chirurgischen und einen internistischen Bereich, eine *geburtshülfliche Abtheilung* und einen Bereich für Ausschlagkrankheiten. Die offizielle Einweihung fand am 10. August 1851 statt.

In dem historischen Gebäude von 1851 befand sich heute die Krankenhaus-Cafeteria, das Café 2000. Man konnte drinnen wie draußen sitzen, vorausgesetzt, das Wetter spielte mit.

Was er mit diesen Informationen anfangen sollte, wusste Troller noch nicht, aber das war das Wesen der Recherche, dass man nicht immer schon vorher wusste, was am Ende dabei herauskam. Vielleicht könnten sie ja einen oder zwei Sätze über das Klinikum in ihren Artikel mit einfließen lassen.

Troller gähnte. Er hatte, seit Jane aus London zurückgekommen war, nein, schon seit er die erste Kant-Mail bekommen hatte, kaum noch richtig geschlafen. Er brauchte normalerweise acht Stunden Schlaf, dagegen war kein Kraut gewachsen, alle Versuche, sich auf einen Rhythmus mit nur sechs oder sieben Stunden umzustellen, waren jämmerlich gescheitert. Natürlich gab es immer wieder Phasen, in denen er die Nächte durcharbeiten musste, aber sein Körper verlangte herrisch, dass er den Schlaf nachholte, sonst strafte er ihn mit Krankheit. Jetzt war es bald wieder so weit. Wenn Jane und er morgen den Artikel über die Kant-Morde fertig hatten, würde er sich ins Bett legen und zwölf Stunden durchschlafen, mindestens.

Vielleicht hätte er sich das Wochenende in Hamburg sparen sollen, vernünftiger wäre es jedenfalls gewesen. Aber für ihn war Hans-Otto so etwas wie ein Bruder, und die in gealterter Originalbesetzung aufgetretenen *Downtown Five* hatten wirklich eine gute Session hingelegt.

Troller nippte an seinem Cappuccino, gähnte und schaute auf die Uhr. Jane konnte frühestens in einer halben Stunde hier sein, und das Interview war für 11 Uhr angesetzt, vorher hatte Prof. Block »noch so eine Therapie«, wie er am Telefon gesagt hatte. Troller hatte nicht gefragt, ob Physio oder Psycho. Wahrscheinlich Physio. Aber Block war wirklich schwer getroffen. Seine kleine Tochter war tot, sein linker Unterarm war amputiert worden, die linke Gesichtshälfte lädiert, das linke Auge nur mit Mühe gerettet, und zu allem Überfluss hatte sich seine junge Frau zu ihren Eltern geflüchtet und sich nicht ein einziges Mal im Krankenhaus blicken lassen. Sie gab ihm die Schuld an dem Desaster.

Wieso hatte er das eigentlich erzählt? Das mit der Frau. Die anderen Sachen ließen sich ja nicht verheimlichen, aber wer erzählt schon einem Journalisten, dass ihm seine Frau davongelaufen ist?

*Und warum starrt mich diese Dame da so aufdringlich an?*

Sie saß am Nebentisch, hatte einen Kaffee und einen Cognac vor sich stehen und rauchte eine Zigarette. Sie war in seinem Alter, trug ein beigefarbenes Kostüm und ein sorgfältig um die Schultern drapiertes Seidentuch mit einem blau-grün-roten Muster. Wenn Troller etwas nicht ausstehen konnte, dann waren es solche affig um die Schultern drapierten Seidentücher.

Sein Handy gab zwei klagende Pieptöne von sich. Er klappte es auf und schaute nach. *Der Typ ätzt. Hast du schon mit Jane gesprochen? Ruf mich an. S.*

Sie schickte ihm jetzt jeden Tag eine SMS. Mindestens eine. Der Typ nervt, der Typ ätzt, der Typ hat mich wieder so komisch angegafft, der Typ labert rum ... Und dahinter ihr Ceterum Censeo in immer neuen Variationen: *Hast du schon mit Jane gesprochen?*, *Was sagt Jane?* oder: *Vergiss nicht, mit Jane zu sprechen, bitte.*

Wenn sie »bitte« schrieb, hörte er in seinem Kopf ihre Stimme, und das traf ihn ganz tief drinnen. Am Ende hieß es meist: *Ruf mich an.* Also rief er an, wenn er konnte. Er hatte am Samstag angerufen, gestern auch, aber jetzt ging es nicht, jetzt war sie in der Schule. Hatte sie die SMS eigentlich in der Pause geschrieben? Oder während der Stunde unter dem Tisch?

*Und warum schaut diese Frau schon wieder her?*

Er klickte noch einmal die Seite von *Fazit-Online* an, auf der die Meldung von dem Doppelmord an Professor Gronius und seinem Assistenten León Hinterseer zu lesen war. Jane hatte ihn vor zwei Stunden, als er noch im Zug saß, angerufen und darauf aufmerksam gemacht, aber da hatte er die Seite bereits gelesen. Die Morde wurden schon gestern verübt, aber man hatte die Leichen erst heute Morgen entdeckt.

»Entschuldigen Sie …«

Er drehte sich widerstrebend zu der Dame hin: »Ja?«

»Ich will ja nicht aufdringlich sein, aber …«

Das sagten die Leute immer.

»… ich habe das Gefühl, wir sind uns schon einmal begegnet.«

»Es tut mir leid, aber ich …«

»Sie sind doch der Herr Troller. Von *Fazit*.«

»Ja – aber …?« Mit wem habe ich die Ehre, hätte er beinahe gesagt. Es kam ihm jetzt aber auch so vor, als müsste er die Frau kennen. Ihre Stimme hatte er schon einmal gehört. Dieser norddeutsche Tonfall, das etwas Raue, Rauchige, leicht Melancholische. Er musste sie irgendwann mal kennengelernt haben, und zwar nicht nur so im Vorbeilaufen. Aber es war lange her, denn Bilder dazu gab es keine in seinem Kopf.

»Ich bin Regine Block«, sagte sie. »Sie waren einmal bei uns zu Gast, ich glaube, zusammen mit einem Kollegen, der Name war irgendwie …, wir haben hinterher ein bisschen darüber gewitzelt, mein Mann und ich, und haben gesagt, *der Troll und der Kobold*, also, das waren Sie und ein Herr …«

»Hebold«, sagte Troller, während er sein Notebook zuklappte. »Mein Kollege heißt Hebold, und jetzt erinnere ich mich auch, Frau Block, entschuldigen Sie, dass ich Sie nicht gleich erkannt habe.«

»Na ja, das ist bestimmt zehn Jahre her«, sagte sie. »Oder mindestens acht. Die Trennung war ja vor acht Jahren.«

»Ich hatte nicht damit gerechnet, Sie hier zu treffen.«

»Nein, Sie hätten eher die andere erwartet«, sagte sie mit

einem etwas bitteren Zug um den Mund, »aber die hat sich auf und davon gemacht.«

Er wollte ihr nicht widersprechen. Er wollte ihr nicht sagen, dass er es schon wusste. »Inwiefern?«, fragte er.

»Nun, sie ist wohl noch hier in der Stadt, sie muss ja auch die Beerdigung vorbereiten, die soll am kommenden Donnerstag sein, im engsten Familienkreise, aber sie hat ihre Sachen gepackt, ist zu ihren Eltern gezogen und hat sich nicht ein einziges Mal hier im Krankenhaus blicken lassen. Sie gibt ihm die Schuld am Tod ihrer Tochter, können Sie das verstehen?«

Irgendwie schon, dachte Troller, während er verneinend den Kopf schüttelte.

»Ich auch nicht«, sagte sie. »Er ist doch wirklich gestraft genug. Er hat die kleine Julia über alles geliebt, wie seinen Augapfel, und dann wird sie am Tag vor ihrem siebten Geburtstag von einer Bombe getötet. Das ist doch schrecklich. Am Tag vor ihrem Geburtstag!«, wiederholte sie noch einmal, als wäre es am Tag danach weniger schlimm gewesen. »Sie hat bestimmt gedacht, da ist ein schönes Geschenk für sie in dem Paket, und dann ...« Ihr versagte die Stimme.

»Ja, es ist furchtbar.« Wir können nicht mitleiden, dachte er. Wir können es einfach nicht. Wir sehen das Unglück der anderen und denken, gut, dass es nicht uns getroffen hat. Das ist unser Mitleid.

»Ja«, sagte sie, »es ist furchtbar. Und dann macht sich auch noch die Frau aus dem Staub. Anstatt ihm in seinem Kummer beizustehen. Ich meine, mit seinen Verletzungen muss er ja auch erst mal fertig werden.« Sie machte eine Pause, in der sie sich eine Träne abwischte, und sagte dann: »Als ich das gehört habe, bin ich sofort gekommen. Einer muss ja bei ihm sein. Es ist jetzt auch mein Schicksal, verstehen Sie?«

*Nein, das verstehe ich nicht.*

Der Cappuccino war inzwischen kalt, aber Troller nahm

trotzdem einen Schluck, aus Verlegenheit. Es war ihm peinlich, von dieser Frau angesprochen worden zu sein, peinlich, sich nicht an sie erinnert zu haben, peinlich, das Leiden in ihrem Gesicht zu sehen.

Er hatte sie nicht gefragt und hätte es auch nicht getan, sie fing von selbst an zu erzählen, wie sie um ihren Mann und ihre Ehe gekämpft hatte. Das sei jetzt, wie gesagt, acht Jahre her. Acht Jahre. Man sage ja, die Zeit heile alle Wunden, aber diese Wunde habe die Zeit nicht geheilt. Sie habe damals gar nicht begreifen können, dass ihr Mann sich ebenso verhalten würde wie all die anderen. Nach demselben Schema. Als ob da irgendwo ein Uhrwerk abliefe. Als ob es Millionen von Männern gäbe, die nach demselben Drehbuch handelten. War das nicht erschreckend? Natürlich habe sie die Trennung als demütigend empfunden, als Verrat. Sie habe ja all die schweren Jahre mit ihrem Mann durchgemacht, sie habe während seines Studiums sogar das Geld für ihn mitverdient, ihr Mann komme ja aus ganz einfachen Verhältnissen, er habe von zu Hause nichts gehabt, keinen Pfennig. »Und dann hat er endlich internationalen Erfolg, fängt an, richtig viel Geld zu verdienen, seine Bücher werden Bestseller – und auf einmal heißt es: Ich habe mich verliebt. Aber«, sagte sie, und um ihren Mund erschien wieder dieser bittere Zug, »man verliebt sich doch nicht so einfach! Man lässt das doch zu! Verstehen Sie?«

Es war Troller unangenehm, so in ihre Privatsphäre hineingezogen zu werden, aber es interessierte ihn auch. Moralische Probleme interessierten ihn.

»Was soll ich machen?, hat Laurenz damals gesagt«, klagte sie, »es ist eben passiert. So was passiert nun mal. Er hätte versucht, sich dagegen zu wehren, aber es wäre eben stärker als er. Wahrscheinlich die Gene, meinte er. Er hat dann irgendeine Theorie zitiert.«

Sie machte eine kleine Pause, vielleicht weil sie das Gefühl hatte, eigentlich schon alles gesagt zu haben. Sie zündete sich eine neue Zigarette an, inhalierte tief und sprach dann weiter, wobei die ersten Worte noch vom Ausstoßen des Rauches begleitet waren. »Aber das bist doch du!, habe ich gesagt. Es ist doch deine Entscheidung. Du bist es doch, der mich verlässt, du bist es, der mit einer Jüngeren abhaut. Du kannst es tun – du könntest es aber auch lassen. Also erzähl mir nicht so einen Unfug von wegen, es sind die Gene! Es ist dein Handeln, deine Verantwortung, deine Grausamkeit! Aber das war wie gegen eine Wand gesprochen. Und das, wenn ich daran zurückdenke, ist das Demütigendste von allem gewesen. Dass er nicht einmal bereit war, die Verantwortung zu tragen. Da war kein Bewusstsein von Schuld, nichts, gar nichts, nur dieses Es-ist-wie-es-ist und Es-kommt-wie-es-kommt.«

»Sie meinen«, fragte Troller, »es macht einen Unterschied, ob einer seine Frau verlässt und sagt: Was soll ich machen, die Leidenschaft ist eben stärker, so was kommt vor, oder ob er sagt: Ich habe mich entschieden, mit einer jüngeren Frau zu leben, ich weiß, dass ich mich damit schuldig mache, aber ich tue es trotzdem?«

»Natürlich ist das ein Unterschied.«

»Sind Sie sicher? Ist es nicht nur so, dass man gegen das *Wie* rebelliert, weil man sich mit dem *Was* nicht abfinden kann? Wie auch immer er es angestellt hätte, es wäre in Ihren Augen nicht recht gewesen.«

»Nein, recht war es nicht«, rief sie beinahe aufbrausend aus, so dass Troller sich verstohlen nach den anderen Gästen im Café umschaute. »Aber es ist doch ein Unterschied, ob man etwas Unrechtes tut und zugibt, dass es unrecht ist, oder ob man auch noch behauptet, es sei recht! Natürlich konnte ich mich nicht damit abfinden, ich habe es in all den Jahren nicht getan, ich liebe ihn immer noch, deswegen sitze ich ja jetzt hier. Und, glauben Sie mir, über diese Frage mit dem

Was und dem Wie habe ich lange nachgedacht, acht Jahre lang. Schauen Sie, die Ehe ist ja ein Vertrag oder ein Versprechen. Und wenn einer dieses Versprechen bricht und sich zugleich hinstellt und sagt, er kann nichts dafür, dann ist es doch so, als hätte es dieses Versprechen nie gegeben. Ich weiß, dass ich altmodisch bin, auch meine Freundinnen und Bekannten verstehen mich nicht, sondern schauen mich nur mitleidig an, wenn ich wieder davon anfange, aber wie soll man in einer Welt leben, in der beide nichts dafür können, weder der Täter noch das Opfer, so dass eigentlich alle beide Opfer sind und diese Unterscheidung vollkommen sinnlos wird? In einer Welt, in der das Opfer am Ende noch mit dem Täter Mitleid haben muss?«

Sie hatte offenbar tatsächlich lange und viel darüber nachgedacht. Und das Leiden hatte ihren Verstand nicht vernebelt. »Ich denke, Sie haben da einen Punkt getroffen«, sagte er, »aber …«

»Sind Sie verheiratet?«

»Wie bitte?«

»Sie müssen mir nicht antworten.«

»Doch«, sagte Troller. »Beziehungsweise nein. Ich bin geschieden.«

»Und jetzt leben Sie mit einer Jüngeren zusammen?«

»Ja«, sagte er, »aber in meinem Falle war es nicht so, wie …«

»Nein«, unterbrach sie ihn, »natürlich nicht.«

Zwischen den Bäumen im Hof des Krankenhauses, die immer noch winterlich kahl waren, sah er eine schlanke Frauengestalt auf sich zukommen, in einem schwarzgrauen Steppmantel, mit einer roten Leinentasche in der Hand. Sie hatte halblange schwarze Haare, volle Lippen, hervortretende Wangenknochen und dunkle Augen. Sie lachte und leuchtete ihn an, als sie bei ihm war.

»Hallo.« Sie stellte die rote Tasche auf den Stuhl neben seinem und umarmte ihn. »Schön, dich wiederzusehen.«

Während er Jane küsste, sah er die Bitterkeit im Gesicht der Frau, und es war ihm unangenehm, vor den Augen dieser unglücklichen Person glücklich zu sein. Er löste sich aus der Umarmung und machte eine Geste hinüber zum Nebentisch. »Darf ich dir Frau Block vorstellen?« Und zu Frau Block: »Das ist meine Kollegin Jane Anderson.«

Janes Miene wurde ernst. »Ich – ich kann Ihnen gar nicht sagen, wie leid es mir tut«, sagte sie. »Ich meine, das mit Ihrer Tochter – und mit Ihrem Mann.«

Er hätte es anders sagen sollen. Er hätte gleich sagen sollen: die erste Frau. Oder die geschiedene. Er machte eine verlegene Geste in beide Richtungen.

»Ich bin nicht die Mutter von Julia«, sagte Frau Block in sachlichem Ton. »Laurenz und ich sind schon lange geschieden. Aber es ist trotzdem alles furchtbar. Auch für mich.«

»Ja«, erwiderte Jane mitfühlend. »Das glaube ich.«

*Haben Frauen eigentlich mehr Spiegelzellen als Männer?*

»Ich denke, wir müssen uns mal auf den Weg machen«, sagte Troller und schaute noch einmal auf die Uhr, obwohl er wusste, wie spät es war. »Also.«

»Gehen Sie einfach durch den Park in die Richtung, aus der Sie gekommen sind«, sagte Frau Block zu Jane. »Und dann das dritte Haus auf der rechten Seite. Das ist die Chirurgie.«

Als er sich aus einiger Entfernung noch einmal umdrehte und ihr mit halberhobener Hand einen vagen Gruß zuwinkte, sah er, wie sie sich gerade eine neue Zigarette anzündete.

# 15

Ein Polizist in grüner Uniform mit einem olivgrüngetönten Pullover, unter dem Jane eine kugelsichere Weste vermutete, stand von seinem Stuhl auf, als sie sich näherten. Ihm gegenüber saß ein junger Mann mit einer Fotoausrüstung. Während sie dem Polizisten ihre Ausweise zeigten und den Fotografen begrüßten, öffnete sich die Zimmertür, und eine Schwester kam heraus. »Sind Sie die Journalisten?«, fragte sie mit einem kurzen Seitenblick zum Polizisten. Und als der nickte: »Sie können jetzt hinein. Eine halbe Stunde, keine Sekunde länger, hat der Chefarzt gesagt.«

Professor Laurenz Block lag halb sitzend in einem hohen, fahrbaren Krankenbett, von beiden Armen führten durchsichtige Plastikschläuche zu den Tropfflaschen, die an Metallgalgen hingen, der linke Arm war fest in einen Verband eingeschnürt und sichtlich kürzer als der rechte. Der Kopf des Professors war bandagiert, die Verbände ließen nur das rechte Auge, die rechte Seite und den Mund frei. Linke Gesichtshälfte und linkes Auge waren verborgen.

»Hallo«, sagte Block und streckte Troller die rechte Hand entgegen. »Schön, Sie wiederzusehen.« Das Sprechen machte ihm Mühe, aber es war durchaus artikuliert. Die Stimme hatte etwas Knarziges.

Troller gab Block die Hand und stellte Jane und den Fotografen vor.

»Ihr wollt also wirklich ein Foto von der Mumie machen?«, fragte der Professor und versuchte zu lachen.

»Sie können hinterher immer noch entscheiden, ob Sie Ihr Okay dazu geben oder nicht«, sagte Jane. »Das gilt übrigens für das ganze Interview. Aber ich nehme an, Sie kennen die Spielregeln.«

»Ja.«

»Gut, dann bringen wir es hinter uns.«

Der Fotograf war entweder ein echter Profi oder ein Faultier, jedenfalls ging alles sehr schnell. Nachdem Jane ihren Mantel aufgehängt hatte, plazierte er Troller und sie in verschiedene Positionen, die möglichst nach Gesprächspositionen aussahen, mal den Kranken von vorn, mal schräg von hinten und immer von der nichtbandagierten »Schokoladenseite«, wie er es nannte, woran sie alle ihren etwas aufgesetzten Spaß hatten. Dann verabschiedete er sich und ließ sie »jetzt mal mit Ihrem Opfer allein«. Es war nicht ganz klar, ob er das Opfer des Paketbombenanschlags meinte oder das Opfer ihres Interviews.

Nachdem der Fotograf die Tür hinter sich zugezogen hatte, sprach Jane dem Professor ihr Beileid aus und versicherte ihm, dass sie auch das gedruckte Interview in *Fazit* mit einem entsprechenden Satz beginnen würden. Block murmelte dazu etwas Unverständliches. Bei der Erwähnung seiner Tochter wurde sein rechtes Auge feucht. Jane sah, wie sich im unteren Lid ein wenig Wasser sammelte und dort staute, bevor es nach unendlich langer Zeit überlief und die Wange hinunterrann. »Lassen Sie uns über etwas anderes reden«, sagte Block.

»Es tut mir wirklich sehr leid«, wiederholte Jane noch einmal. »Aber uns interessiert natürlich, wer das getan haben könnte. Und warum. Haben Sie einen Drohbrief bekommen? Glauben Sie, dass der Anschlag etwas mit Ihrer Forschung zu tun hat?«

»Natürlich hat er etwas mit unserer Forschung zu tun. Es ist derselbe Täter wie derjenige, der Heribert umgebracht hat. Heribert Ritter.«

»Das *wissen* Sie?«, fragte Troller überrascht. »Ich meine, den Verdacht haben inzwischen alle, aber dass man es definitiv weiß, ist mir neu.«

Troller und Jane wussten es natürlich durch die E-Mails von Kant, aber das war, wie sie bisher dachten, ihr Informationsvorsprung und einer der Knüller des Artikels über *Die Kant-Morde*, an dem sie gerade schrieben.

»Nun ja«, sagte Block ausweichend, »sagen wir so, es gibt ein starkes Indiz. Aber ich darf es Ihnen nicht verraten, die Polizei hat dafür ihre Gründe.«

»Zweifellos.« Normalerweise hätte sie jetzt nachgehakt. Aber sie wollte zwischen sich und Block keine Front aufbauen. »Dann noch einmal die Frage«, sagte sie nur. »Wen vermuten Sie als Täter?«

»Tierschützer jedenfalls nicht«, sagte Block. »Ich arbeite gar nicht mehr mit Tieren. Schon lange nicht mehr. Es gibt zwar jemanden an meinem Institut, der mit Katzen arbeitet, aber warum schickt der Kerl dann mir die Bombe ins Haus?«

»Er hat Ihnen die Bombe *ins Haus* geschickt?«

»Nein.« Blocks Gesichtsausdruck veränderte sich wieder, der Mund arbeitete, das Auge starrte in die Ferne. »Das war ich. Ich habe das Paket nach Hause gebracht. Es ist meine Schuld.«

Er schaute hinunter auf seinen bandagierten Armstummel, schloss das Auge und schien in Gedanken noch einmal die Explosion zu durchleben. Mit zwei Fingern der rechten Hand rieb er sich das Auge, als sei ihm eine Fliege hineingeraten oder ein Metallteilchen.

»Sie sagten, Sie arbeiten nicht mit Tieren«, fragte Jane, um ihn behutsam wieder in die Gegenwart zurückzuholen. »Was für Experimente machen Sie?«

»Ich arbeite mit Gewalttätern. Mit Soziopathen.«

»Also mit Menschen, die ein gestörtes Sozialverhalten haben.«

»Ja.«

»Könnten Sie sich vorstellen, dass der Mörder ein Soziopath ist, mit dem Sie gearbeitet haben?«

»Ich zergrübele mir das Gehirn, ich gehe jeden einzelnen Fall durch. Die Antwort ist: Ich weiß es nicht.«

»Haben Sie der Polizei die Namen Ihrer Probanden gegeben?«

»Ja.«

»Sind Sie nicht verpflichtet, die Daten vertraulich zu behandeln?«

Er starrte sie aus seinem einen Auge verständnislos an. »In diesem Falle scheiß ich doch darauf. Was glauben Sie denn?«

»Und die Polizei ermittelt jetzt gegen diese Leute?«

»Das will ich schwer hoffen. Obwohl ich, ehrlich gesagt, nicht glaube, dass es einer von meinen Fällen ist. Ich denke, das passt nicht recht zum Täter, verstehen Sie?«

»Nein«, sagte Jane. »Könnten Sie uns das erklären?«

»Haben Sie schon einmal etwas von dem Fall Phineas Gage gehört?«

»Ja«, sagte Troller.

»Nein«, sagte Jane. »Was war das für ein Fall?«

»Nun, Phineas Gage war Sprengmeister im neunzehnten Jahrhundert in Kalifornien«, antwortete Block. »Er bohrte Löcher in Felsen, steckte die Zündschnur hinein, schüttete Schwarzpulver nach und kippte ein bisschen Sand hinterher. Dann stopfte er das Ganze vorsichtig mit einer Eisenstange fest, begab sich in sichere Entfernung und setzte die Zündschnur in Brand. Eines Tages vergaß er den Sand und klopfte mit der Eisenstange direkt auf das Schwarzpulver. Das Pulver explodierte, die Eisenstange schoss dem armen Phineas in die Wange, durchbohrte das Stirnhirn und kam oben am Schädel wieder heraus.«

»Ach, du liebe Zeit.«

»Phineas Gage überlebte, hatte nicht einmal allzu große

Schmerzen, wurde zusammengeflickt und für geheilt erklärt. Aber dann geschah etwas Ungewöhnliches: Seine Persönlichkeit veränderte sich. Vorher war er ein liebenswürdiger, besonnener, kluger, umgänglicher Mann gewesen. Nun fing er an zu fluchen, zu spielen, sein Vermögen zu verjubeln und führte einen ziemlich unmoralischen Lebenswandel. Es war wie die Geschichte von Dr. Jekyll and Mr Hyde. Nur dass Phineas Gage nicht beides zur gleichen Zeit war, sondern nacheinander. Durch die Läsion im Stirnhirn war sein moralisches Empfinden zerstört. Dieser Fall war sozusagen der Pilotfall für die Hirnforschung. Aber erst seit zwanzig oder dreißig Jahren können wir mit unseren bildgebenden Verfahren direkt ins lebende Hirn hineinschauen, ohne den Schädel aufzumeißeln. Wenn Sie zum Beispiel einen Tumor hier haben«, sagte er zu Jane und tippte mit Zeige- und Ringfinger der freien Hand gegen die eigene Stirn, »dann kann es passieren, dass Ihre Persönlichkeit sich vollkommen verändert. Eben waren Sie noch ein liebenswürdiger Mensch, jetzt werden Sie zur Teufelin oder zur Bestie.« Block nahm den Arm wieder herunter und stützte sich dann damit auf, um sich ein paar Zentimeter nach oben zu schieben. Dabei verzog er sein Gesicht vor Schmerz.

»Könnte es sein«, fragte Troller, »dass …«

»Nein«, unterbrach Block, »ich glaube das nicht. Das ist es ja gerade. Meine Patienten oder Probanden haben fast alle Läsionen im präfrontalen Cortex, das ist mein Spezialgebiet. Und wenn Sie eine solche Schädigung haben, dann werden Sie mehr oder weniger wie Phineas Gage, haltlos, fluchend, spielsüchtig, unbeherrscht. Ihr Gefühl ist aus den Fugen, und Ihre Moral ist perdu. Aber Sie werden nicht ein kalter, berechnender, systematisch vorgehender Killer. Daher denke ich nicht, dass es einer von meinen Patienten war. Eher schon jemand mit einer verkleinerten Amygdala.«

»Wie der Erlöser?«

Blocks rechte Gesichtshälfte zeigte einen ratlosen Ausdruck.

»Fred McKinnock. Sie waren doch Gutachter in dem Prozess.«

»Ach, der«, sagte Block. »Ja, das ist ein gutes Beispiel. Er bildete sich ein, er wäre eine moralische Person, die aus freiem Willen und mit guten Gründen handelt – aber die Ursachen seiner Handlungen waren ganz andere. Seine Amygdala war verkleinert. Sein Hirn machte mit ihm, was es wollte. Er war keine moralisch handelnde Person, sondern ein Soziopath. Waren Sie als Prozessbeobachterin dabei?«

Jane nickte zustimmend.

»Lief dann ein bisschen schief, das Ganze, weil der Staatsanwalt ein gerissener Hund war, aber …«

»Sie haben einmal gesagt«, unterbrach Troller, »der Verbrecher habe keine Schuld an seinem Verbrechen, weil er ja nicht frei handeln kann. Zitat: *Ein kaltblütiger Mörder hat nur das Pech, eine so niedrige Tötungsschwelle zu haben.*«

»Nein«, sagte Block, »das habe ich nicht gesagt. Es war Heribert Ritter, der das gesagt hat. Aber ich stimme ihm hundertprozentig zu.«

»Auch jetzt noch?«, fragte Jane erstaunt. »Sie würden also sagen, der Mann, der Ihnen die Bombe geschickt hat, konnte nichts dafür?«

Wieder arbeitete der Mund. Wieder füllte sich das eine Auge mit Tränen. Und wieder nahm der Professor sich zusammen, mit eiserner Energie, beherrscht offenbar von einem Ethos der Sachlichkeit und des Verzichts auf jede Sentimentalität. »Ich sage nicht, dass dieser Verbrecher frei herumlaufen sollte. Wer immer es ist, er muss bestraft werden, eingesperrt und nie mehr freigelassen, nie mehr! Und selbstverständlich werden wir uns sein Hirn anschauen, um zu sehen, wo der Defekt liegt. Denn es ist defekt, das ist für mich keine Frage. Es ist krank. Aber dieser Mörder hat genauso wenig frei gehandelt wie irgendjemand sonst. Keiner kann anders, als er ist.«

»Sie bestreiten also, dass wir einen freien Willen haben.«

»Aber ja«, sagte Block. »Ganz entschieden. Der Mensch ist durch seine Gene und durch seine Erfahrungen, die beide zusammen die Architektur seines Gehirns prägen, vollkommen determiniert. Das besagen alle meine Forschungen. Wieso sollte ich durch die Singularität des Ereignisses, das mich getroffen hat, auf einmal zu einer anderen Theorie kommen?«

*Die Singularität des Ereignisses, das mich getroffen hat.* Donnerwetter, dachte Jane. Er liegt da wie eine Mumie, der linke Arm verstümmelt, das linke Auge beinahe zerstört, seine kleine Tochter tot, und ist doch schon wieder imstande, das eigene Schicksal mit einer so abstrakten Sprache zu benennen.

*»Der freie Wille ist eine Illusion«*, sagte Troller. »Das war der Titel eines Manifests, das Sie vor einem halben Jahr zusammen mit Ritter und Gronius und einigen anderen veröffentlicht haben. Ist Ihnen nicht der Gedanke gekommen, dass die Morde etwas mit diesem Manifest zu tun haben könnten?«

»Doch. Aber das ändert doch nichts daran, dass der Täter krank ist. Er selbst mag glauben, dass er dem kategorischen Imperativ folgt, aber in Wahrheit läuft da ein Programm ab, das ihn beherrscht und nicht umgekehrt.«

Jane wechselte einen schnellen Blick mit Troller. Block hatte den kategorischen Imperativ ganz sicher nicht zufällig erwähnt. Hatte er auch einen Brief oder eine Mail oder ein Plakat von Kant erhalten? War es das, was er verschweigen sollte? Es gab nur eine Möglichkeit, das herauszufinden. »Was stand in dem Bekennerschreiben?«, fragte sie.

Block sah sie verblüfft an. Schien über irgendwas mit sich zu ringen.

*Zweiter Anlauf:* »Hat sich Kant bei Ihnen gemeldet?«

Blocks rechte Gesichtshälfte verfärbte sich schlagartig. Man sah ihm an, dass er am liebsten aus dem Bett gesprungen wäre und sich auf sie gestürzt hätte. »Woher wissen Sie, dass der Täter sich Kant nennt?«, schrie er mit heiserer Stimme.

Keine Antwort ist jetzt die beste Antwort, dachte Jane und hielt seinem wütenden Blick stand.

»Warum, zum Henker, verlangt die Polizei von mir, dass ich davon schweige, wenn es die Spatzen von den Dächern pfeifen? Ja, Kant. So nennt er sich. Ausgerechnet Kant. Der Killer als Philosoph, der Mörder als Prophet des freien Willens, der Verbrecher als Anwalt der sittlichen Maximen! Da sehen Sie, was los ist mit den Menschen. Sie sind nicht zurechnungsfähig, sie sind Bestien!« Er war so erregt, dass seine Stimme sich überschlug.

»Und woher wissen Sie jetzt, dass er sich Kant nennt?«, fragte Jane mit ruhiger Stimme.

»Er hat uns einen Brief ins Haus geschickt, mit so einem Plakat mit einem Paragraphen drauf. Ich soll das eigentlich nicht verraten, aber die können mich mal! Die sollen den Kerl schnappen und ihn lobotomieren, verdammt noch mal.«

»Was stand auf dem Plakat?«

Das war ihre Stärke. Sie blieb in solchen Situationen vollkommen ungerührt und stellte ihre Fragen, bevor ihr Gegenüber wieder seine gewohnte Fassade aufbaute. Vielleicht waren Wissenschaftler und Journalisten doch nicht so verschieden. Wenn es um die Recherche ging, blieben die Gefühle außen vor.

Block überlegte offenbar, ob er den Inhalt des Plakates verraten sollte oder nicht, und entschied sich dann dafür. Vielleicht weil er nichts zu verlieren hatte. Das, was ihm das Liebste war, hatte er ohnehin schon verloren. »*Paragraph zwei*«, sagte er. »*Ted Kaczynski hat uns gezeigt: Es gibt ein*

*Widerstandsrecht gegen den Terror der Wissenschaft.* Gezeichnet: Kant.«

Jane sah, wie alle Farbe aus Trollers Gesicht wich. *Der Terror der Wissenschaft.* Titel seines Buches. Und darin gab es, wie sie wusste, ein Kapitel über den Unabomber.

Der Unabomber hatte siebzehn Jahre lang, von 1978 bis 1995, die USA terrorisiert. Er hatte aus Protest gegen die moderne Technik und das industrielle System sechzehn Bombenanschläge verübt und dabei drei Menschen getötet und neunundzwanzig verletzt. Seinen Spitznamen hatten ihm die Medien gegeben, weil seine Anschläge sich vor allem gegen Universitäten und Airlines richteten. Das FBI fahndete all die Jahre vergeblich nach ihm. Gefasst wurde er erst, nachdem die *Washington Post* und die *New York Times* ein sechzig Buchseiten langes Manifest veröffentlicht hatten, in dem er die Menschen dazu aufrief, Fabriken zu zerstören, technische Fachbücher zu verbrennen und so dem industriellen System die Basis zu entziehen. Wenn das Manifest veröffentlicht werden würde, wollte er seinen Terror beenden. Und so kam es auch, aber anders, als er gedacht hatte. Das Manifest erinnerte den New Yorker Sozialarbeiter David Kaczynski an gewisse Schriften seines älteren Bruders Theodore, die er im Haus ihrer Eltern gefunden hatte. Er ging zum FBI, zeigte seinen Bruder an, und kurz vor Ostern 1996 wurde Ted Kaczynski, ehemaliger Mathematikprofessor der Universität Berkeley, gefasst und zu lebenslänglicher Haft verurteilt. Troller hatte in seinem Buch Verständnis für einige wissenschaftskritische Passagen im Manifest des Unabombers gezeigt, seine Taten aber ausdrücklich als unmoralisch und sinnlos verurteilt.

»Versuchen wir uns in die Logik des Täters hineinzuversetzen«, sagte Jane. »Welchen« – sie markierte mit ihren Fingern Anführungsstriche – »*Terror* der Wissenschaft könnte er in Ihrem Falle gemeint haben?«

»Keine Ahnung.«

»Könnte es etwas mit der Firma Braintech zu tun haben?«

»Wieso?« Wieder sah Block sie vollkommen perplex an.

»Inwieweit werden Sie oder Ihre Forschungen von dieser Firma finanziert?«

Jane sah die Ratlosigkeit in Trollers Gesicht. Sie hatte ihm nichts von dem Abend im Lang Nuong erzählt, an dem Pit Kern seine Andeutungen über die Firma Braintech gemacht hatte. Inzwischen hatte sie selbst ein wenig in diese Richtung recherchiert. Braintech war auf medizinisches Gerät für die Hirnforschung spezialisiert und drängte seit einigen Jahren massiv in den deutschen Markt hinein. Deutschland war mit seinen Gesundheitsausgaben von mehr als 240 Milliarden Euro pro Jahr nach den USA zum zweitgrößten Gesundheitsmarkt der Welt aufgestiegen. Entsprechend lieferten sich die Anbieter von medizinischen Hightech-Systemen erbitterte Konkurrenzkämpfe.

»Braintech gibt uns Geld«, sagte der Professor. »Die Firma ist außerordentlich interessiert an unseren Forschungsergebnissen. Aber das sind wir ja auch. Warum sollte die Wissenschaft nicht mit der Industrie zusammenarbeiten? Ich sehe da kein Problem. Im Gegenteil. Wir entlasten den Steuerzahler, wenn wir Fremdmittel einwerben.«

»Aber«, sagte Jane, »die Firma ist ja vermutlich nicht nur an *irgendwelchen* Ergebnissen interessiert, sondern an ganz bestimmten.«

»Natürlich«, sagte Block. »Die wollen ihre Apparate verkaufen. Und wir helfen ihnen dabei, sie zu verbessern. Braintech entwickelt gerade einen MRT, in den man die Testperson nicht mehr hineinschieben muss wie in eine Backröhre, sondern mit aufrechtem Gang hineingehen lässt wie in einen Metalldetektor am Flughafen. Hineingehen – stehen – Bild vom Gehirn überprüfen – weitergehen. Zack, zack. Das muss ja schnell gehen, wenn Sie es für solche Zwecke einsetzen wollen.«

»Und Sie meinen, das droht uns?«

»Wieso droht?«, fragte Block verständnislos. »Das ist die Zukunft. Schauen Sie: Wir sind dabei, herauszufinden, welche signifikanten Merkmale das Gehirn eines Soziopathen aufweist. Wenn uns das gelungen ist – warum sollten wir dieses Wissen dann nicht anwenden? Warum sollten wir uns nicht, bevor wir jemand in ein Flugzeug hineinlassen oder in ein Atomkraftwerk, das Gehirn dieser Person anschauen? Warum sollten wir uns nicht schützen, wenn wir erkennen, dass wir es mit einem Soziopathen zu tun haben? Warum sollten wir eine hirnkranke und potentiell gefährliche Person nicht ebenso isolieren, wie wir einen Leprakranken oder einen Ebolakranken in Quarantäne halten? Ich bin sicher, der Mörder meiner Tochter wäre längst in einer geschlossenen psychiatrischen Anstalt gelandet, wahrscheinlich schon als Jugendlicher, wenn wir mit unseren wissenschaftlichen Erkenntnissen schon weiter wären.«

Pause.

Jane ließ Blocks Vision einen Moment auf sich wirken: Es würde an allen Ecken und Enden Hirnscanner geben, und Menschen mit von der Norm abweichenden Gehirnen, die bei diesen Kontrollen entdeckt wurden, kämen aus Sicherheitsgründen *präventiv* in Gefängnisse oder in geschlossene psychiatrische Anstalten. Eine neue Form der Selektion kam auf die Menschheit zu, und die Frage war, auf welcher Seite so verrückte Leute wie Vincent van Gogh landen würden oder Klaus Kinski oder Andy Warhol. Nur um es noch einmal ganz deutlich zu hören, fragte sie: »Sie sagten, der Mörder wäre schon als Jugendlicher ausgesondert worden. Heißt das, Sie wollen Reihenuntersuchungen bei Jugendlichen anstellen? Sozusagen sozialer Führerschein für alle?«

»Ich bin Wissenschaftler«, sagte Block, »kein Politiker. Aber meine Prognose ist: Darauf wird es hinauslaufen. Wir bringen das wissenschaftliche Know-how, Firmen wie Braintech entwickeln die notwendige Technik, und unsere sozialen und politischen Systeme werden das Wissen, das wir schaffen, auch anwenden. Das war immer so. Mit Fingerabdrücken, mit Blutproben, mit genetischen Tests und so weiter. Den Fortschritt können wir nicht aufhalten.«

»Vielleicht«, sagte Troller, »ist es ja dieser Fortschritt, gegen den der Mörder anrennt. Diese mögliche Zukunft.«

»Ja«, sagte Block, »genau wie der Unabomber. Und der war auch ein Verrückter.«

»Wissen Sie eigentlich, dass Ted Kaczynski in Harvard studiert hat?«

»Nein«, sagte Block. »Muss ich das wissen?«

»Ich komme nur darauf, weil Sie an der Harvard-Universität geforscht haben. Worum ging es bei diesen Forschungen?«

»Es war nicht Harvard. Es war die *Harvard Medical School.* Aber das ist lange her und vollkommen ohne Belang. Wissen Sie«, sagte er auf einmal und rieb sich mit der freien Hand das rechte Auge, »ich fürchte, ich bin jetzt doch etwas erschöpft. Ich denke, ich habe Ihnen alles gesagt, was Ihnen nützlich sein kann. Ich habe Ihnen sogar zu viel gesagt. Die Kommissarin wird mir den Hals umdrehen. Also: Machen Sie es gut.«

Und damit schloss er das Auge und war weg.

Sie standen einen Augenblick unschlüssig im Zimmer herum, bevor Jane das Aufnahmegerät einpackte und ihren Mantel vom Haken nahm. Troller räusperte sich zweimal, sagte aber auch nichts mehr. Was sollten sie machen? Vielleicht war Block wirklich erschöpft. Vielleicht hatte er Schmerzen. Nur – warum klingelte er dann nicht nach der Schwester? Er lag da, das Auge geschlossen – oder nein, er blinzelte durch die Wimpern hindurch, Jane konnte sehen, wie die Wimpern leicht zuckten –, und spielte den sterbenden Schwan. Aber sie konnten ihn ja nicht zwingen, ihnen die Wahrheit zu sagen.

»Ja, dann«, sagte sie. »Ich wünsche Ihnen gute Besserung.«

»Danke«, hauchte er und öffnete das Auge. »Kommen Sie gut nach Hause. Und faxen Sie mir das Interview, bevor Sie es drucken. Damit ich es noch mal durchsehen kann.«

»Selbstverständlich«, sagte Troller. »Sie bekommen es morgen früh.«

Troller und Jane nickten einander zu und gingen zur Tür. Troller schüttelte verständnislos den Kopf. »Wenn Sarah ermordet worden wäre, dann würde ich mich aber anders verhalten«, flüsterte er nicht gerade leise.

»Tja«, flüsterte sie genauso zurück, bevor sie die Klinke herunterdrückte. »Keiner kann anders, als er ist.«

»Warten Sie!«

Die Stimme erhob sich mächtig in ihrem Rücken.

Block zeigte mit dem bandagierten Stummel auf Troller. »Was würden Sie tun?«, fragte er.

»Ich?«

»Ja.«

»An Ihrer Stelle?«

»Ja.«

»Ich würde auspacken. Ich würde alles sagen, was ich weiß.«

»Würden Sie?«, fragte Block und schaute Troller zweifelnd an. »Auch wenn es gefährlich wäre?«

»Ich wüsste nicht, wie ich sonst weiterleben könnte.«

Block ließ das Auge auf Troller ruhen und rührte sich nicht. Die Sekunden vergingen. Keiner der beiden wandte den Blick ab, eher schienen sie tiefer und tiefer in den jeweils anderen hineinzublicken. Jane wagte kaum zu atmen. Ließ Block sich von dem, was Troller gesagt hatte, umstimmen? Sie selbst war jedenfalls beeindruckt. Diese Entschlossenheit, sowohl in Trollers Ton als auch in seinem Blick, war neu für sie.

»Also gut«, sagte Block schließlich. »Aber lassen Sie das Aufnahmegerät beiseite.«

In diesem Augenblick kam die Schwester herein. Sie war ziemlich klein, vielleicht dreißig oder fünfunddreißig Jahre alt, und ihre kurzen dunklen Haare waren an der rechten Seite exakt gescheitelt. Ein Männerhaarschnitt. »Der Chefarzt hat gesagt, eine halbe Stunde«, sagte sie zu Laurenz Block. »Wir sind jetzt schon zehn Minuten über der Zeit.«

»Wir brauchen nicht mehr lange.«

»Wir brauchen überhaupt nicht mehr«, sagte sie streng. »Es ist Schluss.« Und zu Troller und Jane gewandt: »Kommen Sie ein anderes Mal wieder. Oder heute gegen Abend. Wenn er sich erholt hat. Sie sehen doch, er ist vollkommen erschöpft.«

»Sie haben vollkommen recht«, sagte Jane, »aber ...«, sie machte ein paar Schritte auf die Schwester zu, berührte sie sanft am Oberarm und senkte die Stimme, »kann ich Sie draußen eine Sekunde sprechen?«

Die Schwester errötete leicht, stammelte ein paar ausweichende Worte und sagte schließlich: »Na gut, eine Sekunde.«

Sie gingen hinaus, vor die Tür. Der Polizist stand von seinem Stuhl auf, setzte sich aber gleich wieder. Sie entfernten sich ein paar Meter von ihm, und Jane erklärte der Schwester leise und in vertraulichem Ton, dass das Interview mit Laurenz Block eigentlich schon beendet sei. »Aber wir sind da an einen Punkt gekommen«, sagte sie, »*er* ist an diesen Punkt gekommen ... Wissen Sie, Schwester«, sie beugte sich, während sie weitersprach, so nah zu ihr herunter, dass ihr das Parfüm, das die Schwester sich hinters Ohr getupft hatte, direkt in die Nase stieg. »Wissen Sie, wir haben das Aufnahmegerät längst ausgeschaltet. Es geht jetzt darum, dass er sich etwas von der Seele redet. Ich denke, das ist wichtig – für seinen Heilungsprozess. Er braucht das. Glauben Sie mir.

Noch fünf Minuten. Oder vielleicht zehn. Um seinetwillen.« Sie berührte die Schwester noch einmal am Oberarm.

»Aber wirklich nur zehn Minuten«, sagte die Schwester und errötete wieder. »Und regen Sie ihn nicht zu sehr auf!«

»Versprochen.« Jane hielt der Schwester die Hand hin. Die Schwester nahm sie und hielt sie ein wenig länger, als es nötig gewesen wäre. Jane nickte der Schwester dankbar zu und ging zurück ins Krankenzimmer.

»Was ist?«, fragte Block.

»Wir haben noch zehn Minuten.«

»Gut.«

»Also«, sagte Jane behutsam, nachdem Troller und sie sich wieder gesetzt hatten, »wir waren gerade in den USA.«

»Ja«, sagte Block leise, »es gab dort ein paar Experimente, die an der Grenze waren. Oder mit denen wir die Grenze überschritten haben. Wissen Sie, die USA sind ein großes Land, mit einer großen Geschichte, sie haben immer die Fahne der Freiheit hochgehalten. Unsere Geschichte dagegen ist die eines Landes, das sich in der finstersten Barbarei gesuhlt hat. Deswegen haben wir – zu Recht! – Angst vor uns selber. Das ist eine Angst, die die Amerikaner nicht haben.«

Ich fange jetzt nicht an, von den Indianern zu reden, dachte Jane, oder von der Sklaverei, von der Rassentrennung, vom Vietnamkrieg, von Chile oder vom Irak. Ich halte den Mund.

»Was waren das für Experimente?«, fragte Troller.

»Es ging zunächst um Aggressionsforschung«, antwortete Block. »Wir haben mit Tieren gearbeitet, mit Schimpansen und Bonobos, die ja so etwas wie Brüder sind. Sie wissen, dass Schimpansen aggressiver sind als Bonobos, oder umgekehrt, Bonobos so etwas wie sanfte Schimpansen. Wir haben versucht, dieses Verhältnis umzukehren. Es ist uns gelungen, mit Hilfe von elektrischer Stimulation bestimmter Hirnareale die Bonobos in ein aggressives Verhalten hineinzumanipulieren – und die Schimpansen in ein sanfteres.«

»Und dann haben Sie mit Menschen experimentiert.«

»Ja.«

»Mit Freiwilligen.«

»Zunächst ja.«

*Jetzt bloß nichts sagen.*

»Und?«

»Es waren Gefangene. Schwerverbrecher. Lebenslängliche. Sie bekamen Hafterleichterungen, wenn sie mitmachten. Wir haben ihnen Elektroden eingepflanzt. Wir konnten ihr Verhalten steuern. Bis zu einem gewissen Grad. Wir konnten dafür sorgen, dass sie sanfter wurden, weniger aufbrausend, weniger aggressiv. Man konnte sie beleidigen, und sie lächelten.«

*Toller Erfolg.*

»Und dann kam der 11. September«, fuhr Block fort. »Da gab es auf einmal einen neuen Feind. Eine neue Bedrohung. Das heißt, genau genommen war diese Bedrohung nicht neu, die Anschläge kamen ja nicht aus heiterem Himmel, auch wenn sie *bei* heiterem Himmel geschahen. Aber auf einmal waren die Islamisten im Fokus der Aufmerksamkeit. Und die Frage für uns als Hirnforscher war natürlich: Was geht in deren Köpfen vor?«

»Sie meinen: Wieso wird jemand Selbstmordattentäter?«

»Zum Beispiel. Oder woran erkennt man jemanden, der bis zum Wahnsinn religiös verblendet ist.«

»Und?«

»Wir haben Experimente gemacht.«

»Mit Islamisten? Freiwilligen?« Jane bemühte sich, ihren Ton sachlich zu halten, aber diesmal gelang es ihr nicht. Ein Al-Kaida-Kämpfer würde sich niemals, unter keinen Umständen, freiwillig einem Experiment amerikanischer Hirnforscher zur Verfügung stellen.

»Ja und nein«, sagte Block und schlug das Auge nieder. »Es waren Islamisten. Aber sie saßen in Gefängnissen.«

»Und man hat sie zu Ihnen nach Cambridge gebracht, damit Sie mit ihnen Experimente durchführen konnten?«

»Mehr kann ich nicht sagen.«

»Warum nicht?«

»Ich … kann einfach nicht.«

»Wer waren die anderen? Ich meine, die anderen Wissenschaftler.«

»Kollegen. Und da war einer, ich meine, ich weiß nicht, seit ich hier liege, geht mir dieser Mann nicht aus dem Kopf.«

»Wie heißt er?«

»Wissen Sie«, sagte Block, ohne auf die Frage zu achten, er sprach jetzt schnell, monologisch und schaute Troller und Jane dabei nicht an, »es ist ja inzwischen kein Geheimnis mehr, dass die CIA diese Leute gefoltert hat. Mit Zustimmung des Präsidenten. Von höchster Stelle abgesichert. Es ging darum, die Al-Kaida-Kämpfer zum Reden zu bringen, und eine der effektivsten Methoden, jemanden zum Reden zu bringen, war das sogenannte Water-Boarding. Das wurde gemacht, das ist bekannt. Und auch, dass jeder, uneingeschränkt jeder, anfängt zu reden, wenn man diese Art der Folter anwendet. Man bringt die Leute bis an die Grenzen des Todes durch Ertrinken, und sie packen aus. Und wenn nicht, macht man es wieder. Und wieder und wieder. Das hält kein Mensch durch. Sie fangen also an zu reden. Aber dann kommt ein neues Problem. Das Folter-Dilemma. Du bringst die Leute zum Reden, und sie sagen alles, was du hören willst. Sie haben nur noch Angst und reden und reden, und sie wissen bald selber nicht mehr, was Wahrheit ist und was Lüge, was Phantasie und was Realität. Aber auch wenn sie es selber nicht wissen, ihr Hirn weiß es. Wir hatten schon zuvor in Harvard solche Versuche gemacht. Man zeigt einer Person einen Film, zum Beispiel über die Waren in einem Kaufhaus, und hinterher fragt man, ob, sagen wir, ein Osterhase im Regal gestanden habe. Die Person sagt nein, kein

Osterhase, ganz bestimmt nicht. Ihr Hirn aber sagt: Da war einer. Und das Gehirn hat recht. Das ist etwas völlig anderes als der klassische Lügendetektor. Der klassische Lügendetektor kann nur herausfinden, ob die Person subjektiv lügt. Jeder geschulte Agent kann ihn überlisten. Ein Hirnscan dagegen kann sogar herausfinden, dass die Person die Unwahrheit sagt, wenn sie subjektiv vollkommen davon überzeugt ist, die Wahrheit zu sagen.«

Er verstummte, blickte aber immer noch nicht zu ihnen auf.

»Und solche Experimente haben Sie gemacht?«, fragte Jane.

»Das habe ich nicht gesagt. Ich habe nur gesagt, was denkbar ist. Alles nur hypothetisch. Man hätte sich die Gehirne von Al-Kaida-Kämpfern auch unter anderen Aspekten anschauen können. Zum Beispiel: Woran erkenne ich jemanden, der so sehr in einen religiösen Wahn verstrickt ist? Aber das ist alles Theorie. Alles nur hypothetisch«, murmelte er noch einmal.

»Aber man hätte die Leute dann doch mit Gewalt auf die Pritsche schnallen und ihren Kopf fixieren müssen«, sagte Jane.

Bevor Block auch nur zu einer Antwort ansetzen konnte, ging die Tür auf, und ein Arzt kam herein, gefolgt von der kleinen, dunkelhaarigen Schwester, die eine entschuldigende Geste in Janes Richtung andeutete.

»Das Interview ist beendet«, sagte der Arzt mit großer Entschiedenheit. »Sie überanstrengen den Patienten. Vergessen Sie nicht: Sein Auge ist noch immer in Gefahr.« Und zu Laurenz Block: »Entschuldigen Sie, Herr Kollege, aber ich kann nicht dulden, dass Sie Ihre Gesundheit ruinieren. Die fällt in mein Ressort.«

»Wir brauchen noch eine Minute«, sagte Jane. »Dann sind wir durch.«

»Was ist mit Ihnen?«, fragte der Arzt. »Geht es noch?«

Block sagte nichts. Aber er nickte.

»Na schön«, sagte der Arzt. »Aber keine Sekunde länger. Schwester Natascha wird draußen warten und auf die Uhr schauen.« Er machte der Schwester ein Zeichen und rauschte mit ihr zusammen hinaus.

»Es gab jemand in unserem Team, der moralische Skrupel hatte«, sagte Block leise, wobei er sich bemühte, noch schneller zu sprechen. »Schon als wir mit den Tieren arbeiteten, äußerte er Bedenken. Er hatte etwas streng Moralisches. Deswegen muss ich an ihn denken. Er ist dann ausgestiegen. Hat behauptet, er sei krank, und ist verschwunden. Hab ihn nie wiedergesehen.«

»Wie hieß er?«, fragte Jane.

»Daniel«, sagte Block, während die Schwester hereinkam.

»Und weiter?«

»Daniel Burton.«

»Danke.«

Sie stand auf, zog ihren schwarzgrauen Steppmantel an und hängte sich die rote Leinentasche über die Schulter. Troller stand ebenfalls auf.

»Wie war eigentlich das Interview?«, fragte Block.

»Na ja«, sagte Troller, »wir müssen es jetzt erst einmal schreiben, und dann werden wir sehen, wie es ...«

»Nein, nein«, unterbrach Block, während die Schwester Jane einen ungeduldigen Blick zuwarf, »ich meine, das mit Gronius?«

»Mit wem?«

»Sie haben doch gestern mit dem Kollegen Gronius ein Interview geführt.«

»Du hast Gronius interviewt?«, fragte Jane erstaunt.

*Wieso hat er mir nichts davon erzählt?*

»Nein«, sagte Troller verwirrt. »Ich habe mit Gronius kein Interview geführt. Ich bin dem Mann noch nie begegnet. Und außerdem ist er ...«

Er brach den Satz ab, und sie war ihm dankbar dafür. Sie mussten Block jetzt nicht erzählen, dass Gronius ermordet worden war. Er würde es noch früh genug erfahren.

»Aber ich habe doch gestern Morgen mit ihm telefoniert«, sagte Block. »Er rief mich an und fragte, wie es mir geht, und dabei erwähnte er, dass er im Institut sei und auf Sie warte. Er war sogar recht ärgerlich, weil er sein Wochenende im Elsass extra dafür abgekürzt hatte. Aber wenn das ein Geheimnis sein sollte ...«

# 16

»Wo warst du, Troller?«

Sie standen im Fahrstuhl mit den Aluminiumwänden neben einem Pfleger in weißer Hose und weißem Kittel und fuhren im Schneckentempo hinunter ins Parterre. Der Pfleger hatte gelbgefärbte Haare und einen kleinen Diamanten im linken Ohrläppchen.

»Warst du wirklich in Frankfurt und hast Gronius interviewt?«

Troller starrte auf den kleinen Diamanten. Er war taub und voller Schmerz zugleich. Frag nicht die Logik, die versteht das nicht.

Der Fahrstuhl beendete in Zeitlupe seine Fahrt. Die silbernen Türen glitten auseinander. Der Pfleger machte eine Geste und ließ Jane vorgehen, wartete aber nicht, bis Troller ebenfalls an ihm vorbeiging, sondern schob sich selbst dazwischen.

Jane verzögerte ihre Schritte, bis Troller wieder neben ihr war. »Nun sag doch mal was.«

Musste er das? Musste er es wirklich *sagen*? Musste er ihr ausdrücklich versichern, dass er gestern den ganzen Tag über in Hamburg gewesen war und nicht in Frankfurt, dass er sich nicht mit Gronius zum Interview verabredet und ihn auch nicht ermordet hatte, weder ihn noch seinen Assistenten León Soundso?

Sie gingen in Richtung Hauptausgang, wo die Taxis standen. Die Stimmung war eisig. Wie bei zwei Eheleuten auf dem Weg zum Scheidungsrichter.

»Herr Dr. Troller?«

Zwei Männer in grünen Uniformen. Er hatte sie gar nicht richtig wahrgenommen, als er aus dem Krankenhaus herauskam, er war zu sehr mit Jane und sich beschäftigt gewesen. »Ja, bitte?«

»Sie sind vorläufig festgenommen. Kommen Sie bitte mit uns.«

Sie sagten nicht, weswegen er mitkommen sollte. Sie waren auch nicht bereit, Janes Fragen zu beantworten, obwohl sie sehr energisch mit ihrem Presseausweis herumfuchtelte. Sie sagten nur Sätze wie: »Das werden Sie schon sehen« und: »Das wissen Sie doch selbst am besten« und: »Nun machen Sie mal keine Schwierigkeiten.«

Immerhin war Jane so geistesgegenwärtig, Troller wie beiläufig das Notebook abzunehmen, als wäre es nur irgendein unwichtiger Koffer voller schmutziger Wäsche. Die Polizisten beachteten den Vorgang gar nicht.

Einer der Beamten tastete Troller nach Waffen ab, aber Handschellen legten sie ihm keine an. Sie komplimentierten ihn in einen VW-Bus hinein, zwei weitere Kollegen setzten sich mit ihm auf die hinterste Bank, dann rasten sie los.

Sein Handy klingelte. Er zog es heraus und warf einen Blick auf das Display.

»Es ist besser, wenn Sie jetzt nicht telefonieren.«

»Es ist meine Tochter. Sie ist neun.«

»Sie können ja später zurückrufen.«

Er nahm das Gespräch an und sagte nur: »Hallo Sarah, es geht gerade nicht, ich rufe später zurück, okay?«

Als sie auf der Wache waren, nahmen sie ihm das Handy ab, sperrten ihn in einen vielleicht zwölf Quadratmeter großen Raum und wiesen ihn an zu warten.

»Worauf?«

»Auf Ihre Vernehmung.«

Der Raum hatte gelblichgestrichene Wände, vergitterte

Fenster und als Mobiliar einen grauen Resopaltisch und drei Stühle aus hellem Holz. Troller setzte sich, stand wieder auf, setzte sich wieder und verspürte, obwohl er nichts gegessen hatte, den Lakritzgeschmack im Mund.

ER WAR SECHZEHN, ALS ER DAS ERSTE MAL VERHAFTET WURDE. Es war eine warme Sommernacht, und es war spät geworden, nachts um eins, ein bisschen später sogar schon. Er rannte im fahlen Licht der Laternen die Straße hinunter, die parallel zu den Gleisen verlief, auf denen er in seiner Kindheit oft die rostbraunen Güterzüge gezählt und manchmal auch die Schreie der Schweine gehört hatte, die verängstigt und in Panik darauf warteten, geschlachtet zu werden. *Die riechen das*, hatte sein Onkel zu ihm gesagt, *die haben einen sechsten Sinn*. In dieser Nacht kam kein Laut von den Gleisen, er hörte nur das Klacken seiner eigenen Schritte auf dem Pflaster und seinen keuchenden Atem. Er lief in seinem wehenden weißen Mantel auf den Bahnhof zu, um die letzte S-Bahn nicht zu verpassen, und er hörte auch nicht auf zu laufen, als er das blinkende Blaulicht wahrnahm und gleich darauf den Polizeiwagen, der neben ihm herfuhr. Erst als sie einmal kurz und drohend die Sirene aufheulen ließen, blieb er stehen, keuchend, schwitzend und nun auch in Panik, weil er wusste, dass er seinen Zug verpassen und nicht mehr rechtzeitig nach Hause kommen würde. Sie fragten ihn, wo er herkomme, und er sagte, er habe seine Freundin nach Hause gebracht, und wenn sie ihn jetzt bitte entschuldigen wollten, er müsse unbedingt die letzte S-Bahn kriegen.

Sie forderten ihn auf, sich in den Wagen zu setzen, und fuhren mit ihm aufs Revier. Die Wache lag im selben Gebäude, in dem auch seine Freundin wohnte, einem Fabrikgebäude aus düsterem, schwarzrotem Backstein, in dem ein Elektrizitätswerk und eine Werkswohnung untergebracht waren. Der Vater seiner Freundin war technischer Leiter des Werkes.

Troller hatte mit seiner Freundin noch eine Weile im Hausflur gestanden und geknutscht, bevor er in letzter Sekunde losgelaufen war. Nun saß er im Nachbargebäude auf einer harten Holzbank und wartete darauf, dass irgendetwas mit ihm geschah. Er hatte keine Ahnung, worum es ging, sie sagten es ihm auch nicht, sie sagten überhaupt nichts, und als er sie darauf aufmerksam machen wollte, dass sie bloß nebenan zu klingeln bräuchten, um sich von seiner Freundin bestätigen zu lassen, dass er vor kurzem noch mit ihr zusammen im Hausflur gestanden hatte, sagten sie nur: Ja, ja, oder: Halt's Maul, oder: Das kannst du deiner Großmutter erzählen.

Kurz darauf brachten sie noch jemanden herein, einen kleinen, rothaarigen Kerl mit einem Haufen Sommersprossen und einem frechen Grinsen im Gesicht, und setzten ihn neben Troller auf die Bank. Troller fragte ihn, warum sie ihn verhaftet hätten, und er sagte, er habe keine Ahnung. Und du? Er habe auch keine Ahnung, und sie beide fanden das komisch und wunderten sich darüber, dass die Bullen mitten in der Nacht unschuldige Jungen einsammelten. Der Rothaarige kramte aus seine Jeansjacke eine angebrochene Tüte Lakritzbonbons hervor und bot Troller einen an. So saßen sie nebeneinander und lutschten Lakritzen, bis endlich jemand kam und ihre Personalien aufnahm, ihre tintengeschwärzten Finger auf ein Formular presste, was Troller erniedrigend fand, und sie schließlich, um vier Uhr morgens, nach Hause schickte.

Später stellte sich heraus, dass der Rothaarige zu einer Bande von Halbwüchsigen gehörte, die Autos aufbrach und Radios klaute, und als Troller den Kommissar fragte, warum die Kollegen nicht gleich nebenan geklingelt und seine Freundin einvernommen hätten, stellte er nur die Gegenfrage, warum er mit dem Rothaarigen fraternisiert und seine Lakritzbonbons gelutscht hätte.

Seitdem hatte er, wenn er auf einer Wache darauf warten

musste, dass endlich etwas geschah, diesen Geschmack im Mund. Somatische Marker nannte man das. Das Hirn verknüpfte die körperliche Empfindung mit der Erinnerung der Situation. Trollers somatischer Marker für *Ich sitze auf der Polizeiwache und weiß nicht, was sie von mir wollen* war der salzige Geschmack von Lakritzbonbons.

Normalerweise hätte er die Sache mit Humor genommen, als die Kommissarin mit der roten Lederjacke in der Tür stand, normalerweise hätte er gesagt, gut, dass Sie kommen, ich habe mich schon nach Ihnen gesehnt. Aber er war zu überrascht, sie hier in Bremen zu sehen statt in Potsdam oder Berlin. Und sie war offenbar nicht weniger überrascht.

»Oh«, sagte sie, nachdem sie sich aus einem kurzen Moment der Erstarrung gelöst hatte, »der falsche Profiler. Wir haben schon nach Ihnen gefahndet.«

»Na ja«, sagte er. »Nun haben Sie mich ja.« Für einen Augenblick hatte er die Hoffnung, sie hätten ihn nur deswegen aufs Revier geschleppt, nur weil er sich in Golm als Profiler ausgegeben hatte. Irreführung der Polizei. Behinderung der Ermittlungen. Obwohl er die Ermittlungen ja eher gefördert hatte. Aber Frau Graf machte ihm sehr schnell klar, dass es um die andere Sache ging.

»Ich frage Sie daher: Sind Sie am Sonntagmorgen mit Professor Gronius in seinem Frankfurter Institut verabredet gewesen?«

Er sagte, nein, das sei er nicht, aber er wisse schon von Laurenz Block, dass der Mörder sich in Frankfurt seine Identität geliehen habe.

»Woher wissen Sie das?«

»Hab ich doch gerade gesagt, von Laurenz Block.«

»Nein, woher wissen Sie, dass der, der sich Ihre Identität geliehen hat, der Mörder war?«

Er brauchte ein paar Sekunden, um ihren Gedankengang nachzuvollziehen, aber dann musste er einsehen, dass ihre Frage berechtigt war. Es konnte ja theoretisch noch ein anderer im Spiel sein. Der eine gibt sich als Troller aus, der andere ist der Mörder.

»Glauben Sie im Ernst daran, dass es zwei verschiedene Personen waren?«

»Ich halte mich an die Tatsachen«, sagte sie. »Und bevor ich nicht ganz sicher bin, schließe ich keine Möglichkeit aus. Sie können also ruhig zugeben, dass Sie in Frankfurt waren, ohne sich damit zu belasten. Vielleicht waren Sie ja dort, haben den Professor interviewt und sind wieder gegangen. Vielleicht waren Sie da und haben mit dem Mord gar nichts zu tun. Und jetzt denken Sie, Sie müssten das verheimlichen, weil man Sie sonst für den Mörder hält. Ist es so?«

Es war eine Falle. Mit der feinen, letztlich doch nur theoretischen Unterscheidung zwischen dem falschen Troller und dem richtigen Mörder wollte sie ihn zu dem Geständnis verleiten, doch in Frankfurt gewesen zu sein. Und sobald er darauf hereinfiele, würde sie die feine Unterscheidung wieder aufheben und ihn wegen Mordes anklagen. Ihr Pech war nur, dass er wirklich nicht in Frankfurt gewesen war. Sondern in Hamburg. »Das ganze Wochenende.«

»Was haben Sie da gemacht?«

»Geburtstag gefeiert.«

»Wer hatte Geburtstag?«

»Ein Freund. Er wurde fünfzig.«

»Wie heißt Ihr Freund?«

»Hans-Otto Mertens.«

Die Kommissarin notierte den Namen. »Das war Samstagabend?«

»Ja, und die Party endete am Sonntagmorgen so gegen vier. Kann auch halb fünf gewesen sein.«

»Kann das jemand bezeugen?«

»Alle, die noch da waren. Der harte Kern.«

»Das waren?«

Troller nannte vier oder fünf Namen.

»Hatten Sie viel getrunken?«

»Reichlich.«

»Und gestern Morgen?«

»Hab ich lange geschlafen.«

»Bis wann?«

»Bis zehn oder so.«

»Haben Sie gefrühstückt?«

»Nein.«

»Hatten Sie keinen Hunger, als Sie aufgewacht sind? Ich meine, so ein Hotelfrühstück ist doch etwas Wunderbares, nein?«

»Ich mache mir nichts aus Frühstück«, sagte Troller wahrheitsgemäß. »Außerdem gab es eine Kaffeemaschine auf dem Zimmer. Und einen Obstkorb. Ich habe mir Kaffee gemacht, einen Apfel gegessen und gleich angefangen zu arbeiten.«

»Woran?«

»An einem Artikel für *Fazit*.«

»Hat das Zimmermädchen Sie gesehen?«

»Nein. Ich hatte das *No molesten*-Schild rausgehängt.«

»Das was?«

»*Bitte nicht stören*.«

»Ah ja. Und Sie sind den ganzen Tag im Zimmer geblieben?«

»Na ja, irgendwann bin ich aufgestanden, habe geduscht, mich angezogen und bin spazieren gegangen.«

»Hat Sie jemand gesehen, als Sie das Hotel verlassen haben? An der Rezeption?«

»Ich fürchte, nein, ich hab den Hinterausgang genommen.«

»Warum?«

»Weil er näher an der Treppe lag.«

»Und dann sind Sie spazieren gegangen.«

»Ja.«

»Wann war das genau?«

»So gegen vier Uhr nachmittags.«

»Und wohin?«

»In den Jenischpark. An die Elbe. Hab mich treiben lassen. Ich bin sogar bis Blankenese gegangen. Das Wetter war gut. Etwas kalt. Ich hatte immer noch einen Kater und brauchte frische Luft.«

»Hat Sie jemand gesehen?«

»Ein Haufen Leute, die auch spazieren gegangen sind. Es war ja Sonntag. Aber niemand, den ich kannte.«

»Wann sind Sie in das Hotel zurückgekommen?«

»So gegen halb sieben.«

»Haben Sie da auch wieder den Hinterausgang genommen?«

»Nein, da bin ich vorne hineingegangen. An der Rezeption vorbei.«

»Und am Abend?«

»Habe ich mich wieder mit meinen Freunden getroffen. Otto Mertens und die anderen, die Namen haben Sie ja schon notiert. Wir haben in Nienstedten gegessen.«

»Schön«, sagte sie. »Oder auch nicht so schön. Dann werden wir Sie jetzt mal erkennungsdienstlich behandeln. Danach können wir uns noch ein wenig in Ruhe unterhalten.«

Kommissarin Graf überließ Troller einem Kollegen, der die notwendigen Prozeduren mit ihm durchführte. Fingerabdrücke, Fotos und – wenn er dürfte – ein Haar, ein paar Hautschuppen und eine Speichelprobe für die DNA-Analyse. Troller erlaubte es ihm. Als sehr angenehm empfand er es, dass man für die Fingerabdrücke keine schwarze Tinte mehr brauchte. Man legte die Fingerkuppen eine nach der anderen auf die Glasplatte des Scanners, schon waren die Abdrücke im Computer gespeichert und konnten mit denen abgeglichen werden, die man am Tatort gefunden hatte.

Nach der Prozedur kam die Unterhaltung »in Ruhe«, wie die Kommissarin angekündigt hatte. Sie zog sich mit ihm in eines dieser Verhörzimmer mit einer Spiegelwand zurück, die man aus Filmen kannte. Dahinter saß jemand oder saß niemand, es war ja auch egal.

»Gut«, sagte sie, »dann lassen Sie uns alles noch einmal durchgehen. Wir zeichnen Ihre Aussage auf, wobei ich noch einmal betonen möchte, dass Sie nicht unter Anklage stehen. Also bitte, nennen Sie mir Ihren Namen, Ihr Geburtsdatum, Ihren Wohnort und Ihren Beruf.«

Troller kam sich albern dabei vor, aber er tat wie geheißen. Dann gingen sie noch einmal durch, was er am Wochenende in Hamburg gemacht hatte. Gelegentlich schrieb die Kommissarin etwas in ihr Notizbuch. Zum Beispiel den Namen des Hotels in Hamburg oder auch den genauen Ort der Fischbude, wo er, wie ihm wieder eingefallen war, einen Rollmops gegessen hatte.

»Können Sie noch etwas genauer sagen, wo die Bude war? Vielleicht erkennt Sie ja der Verkäufer wieder, dann wären sie schon mal aus dem Schneider.«

»Es war kein Verkäufer. Es war eine Verkäuferin.«

»Können Sie die beschreiben? Wie sah sie aus?«

»Alter irgendwas zwischen fünfunddreißig und fünfundvierzig, rotgefärbte Haare, die ein bisschen kratzbürstig unter der weißblauen Haube hervordrängten, breiter Mund, ordinäres Lachen, Hamburger Dialekt.«

»Na, sehen Sie, das ist doch was. Wir werden die Dame fragen. Haben Sie etwas Besonderes mit ihr gesprochen?«

»Ich habe gesagt, ich möchte einen Rollmops. Sie hat gesagt, den hassu dir wohl heute Nacht redlich verdient, mien Jong. Ich hab gesagt, ja, mit 'ner Menge Rotwein und 'nem Grappa hinterher. Sie hat gesagt, na, dann sollte ich dir vielleicht lieber zwei Möpse geben, einen für dich und einen für deinen Kater. Und dabei hat sie anzüglich gelächelt, wegen der zwei Möpse, nehme ich an. Ich hab's dann aber doch bei einem gelassen.«

»Na schön, wir werden unsere Kollegen in Hamburg bitten, der Sache nachzugehen.«

»Und wenn Sie sie nicht finden?«

»Dann haben wir möglicherweise ein Problem.«

»Aber wieso, ich war in Hamburg! Der Mord ist in Frankfurt verübt worden! Das liegt 600 Kilometer entfernt!«

»Ich habe mich inzwischen nach den Zügen erkundigt, Herr Dr. Troller. Der erste Zug von Hamburg-Altona nach Frankfurt fährt um 6.05 Uhr ab und ist um10 Uhr in Frankfurt Hauptbahnhof. Sie fahren ins Institut, interviewen den Professor und sind damit um, sagen wir 13 Uhr fertig. Dann können Sie ohne weiteres den ICE erreichen, der um 13.58 Uhr abfährt, Ankunft 17.35 in Hamburg Hauptbahnhof – und wenn Sie sich ein bisschen beeilen, sind Sie um 18.30 Uhr wieder im Hotel. Von der Logistik her wär's kein Problem, verstehen Sie?«

Rita Grafs Ton war freundlich, aber zugleich streng. Troller fand sie sympathisch. Er fand auch, dass sie gut aussah. Ihre Nase war ein bisschen zu spitz, ihr Mund etwas schief, aber wenn ein Lächeln über ihr Gesicht huschte, war man bereit, ihr alles zu geben, was sie wollte, sogar die Wahrheit. Natürlich war sie sehr selbstbewusst, zielstrebig, energisch. So ähnlich wie Jane. Troller hatte keine Ahnung, wie und woher der Gedanke kam, den er plötzlich dachte: In diese Rita Graf könnte ich mich sogar verlieben, wenn ich nicht …

*Es ist nicht der richtige Moment für solche Gedanken, Troller.*

»Und letzte Woche?«, fragte die blonde Kommissarin. »In der Nacht von Dienstag auf Mittwoch, als Professor Ritter ermordet wurde? Wo waren Sie da?«

Zu Hause. Allein. Kein Alibi. Auch dafür nicht. Und das

Paket an Laurenz Block hätte er auch jederzeit schnüren können.

»Merkwürdig ist es schon, Herr Dr. Troller …«

»Troller reicht.«

»… dass Sie für keinen der Morde ein Alibi haben. Und dass Sie im Institut in Golm am Tatort erschienen sind, obwohl noch niemand von dem Mord an Professor Ritter wissen konnte. Und dass an allen drei Tatorten Plakate mit Sätzen von Ihnen gefunden wurden.«

»Bei Gronius auch?«, fragte Troller elektrisiert.

»Bei Gronius auch.«

»Welcher Satz stand da?«

»Haben Sie eine Vermutung?«

Ich werde mich hüten, dachte er. *Stell dir vor, du rätst drauflos und landest einen Treffer! Dann sitzt du wirklich in der Tinte.* Es gibt ja auch noch Beihilfe zum Mord. Darüber haben wir noch gar nicht gesprochen.

»Sie haben nicht den geringsten Anhaltspunkt?«

»Nein.«

»*§ 3: Der freie Wille des Mörders ist keine Illusion.*«

»Wie bitte?« Er hatte es nur allzu gut verstanden. Das war ein Satz aus seiner Polemik gegen das Manifest der Hirnforscher.

Sie wiederholte den Satz für ihn. »Sie haben das mal geschrieben, nicht wahr?«

»Ja«, sagte er, »aber Paragraph zwei war nicht von mir.«

»Woher kennen Sie Paragraph zwei?«, fragte sie vipernartig zustoßend.

»Von Laurenz Block.«

»Und Sie wollen mir weismachen, der wäre nicht von Ihnen?«

»Ist er nicht.«

Sie schüttelte missbilligend den Kopf. »Auf dem Plakat, das Professor Block ins Haus geschickt wurde, stand: Paragraph zwei: Ted Kaczynski hat uns gezeigt: Es gibt *ein Widerstandsrecht* gegen den Terror der Wissenschaft. Der entsprechende Satz in Ihrem Buch lautet: Ted Kaczynski hat uns gezeigt: Es gibt *einen Widerstand* gegen den Terror der Wissenschaft. Wollen Sie wirklich mit mir um dieses eine Wort streiten?«

Hätte er jetzt gern getan. Es war ein gewaltiger Unterschied, ob man feststellte, dass es Widerstand gab, oder ob man von einem *Recht* auf diesen Widerstand sprach. Und obendrein, ob man Mord als Mittel des Widerstandes rechtfertigte. »Ich kann nicht glauben, dass Sie mich ernsthaft verdächtigen«, sagte er stattdessen. »Nur weil er Sätze von mir zitiert. Hören Sie, der Kerl ist irre, und ich bin keineswegs irre. Vor allem nicht so irre, mir selbst E-Mails zu schreiben und ...«

»Er schreibt Ihnen E-Mails?«

Das hatte er nicht gewollt. Es war ihm regelrecht herausgerutscht. Aber jetzt genoss er den verdatterten Gesichtsausdruck der Kommissarin. Fast triumphierend zog er das Blatt mit der dritten E-Mail von Kant aus der Innentasche seiner Lederjacke und reichte es ihr über den Tisch.

Sie überflog den Text und schaute ihn stirnrunzelnd an: »Warum zeigen Sie mir das jetzt erst?«

»Ich wollte erst mit dem Artikel fertig werden. Ich hatte Angst, Sie würden mich von meiner Arbeit abhalten. So wie jetzt.«

»Gab es noch mehr Mails?«

»Zwei.« Er erzählte von der kryptischen Ankündigung einer praktischen Kritik und spürte, dass es ihn erleichterte. Das hätte er schon vor einer Woche tun sollen, aber Bäumler und Jane waren dagegen gewesen.

»Haben Sie eine Vorstellung, was er damit meinen könnte, mit dieser Kritik?«

Auf die Frage war er gefasst. Also erzählte er von dem Manifest. »Alle drei Opfer gehörten zu den Verfassern. Und die Plakate scheinen sich direkt auf die Quintessenz des Manifests zu beziehen. Ich nehme an, wir haben noch sechs weitere Mordversuche zu erwarten.«

Troller konnte sehen, wie sich hinter dem selbstbewussten Auftreten der Kommissarin etwas anderes bemerkbar machte. Etwas, das ihre Schultern anspannte und ihren Blick unsteter werden ließ. Kein Wunder, dachte er. Welcher verantwortliche Ermittler will nach drei Morden und ohne echte Spur schon gern hören, dass diese Morde erst der Anfang waren.

»Vielleicht ist die Kritik ja auch schon beendet«, sagte er halbherzig.

»Glauben Sie?«

Er zögerte lange genug, um den Anschein zu erwecken, dass es da etwas zu überlegen gab. Dann erst schüttelte er den Kopf: »Nein.«

Ihm fielen die Augen zu. Eine Weile hatte die neue Situation ihn wach gehalten, aber jetzt, wo alles gesagt war, schwanden die Kräfte. Er hatte seit Samstag kaum geschlafen, er wollte nur noch nach Hause, nach Berlin. »Ich denke, wir sind mit allem durch«, sagte er und stand auf.

»Ja«, sagte sie. »Wir können für heute Schluss machen.« Sie schaute auf die Uhr und machte eine Handbewegung in Richtung Spiegel. »Die Kollegen werden Sie in Ihre Zelle bringen.«

Ihm wurde kalt, ganz plötzlich. Als ob man ihn in eine Kältekammer gesperrt hätte. Wieso?, wollte er fragen, aber der Ton blieb ihm im Halse stecken. Er räusperte sich. »Aber«, begann er mit heiserer Stimme, »ich habe doch den Beweis dafür, dass ich nicht der Mörder bin.«

»Wo?«

»Die Mails. Der Mörder hat mir die Mails geschickt. Also kann ich es nicht sein.«

»Die Mails beweisen gar nichts«, sagte sie mitleidig. Die können Sie sich auch selbst geschickt haben. »Das haben Sie doch gerade noch gesagt.«

Er wusste, dass sie recht hatte. Und ob es nun an seiner Müdigkeit lag oder an etwas anderem – er gab auf. Er fand es sogar ganz in Ordnung, dass sie ihn in eine Zelle steckten. Als ob er es nicht anders verdient hätte.

# 17

Durch die getönten Scheiben sah sie, wie die kahlen Bäume das Licht der Sonne in sich aufsogen. Die Äcker trugen ein Kleid aus dem bräunlichen Violett, das die Maler *caput mortuum* nannten. *Totenkopf.* Seltsamer Name für eine Farbe. Zumal es eine schöne, beruhigende, meditative Farbe war. Jedenfalls auf den Gemälden von Mark Rothko, die sie vor ein paar Tagen in London in der National Gallery gesehen hatte.

Der ICE war nicht besonders voll hier in der ersten Klasse. Gelegentlich hörte man Handys klingeln und Stimmen, die telefonierten, aber zum Glück war niemand dabei, der einen ganzen Großraumwagen mit seinen Geschäftsgesprächen belästigte.

Jane hatte einen Vierertisch für sich allein. Trollers Notebook stand aufgeklappt vor ihr auf dem graublauen Klapptisch, ein Becher Kaffee in respektvollem Abstand daneben, damit er sich nicht durch eine fahrige Bewegung über die Tastatur ergoss.

Sie las, was Troller gestern geschrieben hatte. Das war das Vernünftigste, was sie jetzt tun konnte. Arbeiten. Es hatte keinen Zweck, sich immer wieder dieselbe müßige Frage zu stellen, ob sie ihn schon verhörten oder ob sie ihn erst einmal schmoren ließen, vielleicht bis heute Abend, vielleicht bis morgen früh. *Es kommt, wie es kommt.* Das hatte sie von ihrer Mutter oft gehört. Auf Deutsch.

Janes Eltern hatten sich kennengelernt, als ihr Vater an der amerikanischen Botschaft in Bonn beschäftigt war. Das war 1970 gewesen. Heute war die Botschaft in Berlin, ihr Vater lebte als Pensionär in Naples, Florida, und ihre Mutter war tot. Gestorben im Jahr des Mauerfalls. Jane hatte sich immer über die Leute geärgert, die behaupteten, Krebs sei ein Zeichen dafür, dass der Mensch sich über Jahre zu viel gegrämt oder seine Gefühle nicht richtig ausgelebt habe. Was für eine zynische Art zu denken. Und ihre Mutter war der beste Gegenbeweis gegen diese Theorie: Sie war ein kluge, lebensbejahende optimistische Frau gewesen. Als sie schon nichts mehr essen konnte und nur noch einen oder zwei Tage zu leben hatte, bat sie Jane, ihr mit einem Wattestäbchen ein bisschen Zitroneneis in den Mund zu geben. Sie lutschte das Wattestäbchen aus, lächelte verschmitzt und flüsterte: »Ich genieße das Leben bis zuletzt.«

Jane verspürte auf einmal den Impuls, ihren Vater anzurufen. Aber es war noch zu früh. In Florida war es noch nicht mal neun. Sie nahm sich vor, heute Abend anzurufen oder in der Nacht, wenn es bei ihm Abend war. Sie würde sowieso die ganze Nacht durcharbeiten.

Sie blickte aus dem Fenster und sah, wie ein paar Rehe über ein kahles Feld sprangen. Oder sollte sie Block noch einmal anrufen und ihn fragen, wie das Gespräch mit Gronius ganz genau verlaufen war, Wort für Wort? Vielleicht hatte er doch noch irgendeinen Hinweis darauf, wer dieser angebliche Troller gewesen sein könnte. Aber Block wusste vielleicht immer noch nicht, dass Gronius ermordet worden war, und wenn er es erfuhr, würde er dann nicht auch denken, es wäre Troller gewesen? Sie hatte es ja selbst für einen Augenblick gedacht. Nicht wirklich, dass Troller der Mörder war, aber dass er den Abstecher nach Frankfurt gemacht hatte, ohne ihr etwas davon zu sagen. Und während sie draußen die neblige Landschaft vorbeigleiten sah, dachte sie an die vielen Fälle, über die sie als Gerichtsreporterin geschrieben hatte,

Fälle, in denen der unauffällige Nachbar von nebenan, der treue Ehemann, der fürsorgliche Sohn, der liebende Vater sich als Monster offenbart hatte, das wochen-, monate-, jahrelang ein Doppelleben geführt und Kinder oder Frauen ermordet hatte.

Sie nahm ihr Handy und suchte im Adressbuch die Durchwahl zu Blocks Krankenzimmer. Dann fiel ihr wieder ein, dass sie sich ja gerade entschieden hatte, Block nicht anzurufen.

*Was ist los mit mir? Warum will ich dauernd jemanden anrufen?*

In Wahrheit wollte sie mit Troller sprechen. Aber wahrscheinlich hatten sie ihm längst das Handy abgenommen.

*Trotzdem.*

Sie wählte seine Nummer und hörte es gar nicht erst klingeln, sondern gleich die kühle weibliche Mailbox-Stimme. *Sie können gerne eine Nachricht hinterlassen.* Jane sagte, dass sie im Zug sitze, dass sie an ihn denke, dass schon alles gut werden würde und dass sie ihn liebe. Dann nahm sie einen Schluck Kaffee und rückte das Notebook noch etwas näher zu sich heran. Bis morgen musste der Artikel fertig sein, also musste sie sich ranhalten. Da Laurenz Block ihnen im Interview von »Kant« und seinem Plakat erzählt hatte, gab es keinen Grund mehr, mit diesen Informationen hinterm Berg zu halten. »Die Kant-Morde!« – eine solche Titelstory durfte sich *Fazit* nicht entgehen lassen. Schon gar nicht bei ihrem Informationsvorsprung gegenüber der Konkurrenz.

Was musste alles erwähnt werden? Der Name Kant. Die Art des Mordes an Ritter. Das Interview mit Block. Was war mit Trollers Verhaftung? Nein, das würde sie nicht bringen. Wohl aber die Geschichte der geheimen Forschungen von Laurenz Block in den USA. Darüber durfte sie nicht direkt berichten, aber ihr würde schon etwas einfallen, um zumindest etwas davon anzudeuten. Daniel Burton – vielleicht würde es ihr gelingen, ihn ausfindig zu machen? Hatte er in den USA etwas über die Menschenexperimente mit den Islamisten veröffentlicht?

Jane listete die einzelnen Punkte schriftlich auf, schön säuberlich untereinander und hinter Spiegelstrichen, wie ihr Vater es ihr beigebracht hatte. Kaum hatte sie den letzten Punkt notiert, war ihr auch schon klar, dass sie es nie und nimmer bis morgen Mittag schaffen würde. Nicht einmal, wenn sie die ganze Nacht durcharbeitete. Alleine nicht. Das hieß, sie brauchte Hilfe. Und in Frage kam dafür nur einer.

*Du musst über deinen Schatten springen, Jane.*

Sie wählte die Nummer, widerwillig. Bevor sie auf die grüne Taste drückte, atmete sie noch einmal kräftig durch und setzte schon mal ein Lächeln auf.

*Sei diplomatisch, little one! – Ja, Dad.*

Es klingelte zweimal, dann war Hebold dran. »Oh, Lady Jane«, sagte er, und sie überhörte es diplomatisch, »ich habe gerade an dich gedacht.«

Kein Wunder, dachte sie. Männer denken alle acht Sekunden daran.

»Habt ihr die *F.A.Z.* gelesen? Troller oder du?«

»Bin noch nicht dazu gekommen, warum?«

»Es ist ein Knüller, sage ich dir. Es hat mich echt umgehauen, als ich die Schlagzeile gesehen habe. Schmidt-Schönbein in Höchstform. Etwas Besseres kann uns gar nicht passieren. Das wird eine richtige Debatte, sage ich dir.«

Eine Debatte! Das war für alle Redaktionen das Schönste. Wie damals die Botho-Strauß-Debatte über den anschwellenden Bocksgesang. Oder die Jenninger-Rede über Hitler als Faszinosum. Oder die Martin-Walser-Debatte über Auschwitz als Moralkeule. Oder die Sloterdijk-Debatte über die Regeln für den Menschenpark. Da wurde von irgendwem ein Feuerchen entfacht, dann wurde kräftig Öl hineingegossen, dann eine Menge Papier hinterhergeworfen und noch mehr Papier und wieder ein bisschen Öl, so dass es immer höher und höher loderte, bis irgendwann alles hunderttausendmal gesagt war, so dass die gähnende Langeweile ausbrach und alle verzweifelt nach einer neuen Debatte Ausschau hielten.

Jane hatte immer noch keine Ahnung, wovon Hebold redete, aber sie vertraute darauf, dass der Wortschwall irgendwann einen Sinn ergeben würde. »Ich bin natürlich auch schon dabei, einen strategischen Artikel zu entwerfen«, sprudelte es weiter, »ich lasse mir die Gelegenheit doch nicht entgehen. Wir haben ja auch Glück. Bis morgen ist Zeit. Das Timing ist ideal. Und ich bin in diesem Falle eindeutig auf Trollers Seite. Natürlich war ich damals nicht mit allen Thesen von ihm einverstanden, aber ihn auf diese Weise anzuschießen, das geht zu weit. Das geht entschieden zu weit. Findest du nicht auch?«

»Wovon redest du überhaupt?«, fragte sie nun doch, wobei sie jedes Wort einzeln betonte.

»Hast du die *F.A.Z.* nicht gelesen?«

»NEIN!«

»Warum sagst du das denn nicht? Also, noch mal von vorn. Strategischer Artikel von Schmidt-Schönbein, den kennst du ja. Aufmacher hinten, Rückseite des ersten Buches.« Anfangs hatte es Jane irritiert, dass in Deutschland die einzelnen Teile einer Zeitung *Bücher* hießen. Und *Aufmacher* war auch ein komisches Wort.

»Die Schlagzeile schlägt einem wortwörtlich ins Gesicht. Halt dich fest, sie lautet: TERROR GEGEN DIE WISSENSCHAFT. Alles klar?«

*Terror der Wissenschaft* – Terror gegen die Wissenschaft, alles klar.

»Und das geht direkt gegen Trollers Buch?«

»Aber hallo! Und nicht zu knapp! Das ganze Ding besteht nur aus zwei Thesen, aber die haben es in sich. These Nummer eins: Der Mörder hat es auf die Verfasser des Manifests abgesehen. Du weißt schon, *Der freie Wille ist eine Illusion.*«

»Verstehe.« Das war die These, die Schmidt-Schönbein vorgestern im Lang Nuong vertreten hatte. Sie fand das Motiv immer noch zu schwach, aber darum ging es ja jetzt nicht.

»Gut«, sagte Hebold, »und damit kommen wir zu These Nummer zwei. Sie lautet: Der Mörder ist der terroristische Arm des *Fazit*-Redakteurs Dr. Richard Troller.«

Es war wie ein Faustschlag. Er tat nicht weh, aber er führte dazu, dass das Blut in ihren Adern sich irgendwohin verflüchtigte, sie hatte keine Ahnung, wohin, sie spürte nur, dass sie bleich und blutleer in ihrem magentafarbenen ICE-Sessel hing und ein Vorgefühl von Leichenstarre genoss.

»Bist du noch dran?«

»Ich versteh's nicht«, sagte sie tonlos.

»Dass er es geschrieben hat oder was die These bedeutet?«

»Beides.«

»Der terroristische Arm von Troller – das heißt im Umkehrschluss: Troller ist der legale Arm des Mörders. Verstehst du jetzt? Wie bei der IRA, solange sie noch gebombt hat. Da gab es die Sinn Fein, das war die legale Vertretung der irischen Freiheitskämpfer, und es gab die IRA, die hat geschossen und gebombt. Aber jeder wusste, dass beide unter einer Decke steckten, bis zu einem gewissen Grade wenigstens. Ich hab gerade noch mal diesen Film gesehen, sehr beeindruckend, *The wind that shakes the barley*, kennst du den?«

Sie kannte den. Er enthielt eine der furchtbarsten Folterszenen, die sie je gesehen hatte.

»Und Troller«, fragte sie, während sie spürte, dass ihr Blut wieder in die Adern zurückfloss, »Troller ist der legale Arm des Serienkillers?«

»Das Problem ist: Der Mörder hinterlässt Plakate an den

Tatorten. Mit Paragraphen darauf. Kurze Sätze. Und diese Sätze – alle drei – stammen von Troller.«

»Woher weißt du das?«, fragte Jane erstaunt und auch ein bisschen verärgert. Sie hatte bis eben noch gedacht, Troller und sie wären die Einzigen, die über diese Information verfügten. Abgesehen natürlich von der Polizei. Und vom Mörder.

»Ich weiß es aus dem Artikel.«

»Und woher weiß Schmidt-Schönbein das?«

»Hab ich ihn auch gefragt. Hab ja gleich mit ihm telefoniert. Er will es nicht sagen. Informantenschutz.«

»Hat er auch geschrieben, wie der Mörder sich nennt?«

»Nein, wie nennt er sich?«

Na, immerhin.

»Und weil der Mörder Paragraphen mit Troller-Zitaten verfasst, ist Troller der legale Arm des Mörders?«, fragte sie, ohne auf Hebolds Frage einzugehen.

»Das ist die These. Wobei Schmidt-Schönbein natürlich klug genug ist, Troller nicht persönlich anzugreifen, sondern nur als Autor. Daher ja auch die Überschrift: *Terror gegen die Wissenschaft*. Und dann beginnt der Rundumschlag. Gegen das marktschreierische und gewissenlose Buch *Der Terror der Wissenschaft*, gegen die Wissenschaftsfeindlichkeit in unserem Land, gegen die Bedenkenträger von der Stammzellendebatte übers Klonen bis zur PID, gegen die Vernichter des Wissenschaftsstandorts Deutschland, und dann natürlich die großen Fragen: Können wir es in diesem Klima von Wissenschaftsverachtung noch riskieren, den großen Hirnforscherkongress am nächsten Sonntag in Berlin zu eröffnen? Wird Deutschland als Ort für wissenschaftliche Großveranstaltungen zu gefährlich? Wandern die Wissenschaftler, die wegen der Behinderung ihrer Forschung und der schlechten Bezahlung ohnehin schon auf gepackten Koffern sitzen, jetzt auch noch ab, weil sie um ihr nacktes Leben fürchten müssen? Und so weiter und so weiter und dann wieder zurück zum Mörder, der nur ein Opfer dieses blinden Hasses auf die Wissenschaft ist, wie sie in dem Buch des *Fazit*-Redakteurs Dr. Richard Troller ... und so weiter und so weiter. – Ist das nicht genial?!«

»Was soll daran genial sein?! Kannst du mir das bitte mal sagen? Das ist nicht genial, das ist infam! Das ist Rufmord!« Zum Teufel mit der Diplomatie!, dachte Jane, bevor ihr dämmerte, dass sie jetzt erst recht einen Verbündeten brauchte. »Ich meine natürlich nicht dich. Ich meine diesen Schönbein –«

»*Schmidt*-Schönbein!«

»Hebold, bitte!«

»Okay, okay, schon gut, bin ja schon still. Was wolltest du sagen?«

»Ich wollte sagen, dass dieser *Schmidt*-Schönbein sich doch selbst widerspricht.«

»Inwiefern jetzt bitte?«

»Na ja, einerseits sagt er, dem Mörder geht es *nur* um die Verfasser des Manifests, andererseits sagt er, der *ganze* Kongress ist in Gefahr – ja, was denn nun, Schmidt oder Schönbein?«

»Okay, Jane«, sagte Hebold und lachte, »das kannst du aber doch genau so schreiben. Auf jeden Fall haben wir eine Debatte! Die Nachricht von dem Artikel wird bereits von allen Internetredaktionen verbreitet«, jubelte er, *»von SPIEGEL-Online*, *WELT-Online*, SZ-*Online*, *Tagesspiegel-Online*, *Fazit-Online* ...«

»Danke, hab's begriffen.«

»Soll ich dir was sagen? Ich beneide Troller beinahe darum. Den kennt von heute auf morgen jeder. Je-der«, betonte er noch einmal. »Und ich schwöre dir, in ein paar Stunden werden hier die Telefone heiß laufen, weil sie ihn alle haben wollen, einer nach dem anderen, Kerner, Beckmann, Illner,

Maischberger, Anne Will – alle werden ihn fragen, ob er den Mörder kennt, und wenn ja, wo er ihm zuerst begegnet ist, und wie das so war mit seinem Buch, und wie es so ist mit dem Terror der Wissenschaft, und ob er nicht vielleicht doch eine klammheimliche Freude empfindet, wenn wieder so ein Wissenschaftler umgebracht wird – übrigens, wo ist er? Sitzt er neben dir?«

»Nein«, sagte sie. »Aber er sitzt.«

»Wo?«

»Im Gefängnis.«

»Machst du Witze?«

»Mir ist nicht nach Witzen.«

»Du meinst, das ist schon eine Reaktion auf den Artikel?«

»Ich meine, es ist eine Reaktion darauf, dass der Mörder sich in Frankfurt als Dr. Richard Troller ausgegeben hat!«

»Nein!«

»Doch.«

Schweigen. *Nanu?!*

»Ist 'ne gute Story, oder?«, sagte Jane. »Ist nur nicht so toll, wenn man deswegen im Gefängnis sitzt.«

»Aber wenn Troller rauskommt, ist er doch der King! Mann, diese Publicity möchte ich mal haben. Ich hab gerade bei *Amazon* nachgeschaut. Sein Buch ist in ein paar Stunden von Rang 943 000 auf Rang 184 hochgeschossen. Tendenz steigend. Das wird in null Komma nichts ein Bestseller, das garantiere ich dir. Im Grunde ist es schon einer! Wenn ich der Verleger wäre, würde ich noch heute die Druckmaschinen anwerfen.«

Plötzlich hielt Hebold inne. So ähnlich wie der Zug, der gerade ruckelnd anhielt, obwohl sich da draußen keine größere Zivilisation ankündigte.

»Da war etwas, das ich dich die ganze Zeit fragen wollte«, sagte Hebold. »Es war mir irgendwie wichtig, aber ich weiß partout nicht mehr, was es war. Verrückt!«

»Über Troller?«

»Nein. Was war es denn noch mal? Ganz einfache Frage. Wie übers Wetter oder wie es geht oder …«

»*F.A.Z.*«, sagte sie und brachte weitere Stichworte, um seinem Gedächtnis eine Chance zu geben, »Schmidt-Schönbein … das Buch … die Debatte … das Manifest … *Fazit-Online* … dein strategischer Artikel …«

»Moment, ich hab's. Ich wollte fragen, warum du mich angerufen hast.«

»Na ja«, sagte sie und zögerte es noch eine Weile hinaus. »Kann ich ganz offen reden?«

»Aber klar doch. Bei mir immer.«

»Ich habe einen Anschlag auf dich vor.«

»Oh, muss ich in Deckung gehen?«

»Na ja, wie man's nimmt.«

»Also los, raus damit!«

»Na schön«, sagte sie und pumpte noch mal innerlich Luft: »Ich würde gern die Nacht mit dir verbringen.«

»Ohhhh«, sagte Hebold, und sie konnte förmlich hören, wie er rot wurde. »Ich … weißt du … ich …«, stammelte er.

»Keine Angst, Hebold«, sagte sie und versuchte, jegliche Genugtuung aus ihrer Stimme zu verbannen. »Ich will nur, dass wir die Köpfe zusammenstecken und den Artikel schreiben.«

»Ach so«, sagte er mit einem kleinen Lachen und einem hörbaren Atemzug hinterher. Es klang ziemlich erleichtert und ein bisschen enttäuscht.

»Ich schaffe das nicht allein, weißt du? Jetzt, wo Troller außer Gefecht gesetzt ist. Nicht bis 15 Uhr. Auch nicht bis 18 Uhr. Überhaupt nicht bis morgen. Tut mir leid, dass ich es nicht anders sagen kann: Ich brauche deine Hilfe.«

Es entstand eine Pause, die auf der Peinlichkeitsskala von eins bis zehn bei ungefähr sieben lag. Jane war über ihren Schatten gesprungen. Aber Hebold hatte auch einen.

»Warum«, fragte er zögernd, »sollte ich dir helfen? Ausgerechnet ich? Du weißt schon, was ich meine.«

*Komm, noch ein bisschen Kreide fressen, Jane.*

»Weißt du«, sagte sie mit gurrender Stimme, »es hatte ja nichts mit dir zu tun. Nicht persönlich. Auch nicht beruflich. Es hatte einfach etwas damit zu tun, dass der Mörder Troller eine Mail geschickt hat. Schon vor dem ersten Mord. Das ist die Wahrheit. Und er hat als Absender den Namen Kant gewählt. In Anführungsstrichen. Du verstehst? Kant! Und deswegen musste Troller dabei sein. Ich hatte Bäumler sogar angeboten, mich aus der Story herauszunehmen und dir und Troller den Auftrag zu geben, aber Bäumler wollte unbedingt mich. Ich schwöre, so war's. Du kannst ihn fragen.«

»Ihr hättet es mir wenigstens sagen können.«

»Ach, komm, Hebold, du kennst doch das Geschäft.«

Und wieder eine Pause. Ziemlich lang. Das Violett draußen hatte sich inzwischen verflüchtigt, aber das Violett konnte sie jetzt mal. Sie hatte andere Dinge im Kopf. *Komm, Hebold, zier dich nicht so!* Er pumpte, er machte einen Anlauf. Eins ... zwei ...

*Nun komm schon, spring!*

»Okay, Lady Jane«, sagte er endlich. »*Let's spend the night together.*«

# 18

Wie leicht man sich fühlen konnte, wie frei und leicht! Der Himmel über ihnen war wolkenlos, strahlend blau, das Meer ruhig, fast unbewegt, und während sie sich schwimmend der felsigen Küste näherten, wurden sie von Delphinen begleitet, die sich wie Tänzerinnen eines Wasserballetts im Gleichtakt bewegten und dabei lächelten.

Troller erreichte als Erster das Ufer und stieg, gefolgt von Jane, die steinerne Treppe hinauf. Sie führte zu einem fürstlichen Anwesen, einem Herrenhaus aus rötlich gelbem Stein, das aussah, als wäre es organisch aus dem Felsen herausgewachsen. Sie gelangten zur mächtigen Eingangstür, die halboffen stand, und es kam Troller vor, als sei sie eigens für ihn geöffnet worden. Er machte einen Schritt auf die Tür zu und wunderte sich, dass Jane ihm nicht folgte. Normalerweise war sie die Mutige und er der Zögernde, aber diesmal war es anders. Er wagte sich in das Haus hinein und befand sich gleich darauf in einem riesigen Saal, dessen hohe Fensterfront zum Meer hinausging, das immer noch kaum bewegt dalag, glitzernd im gleißenden Sonnenlicht.

Rechts von der Fensterfront erblickte Troller eine Tür, die in einen abgedunkelten Raum führte. Ohne es eigentlich entschieden zu haben, betrat er den Raum und suchte tastend nach dem Lichtschalter. Er fand und betätigte ihn, aber der Raum blieb dunkel. Troller tastete sich vor zum Fenster und zerrte an einem schweren Samtvorhang, aber vergeblich. Es war immer noch so dunkel, dass er sich mit den Händen vortasten musste, um nicht an Tische, Stühle oder Schränke zu stoßen. Er wollte zurück zur Tür, deren schwacher Lichtschein weit entfernt zu sein schien, und stieß auf einmal an ein Hindernis, ein Sofa oder ein Bett. Mit den Händen spürte er, dass darauf etwas lag, das sich wie ein menschlicher Körper anfühlte.

Seine Augen hatten sich jetzt ein wenig an die Dunkelheit gewöhnt. Was da lag, war tatsächlich ein menschlicher Körper, und als er hinauf zum Kopf sah, packte ihn das Grauen: Der Schädel war aufgeklappt, und das Gehirn lag nackt und wehrlos da. Troller wandte den Kopf ab und sah über dem Sofa einen Spiegel, aus dem ihm ein feines, kluges Gesicht, mit großen Augen, einer mächtigen Nase und einer hohen, gewölbten Stirn, entgegenblickte. Troller hob die rechte Hand in die Höhe, um zu prüfen, ob das Spiegelbild sein eigenes war, und tatsächlich hob sein gespiegeltes Gegenüber ebenfalls, vollkommen synchron, die linke Hand in die Höhe, die, wie er erst jetzt sah, einen blitzenden Gegenstand umklammerte. Es war ein Messer, nein, ein Skalpell, von dem das Blut troff, und als er wie magisch angezogen erneut auf den geöffneten Schädel blickte, erkannte er zu seinem namenlosen Entsetzen das Gesicht unter dem aufgeklappten Schädel.

Er schlug die Augen auf, starr vor Schreck. Er wusste nicht, wo er war. Es war dunkel. Nur aus einem schmalen Rechteck an der Querwand kroch ein bläulich-künstliches Licht in den Raum herab. Glasbausteine. Acht. Sie sahen aus wie behauenes Eis. Er schloss die Augen. Er lauschte. Es war still um ihn herum. Nur das rhythmisch pulsierende Brummen eines Generators war zu hören. Die Luft war trocken, seine Nase verstopft. Sein Mund fühlte sich klebrig an, mit einem seifigen Geschmack. Er dachte daran, aufzustehen und sich die Zähne zu putzen, aber er war zu müde, um sich zu erheben.

Er schloss die Augen wieder und versuchte, in den Traum

zurückzuschlüpfen, und für einen Augenblick schien es auch zu gelingen. Er war wieder in dem dunklen Raum, an der Récamiere mit der Leiche, aber während er noch hoffte, dass die Handlung weiterging und alles noch zu einem guten Ende kam, wurde er gewahr, dass die Szene sich nicht veränderte, sondern festgefroren war wie in einem Dornröschenschlaf, wie wenn jemand mitten im Film die Pausentaste betätigt. Er war nicht zurück im Traum, sondern nur in einem Erinnerungsbild, der wirkliche Traum war versiegelt wie eine Mücke im Bernstein, und ein Teil seiner Seele war für immer gefangen in diesem dunklen Zimmer, in dem die Leiche mit dem offenen Schädel lag, für immer gefangen auch in dem Spiegelbild, in dem er sich selbst gesehen hatte, mit der Physiognomie des Philosophen und dem Skalpell des Mörders. Sosehr er sich auch wünschen mochte, noch einmal die Chance zur Flucht zu bekommen, weg aus dem dunklen Zimmer und hinein in den lichten Saal mit den fürstlich hohen Fenstern, hinter denen das Meer glitzerte, und weiter bis zu der mächtigen Eingangstür und der Treppe, an deren Fuß Jane auf ihn wartete – es war eine versunkene Welt.

Er gab sich einen Ruck und setzte sich auf. Erst jetzt wurde ihm bewusst, dass er in normaler Straßenkleidung auf der Pritsche gelegen hatte. Schlafanzüge teilten sie hier offenbar nicht aus. Hemd und Hose waren zerknittert, und die Ermüdung saß ihm in allen Knochen. Ihn fröstelte.

Er hätte jetzt gern einen Spiegel gehabt, um sich zu vergewissern, dass er nicht so aussah, wie er sich gerade eben noch gesehen hatte, aber es gab keinen Spiegel in dieser Zelle. Klar, dachte er und verzog dabei das Gesicht, es ist ja keine Spiegelzelle.

*Immerhin hat man's zum Klo nicht weit.*

Er wusch sich an dem kleinen Emailwaschbecken die Hände, das Wasser war kalt, aber immerhin gab es ein Stück Seife und ein steifes Leinenhandtuch, blaugraukariert. Er ging ein paar Schritte in der Zelle auf und ab, drei Schritte in die eine Richtung, drei in die andere, dann kam ihm dieses Auf-und-ab-Gehen albern vor. Er legte sich wieder auf die Pritsche unter das Laken mit der bläulich grauen Wolldecke darüber. Er wünschte sich, einfach weiterschlafen zu können, traumlos und schwer.

So lag er eine Weile auf dem Rücken, die Beine ausgestreckt, die Hände über dem Bauch gefaltet, und versuchte sich auf seinen Atem zu konzentrieren, vor allem aufs Ausatmen. Es hatte ihm schon oft beim Einschlafen geholfen, wenn er diese Atemtechnik angewandt hatte, manchmal zählte er auch Schafe auf der Weide, von hundert rückwärts, man musste rückwärts zählen, nicht vorwärts, man wollte ja nicht auf hundert kommen, sondern auf null.

Aber auch das Zählen half nicht.

Es lag an der unbequemen Pritsche, es lag an dem eisblauen Schimmer des Lichts, es lag an seiner Übermüdung, die seinen Körper mit einem alle Glieder reißenden rheumatischen Schmerz durchzog, und es lag daran, dass er mit irgendetwas nicht zu Rande kam.

Dann dachte er wieder darüber nach, dass er im Traum beides gewesen war, sowohl Kant mit dem bluttriefenden Skalpell als auch das Opfer mit dem offenen Schädel.

*Woher weiß ich eigentlich, ob ich nicht noch ein anderer bin?*

Es war eine Grübelfrage, und Troller war ihr ausgeliefert. Er konnte kein Licht anknipsen und lesen, nicht Radio hören oder den Fernseher einschalten, nicht mit Jane sprechen und auch nicht mit einem Zellennachbarn, er hatte ja keinen. Er lag auf seiner Pritsche, litt unter der trockenen Luft und einem von Schlaflosigkeit überreizten Hirn und konnte sich nicht wehren gegen all die Bilder und Gedanken darin.

Ich würde unter Zeitverlust leiden, dachte er. Wenn es ein anderes Ich gäbe, eine andere Persönlichkeit, von der ich nichts weiß, dann würde mir die Zeit fehlen, in der der andere aktiv ist. Okay, er hatte in der Nacht von Samstag auf Sonntag einen Filmriss gehabt, weil er so viel gesoffen hatte, aber am Sonntag hatte er gearbeitet, das war sicher. Was ihm fehlte, war Schlaf, verdammt noch mal, wie spät war es eigentlich, keine Ahnung. Sie hatten ihm die Uhr abgenommen, zusammen mit den Schnürsenkeln und dem Gürtel, weil man sich mit Schnürsenkeln und Gürtel aufhängen und mit dem Glas der Uhr die Pulsadern aufschneiden konnte. Vielleicht aber auch nur aus Schikane, damit er hier nachts ins Leere starrte, auf die Glasbausteine, durch die ein fahles bläuliches Licht fiel, das kein Lebenslicht war, sondern ein Todeslicht; damit er hier lag und zugleich fror und schwitzte und sich hin und her wälzte, vor Angst darüber, dass er tatsächlich schuldig war. Es war dieses archaische Gefühl von Schuld und Erbsünde, das raunte und flüsterte: Auch wenn ich es nicht war, so hätte ich es doch gewesen sein können und hätte es verdient, bestraft zu werden, und vielleicht war ich es ja auch, was weiß denn ich, jedenfalls habe ich mich schon schuldig gemacht mit dem, was ich geschrieben habe, vom Terror der Wissenschaft und den Gefahren der Hirnforschung, so dass Kant mich nur noch beim Wort zu nehmen brauchte, um in meinem Namen zu morden.

Er wusste, dass es unsinnig war, so zu denken, es war auch gar nicht er, der das dachte, es war etwas in ihm, über das er keine Macht hatte. Aber warum? Warum zum Teufel konnte er sich nicht dagegen wehren?

# 19

Ohne Hebold hätte sie es nicht geschafft. Es wurde eine Punktlandung. Um 14 Uhr, genau zum Redaktionsschluss, waren sie mit dem Artikel so weit fertig, dass er nur noch Korrektur gelesen werden musste. Danach konnte das Heft in den Druck gehen – auf dem Cover der zu einer Horrorgestalt verfremdete Philosoph.

Hebold übernahm auch den Job, bis zum Abend in der Redaktion zu bleiben, für den Fall, dass noch Überraschungen kämen, der Mörder gefasst würde oder einen neuen Mord verübt hätte oder auch etwas ganz anderes passiert wäre, das es notwendig machen würde, die Druckmaschinen anzuhalten, ein Terrorattentat vom Nine-Eleven-Ausmaß oder die Wiederkehr Jesu Christi, man wusste ja nie.

Jane rief den Anwalt an, der Troller in der U-Haft besucht hatte und ihn rauspauken sollte. Der Anwalt sagte, Troller würde wahrscheinlich heute noch freikommen. Er habe zwar kein Alibi, aber es gebe Tausende von Leuten, die kein Alibi hätten, das allein sei kein Grund, ihn festzuhalten. Dass der Mörder sich als Troller ausgegeben habe, sei ihm nicht anzulasten. Ein bisschen irritierend sei nur, dass der Mörder an den Tatorten Plakate mit Zitaten von Troller hinterlassen habe. Aber andererseits: Es könne doch niemand annehmen, dass Troller, wenn er der Mörder wäre, so deutliche Signale hinterlassen würde. »Also, machen Sie sich keine Sorgen, wir kriegen das hin. Am besten, Sie rufen in zwei Stunden noch mal an, dann ist er vielleicht schon wieder draußen.«

Sie war nun doch einigermaßen beruhigt und beschloss, nach Hause zu gehen und ein bisschen Schlaf nachzuholen. Vorher machte sie einen Abstecher zu Hebold und bedankte sich für seinen Einsatz. »Du hast ordentlich Punkte bei mir gemacht, Hebold. In Zukunft darfst du so oft Lady Jane zu mir sagen, wie du willst. Wär aber auch okay, wenn du es lässt.«

Das Wetter war wieder trübe in Berlin. Eine schmutzige, weißgraue Wolkendecke hing über der Stadt wie ein versiffter Flokati. Es nieselte leicht, aber es hätte sich nicht gelohnt, einen Schirm aufzuspannen. Sie ging zu ihrem Twingo, startete den Motor, ließ den Scheibenwischer zweimal hin- und herpendeln und stellte ihn dann wieder aus. Sie hatte es nicht weit bis nach Hause. Sie hätte auch zu Fuß gehen können, aber sie hatte ihr Auto immer dabei, weil man nicht wusste, was der Tag noch brachte. Zum Beispiel die Idee, in die Ludwigkirchstraße zu fahren und dort einzukaufen. Wenn Troller heute Abend wieder da wäre, würden sie vielleicht etwas zusammen kochen. Jedenfalls konnte es nicht schaden, Gemüse, Fleisch und einen guten Wein im Haus zu haben.

In der Uhlandstraße fand sie einen Parkplatz. Sie zog ein Parkticket aus einem der von Sonnenenergie gespeisten Automaten und legte das Ticket vorn auf die Konsole. Sie nahm eine Einkaufstasche aus dem Kofferraum, verschloss das Auto mit dem Infrarotschlüssel, überquerte die Straße und ging mit wegen des Nieselregens schützend hochgezogenen Schultern in die Ludwigkirchstraße.

Der Fleischer hieß Hinkel. Jane musste jedes Mal wieder an den Chaplin-Film *Der große Diktator* denken, wenn sie den Laden betrat. Sie kaufte zwei Rinderfilets und verließ den Laden wieder, um gegenüber beim Türken Obst und Gemüse einzukaufen.

Neben dem Obst-und-Gemüse-Laden lag das Manzini und direkt daneben die Enoteca. Die Enoteca hatte zwei Besitzer.

Der eine war ein kleiner, drahtiger Kerl mit sehr kurzgeschorenen grauen Haaren, der die Angewohnheit hatte, mit allen Frauen zu flirten, die in den Laden kamen, dabei aber immer einen roten Kopf bekam wie ein Schuljunge, so dass man ihm die Flirterei nicht übelnehmen konnte. Er schenkte allen Kunden bereitwillig die Gläser voll, wenn sie etwas probieren wollten, und »hielt«, wie er es nannte, gern »eine Kommunikation«. Der andere war nicht viel größer als der Drahtige, etwas voller von Statur und hatte ein rundes Gesicht mit einem breiten Mund und einer etwas platten Nase.

Enoteca und Manzini waren bei Janes Kollegen sehr beliebt, man kaufte hier Wein, man traf sich nebenan zu Hintergrundgesprächen, nicht selten sah man hier Politiker, Schauspieler oder Schriftsteller von einigem Rang. Überhaupt hatte dieser Abschnitt der Ludwigkirchstraße ein bürgerliches, ja bildungsbürgerliches Flair, wie man es in Berlin selten antraf.

Als Jane die Enoteca betrat, war der Blonde vertieft in ein Gespräch mit einem Kunden, den er in die Geheimnisse der Zubereitung gefüllter Zucchiniblüten einweihte. Er war wie allgemein bekannt ein leidenschaftlicher Koch. Worüber Troller nur manchmal witzelte, war, dass der Blonde überhaupt keinen Sinn für Mengenangaben hatte, er hatte nicht einmal Verständnis dafür, dass man danach fragte, wie viel Zucker oder Salz oder Sahne oder Safran. »Das weiß man doch«, sagte er nur oder: »So viel Sie brauchen« oder: »Was eben dafür nötig ist.«

Jane schaute das Regal der Rotweine durch, aber im Grunde wusste sie schon, dass sie einen Gigondas kaufen würde.

Der Blonde wollte sein Gespräch mit dem Kunden nicht unterbrechen, daher rief er etwas in den schmalen Raum hinein, der nur durch einen Vorhang abgetrennt vom eigentlichen Laden abging und eine Kombination aus Lager und Büro beherbergte. Gleich darauf erschien der kleine Drahtige, lachte wiedererkennend, als er Jane sah, und sagte in leicht anzüglichem Ton: »Ich hab heut schon an Sie denken müssen, und jetzt raten Sie mal, warum.«

»Vielleicht war ein Kollege da?«

»Ja, aber welcher?«

Sie überlegte eine Weile. Es kamen viele in Frage. »Pit Kern von der *WELT*?«, sagte sie schließlich.

»Nee, der war's nicht. Der ist doch von der Leiter gefallen.«

»Waaas? Sie wollen mich auf den Arm nehmen, oder?«

»Nee – ja, ich würd schon gern, wenn Sie mich so fragen – aber nee, der hat sich schwer verletzt. Nasenbein gebrochen und so weiter. Ich hab's gerade vom Lothar Heilmann gehört, den kennen Sie ja, der ist doch da fürs Feuilleton zuständig, Literatur und so.«

»Dann ist es also Heilmann?«

»Was jetzt?«

»Weswegen Sie an mich gedacht haben.«

»Der? Nee, wenn ich den Heilmann sehe, dann müsste ich ja nicht an Sie denken«, sagte der Drahtige lachend, wobei seine Gesichtsfarbe nun schon gefährlich rot wurde, »der ist doch schwul wie die Nacht.«

»Aber er ist ein Kollege.«

»Ja, das schon. Aber – vielleicht denken Sie mal von Deutschland weg. Ausländer, zum Beispiel. Aber mehr sag ich jetzt wirklich nicht.«

Sie konnte sich nicht dagegen wehren, ihr Herz klopfte wie wild. Frank hatte sich gestern Abend am Telefon von ihr verabschiedet. Sie war halb traurig, halb erleichtert gewesen, dass er jetzt wieder weit, weit weg sein würde, zwei Flugstunden weit. Sie hätte beinahe angefangen, sich *richtig* in ihn zu verlieben. Sie hatte Frank am Samstagabend im Anschluss an das Essen im Lang Nuong zu seinem Hotel gefahren und war dann doch bei ihm geblieben, die ganze Nacht. Am Sonntag, während sie an dem Artikel arbeitete, hatte sie unentwegt an Frank denken müssen, sie hatte sich sogar zwischendurch noch kurz mit ihm zu einer Kaffeepause getroffen, im Montevideo, unten am Platz, und ihm das Haus gezeigt, in dem sie wohnte, und die Terrasse mit dem Orangenbäumchen, das man von unten sehen konnte, aber sie hatte der Versuchung widerstanden, ihn mit nach oben zu nehmen, was vollkommen unmöglich gewesen wäre, wegen Troller und wegen der Arbeit und überhaupt. Erstaunlicherweise hatte sie, obwohl sie Franks Küsse und Umarmungen noch auf ihrer Haut spürte, hochkonzentriert und mit äußerster Anspannung weitergearbeitet, getrieben von dem halb glücklichen, halb schmerzlichen Aufgewühltsein durch die gemeinsam verbrachte Nacht. Am Montag aber, gestern, als sie Troller in Bremen wiedergesehen hatte, und vor allem danach, bei seiner Verhaftung, hatte sie kaum noch an Frank gedacht, und der kurze Abschied am Telefon gestern Abend war zwar noch traurig, aber in erster Linie doch beruhigend gewesen. Die Affäre war beendet. Sie würde vielleicht später noch mal darüber nachdenken, aber im Augenblick war die Arbeit wichtiger. Das war es, was sie durch das Vorbild ihres Vaters gelernt hatte: Gefühle, die sie irritierten, konnte sie mit eiserner Entschiedenheit beiseiteschieben, bis der Artikel, an dem sie gerade schrieb, fertig war. *Jetzt nicht,* sagte der Wille. Und die Gefühle gehorchten.

Nun aber waren die Gefühle wieder von der Leine gelassen und verlangten gebieterisch ihr Recht. Jane spürte, wie sie einen knallroten Kopf bekam, mindestens so rot wie der des Weinhändlers, der noch immer geheimnisvoll lachte. »Ich tippe auf England«, sagte sie.

»Yes, yes, da tippen Sie richtig. Er hat gesagt, er heißt Täschlemacher, also so ein deutscher Name, könnte man sagen, aber er hat gar kein Deutsch geredet, sondern Englisch, und hat gemeint, die Enoteca; also wir, das sei eine *Rekommendäschen* von Ihnen, und er würde gern sehen, was für

Tempranillos wir hätten. Ich hab ihm dann einen Tinto Pesquera zu probieren gegeben, den hat er auch gekauft, allerdings nur eine Flasche, weil er ja heute noch zurückfliegt nach London. Ich soll Sie grüßen, hat er gesagt, aber den Gruß können Sie sich ja auch selbst abholen.«

»Ich weiß gar nicht, ob ich so schnell wieder nach London komme.«

»Nee, so weit müssen sie gar nicht, also jetzt noch nicht.«

»Wieso nicht?« Sie ahnte es, aber sie glaubte es noch nicht.

»Na, weil er da nebenan – also, im Manzini, da wollte er einen Latte macchiato trinken – das war vor einer Viertelstunde, also ich nehme an, er ist noch da.«

Wenn ihr Gesicht eben noch rot war, so war es jetzt bleich. Sie versuchte, ihre Mimik im Zaum zu halten, sie hatte das Gefühl, der Drahtige durchschaute sie bis auf den Grund, aber das war, zum Glück, ein Irrtum.

»Vielleicht wollen Sie ihn ja gar nicht sehen«, sagte er entschuldigend, »vielleicht wär's Ihnen lieber gewesen, wenn ich jetzt nichts gesagt hätte.«

»Nein, nein«, sagte sie und versuchte dabei möglichst gleichgültig zu erscheinen, »das ist schon in Ordnung. Ich kann ja mal eben nach nebenan gehen und Mr Teschemacher begrüßen, alles andere käme mir jetzt unhöflich vor. Darf ich meine Einkaufstasche hierlassen? Ich brauche für nachher noch einen Gigondas und einen Weißburgunder.«

Sie stellte die Tasche unter den schweren grünen Tisch, der das Zentrum des Ladens darstellte, und verließ die Enoteca. Sie atmete ein-, zweimal tief durch, strich sich mit den Händen über das Gesicht, um die Wangen wieder zu durchbluten und imaginäre Falten herauszubügeln, dann öffnete sie die Tür zum Manzini.

Das Bistro war ein langer Schlauch von einem Raum, ein paar Tische links, dahinter die Theke, an der rechten Wand, sehr dicht aneinandergestellt, eine Reihe von kleinen, quadratischen Tischen vor einer durchgehenden Sitzbank mit dunkelgrünen Lederbezügen, etwas weiter hinten zwei Nischen für drei oder höchstens vier Personen, ganz hinten noch drei größere Tische, und das war's auch schon. Aber es war fast immer voll, selbst um diese Zeit, obwohl viele schon zu Mittag gegessen und sich wieder auf den Weg gemacht hatten.

Frank saß am letzten Bistrotisch vor der ersten Nische, hatte sein Notebook aufgeklappt und schrieb. Er blickte erst auf, als sie vor ihm stand, und sie sah auf seinem Gesicht in schneller Abfolge den Ausdruck der Gefühle, die sie gerade bei sich selbst wahrgenommen hatte: Überraschung, Erstaunen, Freude, Bangigkeit und doch auch gleich schon wieder Schmerz darüber, dass die Freude von sehr kurzer Dauer sein würde.

An eine richtige Umarmung, einen richtigen Kuss, war in dieser Umgebung nicht zu denken. Sie begrüßten sich mit Gesellschaftsküsschen, nur mit dem Unterschied, dass sie sich wirklich auf die Wangen küssten und nicht bloß in die Luft. Sie atmete wieder den schwachen Hauch seines Rasierwassers ein, der sich mit dem Geruch seiner Haut verband. (Es war Antaeus, wie sie inzwischen wusste.) Sie hätte gern ihren Kopf neben seinen gelegt, mit der Nase an seiner Wange, und nur diesen Duft eingeatmet, sonst nichts, wie in der Nacht im Hotel, vor einer gefühlten Ewigkeit. Sie setzte sich ihm gegenüber, seine Augen leuchteten und ihre spiegelten dieses Leuchten. So saßen sie da, ohne etwas zu sagen.

Der Kellner kam. Sie sagte, sie wolle nichts, sie müsse gleich wieder gehen.

Frank runzelte ganz leicht die Stirn, nickte dann aber fast unmerklich, und sie hatte tatsächlich den Eindruck, dass seine Augen ein wenig feucht wurden. Er nahm für einen Augenblick ihre Hand, ließ sie aber gleich wieder los. Sie hatten sich nichts zu sagen. Sie hatten sich zu viel zu sagen. Es war sinnlos und albern, jetzt irgendein Gespräch zu beginnen, wo ihre und auch seine Worte doch nur lauten konnten: Lass alles stehen und liegen und komm mit mir. Lass uns unvernünftig sein. Lass uns gemeinsam in eine Parallelwelt umsiedeln, jetzt sofort! Das war es ja, was die Liebe wollte. Die Leute redeten von Sex, und Sex war schön und gut, aber in Wahrheit ging es um etwas anderes: darum, dass der Spiegel sich verflüssigte und man durch ihn hindurch in eine andere Welt trat, wie die Menschen in diesem Film von Cocteau. Ja, die Liebe wollte, dass man aus dem gewohnten Leben ausbrach, aus den festgezurrten Beziehungen, und sich erneut zu seinem Nomadentum bekannte, sie hatte immer etwas Anarchisches, die Liebe, etwas, das dagegen rebellierte, dass man sich in einem Leben endgültig einrichtete, obwohl doch nichts auf dieser Welt endgültig sein konnte. Und musste man sich nicht, wenn man sich verliebte, fragen, ob das nicht ein Zeichen war? Ein Zeichen dafür, dass irgendeine Stimme in einem flüsterte: Das hier kann nicht alles sein. Es gibt noch etwas anderes, das auf dich wartet. Hast du den Mut, dich auf den Weg zu begeben?

»Ich muss gehen«, sagte sie. »Pass auf dich auf.«

*Take care.*

»Du auch.«

»Und lass uns dabei bleiben: keine Anrufe, keine E-Mails.«

»Es sei denn, der Erlöser erwacht aus dem Koma.«

Das hatten sie so verabredet. Vorgestern schon. Wenn der Erlöser aus dem Koma erwachte und der Prozess gegen ihn weitergeführt würde, dann würde sie nach London fliegen und Frank wiedersehen.

Sie tippte mit den Fingern ganz leicht auf den Tisch, stand auf, ging zur Tür und verließ das Manzini, ohne sich noch einmal umzusehen.

Zu Hause warf sie sich aufs Bett und weinte. Sie kam sich pathetisch dabei vor, es war auch pathetisch, sie hätte es auch lassen können, aber sie wollte es so. Sie weinte darüber, dass man nur ein Leben führen kann, nur in einer Welt leben. Sie wünschte sich, sie könnte zwei Identitäten haben, eine Ich-liebe-Troller-Identität und eine Ich-liebe-Frank-Identität, dann würde sie, wie manche dieser Multiplen auf ihren Webseiten von *wir* sprechen: *Wir* lieben zwei Männer, eine von uns liebt Troller, die andere liebt Frank, aber *wir* sehen das nicht als Konflikt, sondern vertragen uns sehr gut dabei, es gibt nur manchmal Probleme mit der Zeit, wenn eine von uns sich mit Troller treffen will und die andere mit Frank, aber das handeln wir dann miteinander aus, das kriegen wir schon hin.

*Schön wär's ...*

Sie war eingeschlafen, als das Telefon klingelte.

»Sie haben mir mein Handy zurückgegeben.«

»Das ist gut«, sagte sie. »Willkommen zurück. Wo bist du?«

»Kurz vor Spandau.«

»Schon? Ich weiß gar nicht, wie spät es ist. Ich muss eingeschlafen sein.«

»17.53 Uhr steht auf dem Display da vorne. – Kann ich zu dir kommen?«

»Soll ich dich abholen? Vom Hauptbahnhof?«

»Lass nur. Ich steige in Spandau aus und fahre mit der U-Bahn.«

Sie hatte fast drei Stunden geschlafen. Als sie im Bad in den Spiegel schaute, war sie entsetzt, wie verknautscht sie aussah. In ihrem Gesicht zeichnete sich der Abdruck des Kopfkissens ab, der Saum und ein Knopfloch als weiße Hohlformen. Sie zog sich aus, duschte, föhnte ihre Haare und schminkte sich dezent, um Troller nicht den Anblick von Verwahrlosung zu bieten. Sie zog sogar einen Rock an, zur

Feier des Tages. Einen roten Rock und einen schwarzen Rollkragenpullover.

Er schaute aber gar nicht richtig hin, als er kam. Sie hatte, naiv, wie sie war, geglaubt, er wäre froh und erleichtert, aus dem Knast heraus und wieder zu Hause zu sein, aber sie spürte sofort, schon als er zur Tür hereinkam und sie ziemlich verkrampft umarmte, dass er verändert war, ein anderer. »Was ist los?«, fragte sie. »War es so schlimm?«

»Geht schon.«

Es hatte keinen Zweck, in ihn zu dringen. Er brauchte einfach Zeit, um wieder im normalen Leben anzukommen.

»Magst du was essen? Wollen wir nach unten gehen, zum Italiener? Oder sollen wir lieber was kochen? Ich habe Filets eingekauft, ein bisschen Salat, einen Gigondas.«

»Keinen Tempranillo?«

Wahrscheinlich wollte er nur an das Gespräch vom letzten Mal anknüpfen, es sollte humorvoll klingen, aber es tat trotzdem weh. »Nein«, sagte sie, »Gigondas.«

Es war wie immer Troller, der kochte. Jane deckte den Tisch. Währenddessen unterhielten sie sich über den Artikel von Schmidt-Schönbein in der *F.A.Z.* Troller hatte ihn nicht gelesen, und er wollte sich den Mist auch gar nicht reinziehen, sagte er.

»Hebold beneidet dich. Und jubelt. Es wird eine Debatte geben, sagt er. Dein Buch verkauft sich auf einmal wie verrückt. Hast du das mitgekriegt?«

»Mein Verleger hat mich angerufen«, sagte er mit ausdruckslosem Gesicht. »Auf der Fahrt von Bremen nach Hannover. Sie drucken nach. Außerdem will er am liebsten morgen schon das neue Buch.«

»Und dich freut das nicht?«

»Zwei weitere Leute haben mich angerufen. Auf der Fahrt von Hannover nach Berlin. Eine junge muntere Dame, die für Beckmann arbeitet. Und ein junger munterer Herr, der für Maischberger arbeitet. Sie wollen mich in ihren Talkshows.«

»Ist doch großartig.«

»Ich hab nein gesagt.«

»Bist du verrückt?«

»Nein«, sagte er. »Nicht ich. Die.«

Sie gab auf. Es war nicht der richtige Moment. Er hatte die ganze Zeit darunter gelitten, dass sein Buch ein solcher Misserfolg gewesen war, und nun, da er den Erfolg haben konnte, wollte er ihn nicht. Was konnte er dafür, dass ein anderer mit Berufung auf seine Gedanken mordete? Waren die Gedanken deswegen falsch? Warum kämpfte er nicht? Warum war er so apathisch?

»Wie war's im Knast?«, fragte sie, als sie beim Essen waren.

»Eng.«

»Was wollten sie von dir?«

»Ein Alibi. Für Sonntag.«

Er erzählte, wie das Gespräch mit der Kommissarin verlaufen war. Das gestern und das heute Morgen. Sie hatten nichts gegen ihn vorliegen, aber es gab auch nichts, das ihn eindeutig entlastete. Seine Fingerabdrücke hatten sie im Frankfurter Institut nicht gefunden. Der Vergleich der übrigen Spuren – DNA, Faseranalyse – war noch nicht endgültig fertig. Aber der Verdacht reichte nicht aus, um ihn weiter festzuhalten.

»Hätte ich auch nicht anders erwartet.«

»Nein«, sagte er und schaute sie mit einem kurzen Blick zweifelnd an. »Hättest du nicht.«

Was so viel hieß wie: Hast du doch. Aber was sollte das? Na schön, sie hatte für einen Moment an ihm gezweifelt, gestern, bei Laurenz Block. Aber war das verwunderlich? Er hätte ja wirklich nach Frankfurt gefahren sein können, Zeit genug hätte er gehabt, und es wäre sogar sinnvoll gewesen. Gronius war schließlich einer der Verfasser des Manifests.

Zwei von ihnen waren tot, einer lag verstümmelt im Krankenhaus, die anderen sechs standen unter Polizeischutz.

ALS SIE MIT DEM ESSEN FERTIG WAREN, hatte Troller vom Wein rote Flecken in seinem Gesicht, das an den anderen Partien ungewöhnlich bleich war, wächsern. Seine Augen waren rot gerändert. »Du hast in letzter Zeit zu wenig geschlafen«, sagte sie.

»Ich werde auch in der nächsten Zeit nicht viel schlafen«, erwiderte er und stand auf. »Komm, lass uns arbeiten.«

Sie dachte, er würde den Artikel lesen wollen, und lobte Hebold für seine Mitarbeit, aber Troller hatte anderes im Kopf.

»Was willst du tun?«

»Googeln.«

»Wonach?«

»Daniel Burton.«

»Ich kann das doch allein machen«, sagte sie. »Schlaf dich erst mal aus.«

»Ich kann nicht«, sagte er. »Ich träume von ihm.«

Er stellte sein Notebook auf den abgeräumten Esstisch, sie setzte sich an den Schreibtisch vor ihren PC. Sie konnten über W-Lan beide ins Netz. Jane rief Google auf und gab die Namen Laurenz Block und Daniel Burton ein. Sofort war sie auf der Seite der Harvard Medical School. Laurenz Block war damals in einem Team zusammen mit Daniel Burton und einem gewissen John F. Maynard tätig gewesen.

»John Maynard war unser Steuermann – aus hielt er, bis er das Ufer gewann«, sagte Troller. Offenbar hatte er dasselbe wie sie eingegeben und war auf derselben Seite gelandet. »Das ist von Theodore Fonteyn.« Er sprach den Namen Fontane englisch aus, war das ein Seitenhieb?

»Ich dachte immer, das war ein deutscher Dichter«, sagte sie mit einem Anflug von Ärger.

»War er auch. Aber wir hatten einen Schüler in der Klasse, der sich, als er das Gedicht aufsagen sollte, vor die Klasse stellte und im Brustton der Überzeugung sagte: John Maynard von Theodore Fonteyn. Großer Lacher. Weil er der Streber war.«

Jane lachte auch ein bisschen. Hauptsächlich weil es kein Seitenhieb gewesen war. »Weiter.« Sie gab »Daniel Burton« ein und ging davon aus, dass Troller das Gleiche tat. Es gab ungefähr 52 300 Ergebnisse.

Da war ein Congressman aus Indiana mit Namen Dan Burton. Dann ein Singer Songwriter Daniel Burton, Frontmann der *Earl Day Miners*, der aber viel zu jung war, um der Gesuchte zu sein. Oder ein Daniel Burton, Vizepräsident von Entrust Inc, einer Firma, die sich mit Internet-Sicherheitsproblemen befasste. Oder ein Mathematikstudent der Universität von Greenwich bei London. Es gab in den Vereinigten Staaten sogar eine Seite, auf der man erfuhr, wie oft der Name Daniel Burton in den einzelnen Bundesstaaten vorkam, am häufigsten übrigens in Indiana, nämlich zehnmal, gefolgt von Minnesota neunmal, Florida achtmal und so weiter.

Man brauchte eine unendliche Geduld, um sich durch den Wust von Informationen hindurchzugraben, mit denen das Internet einen überschwemmte. Aber immerhin – es ersparte einem viel Zeit, die man sonst mit Telefonaten, Reisen, dem Stöbern in Archiven und der Befragung von Personen verschwendet hätte. Die Gefahr bei der Recherche bestand nur darin, dass man sich verzettelte oder vom Wege abkam, wie Jane es innerlich nannte. Rotkäppchen ließ sich vom Wolf überreden, immer tiefer in den Wald hineinzugehen und Blumen zu pflücken – und wenn man im Internet surfte, standen viele verlockende Blumen am Wegesrand. Man konnte Stunden damit zubringen, sich über Daniel Burton von den *Early Day Miners* zu informieren, seine Interviews zu lesen, seine Musik zu hören, seine Songs. *Everything you chase is empty without faith*. Es steckte große Weisheit in diesem Satz, aber trotzdem war Jane bereits vom Wege abgekommen und hatte das Ziel aus den Augen verloren, als sie die Zeile las. Wer war der Daniel Burton, der mit Laurenz Block zusammen geforscht hatte? Gab es ein Bild von ihm? Ein Foto? Gab es eine Adresse? Hatte er etwas über die geheimen Experimente der CIA geschrieben?

Man musste genauer fragen. Zum Beispiel: »Daniel Burton CIA«.

Für »Daniel Burton CIA« gab es 432 000 Ergebnisse, mehr als achtmal so viele. Irgendetwas hatte sie falsch gemacht. Natürlich, es lag daran, dass sie die Anführungszeichen falsch gesetzt hatte. Sie musste den Namen in Anführungszeichen setzen, damit er als EIN Begriff gesucht wurde und nicht irgendwelche Daniels mit irgendwelchen Burtons zusammen mit allem und jedem über die CIA.

Für *»Daniel Burton« CIA* gab es nur 1020 Ergebnisse, das war schon übersichtlicher. Aber führte es weiter? War es zum Beispiel nützlich, zu erfahren, dass Mr Daniel Burton aus Indiana vom Committee on Government Reform and Oversight sich 1998 dafür eingesetzt hatte, die Untersuchung des Mordes an Präsident Kennedy noch um ein Jahr zu verlängern? Hatte das etwas mit dem gesuchten Daniel Burton zu tun?

»Jane.«

Es war nach Mitternacht, kurz vor ein Uhr, ihr taten die Finger weh vom endlosen Hämmern auf den Tasten, die Augen tränten, die Blase drückte, und ihr Kopf fühlte sich blöde an.

»Jane!«

»Du hast recht, Troller, wir sollten Schluss machen, es ist sinnlos.«

»Nein.«

»Doch, lass uns morgen weitermachen.«

»Hör doch mal zu.«

»Ich höre ja zu.«

»Ich glaube, ich hab was.«

»Du hast was? Was hast du?«

»Ich hab hier einen Daniel Burton ...«

»Ich hab hier hunderttausend Daniel Burtons!«

»Ich habe hier einen Daniel Burton, der etwas mit Tierschützern zu tun hat.«

»Wo?«

»In Boston.«

»Wann?«

»Vor zehn Jahren.«

Mit einem Male war sie hellwach. Sie schob ihren Stuhl zurück, stand auf, ging zu ihm und blickte ihm über die Schulter, auf den Bildschirm, auf der die Seite eines Vereins zu sehen war, der sich *The Animal Balm* nannte, wohl in Anlehnung an George Orwells *The Animal Farm*. Und der Name war anscheinend Programm: Balsam für die Tiere. Es gab Informationen über den Vorstand, über die Zahl der Mitglieder, über regelmäßige Treffen und eine Spendenadresse.

»Sieh mal«, sagte Troller und zeigte mit dem Finger auf den Bildschirm.

»Ich kann's nicht lesen«, sagte sie. »Zu klein.«

»Die Vorsitzende heißt Lisa Grossmann.«

»Unsere Tierschützerin?«

»Ja«, sagte er. »Ich bin sicher.«

»Wieso?«, fragte sie misstrauisch. »Wieso kannst du sicher sein?«

»Es gibt ein Foto«, sagte er und fing an, hektisch auf Browserpfeile und angezeigte Sucheinträge zu klicken, bis er endlich die entsprechende Seite gefunden hatte.

Das Foto war riesig mit schlechter Auflösung. Es zeigte Menschen vor einem Holzhaus mit einer Front Porch, die von Holzpfeilern getragen wurde. Schwarzweiß. Es war offenbar kalt, die Leute trugen Fellmäntel und Mützen. Insgesamt waren es vier, aber das Foto ging offenbar links vom Bildschirm noch weiter. Jane sah auf die Person über Trollers Zeigefinger. Sie war auffallend klein, hatte als Einzige von den vieren keine Mütze auf, so dass man ihre langen, glatten Haare sehen konnte. Ohne den direkt darunterstehenden Namenszug hätte sie Lisa Grossmann vielleicht gar nicht erkannt, aber es stimmte: Die Statur und das Clownsgesicht, das damals noch bedeutend hübscher war, gehörten eindeutig der Künstlerin. »Ja, das ist sie«, sagte Jane. »Aber was hat sie mit …«

»Wart's ab.« Troller ließ den Mauszeiger über den Bildschirm wandern, um das Foto nach links zu scrollen.

Sechs also, stellte Jane fest und ging dann die Namen durch. Außer Lisa Grossmann waren es noch zwei Frauen und drei Männer. Die beiden riesigen, bärenstark aussehenden Kerle hießen Marvin Thompson und Simon Bruckner. Ganz links aber – von der Gruppe aus gesehen ganz rechts – stand ein ziemlich unscheinbarer Mann, gehüllt in einen dicken Wintermantel, mit einer Fellmütze über den Ohren, den Kopf nach unten geneigt, das Gesicht kaum zu erkennen. Sein Name war, wenn man der Unterschrift glauben durfte, Daniel Burton.

# 20

»Voilà Monsieur, le café.«

Troller richtete sich im Bett auf und stopfte sich das Kopfkissen in den Rücken.

Jane gab ihm die Tasse in die Hand. Als er den ersten Schluck trank und spürte, wie sich seine Lebensgeister regten, fragte er sich, warum so eine abgrundtiefe Traurigkeit in ihm steckte. Dann fiel es ihm wieder ein.

»Wie viel Zeit haben wir noch?«

»Genug, um noch in Ruhe zu frühstücken. Ich gehe schon mal ins Bad.«

Während er hörte, wie Jane die Dusche anstellte und wohlige Laute von sich gab, fiel sein Blick auf ein schmales Buch, das auf dem Regal neben dem Bett lag, und auf einmal kam ihm die Leiche mit dem geöffneten Schädel wieder in den Sinn. Vielleicht hatte er davon geträumt, weil er in den letzten Tagen immer mal wieder in diesem Buch gelesen hatte?

Er nahm es in die Hand und blätterte darin, bis er die gesuchte Stelle fand:

*»Würde ein Wissenschaftler unsere Schädeldecke entfernen und in unser Gehirn hineinsehen, während wir einen Schokoladenriegel essen, so würde er nichts weiter sehen als eine graue Masse von Nervenzellen … Fände er jedoch den Geschmack von Schokolade?«*

Das Buch war von einem Philosophen namens Thomas Nagel, der darüber nachgedacht hatte, wie es sich wohl anfühlt, eine Fledermaus zu sein. Das mit der Fledermaus war nur ein spektakuläres Beispiel, die Fledermaus konnte auch ein Hund oder eine Katze oder ein anderer Mensch sein. Das Argument des Autors war: Ein Wissenschaftler kann alle möglichen Dinge über ein anderes Wesen herausfinden, aber er wird niemals wissen, wie es sich anfühlt, *dieses andere Wesen zu sein.*

Die Frage war nur, ob Wissenschaftler überhaupt daran interessiert waren, so etwas zu wissen.

Normalerweise wollte ein Wissenschaftler nicht herausfinden, wie es sich anfühlt, eine Fledermaus zu sein, sondern wo sie lebt und wie sie lebt, wovon sie sich ernährt, wie ihr Genom aussieht und was in ihrem Hirn vorgeht. Mit anderen Worten: wie sie funktioniert. Und ebenso war es mit dem Geschmackserlebnis. Wenn ein Wissenschaftler den Geschmack von Schokolade erleben wollte, dann kaufte er sich eine Tafel Schokolade und aß sie auf. Was ihn *als Wissenschaftler* interessierte, war der Mechanismus, der dabei in Gang gesetzt wurde, von den chemischen Reaktionen an den Papillen im Mund über die elektrischen Signale in den Nervenbahnen bis zu der Serotoninausschüttung im Gehirn. Ein Erfolg für den Wissenschaftler wäre es, einem anderen ins Hirn zu schauen und dabei zu erkennen, dass er gerade Schokolade isst. Oder noch besser: das Hirn des anderen so zu stimulieren, dass er das Gefühl hat, Schokolade zu essen, obwohl er es gar nicht tut.

Das war der Mythos, von dem die Wissenschaft noch immer zehrte: Dass es ihr darum ginge, herauszufinden, *wie es ist* – anstatt darum, wie man es beherrschen kann. Die berühmte Formel von Francis Bacon, *Wissen ist Macht,* bedeutete aber: Nur das soll als Wissen gelten, was uns hilft, die Natur zu beherrschen. Es ging nicht um Naturverständnis, es ging um Naturbeherrschung.

Und noch ein weiterer Irrglaube über die Wissenschaft

hielt sich aller Kritik zum Trotz mit erstaunlichem Beharrungsvermögen: der Glaube, dass die Wissenschaft neutral sei. Dass man sie zum Guten oder zum Bösen anwenden könne. Mit der Atomkraft konnte man Bomben bauen oder Kernkraftwerke. Mit der Genetik konnte man Krankheiten heilen oder Monsterwesen schaffen. Mit der Hirnforschung konnte man Alzheimer heilen oder Hirne ausspionieren. Was immer sie taten, die Wissenschaftler wuschen ihre Hände in Unschuld. Aber wie, wenn der Sündenfall nicht erst bei der Anwendung des Wissens begann, sondern schon bei der Erkenntnis selbst? *Du sollst nicht alles wissen* – das war die Formel, die Troller dafür in seinem Buch gefunden hatte. Die Kollegen hatten ihn dafür verspottet und ihn einen Moralisten genannt (was er auch war) – und das Publikum hatte das Buch ignoriert. Erst jetzt, wo ein Mörder sich darauf berief, wurde es zum Verkaufserfolg.

»Du bist ja immer noch im Bett!«, sagte Jane, als sie, nur mit einem weißen Handtuch bekleidet, aus dem Bad kam.

Troller legte das Büchlein mit einer überhasteten Geste beiseite. Er spürte die Röte auf seinen Wangen. Schämte er sich, dass er schon wieder die Gedanken des anderen gedacht hatte?

Während der Fahrt fiel ihm siedend heiss ein, dass heute Mittwoch war. Sarahtag. Er hatte versprochen, heute mit ihr zu der Blue Man Group zu gehen. Nachmittagsvorstellung. Er würde es nicht schaffen, das wusste er schon jetzt. Er musste ihr absagen. Wieder einmal. Noch während er das dachte, piepte sein Handy.

»Soll ich nachschauen?«, fragte Jane.

»Es ist von Sarah.«

»Woher weißt du das?«

»Ich hab gerade an sie gedacht.«

So war's doch immer. Du denkst an jemand, und schon

ruft er an. Oder er kommt dir auf der Straße entgegen. Oder es macht pling und eine E-Mail ist da. Oder eben eine SMS. Klappt allerdings nicht bei jedem Versuch.

»Was sollst du mich fragen?«, fragte Jane.

»Wie bitte?«

»Ich les mal vor: *Heute Blue Man Group Ausrufungszeichen. Typ nervt. Mit Mama nur noch Stress. Hast du schon Jane gefragt. S.* – Was willst du mich fragen? Worum geht's?«

»Warte mal«, sagte er und überholte mit äußerster Konzentration den Lastwagen, als ginge es darum, mit einem Formel-1-Boliden eine Haarnadelkurve zu bewältigen. »Blue Man Group«, sagte er schließlich. »Wir wollten heute hin. Wird wohl nichts draus werden.«

»Und was wolltest du mich fragen?«

»Sarah wollte, dass du mitkommst«, log er. »Ich hab gesagt, ich frage dich. Hab's vergessen, tut mir leid. Kannst du ihr die Antwort schreiben?« Er war froh, als sie nickte. Den Text diktieren war schlimm genug. »*Muss wieder absagen. Tut mir unendlich leid. Mache es wieder gut. Versprochen! Hdl – Troller.*«

Und ob ich es wiedergutmachen werde!, dachte er. Ich schwör's. Ich weiß noch nicht, wie, aber ich werde es tun.

Sie erreichten das Dorf mit dem verfallenen Schloss und dem Hofladen gegen halb elf. Der Himmel war ein finsteres Blauschwarz, als sie aus dem Auto stiegen, aber wenigstens regnete es nicht. Es roch nicht einmal nach Gewitter. Es roch säuerlich nach faulen Äpfeln. Irgendjemand musste irgendwo einen Haufen fauler Äpfel hingekippt haben.

Sie klopften an die Tür zum Hofladen, an die Glastür zur Küche, an die Tür zur Scheune, aber niemand öffnete ihnen. Lisa Grossmann war nicht da. Weder sie noch die Hunde. Nur ihr weißer Lieferwagen stand vor dem Scheunentor.

»Was machen wir?«

»Abwarten«, sagte Jane. »Vielleicht geht sie mit den Hunden spazieren. Oder sie ist einkaufen. Die kommt schon noch. Der Hofladen macht um elf auf, und wenn sie den ganzen Tag nicht da wäre, hätte sie ein Schild angebracht.«

»Was meinst du, wird's regnen?«

Jane schaute skeptisch zum Himmel hinauf. In der Ferne riss die Wolkendecke auf und ließ ein unwirkliches, streifenartiges Licht hindurch. »Es regnet bereits«, sagte sie. »Aber da hinten, nicht hier.«

»Dann schauen wir uns hier noch mal um.«

Sie gingen über den mit Kopfsteinen gepflasterten Hof, vorbei an dem Hofladen und dem Museum der gepeinigten Tiere, hinüber zum verfallenen Schloss, das unter dem düsteren Himmel auf eine unheimliche Weise künstlich aussah, wie ein schauriges Hologramm. Es hatte kaum Ähnlichkeit mit dem mediterranen Herrenhaus, von dem Troller geträumt hatte, und doch erinnerte es ihn auf eigentümliche Weise daran.

»Warte mal«, sagte er, als sie schon an der Freitreppe auf der Rückseite des Schlosses vorbeigegangen und in dem Garten waren, der in ein kleines Wäldchen überging. Er kehrte um und stieg die breite Treppe mit den von Rissen durchzogenen Stufen hinauf zur Verandatür. Die ehemals weiße Farbe war abgeblättert, das Glas gesprungen. Er drückte die verrostete Klinke hinunter. Die Tür öffnete sich.

Es war wie in seinem Traum. Mit dem Unterschied, dass Jane nicht draußen blieb, sondern ihm folgte.

Die Räume waren fast leer. Ein paar zerbrochene Stühle standen herum, schwarze Spinnenweben hingen von der Decke, aus einem hohen, ehemals prächtigen Kachelofen in der Ecke des großen Raumes waren die meisten der blauen und grünen Kacheln herausgebrochen worden, Souvenirs vielleicht, für Leute, die ähnlich unbefugt in das Schloss eingedrungen waren.

Lass uns wieder gehen, hätte er gern gesagt, mir ist nicht wohl dabei, aber er wollte nicht der Zauderer sein, der er so oft war. Jane folgte ihm die Treppe hinauf, eine breite, geschwungene Treppe mit schmiedeeisernem Geländer. Auch oben, im ersten Stock, stand kaum ein Möbelstück. Spinnenweben auch hier. Die Decken waren in einem miserablen Zustand, Stroh lugte durch die Löcher. In einem der durch hohe Türen miteinander verbundenen Räume hing noch ein zerrissener Vorhang von der Gardinenstange, die Farbe des einst blauen Samts schimmerte wie eine ferne Erinnerung durch den grauweißen Dreck. Ein Sonnenstrahl bahnte sich den Weg durch die halbblinde Scheibe, nachdem er einen Spalt in der blauschwarzen Wolkendecke gefunden hatte. Billionen von Sonnenstäubchen tanzten einen kurzen Wiederauferstehungstanz.

Troller ging zum Fenster, um sich den Himmel anzuschauen. Vielleicht würde das Wetter ja noch richtig schön. Er sah hinaus in den Garten, in den dahinterliegenden Wald, sah, dass dort ein kleines Haus stand, vielleicht für den Waldhüter gebaut, eine Art Hexenhaus, zweistöckig, eine Fachwerkkonstruktion mit spitzem Dach und kleinen Fenstern. Ein schmaler, gewundener Weg führte dorthin. Auf dem Weg gingen zwei Menschen, eine Frau und ein Mann, um die beiden herum sprangen drei Hunde.

»Komm mal her«, flüsterte er.

Wieso flüstere ich, dachte er.

»Was ist?«

»Komm doch mal. Aber vorsichtig.«

Sie kam zu ihm ans Fenster, versteckte sich halb hinter dem einstmals blauen Vorhang und rieb ein bisschen Dreck von der Scheibe, um besser sehen zu können. »Wer ist der Mann?«

»Das würde ich auch gern wissen.«

Der Mann trug lederne Motorradkleidung, schwarz mit dunkelroten Einsätzen, er hatte den Helm unter den Arm geklemmt. Er war größer als Lisa Grossmann, wozu nicht viel gehörte, und schaute zu ihr hinunter, während er mit ihr sprach. Einmal bückte er sich zu den Hunden hinunter und tätschelte einem von ihnen den Kopf, aber er schaute weder geradeaus noch herauf zu ihrem Fenster, weswegen sie sein Gesicht nicht erkennen konnten. »Warum gehen wir nicht einfach hinunter und reden mit ihnen?«

»Ich habe eine andere Idee.«

Sie warteten, bis die kleine Gruppe am Schloss vorbeigegangen und außer Sicht war, und stiegen dann durch den zentimeterdicken Staub und den herabgefallenen Mörtel die Treppe hinunter, zurück zu der Verandatür. Jane ging zielstrebig auf den Weg zu, den Lisa Grossmann und der Motorradfahrer gekommen waren. Wenig später standen sie vor dem Haus.

Es gab keine Klingel, und es öffnete auch niemand, als sie klopften. Die Fenster waren mit Gardinen verhängt, so dass man kaum etwas sehen konnte. Troller presste das Gesicht gegen eine Scheibe, dann gegen eine andere, aber es war sinnlos. Auf der Rückseite des Hauses gab es eine zweite Tür. Nicht weit davon entfernt stand ein Motorrad, eine schwere BMW.

Troller drückte die Klinke hinunter. Die Tür öffnete sich.

Jane wollte ihm folgen, aber er hielt sie zurück. »Bleib hier draußen«, flüsterte er. »Falls jemand kommt.«

Er warf einen Blick in die Küche: ein schmaler Elektroherd, blaue Hängeschränke, ein rotlackiertes Tischchen, an dem gerade mal eine Person Platz hatte, eine lächerlich winzige Spüle. Das Badezimmer bestand aus Dusche mit Duschvorhang und WC. Troller sah sein Gesicht im Spiegel über dem runden Waschbecken und erschrak. Nur mit Mühe konnte er sich dazu durchringen, erneut in den Spiegel zu schauen.

Das Wohnzimmer war puppenstubenartig eingerichtet,

ganz hübsch, ein wenig plüschig. Ein Sofa mit weinrotem Samtbezug, der ziemlich abgewetzt war. Ein zierlicher Schaukelstuhl mit gedrechselten, dunkel gebeizten Verstrebungen. Ein ovaler Esstisch mit einer Spitzendecke darauf und einer Deckenlampe mit einem Schirm aus geschliffenem Glas darüber.

»Hallo? Jemand zu Hause?«

Er stand am Fuß der Treppe und lauschte. Niemand antwortete.

Er stieg die Treppe hoch, die vom Flur aus in das Obergeschoss führte. Durch ein kleines rundes Fenster, mehr eine Luke, sah er, wie Jane sich vom Haus entfernte und zur nächsten Wegbiegung ging, um besser sehen zu können, ob jemand den Weg am Schloss vorbei zum Haus kam. Schmiere stehen, dachte Troller. Als ob ich ein Dieb wäre. Aber wenn er auch kein Dieb war, so war er doch ein Einbrecher. Er wusste schon gar nicht mehr, warum er hier herumstöberte. Auch oben auf dem Dachboden sah alles normal aus. Wie in einem Wochenend- oder Ferienhaus und nicht wie in einer Räuberhöhle. Ein Bett, das sehr sorgfältig zurechtgemacht war, eine Truhe, deren Deckel unter der schrägen Wand wahrscheinlich nicht einmal ganz geöffnet werden konnte. Ein Stuhl, über dessen Lehne ein Jackett hing, ein Tisch mit einem Toshiba-Notebook darauf.

Troller wollte schon wieder die Treppe hinabsteigen, als sein Blick auf eine Spanplatte fiel, die gegen eine der Dachschrägen gelehnt war. Er warf einen kurzen Blick aus dem Gaubenfenster und sah Jane an der Wegbiegung, lässig an einen Baum gelehnt. Alles in Ordnung so weit. Er ging zu der Spanplatte, die schwerer war, als er erwartet hatte, hielt sie von der Wand ab und schaute sich von oben die Rückseite an.

Im ersten Moment hielt er das, was er da sah, für ein abstraktes Gemälde. Irgendetwas in der Art von Jackson Pollock. Jedenfalls war es ein Gewirr von Linien und Punkten, von Pfeilen und Kreisen, von Hieroglyphen und Icons – stilisierte Augen, Hände, Münzen, wenn es denn Münzen sein sollten, und andere Zeichen, deren Sinn ihm verschlossen blieb. Und es gab Buchstaben, Abkürzungen, Wörter in einer schwer entzifferbaren Schrift, zumal er ja alles verkehrt herum, auf dem Kopf stehend las. Was hatte sich der Künstler dabei gedacht? Das war zwar, wenn es Kunst war, nicht unbedingt die richtige Frage, aber war es Kunst?

Er musste die Tafel umdrehen, wenn er mehr erkennen wollte. Er zog sie von der Wand ab, wobei er sich bemühte, nicht allzu viel Lärm zu machen, drehte sie um ihre Achse und lehnte sie wieder gegen die Dachschräge, nun aber so, dass er die Vorderseite vor sich hatte. Der Künstler hatte die Spanplatte auf dieser Seite mit festem Papier beklebt und darauf sein Gemälde entworfen. Aber jetzt, wo Troller das Gewirr von Linien und Zeichen nicht mehr auf dem Kopf stehend sah, sondern richtig herum, konnte er schon mehr entziffern. Es war allerdings ziemlich dunkel in dieser Ecke des Dachbodens, und Licht wollte er keins machen. Er ging in die Hocke, um die Zeichen genauer zu erkennen. Sein rechtes Knie fing sofort an zu schmerzen, er hatte Probleme mit dem Meniskus, aber das war jetzt nicht so wichtig. Wichtiger war, dass er nun doch die eine oder andere Abkürzung erkannte. Zum Beispiel CIA. Eindeutig: Da stand CIA. Und von diesen drei Buchstaben oder zu ihnen hin führten Tausende – nein, nicht Tausende, aber verwirrend viele Linien. Was hatte zum Beispiel der Strich zu bedeuten, der von der CIA zu etwas hinführte, das Sk & B hieß? Oder das von Sk & B zu OSS führte und von OSS wieder zu CIA? Und was bedeutete Cec RH? Oder H. G. W.? Oder 1 W?

Trollers Blick wanderte in eine andere Gegend auf dieser verwirrenden Skizze, und mit einem Male wurde er von einer Erregung ergriffen, die ihn fast hätte aufschreien lassen. Mit plötzlicher Klarheit sprangen ihm jetzt die Namen von Zeitschriften ins Auge wie *Gehirn und Geist* oder *The Brain*, Namen auch von Fachgesellschaften oder Standesorganisationen der Hirnforscher wie der FENS, der Federation of European Neurosciene Societies, dazu die Abkürzungen von Pharma- und Elektronik-Firmen wie Bayer, Glaxo-Smith-Kline, General Electric, Siemens, Braintech. Von Braintech aus führten wieder Linien zu Kreisen, in denen Abkürzungen standen, wie IfAN, das Institut von Ritter, oder CCN, was ihm nichts sagte, ihn aber an eine Rockband erinnerte. *Who'll Stop the Rain?*, dachte er, während sein Blick auf die Namen Ritter, Block und Gronius fiel. Auch hier Pfeile mit Münzen, allerdings mit Fragezeichen dahinter. Es gab auch eine Linie, die den Namen Block mit den Buchstaben CIA verband, Troller wusste ja, warum. Von der CIA aber und auch von Braintech aus führte ein dicker schwarzer Strich zu einem Kreis oder Oval, in dem die Worte DER CLUB zu lesen waren.

Troller hatte nicht den geringsten Zweifel: Dies hier war Kants Versteck, seine Höhle, sein Nest. Ob Kant nun Daniel Burton war oder nicht, auf jeden Fall stammte dieses Gemälde hier von ihm. Wer sonst sollte sich hier in diesem Häuschen verborgen halten und eine Mind Map mit der Darstellung solch eines vielfältigen Beziehungsgeflechts anfertigen? Troller überlegte, ob er Jane rufen sollte. Er ging noch einmal zum Gaubenfenster und vergewisserte sich, dass sie immer noch an den Baum gelehnt stand, genau wie eben. Aber es wäre zu gefährlich, sie zu rufen, sie musste dort auf ihrem Posten bleiben, damit sie ihn warnen konnte, falls Kant zurückkäme. Er ging zurück zu der Tafel und versuchte, das Papier abzulösen, auf das die Skizze gezeichnet war, aber es war so fest aufgeklebt, er hätte nur die ganze Zeichnung zerstört. Das Beste wäre gewesen, die ganze Tafel mitzunehmen und sie zusammen mit Jane in aller Ruhe zu analysieren, aber sie war viel zu schwer.

Wenn er Papier und Bleistift gehabt hätte, dann hätte er

sich längst darangemacht, das Ganze abzuzeichnen, aber – Schande für einen Journalisten – er hatte zwar einen Kugelschreiber, aber kein Papier.

Sein Handy fiel ihm ein. Natürlich. Die eingebaute Kamera hatte er bisher nur am Anfang einmal ausprobiert, für solche Spielereien hatte er keine Verwendung. Aber jetzt war es die Lösung. Er konnte die Tafel fotografieren. Und dann nichts wie weg.

Er holte das Handy aus seiner Lederjacke, klappte es auf und richtete die Kameralinse auf die Tafel.

Zu dunkel.

Er klappte das Handy wieder zu, verstaute es in der linken Hosentasche und schaute sich nach einem Platz um, zu dem er die Tafel hinschieben könnte, damit Licht durch das Gaubenfenster darauffiel. Der kurze Moment, in dem das Licht der Sonne durch den blauschwarzen Himmel gedrungen war, gehörte längst der Vergangenheit an. Draußen war es düster, hier drinnen herrschte ein schummriges Halbdunkel. Sollte er doch riskieren, das Licht einzuschalten?

*Lieber erst mal ohne versuchen.*

Die Tafel war so schwer, dass er sie lieber schob, als sie zu tragen. Sie schrappte über den Boden, dass es ihm in den Ohren weh tat. Er lehnte die Tafel gegen den Tisch, auf dem das Notebook stand. Ob er das gleich mitnehmen sollte? Ist es Diebstahl, wenn man einen Mörder bestiehlt?

Das Licht, das jetzt auf die Tafel fiel, war sehr viel besser. Es würde vielleicht reichen. Er nahm das Handy aus der Tasche und wollte es erneut auf die Tafel richten.

Es klingelte.

Jane?

Es war nicht Jane, es war Sarah. »Ich finde es absolut total gemein, Troller«, sagte sie, und er spürte, wie sehr sie sich bemühte, nicht loszuheulen. »Du hast es versprochen. Ich hatte mich so darauf gefreut!«

»Hör zu, Sarah«, flüsterte er, »ich kann jetzt nicht sprechen, ich rufe dich später an.«

Er spürte, wie der Boden vibrierte. Wieso hatte Jane ihn nicht gewarnt? Oder war es Jane? Er wollte sich umdrehen, war schon dabei, als der Schlag auf seinen Hinterkopf niedersauste. Was er gerade noch mitbekam, war, dass ihm die Beine wegsackten.

JANE STAND AN DEN GLATTEN STAMM DER BUCHE GELEHNT und schaute auf die Uhr. Troller war jetzt fast eine Viertelstunde in dem Haus, was machte er da so lange? Wenn er etwas Wichtiges gefunden hätte, dann hätte er sie doch gerufen. Der Himmel hatte sich wieder zugezogen, die dunklen Wolken hingen tief herab, als wollten sie die Erde mit ihrem Bleigewicht erdrücken. Jane warf einen besorgten Blick auf das Haus, ihr war, als hätte sie Troller dort oben hinter dem Gaubenfenster gesehen. Warum gab er ihr nicht mal ein Zeichen? Sie hätte ihn nicht allein in das Haus gehen lassen dürfen, sie hatten die falsche Aufgabenverteilung gewählt, es wäre besser, wenn er jetzt hier draußen stünde und sie im Haus wäre. Sie wäre, wenn jemand käme, besser für einen Kampf gewappnet als Troller. Aber andererseits, was sollte passieren? Wenn jemand käme, würde sie ihn als Erste bemerken, schon von weitem, so dass genug Zeit bliebe, Troller zu warnen.

Es sei denn, jemand schlich sich von der anderen Seite an das Haus heran.

Das Geräusch, das sie hörte, bestätigte ihren Verdacht: Ein Motorrad wurde gestartet. Zweimal heulte die Maschine kurz auf, dann schoss die BMW hinter dem Haus hervor, hielt gerade auf sie zu, drehte in letzter Sekunde ab und sauste an ihr vorbei. Auf dem Motorrad der Mann mit dem schwarzroten Lederanzug, den Helm auf dem Kopf, das Visier heruntergezogen, so dass sie ihn nicht erkennen konnte.

Daniel Burton? Kant? Oder irgendein harmloser Forstarbeiter, der einfach nur sein Motorrad hier abgestellt hatte?

Harmlos?

Sie hörte einen Knall und das Zersplittern von Glas. Sie sah, wie eine Stichflamme aus dem Dach des Hauses schoss. Aus dem Fenster und durch die Ritzen drang dichter Qualm.

»Troller!«

Sie rannte auf das Haus zu, auf den Vordereingang, der ihr am nächsten war, und trat mit zwei kräftigen Tritten die Tür ein. Das Feuer hatte sich in Windeseile ausgebreitet. Jemand – der Motorradfahrer – musste literweise Benzin vergossen und in Brand gesteckt haben, anders war diese rasende, explosive Feuersbrunst nicht zu erklären.

»Troller?! – Troller, wo bist du? – Wo bist du, Troller?!!« Ihre Stimme überschlug sich, während sie die steile Holztreppe hinaufhastete und plötzlich vor einem wütenden Hitzeschwall zurückschreckte, der sich ihr von oben entgegenwarf. »Troller!« Sie konnte nicht hinauf auf den Dachboden, es war zu spät. Sie musste zurückweichen vor den prasselnden Flammen, die das trockene Holz des Hauses gierig verschlangen.

Es war die pure Verzweiflung, dass Jane in den unteren Räumen nach Troller suchte, im Bad, in der winzigen Küche, im Wohnzimmer mit dem Plüschsofa und der Bauernkommode. Eine erneute Explosion erschütterte das Haus, die Deckenlampe krachte auf den ovalen Tisch, Glassplitter spritzten durch den Raum, und Jane floh aus dem Haus, das in kürzester Zeit nur noch eine Ruine sein würde, verkohlte Balken, Asche, verrußte Waschbecken, verbogenes Metall.

Entsetzt und fassungslos schaute sie auf das brennende Hexenhaus, griff mit hilflosen Bewegungen ihrer Hände in die Luft, an ihren Kopf und wieder in die Luft, bevor sie kraftlos in die Hocke sank und sich schließlich auf den Boden fallen ließ.

Manchmal ist es eine Gnade, dass man nichts fühlt, nichts fühlen kann, sondern nur taub ist, fassungslos. Jane starrte auf das in hellen Flammen stehende Dach, unter dem Troller längst verbrannt war. Sie fühlte nichts, sie dachte nur, es kann nicht sein, es ist nicht wahr, es ist alles nur ein böser Traum. Sie schaute auf den schwarzen Himmel über den Flammen und dachte: Tu doch was! Sie hielt sich die Hände vors Gesicht, vor die Augen, in der kindlichen Erwartung, dass das, was sie nicht sah, auch nicht existierte. Aber auch wenn sie das Feuer nicht sah, so hörte sie es doch. Sie hörte Holz bersten, Balken krachen, hörte das Atmen des Feuers, das seiner Umgebung gierig jedes bisschen Sauerstoff aussaugte, hörte das Singen und Pfeifen und Brüllen und Lachen der Flammen, die ihr höllisches Fest feierten.

»Troller, Troller, Troller.«

Das Gefühl kam zögernd in ihren Körper zurück, das Gefühl, das ihr die Geschichte vom unwiederbringlichen Verlust erzählte, eine Geschichte, die mit dem Tod ihrer Großmutter in Bozeman/Montana begann, bei der sie als Kind so gern gewesen war, dort oben, am Rande des Yellowstone Parks. Die Geschichte vom unwiederbringlichen Verlust ihrer Mutter, die das Leben so geliebt hatte. Und jetzt Troller ...

Auf einmal hörte sie ein Geräusch, das nicht von den Flammen kam.

Es klang wie das Schnarchen eines Hundes, vielleicht auch das Grunzen eines Wildschweins. Sie fuhr erschreckt herum, sah aber nichts, im ersten Moment jedenfalls. Sie kroch auf allen vieren um den dichten Busch aus Immergrün-Pflanzen, die man Lebensbaum nannte. Sie hörte erneut diesen Laut, diesmal deutlicher, ein Stöhnen, das Stöhnen eines Mannes, der sich, wie sie jetzt sah, den schmerzenden Hinterkopf hielt und sie aus blöden Augen anstarrte, nicht begreifend, was er da machte, wo er war, was er da sollte, wie er dort hingekommen war und was das alles zu bedeuten hatte.

Sie konnte nicht vermeiden, dass ihr die Tränen in die Augen schossen und sie zugleich einen unartikulierten Laut von sich gab, von dem niemand hätte wissen können, ob er ein Freudenschrei war oder ein Schluchzen – ein Schluchzen vor Schmerz und Leid über den Verlust, den sie erst jetzt richtig zu fühlen wagte, jetzt, da der Verlorene wiedergekehrt war. Sie kniete neben Troller auf der feuchten Erde und nahm seinen Kopf in die Hände. Er stöhnte auf, als sie behutsam die Platzwunde an seinem Hinterkopf betastete. Aber was war schon eine Platzwunde, wenn man gerade noch gedacht hat, der andere sei bei lebendigem Leibe verbrannt. »Was ist passiert?«, fragte sie. »Wie bist du hierhergekommen?«

»Ich glaub, ich hab einen Schlag auf den Kopf bekommen.«

»Hier?«

»Nein, oben, im Haus.«

»Und wie bist du da rausgekommen?«

Er schaute ungläubig auf das Feuer, seine Stirn legte sich in Falten, er hatte Mühe, zu begreifen, was geschehen war. Entweder war er nachtwandlerisch, in Trance, die Treppe hinuntergerannt und aus dem brennenden Haus geflohen. Oder aber der andere – Kant – hatte ihn, bevor er das Feuer entfacht hatte, aus dem Haus getragen, um ihn zu retten.

# 21

Sie flohen vor dem endlich einsetzenden Regen zum Auto, das auf dem Hof der Künstlerin stand. In keinem der drei Gebäude brannte Licht. Der Lieferwagen war fort.

»Lass mich fahren.«

Troller setzte sich widerspruchslos auf den Beifahrersitz und trocknete sich den Kopf mit einem ehemals weißen Stofftaschentuch.

Jane steuerte den Volvo über das Kopfsteinpflaster, vorbei an dem düsteren Herrenhaus, durch das geöffnete Tor, an der auf einem Hügel liegenden Kirche vorbei und aus dem Dorf heraus. Kaum hatten sie das Dorfschild passiert, hörten sie die Sirene der Feuerwehr.

»Tut's weh?«

»Geht schon.«

»Wir sollten die Wunde auswaschen.«

»Hat doch der Regen schon besorgt.«

»Und desinfizieren.«

»Wenn wir zu Hause sind. Es ist nicht schlimm. Wirklich nicht.«

»Ich frage mich …«, sagte sie und ließ den Satz offen.

»Ja«, sagte er. »Ich mich auch. Auf jeden Fall hatte ich den richtigen Instinkt. Wer weiß, was passiert wäre, wenn ich draußen geblieben wäre und du reingegangen wärst.«

Sie kamen wieder durch eines der Straßendörfer mit den hässlichen Namen und den grauverputzten Häusern. Unter einem Vordach stand ein Mann in hellblauer Trainingshose und wattierter roter Jacke und rauchte. An einer überdachten Bushaltestelle lungerten Jugendliche in Armeejacken herum. Der einarmige Scheibenwischer arbeitete wie ein Berserker. An schnelles Fahren war nicht zu denken. Sichtweite dreißig Meter, maximal.

»Er muss dich sehr lieben«, sagte Jane ironisch.

»Ich nehme an, er braucht mich noch.« Troller tupfte weiter auf seinem Kopf herum.

Sie löste die rechte Hand vom Steuer und hielt sie in seine Richtung. Als er sie nahm und einen vorsichtigen Kuss daraufdrückte, durchflutete sie erneut ein Gefühl der Dankbarkeit dafür, dass alles so gut ausgegangen war.

»Wenn er dich gerettet hat, weil er dich braucht«, sagte sie, als sie durch das nächste Straßendorf holperten, »dann fragt sich immer noch: wofür?«

»Er will, dass ich über ihn schreibe.«

»Das tun andere doch auch. In diesem Falle haben sogar Hebold und ich die meiste Arbeit gemacht. Ich meine, wenn er will, dass du über ihn schreibst, dann sollte er nicht riskieren, dass du für seine Taten ins Gefängnis kommst.«

»Das war eine Panne. Normalerweise hätte ich ein Alibi gehabt.«

»Ziemlich gefährliche Pannen, die der Kerl sich erlaubt. Das erste Mal war's die Bombe.«

»Ich glaube, dass er sich meine Identität geliehen hat, war vor allem eine Botschaft an mich. Ich muss immer an den Beatles-Song denken, den wir in Hamburg gespielt haben: *I am he as you are he as you are me …*«

»*… and we are all together*«, ergänzte Jane. »Haarscharf daneben.«

»Ja, aber das ist …«

»Warte mal.« Im Rückspiegel sah sie, wie ein Motorrad den Lastwagen überholte, der schon eine Weile in einigem Abstand hinter ihr fuhr. Der Regen schüttete wolkenbruchartig auf sie nieder, und der Scheibenwischer hatte Mühe, die Sicht frei zu halten. Trotzdem kam die schwarze, auf die schwere Maschine gebeugte Gestalt in gefährlichem Tempo näher. »Da ist einer hinter uns. Ein Motorradfahrer.«

Troller drehte sich um. »Gib Gas«, sagte er.

»Ich bin doch nicht lebensmüde.«

Sie sah, wie das Motorrad zum Überholen ansetzte. Lass ihn, dachte sie. Er ist sowieso schneller. Ganz langsam schob sich das Motorrad neben sie. Als es auf gleicher Höhe war, bremste Jane vorsichtig ab. Das Motorrad schoss an ihnen vorbei, setzte sich vor sie und spie eine zusätzliche Wassersalve auf ihre Frontscheibe.

»Noch mal von vorn«, sagte Jane aufatmend, als die schwarze Gestalt vor ihnen im dichten Regen verschwunden war. »Er identifiziert sich mit deinen Schriften, das ist das, was er mit den Paragraphen zeigt. Mal geht es gegen die Beherrschung des Menschengehirns, mal geht es um den Unabomber und das Widerstandsrecht gegen den Terror der Wissenschaft, mal geht es gegen das Manifest und um die Verteidigung des freien Willens. So weit okay?«

»Und das ist alles nur Vorgeplänkel«, sagte Troller. »Prolegomena.«

»Auf jeden Fall ist es, genau wie du gesagt hast, zunächst mal eine Botschaft an dich, die besagt: Ich denke wie du. Und dann geht er nach Frankfurt, gibt sich als Dr. Troller aus und signalisiert damit: Ich bin wie du. Bleibt noch die Botschaft an die übrige Welt, und da hat Schmidt-Schönbein von der *F.A.Z.* leider nicht ganz unrecht mit seinem IRA-Vergleich. Du bist der legale Arm eines Terroristen.«

»Hör auf mit dem Scheiß!«

»Ich konnte die Hände nicht vom Lenkrad nehmen«, sagte Jane, »sonst hätte ich Anführungsstriche markiert. Du bist es in seinem Verständnis, meine ich natürlich.«

»Danke. Da kommt übrigens die Autobahnauffahrt.«

Sie musste sich darauf konzentrieren, sich heil in den dichten Autobahnverkehr einzuordnen, in die Lastwagenlawine, die von Hamburg und Rostock nach Berlin und weiter nach Polen, Tschechien und Russland rollte.

»Also«, begann Troller noch einmal, »ob ich nun sein legaler Arm bin oder nicht – die Frage ist doch, was will er? Alle Hirnforscher umbringen? Den Kongress in die Luft sprengen? Nur – in Anführungszeichen – die neun Verfasser des Manifests bestrafen? Wann hätte er sein Ziel erreicht?«

»Gegenfrage«, sagte Jane. »Wann hätte der Unabomber sein Ziel erreicht gehabt?«

»Frag ihn. Er sitzt im Gefängnis von Florence, Colorado, und gibt bereitwillig Auskunft.«

»Mir reicht deine Einschätzung. Fürs Erste.«

»Ted Kaczynski hätte sein Ziel erreicht gehabt, wenn alle Fluggesellschaften und alle technischen Universitäten ihren Betrieb eingestellt hätten.«

»Klingt realistisch«, sagte Jane ironisch.

»Außerordentlich«, bestätigte Troller im selben Tonfall. »Und was Kant betrifft: Wenn es ihm wirklich darum geht, die Beherrschung des Menschengehirns zu verhindern, dann muss er möglicherweise die gesamte Hirnforschung stoppen.«

»Vielleicht will er ja wirklich nur die Manifest-Unterzeichner bestrafen«, sagte Jane ohne allzu große Überzeugung.

»Ich halte es für wahrscheinlicher, dass er sich an seinen ehemaligen Kollegen rächt. Wir wissen mit ziemlicher Sicherheit, dass er Daniel Burton ist. Vielleicht hat er einfach einen Hass auf diejenigen, die mit der CIA zusammengearbeitet haben, wie Block. Von Ritter und Gronius wissen wir nicht, ob sie auch mit drinsteckten, aber möglich ist alles.«

»Um ehrlich zu sein, mir ist das alles noch zu dünn«, sagte Jane, als sie auf den Stadtring einbogen. »Erzähl mir doch mal genau, was auf dieser Tafel stand.«

»Ich weiß es nicht«, sagte Troller unglücklich. »Es ging alles so schnell.«

»Versuch's. Versuch einfach, dich zu erinnern. Fang irgendwo an.«

Er versuchte es. Aber es war im Grunde sinnlos. Es war zu viel. Zu viel und zu wenig. Und der Kopf schmerzte. *Leichte Schläge auf den Hinterkopf erhöhen das Denkvermögen.* Alter Lehrerscherz. Aber ein schwerer Schlag auf die Schädeldecke war nicht so hilfreich.

»Gab es ein Zentrum?«, fragte Jane. »Wie im Netz einer Spinne?«

»Nein. Das macht es ja so schwer. Es drehte sich, glaube ich, auch nicht nur um Hirnforschung. Aber wenn du schon nach einem Zentrum fragst. Ziemlich dick umrandet waren die Worte DER CLUB.«

»Welcher Club?«

»Einfach nur: Der Club.«

»Sagt mir nichts.«

»Und was mir auch aufgefallen ist: Es gab eine dicke Verbindungslinie zwischen dem Club und der Firma Braintech. Hattest du nicht im Interview mit Laurenz Block danach gefragt? Wie bist du eigentlich darauf gekommen?«

»Recherche«, sagte sie vage.

»Aber ich sehe keinen Zusammenhang. Was für eine Rolle könnte Braintech in diesem Netz spielen?«

»Es gibt Gerüchte«, sagte Jane. Ihr war nicht wohl bei dem Thema. Sie hätte die Firma und die Gründe ihrer Recherche gern im Ungewissen gelassen. »Gerüchte, dass die Firma mit unsauberen Mitteln arbeitet. Korruption, Bestechung.«

»Das macht Siemens doch auch.«

»Und dass es Verbindungen zur CIA gibt.«

»Wer hat dir denn das erzählt?«

»Pit Kern«, sagte sie und dachte, hoffentlich bohrt er nicht weiter. »Hab ihn neulich getroffen. Er hat erzählt, dass er an einem Artikel über Braintech arbeitet. Soll am Samstag in der *WELT* erscheinen.«

»Okay«, sagte Troller und holte sein Handy heraus. »Ich rufe ihn mal an.«

»Ich weiß nicht, ob das eine gute Idee ist.« Ihr war nicht wohl bei dem Gedanken. Sie hätte Pit lieber selbst angerufen. Wenn Troller nicht dabei war.

»Ich finde die Idee großartig.« Trollers Lebensgeister schienen plötzlich wieder erwacht. Hing vielleicht auch damit zusammen, dass der Regen nachließ. Es wurde heller draußen, die Sicht wurde besser, die Stimmung klarte auf. »Ich glaube sogar, Pit wollte mir neulich etwas davon erzählen. Als ich auf dieser Veranstaltung war. *Intervening in the Brain*.«

»Aber es geht ihm nicht gut«, gab Jane zu bedenken. »Er ist von der Leiter gefallen.«

»Was?«

»Hat mir der kleine Drahtige erzählt. In der Enoteca.«

*Und nebenan, im Manzini, saß Frank.*

»Egal, ich rufe ihn mal an.«

»Den Drahtigen?«

»Pit Kern«, sagte Troller in leicht gereiztem Ton.

»Also gut«, sagte Jane, während sie sich darauf konzentrierte, die Abfahrt nach Berlin nicht zu verpassen. »Und frag ihn, wie es ihm geht.«

Er rief von seinem Handy aus die Redaktion der *WELT* an. Jane konnte das Gespräch über Bluetooth mithören. Sie erfuhren von der Sekretärin, dass Pit in dieser Woche noch nicht in der Redaktion gewesen war.

Bei ihm zu Hause meldete sich Pit Kerns Sohn, einer der beiden, er hatte Zwillinge, Jonas und Paul. Welcher der beiden am Telefon war, konnte man nicht heraushören, weil der, der dran war, sich nicht mit seinem Namen meldete, sondern nur mit: »Ja?«

»Hallo, Jonas«, sagte Troller, »hier ist Troller. Du kennst mich doch, oder?«

»Ich bin nicht Jonas, ich bin Paul.«

»Also gut, hallo, Paul. Ich würde gern mit deinem Vater sprechen. Geht das?«

»Ich weiß nicht, er liegt im Bett und will niemanden sehen, weil er nämlich ...«

Jane hörte ein Flüstern im Hintergrund und dann eine Frauenstimme am Apparat. »Ja, bitte? Wer ist denn da?« Es war Christine, Pit Kerns Frau.

»Ich bin's, Troller. Hallo, Christine, ich hab gehört, Pit ist von der Leiter gefallen?«

»Ja«, sagte Christine. »Nasenbein gebrochen, überall blaue Flecken, es sieht schlimm aus.«

»Das tut mir furchtbar leid. Kann ich ihn mal kurz sprechen?«

»Nein, das geht nicht. Er will niemanden sehen.«

»Ich will ihn ja nur *sprechen*. Ich wollte ihm eine kurze Frage zu einer Recherche stellen. Es geht wirklich ganz schnell.«

»Nein«, sagte Christine schroff. »Ich muss jetzt Schluss machen. Mach's gut.«

Und aufgelegt.

Sie fanden beide, dass Christine ruhig ein paar Sätze mehr hätte sagen können. Troller war immerhin ein guter Kumpel von Pit. Wollte Pit nicht sogar ein Buch mit ihm zusammen schreiben? »Da stimmt was nicht«, sagte Jane. »Es klang so, als hätte sie Angst.«

»Lass uns hinfahren.«

»Vielleicht sollten wir doch erst deine Wunde ...«, schlug sie halbherzig vor. Als ob sie es noch verhindern könnte. Und so schlimm war es ja auch wieder nicht, dass sie sich am Samstagabend mit einem englischen Kollegen getroffen hatte, um ihm ein paar Hintergrundinformationen zu geben.

Zumal die Affäre, wenn man es denn überhaupt so nennen konnte, ein für alle Mal beendet war. Jetzt sowieso. Sie nahm noch einmal ihre rechte Hand vom Steuer und langte zu ihm hinüber. Er küsste sie noch einmal.

»Ich kenne Pit«, sagte er, nachdem er ihre Hand wieder freigegeben hatte. »Wenn wir erst mal da sind, wird er uns nicht so einfach wieder fortschicken.«

## 22

Die Kerns wohnten in einem Reihenhaus in Zehlendorf, in einer ruhigen Seitenstraße des Teltower Damms. Es gab einen winzigen Vorgarten, in dem gerade ein paar gelbe und violette Krokusse blühten, und hinter dem Haus einen etwas größeren Garten, in dem Pit ein- oder zweimal im Jahr ein Grillfest veranstaltete, zu dem er Kolleginnen und Kollegen einlud, die er mochte und schätzte. Troller und Jane waren immer dabei.

Christine öffnete die Tür. Sie war eine hübsche, mädchenhaft aussehende Frau mit halblangen blonden Haaren, blauen Augen und einem immer etwas spöttischen Zug um den Mund. Aber heute war von Spott nicht viel zu sehen. Sie machte überhaupt keinen Hehl aus ihrer Verärgerung. »Was soll das?«, schimpfte sie. »Wieso lasst ihr ihn nicht in Ruhe? Was fällt euch ein, uns einfach so zu überfallen?«

Erst in diesem Moment fiel ihr auf, dass Troller ein blutiges Taschentuch in der Hand hielt. »Um Gottes willen, wie siehst du denn aus?«, flüsterte sie. »Haben sie dich etwa auch …« Aber als Troller einen kurzen Blick mit Jane wechselte, hielt Christine inne und schloss die Lippen.

»Haben sie ihn – was?«, fragte Jane.

»Hat wer?«, fragte Troller.

»Ich darf euch nicht reinlassen«, sagte Christine. »Bitte. Ihr müsst das verstehen.«

»Nur einen kurzen Moment. Wir haben ihm auch etwas mitgebracht«, sagte Jane und hielt die Schachtel mit den Pralinen hoch, die sie gerade in Zehlendorf gekauft hatten. Pit hatte eine Schwäche für Süßigkeiten. Er aß jeden Nachmittag ein Stück Kuchen. Ohne dieses Stück Kuchen, auf das er sich schon den ganzen Tag freue, könne er seinen Job nicht durchhalten, behauptete er immer.

»Es geht wirklich nicht.« Christines Ton wurde flehender.

»Fünf Minuten«, sagte Troller und hob die linke Hand wie zum Schwur.

Sie standen da und schauten zu, wie Christine mit sich selber kämpfte. Am liebsten hätte sie ihnen wohl die Tür vor der Nase zugemacht, aus welchen Gründen auch immer, aber das wäre ein zu großer Affront gewesen. So hoffte sie, dass Troller und Jane barmherzig genug sein würden, ihr die Schachtel mit den Pralinen in die Hand zu drücken und freiwillig zu gehen. Aber den Gefallen taten sie ihr nicht.

»Wartet mal.« Christine ging an ihnen vorbei und durch die kleine Gartenpforte hinaus auf den Bürgersteig, wo sie sich nach allen Seiten umsah. »Also gut«, sagte sie, als sie zurückkam. »Fünf Minuten. Länger nicht.«

Während sie mit den Pralinen in der Hand zu Pit hinaufging, warteten Troller und Jane im Wohnzimmer, das zugleich Bibliothek war. Regale bis unter die Decke, vollgestopft mit Büchern. Eine Glasfront ging in den Garten hinaus. Der Regen war hier nicht so stark gewesen, aber das Gras war noch nass. Forsythien blühten gelb und leuchtend, ein kleiner Magnolienbaum stand prall bestückt mit Knospen, die kurz davor waren aufzuspringen. *Sweet Magnolia Blossom*, dachte Troller, *lives here in our town*. Der Song ging ihm jedes Jahr wieder durch den Kopf, wenn er die ersten Magnolien sah.

Pit Kerns Sohn kam herein, einer der beiden. Er war sieben Jahre alt. »Guck mal«, sagte er, »ich kann zaubern.«

»Hallo, Paul«, sagte Jane.

»Ich bin nicht Paul, ich bin Jonas.«

Schon wieder danebengetippt. »Was kannst du zaubern?«

»Das hier.« Er hielt zwei winzige grüne Bauklötzchen in seinen Händen, aus denen je an einer Seite eine rote Stange mit einem Knauf am Ende herauslugte. Man konnte die Stangen zur Hälfte herausziehen und wieder hineinschieben. Doch das war noch nicht die Zauberei. Die begann, als Jonas die beiden Klötzchen aneinanderhielt. Wenn er jetzt die Stange des einen Klotzes hineinschob, kam die des anderen Klotzes von allein heraus. Und umgekehrt. Und das, obwohl die Klötzchen an den Enden, an denen sie zusammengehalten wurden, vollkommen geschlossen waren.

»Faszinierend«, sagte Jane. »Wie machst du das?«

»Ich mache es gar nicht«, antwortete Jonas. Und mit bedeutungsvoller Miene: »Es geschieht.«

»Es gibt allerdings eine physikalische Erklärung«, sagte Troller.

»Ja«, sagte Jonas, »aber dann ist es kein Zauber mehr.«

Sie hörten, wie Christine die hölzerne Treppe herunterkam. »Er kommt in einer Minute. Aber erschreckt euch bitte nicht, er sieht immer noch erbärmlich aus. Und du, Paul«, sagte sie, »verschwindest für eine Weile in deinem Zimmer, okay?«

»Bin schon weg.«

»Bist du sicher, dass es Paul ist?«, fragte Jane.

»Natürlich.«

»Er hat gesagt, er wäre Jonas.«

»Ja, ja«, sagte Christine mit einer abwinkenden Handbewegung. »Das machen sie gerade mit besonderem Vergnügen. Alle beide. Wenn du hallo, Paul sagst, sagt er, ich bin nicht Paul, ich bin Jonas. Wenn du hallo, Jonas sagst, sagt er, ich bin nicht Jonas, ich bin Paul. Du hast nie eine Chance, du tippst immer daneben. Wenn sie so weitermachen, werde ich dem einen die Haare rot färben lassen und dem anderen grün. Und dann nennen wir sie Backbord und Steuerbord.«

»Ach, du liebe Zeit.« Troller sah über Christines Schulter hinweg, wie Pit Kern hereinkam. Er starrte auf sein Gesicht, und es war sofort klar: Das war nicht das Gesicht eines Mannes, der von einer Leiter gefallen war. Die Nase war verbunden, die Augenbrauen geplatzt und genäht, die Wangen schimmerten blau, grün, gelb, die Lippen waren geschwollen, an der rechten Schläfe klebte ein Pflaster.

»Danke für die Pralinen«, sagte Pit.

»Was haben sie mit dir gemacht?«, fragte Troller. »Und wer?«

»Ich bin von der Leiter gefallen«, sagte Pit Kern und versuchte, mit einem Auge zu zwinkern. Er musste dazu die ganze Gesichtshälfte bewegen und zuckte sofort vor Schmerz zusammen.

»Könnt ihr uns einen Gefallen tun?«, fragte Christine und zwinkerte jetzt auch. »Er muss dringend zum Arzt. Vielleicht könnt ihr ihn hinfahren. Es dauert nicht lange. Ihr braucht auch nicht zu warten. Er nimmt sich zurück ein Taxi.«

»Ich würde nur gern vorher Troller verarzten«, sagte Jane.

»Ist doch nicht nötig.«

»Für dich nicht, aber für mich.« Sie ließ sich von Christine flüssiges Betaisodona geben, desinfizierte die Wunde, legte eine Mullkompresse darauf und klebte sie mit einem Kreuz aus Leukoplast fest.

»Sieht doch bescheuert aus«, sagte Troller.

»Soll ich dir meinen Hut leihen?«, fragte Pit Kern.

»Nein, dann schon lieber so.«

Pit Kern setzte sich den breitkrempigen Hut auf, den er von einer Reise in die Rocky Mountains mitgebracht hatte, zog sich einen Mantel an und ging mit ihnen hinaus. Ebenso wie vorhin Christine schaute er sich sehr gewissenhaft auf der Straße um. Als sie einstiegen, bestand er darauf, hinten zu sitzen.

»Wo geht's lang?«, fragte Troller.

»Fahr zur Potsdamer Chaussee«, sagte Pit. »Und dann links.«

»Hat der Arzt eine Adresse?«

»Wir fahren nicht zum Arzt.«

»Sondern?«

»Weiß ich noch nicht. Irgendwohin, wo wir reden können. Vielleicht bleiben wir auch einfach nur im Auto. Obwohl – ich würde gern irgendwo ein Stück Kuchen essen.«

Sie bogen vom Teltower Damm links in die Potsdamer Chaussee ein. Pit spähte angestrengt durchs Rückfenster.

»Wir hätten doch auch Kuchen mitbringen können«, sagte Jane.

»Ich kann zu Hause nicht reden«, sagte Pit Kern und flüsterte dabei unsinnigerweise. »Ich weiß nicht, ob wir nicht abgehört werden.«

»Von wem?«

»Von ihnen. – Fahr an der Ampel rechts!«

»Von ihnen? Von wem? Wer sind SIE?«

»Was weiß ich? Sie haben sich mir nicht vorgestellt.«

»Und du denkst, die haben deine Wohnung verwanzt?«

»Ich denke, es kann sein, dass sie das getan haben. Vielleicht auch nicht. Aber ich würde jemandem, der in meiner Lage ist, dringend raten, sich so zu verhalten, als wäre es so. Man nennt das Vorsicht. Mutter der Porzellankiste. Fahr rechts.«

»Warum?«

»Tu einfach, was ich sage.«

Troller bog rechts ab. *Spanische Allee*, las er.

»Einer ist noch hinter uns«, sagte Pit Kern. »Der gelbe Peugeot.«

»Soll ich schneller fahren und ihn abhängen?«

»Nein, fahr links.«

»Wo? Hier schon?«

»Ja, egal wo.«

Troller bog links ab. *Tewstraße,* las er. Wer war Tew?

»Und jetzt rechts.«

*Wasgenstraße*. Die führte wieder auf die Spanische Allee zurück. Der gelbe Peugeot war nicht mehr zu sehen. Pit Kern beruhigte sich langsam, beobachtete aber weiterhin aufmerksam die anderen Verkehrsteilnehmer. Er nannte jetzt sogar ein Ziel: das Schildhorn, eine kleine Halbinsel in der Havel, auf der es ein Ausflugslokal gab. »Die haben dort ganz guten Kuchen.«

Das traditionelle Wirtshaus hatte eine große verglaste Veranda, von der man einen herrlichen Blick auf das Wasser genießen konnte. Der Himmel war nur noch halb bewölkt, die Nachmittagssonne ließ den See glitzern, ein paar Enten paddelten emsig vorbei, ein Schwanenpaar ankerte gelassen neben dem Bootssteg.

»Übrigens, gratuliere«, sagte Pit Kern mit einem Anflug von Neid in der Stimme, nachdem er sich bei der mitleidig zwischen ihm und Troller hin und her blickenden Bedienung einen Cappuccino und ein Stück gedeckten Apfelkuchen mit Sahne bestellt hatte.

»Wozu?«

»Zu deinem Buch. Wird ja auf einmal ein echter Renner. Schmidt-Schönbein hat ihm den Kick gegeben. Ich war neugierig und hab heute Morgen bei Amazon nachgesehen. Verkaufsrang 12!«

»Um ehrlich zu sein, es ist mir eher peinlich«, sagte Troller. Und noch peinlicher war, dass er sich trotzdem insgeheim darüber freute. »Ich würde jetzt lieber wissen, wer dich so zugerichtet hat.«

»Es waren Russen. Oder Ukrainer. Brutale Gesichter, sonst keine besonderen Kennzeichen. Außer dass sie einander sehr ähnlich waren. Brüder vermutlich. Riesenkerle. Es war einfach scheiße. Du bist gedemütigt, du hast Angst, du bist hilflos, und es tut weh.«

»Wann war das?«, fragte Jane.

»Sonntagabend. Einen Tag nachdem wir uns getroffen hatten.«

Troller stutzte. Jane hatte ihm gar nicht erzählt, dass sie sich mit Pit Kern getroffen hatte.

»Haben sie irgendwas gesagt?«, fragte Jane. »Warum sie es getan haben? Wollten sie Geld?«

»*Du stecken Nase nicht in Dinge, die dich nichts angehen.*« Das »ch« in nicht sprach er kehlig aus, wie in noch.

»Welche Dinge?«

»Hab ich auch gefragt.«

»Und?«

»Es hatte etwas mit meinen Recherchen zu tun. Die haben gar kein Geheimnis daraus gemacht. Ich soll die Finger von Braintech lassen, sonst würde es mir schlecht ergehen. Und nicht nur mir. *Du chaben blonde Frau, wir gern ficken blonde Frau. Du chaben Kinder. Knochen von Kinder leicht kaputt.*«

»Diese Dreckschweine.«

»Ganz deiner Meinung.«

»Und wo war das?«

»Unten am Teltowkanal. Ich war auf dem Weg nach Hause, hatte gerade das Auto geparkt. Sie haben neben mir gehalten, einer ist aus dem Wagen gesprungen, hat mir zur Begrüßung seine Faust ins Gesicht gerammt, hat mich gezwungen einzusteigen und mir die Augen verbunden. Wir sind eine Weile gefahren, bevor sie mich unten am Kanal wieder rausgeworfen haben. Und dann ging's los.«

»Sie hätten dich umbringen können.«

»Hätten sie. Wollten sie aber nicht. Sie wollen nur, dass ich meine Finger von Braintech lasse.«

»Und wie bist du zurückgekommen?«

»Sie haben mich wieder zu Hause abgesetzt. Nur in einem anderen Aggregatzustand.«

»Hast du die Polizei benachrichtigt?«

»Nein.«

»Warum nicht?«

»*Du Polizei rufen, wir uns kjummern um Frau und Kinder.*«

»Warst du im Krankenhaus?«

»Ja.«

»Und was wird aus deinem Artikel?«

»Hab ich in die Tonne gekloppt.«

»Und jetzt?«

»Jetzt esse ich noch ein Stück Schokoladentorte und warte darauf, dass die Wunden verheilen. Für mich ist erst mal Schluss mit Braintech. Meine Familie setze ich dafür nicht aufs Spiel. Ich bin kein Held. Wollte nie einer sein. Ich bin nur neugierig. Und natürlich empört mich einiges, was in dieser Welt vorgeht, ich meine, für mich wär's ja schon bald egal, aber der Gedanke, dass Jonas und Paul demnächst in einer total kontrollierten Welt leben werden, ausspioniert bis in jedes Detail, von Gedankenkontrolleuren ferngesteuert – das ist für mich der Horror! Wisst ihr, woran ich in letzter Zeit immer denken muss?« Pit schaute sich ängstlich um, aber außer zwei älteren Damen saß sonst niemand mehr auf der Veranda. »An diesen beängstigenden Satz von John Marks in *The Search for the Manchurian Candidate*, ich habe gerade neulich wieder darin gelesen ...«

»Um ehrlich zu sein«, unterbrach Jane, »ich weiß weder, wer John Marks ist, noch, was es mit dem Manchurian Candidate auf sich hat. Ich kenne zwar auch diesen Film mit Denzel Washington und Meryl Streep, aber wer ist John Marks?«

»John Marks«, antwortete Pit Kern, »war derjenige, der dafür sorgte, dass die Originaldokumente über die Gedankenkontroll-Experimente der CIA an die Öffentlichkeit kamen, die ganz Amerka schockiert hatten. Das war 1977. Der bekannteste Deckname des Programms war MK Ultra. Sie haben mit Drogen gearbeitet, mit Elektroschocks, mit Gehirnchirurgie, sie haben den Leuten Elektroden ins Hirn gepflanzt, sie haben sie hypnotisiert, sie haben ihnen LSD verabreicht, alles mit dem Ziel, das Verhalten der Menschen zu kontrollieren. Sie wollten die Wahrheitsdroge für Verhöre, sie wollten die Vergessensdroge, um die Erinnerung an ihre Experimente wieder zu löschen, sie wollten eine Technik, um eine Persönlichkeit zu schaffen, die normal funktioniert und insgeheim Kamikaze-Killer ist, also den *Manchurian Candidate*, sie wollten …«

»*Du wolltest* einen Satz von …«

»Warte«, sagte Pit Kern, »ich will nur vorher noch die Geschichte erzählen, die mich von allen MK-Ultra-Geschichten am meisten berührt hat.«

»Und was heißt eigentlich MK Ultra?«

»MK von Mind Kontrol. Warum die das mit K schrieben, weiß ich auch nicht. Wahrscheinlich weil es russisch aussieht. Sie dachten ja, die Russen machen es, die Chinesen machen es, also machen wir es auch. Und als sie herausfanden, dass die Russen und Chinesen es nur mit Folter und Verhören machten und nicht mit irgendwelchen Elektroden im Hirn, da dachten sie, jetzt sind wir schon mal dabei, jetzt machen wir trotzdem weiter.«

»Wie der belgische Professor mit dem Mann, der die Butterphobie hatte«, sagte Troller.

»Ja, genau«, sagte Pit. »Es gab da einen gewissen Dr. Robert G. Heath, der mit sogenannten ESB-Techniken arbeitete, *Electrical Stimulation of the Brain*. Dieser Dr. Heath pflanzte einem jungen Mann, einem Schwarzen, achtzehn hauchdünne Drähte in unterschiedliche Gehirnregionen und verband sie mit einer Batterie. Dann brachte er den jungen Mann dazu, sich per Knopfdruck bis zu eintausend 5-Milliampere-Stromstöße ins sexuelle Lustzentrum zu jagen und auf diese Weise von Orgasmus zu Orgasmus zu taumeln. Man hatte das vorher an Ratten erprobt, jetzt war der Mensch die Ratte. Das Ziel des Doktors war es, ihn sexuell umzupolen. Der junge Mann hatte nämlich einen schweren Defekt. Er war schwul. Während er sich also diese elektrisch stimulierten Orgasmen verpasste, führte Dr. Heath ihm heterosexuelle Pornofilme vor, und nachdem das eine Weile so gelaufen war, kam die – pardon – Nagelprobe. Dr. Heath arrangierte ein Treffen des Patienten mit einer Prostituierten und beobachtete den Verkehr von einem Nebenraum aus durch einen Einwegspiegel, zusammen mit einem CIA-Agenten. Und – oh Wunder – das Experiment gelang. Dr. Heath fühlte sich bestätigt. Als man ihn später fragte, ob er das, was er da gemacht hatte, ethisch vertreten könne, sagte er, wieso denn nicht, der Mann hat dadurch ein ganz anderes Selbstbewusstsein erhalten. Und als er gefragt wurde, ob man mit dieser Technik auch einen Menschen zum Killer umpolen könne, beantwortete er die Frage unumwunden mit Ja.«

»Gruselig«, sagte Jane.

»Kannst du laut sagen.«

»Und was ist jetzt mit dem Satz?«

»Gleich. Nur noch die eine Bemerkung. Ein anderer prominenter Experte in Sachen Gedankenkontrolle war Dr. Ewen Cameron von der McGill University in Montreal. Cameron arbeitete mit LSD und Elektroschocks, und eines seiner Opfer, Valerie Orlikow, bekam 1988 von der Regierung der Vereinigten Staaten eine Entschädigung von 750 000 Dollar zugesprochen, weil Dr. Cameron seine Experimente ohne Wissen der Patientin im Auftrag der CIA durchgeführt hatte. Ich glaube nicht, dass die Regierung der Vereinigten Staaten 750 000 Dollar gezahlt hätte, wenn die CIA nicht wirklich an diesen Experimenten beteiligt gewesen wäre. Aber Dr. Heath und Dr. Cameron waren nicht die Einzigen. Es gab noch viele andere, die mit der CIA zusammengearbeitet haben, und zwar ausdrücklich mit dem Ziel, das Bewusstsein der Menschen zu kontrollieren und ihr Verhalten zu steuern. So, und nun komme ich zu dem Satz von John Marks, der mir nicht mehr aus dem Kopf geht. Der Satz lautet: *Beinahe jeder Hirnforscher fand hinter sich einen Geheimdienstagenten, der ihm über die Schulter schaute und auf seine Forschungen Einfluss nahm.*«

Er machte eine Pause und schaute Troller und Jane bedeutungsvoll an.

Troller wartete darauf, dass noch etwas kam, aber es kam nichts. Pit Kern hatte alles gesagt.

»Du meinst«, fragte Jane, nachdem sie einander eine Weile angeschwiegen hatten, »dass die Forscher aufpassen sollten, wer sich für ihre Ergebnisse interessiert?«

»Nein«, sagte Pit Kern, »das ist nicht das Entscheidende. Das Entscheidende ist: Die CIA formulierte die Ziele der Forschung. Und, ob die Hirnforscher das wissen oder nicht, das geheime Ziel der Hirnforschung ist immer noch: Schafft uns den Manchurian Candidate, also den perfekt manipulierbaren Menschen! Wohlgemerkt, das muss nicht das subjektive Ziel des einzelnen Hirnforschers sein, ich sage ja nicht, dass diese Leute alle Verbrecher sind, ich habe viele von ihnen interviewt, und die meisten sind ausgesprochen liebenswürdig und ehrenwert, aber es gibt eben auch so etwas wie ein objektives Ziel der Forschung. Und das implizite Ziel, das Ziel, das von Anfang an in die Hirnforschung eingeschrieben ist, ihr Kainsmal sozusagen, heißt: Gedankenkontrolle. Was immer sie machen – Krankheiten heilen, Verbrechen verhindern, das Rätsel des Geistes lösen –, das ist es, wohin die Reise geht! Erkenntnisinteresse der Hirnforschung und Erkenntnisinteresse der Geheimdienste sind von Anfang an miteinander verschmolzen wie zwei Metalle einer Legierung. Das ist es, was John Marks gesehen hat.«

»Ich war ja nicht dabei, als ihr euch neulich getroffen

habt«, sagte Troller, »aber mich würde schon interessieren, worum es da ging, und ...«

»Es ging um Braintech«, unterbrach Jane. »Pit hat gesagt, er hätte sich die Finanzen der Firma genauer angeschaut und sei dabei auf Unregelmäßigkeiten gestoßen.«

»Ich habe natürlich nicht alles gesagt, was ich wusste«, sagte Pit Kern mit gedämpfter Stimme und sah sich noch einmal misstrauisch um. »Ich kann nämlich beweisen, dass Braintech zu fünfzehn Prozent der CIA und dem Pentagon gehört.«

»Im Ernst?«

»CIA und Pentagon?«

»Allerdings.«

»Und beide sind an Braintech beteiligt?«

»Indirekt. Es gibt eine Firma mit Namen Brainimprove, die zu dreißig Prozent an Braintech beteiligt ist, und die Hälfte dieser Firma gehört dem Pentagon und der CIA.«

»Und die andere Hälfte?«

»Hab ich nicht rausgekriegt.«

»Und das steht in deinem Artikel?«

»Hätte dringestanden, unter anderem, ja.«

»Was war das andere?«

»Das andere war, dass Braintech sich in großem Umfang an der Finanzierung wissenschaftlicher Institute beteiligt. Zum Beispiel am IfAN-Institut, das Heribert Ritter geleitet hat. Oder das Frankfurter Institut von Professor Gronius. Und dass damit – zumindest indirekt – das Pentagon und die CIA die Forschungen dieser Institute finanzieren. Glaubt ihr, die Amis tun das ohne eigenes Interesse?«

»Aber«, sagte Jane, ohne auf die rhetorische Frage einzugehen, »das Pentagon ist doch mehr an Kampfanzügen und so was interessiert. Ich weiß, dass die eine Menge Geld für Nanotechnologie am MIT ausgeben, um ultraleichte und zugleich superharte Kampfanzüge zu konstruieren, aber Hirnforschung?«

»Wie wär's mit einem Chip im Hirn, der die Reaktionsgeschwindigkeit von Kampfjet-Piloten erhöht?«

»Daran arbeiten die?«

»Davon träumen die. Oder wie wär's mit einem Chip als Schnittstelle zwischen Mensch und Computer, durch den du Befehle direkt ins Hirn senden kannst?«

»Computer steuern kann man doch schon auf diese Weise.«

»Ja, eben! Aber wie wär's mit einem Projekt, genannt Life Log, in dem alles, was du erlebst, tust, denkst, konsumierst etc., aufgezeichnet wird? Jede Fernsehsendung, jeder Kinobesuch, jedes Buch, jeder Zeitungsartikel, jedes Fieber, jeder Schnupfen, jedes Wort, das wir hier sprechen, jeder Gedanke, der dir durch den Kopf geht. Lückenlose Aufzeichnung deines Lebens. Wie wär's damit?«

»Warum sollte das Pentagon sich dafür interessieren?«

»Sie sind durchgeknallt. Aber sie haben es getan. Es gibt eine Behörde – DARPA, Abkürzung für Defence Advanced Research Programms Agency –, die ein solches Life-Log-Programm erarbeiten wollte. Die Frage ist ja nicht nur, wie speichern wir das alles, sondern auch: Wie werten wir das dann aus? Daran sollte geforscht werden. Dafür wollten sie Geld vom Kongress, und zwar Milliarden!«

»Und? Hat der Kongress ihnen die Gelder bewilligt?«

»Verrate ich gleich. Es gab aber noch ein anderes Programm, genannt TIA. Abkürzung für *Total Information Awareness,* später umbenannt in *Terrorist Information Awareness*. Sie hatten sich ein wunderbares Logo dafür ausgedacht: eine Pyramide mit einem Gottesauge an der Spitze, und von diesem Auge beobachtet und bewacht: die Erdkugel. Ist das nicht himmlisch? Gott sieht alles, und Gott sind wir – das war das Programm. Darunter der Wahlspruch: *Scientia est potentia*, die berühmte Formel von Francis Bacon, mit der die Wissenschaft ihren Siegeszug begann: Wissen ist Macht.«

»Und was sollte das alles?«

»Es ging, wie schon gesagt, darum, alle Daten zu speichern, grundsätzlich alle, über alle Menschen auf dieser Erde. Jeder Einkauf mit Kreditkarte, jedes Zeitschriftenabonnement, jede Reise, jeder Klick im Internet an jedem Computer, ob im Büro oder zu Hause, jede E-Mail, jeder Einkauf, jede Kontobewegung, jedes Telefongespräch, alle menschlichen Bewegungen auf kameraüberwachten öffentlichen Plätzen, mit besonderem *Kameramerk* auf biometrische Daten etwa des Gangs – all das sollte gespeichert und von einem intelligenten System automatisch nach auffälligen, verdächtigen, anormalen Transaktionen durchgesiebt werden. TIA war eines der Projekte, die geplant waren im Rahmen des Patriot Act, dem Gesetzespaket, das –«

»Wir wissen, was der Patriot Act ist«, ging Troller ungeduldig dazwischen.

»Okay«, sagte Pit Kern mit einer beschwichtigenden Geste, »jedenfalls, dieses Projekt war eine technische Herausforderung, für die die ersten Ausschreibungen an die Computerindustrie schon in Gang gesetzt wurden. Knapp 545 Milliarden Dollar hatte das Pentagon bis 2005 bereitgestellt. So war es geplant.«

»Aber etwas ging schief.«

»Stimmt. Das Pentagon bekam Probleme mit dem Kongress.«

»Na bitte«, sagte Jane, »die Demokratie funktioniert doch noch.«

»Ja, so wie im alten Griechenland. Da gab es die freien Bürger und die Sklaven. In den USA gibt es die Amerikaner und den Rest der Welt. Der Hauptgegner des TIA-Projekts war Ron Wyden, demokratischer Senator aus Oregon. Sein Einwand: *Wir können nicht alle Amerikaner an den Füßen hochziehen, sie schütteln und dann schauen, ob was Seltsames aus ihnen herausfällt*. Wohlgemerkt: *alle Amerikaner* –

Aktivitäten der Geheimdienste, die Entsprechendes im Ausland planten, sollten ruhig weiterlaufen. Na ja, immerhin stoppte der Kongress das TIA-Projekt in mehreren Etappen, strich im Sommer 2003 alle Mittel und schloss per Gesetzesänderung das TIA-Büro.«

»Und was hat das jetzt mit Braintech zu tun?«

»Du wolltest ein Beispiel dafür, woran Pentagon und CIA interessiert sind und warum sie sich an einer solchen Firma beteiligen, die ihrerseits Forscher, Journalisten und Politiker besticht.« Er winkte der Bedienung und bestellte noch einen Cappuccino.

Über den See hatte sich die Dämmerung gelegt. Die Schwäne hatten die Anker gelichtet und waren weitergesegelt.

»Kannst du das beweisen?«, fragte Jane. »Ich meine, das mit den Bestechungen?«

»Es gibt eine Liste«, sagte Pit Kern leise, nachdem er sich noch einmal umgeschaut hatte. »Mit allen Personen darauf, die von Braintech illegale Zuwendungen erhalten. Einschließlich der Beträge und der Schweizer Nummernkonten, auf die diese Gelder gezahlt werden.«

Troller sah das Flackern in Janes Augen, die Erregung der investigativen Journalistin, wenn sie kurz davor war, eine große Story an Land zu ziehen, einen echten *Scoop*. Wenn Pit Kern die Liste nicht veröffentlichen konnte, dann würden sie es tun.

»Und?«, fragte Jane mit gezügelter Erregung. »Wo ist die Liste jetzt?«

»Ich weiß es nicht.«

»Wieso nicht?«

»Ich hatte einen Informanten bei Braintech. Ich wollte mich am Montag mit ihm treffen. Er hatte geschäftlich in Berlin zu tun und wollte einen Abstecher ins Manzini machen. So hatten wir es verabredet. Wir hätten dort zufällig nebeneinandergesessen, er hätte einen USB-Stick liegen gelassen, ich hätte ihn mitgenommen, und fertig.«

»Und dann haben sie dich zusammengeschlagen.«

»Ja, aber das war nicht der Hauptgrund dafür, dass die Übergabe geplatzt ist. Ich wäre da schon irgendwie hingekommen.«

»Aber?«

»Der Informant konnte den Termin leider nicht wahrnehmen.«

»Warum nicht?«

»Weil er am Sonntagabend auf der Finchley Road in London von einem Auto überfahren wurde.«

»Scheiße!«

»Kann man wohl sagen.«

»Du nimmst nicht an, dass es Zufall war, oder?«

»Ich nehme an, dass es ein ziemlich planmäßig und bewusst herbeigeführter Zufall war. Und«, Pit Kern zögerte und sah Jane aus seinen geschwollenen Augen unter den geplatzten Augenbrauen heraus mit einem zugleich anklagenden und verwundeten Blick an, »ich fürchte, dein englischer Freund hat etwas damit zu tun.«

Troller zuckte abermals zusammen. *Mr Tempranillo?*

»Das kann ich mir nicht vorstellen«, sagte Jane, wobei sie plötzlich so rot im Gesicht wurde, wie Troller es noch nie an ihr gesehen hatte.

»Ich bin seit Sonntagabend in Gedanken alle Möglichkeiten durchgegangen, wieder und wieder«, sagte Pit Kern. »Ich weiß natürlich nicht, ob mein Informant irgendwo geplaudert hat, das könnte auch eine Erklärung sein. Aber wir beide waren extrem vorsichtig. Ich habe nicht von der Redaktion aus mit ihm telefoniert, nicht von zu Hause, auch nicht von meinem eigenen Handy, ich habe mir ein Handy geliehen. Und er hat es genauso gemacht. Wir waren immer im Freien, wenn wir miteinander gesprochen haben, alle beide, also wie sollte man uns belauscht haben? Das einzige Mal, dass ich unvorsichtig war, war am Samstagabend im Lang Nuong. Sorry, Jane, aber es kommen wirklich nur wir vier in Frage. Schmidt-Schönbein, du, Frank Teschemacher und ich.«

*Frank Teschemacher?*

»Ist das ein Deckname?«

»Er heißt wirklich so«, sagte Jane, immer noch mit hochrotem Kopf. »Wie der Jazzklarinettist. Kennst du wahrscheinlich. Das ist ein Großonkel von ihm. Frank schreibt für die *SUN*. Ich habe ihn im Old Bailey kennengelernt. Während des Prozesses über den Erlöser. Durch Marty, weißt du?«

*Na, dann ist ja alles gut.*

Nichts war gut. Troller wusste genau, was dieses schnell hinzugefügte *Durch Marty, weißt du* zu bedeuten hatte. Jane wollte damit betonen, dass es ein ganz seriöses Kennenlernen war, kein Grund zur Aufregung. Nichts Böses dabei. Der gute alte Marty von der *Times* hatte ihr einen jungen Kollegen (er nahm an, dass er jung war) von der *SUN* vorgestellt, und weil es Marty von der *Times* war, der ihn vorgestellt hatte, bekam die Sache einen harmlosen Anstrich. Aber Troller würde nicht den Eifersüchtigen spielen, auf keinen Fall. Er würde auch nicht um Jane kämpfen, niemals. Er würde jederzeit *für sie* kämpfen, das war keine Frage – aber um sie, nein. Wenn sie einen anderen liebte, dann würde er sich eben dezent zurückziehen. War vielleicht gar nicht so schlecht, dass er sie noch nicht wegen Sarah gefragt hatte.

»Aber«, sagte Jane zu Pit Kern, »du hast doch am Sonntag überhaupt nichts von einer Liste erzählt. Ich meine, du hast gesagt, du hättest dir mal den Geldfluss angeschaut, woher die Institute ihre Fremdmittel bekämen und so weiter, aber sonst hast du, wenn ich mich richtig erinnere, nur Vermutungen über gewisse Unregelmäßigkeiten von Braintech geäußert, ich meine, schwarze Kassen, Korruption, Schweizer

Konten, solche Worte sind gefallen, aber das war doch reine Spekulation.«

»Ich habe einen Informanten aus der Firma erwähnt.«

»Stimmt, das hast du.«

»Und das war ein Wort zu viel. Jedenfalls hätte ich das nicht in Gegenwart eines britischen Kollegen machen dürfen, den ich noch nie zuvor gesehen hatte. Ich muss besoffen gewesen sein. Aber das war ich nicht. Ich war nur leichtsinnig, vertrauensselig, fahrlässig – Scheiße!« Er vergrub das Gesicht in seinen Händen und blieb eine ganze Weile in dieser Haltung. »Seit wann kennst du diesen Frank?«, fragte er schließlich.

»Ungefähr eine Woche.«

»Hältst du es für möglich, dass er ein Geheimdienstler ist? Oder dass er selbst auf der Gehaltsliste von Braintech steht?«

»Ich halte alles für möglich«, sagte Jane und räusperte sich. Ihre Gesichtsfarbe hatte sich mit einem Male ins andere Extrem gewandelt. Sie war kreideweiß.

»Kennst du ihn auch?«, fragte Pit und sah dabei Troller in die Augen.

»Nein«, sagte Troller. »Ich höre von ihm zum ersten Mal.«

# 23

Sie hatte Glück gehabt. Fleming's Mayfair Hotel gehörte zu den begehrtesten Hotels der Stadt. Es hatte sich den Charme eines Traditionshotels erhalten und lag in einer der schönsten Gegenden Londons, nahe dem Green Park und dem Shepherd Market, wo sie mit Marty und Frank zusammen in dem kleinen Bistro gesessen hatte.

Sie hatte sogar das Glück gehabt, ein Zimmer zu bekommen, das zur Half Moon Street hinausging, mit einem Fenster, dessen untere Hälfte man nach oben schieben konnte und von dem aus sie eine gute Aussicht auf das dreistöckige Haus im georgianischen Stil hatte, in dem sich Franks Apartment befand. Sie hätte in sein Zimmer hineinsehen können, wenn das Licht angewesen wäre, aber es brannte kein Licht. Sie hatte vorhin auch vergeblich bei ihm geklingelt. Frank war offenbar nicht da.

*Wo bist du, Frank Teschemacher?*

Anrufen wollte sie ihn nicht. Sie wollte ihn überraschen. Sie wollte ihm keine Gelegenheit geben, sich Ausreden zu überlegen und ihr etwas vorzulügen, sie wollte ihn zur Rede stellen und die Wahrheit erfahren, und zwar *subito*.

Sie hätte nicht die Geduld aufgebracht, bis morgen zu warten. Nachdem Pit Kern den Verdacht geäußert hatte, Frank hätte etwas mit Braintech zu tun, hatte sie sich mit seiner Erlaubnis sofort an Pits Computer gesetzt und einen Flug nach London gebucht, noch für diesen Abend. Troller hatte sie nach Hause gefahren, sie hatte ein paar Klamotten in den

Handkoffer geworfen und war mit dem Taxi nach Tegel gesaust.

Troller hätte sie auch zum Flughafen gefahren, er hatte es ihr angeboten, aber sie wollte ihn nicht übermäßig strapazieren. Sie war sogar ein bisschen wütend auf ihn. Diese verdammte Selbstlosigkeit! Warum war er nicht eifersüchtig? Warum rastete er nicht aus? Warum tat er so, als hätte er nicht die geringste Ahnung?

Dabei hatte er durchaus eine Ahnung. Das war doch nicht zu übersehen. Allein schon, wie er abwesend in die Ferne geblickt hatte, als von Frank die Rede gewesen war. Dieses angestrengte Bemühen, gleichgültig, unbeteiligt zu erscheinen. Wenn er ihr geglaubt hätte, dass Frank nur ein Journalist war, mit dem sie sich rein kollegial in einem Restaurant getroffen hatte, dann hätte er sich doch dafür interessiert, wer Frank war, was er mit Braintech zu tun hatte, ob er Pit verraten hatte und so weiter. Stattdessen hatte er so getan, als wäre der Name Frank Teschemacher gar nicht gefallen!

Ja, sie war wütend auf ihn. Aber vielleicht war sie nur wütend auf ihn, weil sie wütend auf Frank war. Oder auf sich selbst.

Den Namen des Hotels, das man von Franks Wohnung aus sah, hatte sie sich gemerkt, weil Frank beiläufig von einer Spionagegeschichte erzählt hatte. Geheimagenten hatten sich hier im Fleming's getroffen, iranische mit russischen oder amerikanische mit syrischen oder israelische mit ägyptischen, was auch immer.

*Komm nach Hause, Frank!*

Sie saß hinter der Fensterscheibe und beobachtete die Straße. Es war Nacht. Die Straßenlaternen gossen ein gelblich trübes Licht auf das Pflaster. Es war kühl, auch ein bisschen feucht, obwohl es nicht regnete. Die Luft, die durch das hochgeschobene Fenster zu ihr hereindrang, war schwer und kalt. Passanten gingen mit hochgezogenen Schultern am Hotel vorbei, fröstelnd. Sie sah, wie jemand – ein Mann mit einem beigefarbenen Hut – auf der gegenüberliegenden Seite stehen blieb, an seiner Zigarette sog und zu ihr hinaufschaute.

*Nun komm schon!*

Sie saß da und wartete. Hoffte und fürchtete, dass Frank endlich kam. Wie würde sie sich verhalten? Würde sie ihn anbrüllen? Ihm Vorwürfe machen? Ihm ihre Wut und ihre Enttäuschung ins Gesicht schleudern? Sich auf ihn stürzen und auf ihn einschlagen? Mit Fäusten? Oder mit der flachen Hand ins Gesicht? In ihrer Phantasie hatte sie das alles durchgespielt. Sie hatte geklingelt, er hatte den Summer betätigt und sie oben an seiner Wohnungstür erwartet, überrascht, überrumpelt. Sie war an ihm vorbei in sein Apartment gerauscht, hatte nicht einmal gewartet, bis er die Tür hinter sich geschlossen hatte, und hatte ihm eine schallende Ohrfeige verpasst. Mit aller Kraft. Er hatte sich nicht gewehrt. Er hatte sich die Wange gerieben, über dem roten Abdruck ihrer Finger, rot auf weiß, und dann hatte er angefangen zu stottern, was ist denn los, was hab ich getan, wie kommst du überhaupt hierher, ich verstehe das alles gar nicht, kannst du mir mal erklären – und so weiter. Sie hatte ihm die Fakten aufgezählt, seinen Betrug, den Missbrauch ihres Vertrauens, seine Schuld am Tod des Informanten, seine Schuld daran, dass Pit Kern zusammengeschlagen worden war, und vor allem daran – das hatte sie in ihrer Phantasie nicht gesagt, aber gedacht –, dass sie sich hintergangen und betrogen fühlte wie lange nicht mehr. Glaub nicht, dass du ungeschoren davonkommst. So etwas rächt sich, so ein krummes Spiel, vor allem wenn man es mit Jane Anderson spielt, *if you know what I mean*.

Aber dann war sie sich lächerlich vorgekommen mit ihrer Empörung und ihren Phantasien und hatte gedacht, es ist Unsinn, Jane, es ist ein Irrtum, er doch nicht. Nicht er.

Irgendetwas muss anders gelaufen sein, als du denkst, anders, als Pit Kern denkt, vielleicht saßen draußen vor dem Lang Nuong MI-6-Agenten mit Richtmikrofonen und haben unser Gespräch belauscht, oder Pit Kern hat doch noch bei jemand anderem geplaudert, bei Schmidt-Schönbein vielleicht, oder jemand aus der eigenen Redaktion hat ihn verpfiffen. Nein, Frank doch nicht. Niemals.

Vom Shepherd Market her, also aus der Richtung, aus der sie vor einer Woche mit Frank gekommen war, kam jetzt ein junges Paar, der Mann gestikulierend – nicht wild, sondern eher dezent und gelassen –, die Frau interessiert zuhörend, so sah es jedenfalls aus der Ferne aus. Beide waren blond. Die Frau trug einen kurzen engen Mantel, smaragdgrün, der Mann einen lässigen Mantel, nicht weiß, aber hell. Jane brauchte eine Weile, bis sie erkannte oder wahrnahm oder ihrer Wahrnehmung zu erkennen gestattete, dass es Mr T. war. Aber er war es, ohne Zweifel. Vielleicht war er wieder in dem Bistro gewesen. Vielleicht hatten die beiden auch wieder viel gelacht, und er hatte gesagt, lass uns noch einen Tempranillo trinken, ich habe einen guten Tinto Pesquera zu Hause, komm mit, es ist nicht weit, nur ein paar Schritte, wir können zu Fuß gehen.

Mit allem hatte Jane gerechnet, nur nicht damit. Sie hatte daran gedacht, dass er bei einer Freundin übernachten könnte, oder bei *seiner* Freundin, um genau zu sein (falls es da eine gab), aber seltsamerweise war sie nicht auf den Gedanken gekommen, dass er diese Freundin mit zu sich in seine Wohnung nehmen würde, dahin, wo sie das erste Mal mit ihm geschlafen hatte. Der Ort war für sie tabu gewesen. Jetzt wurde das Tabu gebrochen.

Die Frau hatte volles, halblanges Haar, und sie war ausgesprochen hübsch, soweit man das in dem schmutzig gelben Licht erkennen konnte. Gratuliere, Frank! Auch sein Gesicht sah gelbsüchtig und krank aus, wenn man es genau nahm, aber die Phantasie retuschierte sich das Bild zurecht und schoss dabei noch übers Ziel hinaus. Die beiden da unten kamen Jane vor wie das Traumpaar, wie zwei Filmstars in einem Remake von *Casablanca*. Zum Glück küssten sie sich nicht. Sie schauten einander nicht mal in die Augen. Also nichts mit: *Here's looking at you, kiddo!* Nicht bevor sie ins Haus gingen. Nicht bevor sich die Tür hinter ihnen schloss. Aber dann …

Sie hätte jetzt gern eine Zigarette gehabt. Sie rauchte nicht, aber das wäre der richtige Moment: Im Zimmer auf und ab gehen und hektisch eine nach der anderen anzünden. Und nachdenken, überlegen, rastlos, getrieben. Was tun? Bis morgen früh warten, wenn die blonde Frau wieder gegangen war? Die ganze Nacht am Fenster sitzen und sich lächerlich machen wie eine alberne eifersüchtige Schnepfe? Oder auf alle Rücksicht pfeifen und hinübergehen, jetzt gleich? Und Sturm klingeln. Die Tür eintreten, wenn es sein musste. Oder Frank auf seinem Handy anrufen. Und wenn er dann den Summer betätigte, hinaufstürzen und – warum fing sie in Gedanken auf einmal an, die Frau zu schlagen? Was ist los mit dir, Jane? Wieso drehst du auf einmal durch? Du wirst jetzt stehen bleiben und tief durchatmen. Du wirst aufhören, im Zimmer auf und ab zu rennen wie ein kopfloses Huhn. Du setzt dich wieder auf einen Stuhl, von mir aus auch am Fenster, und regst dich ab. Du überlegst dir deinen nächsten Schritt, und eines ist sicher: Du wirst auf keinen Fall irgendeinen Wutausbruch kriegen, hast du gehört?

*Ja, Dad.*

Sie setzte sich nicht auf den Stuhl. Sie zog den Mantel an, öffnete die Zimmertür, stutzte, überlegte, schloss die Tür von innen wieder, kramte ihr Handy heraus, wählte.

»Teschemacher.«

»Ich bin's. Jane.«

»Oh, ist er aus dem Koma erwacht?«

»Wer?« Sie wusste, wer.

»Der Erlöser.«

»Nein. Nicht dass ich wüsste.«

*»Keine Anrufe. Keine SMS. Keine E-Mail«*, zitierte er. »Was ist los, Jane? Ist was passiert?«

»Kann ich dich sehen?«

»Natürlich. Jederzeit. Nimm das nächste Flugzeug und komm her.«

»Ich bin schon da.«

»Wo?«

Sie hatte erwartet, dass er verschreckt oder verärgert reagieren würde. Aber das war nicht der Fall. Er konnte ja auch nicht wissen, dass sie nur eine Straßenbreite von ihm entfernt war.

»Wenn du ans Fenster kommst, kannst du mich sehen.«

»Ist das ein Witz?«

»Nein, kein Witz.«

Sie sah, wie er ans Fenster trat. Das Licht in seinem Zimmer war nicht so hässlich gelb, es hatte einen rötlichen Schimmer und machte ihn zu dem begehrenswertesten Mann der Welt. Hinter ihm tauchte die beneidenswerteste Frau der Welt auf.

»Da ist niemand auf der Straße«, sagte er. »Ich sehe dich nicht.«

»Warte«, sagte sie. »Ich mache Licht.«

Sie ging nicht zum Hauptschalter, sondern zur Stehlampe und knipste sie an. Sie wollte auch in ein günstiges Licht getaucht sein. Mit dem Handy am Ohr ging sie zurück zum Fenster und schaute hinüber.

Jetzt sah er sie. Er wandte sich um zu der blonden Frau und zeigte auf das Fenster, in dem Jane stand. Sie sah, wie er das Handymikrofon zuhielt und etwas zu der Frau sagte. Etwas Spöttisches? Etwas zum Lachen? Ja, sie lachte. Und als ob das nicht genug gewesen wäre, winkte sie zu Jane hinüber.

Sollte sie sich abwenden? Oder cool bleiben und zurückwinken?

Sie winkte zurück.

»Was machst du hier? In London, meine ich?« Frank wieder, ohne Hand vor dem Mikro.

»Recherche.«

»Kann ich dir dabei helfen? Oder nein, erst mal die Hauptsache: Ich freue mich, dich zu sehen. Komm rüber! Komm!«

Er tat so unschuldig, so harmlos, dass es schon wieder zum Lachen war.

»Ich hab noch einen guten Tempranillo«, sagte er. »Direktimport aus Berlin.«

»Ich nehme an, den wolltest du mit deiner hübschen Begleiterin trinken.«

»Mit Sylvie? Nein, die trinkt keinen Alkohol. Außerdem muss sie gleich gehen. Aber sie würde dir gern Guten Tag sagen.« Er hielt wieder das Handy zu und sagte ein paar Worte zu Sylvie, Jane konnte sehen, wie Sylvie nickte und noch einmal winkte.

*Also dann. Nur Mut.*

Sie brauchte nicht zu klingeln, der Summer summte bereits, als sie an der Tür war. Mit Herzklopfen und einem bangen Gefühl in der Brust eilte sie die Treppe hinauf.

Frank stand oben an der Tür, genau wie sie es sich vorgestellt hatte. Aber sie stürzte sich nicht auf ihn, weder mit den Fäusten noch mit einer schallenden Ohrfeige. Er wollte sie umarmen, sie wollte es auch und wollte es auch wieder nicht, natürlich nicht. Sie gab ihm die Hand, übersah sein Stirnrunzeln und folgte ihm ins Wohnzimmer. Die blonde Frau, Sylvie, sah wirklich wunderschön aus. Sie hatte strahlend blaue Augen, einen vollen sinnlichen Mund, eine etwas zu sehr gebogene Nase, irgendeine Unvollkommenheit musste ja sein, und kräftige und zugleich seidige Haare, für die jeder Perückenmacher ein Vermögen ausgegeben hätte. Oder war es eine Perücke?

*Nein, leider nicht.*

»Das ist Sylvie«, sagte Frank. »Und das ist Jane.«

»Ich hab schon von Ihnen gehört«, sagte Sylvie. »Sind Sie beruflich hier?«

»Ja«, antwortete Jane mit einem kurzen Blick auf Frank. »Es gibt da ein paar Dinge zu klären.«

»Kann Frank Ihnen dabei helfen?«

»Möglicherweise.«

»Dann will ich nicht länger stören. Aber ich hoffe, wir sehen uns wieder. Mein Bruder ist ja vollkommen verrückt …«

»Sylvie!«

»Entschuldige, Frank. Ich hab doch gar nichts gesagt. Gib mir nur gerade noch das Buch, das du mir empfohlen hast, dann bin ich auch schon weg.«

Sie gab Jane die Hand, eine schlanke, kräftige, angenehme Hand, und ging mit Frank hinaus.

Jane stand am Fenster und schaute hinüber zu dem Platz, an dem sie noch vor einigen Minuten gesessen hatte. *Gestaltswitch*. Die Welt sah auf einmal anders aus. *Mein Bruder*. Wieso hatte Frank ihr nichts von seiner Schwester erzählt? Sie hatte geglaubt, er wäre ein Einzelkind. Der kleine Junge und sein Vater, der Jazzer. Die Mutter dahinter fleißig, ordentlich, unscheinbar und blass. Eine Schwester kam in dem Gemälde nicht vor. Gab es noch weitere Geschwister?

»Nein, es gibt nur meine kleine Schwester und mich«, sagte er, als sie ihn danach fragte. »Sylvie. Ich glaube, sie mag dich.« Er lächelte ein Grübchenlächeln, das so viel hieß wie: Wollen wir nicht erst mal ein bisschen miteinander schlafen? Aber als er sah, dass Jane nicht darauf reagierte, wurde er ernst. »Was ist los? Was ist passiert? Hat es was mit Troller und dir zu tun?«

Und wieder ein Gestaltswitch. Eben war sie noch außer sich gewesen, ein Spielball der Emotionen, erst Wut, Enttäuschung, Eifersucht und gleich danach, sie konnte sich nicht dagegen wehren, Erleichterung, Aufatmen, sogar ein kleines Glücksgefühl, weil Sylvie nicht die schöne Geliebte war, sondern die schöne Schwester. Aber jetzt war es vorbei mit den Emotionen. Jetzt war die Zeit für klare Worte.

»Es hat etwas mit Braintech und dir zu tun.« Sie stand immer noch am Fenster, schaute aber nicht mehr hinüber. Sie sah nur noch ihn an, kalt, prüfend. »Wie ist deine Verbindung zu Braintech, Frank? Was hast du ihnen gesagt, nachdem wir im Lang Nuong die beiden Kollegen getroffen hatten?«

»Moment mal«, sagte er. »Ist das ein Verhör?«

»Ja, das ist es.«

»Bin ich angeklagt?«

»Du stehst unter Verdacht.«

»Okay. Was willst du wissen?«

»Die Wahrheit. Was hast du mit Braintech zu tun?«

»Ich mache Pressearbeit für Braintech. Wenn du mal auf die Website geschaut hättest – da steht mein Name.«

»Und die *SUN* erlaubt das?«

In Deutschland wäre so etwas unmöglich gewesen. Jedenfalls bei einer seriösen Zeitung. Aber war die *SUN* ein seriöses Blatt?

»Ich arbeite nur als freier Mitarbeiter für die *SUN*. Und ich bin ja kein Wirtschaftsjournalist. Ich schreibe über Kriminalfälle. Genau wie du. Das kollidiert nicht mit den Interessen von Braintech.«

»Da wäre ich mir nicht so sicher«, sagte Jane. »Aber warum hast du uns das verschwiegen?«

»Was?«

»Dass du für Braintech arbeitest.«

»Kein Mensch hat mich danach gefragt.«

»Als Pit Kern von seinen Recherchen erzählte, hättest du es sagen müssen. Das wäre nur fair gewesen.«

»Warum hat Pit Kern seinen Job nicht richtig gemacht?

Warum hat er nicht mit mir telefoniert, wenn er über Braintech recherchiert? Warum hat er nicht mit offenen Karten gespielt? Warum kannte er nicht mal meinen Namen?«

»Ausflüchte.«

Er schaute sie an, fragend, nachdenklich. Hinter seiner Stirn arbeitete es. In seinem Herzen womöglich auch. Aber das, was früher das Herz war, lag ja inzwischen auch hinter der Stirn.

»Gut«, sagte er schließlich, und sie konnte ihm ansehen, wie viel Überwindung es ihn kostete. »Ich fürchte, du hast recht.«

»Womit?«

»Ich habe«, sagte Frank zögernd, »gedacht, ich erfahre mehr, wenn ich nicht gleich damit herausplatze, dass ich für Braintech arbeite. Ich hätte gern mehr von dem gewusst, was Pit Kern herausgefunden hatte. Weil es mir neu war.«

»Es war dir neu, dass Braintech Bestechungsgelder zahlt? Es war dir neu, dass es schwarze Kassen und Schweizer Konten gibt? Es war dir neu, dass eine Firma an Braintech beteiligt ist, die je zur Hälfte dem Pentagon und der CIA gehört? Erzähl das deiner kleinen Schwester, Frank.«

»Es war mir nicht neu, dass Braintech möglicherweise – oder sogar sehr wahrscheinlich – Bestechungsgelder zahlt. Das ist nun mal so in der Branche. Und ja, es wurde auch gemunkelt, dass Braintech nicht nur wissenschaftliche Institute sponsert, was ja normal ist, sondern auch Wissenschaftler, Politiker und Journalisten schmiert. Ein offenes Geheimnis. Es war mir aber neu, dass es Beweise dafür gab und vor allem, dass ein deutscher Journalist offenbar einen Informanten in der Firma hatte. Dem wollte ich natürlich nachgehen.«

»Und die CIA? Und das Pentagon?«

»Was soll daran interessant sein? CIA und Pentagon interessieren sich für jede Technologie, die strategisch relevant ist.

Ich gebe zu, dass ich nicht wusste, dass Brainimprove zur Hälfte der CIA und dem Pentagon gehört. Aber – was ist daran böse?«

»Ich weiß es nicht, Frank. Ich traue diesen Vereinen nur nicht über den Weg. Aber böse ist auf alle Fälle, dass du eure Sicherheitsabteilung, oder wer immer dafür zuständig ist, darüber informiert hast, dass Pit Kern Kontakt zu einem Informanten bei Braintech hatte, und dass die Sicherheitsabteilung nicht nur dafür gesorgt hat, dass Pit Kern zusammengeschlagen wurde, sondern auch, dass dieser Informant auf der Finchley Road einen tödlichen Autounfall hatte. Das ist daran böse.«

Frank erstarrte, sah sie mit einem blöden, ratlosen Gesichtsausdruck an, der Mund offen, die Augenbrauen zusammengezogen, der Blick unklar, verschwimmend. Dann schüttelte er leicht den Kopf, nicht abwehrend, sondern immer noch ungläubig, und fuhr sich mit der linken Hand durch die Haare. Für einen Moment hatte es den Anschein, als wollte er sich das Büschel Haare, in das sich seine Hand verkrampfte, mit einem Ruck ausreißen. »Chris«, fragte er leise, »Chris Wheeler?«

Sie sah ihn irritiert an. »Wer ist das?«

»Redest du von Christopher Wheeler?«

»Ich weiß nicht, was du meinst.«

»Der den Autounfall hatte. War das Chris Wheeler?«

»Keine Ahnung, Frank. Wer ist dieser Chris Wheeler?«

»Sonntagabend«, sagte Frank leise. »Chris fuhr auf der Finchley Road. Ein schwarzer Roadster hielt direkt auf ihn zu. Dunkle Scheiben, niemand darin zu sehen. Nummernschild offenbar gefälscht. Chris war sofort tot. Der Roadster ist mit hohem Tempo davongerast. Vom Täter keine Spur. Das ist es, was ich weiß. Aber ich wusste nicht, dass es Mord war. Ich wusste nicht, dass Chris der Informant war. Ich wusste es wirklich nicht, Jane. Ich kannte Chris. Wir mochten uns. Wir haben uns manchmal in einem Pub in der Wardour Street getroffen, in Soho. Er hat mir immer von seinen Kindern erzählt. Zwei Jungs. Acht und zehn Jahre alt. Sie waren gut im Sport. Er war so stolz auf sie.«

»Was für einen Job hatte er in der Firma? War er Manager? Wissenschaftler oder …?«

»Finanzen. Er saß in der Finanzabteilung. Wenn es eine schwarze Kasse gab, dann nicht ohne sein Wissen. Wahrscheinlich hat er die Transaktionen selbst durchgeführt. Das ist schon möglich. Aber ich habe nie mit ihm darüber gesprochen.«

»Wem hast du von unserem Gespräch erzählt, Frank? Ich meine, von Pit Kern.«

»Nur einem Kollegen, der mit mir zusammen die Pressearbeit macht. Ich hab ihn gefragt, ob er mehr darüber wüsste, über die schwarzen Kassen und die geheimen Konten, ob es womöglich eine Liste mit den Konten und den Empfängern gibt, und wenn ja, wer die Beweise in den Händen hat. Er hat gesagt, er hätte keine Ahnung, wie ich denn darauf komme. Und dann habe ich ihm erzählt, ich hätte in Berlin zufällig einen Journalisten getroffen, der behauptet, er hätte einen Informanten in der Firma und wäre kurz davor, einen großen Skandal aufzudecken. Das war alles.«

»Hat offenbar gereicht.«

»Ja«, sagte Frank und wandte sich von ihr ab. Er machte zwei Schritte auf das Fenster zu, stützte sich mit beiden Händen daran ab und legte den Kopf gegen die Scheibe. »Ich war ein Idiot«, sagte er, und es klang dumpf und fremd, weil er gegen die Scheibe sprach und der Ton wie ein kaltes Echo zu ihr zurückgeworfen wurde. »Ein kompletter Idiot.«

Sie glaubte ihm. Er tat ihr leid. Er stand wie ein Häuflein Elend da, bestürzt über das, was er angerichtet hatte. Ihr fiel ein, was er damals vor dem Old Bailey gesagt hatte.

*Wir sind das Blatt für einfache Menschen, die einfache Geschichten lesen wollen, mit einer klaren Moral. Hier die Guten, da die Bösen.*

Er war so überzeugt davon gewesen. Und jetzt? Sie hätte ihn gern in die Arme genommen und ihn getröstet. Er war nicht unschuldig, aber auch nicht schuldig. Er arbeitete nur für die falsche Firma.

Sie sagte es ihm, aber er bestand darauf, dass er es hätte wissen müssen.

»Hast du was zu trinken?«, fragte sie schließlich.

Er ging in die nur halb abgeteilte Küchennische und kam mit einer Flasche Rotwein und zwei Gläsern zurück. »Ich wollte ihn aufmachen, wenn du wiederkommst«, sagte er. »Nun bist du da. Es ist nicht so, wie ich es mir vorgestellt hatte, aber ich mache ihn trotzdem auf. Und dann überlegen wir, was zu tun ist. Okay?«

Sie stand noch immer am Fenster. Während er die Flasche öffnete, setzte sie sich an den runden Esstisch, auf einen der vier Stühle mit den samtblauen Sitzpolstern.

Er goss behutsam den Rotwein in die bauchigen Gläser, reichte ihr eins und hob das seine leicht an. »Gib mir eine Chance, Jane.«

Sie wusste nicht genau, wie er das meinte. Wahrscheinlich mehrdeutig. Aber mehrdeutig war sowieso alles, was man sagte. Gib mir eine Chance, das hieß, er wollte es wiedergutmachen, was immer das bedeutete. Aber es hieß auch: Lass es mich für dich tun. Und: Lass mich nicht fallen, Jane, es ist mir ernst mit dir.

Sie hatte die Wahrheit gewollt, und das war sie. Aber jetzt wollte sie noch etwas anderes. »Ich will die Liste, Frank. Wenn es eine Liste gibt – mit den Konten, mit den Empfängern –, dann will ich sie. Ich will die Informationen, die Pit Kern bekommen sollte. Hilfst du mir dabei?«

Er nickte, nippte am Glas und nickte wieder. »Verdammt

gut, das Zeug«, sagte er. »Dein kleiner Derwisch hat nicht zu viel versprochen.«

»Lenk nicht ab, Frank. Lass uns darüber nachdenken, wie wir an die Liste kommen.«

Sie war besessen von dieser Liste. Sie dachte auch später noch daran, als sie im Bett lagen und sie nicht einschlafen konnte. Sie hörte Franks Atem neben sich, leise, aber unruhig – und hin und wieder einen kurzen, verhaltenen Ton, den er im Schlaf von sich gab, keinen Seufzer, keinen Klagelaut, mehr ein Zeichen von Unruhe und dem Versuch, sich selbst zu beruhigen, eine Mischung aus Sorge und Erleichterung. Sie hätte sich gern zu ihm hinübergebeugt, ihn geküsst und ihm über die Haare gestrichen, aber sie wollte ihn nicht wecken, und sie wollte auch keine Gefühlsverwirrung, weder bei ihm noch bei sich selbst. Sie war hiergeblieben, sie war nicht hinübergegangen ins Fleming's Hotel, in dem noch immer ihre Stehlampe brannte, aber sie hatten sich vor dem Einschlafen kaum berührt. Nur ihre Hände hatten den Weg zueinandergefunden. Es war nicht der richtige Moment – *dafür*. Und sie war auch nicht sicher, ob der richtige Moment jemals wieder kommen würde. Aber es war ihnen auch nicht möglich gewesen auseinanderzugehen. Nicht so. Sie waren in einem Zwischenreich gefangen, gebannt von einem Zauberer, der den Namen einer Firma trug. Und alles, was sie tun konnten, war, diesen Bann zu brechen.

# 24

Der Flur war trübe beleuchtet, freudlos. Troller blieb vor der letzten Tür stehen, auf der ein Plakat vom Hauskarikaturisten hing, auf dem stand: GOTT WEISS ALLES – KOWALSKI WEISS ALLES BESSER! Das war zwar ironisch formuliert, aber eher als Lob gemeint. Kowalski wusste wirklich alles besser. Er hatte ein unvorstellbares Gedächtnis. Wie diese eigenartigen Leute, die alle Primzahlen herunterrappeln konnten oder aus dem Kopf eine ganze Stadt zeichnen oder ein Buch auswendig zitieren, wenn sie es nur einmal durchgeblättert hatten, wie ein Savant. Aber seine Stärke war zugleich seine Schwäche. Er hatte die unerfüllte Sehnsucht, Journalist zu sein. Unerfüllt – und unerfüllbar. Alle seine Versuche, etwas zu schreiben, waren genau daran gescheitert, dass er zu viel wusste. Wenn er den Auftrag bekam, einen Text von zehntausend Zeichen zu schreiben, dann hatte schon die Einleitung über zwanzigtausend. Immer fiel ihm noch etwas ein, das erläutert werden musste. Hätte er jemals einen Artikel beendet, wäre es ein Buch geworden. Nein, mit dem Journalismus war es nichts. Aber als Doku-Redakteur war Kowalski ein Genie.

Troller blieb eine Sekunde vor dem KOWALSKI-WEISS-ALLES-BESSER-Plakat stehen und hatte den Impuls, anzuklopfen, ließ es dann aber. Kowalski rief ohnehin niemals »Herein«. Wenn jemand anklopfte, dann war es wohl nicht so dringend. Wer wirklich etwas wollte, stürmte einfach so herein.

Kowalski blickte vom Bildschirm seines Computers auf, als Troller den Raum betrat. Er war ziemlich dick, hatte das runde Gesicht eines mehr als wohl Genährten, in dem die kleinen Augen fast verschwanden, und trug seine Haare eng an den Kopf geklatscht. Der Raum, in dem er regierte, war von einer dramatischen Unordnung beherrscht, einem Chaos, vor dem selbst Gott kapituliert hätte. »Was hast du da auf dem Kopf?«, fragte er.

»Ein Pflasterkreuz mit einer Beule darunter.«

»Schlägerei?«

»Von der Leiter gefallen.«

»Originell. Und was machst du am Mittwoch in der Redaktion?«

»Hatte Sehnsucht nach dir.«

»Ich dachte immer, Mittwoch ist Sarahtag?«

»Vorsicht, Kowalski. Bitte kein Salz in die Wunde reiben.«

»Redest du von deiner Tochter oder von deiner Beule?«

»Von Sarah. Aber ich will deine wertvolle Zeit nicht ...«

»Danke«, sagte Kowalski und schaute wieder auf seinen Computer. »Mach's gut.«

Das Problem mit dem dicken Mann war, dass er nie Zeit hatte. Das war Wahrheit und Attitüde zugleich, ein Spiel, auf das man sich wohl oder übel einlassen musste, wenn man etwas von ihm wollte. Dazu gehörte vor allem, dass man dem allmächtigen Orakel in seiner Höhle etwas opferte, einen erlesenen Wein, eine Dose Kaviar, einen besonderen Grappa oder eine Einladung zum Essen in einem Sternerestaurant. Kowalski war Feinschmecker und auch selbst ein hervorragender Koch. Es gab für ihn nur diese beiden Leidenschaften: Wissen und Essen. Liebe oder Sex kamen in seinem Universum nicht vor.

»Ich wollte eigentlich nächsten Donnerstag mit dir ins Alte Zollhaus gehen«, sagte Troller. »Ich weiß nicht, ob du das kennst.« Das war nur eine Floskel. Natürlich kannte Kowalski das Alte Zollhaus.

»Das ist doch das, wo Schröder immer seinen Geburtstag gefeiert hat«, sagte Kowalski, »als er noch Kanzler war. Wird sehr gelobt. Interessiert mich. Nächsten Donnerstag, sagst du?«

»Nächsten Donnerstag.«

»Einverstanden«, sagte Kowalski. Und dann: »Um was handelt es sich?«

Troller erzählte in kurzen Stichworten von der Mind Map, ohne dabei genau die Situation zu schildern, in die er sich begeben hatte. »Ich hatte leider nur Gelegenheit, einen kurzen Blick darauf zu werfen. Ich kann dir also nur Bruchstücke liefern, zum Teil Abkürzungen, die mir nichts sagen, mit denen du aber möglicherweise etwas anfangen kannst. Es hat mit unserer Story zu tun, mit Kant.«

»Was für Abkürzungen?«

Troller kramte sie aus seinem Gedächtnis hervor, unsicher, ob da wirklich »Sc & B« gestanden hatte oder »Sk & B«, unsicher, ob »H. G. W.« oder »H. G. V.«, unsicher, ob »Cec. Rh.« oder vielleicht doch »Czech Rep«, und so weiter, aber was sollte er machen, er musste sich Kowalski anvertrauen, mit all seinen Wissenslücken und Gedächtnisschwächen, für die Kowalski naturgemäß nicht das geringste Verständnis hatte.

Kowalski hörte sich alles schweigend und gelegentlich brummend an, sagte oder kommentierte nichts, schüttelte nicht den Kopf, nickte aber auch nicht, so dass Troller zunehmend unsicher und mutlos wurde, bis er schließlich mit den Schultern zuckte und murmelte: »Na ja, das sagt dir alles nichts, oder?«

»Doch, doch«, brummte Kowalski. »Sagt mir ’ne Menge. Kam auch MK Ultra vor? Oder MK Delta? Oder Artischocke? Oder Camp Dettrick?«

»Ich bin nicht sicher«, sagte Troller. »Von MK Ultra habe ich kürzlich in einem anderen Zusammenhang gehört. Aber was ist Camp Dettrick?«

»Versuchsanstalt der US Army für biologische Kampfstoffe. Was ist mit Namen wie Kurt Blome oder Dr. Delgado?«

»Kurt Blome, das war doch der Reichsärzteführer.«

»Stellvertretender Reichsärzteführer, Fachmann für biologische Kriegsführung der Nazis, nach 45 Berater der Amerikaner. – Steht der auf deiner Liste?«

»Es war ja keine Liste«, sagte Troller unsicher, »es war so eine Art Grafik, aber – nein, ich weiß nicht. Wie hieß der andere?«

»José Delgado.«

»Könnte sein. Bin aber nicht sicher. Wer ist der Mann?«

»Psychiater. Arbeitete für die CIA.«

»Das klingt gut. Ich meine, es passt.«

»Was ist mit Tavistock?«

»Das ist doch eine Klinik, oder? In London.«

»Klinik und Institut. Also, was ist?«

»Ja, kann sein. Und da war eine seltsame Abkürzung: 1 W.«

»1 W? Dann ist ja alles klar«, sagte Kowalski. »Bis wann brauchst du es?«

»Wieso ist jetzt alles klar?«

»Bis wann?«, wiederholte Kowalski nur.

»Na ja, wie immer: sofort.«

»Wär auch 'ne Beleidigung, wenn's anders wäre.« Er überlegte kurz, rechnete im Kopf durch, was er alles tun musste, um das Dossier zusammenzustellen und wie viel Zeit er dafür brauchen würde, und sagte schließlich: »Also gut, komm in zwei Stunden wieder, dann kriegst du die Antwort auf alle deine Fragen.«

Troller hatte den Raum schon verlassen, als ihm einfiel, dass er das Wichtigste vergessen hatte. Er ging noch einmal zurück, sah, wie Kowalski ihn mit einem leicht unwilligen

*Was-denn-jetzt-noch*-Ausdruck ansah und weiter Befehle in seinen Computer tippte.

»Ich hab was vergessen.«

»Was du nicht sagst.«

»Den Club.«

»Welchen Club?«

»Das ist ja gerade das Rätsel. Ich will nicht sagen, dass der Club das Zentrum der Skizze bildete, auch nicht die Spitze der Pyramide, da war keine Pyramide, es war mehr so ein Gestrüpp, ein Rhizom, ein Wurzelwerk, aber dieser Kreis oder Kringel, in dem die Worte *Der Club* standen, war durch eine Menge Linien verbunden mit CIA, Braintech, FENS und einer Menge anderer Namen und Organisationen. Also – wer oder was ist der Club?«

»Ich würde mal sagen, es gibt Hunderttausende. Den Club der toten Dichter, den Club der toten Soziologen, den Club der Engel, den Club der Teufelinnen, den Chaos Computer Club, den Club of Rome ...«

»Danke, Kowalski, danke.« Niemand zweifelte daran, dass Kowalski die hunderttausend voll kriegen würde, wenn er es darauf anlegte. »Wie wär's mit einem Auftritt bei *Wetten, dass ...?*«

»Hab schon dran gedacht. Aber wozu sich von Gottschalk veräppeln lassen, wenn man bei Jauch 'ne Million machen kann.«

»Vielleicht heißt der Club ja gar nicht Club, sondern *ist* nur einer. Das Einzige, was ich weiß, ist, dass auf der Skizze dick eingekringelt die Worte *Der Club* standen.«

»Kein Problem«, sagte Kowalski. »Den finden wir. Also, mach's gut.«

Troller hatte zwei Stunden Zeit, er hatte Hunger, und alles sprach dafür, dass er in sein Lieblingsrestaurant ging. Es hieß *Europa* und lag in der Leibnizstraße, nahe Pestalozzi. Es hatte einen guten schwäbischen Koch, eine überschaubare

Speisekarte, die Weine waren in Ordnung, die Bedienung aufmerksam, die Musik dezent, die Tische immer hübsch dekoriert, so dass es eine Freude war, dort zu essen. Es war, was Troller manchmal leidtat, nicht immer übermäßig gut besucht, es war nicht *in*, aber es gab eine Reihe von Stammgästen, und die Atmosphäre war familiär und freundlich. Wenn man ein ruhiges Gespräch mit einem Kollegen führen wollte, dann war hier genau der richtige Ort. Und wenn man allein war und sich in einem anderen Restaurant trostlos und verlassen gefühlt hätte, dann war man hier bestens aufgehoben.

Troller suchte sich einen Platz in dem hinteren Raum, in dem er ganz allein war, bestellte ein helles Hefeweizen, einen Salat und als Hauptgang Ochsenbäckchen mit Spätzle, dann holte er sein Handy heraus und wählte eine Nummer, die er von einem gelben Zettel ablas. »Wo sind Sie?«, fragte er, als er die Stimme am anderen Apparat hörte.

»Zu Hause«, sagte die Stimme. »Am Computer.«

Die Stimme hatte etwas Herbes, Sprödes, Energisches, was Troller gefiel.

»Wo ist das, zu Hause?«

»Sie meinen, wo ich wohne?«

»Ja, oder wo Sie gerade sind.«

»Geht Sie das was an?«

»Nein«, sagte er, »aber ich versuch's mal andersherum. Ich bin gerade in der Leibnizstraße, Ecke Pestalozzi, in einem Restaurant namens Europa. Wenn Sie nicht länger als eine halbe Stunde brauchen, um herzukommen, dann würde ich Ihnen das, was ich Ihnen zu erzählen habe, gern persönlich erzählen. Es ist wichtig, glauben Sie mir.«

»Wie wichtig?«

»Ich weiß, wer Kant ist.«

Es entstand eine Pause. Offenbar war es ihm gelungen, die Frau zu verblüffen. Ein Effekt, den er erwartet hatte und durchaus genoss. Überhaupt genoss er es, ein Quäntchen

Macht über diese Frau zu haben. Er hatte etwas, das sie haben wollte. Für einen Moment durchzuckten sündige Gedanken sein Gehirn. *Ich erzähle Ihnen das, was Sie wissen wollen, nur, wenn …* Schade, dass er kein skrupelloser Mensch war. Immerhin versprach sie, in einer halben Stunde da zu sein.

Während er die *Ochsenbäckchen in Barolo* aß, ging ihm der Song von Elton John durch den Kopf. *Daniel is riding tonight on a plane …*

Ein trauriger Song. Daniel war Flugzeugpilot in Vietnam. Er starb für sein Vaterland in einem falschen Krieg.

Was war das für ein Krieg, den Daniel Burton führte? Ein Krieg gegen Hirnforscher?

Rita Graf trug enge Jeans und ihre rote Lederjacke. Sie fragte als Erstes, wer ihm das Ding da auf seinem Kopf verpasst habe und, worüber er sich seltsamerweise freute, ob es weh tue. Er sagte, es sei schon okay und er würde es gleich erklären. Sie setzte sich ihm gegenüber, bestellte ein Glas Grünen Veltliner, holte ihren Notizblock heraus und sah ihn fragend an.

Er wollte es erst kurz machen, entschied sich dann aber für die etwas längere Version. Er berichtete von dem Interview mit Laurenz Block, bei dem es gelungen war, den Namen Daniel Burton aus Block herauszukitzeln; von der Recherche im Internet, bei der er auf die Verbindung von Daniel Burton mit Lisa Grossman gestoßen war; von der Fahrt zu der Tierschützerin und von seinem Eindringen in das Waldarbeiterhäuschen; von der Zeichnung, die er gesehen hatte, und davon, dass das Haus in Flammen aufgegangen war. Er habe leider keine Zeit gehabt, die Skizze eingehender zu studieren, sagte er bedauernd, weil er einen Schlag auf den Kopf bekommen habe, aber so viel sei klar: »Daniel Burton ist Kant.«

Rita Graf nahm einen Schluck Wein und fragte: »Wieso sind Sie nicht in den Flammen umgekommen?«

»Er muss mich aus dem Haus gerettet haben.«
»Warum?«
»Er will mich offenbar lebend.«
»Wozu?«
»Vielleicht denkt er, er kriegt durch mich eine gute Presse. Vielleicht denkt er, ich billige seine Morde. Ach übrigens – werde ich eigentlich immer noch verdächtigt?«
»Wir warten noch auf das Ergebnis der Spurenanalyse.«
Er hatte gedacht, er würde es leichtnehmen, aber es traf ihn. Er wollte von dieser Frau nicht verdächtigt werden. Er wollte überhaupt nicht verdächtigt werden, aber besonders nicht von ihr. »Na, prima«, sagte er mit gespielter Leichtigkeit. »Aber falls Sie noch was anderes zu tun haben, als mich zu verdächtigen, könnten Sie ja mal nach Daniel Burton fahnden.«
»Das werden wir.« Rita Graf schwieg einen Moment, nippte an ihrem Glas und musterte sein Gesicht. Was suchte sie dort? Indizien für seine Ehrlichkeit? Einen Beweis, dass er sich das alles nur ausgedacht hatte? »Gut«, sagte sie schließlich und rückte ihren Stuhl vom Tisch ab. »Danke, dass Sie mich angerufen haben. Ich werde dieser Lisa Grossmann einen Besuch abstatten. Und – wenn Sie das nächste Mal in ein Haus einbrechen, rufen Sie mich vorher an.«
Am liebsten hätte er gesagt, oh ja, ich breche von nun an nur noch in fremde Häuser ein, aber das sagte er natürlich nicht. Oder doch, aber nur in Gedanken. Sie bezahlte ihren Wein am Tresen, er bestellte gleich darauf ebenfalls die Rechnung und fuhr dann zurück in die Redaktion.

Kowalski machte ein unglückliches Gesicht. Er hatte ein über vierhundert Seiten starkes Dossier zusammengestellt, als Datei und als Ausdruck, musste aber zugeben, dass er allenfalls Vermutungen darüber anstellen könne, was mit dem Club gemeint sei, vielleicht der Club of Rome, aber das komme ihm doch zu einfach vor. »Tut mir leid, Troller, ich hätte gedacht, es wäre leichter. Aber ich bin trotzdem auf eine Menge interessanter, um nicht zu sagen hochinteressanter Fakten und Verbindungen gestoßen. Man glaubt ja gar nicht, was hinter den Kulissen so alles gespielt wird. Wir bilden uns ein, wir hätten ein Wörtchen mitzureden, ich meine, wir als Bürger und wir als Journalisten, aber in Wahrheit sind wir doch alle nur die Schafe; die Hirten und die Schäferhunde aber, die bilden eine Kaste für sich. Einen Club für sich, könnte man sogar sagen! Na ja, lies es dir durch. Und viel Erfolg!«

Troller dankte, bekräftigte noch einmal die Einladung für den Donnerstag der nächsten Woche und fuhr mit dem Dossier nach Hause.

Während in der Küche der Kaffee durchlief, räumte Troller seinen Schreibtisch frei. Dann holte er den Kaffee und fing an. Zunächst blätterte er wahllos in dem Konvolut herum und suchte nach Wörtern oder Passagen, die sich mit dem in Einklang bringen ließen, was er auf Kants Mind Map gesehen hatte. Bei dem Begriff »One World«, der immer wieder vorkam, musste er an das Kürzel »1 W« denken, das auf der Tafel gestanden hatte. Er las etwas über »Skull and Bones« und erinnerte sich an »Sk & B«, er las CIA und OSS und MI 6, die Kürzel für Geheimdienste, und allmählich steigerte sich seine Erregung, so dass er sich zur Ordnung rufen musste, zur Geduld, denn es war unprofessionell, hier in den Seiten herumzublättern und mal dies, mal jenes aufzuschnappen, er musste von vorn anfangen, so schwer es auch fiel, mit Anstreichungen, Hervorhebungen, Notizen, Querverweisen und gelegentlich einem schnellen, diziplinierten Gegencheck im Internet, um nicht, wie Jane immer sagte, vom Wege abzukommen.

Als er den zweiten oder dritten Becher Kaffee geleert hatte, begann sich das Gelesene zu einem Bild zusammenzufügen.

Wenn er dem Dossier glauben durfte, dann gab es eine über hundert Jahre alte Verschwörung in dieser Welt, eine Verschwörung der Reichen und Mächtigen, die sich die Regierungen und Geheimdienste als Büttel hielten, die Medienmacht in ihren Händen konzentrierten und deren Ziel es war, die Welt zu einem von einer kleinen Oligarchie beherrschten Einheitsstaat zusammenzuschweißen. Das Kürzel *»1 W«*, das Kant auf seiner Mind Map eingetragen hatte, bedeutete laut Kowalski wirklich: One World. Und die One-World-Verschwörung war kein Geheimnis. Der Schriftsteller H. G. Wells hatte bereits in den dreißiger Jahren des letzten Jahrhunderts von einer *offenen Verschwörung* gesprochen. Es gab von ihm ein Buch mit diesem Titel – *The Open Conspiracy* –, nicht als Science-Fiction-Roman wie *Krieg der Welten* oder *Die Zeitmaschine*, sondern als programmatische Schrift.

Von wem aber ging diese One-World-Verschwörung aus? Einerseits war es eine uralte Idee, ein Traum, der schon in frühchristlicher Zeit geträumt wurde, der Traum vom *unum mundus*. Andererseits aber, so las Troller jetzt, ging eine sehr reale Verschwörung von Cecil Rhodes aus, dem Gründer des Staates Rhodesien und glühenden Befürworter des britischen Imperialismus. Rhodes, Geschäftspartner der Rothschilds, hatte in den Diamantenminen Südafrikas ein Riesenvermögen zusammengerafft und war von der Idee besessen gewesen, die Abspaltung der Vereinigten Staaten vom britischen Empire rückgängig zu machen. »Die einzig mögliche Sache, um diese Idee auszuführen«, schrieb er an seinen Mitverschwörer, den Journalisten William Stead, »ist eine Geheimgesellschaft, die allmählich den Reichtum der Welt an sich zieht und diesem Zweck zur Verfügung stellt.«

Geheimgesellschaft?, dachte Troller. Ist das der Club? Er markierte den Satz mit dem Textmarker und las weiter.

Anfang des zwanzigsten Jahrhunderts kam es zur Gründung des *Cecil Rhodes Round Table*, zu dessen Mitgliedern auch H. G. Wells gehörte.

Der Round Table wiederum hatte Beziehungen zum amerikanischen *Council on Foreign Relations,* einer Vereinigung von ungefähr dreitausend Führungskräften, die maßgeblichen Einfluss auf den jeweiligen Präsidenten hatte. Und zu Skull and Bones.

Als Troller von *Skull and Bones* las, lief ihm ein Schauer über den Rücken. Allein schon wegen des Namens: Schädel und Knochen! *Skull and Bones,* so erfuhr er jetzt, war eine Geheimgesellschaft, die an den Universitäten der USA die Eliten bündelte. Sie wurde 1883 an der Yale University gegründet und hatte dort immer noch ihr Zentrum. Bekannt war sie auch unter der Bezeichnung *Der Orden*, zu dem der amerikanische Präsident George W. Bush ebenso gehörte wie sein Vater George Herbert und sein Großvater Preston Bush.

Fasziniert las Troller weiter, Seite für Seite, in fliegender Hast. Seine Notizen wurden immer vielfältiger, unübersichtlicher, chaotischer. Er musste ein anderes Ordnungsprinzip einführen, um zumindest halbwegs den Überblick zu behalten. Er stand auf, ging in die Küche, füllte Wasser und Kaffeepulver in die Kaffeemaschine ein und suchte, während der Kaffee durchlief, nach einem großen Blatt Papier. Sein Blick fiel schließlich auf einen Kalender mit alten Schiffsplakaten, den er mal von seinem Freund Hans-Otto Mertens geschenkt bekommen hatte und der, obwohl veraltet, immer noch an seinem Platz hing. Das Deckblatt des Kalenders zeigte einen Dampfer der Hamburg-Amerika-Linie, der von ein paar stilisierten Möwen begleitet wurde. Alle Rückseiten waren blendend weiß. Troller blätterte den Kalender hastig durch und riss das Blatt heraus, das ihm am wenigsten gefiel. Er ging damit zurück ins Arbeitszimmer, räumte seinen Schreibtisch noch einmal leer, legte das Blatt darauf und einen dünnen Folienstift daneben. Nachdem er sich erneut einen großen Becher Kaffee aus der Küche geholt hatte, begann er, auf der Rückseite des Kalenderblattes Abkürzungen einzutragen und sie mit Linien oder Pfeilen zu verbinden.

Er begann mit Cecil Rhodes – Cec Rh – und zeichnete einen Pfeil zum Round Table – R. T. – und vom Round Table zu CFR, dem Council on Foreign Relations, sowie zu *Sk & B*.

Von Skull and Bones wiederum führte er eine Verbindungslinie zu *Rock* – Rockefeller – und von dort einen Pfeil mit einem Münzsymbol darüber zu *KWIA*, womit das deutsche *Kaiser-Wilhelm-Institut für Anthropologie, menschliche Erblehre und Eugenik* gemeint war. Dieses 1927 gegründete Institut hatte wesentlichen Anteil an der nationalsozialistischen Rassenforschung, es erstellte sogenannte Rassengutachten, kategorisierte Menschen in *lebenswert* und *nichtlebenswert* und arbeitete während des Krieges mit dem berüchtigten Zwillingsforscher Dr. Josef Mengele zusammen. Die Opfer der Menschenexperimente in den Konzentrationslagern mussten zunächst Fragebögen des Kaiser-Wilhelm-Instituts ausfüllen, bevor sie für wissenschaftliche Zwecke gefoltert und ermordet wurden. Unterstützt wurde die Rassenforschung auch durch die deutsche Forschungsgemeinschaft, DFG, die bis heute großen Einfluss auf die Forschung in Deutschland hatte und zu deren prominenten Mitgliedern, wie Troller wusste, auch Professor Dr. Heribert Ritter gehört hatte.

Späte Rache für die Verbrechen der Deutschen Forschungsgemeinschaft? Er notierte den Gedanken am Rande des Dossiers und las fieberhaft weiter, immer zwischen Bleistift und Lineal, Textmarker und Folienstift hin und her hantierend.

Eine Querverbindung führte vom *KWIA* zu Ernst Rüdin, dem Leiter des Kaiser-Wilhem-Instituts für Genealogie in München und obersten Kontrolleur der psychiatrischen Institute während des Dritten Reichs. Rüdin siedelte nach 1945 in die USA über und wurde einer der Mitbegründer der

Gesellschaft für Humangenetik – und von da konnte Troller einen Pfeil zum Human-Genome-Project zeichnen, das von dieser Gesellschaft organisiert wurde.

Es war, wie es schien, wirklich alles mit allem vernetzt. Es gab zum Beispiel auch eine Verbindung vom Cecil Rhodes Round Table zu Kurt Lewin, dem Leiter des Tavistock-Instituts in London. (Hatte Kowalski nicht nach dem Tavistock Institute gefragt?) Troller wusste, dass Kurt Lewin einer der Begründer der psychologischen *Gestalt*-Theorie war, aber jetzt erfuhr er zu seinem großen Erstaunen, dass Lewin auch eine wesentliche Rolle bei der Gründung des amerikanischen OSS gespielt hatte, des Office for Strategic Services. Und das wiederum war der direkte Vorläufer der CIA.

»Kurt Lewin«, so las Troller, »hatte maßgeblichen Einfluss auf die ursprüngliche Tavistock-Forschung im Bereich der Gehirnwäsche für die Massen, wobei die Ergebnisse der Folter- und Traumaforschung auf die Bewusstseinskontrolle der gesamten Gesellschaft angewandt wurden. Wenn eine Gesellschaft vom Terror bedroht wird, behauptete Lewin, dann kehrt sie in einen Zustand zurück, in dem Kontrolle von außerhalb möglich wird. Anders ausgedrückt: Durch Schaffung eines kontrollierten Chaos kann die Bevölkerung zu dem Punkt gebracht werden, wo sie sich bereitwillig einer größeren Kontrolle unterwirft. Das beste Beispiel dieser Art lieferten in jüngster Zeit die Anschläge auf das World Trade Center im September 2001. Bereitwillig unterwarfen sich Bevölkerung und Presse der USA dem sogenannten *Patriot Act*, der die Voraussetzungen dafür schuf, die Bürger der USA in nie gekanntem Maße auszuspionieren und in ihren Freiheitsrechten einzuschränken. Nicht ohne Bedeutung ist in diesem Zusammenhang, dass ein Memorandum des PNAC, des von Beratern des Präsidenten George W. Bush gegründeten *Project for a New American Century*, schon *vor* dem 11. September ausdrücklich *ein zweites Pearl Harbour* herbeigesehnt hatte, damit die Bevölkerung für solche Gesetze und für einen neuen Irakkrieg gewonnen werden könnte.«

Schaffung eines kontrollierten Chaos – alle Innenminister der Welt hatten diese Lektion inzwischen gelernt und wurden niemals müde, Terrorgefahren heraufzubeschwören und die Bevölkerung in Angst zu versetzen, um immer schärfere Kontrollgesetze durchzupeitschen. Was mit kontrolliertem Chaos begann, endete in einer Ordnung, die sich jeder Kontrolle entzog.

In fieberhafter Hast zeichnete Troller eine Linie nach der anderen. Das Netz auf seiner Mind Map wurde immer vielfältiger, immer verzweigter, immer schwerer zu überblicken.

Das Dossier ging jetzt dazu über, die wissenschaftliche Entwicklunglinie nachzuzeichnen, die zu einer immer perfekteren Verhaltenssteuerung des Menschen führte. Troller musste unwillkürlich an die These denken, die Linus im Philosophiezirkel vertreten hatte: In dem Augenblick, in dem die Wissenschaft sich des Menschen bemächtigt, verliert er seinen freien Willen. Es begann mit einer Veränderung des Menschen*bildes*, und dieser Veränderung folgte ein Forschungsprogramm, dessen Ziel es war, den Menschen tatsächlich zu verändern. Den Anfang machte, so das Dossier, der Leipziger Professor Wilhelm Wundt, der im Jahre 1879 das erste Institut für experimentelle Psychologie gegründet hatte. Sein Ehrgeiz war es, die Psychologie aus dem Umfeld der Philosophie herauszulösen und als Naturwissenschaft zu etablieren. »Der Mensch wurde in ein Reagenzglas gesteckt«, lautete die etwas merkwürdige Formulierung in Kowalskis Dossier. »Dadurch öffnete Wundt die Tür zu vielen der Abscheulichkeiten, zu denen die Wissenschaft fähig war.«

Einer der Schüler von Wundt war Iwan Petrowitsch Pawlow, der Mann, der einem Hund einen zweiten Kopf aufgepflanzt hatte. Aber diese Kopfverpflanzung war nur eine besonders spektakuläre Aktion gewesen. Für die Verhaltensforschung war ein anderes Experiment wichtiger: »1906«, so hieß es in dem Dossier, »schnitt Pawlow Löcher in die Backen von Hunden und führte Röhrchen ein, um den Speichelfluss zu messen. Eine Glocke wurde geläutet, kurz bevor die Hunde gefüttert wurden, und nach einer gewissen Zeit wurde beobachtet, dass allein das Läuten der Glocke schon die Menge des Speichels bei den Hunden steigerte. Die Beobachtung, dass Reaktionen so präzise konditioniert werden konnten, wurde dann auf mentale Prozesse bei Menschen angewandt …«

Trollers nächster Pfeil zeigte von *I. P. P.* auf *J. B. W.*, John Broadus Watson, den Begründer des Behaviourismus. Watsons berühmtestes Experiment war das mit *Little Albert*, einem kleinen Jungen, dem er eine weiße Ratte zum Spielen gab, mit der Albert sich anfreundete und die er liebgewann. Das war der erste Teil des Experiments. Der zweite bestand darin, dass Watson jedes Mal, wenn die Ratte hereingebracht wurde, mit einer Eisenstange so heftig auf den Boden schlug, dass Little Albert in Angst und Schrecken geriet. Der krönende Abschluss des Experiments bestand darin, die Ratte zu Little Albert zu bringen, ohne mit der Stange auf den Boden zu schlagen. Das Experiment gelang: Little Albert, der sich anfangs so sehr gefreut hatte, wenn ihm die weiße Ratte gebracht wurde, zuckte nun immer vor Angst und Schrecken zusammen, sobald er sie sah. »Menschen werden nicht bloß geboren, sie werden gebildet«, sagte Watson und nutzte seine Konditionierungskenntnisse später dazu, ein erfolgreicher Werbefachmann zu werden.

Von Watson zog Troller eine Linie zu Burrhus Frederick Skinner, der die Methode der Konditionierung verfeinerte, indem er die Belohnung ins Experiment einbrachte. Eine Taube bekam jedes Mal, wenn sie auf einen bestimmten Hebel pickte, ein Korn zur Belohnung. Also pickte sie wieder und wieder darauf. Skinner nannte das *operante Konditio-*

*nierung*. Sein Gesellschaftsideal entwarf er 1948 in dem Roman *Walden Two*. Es war die Utopie einer bis ins Kleinste durchgeplanten Gesellschaft, bis in die ethischen Normen und das entsprechende Verhalten der Individuen hinein. »Was wir brauchen, ist mehr Kontrolle, nicht weniger«, war seine Überzeugung.

Das Dossier wies auch auf eine Querverbindung von Skinner zu H. G. Wells hin und ebenso zum Tavistock-Institut für menschliche Beziehungen, das schon ein ganzes Bündel von Linien und Pfeilen auf sich gezogen oder von sich weggeführt hatte. Aber als Troller jetzt den Namen Dr. Delgado las, steigerte sich erneut seine Erregung. Warum? Weil Kowalski ihn nach Dr. Delgado gefragt hatte? Oder weil der Psychiater Dr. José Delgado ein Mitarbeiter der CIA in dem berüchtigten MK-Ultra-Programm war, vom dem Pit Kern erzählt hatte?

Dr. Delgado, so erfuhr Troller jetzt, war der erste Wissenschaftler, der sich voll und ganz auf die Implantation von Elektroden ins Gehirn spezialisiert hatte. Er implantierte sie zunächst in die Gehirne von Tieren, später auch in die von Menschen, und stimulierte verschiedene Gehirnregionen mit elektrischen Impulsen. So konnte er z. B. Aggression hervorrufen oder unterbinden und kam zu der Feststellung: »Das Individuum ist wehrlos gegen die direkte Manipulation des Gehirns; denn es ist seiner persönlichsten Mechanismen für die biologische Reaktion beraubt. In meinen Experimenten siegte die elektrische Stimulation *immer* über den freien Willen.« Delgados 1969 erschienenes Buch trug den Titel *Physische Kontrolle des Geistes – Auf dem Weg in eine psychozivilisierte Gesellschaft*. Der Titel offenbarte genau das, worum es ihm ging. Direkter Eingriff ins Hirn – zumindest in das Gehirn all derer, die in irgendeiner Weise abweichendes oder auffälliges Verhalten zeigten.

In der Tradition des Dr. Delgado arbeitete offenbar auch das CCN, ein Kürzel, das Troller wiedererkannte, weil es ihn auf dem Dachboden des Häuschens an Creedence Clearwater Revival erinnert hatte. CCN war, wie er jetzt erfuhr, die Abkürzung für Center for Computational Neuroscience, ein Institut, das auf den Bahamas angesiedelt war und sich, wie es in einem Zitat hieß, damit befasste, »das spannende Rätsel des Bewusstseins zu lösen«.

Ohne noch einmal ins Dossier zu schauen, zog Troller eine weitere Linie von Dr. Delgado zu den Verfassern des Manifests und auch zu dem belgischen Professor, der den Mann mit der Butterphobie zum Lächeln gebracht hatte. Alle, die solche Experimente machten, standen in dieser Tradition. Wir bringen euch die Instrumente für die Kontrolle der Gesellschaft! Das war die Botschaft, die sie auf ihre Skalpelle, Bohrer und Tomographen geschrieben hatten. Was früher die Psychologen und Soziologen in Aussicht gestellt hatten, das verhießen heute die Hirnforscher – und diese Geschichte hatte gerade erst begonnen.

War die Rebellion dagegen nicht sogar notwendig und gerechtfertigt?

*Du weißt, dass ich so denke. Du kennst meine Argumente gegen den Terror der Wissenschaft. Du nennst dich Kant, weil du weißt, dass ich ein Kantianer bin. Dass ich die Ansicht vertrete, dass Vernunft, Aufklärung und freies Denken heute nicht mehr in erster Linie von der Religion, sondern von der Wissenschaft bedroht sind. Was erwartest du von mir? Dass ich mich zu erkennen gebe als dein Bruder im Geiste, dein Komplize, dein Sympathisant, dein Mitverschwörer?*

*Wo finde ich dich, Daniel Burton?*

Es war fünf Uhr morgens, die Vögel hatten gerade begonnen, ihren Klangteppich auszubreiten, als Troller der verrückte Gedanke kam. Er versuchte sich die Sache aus dem Kopf zu schlagen, er legte sich sogar aufs Bett und bemühte sich einzuschlafen, er dachte an Rita Graf, die Kommissarin, die ihm so gut gefiel, er dachte auch an Jane, aber der Gedanke tat ihm weh, er wollte nicht daran denken, wo sie jetzt war und mit wem, aber als er wieder von Rita Graf zu träumen versuchte, gelang ihm auch das nicht mehr. Stattdessen wieder die fixe Idee: Du musst nach Frankfurt fahren. Du musst direkt am Tatort recherchieren! Kant hat sich dort als Troller ausgegeben, jetzt muss der echte Troller auch dahin, sonst bleibt das eine *offene Gestalt*. Also fahr los, so schnell wie möglich! Wie von unsichtbarer Hand geführt, stand er aus dem Bett auf, setzte sich an den Computer und suchte den ersten ICE nach Frankfurt heraus, aber für den war es schon zu spät; er würde frühestens den Zug um 6.33 Uhr bekommen, Ankunft 10.44 Uhr.

Seltsam, Rita Graf hatte ihm in Bremen vorgerechnet, wie er von Hamburg aus in aller Herrgottsfrühe nach Frankfurt hätte gefahren sein können, um Gronius zu ermorden. Und nun trat er die entsprechende Reise von Berlin aus an, Entfernung fast dieselbe, Zeiten fast dieselben, nur dass er abends nicht mit seinen Freunden essen gehen, sondern sich mit Sarah treffen würde. Er hatte den gemeinsamen Besuch der *Blue Man Group* auf heute Abend verschoben, und diesmal würde ihn keine Macht der Welt daran hindern, die Verabredung einzuhalten.

# 25

11.25 UHR. TROLLER STIEG DIE STUFEN ZUM INSTITUT HINAUF und öffnete die schwere, kastanienbraungebeizte Tür. Einen Pförtner gab es offenbar nicht. So stand er jetzt im Eingangsbereich der ehrwürdigen, klassizistischen Villa und versuchte sich zu orientieren. Es war düster hier in der Halle, das Fischgrätparkett war bestimmt über hundert Jahre alt, tausendmal gebohnert, dunkel, fast schwarz. Grünlich schwarz auch die Holztäfelung an den Wänden, bevor etwa auf Brusthöhe der weiße Anstrich begann. Rechts führte ein Gang zu einigen Zimmern, links hinten eine Doppeltür zu einem vermutlich größeren Saal. Gegenüber dem Eingang, ein wenig nach links versetzt, führte eine Treppe nach oben. Direkt gegenüber dem Eingang an der Wand hing ein jutefarbenes Pinboard, an das mit farbigen Nadeln diverse Zettel geheftet waren: Institutsnachrichten, Ankündigungen, Notrufnummern, Reklame.

Troller machte unschlüssig ein paar Schritte nach rechts, auf den Gang zu, überlegte, ob er an eine der Türen klopfen sollte, entschied sich dann aber dagegen. Er wusste ja nicht einmal genau, was er wollte. Er war hierher gefahren ohne ein klares Ziel. Oder doch, er hatte ein klares Ziel, aber es war nicht von der Art, die man mit ein paar einfachen Worten erklären konnte.

Den Tatort des Mordes an Heribert Ritter hatte er gesehen, das Labor und die Leiche im Primatenstuhl. Als er in seinem Hotelzimmer in Hamburg gesessen und die entsprechende Passage geschrieben hatte, war er in seiner Phantasie alles noch einmal durchgegangen, war mit dem Motorrad angekommen, hatte den Pförtner betäubt, die Räume durchkämmt, den amerikanischen Studenten narkotisiert und war dann in das Labor eingedrungen, um Ritter in den Primatenstuhl zu zwängen – zu verhören? – und anschließend zu ermorden. Er hatte versucht zu spüren, was der Täter fühlte, und das war seltsamerweise: nichts. Kant hatte in seiner E-Mail davon geschrieben, dass ihn Kopfschmerzen geplagt hätten, das mochte stimmen oder nicht, aber um Kopfschmerzen ging es nicht, es ging um Mitgefühl oder Hass, um irgendeine Regung in seiner Seele, die etwas mit dem zu tun hatte, was er gerade tat. Und diese Regung blieb aus. Da war auch kein Sadismus, da war nur Kälte, die rein verstandesmäßige Verfolgung eines Plans. Inzwischen hatte auch die Polizei bestätigt, dass Ritter narkotisiert worden war, bevor Kant in seinem Gehirn »nach Spiegelzellen gesucht« hatte.

Und wie war es hier? In diesem Institut? Als Diethelm W. Gronius und sein Assistent ermordet wurden? Wie mochte es am letzten Sonntag gewesen sein? Kant war die fünf Stufen zum Eingang hochgestiegen und durch die Tür gekommen, genauso wie er selbst vor wenigen Augenblicken. Hatte Gronius ihm geöffnet? Wahrscheinlich. Hatte er vorher geklingelt? Oder hatte er Gronius von einem Handy aus angerufen?

Wahrscheinlich hatte er nur geklingelt. Jeder Anruf mit dem Handy hinterließ eine Spur. Gronius hatte die schwere Tür geöffnet – und dann? War Gronius allein? War der Assistent von Anfang an dabei gewesen oder erst später hinzugekommen?

Wahrscheinlich war der Professor zunächst allein gewesen. Kant hätte sich nicht mit beiden verabredet. Er wollte das Vieraugengespräch. So wie mit Ritter. Er wollte das Interview, das Verhör, und dann die Hinrichtung, den Mord.

Warum war er bei Block anders vorgegangen? Warum hatte er Laurenz Block eine Bombe in die Universität geschickt? Weil er sich auf Ted Kaczynski berufen wollte, auf den Unabomber? Die Bombe war ein Zitat. Seht her, ich bin der Nachfolger von Ted Kaczynski. Ich bin der Unabomber Nummer zwei. Aber das war vielleicht nicht der einzige Grund. Der andere war: Laurenz Block kannte ihn. Wenn Kant wirklich Daniel Burton war, dann wäre eine direkte Begegnung mit Block viel zu riskant gewesen.

Über dem jutefarbenen Pinboard hing ein stummer Portier, der verriet, wer in welchem Raum zu finden war. Das Büro von Professor Dr. Diethelm W. Gronius war in Raum 110 untergebracht.

*Polizeiruf.*

Es gab auch Räume mit einer Null davor, andere mit einer Zwei. Die 110 lag also im ersten Stock.

Troller stieg die Treppe hinauf und achtete darauf, dass er sich nicht mit seinen Schuhen in einem der losen Fäden des dunkelroten Kokosläufers verhedderte. Hatte Gronius diesbezüglich etwas zu Kant gesagt? *Passen Sie auf, dass Sie nicht stolpern.* Oder: *Wird Zeit, dass wir den Läufer mal erneuern.* Wie hat er Kant angeredet? Als *Herr Dr. Troller*? Und hatte Kant dann, genau wie er normalerweise, gesagt: *Troller reicht*?

Auf der Tür klebte ein gelbes Siegel der Polizei. War dies der Raum, in dem der Mord geschah?

Unten klappte die Eingangstür. Troller hörte zwei gedämpft miteinander sprechende Stimmen, ein kurzes Auflachen, dann wieder das Klappen einer Tür, dann nichts mehr.

Unten waren Leute, hier oben war er anscheinend allein.

Er versuchte, das Siegel von der Tür abzulösen, vorsichtig,

damit er es hinterher wieder ankleben konnte. Das Siegel zerbrach. *Zum Teufel damit!* Er öffnete die Tür, trat ein, schloss die Tür leise hinter sich.

Auch hier war alles düster. Wie hatte Gronius das bloß ausgehalten: Schreibtisch aus schwarzgebeizter Esche, Couchtisch aus dunkler Eiche, Stühle aus schwarzrotem Leder? Warum hatte er sich nicht freundlich eingerichtet? Der Mann musste doch eine Dauerdepression gehabt haben. An den Wänden Bilder von Dennis Hopper.

*Nein, Edward.*

Troller stellte seine schwarze Aktentasche auf den Stuhl, der rechts neben der Tür stand. Ob Kant auch eine Aktentasche dabeigehabt hatte? Vielleicht mit einem Aufnahmegerät darin? Und der Pistole? Oder auch Handschellen, Fesseln, Folterwerkzeuge? Hatte er Gronius foltern wollen? Und wenn ja, wie? Bei Ritter hatte die Folter einen grausamen, aber logischen Bezug zu Ritters Forschungen. Und bei Gronius? Logisch wäre es gewesen, etwas mit Gronius' Amygdala anzustellen. Aber schwierig.

Was hatte Kant von Gronius wissen wollen?

*– Bekommen Sie Geld von Braintech, Herr Professor?*

*– Wie meinen Sie das?*

*– Sie wissen schon, was ich meine.*

*– Mein Institut ...*

*– Ich rede nicht von Ihrem Institut. Ich rede von Ihnen.*

*– Nun ja, ich bekomme ein Beraterhonorar, wenn Sie es genau wissen wollen.*

*– Und was ist mit dem Club, Herr Professor?*

*– Ich weiß nicht, wovon Sie reden.*

*– Gehören Sie zum Club? ...*

Er hörte in seiner Phantasie die Stimme. Er hörte das Bedrohliche darin, das Gnadenlose, Unbarmherzige. Aber wahrscheinlich hörte er etwas ganz anderes als das, was hier passiert war. Professor Gronius war nicht gefoltert worden,

Kant hatte ihn einfach erschossen. Ihn und seinen Assistenten León Hinterseer.

Hier? In diesem Büro?

Troller ging am Schreibtisch vorbei zum Fenster und sah hinaus auf die Straße. Hatte der Professor hier am Fenster gestanden und den Journalisten erwartet?

Eine Szene aus *Woyzeck* fiel ihm ein. Der Doktor wartet auf Woyzeck, mit dem er ein Experiment macht. Es besteht darin, dass Woyzeck Bohnen isst, morgens, mittags, abends nichts als Bohnen, und was dabei passiert, will der Doktor anhand von Woyzecks Urin analysieren. Nun steht er also am Fenster und sieht auf einmal, wie Woyzeck dort unten an die Wand pisst. Als Woyzeck gleich darauf seine Urinprobe abgeben soll, kann er nicht mehr. Der Doktor schimpft, er hat ihn schließlich beim An-die-Wand-Pinkeln erwischt, und Woyzeck verteidigt sich. »Wenn einem doch die Natur kommt«, sagt er. Aber der Doktor widerspricht entschieden. »Die Natur? Woyzeck, der Mensch ist frei. In dem Menschen verklärt sich die Individualität zur Freiheit!«

Das war von Büchner natürlich als Spott auf Immanuel Kant und den freien Willen geschrieben.

Troller stand am Fenster wie der Doktor, der auf Woyzeck wartet, und möglicherweise wie Gronius, als er auf den falschen Troller wartete. Aber der Vergleich hinkte. Woyzeck war das Versuchskaninchen des Doktors, wohingegen Kant …

Ob sie auch ein Experiment gemacht hatten? Der Doktor mit Kant? Oder Kant mit dem Doktor?

Wo waren eigentlich die Leichen gefunden worden? Warum gab es hier keine Kreidezeichnung auf dem Boden? War der Mord in einem anderen Raum verübt worden?

Troller nahm seine Aktentasche und verließ das Büro. Er ging, auf seine Schritte achtend, hinunter in die Vorhalle und schaute auf die Hinweistafel. *Raum 02: MRT.*

Raum 02 musste hier unten sein. Einer der Räume, die dort von dem schmalen Gang abgingen. Oder nein, für einen Magnetresonanztomographen brauchte man ein großes Zimmer, am besten zwei, die miteinander verbunden waren. Es musste der Raum sein, der auf der anderen Seite lag, hinter der Treppe.

*MRT*, stand auf dem Schild. Die Tür war ebenfalls versiegelt.

»Kann ich Ihnen helfen?«

Troller fuhr herum und war versucht, die Hände hochzuhalten.

Der Mann war klein, hatte rotblonde Haare, einen staubig roten Bart, wässrige blaue Augen und ein hochgerecktes Kinn, das Selbstbewusstsein verkünden sollte. Er trug eine braune Cordhose und ein schwarzes Cordsamtjackett über einem grünkarierten Hemd. Das Grün passte zum Rot seiner Haare, aber nicht zum Blau seiner Augen, das schwarze Jackett passte überhaupt nicht.

»Troller«, sagte Troller. »Ich bin Wissenschaftsjournalist. Von *Fazit*.«

»Leiser«, sagte der andere.

Warum? Hatte er so laut gesprochen?

»Dr. Martin Leiser.«

Ach so.

»Ich bin«, fuhr der andere fort, »einer von Professor Gronius' Assistenten. Im Moment stehen wir alle noch unter Schock. Sie wissen ja, was passiert ist. Schrecklich. Grauenhaft.« Er fuhr sich mit der Hand durch das rötliche Bartgestrüpp.

»Warum ist dieser Raum versiegelt?«, fragte Troller und zeigte mit einer leichten Bewegung seines Kopfes auf den MRT-Raum.

»Die Polizei behält sich noch weitere Untersuchungen vor. Deswegen.«

»Ist es hier passiert?«

»Ja, hier sind sie erschossen worden. Alle beide.«

»Warum im MRT-Raum? Was haben sie da gemacht?«

»Ich nehme an, ein MRT«, sagte Dr. Leiser und schaute Troller missbilligend an.

»Ich denke, es war ein Interview. Der Mörder hatte sich doch als Journalist ausgegeben.«

»Er hat gern MRTs gemacht, der Professor. Genauer gesagt, funktionelle MRTs. Zu Demonstrationszwecken. Auch mit Journalisten. Er hat es irgendwie genossen, sie in die Röhre hineinzuschieben und dann diesen Scherz mit ihnen zu machen.«

»Was für einen Scherz?«

»Wenn die Probanden gerade aus der Röhre heraus waren und noch die schrecklichen Bilder vor Augen hatten, mit denen sie getestet wurden, tat der Professor mit Blick auf die Aufzeichnungen ganz erschrocken über die angeblich mangelnde Durchblutung ihrer Amygdala. Die armen Leute haben dann immer einen richtigen Schrecken bekommen und gedacht, um Gottes willen, bin ich womöglich auch ein Soziopath? Und er, nachdem er sie eine Weile hatte zappeln lassen: April, April. Na ja. Man soll ja nichts Böses über einen Toten sagen, aber ich fand diesen Scherz immer etwas ... Sie wissen schon.«

»Sie meinen«, sagte Troller und versuchte, seine Aufregung im Zaum zu halten, »er hat mit dem Mörder ein MRT gemacht?«

»Warum sollten sie sonst in diesen Raum gegangen sein?«

»Aber dann müsste es doch ... Ich meine, die Aufnahmen werden doch im Computer gespeichert, oder nicht?«

»Muss nicht sein, ist aber in der Regel so.«

»Könnte man mal nachsehen?« Trollers Hand war schon am Türgriff. Das Siegel war ihm in diesem Augenblick egal.

»Moment!«, sagte Dr. Leiser streng. »Wir dürfen das Siegel nicht verletzen. Und es wäre auch sinnlos. Er hat die Festplatte mitgenommen.«

»Wer?«

»Der Mörder.«

»Woher wissen Sie das?«

»Von dem Kollegen, der mit der Polizei gesprochen hat.«

»Wieso hat die Polizei nicht mit Ihnen gesprochen?«

Dr. Leiser schaute ihn misstrauisch an. Er machte eine Körperbewegung, die aussah, als wollte er sich auf dem Absatz umdrehen und Troller einfach stehen lassen. Er schaute Troller in die Augen, dann auf seine schwarze Aktentasche, in der das Dossier verstaut war, dann wieder in die Augen. »Wer, sagten Sie, sind Sie?«

»Troller. Dr. Richard Troller. Von *Fazit*.«

»Haben Sie einen Presseausweis dabei?«

»Ja, natürlich«, sagte Troller, stellte die schwarze Tasche ab und holte seine Ausweise aus der Brieftasche. Presseausweis. Personalausweis. Wusste Dr. Leiser eigentlich, dass der Mörder sich als Troller ausgegeben hatte?

»Entschuldigen Sie«, sagte Dr. Leiser. »Aber man wird natürlich misstrauisch.«

Nein, er wusste es nicht. »Ich verstehe Sie vollkommen«, sagte Troller. »Kein Problem.«

»Wie war noch einmal Ihre Frage?«

»Warum die Polizei mit Ihren Kollegen gesprochen hat, aber nicht mit Ihnen.«

»Ach so«, sagte Dr. Leiser. »Weil ich nicht da war. Ich bin erst gestern aus dem Urlaub zurückgekehrt. Hab's auch überhaupt erst gestern erfahren. Sie können sich vorstellen, wie geschockt ich war. Ich bin immer noch ganz durcheinander, glauben Sie mir. Es hat ja auch Auswirkungen auf meine Karriere, insofern als …«

Er stockte und sprach nicht weiter. Wahrscheinlich fand er

es nun doch pietätlos, so kurz nach dem Mord an seine Karriere zu denken. Ein bisschen zu spät, aber immerhin.

»Wäre ja auch zu schön gewesen«, sagte Troller. »Ein Hirnscan des Mörders.«

»Nun ja, man könnte natürlich mal auf dem Zentralcomputer nachschauen.«

»Wie bitte?« Wie lange brauchte das Hirn, um eine Sensation zu begreifen? Man redete von einer Schrecksekunde, aber eine Sekunde war für das Hirn eine unendlich lange Zeit. Troller spürte, noch während Dr. Leiser das Wort *Zentralcomputer* aussprach, dass sein Herz um sich schlug wie ein an Deck zappelnder Fisch.

»Automatisches Backup«, sagte Dr. Leiser. »Wir machen das aus Sicherheitsgründen. Falls mal das System ausfällt, verstehen Sie? Alle Daten werden nicht nur auf der Festplatte des jeweiligen Computers gespeichert, sondern zugleich auf dem Zentralcomputer.«

# 26

Das Haus der Wheelers lag in der Melrose Avenue in Willesden Green, einem Vorort im Westen von London, nicht weit von dem berühmten Fußballstadion im Wembley Park. Die Jubilee Line fuhr direkt von Green Park nach Willesden Green, so dass Frank und sie nicht einmal umzusteigen brauchten.

Sie verließen den Bahnhof, gingen an einem indischen Restaurant vorbei, einem Shawarma-Imbiss, einem Telefon-und-Internet-Café, das günstige Tarife für Telefonate nach Indien anbot, und bogen dann in die Cranhurst Road ein, eine kleine Nebenstraße, in der dicht an dicht die Reihenhäuser standen, zweistöckig, mit winzigen Vorgärten, in unterschiedlich gepflegtem Zustand. Was Jane bei all der kleinbürgerlichen Enge, die diese Häuser ausstrahlten, gefiel, waren die kräftigen Farben der lackierten Eingangstüren, feuerwehrrot, pechschwarz, knallgrün oder kornblumenblau. Bei vielen Häusern in dieser Straße sah es allerdings so aus, als hätten die Türen alle Farbe auf sich gezogen, so dass für die Fenster nichts mehr übrig war. Nur ein Haus, fast am Ende der Straße, es trug die Nummer 64, war auffällig gepflegt, als wollte der Besitzer oder die Besitzerin ein Zeichen für die anderen setzen.

Die Cranhurst Road stieß direkt auf die Melrose Avenue. Nur noch ein paar Schritte, dann standen sie vor dem Wheeler-Haus, einer alleinstehenden Villa mit großem Vorgarten, deutlich komfortabler als die Reihenhäuser, an denen sie eben vorbeigekommen waren. Das Haus hatte zwei Obergeschosse, war blendend weiß gestrichen mit einem roten Ziegeldach, in das eine muschelförmige Gaube eingelassen war.

»Hübsches Haus«, sagte Jane.

»Trauriges Haus«, sagte Frank.

Es war noch trauriger, als Samantha Wheeler ihnen die Tür öffnete, mit rotgeweinten Augen, verzweifelt aufschluchzend, als Frank sie in die Arme nahm, eine zierliche, brünette Person in den Dreißigern, mit einem etwas puppenhaften Gesicht. »Die haben alles auf den Kopf gestellt«, sagte sie, als wüssten Frank und Jane, wer »die« waren und worum es ging. »Ich weiß nicht, wie ich damit fertig werden soll. Die Kinder sind bei meinen Eltern. Ich bin auch erst vor ein paar Stunden wieder hergekommen. Was für ein Chaos! Ich weiß nicht einmal, ob es sich lohnt aufzuräumen. Vielleicht kommen die noch mal und stellen wieder alles auf den Kopf.«

Was Frank und Jane zu sehen bekamen, war das Werk von Vandalen: aufgeschlitzte Sessel, abgerissene Tapeten, herausgebrochene Türfüllungen, aufgestemmte Dielen, durchwühlte Schubladen, der Fernseher ohne Rückwand, der Videorecorder aufgeschraubt, die Lautsprecher der Stereoanlage ebenso, die Bücher auf dem Boden zerstreut, die Bilder aus ihren Rahmen herausgerissen, die Lampen aufgeschraubt, und so ging es weiter, in der Küche, im Bad, im Schlafzimmer, im Kinderzimmer, auf dem Dachboden, im Keller.

»Wer war das?«, fragte Frank fassungslos. »Was haben die gesucht? Wieso hast du keinen Anwalt angerufen? Und was ist mit Chris passiert? Wo ist er jetzt? Wann ist die Beerdigung? Kann ich dir irgendwie helfen? Hast du Freunde, die dir beistehen? – Was ist denn?«, sagte er mit einem Anflug von Ungeduld zu Jane, die ihm die Hand auf den Arm gelegt und fest zugedrückt hatte.

»Lass sie doch erst einmal *eine* Frage beantworten.«

»Oh, sorry, tut mir leid.«

»Ich weiß nicht«, sagte Samantha verwirrt. »Wo soll ich anfangen?«

Es war unklar, ob sie Reden oder Aufräumen meinte.

»Haben Sie eine Ahnung, wer die waren?«, fragte Jane.

»Polizei.«

»Polizei?«

»Ich weiß es nicht genau. Sie haben mir ihre Ausweise gezeigt, aber ich war zu aufgeregt, um genau hinzusehen. Ich wollte unseren Anwalt anrufen, Barry, er ist ein Freund, wir spielen – wir haben immer Bridge mit ihm gespielt, aber sie haben mich daran gehindert. Sie haben mich draußen in ihren Wagen gesteckt und ausgefragt, ob wir einen Banksafe haben, ob Chris im Haus einen Platz hatte, an dem er Firmenunterlagen aufbewahrte, ob er Andeutungen gemacht hat, was er in Berlin wollte, ob ich wüsste, wo er am Sonntag gewesen ist. Zum Glück waren die Kinder in der Schule und haben das Ganze nicht miterleben müssen.«

»Wo ist Chris gewesen, am Sonntag?«

»In Reading«, sagte Samantha. »In der Firma. Bei Braintech. Er hat gesagt, er muss noch arbeiten. Vorbereitung für Berlin. Er wollte ja am Montag nach Berlin, um den Infostand vorzubereiten. Es gibt doch nächste Woche diesen Kongress der Hirnforscher ...«

»Ja«, sagte Frank, »ich weiß.«

»Und dafür brauchte er noch ein paar Unterlagen oder was, ich habe keine Ahnung, was es genau war, wir haben nie viel darüber gesprochen. Du weißt ja, Finanzgeschichten und dieses Buchhalterische, das ist für mich höhere Mathematik, und Chris war auch gar nicht versessen darauf, dass ich mich dafür interessierte. Er war immer sehr verschwiegen, was seinen Beruf betraf. Das musste er wohl sein. Ich hatte allerdings das Gefühl, dass er in letzter Zeit ...«

»Ich würde gern in den Garten gehen«, unterbrach Frank, ohne sich durch Janes Stirnrunzeln irritieren zu lassen. »Wollen wir nicht rausgehen? Da herrscht wenigstens nicht so ein Chaos.«

Samantha schaute Jane hilfesuchend an. »Ja, natürlich«, sagte sie. »Mich deprimiert dieser Saustall ja auch.«

»Ich verstehe dich nicht«, flüsterte Jane, als sie Samantha durch die Veranda nach draußen folgten. »Sie war doch gerade dabei …«

»Entschuldigt«, sagte Frank draußen. »Aber ich hatte auf einmal die fixe Idee, dass die – wer immer die sind – ein paar Wanzen in der Wohnung angebracht haben könnten. Ist vielleicht paranoid, aber sicher ist sicher.«

»Aber ich habe doch gar nichts zu verbergen«, sagte Samantha. »Ich weiß doch gar nichts.«

»Manchmal weiß man etwas, ohne zu wissen, dass man es weiß.«

»Das war nicht übel«, sagte Jane anerkennend, als sie wieder in der U-Bahn saßen. Sie ärgerte sich ein wenig über sich selbst, weil sie so wenig geistesgegenwärtig gewesen war. Normalerweise war sie diejenige, die die Situation im Griff hatte. Troller war immer ein bisschen zögerlich, sie dagegen immer auf dem Sprung. Und nun war's umgekehrt.

»Aber Samantha hatte recht, sie weiß nichts.«

»Außer – wie sagtest du so schön – sie weiß etwas, ohne zu wissen … warte mal.« Ihr Handy hatte die kleine Nachtmusik angestimmt.

Troller.

Er erkundigte sich danach, wie es ihr ging, und gab dann einen ziemlich wirren Bericht über ein Dossier, das er gelesen hatte, über eine Verschwörung, die in London ihren Ausgangspunkt genommen haben sollte und offenbar immer noch aktiv. In Janes Ohren klang das Ganze ziemlich abstrus.

»Wo bist du?«, fragte sie.

»In Frankfurt.«

»Oder?«

»Main.«

»Was tust du da?«

Er erzählte, dass er sich im Institut von Gronius umgeschaut und herausgefunden habe, dass …

In diesem Augenblick brach die Verbindung ab.

Jane wollte ihn noch einmal anrufen, aber das Telefon war tot.

Als sie am Green Park aus der U-Bahn-Station herauskamen, ertönte erneut der Mozart-Hit.

»Was war los?«

»Funkloch. Wir saßen in der *Tube.*« Sie bereute sofort, dass sie »wir« gesagt hatte und nicht »ich«, aber nun war es zu spät. Ein gesprochenes Wort gehört zu den drei Dingen, die man nicht zurückholen kann.

»Wer ist wir?«

*Shit.*

»Frank und ich. Frank Teschemacher. Er arbeitet für Braintech.«

»Ich dachte, er wäre ein Kollege von der *SUN.*«

»Ja, auch. Er hat zwei Jobs. Aber keine Angst, er gehört zu den Guten.«

»Da bin ich ja beruhigt.«

Sie konnte nicht heraushören, ob er es ernst, ironisch oder zynisch meinte. Auf jeden Fall klang es alles andere als beruhigt. »Sag mal«, fragte sie, um das Thema zu wechseln, »wie hieß dieses Londoner Institut, von dem du vorhin erzählt hast?«

»Wann?«

»Bevor die Verbindung unterbrochen wurde.«

»Meinst du Tavistock?«

»Ja. Was ist Tavistock?«

»War erst eine Klinik, dann auch noch ein Institut für menschliche Beziehungen. Die haben offenbar überall ihre

Finger drin. Aber ich weiß gar nicht, ob du vorhin noch mitbekommen hast, was ich hier in der Hand habe?«

»Was hast du in der Hand?«

»Den Scan.«

»Was für einen Scan?«

»Den Hirnscan von Dr. Richard Troller.«

»Du hast ein MRT machen lassen?«

»Nein, nicht ich. Der falsche Dr. Troller hat sich von Gronius in den Kernspin schieben lassen. Und der echte Dr. Troller hat die Aufnahmen bekommen.«

»Du hast den Scan von Kant? Wow! Das können wir doch bestimmt als Cover bringen!«

»Hab ich auch schon gedacht. Kants Gehirn.«

»Kompliment, Troller. Du wirst mir immer ähnlicher.« Und ich dir, dachte sie.

»Danke«, sagte er und lachte immerhin einmal kurz auf. »Wann kommst du zurück?«

»Wahrscheinlich morgen. Was machst du heute Abend?«, fragte sie schnell.

»Blue Man Group. Ich hab's Sarah versprochen. Sie übernachtet auch bei mir. Hab ich Maria versprochen. Sie hat einen neuen Lover.«

Ein paar Minuten später, als Jane mit Frank durch die Half Moon Street zum Shepherd Market ging, klang der Satz noch immer in ihrem Kopf nach: *Sie hat einen neuen Lover.*

Es kam ihr sogar so vor, als hätte Troller gesagt: Sie hat *auch* einen neuen Lover.

»WAS WAR EIGENTLICH MIT TAVISTOCK?«, fragte Frank, als sie im Bistro am Shepherd Market saßen und Filet Mignon mit Salat aßen. »Tut mir leid, ich hab's mitgehört. Konnte nicht anders.«

Sie erzählte von dem Dossier über die One-World-Verschwörung, das Troller gelesen hatte. Tavistock spielte darin offenbar eine bedeutende Rolle. Ein Londoner Institut oder etwas in der Art. »Hast du schon mal was davon gehört?«

»Tavistock ist ein Name für vieles«, sagte Frank. »Es gibt einen Ort, der so heißt. Es gibt einen Adelstitel – der älteste Sohn des Duke of Bedford trägt den Titel Marquess of Tavistock. Es gibt einen Platz in Bloomsbury, den Tavistock Square, mit einem hübschen Garten, einem Denkmal für Mahatma Gandhi und einem Kirschbaum, der zum Gedenken an die Hiroshima-Opfer gepflanzt wurde. Am Tavistock Square liegt auch die Tavistock Clinic, eine psychiatrische Klinik, die auch Geräte von uns – von Braintech – verwendet, und schließlich gibt es das Tavistock Institute of Human Relations, das aus der Klinik hervorgegangen ist und psychologische und soziologische Forschungen betreibt, Konferenzen für Führungskräfte organisiert, Trainingskurse durchführt und so weiter. Das Institut ist sicherlich Teil eines Netzwerkes für Führungskräfte, aber Verschwörung? Ich weiß nicht.«

»Und diese Tavistock-Klinik benutzt Geräte von Braintech?«

»Viele Krankenhäuser und Spezialkliniken benutzen Geräte von Braintech«, sagte Frank, »was mich nur hellhörig gemacht hat ...«

»Ist was?«

»Es ist wirklich nur so ein Gedanke«, sagte er zögernd. »Reine Spekulation. Ich kam nur darauf, weil ich das Wort Tavistock gehörte habe und mir schon die ganze Zeit die Frage durch den Kopf ging, was Chris Wheeler eigentlich auf der Finchley Road gemacht hat. Verstehst du?«

»Ich denke, er war bei Braintech in Reading und ist auf dem Weg nach Hause gewesen.«

»Genau das bereitet mir ja Kopfzerbrechen«, sagte Frank. »Der Weg von Willesden Green nach Reading oder von Reading nach Willesden Green führt nicht über die Finchley Road.«

»Ach ja? Das wusste ich nicht.«

»Dazu muss man London schon ziemlich gut kennen. Das Merkwürdige ist jetzt aber, dass der Weg vom Tavistock Square nach Willesden Green über die Finchley Road führt.«

»Nein!«

»Doch. Aber das beweist natürlich nichts. Chris könnte auch in der Oxford Street gewesen sein oder am Leicester Square oder ... Warte mal. Chris wollte am nächsten Tag nach Berlin fliegen, richtig?«

»Richtig.«

»Er wollte deinem Kollegen Informationen übergeben. In welcher Form?«

»Keine Ahnung. Papier – oder nein, ich glaube, Pit hat was von einem USB-Stick gesagt.«

»Die – wer immer die waren – haben verzweifelt danach gesucht und nichts gefunden. Richtig?«

»Sieht so aus.«

»Sie haben es also nicht in seinem Wagen gefunden.«

»Sonst hätten sie das Haus ja nicht auf den Kopf stellen müssen.«

»Dann ist es also noch irgendwo.«

Jane pickte nachdenklich einen Baguettekrümel vom Tischtuch. »Aber wo?«, fragte sie. »Bei Braintech? In seinem Büro?«

Frank schüttelte den Kopf. »Er wollte am nächsten Morgen nach Berlin fliegen. Es wäre Blödsinn gewesen, erst nach Reading zu fahren, um den Stick zu holen. Nein, was immer er Samantha erzählt hat, entweder hatte er ihn zu Hause, oder er hat ihn irgendwo deponiert. Irgendwo auf dem Weg von Willesden Green nach Heathrow.« Frank blickte einige Sekunden schweigend auf seinen leergegessenen Teller. »Mein Gott!«, sagte er schließlich und schlug sich mit der flachen Hand gegen die Stirn. »Komm, lass uns gehen.«

»Wohin?«

»Nach Hause.« Er gab der Kellnerin ein Zeichen.

Jane wollte die Rechnung mit ihm teilen, aber er ließ es nicht zu.

Nach Hause gehen, was hieß das? Er in seine Wohnung und sie ins Hotel? Würde er sie noch auf ein Glas Wein einladen, aus nun schon beinahe alter Gewohnheit? Oder sollte sie ihm vorschlagen, noch mit an die Hotelbar zu kommen?

Frank sah sich aufmerksam um, als sie über den Shepherd Market gingen und durch die enge Gasse, die an dem Pub mit dem hübschen Namen *Ye Grapes* vorbeiführte. Als sie schon in der Half Moon Street waren, ging er noch einmal zurück in die Curzon Street, um zu prüfen, ob ihnen jemand folgte, konnte aber niemanden entdecken.

Die Half Moon Street war nicht besonders belebt. Vereinzelte Fußgänger kamen ihnen entgegen: eine alte Frau mit einer Menge Plastiktüten in den Händen, ein arabisch aussehender Mann in einem Kamelhaarmantel und mit zurückgegelten Haaren, ein schmächtiger älterer Herr mit einem Schlapphut und einer Zigarette im Mundwinkel. Sonst war in der Straße nichts zu sehen, nichts Verdächtiges. Als sie kurz vor Franks Wohnung waren, hörte Jane Stimmen aus einem Auto heraus, blecherne, schnell sprechende, abgehackte Stimmen aus einem Funkgerät.

»Küss mich, Jane.« Frank umarmte sie leidenschaftlich, küsste sie auf den Hals, auf die Stirn, auf die Augen, auf den Mund. Seine Hände fanden den Weg unter ihren Mantel, drückten ihr Becken an seines heran, während er nicht aufhörte, sie zu küssen.

Jane war so überrumpelt, dass sie sich nicht wehrte. Außerdem begriff sie sofort, dass es ein Spiel war, das weniger ihr galt als den Männern in dem Auto. Aber Spiel hin oder her, es gefiel ihr.

»Lass uns ins Hotel gehen«, flüsterte er ihr ins Ohr. »Aber bleib so.«

Eng umschlungen, zwei Verliebte, die nicht wussten, wie

sie den unendlich langen Weg ins Hotel, ins Zimmer und ins Bett zurücklegen sollten, ohne unterwegs die Beherrschung zu verlieren, hangelten sie sich hinüber auf die andere Straßenseite und die drei Stufen zum Hoteleingang hinauf.

Als sich die Eingangstür hinter ihnen schloss, löste Frank sich von Jane. Es war beinahe enttäuschend. Und immer noch verwirrend. »Was hast du vor?«

Er antwortete nicht. Er ging zur Rezeption, wartete, bis ein anderer Gast die Antwort auf irgendeine Frage bekommen und sich wieder entfernt hatte, nannte seinen Namen und fragte den jungen Mann hinter dem Schalter, ob vor kurzem etwas für ihn hinterlegt worden sei. Von Mr Christopher Wheeler.

»Zimmernummer?«

»Ich habe kein Zimmer. Er auch nicht. Ich wohne gegenüber, und es kommt manchmal vor, dass er hier etwas für mich abgibt. Mr Suttertwaith, Ihr Kollege, nimmt das dann für mich an.«

»Mr Suttertwaith hat heute seinen freien Tag.«

»Das habe ich mir schon gedacht.« Als wäre es ein Zaubertrick, hielt Frank auf einmal eine Fünf-Pfund-Note in der Hand. »Meistens legt Mr Suttertwaith etwas, das für mich abgegeben wird, in das unbeschriftete Fach rechts außen.«

In dem unbeschrifteten Fach rechts außen lag ein violetter Briefumschlag. Frank nahm den Umschlag im Tausch gegen die Fünf-Pfund-Note entgegen.

»Kann ich sonst noch etwas für Sie tun?«

»Ich brauche ein Doppelzimmer.«

»Sagten Sie nicht, Sie wohnen gegenüber?«

»Ja«, sagte Frank, »aber ich habe meinen Schlüssel im Büro vergessen. Und das befindet sich fast fünfzig Meilen entfernt. Es ist nur für eine Nacht. Würden Sie mal nachsehen bitte?«

»Nicht nötig«, sagte der junge Mann. »Die Nummer 23

ist frei. Das Zimmer wurde gerade eben storniert. Es kostet 195 Pfund, Frühstück inbegriffen.«

Frank gab ihm eine Kreditkarte, und der junge Mann zog sie durch den Scanner.

Jane ging zum Fenster, um nachzusehen, ob das Auto mit dem Funkgerät noch auf der anderen Straßenseite stand. Es stand noch da. Aber Fahrertür und Beifahrertür wurden gerade geöffnet. Zwei Männer in hellen Burberrys stiegen aus und kamen auf das Hotel zu.

Frank wurde sein Schlüssel ausgehändigt. Die Nummer 23 lag im zweiten Stock. Nicht weit von Janes Zimmer entfernt. Sie hatte die 27.

»Also gut, dann komm«, drängte Jane. »Ich möchte jetzt wirklich gern ins Zimmer.« Sie zog Frank am Ärmel, aber er hatte schon begriffen. Sie warteten nicht auf den Fahrstuhl, sondern beeilten sich, die Treppe hinaufzulaufen.

»Ich glaube, sie kommen ins Hotel«, flüsterte Jane. »Lass uns in mein Zimmer gehen. Ich glaube, der Portier weiß gar nicht, dass ich hier ein Zimmer habe. Ich gebe meinen Schlüssel nie ab.«

Sie schlossen die Tür hinter sich ab, und Frank öffnete den violetten Umschlag. Es war tatsächlich ein USB-Stick darin, klein, schmal, dünn, schwarz. Nicht größer als Janes Daumen.

»Hast du dein Notebook dabei?«

»Ja, klar.«

»Kannst du hier ins Netz?«

»War schon mal drin.«

»Dann los.«

Während ihr rotes *HP Pavilion* eine Ewigkeit brauchte, um das Programm hochzufahren, stand Frank an der Zimmertür und lauschte. Jane wagte es nicht, zum Fenster zu gehen, um herauszufinden, ob die Burberrys vielleicht doch noch auf der Straße standen. *Curiosity kills the cat*. Das Beste war, sie gingen davon aus, dass die Jungs gleich ins Zimmer stürmten, und wenn das Paranoia sein sollte, umso besser.

Sie steckte den USB-Stick in einen der Schlitze und wählte die Option *Ordner öffnen, um Dateien anzuzeigen*.

Der Ordner hieß: *The B-File*. Sie klickte ihn an. Es gab eine Reihe von Dateien darin. Sie trugen Namen wie *Politicians, Scientists, Journalists, Switzerland*.

»Sie kommen«, flüsterte Frank. »Ich glaube, da sind sie.«

Das war nicht mehr zu überhören. Aber sie waren im Anmarsch auf die 23, noch nicht auf die 27. Sie klopften an die Tür und befahlen ohne Rücksicht auf die anderen Gäste des Hotels, die Tür zu öffnen. Dann benutzten sie wahrscheinlich den Generalschlüssel, den sie dem Concierge abgeschwatzt hatten, und sahen, dass niemand da war. Frank hörte das Getrappel ihrer Füße, als sie wieder zurückliefen. Jetzt würden sie nach dem Zimmer von Miss Anderson fragen, und in drei Minuten, spätestens, wären sie hier. »Ich schicke die Dateien an meine eigene E-Mail-Adresse, ist das okay?«, flüsterte Jane.

»Unsere einzige Chance«, flüsterte Frank zurück. »Aber beeil dich.«

»Und an Trollers.«

»Ja, mach schnell!«

Aber es ging nicht schnell. Es dauerte eine Ewigkeit. Wahrscheinlich lag es an dem Virenschutzprogramm, das erst alle Dateien überprüfte, bevor es sie ins Netz entließ.

»Bist du so weit?«

»Nein, noch nicht. Es dauert noch.«

»Zieh dich schon mal aus.«

»Wie bitte?«

Aber ja, natürlich. Sie zog sich aus. Komplett. Die Männer in den Burberrys würden etwas zu sehen bekommen, was ihnen hoffentlich den Verstand vernebelte.

Auch Frank zog sich aus, riss die Überdecke vom Bett, zerwühlte es nach Kräften, und fing an zu stöhnen. Er gab ihr ein Zeichen, und sie fiel ins rhythmische Stöhnen mit ein, während sie noch immer wartete, dass die Mails im Netz verschwanden.

Jetzt!

Und pünktlich, vollkommen synchron, klopfte es an der Tür.

Frank gab ihr stöhnend ein Zeichen, dass sie das Notebook verstecken sollte. Aber wo? Sie klappte es zusammen und nahm es mit ins Bett, unters Kopfkissen.

Frank stöhnte, sie stieß einen wimmernden Lustschrei aus. Das war sonst gar nicht ihre Art.

»Wo ist der Stick?«, flüsterte Frank.

*Oh Gott!* Der Stick steckte noch im Notebook. Sie schob Frank, der schon über ihr lag, beiseite und zog den Stick aus dem Schlitz. Frank nahm ihn, hüpfte zu dem kleinen Schreibtisch, setzte die Kappe auf den Stick und ließ ihn wieder in dem violetten Umschlag verschwinden.

»Wenn Sie nicht öffnen, kommen wir rein.«

»Moment. Ich muss mir was anziehen!«, rief Frank und ging, wie er war, den Slip hatte er anbehalten, zur Tür und öffnete sie. »Was ist denn los, verdammt noch mal?«

Sie fragten nicht lange, sondern stürmten gleich ins Zimmer. Dann blieben sie einen Augenblick verdattert stehen und konnten ihre Blicke nicht von Jane abwenden. Ihr Haar war zerzaust, ihr Gesicht gerötet, ihre Augen glänzten, ihr Mund war feucht, und sie war nackt, bis auf das Kopfkissen, das in ihrem Schoß lag.

»Sie haben eine Nachricht von Mr Wheeler bekommen«, stammelte der Ältere der beiden, der wie Lino Ventura aussah. Schmale Lippen, schiefe Nase.

»Wer sind Sie?«, fragte Frank.

»MI 6.« Das war der Auslandsnachrichtendienst. Also das, was die CIA in den USA war. Oder der BND in Deutschland.

»Können Sie sich ausweisen?«

Sie hielten ihm beflissen ihre Ausweise vor die Nase.

»Wo ist die Nachricht?«, fragte der Ältere.

»Hier«, sagte Frank und reichte ihm den violetten Umschlag, »ein Brief war nicht dabei. Ich nehme an, er ist auf dem Stick, aber ich hatte« – er zeigte mit seinen Augen auf Jane – »noch keine Gelegenheit, einen Blick auf seinen Inhalt zu werfen.«

»Haben Sie einen Computer?«

»Ja, klar.«

Währenddessen bewachte der Jüngere Jane mit seinen Augen. Seinem Gesichtsausdruck nach zu urteilen, hätte er sie mit seinen Blicken am liebsten eingefangen und niemals wieder freigelassen. Sie hätte sich natürlich längst die Decke bis zum Hals hochziehen können, aber sie zog es vor, mit den Armen verschämt ihren Busen zu bedecken, dann die Bedeckung wieder aufzugeben, um sich die Haare zu ordnen, dann wieder erschrocken die Brüste in die Hände zu nehmen und so weiter, damit der Junge immer was zu gucken hatte.

»Wo ist er?«

Der Computer.

»Drüben«, sagte Frank. »In meinem Apartment. Sie wissen ja wohl, dass ich gegenüber wohne.«

»Und hier?«

»Ehrlich gesagt«, wieder ein Blick zu Jane, die verschämt ihre Brüste bedeckte, »ich hatte gerade etwas anderes im Kopf als Computer und solche Sachen. Ich weiß nicht, ob Sie das verstehen können ...«

»Oh, doch«, entfuhr es dem Jüngeren.

»Dann sind Sie mir vielleicht jetzt, wo Sie den Stick haben, nicht böse, wenn wir da weitermachen ...«

»Wo wir Sie unterbrochen haben? Na dann, viel Spaß.«

# 27

Der Zug war nicht besonders voll, und die Chancen, im Speisewagen einen Platz zu bekommen, standen nicht schlecht. Troller hangelte sich schwankend durch zwei Großraumwagen hindurch zum Speisewagen.

Die großen Tische waren besetzt. Die kleinen auch. Bis auf einen. *Aber einer reicht ja.*

Er stellte seine Aktentasche auf einen der beiden Sitze und setzte sich gegenüber auf den anderen. Durch die getönte Scheibe sah er, wie das hügelige hessische Land sich anschickte, grün und frühlingsfrisch zu werden. Das Licht der Sonne brach sich in den Bäumen des kleinen Mischwäldchens, durch das sie gerade fuhren.

Er studierte die Speisekarte des Bordrestaurants, konnte nichts finden und verlangte das Dreierpack mit belegten Vollkornbroten. Der Kellner sagte, das gebe es nur im Bistro. Troller sagte, er wolle es trotzdem. Der Kellner sagte, na gut, weil Sie es sind. Troller bedankte sich und bestellte noch ein Bier. Kaum hatte er die Bestellung aufgegeben, rief er den Kellner noch mal zurück und sagte, er hätte doch lieber einen Tee. Er war übermüdet und zugleich aufgekratzt, und wenn er jetzt ein Bier trank, würde ihn das umhauen. Und er musste ja heute Abend noch mit Sarah zu den blauen Männern. Er hatte es ihr versprochen und würde sich auch daran halten, das war überhaupt keine Frage. Aber wenn er ganz ehrlich war, dann würde er am liebsten Sarah und Maria anrufen und sagen, hört mal zu, ihr beiden, ich habe im Augenblick wirklich andere Sachen am Hut als die *Blue Man Group*. Ich weiß, ich bin ein Rabenvater, aber es geht hier um Leben und Tod, und das ist nicht nur so dahergesagt. Am Sonntag beginnt der Kongress, und ich wette tausend zu eins, dass Kant da etwas vorhat. Also gebt mir die Chance, vorher herauszufinden, wer dieser Mann ist und was es mit ihm auf sich hat, vielleicht kann man ihn noch stoppen.

Der Kellner kam mit dem *Vollkornbuffet* und dem Tee.

Troller tunkte den Teebeutel in das heiße Wasser und schaute leicht angewidert auf die rotbraune Wolke, die langsam daraus hervorquoll wie Tinte aus der Drüse eines Oktopus.

Die Brote waren nicht wie sonst in Zellophan verpackt, sondern hübsch auf einem Teller mit Gurken garniert. Troller nahm das Schinkenbrot und biss hinein.

Als er auf dem Schinken herumkaute und gedankenverloren um sich blickte, sah er den Mörder. Kant. Der Philosoph mit Draculazähnen und einem Skalpell, von dem das Blut troff, genau so, wie er es geträumt hatte. Auf dem Titelbild eines Wochenmagazins mit Namen *Fazit*.

Er hatte gestern Abend, heute Nacht, heute Morgen so viele andere Dinge im Kopf gehabt, dass er gar nicht mehr daran gedacht hatte: Heute war Donnerstag. *Fazit*-Tag. Jane und Hebold hatten den Artikel zu Ende geschrieben, während er in der Zelle gesessen hatte.

Er fragte den Kellner, ob sie Zeitungen hätten. Sie hatten nur noch *BILD*.

*Der Vordenker*, lautete die Überschrift, zum Glück nicht auf der ersten Seite, sondern auf der dritten. Dazu ein Foto von ihm, auf dem er missgelaunt, unrasiert, verschroben aussah. Während er die anderen Brote aß und hin und wieder am Tee nippte, las er den Artikel und versuchte, gelassen zu bleiben. Jetzt war er also mit dem zweifelhaften Ruhm, die Theorie zu den Morden geliefert zu haben, in die Schlagzeilen geraten. Herostratisch berühmt nannte man so etwas. Nach einem Herrn Herostrat, der in der Antike einen Tempel angezündet hatte, nur um berühmt zu werden. Troller schaute sich verstohlen im Speisewagen um und vergewisserte sich, dass niemand gerade die *BILD* las und ihn in dem missgelaunten, unrasierten Kerl erkannte, der dort abgebildet war. Woher hatten die eigentlich das Foto?

Er griff, wie um sich zu vergewissern, dass sie noch da war, in die Seitentasche seiner Lederjacke, zog die CD wie eine Trophäe aus der Tasche und strich mit Daumen und Zeigefinger vorsichtig darüber, als könne er den Inhalt der darin abgespeicherten Dateien erfühlen. Das Hirn des Mörders! Kant! Daniel Burton! Wie mochte es darin aussehen? Hatte es einen erkennbaren Defekt? Waren seine Neuronen anders verschaltet als bei Menschen, die nicht auf die Idee kamen, Hirnforscher zu ermorden? Und wenn ja, warum waren sie anders verschaltet, aufgrund welcher genetischer Disposition, welcher Erfahrungen, welcher Traumata?

Am besten wäre es, wenn er einen Hirnforscher anriefe und ihn fragte, ob er bereit sei, mit ihm die Kant-Scans anzuschauen. Aber wen?

Er kannte einen Neurologen von der Klinik Berlin-Buch, wo früher das Kaiser-Wilhelm-Institut für Hirnforschung seinen Sitz gehabt hatte; er kannte einen Neurologen draußen in Beelitz, an den Beelitzer Heilstätten; er kannte auch einen der Mitarbeiter von Heribert Ritter, aber keiner der drei arbeitete mit Gewalttätern. Der Kollege aus Buch war Spezialist für Epilepsie, der in Beelitz für Alzheimer und Parkinson, der Mitarbeiter von Heribert Ritter kannte sich mit Spiegelzellen aus, aber mit Soziopathen?

Es gab eigentlich nur einen, der dafür in Frage kam.

Troller schreckte zurück bei dem Gedanken. Er kam sich vor wie ein Verräter. War es in Ordnung, das Hirn von Kant an einen Wissenschaftler auszuliefern, der das Manifest unterschrieben hatte? Und der dafür plädierte, Menschen mit einer bestimmten Architektur des Gehirns präventiv einzusperren, weil sie möglicherweise Soziopathen waren? Auf wessen Seite stand er eigentlich? Auf der von Laurenz Block? Aber auf der von Daniel Burton stand er auch nicht. Man konnte nicht die Menschheit retten, indem man einzelne Menschen umbrachte. Es gab diesen Satz im Koran, dass man, wenn man einen einzigen Menschen tötet, die ganze Menschheit tötet. Troller hatte für den Koran so wenig übrig wie für Religion im Allgemeinen, aber dieser Satz hatte ihm immer gefallen. Er hätte von Kant sein können. Immanuel.

Trotzdem, er konnte Block nicht anrufen.

Oder doch?

*Also gut, was soll's.*

Er wählte die Nummer des Krankenzimmers, und Laurenz Block hob sofort ab. »Waren Sie in Frankfurt?«, fragte er, als Troller ihn begrüßt hatte.

»Ja«, sagte Troller erstaunt. »Woher wissen Sie das? Ich sitze gerade …«

»Nein«, unterbrach Block. »Ich meine, bei Gronius? Haben Sie an dem Tag, an dem er ermordet wurde, ein Interview mit ihm geführt?«

*Hört das denn niemals auf!*

»Verlangen Sie ernsthaft von mir, dass ich darauf antworte?«

»Ja«, sagte Block. »Das verlange ich. Gronius hat mir damals gesagt, dass er auf Sie wartet. Also: Waren Sie da?«

»Nein«, sagte Troller unendlich müde. »Aber ich war heute da. Und vielleicht können wir die Sache etwas abkürzen, wenn ich Ihnen sage, dass ich die Bilder habe.«

Pause. Es hörte sich an, als sei die Verbindung unterbrochen. Es war eines dieser Gespräche, bei denen die Telefongesellschaft einem das sogenannte Comfort-Geräusch stahl, wenn man nichts sagte.

»…elche Bilder?«, meldete Block sich zurück. Das W wurde auch noch gestohlen.

»Von seinem Gehirn.«

Pause.

»…essen?«

»Von Kant.«

Was erwartete er? Irgendeinen Ausruf des Erstaunens oder des Erschreckens? Oder ein Wort der Anerkennung im Sinne von: *Wie haben Sie das denn angestellt, Sie Teufelskerl?* Aber welche Reaktion auch immer er erwartet hatte, sie blieb aus. Stattdessen nur wieder eine Pause. Die Leitung war wie tot. »Hallo?«, sagte Troller schließlich. »Sind Sie noch dran?«

»…a«, sagte Block mit einer Stimme, die jetzt besonders rau und heiser klang. »Aber … Sie wollen mich nicht verarschen, oder?«

»Nein. Absolut nicht. Gronius hat, bevor er ermordet wurde, ein MRT mit Kant gemacht. Ich habe die Bilder auf CD. Ich könnte morgen früh zu Ihnen fliegen und …«

»Morgen früh«, schrie Block. Nun kam sie also doch, die Reaktion. »Wollen Sie mich auf die Folter spannen? Mann Gottes, wo immer Sie jetzt sind, schwingen Sie Ihren Allerwertesten ins Flugzeug oder ins Auto oder in die Bahn und kommen Sie her! Wir sehen uns dieses kranke Hirn gemeinsam an, heute noch! Herrgottsack, worauf warten Sie noch?«

Troller stammelte etwas von einem wichtigen Termin, den er auf keinen Fall absagen könne, und dass er morgen früh gleich mit dem ersten Flugzeug nach Bremen kommen werde, das verspreche er hoch und heilig, aber er brachte es nicht über sich, von Sarah und den blauen Männern zu erzählen, nicht nur, weil es eine so vergleichsweise unwichtige Angelegenheit war, sondern weil er wusste, dass Laurenz Block niemals mehr mit seiner kleinen Tochter in eine solche Show gehen konnte.

»Na ja, Sie müssen ja wissen, wo Ihre Prioritäten liegen«, sagte Block in bitterem Tonfall und legte auf.

Troller schaute hinaus auf die Landschaft, die vor ihm floh. War es denn Zufall, dass er in diesem Zug saß und nicht in einem anderen? Oder hatte sein Unbewusstes ihm schon in Frankfurt einen Streich gespielt? Der ICE war 13.58 Uhr in Frankfurt abgefahren, Richtung Hamburg. In Hannover musste Troller in einen anderen Zug umsteigen, der aus Köln kam und nach Berlin weiterfuhr. Er hätte in Frankfurt auch auf den direkten Zug nach Berlin warten können, das hatte er nicht getan. Warum? Weil der direkte Zug eine Viertelstunde später angekommen wäre? Oder weil er sich bis Hannover alle Optionen offenhalten wollte? Wenn er in Hannover ausstieg, dann konnte er auch in eine andere Richtung weiterfahren. Von Hannover aus war es nur eine gute Stunde nach Bremen.

*Und wenn ich Sarah doch anrufe?*

Maria würde toben, aber Sarah würde ihn verstehen. Wahrscheinlich würde sie sogar sagen, mach dir nicht immer so ein schlechtes Gewissen, Troller, wir holen das schon irgendwann nach. Sie verhielt sich ihm gegenüber manchmal schon wie seine eigene Mutter. Aber selbst wenn Sarah so reagierte, er würde sich mies dabei fühlen. Mies, mies, mies.

Nur – er würde heute Abend auch nicht in aller Ruhe neben Sarah sitzen und zusehen können, wie die blauen Männer auf ihren Fässern trommelten und mit Farbe herumpanschten, während die CD in seiner Tasche wie glühendes Eisen brannte.

Mit anderen Worten: Er hatte noch immer ein Entscheidungsproblem.

Normalerweise hätte er jetzt Jane angerufen und sie um Rat gefragt, aber das brachte er nicht über sich. Seit er erfahren hatte, dass sie wieder mit Mister Teschemacher unterwegs war, nagte die Eifersucht an ihm. Er versuchte sie zu unterdrücken, aber es gelang ihm nicht. Eines Tages würde man die Pille gegen Eifersucht erfinden, aber noch war er dazu verdammt, an Janes *Wir* zu denken und an das *Aber er gehört zu den Guten.*

Wieso gehörte Frank Teschemacher zu den Guten? Warum? Weil er für die *SUN* arbeitete? Oder weil er für Braintech arbeitete, eine Firma, die Teil einer weltweiten Verschwörung war? Oder weil er gut im Bett war? Was hieß das schon? Die größten Verbrecher waren gut im Bett. Stasi-Agenten waren gut im Bett. MI-6-Agenten wahrscheinlich auch. Vielleicht war Jane ja längst auf die andere Seite übergewechselt.

Es tat weh. Jeder Gedanke daran tat weh.

Der Zugchef meldete sich über Lautsprecher und versicherte, dass der ICE in wenigen Minuten Hannover erreichen würde. »Sie haben in Hannover folgende Anschlüsse …«

Als der Zug hielt, hatte Troller noch genau drei Minuten Zeit, um die Regionalbahn mit der Nummer 4426 nach Bremen zu erreichen.

Der Polizist vor Blocks Krankenzimmer war immer noch derselbe. Grüne Uniform, olivgetönter Pullover, teilnahmsloses Gesicht. Er stand auch jetzt wieder auf, als Troller kam, zeigte aber keinerlei Anzeichen des Wiedererkennens. Nichts von *Da sind Sie ja wieder* oder *Na ja, Sie kenne ich ja schon.* Er ließ sich Trollers Ausweise zeigen wie vor einer Woche, Personalausweis, Presseausweis, nickte, ohne ein Wort zu sagen, und setzte sich wieder auf seinen Plastikstuhl.

*Dich werden sie bald durch einen RoboCop ersetzen.*

Laurenz Block lag nicht im Bett, sondern war vollständig angekleidet: weiße Leinenhose, dunkelblauer Seemannspullover mit Kragen und Reißverschluss. Er saß auf einem der beiden Stühle an dem kleinen Tisch vor dem Fenster. Sein

Kopf war nicht mehr bandagiert. Große weiße Pflaster klebten wie Patchwork unter und über seinem linken Auge. Das Auge selbst war blutunterlaufen und schrecklich anzusehen, aber offenbar wieder funktionstüchtig.

»Wie geht es Ihnen? Sie sehen besser aus.«

»Ich bin auch ganz begeistert von mir, wenn ich in den Spiegel schaue«, sagte Block mit heiserer Stimme. »Aber der hier« – er hob den Armstummel in die Höhe – »muss natürlich noch wachsen.«

»Ihr Auge scheint aber gerettet zu sein.«

»Ich hätte es gern hergegeben …«

Troller fürchtete auf einmal, der Mann mit der rauen Stimme und der rauen Schale werde in Tränen ausbrechen. »Ich kann Ihnen gar nicht sagen, wie leid es mir tut.«

»Nein«, sagte Block, »können Sie nicht. Niemand kann das. Aber umso mehr«, er stand mit einem Ruck von seinem Stuhl auf, »werde ich alles dafür tun, um dieses kranke Schwein hinter Gitter zu bringen. Wo haben Sie's?«

»Was?«

»Die Bilder.«

»Ach ja.« Troller hielt ihm die CD hin.

»Sind Sie auch wirklich sicher, dass es *sein Hirn* ist?«

»Immerhin steht mein Name darauf.«

»Ja, natürlich – aber woher weiß ich, dass da, wo Troller draufsteht, nicht auch Troller drin ist?«

»Danke«, sagte Troller und griff nach seiner Aktentasche. »Dann werde ich mich wohl doch nach einem anderen Neurologen umsehen.«

»Seien Sie doch nicht gleich beleidigt.«

»Ich bin nicht beleidigt, ich habe nur gerade Ihretwegen einen Krach mit meiner Exfrau riskiert und meine kleine Tochter zum zweiten Mal um die Blue-Man-Show betrogen, auf die sie sich so sehr gefreut hatte …«

*Jetzt hab ich es doch gesagt.*

»Sie haben eine kleine Tochter?« Blocks Stimme klang wie die des Wolfs, der gerade Kreide gefressen hat.

»Tut mir leid.«

»Es tut Ihnen nicht leid.«

»Doch, es tut mir leid. Schrecklich leid sogar.«

»Dann geben Sie mir die Sicherheit«, sagte Block. »Geben Sie mir die Sicherheit, dass ich es mit einem ehrlichen Mann zu tun habe und nicht mit einem Mörder. Um *meiner* Tochter willen.«

Es war Erpressung, aber Troller brachte es nicht über sich, nein zu sagen. Er würde sich halt in die Röhre schieben lassen und schön stillhalten, damit die Bilder nicht verwackelten. »Sie wollen einen Lügendetektortest mit mir machen?«

»Nein«, sagte Block, »ich will nur Ihr Gehirn mit dem vergleichen, das auf den Aufnahmen zu sehen ist. Jedes Gehirn ist so einzigartig wie ein Fingerabdruck oder wie die DNA. Sobald ich die Scans vergleiche, habe ich Gewissheit.«

»Na schön.« Er hatte ein mulmiges Gefühl dabei, aber was soll's. Er wusste genau, dass er an dem Sonntag nicht in Frankfurt gewesen war. Trotzdem rumorte es in seiner Magengegend. Die Kommissarin hatte ihm vorgerechnet, dass es rein theoretisch möglich gewesen wäre, frühmorgens nach Frankfurt zu fahren und abends rechtzeitig wieder in Hamburg zu sein. Und wenn er es getan hatte, ohne es zu wissen? Dissoziative Persönlichkeitsstörung. Hatte mal eine große Debatte darum gegeben.

»Also«, sagte Block. »Dann wollen wir mal.«

Der Polizist stand auf, als sie in den Flur hinausgingen.

»Wir müssen rüber«, sagte Block. »In die neurologische Abteilung.«

Der Polizist nickte und folgte ihnen wortlos in den Fahrstuhl und nach draußen. Es war bereits dunkel, der Hof war mit kaltem Licht beleuchtet, ihre Schritte klackten auf den Steinplatten, die Bäume griffen mit kahlen Ästen nach ihnen.

Die neurologische Abteilung lag in einem größeren Gebäudekomplex in der Nähe des Haupteingangs.

»Raum 129«, sagte Block.

Sie gingen hinauf in den ersten Stock, Block voran, Troller hinter ihm, beide gefolgt vom stummen Polizisten.

Die Schwester im Vorzimmer wusste Bescheid. Sie war eine hübsche, indisch aussehende Frau mit dunklem Teint, langen schwarzen Haaren und blendend weißen Zähnen. Über ihrer Nasenwurzel trug sie eine rotes Mal. »Und Sie«, sagte sie zum Polizisten, »warten bitte draußen.«

Der Polizist verzog auch jetzt keine Miene. Aber anstatt sich auf den Flur zurückzuziehen, ging er voraus in den MRT-Raum. Der Raum bestand genau wie der im Frankfurter Institut aus zwei Teilen. Der vordere Teil beherbergte das Steuerpult mit Computer. In dem durch eine Glaswand abgetrennten hinteren Trakt stand furchteinflößend der riesige MRT-Scanner. Der Polizist schaute prüfend in jede Ecke und ließ Troller und Block erst allein, als er sicher war, dass keine Gefahr drohte.

Block schaltete das Ungetüm ein.

Der Elektromotor fuhr mit bedrohlichem Summen hoch.

»Es dauert eine Weile, bis er bereit ist«, sagte Block und schloss die Tür zum Nebenraum. »Solange können wir uns ja die Bilder anschauen.«

Troller wünschte, er hätte es bereits hinter sich. Noch mehr wünschte er sich, er hätte es gar nicht erst vor sich.

Der Computer war schneller startbereit als der MRT-Scanner. Block nahm auf einem Bürostuhl vor dem Steuerpult Platz und forderte Troller auf, sich neben ihn zu setzen. Dann steckte er die CD in den Schlitz und rief das erste Bild auf.

Der Querschnitt eines Gehirns leuchtete in roten, grünen und gelben Farben auf. Oben links stand der Name: Dr. Richard Troller. In der unteren rechten Ecke war ein verkleinertes Bild zu sehen. Es zeigte ballspielende Kinder auf einer grünen Wiese.

Da war es.

Das Mörderhirn.

Kant.

Beide, Troller und Block, hielten den Atem an. Es war so etwas wie eine grausige Andacht. Als sähen sie nicht nur ein mit Computerhilfe konstruiertes Abbild, sondern direkt ins Hirn des Mannes, der Heribert Ritter in den Affenstuhl gezwängt, Gronius und seinen Assistenten León Hinterseer erschossen und Laurenz Block das Paket geschickt hatte, durch das seine kleine Tochter getötet worden war.

Troller sah Block von der Seite an und schaute sofort wieder weg. Er wollte nicht sehen, wie Blocks Mund arbeitete.

Immer noch herrschte eine andächtige Stille im Raum.

Nur der Computer summte leise.

»Okay«, sagte Block und räusperte sich. »Da haben wir das Ding.« Er zeigte auf den Bereich im Inneren des Hirns, das limbische System, in dem sich der streifenartige Gyrus Cinguli befand, der seepferdchenförmige Hippocampus, und an dessen eingerolltem Ende die mandelkerngroße Amygdala. Sie leuchtete grün.

»Gleich sollte sie rot glühen.« Block blätterte per Mausklick weiter. »Sowie er ihm die Horrorfotos einspielt.«

Die nächsten Aufnahmen zeigten im rechten unteren Eck auch noch friedliche und heitere Motive, eine Berglandschaft, eine Gruppe von gelbgekleideten asiatischen Mönchen, eine Buddhastatue, einen Seerosenteich. Die Amygdala leuchtete unverändert grün.

Dann sah Troller das erste Schreckensfoto. Ein Soldat mit zerschossenem Bauch.

»Soll ich mal vergrößern?«

»Muss nicht sein.«

Und noch ein Horrorbild: eine Kinderleiche mit abgerissenem Kopf.

Block zuckte zusammen und blätterte sofort weiter.

Die nächsten beiden Fotos waren wieder friedlich. Blauer Himmel mit Zugvögeln darin. Ein japanischer Garten.

Und wieder zwei Horrorszenen: Amerikanische Polizisten prügelten und traten auf einen am Boden liegenden Schwarzen ein. Ein Kampfhund fletschte seine Zähne.

Was machte die Amygdala?

»Nichts«, sagte Block und zeigte auf den Monitor, »so gut wie nichts. Bei jedem normalen Menschen wäre das Ding jetzt knallrot. Aber der hier …« Er ließ den Satz offen und blätterte weiter.

Einmal, bei einem Foto, auf dem ein auf einer Liege angeschnallter Mann mit glühenden Zangen gefoltert wurde, färbte sich die Amygdala auf dem Monitor mäßig rot. Sonst veränderte sie sich kaum. Das Grün verlor bei den Schreckensbildern gelegentlich sein Leuchten, wurde gelblich oder grau – aber nach Durchblutung sah das nicht aus. Wobei das Rot natürlich nur deswegen die Durchblutung symbolisierte, weil man die Software entsprechend geschrieben hatte. Man hätte dafür auch blau oder gelb nehmen können.

Block blätterte weiter. »Um ehrlich zu sein, ich habe nie viel von der Biofeedback-Methode des Kollegen Gronius gehalten. Aktivierung der Amygdala mit Hilfe von Konzentrationsübungen!«

»Sie meinen, es funktioniert nicht?«

»Ich meine, es ist sinnlos. Warum wollen Sie diese Killer dazu bringen, dass sie mitfühlend werden. Wegsperren, das ist meine Meinung.«

»Ist es angeboren?«

»Was?«

»Diese, wie soll ich sagen, Taubheit der Amygdala?«

»Kann ich in diesem Falle nicht sagen. Es gibt ja Menschen

mit abnorm verkleinerter Amygdala, aber diese hier … Angeboren, durch Erfahrung konditioniert, was weiß ich? Auf alle Fälle wundert mich, dass Gronius nicht sofort Reißaus genommen hat. Er hätte den Mann gar nicht mehr aus der Röhre rauslassen dürfen, er hätte ihn auf der Stelle anschnallen, festnageln, einsperren und die Polizei rufen sollen! Sehen Sie nur«, sagte er und blätterte weiter.

Doch jetzt veränderte sich das Muster. Statt der Amygdala war jetzt ein anderer Bereich zu sehen. Block ließ das Bild stehen und sperrte den Mund auf. »Der muss doch Kopfschmerzen haben wie verrückt!«, flüsterte er.

Auch Troller sah, dass in dieser Region des Hirns nicht alles so war, wie es sein sollte. Da war eine Anomalie, ein graues Etwas, ein Auswuchs, ein Fremdkörper, ein Tumor, eine Geschwulst. »Mein Gott«, murmelte er.

»Das sieht nicht gut aus«, sagte Block.

»Wo ist das? In welchem Bereich?«

»An der Schädelbasis. Im Bereich des fünften Hirnnervs. Mannometer!«

»Meinen Sie, dass es bösartig ist?«

»Ich weiß nur, dass dieses Hirn bösartig ist.« Er sah Troller direkt an. »Haben Sie manchmal Kopfschmerzen?«, fragte er fast inquisitorisch. Er stand auf und öffnete die Tür zum Nebenraum.

Das MRT-Gerät summte mit einem höhnischen Oberton.

»Nur wenn ich zu viel getrunken habe«, sagte Troller und erhob sich ebenfalls.

Block forderte ihn auf, alles Metallische in eine Plastikschale zu legen. Schlüssel. Geld. Gürtel. Kugelschreiber. Armbanduhr.

Troller legte die Sachen in die Schale wie eine Opfergabe.

Letzte Sicherheit. Den Zweifel ein für alle Mal ausräumen. Wir trauen unseren eigenen Augen nicht mehr. Wir trauen nur den Apparaten. Dem wiederholbaren Experiment. A-Probe und B-Probe.

*A-Hörnchen und B-Hörnchen*, dachte Troller, als er sich auf die Liege legte.

Block setzte die Spule über seinen Kopf. Dann betätigte er einen Hebel, und die Liege fuhr mit einem hochtourig summenden Geräusch mitten hinein in die Magnethöhle.

»Und wenn Sie herausfinden, dass mein Hirn identisch ist mit dem von Dr. Richard Troller, dann können Sie mich ja gleich hier liegen lassen.«

»Worauf Sie sich verlassen können«, sagte Block. »So – und jetzt bitte nicht mehr sprechen. Stillhalten. Ruhig atmen. Gleich geht's los.«

Er verließ den Raum. Die Schale mit den metallischen Opfergaben nahm er mit. Troller sah durch das Gitter der Spule nur noch gewölbtes Metall. Er schloss die Augen.

Das MRT-Gerät summte.

*Es kann nicht sein. Es kann nicht sein. Ich war in Hamburg. Ich lebe nicht in einer virtuellen Welt, in der ich mir vormache, dass ich in Hamburg-Blankenese Rollmöpse esse, während ich in Wirklichkeit in Frankfurt einen Wissenschaftler erschieße. Ich kann sehr gut zwischen Traum und Wirklichkeit unterscheiden. Und nichts, aber auch gar nichts, deutet darauf hin, dass ich eine multiple Persönlichkeit bin.*

Und dann, wie ein Maschinengewehrfeuer in Zeitlupe, das Klacken der Kamera.

Klack-klack-klack-klack-klack-klack-klack-klack-klack.

Das war's auch schon.

Wahrscheinlich hätte ein einziges Klack genügt. Ein einziges Foto, ein einziges Bild, das Block die gewünschte Sicherheit gab. Die Sicherheit, dass der Troller, der hier auf der MRT-Liege lag, nicht identisch mit dem war, der auf der Liege von Gronius gelegen hatte.

Oder doch identisch.

Jetzt wird er es wissen, dachte Troller. Warum sagt er nichts?

Die Tür wurde geöffnet. Schritte.

*Nun komm schon.*

»Tja«, sagte Block und räusperte sich wieder.

»Und?«, fragte Troller mit einer peinlicherweise hohen, ängstlichen Stimme. »Holen Sie mich hier wieder heraus?«

»Ich weiß ja nicht, wer Sie sind«, sagte Block, »aber eins steht fest: *Dr. Richard Troller* sind Sie nicht.«

*Danke, lieber Gott.*

Block begann, Troller aus dem MRT-Gefängnis zu befreien. »Verzeihen Sie das Misstrauen«, sagte er, »aber ich glaube, wenn Ihre kleine Tochter ermordet worden wäre, dann würden Sie auch …«

»Ja«, sagte Troller und schämte sich für sein Glück, »das würde ich.«

»Passen Sie gut auf sie auf«, sagte Block leise und verließ den Raum wieder.

Troller blieb noch einen Augenblick auf der Liege sitzen und nahm dann seine Opfergaben wieder an sich. Er ließ sich Zeit damit. Sich und Block.

»Was bedeutet das?«, fragte er, als er wieder neben Block saß. »Dieser Tumor?«

»Kommt darauf an, ob er gutartig oder bösartig ist. Ich nehme aber an, er ist gutartig. Sehen Sie diese Umrandung? Solche klaren Abgrenzungen deuten mit großer Wahrscheinlichkeit darauf hin, dass es sich nicht um ein Glioblastom handelt, sondern um ein Meningeom, und die sind in der Regel gutartig. Aber um es mit absoluter Sicherheit sagen zu können, müsste man eine Biopsie durchführen.«

»Er hat Schmerzen, sagten Sie?« Troller dachte an die Liste, die er mit Jane zusammen aufgestellt hatte. Jane hatte darauf bestanden, dass sie die Schmerzen, von denen Kant in seiner Mail geschrieben hatte, wörtlich nahmen.

»Nun ja«, sagte Block, »wir sind noch nicht so weit, dass wir eine neoplastische Läsion im Hirn sehen und sofort sagen können: Der verhält sich so oder so. Der hat jetzt diese oder jene Schmerzen. Es gibt Wahrscheinlichkeiten, mehr nicht. Wenn der Tumor zum Beispiel im präfrontalen Cortex läge, dann könnte ich sagen, er ist haltlos, flucht, verspielt sein Vermögen und so weiter, wie der berühmte Phineas Gage, von dem ich Ihnen letztes Mal erzählt habe. Aber ich hatte Ihnen ja auch prognostiziert, dass unser Killer kein solcher Kandidat ist, erinnern Sie sich?«

Troller nickte.

»Und was jetzt dieses Meningeom betrifft«, sagte Block, »das drückt ja doch gewaltig auf den fünften Hirnnerv, sehen Sie hier?«

»Was bedeutet das?«

»Trigeminus«, sagte Block. »Gesichtsnerv. Und ich würde mal vermuten, dass jemand mit so einer ständigen Reizung des Nervs unter einer rechtschaffenen Trigeminusneuralgie leidet, meinen Sie nicht?«

*Was soll ich dazu sagen?*

»Und die Symptome?«

»Vernichtungsschmerz. Anfallartig. Kann kommen, wenn er etwas Heißes oder Kaltes trinkt, etwas isst, in die Kälte hinausgeht, redet, was immer man so mit seinem Gesicht anstellt. Aber wohlgemerkt: kann. Muss nicht. Kommt, wann es will. Überfallartig. Es gibt allerdings auch Patienten, die so eine Art Vorgefühl haben. Quasi den sechsten Sinn. Wie manche Epileptiker.«

»Was bedeutet dieser Ausdruck: Vernichtungsschmerz?«

»Brutalstmöglicher Schmerz. Drei, vier Sekunden lang. In dieser kurzen Zeit, die, das kann ich Ihnen verraten, eine Ewigkeit dauert, wünschten Sie sich, mausetot zu sein. Danach hört er aber wieder auf. Leider, würde ich in diesem Falle sagen. Ach, übrigens«, fügte Block mit einem kurzen

Auflachen hinzu, »ich hatte mal eine Patientin mit einem ähnlichen Tumor, die litt unter vollständiger Ageusie.«

»Verlust des Geschmackssinns?«

»Aber wohlgemerkt, nur des Geschmacks! Der Geruchssinn war davon nicht beeinträchtigt. Wir denken ja häufig, dass wir schmecken, wo wir genau genommen riechen. Wenn Sie zum Beispiel Ingwer essen, dann riechen Sie mehr, als Sie schmecken. Schmecken tun wir eigentlich nur vier Qualitäten, süß, salzig, sauer und bitter. Die Japaner haben allerdings noch eine fünfte Qualität hinzuerfunden, die *Unami* heißt. Was so viel bedeutet wie wohlschmeckend. Aber es kann uns ja eigentlich egal sein«, sagte er grimmig, während er den Monitor ausschaltete, »ob diesem Kerl der Barolo noch schmeckt oder nicht. Ich hoffe nur, er landet bald dort, wo es sowieso keinen mehr gibt.«

Womit er wohl weniger das Gefängnis als die Hölle meinte.

»Ich muss zum Bahnhof«, stieß Troller hastig hervor, »aber schnell.«

»Man tut, was man kann«, brummte der Taxifahrer und schaltete den Taxameter ein.

Es war kurz nach acht. Um genau 20.18 Uhr ging der letzte Zug nach Berlin. Danach war nichts mehr zu machen. Die nächste Verbindung, eine Stunde später, würde sieben Stunden brauchen und irgendwann zwischen vier und fünf Uhr morgens ankommen. Mit anderen Worten, wenn er den Zug nicht erwischte, saß er hier fest. »Wenn Sie ein bisschen auf die Tube drücken, gibt's ein ordentliches Trinkgeld.«

Der Taxifahrer, Alter unbestimmt, trug eine Prinz-Heinrich-Mütze, einen gestutzten Vollbart und sprach sein nöliges Norddeutsch mit dem atemberaubenden Tempo eines Schweizers. »Und wenn ich bei Rot über die Ampel fahre, bin ich die Pappe los.«

»Aber das ist doch kein Grund, schon bei Hellgelb anzuhalten, verdammt noch mal!«

»Wenn Sie hier weiter so rumbrüllen, dann können Sie sich eine andere Kutsche suchen.«

Als sie am Bahnhof waren, hatte er keine Zeit mehr, auf das Wechselgeld zu warten. Vielleicht war das der Trick. Fahre die Kunden so langsam zum Bahnhof, dass sie dir in aller Eile einen Zwanziger in die Hand drücken und *Stimmt so* sagen.

Die große Bahnhofsuhr zeigte 20.16 Uhr. Noch zwei Minuten.

Troller rannte in die Bahnhofshalle, suchte verzweifelt einen Fahrplan, entdeckte die Anzeigetafel und fand heraus, dass der Regionalzug nach Hannover von Gleis 3 fuhr. *Gleis drei, wo ist Gleis drei?*

Finde dich mal in einem fremden Bahnhof zurecht, wenn du es eilig hast. Wenn jede Sekunde zählt. Wenn du eigentlich schon keine Chance mehr hast.

Er hatte noch eine Chance. Er hastete die Treppen hinauf und sah den Zug. Er sah ihn auch noch, als er oben ankam und die Plattform erreichte.

Er sah, wie sich die Türen schlossen und der Zug sich in Bewegung setzte.

Ohne ihn.

Er wäre gern hinterhergerannt, hätte sich aufs Trittbrett geschwungen, die Tür geöffnet, die Aktentasche in den Zug geworfen und sich dann hineingehangelt.

Aber solche Züge gab es nur noch in alten Filmen.

Er hätte heulen können vor Verzweiflung, aber dazu reichte es nicht mehr. Er war müde, leer, ausgelaugt. Er fühlte sich, als wäre er nicht aus Fleisch und Blut, sondern aus Holzwolle oder Styropor.

Wie ausgestopft.

Niemand beachtete ihn, als er die Treppen wieder hinunterstieg.

Andere ausgestopfte Gestalten kamen ihm entgegen. Mit leeren Gesichtern. Mit toten Augen. Mit mechanischen Bewegungen. Sie hielten ihre Hände ans Ohr und redeten mit Geistern aus einer anderen Welt. Sie zogen Trolleys hinter sich her, die einen in die eine Richtung, die anderen in die andere Richtung. Sie standen da und kauten auf Gebackenem herum oder stopften sich Frittiertes in die Mäuler. Zwei Bunthaarige pressten gepiercte Gesichter aufeinander und drohten einander zu verschlingen. Eine alte Frau schob einen Einkaufswagen mit blauen Mülltüten vor sich her. Ein dunkelhäutiger Mann in Turnschuhen und Trainingsanzug dopste einen Ball auf den Boden, fing ihn wieder auf und wiederholte den Vorgang unermüdlich. Der Lärm des Aufpralls schmerzte so heftig, dass Troller sich die Ohren zuhalten wollte, aber seine Aktentasche hinderte ihn daran.

Im Bahnhofssupermarkt besorgte er sich eine Zahnbürste, Zahnpasta, Rasierzeug und ein T-Shirt, XXL, als Schlafanzugersatz. Es roch dezent nach Essig und hatte ein dickes rotes Herz auf der Brust:

*I love Bremen.*

# 28

Janes Mund bebte leicht, Tränen liefen ihr die Wangen hinunter, während sie aufrecht, mit geradem Rücken im Plastikschalensitz saß, das rote Notebook ungeöffnet auf den Knien. Es war ein stilles, friedliches Weinen, kein Schluchzen, kein Heulen, kein Geschütteltwerden. Sie saß einfach nur da, schaute in eine imaginäre Ferne und ließ den Tränen ihren Lauf.

Das Boarding für den Flug Nummer BA0984 nach Berlin-Tegel musste jeden Moment beginnen. Normalerweise hätte Jane ihr Notebook geöffnet und etwas geschrieben oder gelesen, sie würde auch gleich damit beginnen, bestimmt, sowie sie im Flugzeug saß und die Insel verließ, aber solange sie noch am Boden war, konnte sie an nichts anderes denken als an Frank, als ob die Erde, deren Berührung sie noch mit ihm teilte, ihre Gedanken und Gefühle fesselte. Frank hatte sie nicht nach Heathrow begleitet, er wollte es, aber sie hatte sich dagegen gewehrt, weil sie die Qual nicht noch verlängern wollte.

Wie oft konnte man das machen? Wie oft konnte man das aushalten, ohne dass der Schmerz einen zerriss? Immer wieder dasselbe? Immer wieder sagen, so, es war schön mit dir, aber nun ist Schluss, nun aber wirklich, sonst gerät das ganze Gefüge durcheinander, das ich mein Leben nenne. Ich liebe dich, Frank, oh ja, aber es ist wie mit den beiden Königskindern oder wie mit Romeo und Julia oder all den anderen, die ihre Liebe nicht leben können, weil die Umstände dagegen sind. Wenn ich dich weiterlieben wollte, dann müsste ich meinen Job in Berlin aufgeben und nach London kommen. Aber vor allem will ich Troller nicht verlassen, ich will ihm nicht weh tun, auf keinen Fall. Du bist stärker als er, Frank, du wirst eine andere finden, eine, die so schön und so sympathisch ist wie Sylvie, und dann wirst du mich vergessen. Ja, es tut weh, aber das geht vorbei, also lass uns dankbar sein für das, was war.

Was sie in den letzten beiden Tagen erlebt hatte, das war mehr als eine Affäre, das war beinahe schon eine gemeinsame Geschichte. Und wenn es etwas gab, das eine flüchtige Liebschaft in Liebe verwandelte, dann war es eine Reihe von Augenblicken, die sich zu einer Geschichte zusammenfügten, einer Geschichte, die einen nicht wieder losließ, wie ein Zauber oder ein Bann oder der Gründungsmythos einer Stadt. Die Geschichte mit Frank hatte sich in diesen Tagen tief in ihr Innerstes eingegraben, gerade weil ihre Gefühle so durcheinandergewirbelt worden waren, gerade weil sie geglaubt hatte, dass er zu den Bösen gehörte, und sich herausgestellt hatte, dass er einer von den Guten war.

Nein, diesmal war es nicht mehr bloß das schmerzhafte Ende einer Affäre, diesmal war es eine Entscheidung zwischen zwei Männern und zwei Lebensformen, Troller oder Frank, Berlin oder London, *Fazit* oder – ja, was? Lass uns mit Marty Whitaker sprechen, hatte Frank gesagt, vielleicht verschafft er dir ja ein Ticket bei der *Times*.

Aus dem Lautsprecher hörte sie die Stimme der Stewardess, die das Boarding ankündigte. Jane trocknete sich die Tränen und stand auf, setzte sich aber gleich wieder hin. Warum so eilig. Wenn man zu früh an Bord ging, stand man doch nur im Gang herum und schaute zu, wie die dicken Männer ihr mächtiges Handgepäck in der Ablage verstauten.

*Nein, Frank, es geht nicht.*

Sie würde Troller nicht verlassen. Er brauchte sie. Die Sache mit Frank hatte auch gar nichts mit ihm zu tun. Die Wahrheit war nur, dass einem aus heiterem Himmel ein Frank Teschemacher über den Weg lief und man einfach Lust hatte, Lust, Lust, Lust, mit ihm zusammen zu sein, im Hotel, in seiner Wohnung, in der U-Bahn, im Bistro, im Bett, wo auch immer. Es war nicht gegen Troller, es war überhaupt nicht gegen irgendwen oder irgendwas, es war einfach nur aufregend, sexy und wunderschön.

*Sorry, Troller, ich kann's nicht anders sagen.*

Aber sie würde es nicht sagen, natürlich nicht. Erneut schossen ihr Tränen in die Augen. Sie stand auf und reihte sich in die Schlange ein. Sie hatte es auf einmal doch eilig, ins Flugzeug zu kommen. Wenn es erst einmal gestartet war, wenn sie das Notebook anstellen und die Braintech-Dateien aufrufen durfte, dann würde sie den Schmerz vielleicht vergessen.

Die Stewardess nahm ihre Bordkarte, schickte sie durch den Automaten und reichte ihr den Passagierabschnitt zurück.

Als sie auf ihrem Sitz saß und sich anschnallte, zog sich der Schmerz ein wenig zurück, aber nur, um der Sorge Platz zu machen.

Frank war in Gefahr. Das Mindeste war noch, dass er seinen Job bei Braintech verlor, aber auch das hätte schon unangenehme Folgen. Die Wohnung in Mayfair konnte er dann nicht mehr bezahlen. Aber warum musste er auch unbedingt in Mayfair wohnen anstatt in South Kensington oder Willesden Green? Außerdem würde er bestimmt wieder einen Job finden, oder die SUN würde ihn fest einstellen, das war sogar wahrscheinlich. Nein, die größere Gefahr lag darin, dass sie ihn verprügelten wie Pit Kern oder ermordeten wie Chris Wheeler, weil sie ahnten, dass er zu viel wusste. Diese Gefahr bestand für sie ja auch. Allerdings nur, wenn Braintech dahinterkam, dass sie die Dateien von Chris Wheeler doch kopiert hatten.

Frank und sie hatten sich gestern Abend mit dem Kollegen

von Braintech getroffen, dem Frank von Pit Kerns Andeutungen erzählt hatte. Der Kollege machte überhaupt keinen Hehl daraus, dass er die Information an die Sicherheitsabteilung weitergegeben hatte. »Das musste ich doch tun. Schließlich riskieren wir alle unseren Job, wenn die Firma in Verruf gerät. Außerdem, wenn es um Schmiergelder und Bestechung geht – glaubt ihr, die Konkurrenz besteht aus lauter Gutmenschen? Denkt mal an Siemens!« – »Und Chris Wheeler?« – »Wieso, das war doch ein Unfall.« – »Und die Prügel, die Pit Kern bezogen hat?« – »Was, zum Teufel, geht es mich an, wenn irgendein Journalist am anderen Ende der Welt verprügelt wird?«

Sie war froh, dass Frank nicht so geredet hatte. Auch wenn es in gewisser Hinsicht vieles leichter gemacht hätte.

Das Flugzeug beschleunigte. Jane wurde in den Sitz gedrückt und schloss die Augen. Sie hatte keine Flugangst, aber bei Start und Landung suchten ihre Hände doch immer die Sitzlehnen.

Als die Maschine die volle Flughöhe erreicht hatte, nahm Jane das Notebook aus der Tasche unter dem Vordersitz und klappte es auf. Sie hatte die Braintech-Dateien noch gar nicht angeschaut. Sie hatte es versucht, aber die Dateien waren mit einem Passwort gesichert. Frank und sie waren damit zu einem Hacker in Lambeth gefahren, und der hatte die ganze Nacht dazu gebraucht, das Passwort zu knacken. Erst kurz vor ihrer Abfahrt nach Heathrow hatten sie den Stick mit den geöffneten Dateien abgeholt.

Kaum hatte sie die erste Datei geöffnet, erwachte ihr professionelles Interesse und drängte alle anderen Gefühle in den Hintergrund. Das hier, das sah Jane auf den ersten Blick, war eine Sensation! Das war der Stoff, aus dem die Storys sind. Das BRAINTECH-KOMPLOTT – oder wie immer die Titelgeschichte in zwei oder drei Wochen heißen würde.

Er hätte mit dem Zug nach Berlin zurückfahren können, aber Fliegen ging schneller. Außerdem war ihm der Bremer Hauptbahnhof für alle Zeiten verhasst. Jetzt saß er in der Abflughalle und wartete darauf, dass der Flug aufgerufen wurde.

Die Nacht war traurig gewesen, aber auch eine Gelegenheit, zur Ruhe zu kommen. Er hatte am Bahnhof eine Currywurst mit Pommes frites gegessen, weil er es hasste, allein in einem Restaurant zu sitzen und den Blicken der anderen ausgeliefert zu sein. Wenn man zu zweit oder zu mehreren in ein Restaurant ging, dann saß man selbst im Zuschauerraum und die anderen auf der Bühne. Wenn man allein war, dann saß man selbst auf der Bühne und die anderen waren Zuschauer. Und das Stück hieß *Dinner for One*.

Nein, dann lieber Currywurst.

Im Best Western am Bahnhofsplatz hatte er sich ein Zimmer genommen. Oben hatte er noch kurz überlegt, ob er auf ein Bier hinunter in die American Bar gehen sollte, war dann aber doch im Zimmer geblieben und hatte sich mit dem Jever aus der Minibar begnügt. So gegen zehn war er todmüde ins Bett gesunken, bekleidet nur mit dem *I love Bremen*-T-Shirt, und war sofort eingeschlafen. In gewisser Weise war es sogar ein Glück gewesen, dass er den Zug verpasst hatte. So lange und erholsam hatte er seit Tagen nicht mehr geschlafen.

Er blätterte die Zeitungen durch, neugierig, ob die Debatte weiterging. Inzwischen hatte er sich an den Gedanken gewöhnt, mit seinem Buch und seiner besonderen Beziehung zu Kant im Mittelpunkt des Feuilletoninteresses zu stehen. Er war beinahe enttäuscht, dass heute nur in der *Süddeutschen* eine Polemik zu lesen war, die sich allerdings mehr gegen den Herausgeber der *F.A.Z.* richtete als gegen ihn. Während er den Artikel las, ging ihm eine Gedichtzeile durch den Kopf: John Maynard von Maynard auf Havelland, ein Birnbaum in seinem Garten stand.

*Blödsinn.*

Aber die Zeile spulte sich in seinem Hirn immer wieder ab, wie ein alberner Schlager, den man hasst und den man gerade deswegen nicht loswird. Aber heitschi bumbeitschi bumbum. Wenn du denkst, du denkst, dann denkst du nur, du denkst. Da, da, da.

*John Maynard von Maynard.*

Nein, der mit dem Birnbaum war Herr von Ribbeck. John Maynard war unser Steuermann, und das Schiff brennt, und die Qualmwolke steht, noch zwanzig Minuten bis Buffalo, und alle werden gerettet, nur einer nicht. Troller schaute sich in der Abflughalle um, ob irgendwo ein Fontane-Plakat hing oder eine Werbung, die mit dem Gedicht als Eyecatcher arbeitete. Zugleich begann sein Hirn zu assoziieren. Fontane – Lafontaine – Fontäne – Fontanelle …

Fontanelle nannte man die noch nicht geschlossenen Bereiche der Schädeldecke beim Säugling. Unter der Schädeldecke lag das Hirn. Und jetzt fiel es ihm ein. Da war ein Interview gewesen, das er gelangweilt überblättert hatte, weil er nur nach seinem eigenen Namen gesucht hatte. Er blätterte noch einmal zurück und las:

### *Wir werden das Rätsel lösen*

*Interview mit John F. Maynard, Direktor des Center for Computational Neuroscience, Nassau, Bahamas.*

Professor Maynard war außerordentlich optimistisch, was die Lösung des »spannendsten Rätsels« betraf. Ein längerer Teil des Interviews beschäftigte sich mit einem Wettbewerb, an dem sich mehrere Teams von Wissenschaftlern beteiligt hatten. Für das Siegerteam war ein Preis ausgesetzt worden. Die Versuchsanordnung war die: Eine Testperson bekam vier Filmsequenzen aus Fernsehserien zu sehen. Dabei wurde die Hirnaktivität aufgezeichnet. Man hatte also auf der einen Seite die Fernsehbilder, auf der anderen die Hirnströme, nebeneinander angeordnet wie die Vokabeln in einem Wörterbuch. Die konkurrierenden Wissenschaftlerteams bekamen nun für drei der vier Filmsequenzen beide Seiten zu sehen, sowohl den Film als auch die Hirnströme. Für die vierte Sequenz aber bekamen sie nur die Hirnströme, ohne den dazugehörigen Film. Die Preisfrage lautete: Können Sie anhand der Hirnströme erkennen, was die Testperson gesehen hat?

Sie konnten. Wenigstens ziemlich gut. John F. Maynard hatte mit seinem Team den ersten Preis gewonnen.

Troller kannte den Kollegen, der das Interview geführt hatte. Ein junger, brillanter Journalist, begeistert von allem, was die Wissenschaft hervorbrachte, und ohne den geringsten kritischen Impuls. Kein Gedanke an eine Frage wie die, ob es eigentlich ein Gewinn sein würde, das Rätsel des Bewusstseins zu lösen. Und wenn ja, für wen? Für die, deren Bewusstsein entschlüsselt wurde, oder für die, die den Schlüssel dazu in der Hand hielten? Der Kollege hatte auch nicht danach gefragt, warum das Pentagon diesen Wettbewerb gesponsert hatte. War es gleichgültig, von wem das Geld kam? War eine solche Frage zu profan für einen Wissenschaftsjournalisten?

Am Ende fragte der Kollege nach dem Kongress und der Bedrohung durch einen Mörder, der sich Kant nannte. Professor Maynard sagte, er habe vollstes Vertrauen in die deutschen Sicherheitsbehörden.

Noch während Troller das Interview las, arbeitete eine andere Region in seinem Hirn an der Frage, wo ihm der Name John F. Maynard zuerst begegnet war. Es hatte etwas mit Fontane zu tun. Mit Theodore Fonteyn. Ja, klar, die alte Geschichte aus der Schule. Er hatte sie Jane erzählt, als sie nach Daniel Burton recherchierten. Daniel Burton, Laurenz Block, John F. Maynard – die drei Musketiere von der Harvard Medical School! Der eine ein Mörder, der zweite sein Opfer, der dritte Direktor des Center for Computational Neuroscience in Nassau auf den Bahamas.

Aber der Name des Instituts war ihm doch auch kürzlich begegnet. Center for Computational Neuroscience. CCN. Credence Clearwater. Das Kürzel kannte er von Kants Mind Map!

Troller las noch einmal die Notiz, die am Ende des Interviews stand: *John F. Maynard ist einer der Referenten auf dem Internationalen Kongress der Neurowissenschaftler, der am Sonntag in Berlin eröffnet wird. Das Interview wurde in Berlin geführt.*

Professor Maynard war schon in Berlin.

Was immer Daniel Burton vorhatte – derjenige, von dem er am ehesten fürchten musste, erkannt zu werden, war John F. Maynard.

*Man muss ihn warnen.*

Es kam Bewegung in die Abflughalle. Die Fluggäste bildeten eine Schlange vor dem Counter. Troller zog sein Handy aus der Lederjacke und wählte die Nummer von Kriminalhauptkommissarin Rita Graf.

ALLES WIRD GUT, dachte Jane, als der Airbus auf der Landebahn zum Terminal rollte und sie die Augen wieder geöffnet hatte. Alles wird gut. Sie fischte ihr Handy aus der Handtasche und schaltete es an. Während die ersten Fluggäste bereits ihre Gurte lösten und ihr Handgepäck aus der oberen Ablage herausholten, starrte sie gebannt auf das Display und wartete darauf, dass ein Briefchen angesegelt kam. Aber da war kein Briefchen. Auch die Mailbox meldete sich nicht.

*Was ist los mit dir, Troller?*

Sie überlegte, ob sie ihn anrufen sollte, aber in was für einem Ton sollte sie mit ihm reden? Betont unschuldig? Betont nüchtern? Betont freundlich? Betont unbetont? Irgendwie betont würde es immer werden, deswegen schickte sie lieber eine SMS: Wo bist du, Troller?

Die Botschaft stieg steil in den Himmel hinauf, mit kreisenden Bewegungen wie eine Lerche am frühen Morgen. Sie würde in wenigen Sekunden bei Troller ankommen, und sobald er sie gelesen hatte, würde er sie beantworten.

Aber die Antwort blieb aus.

Das Letzte, was sie von ihm wusste, war, dass er die Hirnscans des Mörders bekommen hatte. Gestern Abend wollte er mit Sarah zur Vorstellung der Blue Man Group gehen, was nicht ganz so sensationell war, aber wichtig für ihn. Er hatte dieses ewige schlechte Gewissen Sarah gegenüber. Vielleicht war das sogar der Hauptgrund dafür, dass er immer gezögert hatte, mit ihr zusammenzuziehen. Er wollte die Wohnung behalten, in die er nach der Trennung von Maria Hals über Kopf eingezogen war, dieses traurige Provisorium, in das er sich immer zurückziehen konnte, wenn er aus irgendeinem Grunde beleidigt war oder verletzt oder sich schwach fühlte oder sich zum Arbeiten einigeln musste, damit er immer noch so tun konnte, als sei er nicht in ein anderes Leben eingezogen, sondern nähme nur eine Auszeit von dem alten, in dem er noch mehr gewesen war als Sarahs Gastvater für einen Mittwochnachmittag. Jane war überzeugt davon, dass Sarah Trollers schlechtes Gewissen weder wollte noch schätzte, aber darauf kam es nicht an. Das Entscheidende war, was sich in ihm abspielte und worüber er sich niemals Rechenschaft ablegte. Vielleicht sollte er mal eine Therapie machen. Aber dazu würde es nicht kommen. Er war nicht bereit, sich irgendjemand voll anzuvertrauen. Nicht einmal ihr.

Als sie durch den Elefantenrüssel in den Raum ging, in dem das Gepäck ankam, meldete sich ihr Handy mit dem SMS-Signal.

*Tegel. Gerade gelandet.*

Woher weiß er das?, dachte sie und schaute sich unwillkürlich nach den Überwachungskameras um. Saß Troller irgendwo an einem Monitor und beobachtete sie? Erst als ihr zu Bewusstsein kam, wie absurd dieser Gedanke war, machte ihr Hirn den Sprung in die andere *Gestalt*: Er meinte nicht sie, er meinte sich. Er war hier. In Tegel. Er war auch gerade gelandet. Aber von wo?

Er war schon draussen, auf dem Weg zum Taxistand, als sein Handy sich erneut bemerkbar machte. Diesmal klingelte es richtig. Er sah, dass es Jane war. »Wo bist du?«, fragte er.

»In Tegel. Gerade gelandet.«

»Ist ein Witz, oder?«

»Nein, kein Witz. Ich bin auch gerade angekommen. Wir könnten uns das Taxi teilen.«

Ein paar Augenblicke später lagen sie sich in den Armen. Er hatte schon immer gefunden, dass sie gut zueinander passten, wenn sie sich umarmten, schon beim ersten Mal, vor ein paar Jahren in Amerika, als sie sich kennengelernt hatten. Er hatte sie zunächst überhaupt nicht gemocht, weil sie ihm zu forsch, zu selbstbewusst, zu arrogant vorgekommen war. Bis er begriffen hatte, dass es nur seine Angst vor ihr war, die dieses Bild erzeugt hatte. Oder nein, nicht die Angst vor ihr, sondern die Angst vor sich selbst, vor seiner eigenen Liebe, seinem eigenen Begehren, davor, dass er sie *zu sehr* lieben könnte, so sehr, dass es ihn hilflos machte, sentimental. Er war in all den Jahren heftig dagegen angegangen, hatte sorgsam darauf geachtet, niemals auch nur einen Zipfel davon zu offenbaren, weil er wusste, dass es dann vorbei wäre. Es wurde immer gesagt, Männer sollten keine Angst davor haben, ihre Schwäche zu zeigen, Männer dürften auch mal weinen, Männer dürften auch mal zugeben, dass sie nicht mehr weiterwüssten, dass sie Hilfe brauchten und so weiter, Frauen wüssten das zu schätzen und fänden es eher liebenswert – aber wehe, du fällst darauf herein! Natürlich durfte man Gefühle zeigen, aber bitte nur die reinen Gefühle, die reine Freude und die reine Trauer, die große Liebe und den echten Schmerz. Diese Gefühle waren ja auch kein Zeichen von Schwäche. Schwach war man, wenn man nicht mehr wusste, wo es langging, wenn man an nichts mehr glauben konnte, weder an sich selbst noch an den anderen. Schwach war man, wenn man an seiner Liebe verzweifelte und nicht mehr sicher war, ob man noch an ihr festhalten wollte.

»Ich bin froh, dass ich wieder da bin, Troller, ich liebe dich.«

Schwach war man, wenn man diesen Worten nicht mehr glauben konnte.

Sie hätte das nicht sagen sollen. Es war die Wahrheit, es war genau das, was sie in diesem Moment gefühlt hatte, ja doch, sie war froh, wieder bei ihm zu sein, es war so vertraut, so selbstverständlich, so *richtig*, sie fühlte sich bei ihm zu Hause, wie sie sich früher bei ihrem Vater zu Hause gefühlt hatte – aber warum hatten sich bei ihren Worten seine Rückenmuskeln so angespannt? Sie hätte es vielleicht nur denken und darauf achtgeben sollen, wie er sich gerade fühlte, er wusste ja nichts von Frank und ihr, aber er ahnte es, er hatte es schon geahnt, als sie nach der ersten Nacht mit Frank aus London zurückgekommen war. Deswegen war es ja auch schiefgegangen. Seitdem hatten sie es nicht mehr versucht. Das war auch nicht weiter schlimm, es gab ja kein Naturgesetz, das befahl, jede Woche so und so oft miteinander zu schlafen, aber es war eben nicht nur eine Pause wegen der vielen Arbeit und weil sie so im Stress waren und immer gerade nicht der richtige Moment dafür gewesen war, sondern es war eine Pause wegen Frank.

»Und Mister Teschemacher?«

Sie spürte, wie ihr das Blut ins Gesicht schoss. Gut, dass Troller sie nicht ansah.

»Was soll mit ihm sein?«

»Du hast gesagt, er gehört zu den Guten.«

»Als ich nach London geflogen bin, dachte ich, er gehört zu den Bösen.«

Sie erzählte nicht alles, was in London passiert war, natürlich nicht. Schon die Sache mit der Dateiübergabe im Hotel passte nicht ins Konzept. Das Wo und Wie war aber auch gar nicht wichtig. »Du hast die Dateien wahrscheinlich nicht öffnen können. Als ich sie gemailt habe, wusste ich noch nicht, dass man ein Passwort braucht.«

»Ich hab meine Mails noch gar nicht abgerufen.«

Er erzählte seinerseits, wie er nach Bremen gefahren war und mit Block zusammen das Gehirn des Mörders begutachtet hatte. Sie fand es seltsam, dass ein Mann, der so gefühllos war wie Daniel Burton, ausgerechnet moralisch begründete Morde beging. »Stimmt es eigentlich, dass die Hotels inzwischen ablehnen, Hirnforscher zu beherbergen? Hat mir gerade jemand im Flugzeug erzählt.«

»Es gibt ein einziges Hotel, das in diesen Verdacht geraten ist, weil es behauptet hatte, ausgebucht zu sein, obwohl es noch ein Zimmer frei hatte«, sagte Troller. »Dein Informant war wahrscheinlich *B.Z.*-Leser. Die haben den Fall auf einer Doppelseite ausgewalzt.«

»Wie auch immer. Wir sollten uns die Braintech-Dateien gemeinsam anschauen. Du kommst doch mit zu mir, oder?«

Er sagte ja, obwohl ihm eigentlich nicht danach war. Aber nein sagen konnte er auch nicht. Das hätte er begründen müssen. Er wollte nichts begründen. Er wollte nicht reden. Nicht *darüber*.

Das Schlimme war, dass er Jane noch nie so schön gefunden hatte wie jetzt. Sie hatte so etwas Blühendes, Strahlendes, aus allen Poren Leuchtendes, das durch den Hauch von Schmerz, den er darin wahrzunehmen glaubte, nur noch attraktiver wurde und seine Sehnsucht schürte. Ja, er sehnte sich nach ihr. Sie war bei ihm, sie fuhr mit ihm im Aufzug zu ihrer Wohnung hinauf, zu dieser traumhaft schönen Wohnung mit dem Blick über die Dächer des Viktoria-Luise-Platzes, und er sehnte sich nach nichts mehr als danach, einfach ihr Liebhaber und ihr Mann zu sein. Wieso sehnte er sich nach etwas, das er doch eigentlich war?

Er hätte ihre Umarmung, ihre Liebeserklärung einfach annehmen sollen, einfach ja sagen, ja, ich weiß, dass du mich liebst, ja, ich liebe dich auch, und was da in London war, das kann mir doch egal sein, Hauptsache, du bist hier, und ich bin glücklich über jeden Augenblick, den ich mit dir zusammen sein darf. Stattdessen hatten seine Muskeln sich verkrampft und er hatte stocksteif dagestanden, so dass Jane ihm einen kurzen, traurigen Blick zugeworfen, die Umarmung gelöst und mit ihm den Weg zum Auto angetreten hatte. Seitdem war ihr Ton, ihrer wie seiner, sachlich-korrekt.

*Also gut, vergessen wir die Gefühle.*

Sie aßen zusammen und tranken ein wenig Wein. Jane erzählte noch einmal ausführlich von Chris Wheeler, seiner Frau, der vandalenhaften Hausdurchsuchung und dem vermeintlichen Autounfall. Sie sagte, dass die Finchley Road, in der Chris Wheeler den tödlichen Unfall hatte, genau auf dem Weg von der Tavistock-Klinik nach Willesden Green liege. »Aber was hat es mit der Tavistock-Klinik auf sich? Ich habe, ehrlich gesagt, nichts davon verstanden«, sagte sie. »Von dieser großen Verschwörung, von der du am Telefon erzählt hast. Würd's dir was ausmachen, mir die Sache noch mal zu erklären?«

Er versuchte es. Er breitete mit vielen Worten ein gigantisches Gemälde vor ihr aus, ein Netzwerk von Beziehungen, Verstrickungen, Verknüpfungen, Verfilzungen, aber je mehr er versuchte, sie davon zu überzeugen, dass dies alles wirklich eine einzige große ONE-WORLD-Verschwörung war, desto unglaubwürdiger kam ihm die ganze Sache vor.

Gewiss, es gab die Skull & Bones, den Council on Foreign Relations, das Aspen Institute, das American Enterprise Institute und die CIA. Und dass die CIA die Nachfolgeorganisation des OSS war, das während des Zweiten Weltkrieges mit Hilfe des britischen MI 6 gegründet wurde, war auch bekannt. Weniger bekannt und noch unerforscht war die Rolle von Kurt Lewin bei der Gründung des OSS. »Und Kurt Lewin war, bevor der in die USA ging, Leiter des Tavistock-Instituts für menschliche Beziehungen.« Aber steckten sie wirklich alle unter einer Decke? Handelten sie wirklich alle nach EINEM PLAN? Und waren sie obendrein alle so miteinander verschworen, dass sie mit Hilfe der Medien, der Psychiatrie und neuerdings auch noch der Hirnforschung Gedankenkontrolle über Milliarden von Menschen ausüben wollten?

»Ich kann das nicht glauben, Troller.«

»Ich auch nicht, aber es könnte sein, dass Kant daran glaubt. Jedenfalls hat die Mind Map, die ich nach Kowalskis Dossier gezeichnet habe, eine verblüffende Ähnlichkeit mit der, die in dem Waldarbeiterhaus in Flammen aufgegangen ist.«

»Okay«, sagte sie, als sie mit dem Essen fertig waren, »dann an die Arbeit.«

Sie gingen gemeinsam die Dateien durch, die ursprünglich von Chris Wheeler für Pit Kern kopiert worden waren. Es handelte sich um Briefe, Verträge, Memoranden, die bewiesen, dass Braintech enge Verbindungen zu CIA und Pentagon hatte, aber auch zum britischen Geheimdienst MI 6. Die Dateien gaben Aufschluss über Verflechtungen mit anderen Firmen, Scheingeschäfte, Steuerhinterziehung – und es gab eine Liste mit verschlüsselten Namen, dahinter Zahlen und Zeichen, die ihnen auf den ersten Blick ziemlich rätselhaft vorkamen. Immerhin hatten die Eintragungen alle dasselbe Muster:

| | | | | | |
|---|---|---|---|---|---|
| | *Beaut.Leg* | *5000/m* | *7803465* | *Z/ch* | *2007* |
| *Oder* | | | | | |
| | *Knight* | *10 000/m* | *3497821* | *Ba/ch* | *2007* |
| *Oder* | | | | | |
| | *DWG* | *10 000/m* | *97853491* | *Be/ch* | *2007* |
| *Oder* | | | | | |
| | *Kraut* | *5000/m* | *57329081* | *Z/ch* | *2007* |

»Fangen wir hinten an«, schlug Jane vor. »Das ist die Jahreszahl. Es geht um Vorgänge aus dem Jahre 2007. So viel ist klar. Aber was sollen die Entfernungsangaben? 10 000 Meilen? Von wo nach wo? Und warum mal 10 000 und mal nur 5000?«

»Monthly«, sagte Troller. »Monatlich. Ich denke, es sind die Geldbeträge, die monatlich an die Betreffenden geflossen sind. Nicht schlecht. Fünftausend Euro pro Monat. Oder sogar fünftausend Pfund? Wieso stehe ich eigentlich nicht auf der Liste?«

»Sie halten dich für unbestechlich.«

»Sie hätten es wenigstens versuchen müssen. Den hier haben sie ja auch an die Angel gekriegt.«

»Wen?«

»Beautiful Leg. Ich tippe auf Schmidt-Schönbein.«

»Der?«

»Ja, klar.«

»Aber wofür 5000 Euro pro Monat? Das ist doch ein Haufen Geld?«

»Nicht wenn es darum geht, die Welt mit teuren Hirnscannern vollzustellen. Auf jedem Bahnhof, auf jedem Flughafen, auf jedem Schiff, in jedem Hochhaus – das ist die Vision.«

»Knight – das könnte Ritter sein.«

»Viel Mühe haben die sich bei der Verschlüsselung ja nicht gegeben.«

»Sieht so aus, als bekämen Hirnforscher das Doppelte.«

»Dann wäre DWG auch ein Hirnforscher?«

»Wahrscheinlich. David-Walter ...«

»Diethelm W.«, sagte Troller. »Gronius.«

»Jetzt bin ich aber gespannt, ob Laurenz Block dabei ist.«

Es standen exakt 43 Namen auf der Liste. Es gelang ihnen nicht, alle zu entschlüsseln, nicht auf Anhieb. Aber so viel schien klar: Es waren alles deutsche Namen. Professoren, Journalisten, Bundestagsabgeordnete und sogar – und das schlug bei ihnen noch einmal wie eine Bombe ein – der Forschungsminister! Ein deutscher Forschungsminister auf der Empfängerliste eines britischen Konzerns, an dem CIA und Pentagon beteiligt waren! Das war mehr als eine gewöhnliche Bestechungsstory wie bei Siemens, das war ein Skandal der Republik, wie die Flick-Affäre, die Barschel-Affäre oder der Contergan-Skandal. Wer diese Story brachte, der hatte zumindest in Kollegenkreisen ausgesorgt. In Amerika würde es dafür den Pulitzerpreis geben. Und die Auflage von *Fazit* würde in die Höhe schießen.

»Wieso besticht Braintech nur Deutsche?«, fragte Troller, nachdem sie ihre gemeinsame Aufregung mit Hilfe eines Schlucks Rotwein wieder unter Kontrolle gebracht hatten.

»Ich nehme an, es ist einfach nur die Liste für Deutschland.«

Aber sosehr sie sich auch bemühten, den Namen zu finden – es gab kein Kürzel, das auf Laurenz Block hingewiesen hätte. Vielleicht war er ja wirklich integer. Troller wünschte es sich sogar.

»Warum eigentlich?«

»Ich weiß nicht«, antwortete er zögernd, »vielleicht weil er ein Opfer ist. Weil seine Tochter getötet wurde. Oder – ich meine, er hat die falschen Theorien im Kopf, er hat das falsche Forschungsprogramm, er arbeitet daran, Menschen, die noch nichts getan haben, präventiv einzusperren, aber subjektiv, ich meine, ganz persönlich, also als Mensch ...« Er brach den Satz ab und sagte: »Wenn Block wirklich nicht auf dieser Liste steht, dann bedeutet das natürlich ...«

»Dass es Kant nicht um Braintech geht.«

»Richtig.«

»Oder nicht nur.«

»Ich denke ohnehin, es geht um den Club«, sagte Troller. »Was immer sich dahinter verbergen mag. Das ist die Frontlinie: Kant gegen den Club.«

»Ich weiß nicht, Troller«, sagte Jane nachdenklich, »es gibt da ein Problem, das mir schon die ganze Zeit durch den Kopf geht. Ich kann es nur noch nicht richtig formulieren. Ich meine, alle gehen doch davon aus, dass Kant am Sonntag oder Montag, jedenfalls während des Kongresses, zum großen Schlag ausholen wird, richtig?«

»Richtig.«

»Aber – warum hat er dann die Hirnforscher ermordet? Ich meine, warum hat er es vorher getan? Er könnte doch einfach warten, bis sie alle im ICC versammelt sind, und dann – bum.«

»Stimmt«, sagte Troller, »ich frage mich auch, wie er es anstellen will, eine Bombe mit einer so gewaltigen Sprengkraft ins ICC zu schmuggeln, nachdem er vorher alles getan hat, um die Welt auf sich aufmerksam zu machen.«

»Und noch etwas. Block hat er eine Bombe geschickt. Die anderen beiden, Ritter und Gronius, hat er besucht. Bei Gronius hat er sich sogar als Journalist getarnt. Aber was macht ein Journalist?«

»Er recherchiert.«

»Das heißt, er wollte Informationen von ihnen. Das wollte er von Block nicht. Bei Block ging es vielleicht nur darum, jemanden zu beseitigen, der ihn wiedererkennen oder auf seine Spur führen konnte. Aber von den anderen wollte er Informationen.«

»Und was für welche?«

»Das ist genau die Frage«, sagte Jane und begann wieder, die verschlüsselte Liste durchzuscrollen. »Das ist genau die Frage«, murmelte sie noch einmal und klickte mit der Maus auf einen weiteren Namen: »Hast du eine Ahnung, wer sich hinter *Kraut* verbirgt? Ich meine, Kraut war immer der Spitzname für die Deutschen, die Krauts, aber …«

»Hammer«, sagte Troller.

»Wie bitte?«

»Krauthammer. Alois. Neuroethiker. Einer von diesen geschmeidigen Philosophen, die sofort begriffen hatten, dass hier ein neuer Claim abgesteckt werden konnte, eine neue Goldgrube für öffentliche Aufmerksamkeit, Interviews, Teilnahme an Konferenzen, Aufträge als Gutachter, Beraterverträge mit Regierungsstellen, plus eine Fülle von Artikeln in Zeitungen und Zeitschriften.«

»Wieso ein Ethiker?«, fragte Jane kopfschüttelnd. »Der steht doch auf der anderen Seite!«

»Warum fragen wir ihn nicht selber? Er ist einer der Hauptredner auf dem Kongress. Wir könnten ihn interviewen.«

Es dauerte keine halbe Stunde, bis Troller einen Interviewtermin mit Alois Krauthammer arrangiert hatte. »Er schickt mir noch eine E-Mail mit der genauen Adresse. Morgen, elf Uhr, in Bad Saarow am Scharmützelsee, in einer *Datsche*, die der Professor, wie er mir anvertraute, von seiner kürzlich verstorbenen Frau geerbt hat.«

»Ach, deshalb deine Beileidsbekundung«, sagte Jane und strich ihm über den Rücken. Troller wusste nicht, wofür oder wegen was, aber es fühlte sich gut an. »Du bleibst doch heute Nacht hier, oder?«

Es kam ihm vor, als hätte er sie noch niemals so begehrt. Aber was war es, das er begehrte? Sie? Ihren Körper? Ihre Lebendigkeit? Ihre Aura? Er hätte seine Zähne in ihr Fleisch schlagen mögen, so sehr verlangte ihn danach, sie sich einzuverleiben, sich mit ihr zu vereinigen, das Ich und Du zu überwinden, diese verdammte, hundsgemeine Trennung der Körper, die doch eigentlich zusammengehörten. Ihre Münder vereinigten sich, ihr Atem strömte ineinander, sie biss in seine Unterlippe, er in ihre Oberlippe, aber richtig zubeißen, was man ja eigentlich wollte, durfte man nicht, Beherrschung tat not, bei aller Ekstase. Er biss in ihren Hals wie ein Wolf in den Hals eines Rehs, er biss sich an ihrer Kehle fest, aber als sie ihn mit der Hand weiter nach unten schob, gehorchte er blind. Er küsste ihre Brüste, die ihm größer vorkamen als sonst, weicher, er vergrub seinen Kopf in den festen Zwischenraum und träumte davon, hier auf ewig zu versinken, und zugleich bedauerte er, dass sich nicht ihr Mund zwischen den Brüsten öffnete, das wäre die Erfüllung. Der menschliche Körper war unvollkommen gebaut, unbefriedigend – war man an der einen Stelle, verlangte es einen nach der anderen, war man an der anderen, sehnte man sich zurück zu der einen. Er rutschte tiefer mit seinem Mund, küsste ihren Bauch, diesen flachen und zugleich zarten Bauch, sog an ihrem Bauchnabel, was sinnlos war, blies Luft hinein, was ebenso sinnlos war, und bewegte sein Gesicht über ihren Schamhaaren hin und her, so dass sie ihn fächelten und streichelten, während er ihren Duft einatmete, diesen süßen, herben, warmen, wohligen Duft, der der Heimatduft des Menschen war; man wollte zurück und man konnte nicht. Die Sehnsucht war grenzenlos. Er küsste sie, schmeckte sie, stieß seine Zunge in sie hinein, hörte ihr Aufstöhnen und genoss die Macht, ihr Lust zu verschaffen, ja, das war eine Macht, er wünschte nur, er wäre der Einzige, der diese Macht besaß, kein anderer sollte dazu befugt sein, er hätte sie einsperren mögen, sie den Blicken der anderen entziehen, den Blicken des einen, der vielleicht gestern mit ihr dasselbe gemacht, auch ihre Möse geküsst, ihren Saft geleckt, ihren kleinen, festen Hintern in den Händen gehalten, auch mit beiden Daumen ihre Vulva auseinandergeblättert hatte, um sie erneut zu küssen und zu lecken, alles noch einmal von vorn.

Er versuchte, nicht an den anderen zu denken, er scheuchte den Gedanken fort wie einen bösen Geist, aber der Geist ließ sich nicht vertreiben, er kam immer wieder zurück, auch jetzt, da Jane ihre Stellung verändert hatte und sich mit den Händen zu seinem Schwanz vortastete, ihn streichelte, für einen Augenblick umfasste, dann wieder losließ und wieder umfasste, so dass er aufstöhnte und Lust hatte zu schreien. Warum tat er es nicht? Und als sie ihre Lippen um ihn schloss und ihn mit ihrer Zunge umspielte, da fühlte er sich wie der Master of the Universe und dachte: Jetzt!

Er war so hart wie ein Menhir. Es tat ihr weh. Was war auf einmal los mit Troller? Warum jetzt diese aggressive Fickerei, das kannte sie gar nicht von ihm. Sie liebte es, wenn er in ihr war und sich sanft und ruhig bewegte, seine Bewegungen waren gewöhnlich langsamer als ihre, aber sie brachte ihn fast immer dazu, einen gemeinsamen Rhythmus mit ihr zu finden, sich langsam zu steigern, dann wieder loszulassen und alles erneut von unten aufzubauen, wie bei einer guten Musik, Andante, Adagio, Allegro *ma non troppo*. Aber das hier? Das war harter Beat, das war Punk, nein, schlimmer, das war Techno. Wumm-wumm-wumm-wumm. All die Worte fielen ihr ein, die das Schöne unschön machten, ficken, vögeln, nageln, rammeln – sie hätte es am liebsten sofort beendet, sie war versucht zu sagen, komm, lass uns aufhören, das Vorspiel war schön, warum belassen wir es nicht dabei? Aber sie hatte Angst davor, ihn zurückzustoßen, Angst davor, ihn zu verletzen, er war sowieso so empfindlich in diesen Dingen, Sex hatte immer etwas Schamhaftes mit ihm, sie bedauerte das gar nicht, es forderte sie heraus, achtsam zu bleiben, aber heute war er roh wie ein Rammler in einem Pornofilm, Hardcore, nicht Soft. Es war so anders gewesen mit Frank, gestern Nacht, so viel zärtlicher, auch wenn es zugleich traurig gewesen war. Schön und traurig. Dies hier war auch traurig, aber auf eine andere Art. Wieso war ausgerechnet Troller, von dem sie es niemals erwartet und niemals erfahren hatte, zu einer Sexmaschine mutiert? »Ja, komm!«, hörte sie sich auf einmal flüstern, erst leise, dann lauter, dann schrie sie es beinahe, es war ihr jetzt schon alles egal. »Ja, komm schon, oh ja, komm, fick mich, komm, stoß zu, stoß zu!«

Und dann kam er.

Endlich.

Sie war froh darüber. Beinahe so froh, wie wenn es gut gewesen wäre. Es war vorbei.

Aber während er stöhnend und nach Luft schnappend neben ihr lag und mit seiner rechten Hand die ihre suchte, tat ihr alles weh, die Möse, das Herz, das Hirn. Und sie ahnte, dass auch ihm alles weh tat. Und dass sie jetzt die ganze Nacht lang daliegen würden, nebeneinander, und sich unendlich einsam fühlen, als lebten sie jeder auf einem eigenen Stern.

Sie gab sich innerlich einen kleinen Ruck, beugte sich über ihn, küsste ihn auf die Stirn, stand auf und ging ins Bad. Als sie zurückkam, hielt sie ein Glas Wasser in der einen und zwei Schlaftabletten in der anderen Hand. »Ich nehme eine von den blauen«, sagte sie. »Ich bin so aufgekratzt. Ich kann sonst nicht schlafen. Willst du auch eine?«

»Ja.«

Sie gab ihm die Tablette und einen Schluck Wasser.

Er ging ins Bad, kam wieder zurück, legte sich neben sie.

Im Dunkeln suchte sie seine Hand, und er erwiderte die Geste. Ihre Hand lag in seiner Hand, seine in ihrer. Es war, als hätte man zwei Porzellanhände ineinandergelegt.

# 29

Sie bogen in die Seeallee ein und fuhren in gemächlichem Tempo an den Villen vorbei, deren Gärten bis hinunter zum Scharmützelsee gingen. Schon vor dem Zweiten Weltkrieg hatten Politiker und Schauspieler in Bad Saarow ihre Zweitvillen errichtet, mit Segelbooten im Hafen und dem Golfplatz in der Nähe. In den zwanziger Jahren habe, so hieß es, Churchill einmal dort gespielt. Später, in der Nazizeit, wohnten Parteigrößen und Filmschauspieler hier am See. Auch ein berühmter Boxer, Weltmeister im Schwergewicht, der mit einer Filmschauspielerin verheiratet war. Nach dem Zweiten Weltkrieg, zur Zeit der deutschen Teilung, gehörten dem Staatsratsvorsitzenden der Deutschen Demokratischen Republik und anderen Parteigrößen hier einige Villen. Auch der Leibarzt des Staatsratsvorsitzenden hatte es zu einer Villa mit Seegrundstück gebracht. Als nach dem Fall der Mauer die Marktwirtschaft freies Spiel bekam, wurden hier luxuriöse Hotels mit Wellnessangeboten hochgezogen. Und natürlich der Golfplatz wieder angelegt. Das war für die Reichen immer das Wichtigste.

Auf der linken Seite sahen sie jetzt das Haus des Professors. Es war vergleichsweise unscheinbar. Ein Bungalow im Bauhausstil.

Sie fuhren bis zum kreisförmigen Wendebereich am Ende der Straße, kehrten um und hielten direkt vor dem schlichten Gebäude.

Am roh verputzten Pfeiler neben der Eingangspforte war

eine runde Messingscheibe angebracht, in der Mitte der Klingelknopf. Das Messing war angelaufen, auch der Klingelknopf glänzte nicht.

»Ja, bitte?« Die Stimme aus der Gegensprechanlage.

Troller nannte seinen Namen.

Der Summer wurde betätigt, die Pforte ließ sich öffnen.

Sie gingen über die Steinplatten, die in einem eleganten Bogen um ein kahles Blumenbeet herumführten. Im Carport an der rechten Seite des Hauses sah Jane einen blauen Mercedes Kombi mit Münchner Kennzeichen.

Der Professor stand in der Eingangstür und erwartete sie. »Haben Sie eine gute Fahrt gehabt?«

Jane war überrascht, was für ein schlanker, fast zierlich aussehender Mann er war. Sie hatte sich unter einem Krauthammer, auch nach dem Foto, das sie im Internet gesehen hatte, unwillkürlich einen vierschrötigen Kerl vorgestellt, so einen bayrischen Fingerhakler und Weißbiertrinker, und nun war der Professor eher schlank und drahtig, hatte allerdings den zotteligen Bart und das wirre Haar, das sie vom Foto her kannte.

»Hier entlang bitte.«

Sie durchquerten einen kleinen Flur und kamen in eine L-förmige Wohnhalle, mit Esstisch und Sitzecke, einer Theke mit zwei Barhockern und dahinter einer Einbauküche. Eine über die ganze Wand reichende Fensterfront mit eingelassener Glastür ging zur Terrasse hinaus, von der aus das Grundstück – ein schmuddeliger Rasen mit einigen dürren Sträuchern darauf – zum See hinunterführte. Das Haus wurde, wie es schien, wenig benutzt.

»Schön haben Sie es hier«, sagte Jane halbherzig.

»Ich hab's von meiner Frau geerbt. Sie starb vor einem halben Jahr. An Krebs.«

»Das tut mir leid.«

»Mir auch«, sagte der Professor ernst. »Und ich verfluche

die moderne Medizin, dass sie noch kein Allheilmittel gegen diese Pest gefunden hat. – Kann ich Ihnen etwas anbieten?«

»Vielleicht später.«

Troller bedeutete mit einer Handbewegung, dass für ihn dasselbe galt. »Übrigens hatte ich Sie ganz anders in Erinnerung.«

»Dicker, nicht wahr?«, fragte der Professor prüfend.

»Na ja, dicker ...«

»Wissen Sie, ich finde es immer interessant, was unser Hirn mit uns anstellt. Wir sind ja ständig dabei, die Wirklichkeit zu konstruieren. Das berühmte Problem mit dem falschen Rot der Rose. Eigentlich sieht die Rose bei jedem Licht anders aus, am frühen Morgen, im Mittagslicht, am Abend, aber unser Gehirn ignoriert diese Unterschiede und konstruiert die Rose so, als wäre sie immer nur rot. Sonst würden wir uns ja in der verwirrenden Vielfalt einer sich unaufhörlich wandelnden Welt gar nicht zurechtfinden. Denken Sie nur an einen Baum, dessen Blätter und Zweige sich bewegen! Der sieht auch, genau genommen, in jeder Sekunde wieder anders aus. Wir aber sagen: Das ist ein Baum. Das heißt, wir vereinfachen, wir konstruieren, wir fälschen. Und wenn jemand den Namen Alois Krauthammer hört und dazu noch diesen Bart und diese Haare sieht, dann denkt er eben: Der Mann ist dick. Ist mir oft begegnet, dieses Phänomen. Wie fanden Sie übrigens den Film?«

»Welchen Film?«, fragte Troller irritiert.

»Den des belgischen Professors. Sie waren doch auch bei dieser Buchpräsentation. Sie kamen zu spät, deswegen sind Sie mir aufgefallen.«

»Oh«, sagte Troller, »natürlich.«

»Und wie fanden Sie ihn?«

»Nun ja«, sagte Troller, »grenzwertig.« Und zu Jane gewandt: »Ich hab dir davon erzählt, der Mann mit der Butterphobie.«

»Ja«, sagte Krauthammer, »nicht ganz unproblematisch. Aber nehmen Sie doch Platz.« Er zeigte auf den Esstisch, dessen polierte Kirschholzplatte einen warmen Glanz ausstrahlte. Die vier Stühle, die um den Tisch standen, waren aus demselben Holz und hatten Sitzflächen aus dunkelblauem Samt.

Jane positionierte das Aufnahmegerät auf dem Tisch.

»Nun gut«, sagte Krauthammer, als sie alle am Tisch saßen, »was wollen Sie von mir wissen?«

Jane hatte mit Troller vereinbart, nicht gleich mit der Tür ins Haus zu fallen, sondern den Professor erst einmal reden zu lassen, über Neuroethik, über den Kongress und über sein Spezialgebiet, den freien Willen.

»Wissen Sie«, sagte Krauthammer mit bekümmerter Miene, als sie ihn danach fragte, »ich habe die Kollegen davor gewarnt, dieses Manifest zu schreiben. Ich denke, man sollte die Gefühle der Menschen respektieren, auch und gerade die Gefühle jener Menschen, denen es schwerfällt, mit der Kränkung fertig zu werden, die für uns alle aus der Naturalisierung des Geistes folgt. Eine Kränkung, die ich in meinen Vorträgen stets mit der kopernikanischen Kränkung vergleiche.«

Er machte eine bedeutungsvolle Pause und wartete höflich auf eine Frage, die es ihm erlaubte, weiterzusprechen.

»Fahren Sie fort«, sagte Troller schließlich.

Krauthammer warf ihm einen dankbaren Blick zu und folgte seiner Aufforderung. »Die Reduktion unseres Denkens und Fühlens auf neuronale Prozesse stellt, wie ich schon sagte, für viele Menschen eine Kränkung dar. Der freie Wille ist eine Illusion, sagen diese Hirnforscher, und damit schwindet die Grundlage aller bisherigen Moral. Das Christentum zum Beispiel geht davon aus, dass es Gut und Böse gibt und dass der Mensch dazwischen frei entscheiden kann.«

»Ja«, ergänzte Troller, »und auch die Vernunftethik geht

ja davon aus, dass der Mensch mit freiem Willen begabt ist. Wie aber sollen wir, wenn es Vernunft und freien Willen nicht gibt, entscheiden, was richtig und was falsch ist?«

»Und was die Neurowissenschaft betrifft«, fuhr Krauthammer fort, »so behaupten einige prominente Hirnforscher seit einiger Zeit, sie hätten den experimentellen Beweis dafür gefunden, dass es keine Willensfreiheit gibt. Den prominentesten Beweis liefern ihnen ...«

»Die Libet-Experimente«, ergänzte Troller.

»Genau so ist es.« Wieder so ein Blick des Einverständnisses. Da hatten sich aber zwei gefunden!

Es ärgerte Jane ein wenig, dass sie hier die Unwissende spielen musste, während die Herren der Schöpfung mit ihrem Wissen jonglierten und sich die Bälle zuwarfen. Sie ärgerte sich vor allem darüber, dass Troller das Spiel mitspielte. Das war sonst gar nicht seine Art. Aber Krauthammer hatte in wenigen Minuten eine Atmosphäre geschaffen, die sich für sie so anfühlte, als stünden Troller und Krauthammer auf der einen Seite und sie auf der anderen. Dabei wusste sie durchaus, worum es sich bei den Libet-Experimenten handelte. Man hatte Versuchspersonen aufgefordert, in einem bestimmten Moment, den sie selbst wählen konnten, eine Hand zu heben. Zugleich hatte man die elektrische Aktivität in ihrem Hirn gemessen. Und das erstaunliche Ergebnis war: Schon bevor die Person selbst wusste, dass sie die Hand heben wollte, hatte das Gehirn die Bereitschaft dazu signalisiert. »Aber wo ist der Skandal?«, fragte sie. »Ich dachte immer, der Wille wäre die Fähigkeit des Menschen, einen Vorsatz zu fassen und daran über einen langen Zeitraum festzuhalten, allen Anfechtungen zum Trotz.«

*Lieber Gott, lass mich jetzt bitte nicht an Frank denken!*

»Ich denke, das ist durchaus ein Argument«, sagte Krauthammer unbestimmt.

»Und Sie als Neuroethiker«, fügte Jane hinzu, »versuchen

jetzt, die Menschen über diese Kränkung durch die – wie sagten Sie? – Naturalisierung des Geistes hinwegzutrösten?«

»In gewisser Weise schon.«

»Indem Sie ihnen nahelegen, sich damit abzufinden?«

»Nun ja«, sagte Krauthammer, »unser Anliegen ist es, Wissenschaft und Ethik zu versöhnen.«

»Wäre es nicht eher Ihre Aufgabe, der Wissenschaft Grenzen zu setzen?«, fragte Troller. »Ich meine, wenn der Ethiker nicht den Einwand erhebt, dass man bestimmte Dinge nicht tun darf, wer soll es dann tun?«

»Welche Dinge?«

»Das Bewusstsein so weit zu entschlüsseln, dass man es von außen steuern kann. Darauf läuft die Hirnforschung doch letzten Endes hinaus.«

»Sie wollen ein Tabu? Einen Stopp der Forschung?«, fragte Krauthammer neugierig. »Interessant.«

»Ja«, sagte Troller, »und noch interessanter ist, dass die Neuroethik allenfalls schwache Einwände gegen die Hirnforschung vorbringt. Ich denke, sie hat vor allem eine Funktion: die Wissenschaft und die Industrie vor ernsthaften Kritikern zu schützen und der Öffentlichkeit Sand in die Augen zu streuen.«

»Nein«, rief Krauthammer empört und sprang von seinem Stuhl auf, »ich protestiere entschieden dagegen, dass man uns quasi als Handlanger der Industrie diffamiert!«

»Sind Sie das denn nicht?« Jane bemühte sich, möglichst harmlos zu klingen.

»Wie bitte?«

»Ein Handlanger der Industrie?«

Krauthammer ging aufgeregt im Zimmer auf und ab. Sein schmaler Mund arbeitete, seine Zähne kämmten die Unterlippe. »Das ist ein ungeheuerlicher Vorwurf«, murmelte er schließlich. »Ungeheuerlich!«

»Was sagt Ihnen die Zahl 57329081?«, hakte Jane nach.

»Ich weiß nicht, wovon Sie reden.«

»Denken Sie mal an Zürich.«

»Ich denke gar nichts. Sie reden wirres Zeug.«

Er war wirklich ein hartnäckiger Brocken.

»57329081 – so lautet die Nummer des Kontos in der Schweiz, auf das Ihnen die Firma Braintech monatlich fünftausend Euro überweist.«

Pause.

»Oder sind es fünftausend britische Pfund?«

Schweigen.

Nur der Kühlschrank grummelte im Hintergrund. Vom See her hörte man das höhnische Lachen einer Ente.

Krauthammer stand da, mit offenem Mund, hängenden Schultern, eingefallener Brust. Er schien um Jahre gealtert, zwei Schritte vom Grab entfernt. Er konnte einem beinahe leidtun. Aber er tat ihr nicht leid. Sie wäre jetzt gern Staatsanwältin gewesen oder Kriminalkommissarin und hätte ihm Handschellen angelegt. Nur – wofür? Er konnte seinen guten Ruf als Neuroethiker verlieren, er konnte von der Universität eine Abmahnung bekommen, weil er ihr seine Nebeneinkünfte verschwiegen hatte, er konnte wegen Steuerhinterziehung belangt werden, wenn er der Steuerfahndung nicht rechtzeitig mit einer Selbstanzeige zuvorkam – aber Handschellen? Er war ein korrupter Vertreter eines ohnehin zweifelhaften Standes – aber ein Verbrecher?

»Ich … ich hatte immer ein ungutes Gefühl dabei«, sagte er, den Blick zu Boden gerichtet.

»Ach ja?«

»Ich würde gern …«, er ging zur Fensterfront, sah in den Garten hinaus und auf den See, massierte sich mit beiden Händen die Stirn und schwieg.

»Was würden Sie gern?«

»Ich habe einmal andeutungsweise meiner Frau davon erzählt.« Er sprach so leise, dass Jane ihn kaum verstand. »Sie war – bestürzt, entsetzt. Und dabei habe ich ihr nicht einmal die Wahrheit gesagt. Ich habe lediglich hypothetisch gesprochen, so, als hätte ich nur die Möglichkeit erwogen, Geld anzunehmen, es aber nicht wirklich getan. Sie war schon vollkommen entsetzt, weil ich es überhaupt in Erwägung gezogen hatte. Sie war eine so gute Frau. Sie war ein guter Mensch. So etwas gibt es heute nicht mehr.«

»Und trotzdem haben Sie weiter Geld genommen?«, fragte Jane. »Warum?«

»Ich schäme mich«, stammelte Krauthammer.

Jetzt tat er Jane doch ein wenig leid.

»Und was war die Gegenleistung?«, fragte Troller. »Wofür hat man Ihnen das Geld gegeben?«

»Sie haben es ja schon gesagt. Einfach dafür, dass ich die Neurowissenschaft nicht grundsätzlicher in Frage gestellt habe. Und dass ich gewisse Nachforschungen nicht mehr weiterverfolgt habe, die ich vor ein paar Jahren betrieben hatte. Aber darüber kann ich nicht reden.«

»Warum nicht?«

»Weil ...«

Er sprang auf einmal mit einer überraschenden Behändigkeit vom Fenster zurück. Sekundenbruchteile später sah Jane zwei dunkel gekleidete, vierschrötige Männer durch den Garten gehen. Furchteinflößende Gestalten.

»Wer sind diese Männer?«, fragte Krauthammer mit einem Anflug von Panik in der Stimme.

»Ich würde vermuten, es sind Ihre Freunde von Braintech«, sagte Jane. »Zwei solche Kandidaten haben neulich einen Kollegen von uns zusammengeschlagen.«

»Aber wieso kommen die jetzt hierher?«

»Entweder sie sind Ihnen gefolgt – oder uns.«

»Sie hätten das verhindern müssen«, sagte Krauthammer in ungewöhnlich scharfem Ton. »Bevor Sie uns hier alle in Gefahr bringen!«

Die beiden Männer schauten sich in aller Ruhe im Garten um und trennten sich dann. Einer schlenderte hinunter zum See, während der andere ans Fenster kam und seine Nase an der großen Scheibe platt drückte, wobei er die Hände wie Scheuklappen an den Kopf legte.

Krauthammer zog sich noch weiter vom Fenster zurück und ging zu einer schwarzen Aktentasche, die neben dem Kamin stand. Er öffnete sie und griff hinein. Jane hatte für einen Augenblick die Vision, er würde eine Pistole daraus hervorziehen und auf den Mann am Fenster schießen. Aber es war nur eine dunkle Sonnenbrille, die er aus der Tasche holte und sich jetzt aufsetzte, als sei sie eine Tarnkappe, die ihn unsichtbar macht.

Eine Übersprungshandlung, dachte Jane. Wie das sinnlose Picken des Huhnes, über dessen Kopf der Habicht kreist.

Der Hüne mit der plattgedrückten Nase löste sein Gesicht wieder von der Scheibe und wanderte hinunter zu dem anderen, der am Seeufer stand und nun mit großzügiger Geste auf den See zeigte, auf die Boote, die Schwäne und ein in der Ferne startendes Wasserflugzeug. Dies alles gehört mir, schien die Geste zu sagen. Mein Boot, mein See, mein Haus, mein Wasserflugzeug.

Jane spürte, wie die Wut in ihr hochkochte. Sie waren verrückt, sich von diesen Kerlen einschüchtern zu lassen. Man musste ihnen die Stirn bieten. Man musste ihnen zu verstehen geben, dass sie hier nichts zu suchen hatten. »Rufen Sie die Polizei«, sagte sie im Befehlston zu Krauthammer; dann öffnete sie die Glastür und marschierte mit energischen Schritten auf die beiden Kerle zu. »Die Polizei wird in wenigen Augenblicken eintreffen«, rief sie ihnen entgegen. »Die Straße hier ist eine Sackgasse. Es gibt nur eine Richtung. Sie können sich überlegen, ob Sie vorher einen Abgang machen oder sich verhaften lassen. Ich zeige Sie an wegen Hausfriedensbruch, Stalking und Bedrohung von Journalisten.«

Bedrohung von Journalisten war ein Straftatbestand, den sie gerade erst erfunden hatte.

»Oh«, sagte Nummer eins. Er war mindestens zwei Meter groß, hatte ein grobes Gesicht mit beinahe gutmütigen Augen, trug einen dunkelgrauen Anzug und darunter einen schwarzen Rollkragenpullover. »Ich vor Angst schlabbere.« Er sprach mit russischem Akzent.

»Polizei ist unser Freund«, sagte Nummer zwei mit dem gleichen Akzent. Er war genauso groß wie der andere und allem Anschein nach sein jüngerer Bruder. Sein Gesicht war etwas feiner geschnitten, seine Lippen nicht ganz so dick, seine Nase weniger fleischig und seine Augen kalt und unbarmherzig. Er trug einen dunkelbraunen Anzug, darunter ein Sporthemd, rot gemustert. »Wie Sprichwort sagt: Freund und Helfer.«

»Und Sie bekommen eine Anzeige wegen schwerer Körperverletzung«, fügte Jane hinzu. »Mein Kollege Pit Kern wird Sie zweifellos wiedererkennen.«

Wie lange würde die Polizei brauchen? Fünf Minuten? Zehn?

»Was wollen Sie von Professor?«, sagte Nummer eins und gab dem Jüngeren ein Zeichen.

Es sah nach Rückzug aus.

Jane spürte einen Anflug von Erleichterung. Sie dachte nicht daran, zu antworten.

»Recherche manchmal ist sehr ungesund«, sagte der Ältere.

»Sehr ungesund«, bekräftigte der andere.

»Wir chaben uns gefreut, Bekanntschaft zu machen«, sagte der Ältere. Er hatte offenbar das Sagen.

»Bei Gelegenheit wir machen vielleicht intimere Bekanntschaft«, fügte der Jüngere anzüglich hinzu.

Jane musste sich zurückhalten, ihm nicht einen Finger zu zeigen.

Die beiden schlenderten gemächlich den Rasen hinauf, grüßten, als sie an der großen Scheibe vorbeikamen, mit lässigen Handbewegungen ins Haus hinein und machten sich auf den Weg nach draußen. Jane folgte ihnen, um sich zu vergewissern, dass sie auch wirklich ins Auto stiegen und davonfuhren. Es war ein grüner Audi. Kennzeichen B – KV 6862.

»Sind sie weg?«, fragte Krauthammer, als sie durch die Glastür zurückkam. Er setzte seine Sonnenbrille ab und verstaute sie wieder in der schwarzen Tasche.

»Gut, dass Sie die Polizei angerufen haben.«

»Von wegen! Ich bin noch gar nicht durchgekommen. Es war immer besetzt! Was wollten diese Männer?«

»Uns Angst einjagen.«

»Was mich betrifft, ist ihnen das gelungen. Aber ich bewundere Ihren Mut. Das haben Sie großartig gemacht.«

»Danke. Und wenn Sie erlauben – jetzt könnte ich einen Kaffee gebrauchen.«

»Aber sicher. Den haben Sie sich verdient.«

»Soll ich Ihnen helfen?«

»Ja«, sagte er, »ich bin immer etwas unbeholfen in diesen Dingen.«

Jane folgte ihm in die Küche, die sich hinter der Theke befand, direkt gegenüber der Terrasse. Krauthammer stand einen Moment lang unschlüssig darin herum. Dann steckte er den Stecker der Kaffeemaschine in die Steckdose, füllte Wasser ein und öffnete zwei, drei Türen der Hängeschränke, bevor er Kaffeefilter und -pulver gefunden hatte. »Wissen Sie, was mich an dieser Putzfrau aufregt«, sagte er. »Sie kommt aus Polen hier herüber, die Grenze ist ja nicht sehr weit, und sie verdient gutes Geld bei mir, aber sie stiftet jedes Mal wieder neue Unordnung. Dauernd suche ich irgendwelche Sachen.«

Er gab ihr drei Becher, die sie schon einmal auf den Tisch stellte, und trug Kaffeesahne und eine Schale mit Zucker hinterher, in der ein hübscher, chinesisch bemalter Holzlöffel steckte, mit goldenem Stiel, schwarzgrundierter Laffe und einer in Gold daraufgemalten Pflanze mit roten Früchten.

»Hübscher Löffel«, sagte Jane, als Krauthammer mit dem Kaffee kam.

»Gefällt er Ihnen? Sie können ihn behalten, wenn Sie wollen. Als Lohn für Ihren Mut.«

»Danke«, sagte Jane erstaunt.

Er schenkte Kaffee in alle drei Becher ein. »Nehmen Sie Milch? Zucker?«

Jane trank den Kaffee schwarz. Krauthammer kippte sich einen gehäuften Chinalöffel voll Zucker in seinen Becher.

Sie tranken einen Moment lang schweigend. Jeder schien über das nachzudenken, was gerade passiert war. Das unerwartete Auftauchen der Russen, Krauthammers seltsame Übersprungshandlung, Trollers Passivität, Janes beherztes Einschreiten.

Jane warf Troller einen verstohlenen Blick zu. Sie wusste nicht, wie sie jetzt weiter verfahren sollten. Sie hatten Krauthammer am Haken gehabt, dann waren die Männer gekommen und hatten dafür gesorgt, dass sie auf einmal alle drei in einem Boot saßen. Jetzt mussten sie das Boot wieder verlassen, sonst ruderten sie in die falsche Richtung. »Wissen Sie«, begann sie zögernd.

»Ja«, unterbrach Krauthammer, »ich weiß. Aber ich würde Ihnen gern einen Deal vorschlagen. So sagt man doch, oder?«

»Was für einen Deal?«

»Sie halten meinen Namen aus der Sache heraus ...«

»Nein, niemals!«

»Lass ihn doch erst mal ausreden«, fuhr Troller dazwischen.

»... und ich erzähle Ihnen alles, was ich weiß, über Braintech, über den Club, einfach alles.«

»Über den Club?« Troller beugte sich mit einem Ruck nach vorn. »Was wissen Sie über den Club?«

»Wie ist es mit dem Deal?«

Ein kurzer Blick von Troller zu Jane. Sie nickte, er zeigte Erleichterung. »Ja«, sagte sie. »Einverstanden. Wir werden Ihren Namen aus der Story heraushalten.«

Der Professor liess sich Zeit. Er wusste wohl selbst nicht recht, wo er anfangen sollte. Er ging eine Weile wortlos im Zimmer auf und ab und begann dann mit einer kleinen Geschichte der Hirnforschung, von Hippokrates über Franz Joseph Gall bis zu Francis Crick und Christof Koch. Nichts Neues für Troller. Das Aufnahmegerät lief, und seine Gedanken schweiften ab. Wann würde der Professor endlich mit der Geschichte des Clubs beginnen? Gab es den überhaupt?

»Aber das war alles nur Vorgeplänkel«, sagte Krauthammer mit einer wegwerfenden Geste, »der eigentliche Sündenfall begann – ja, wann?«

»Was meinen Sie mit Sündenfall?«

»Ich meine damit nicht bloß irgendeine Theorie über das Hirn, nicht bloß die eine oder die andere Hypothese, die letztlich folgenlos bleibt, sondern das Bestreben, aktiv in das Hirn und damit in die Natur des menschlichen Geistes einzugreifen. Und das in großem Stil. Ich will Ihnen ein Beispiel geben. Im Jahre 1936 führte Antonio Egas Moniz, der später dafür den Nobelpreis bekam, die erste Lobotomie am Menschen durch. Bei der Lobotomie werden, wie Sie wissen, die Nervenbahnen zwischen Thalamus und Stirnhirn sowie Teile der grauen Substanz durchtrennt. Man machte das anfangs, um in extrem schweren Fällen Schmerzen auszuschalten, aber bald ging man dazu über, die Lobotomie auch zur Behandlung von psychischen Erkrankungen anzuwenden. Eine Zeitlang galt sie gewissermaßen als Allheilmittel. Der

US-amerikanische Psychiater Walter Freeman schrieb damals, die Psychochirurgie erlange ihre Erfolge dadurch, dass sie die Phantasie zerschmettere, Gefühle abstumpfe, abstraktes Denken vernichte und ein roboterähnliches, kontrollierbares Individuum schaffe.«

»Ein Kritiker?«

»Oh nein«, entgegnete Krauthammer. »Im Gegenteil. Freeman reiste damals in einem Wohnmobil – er nannte es humorvoll sein *Lobomobil* – von Klinik zu Klinik und lobotomierte insgesamt dreitausendsechshundert Patienten. Weltweit waren es mehr als eine Million. In den 1950er Jahren wurde die Lobotomie auch durchgeführt, um sogenannte Perversionen des menschlichen Geistes zu kurieren, wie Homosexualität oder Kommunismus.«

»Nein!«

»Oh doch! Noch 1967 erschien im Journal of the American Medical Association, dem offiziellen Organ der amerikanischen Ärztevereinigung, ein Leserbrief der Harvard-Autoren Mark, Ervin und Sweet, die den Grund für die Rassenunruhen von Detroit in einer ›fokalen Hirnstörung‹ sahen und entsprechende Operationen empfahlen. In ihrem 1970 erschienenen Buch *Violence and Brain* schlugen Mark und Ervin noch einmal vor, das Problem der Gewalt durch Psychochirurgie zu lösen, beispielsweise bei unbelehrbaren Gefängnisinsassen.«

»Aber das ist doch, verzeihen Sie, Schnee von gestern«, sagte Troller. »In Deutschland wird die Lobotomie seit den 1970er Jahren nicht mehr angewendet.«

»Es geht mir nicht um diese oder jene Methode«, widersprach Krauthammer mit Nachdruck. »Es geht um eine bestimmte Art zu denken. Eine andere Methode von Hirnoperationen, die in jenen Jahren erstmals erprobt wurde, war die Einpflanzung von Elektroden in das Hirn von Versuchspersonen. Vorreiter dieser Versuche, die von der CIA unterstützt und auch finanziert wurden, waren ein Psychiater von der Columbia-Universität namens Robert G. Heath sowie ein gewisser Dr. Delgado …«

»José Delgado?«, fragte Troller dazwischen. »Derselbe, der dieses Buch geschrieben hat, wie hieß es noch …«

»*Physical Control of the Mind*«, sagte Krauthammer. »Sie kennen es?«

»Nein«, sagte Troller und warf Jane einen kurzen Blick zu, »ich habe nur gerade etwas über ihn gelesen.«

»Nun ja«, sagte Krauthammer, »interessant an diesem Dr. Delgado sind nicht nur seine Experimente, sondern auch die damit verbundene gesellschaftliche Vision. Delgado richtete zum Beispiel auf einer Bermuda-Insel ein anderthalb Morgen großes Gehege ein, auf dem er eine Horde von Gibbons aussetzte, die allesamt Elektroden im Hirn hatten und aus der Ferne stimuliert werden konnten. Sein Ziel war es, die streng hierarchische Ordnung der Gibbon-Gesellschaft durch eine Kombination von Neurochirurgie und Elektronik zu durchbrechen, und das ist ihm mit Hilfe der direkten Stromstöße ins Gehirn der Tiere auch gelungen.«

»Gelenkte Demokratie«, sagte Jane ironisch.

»Das ist wohl eher ein Euphemismus«, sagte Krauthammer, ohne auf Janes Ironie einzugehen.

»Und was hat das alles mit dem Club zu tun?«

»Ich komme gleich darauf. Ich möchte nur noch auf einen Faktor hinweisen, der für die Entwicklung, die zur Gründung des Clubs geführt hat, von entscheidender Bedeutung war. Ich meine die Erfindung der bildgebenden Verfahren. Computertomographie, MRT, die noch präzisere funktionelle Magnetresonanztomographie und schließlich die Positronenemissionstomographie – all diese Verfahren wurden in der zweiten Hälfte des 20. Jahrhunderts entwickelt, und sie erlaubten den Forschern erstmals, einen Blick in das Hirn des Menschen zu werfen, ohne ihm den Schädel aufzumeißeln. Anders gesagt, diese Verfahren ermöglichen es ihnen, *dem Gehirn beim Denken zuzuschauen*, wie gelegentlich gesagt wird. Diese Technologie, die natürlich ohne die rasante Entwicklung der Computertechnologie gar nicht zu denken ist, war eine wesentliche Voraussetzung dafür, dass die Hirnforschung einen so gewaltigen Sprung nach vorn machen konnte. Und das nicht zuletzt deswegen, weil die Apparate dafür sehr teuer sind.«

»Wie bitte?«, sagte Jane ungläubig. »Das ist doch eher ein Hindernis!«

»Für wen?«

»Für die Käufer. Krankenhäuser, Universitäten, für die Gesellschaft eben.«

»Aber nicht unbedingt für diejenigen, die diese Apparate entwickeln, herstellen und verkaufen. Nicht für Siemens, General Electric, Philips oder Braintech. Und was glauben Sie, warum diese Firmen eine so gewaltige Anstrengung unternehmen, um die Hirnforschung zu propagieren?«

Krauthammer ging zum Tisch, rührte in seinem Kaffee herum und nahm einen großen Schluck aus dem Becher.

»Ich verstehe«, sagte Troller, »oder ich glaube zu verstehen. Es gibt eine Gesellschaftsvision; es gibt eine Wissenschaft und Technologie, mit der man diese Vision umsetzen könnte; und es gibt ein wirtschaftliches Interesse daran. Richtig?«

»Besser hätte ich es nicht sagen können«, bestätigte Krauthammer. »Und genau das Zusammentreffen dieser drei Faktoren – Wissen, Vision und Finanzen – war es, die zur Gründung des Clubs geführt hat.«

Endlich kommt er zur Sache, dachte Troller. Laut sagte er: »Also, dann erzählen Sie uns von dem Club.«

Wieder ging Krauthammer eine Weile schweigend auf und ab und spannte Troller und Jane auf die Folter. Aber dann begann er tatsächlich.

Ein genaues Gründungsdatum konnte er nicht nennen.

»Ich denke, es war Mitte der achtziger Jahre«, sagte er nur. »Die neunziger Jahre des letzten Jahrhunderts wurden ja vom US-Kongress unter dem Präsidenten und ehemaligen CIA-Chef George Herbert Bush zum *Jahrzehnt des Gehirns* ausgerufen, und ich vermute, dass schon diese Entscheidung auf die Lobby-Arbeit des Clubs zurückzuführen ist.«

»Wer zum Teufel ist denn nun der Club?«, fragte Jane ungeduldig.

»Verzeihen Sie«, sagte Krauthammer, indem er beide Hände erhob und sie einen Moment halb abwehrend, halb entschuldigend in der Luft verharren ließ, »aber ich kann nicht alles auf einmal erzählen. Ich will mich jedoch bemühen, deutlicher zu werden. Haben Sie mal etwas von einer Gruppe von Leuten gehört, die sich Project for a New Scientific Society nennt?«

»Ist das so etwas Ähnliches wie das Project for the New American Century? Diese Gruppe von Jahrhundertstrategen, die Georg W. Bush in den Irakkrieg getrieben haben?«

»Das ist ein guter Vergleich«, sagte Krauthammer. »Nur dass es bei dem Scientific-Society-Projekt nicht darum geht, die demokratischen Werte der westlichen Welt mit Hilfe von Kriegen zu verbreiten, sondern mit Hilfe der Wissenschaft. Und dabei kommt der Hirnforschung eine entscheidende Rolle zu.«

»Sind denn der Club und dieses Scientific-Society-Ding dasselbe?«

»Mir ist die Organisationsstruktur nicht in allen Einzelheiten bekannt«, sagte Krauthammer ausweichend. »Und vielleicht gibt es auch gar keine klare und festgefügte Struktur. Sie sollten sich die Sache eher so vorstellen: Mitte der achtziger Jahre kommt ein amerikanischer Milliardär, nennen wir ihn Mr X –«

»Warum sagen Sie nicht einfach, wie er heißt?«

»Weil ich es nicht weiß.«

»Und das sollen wir Ihnen glauben?« Troller begann nun doch, ärgerlich zu werden. Und misstrauisch. Was sollte diese Mr-X-Geschichte? Er hatte das Gefühl, dass Krauthammer viel mehr wusste, als er zugab.

Jane dachte offenbar dasselbe. »Wir haben versprochen, Ihren Namen aus der Geschichte herauszuhalten«, sagte sie, »aber nicht dafür, dass Sie uns lauter Andeutungen auftischen. Wir brauchen Fakten. Wir brauchen etwas, das eine wirkliche Story ergibt!«

»Wollen Sie mir zuhören oder nicht?« Krauthammer ließ sich nicht aus der Ruhe bringen.

»Na schön«, sagte Jane resignierend. »Fahren Sie fort.«

»Also: Mitte oder Ende der 1980er Jahre – das Sowjetreich ist gerade dabei, zusammenzubrechen – kommt Mr X während eines Fluges oder auf einer Party ins Gespräch mit einem Wissenschaftler der Harvard-Universität oder des MIT. Dieser Wissenschaftler, nennen wir ihn Mr Y, erzählt ihm begeistert von den Möglichkeiten der Hirnforschung, die sich in den nächsten Jahren und Jahrzehnten auftun werden, er lässt dabei auch die Ideen von Dr. Delgado und dessen Kollegen nicht unerwähnt und entwickelt dann die Vision einer zukünftigen Gesellschaft, in der die Hirne sowohl miteinander als auch mit Computern vernetzt werden, die Vision von einer nicht nur genetischen, sondern auch neurologischen Verbesserung des Menschen. Und der andere hört zu und denkt so ganz nebenbei an die geschäftlichen Möglichkeiten, die sich damit auftun. Mr X und Mr Y tauschen ihre Visitenkarten aus, und bald darauf bekommt Mr Y von Mr X das Angebot, für ihn zu arbeiten. Im Nebenjob, versteht sich, seine Professur an der Universität soll er ruhig behalten. Ungefähr ein Jahr später berufen Mr X und Mr Y eine geheime Konferenz ein, zu der Hirnforscher, Biologen, Soziologen und sogar Philosophen eingeladen sind, die sich alle mit dem einen Thema befassen sollen: Die Zukunft des Menschen.

Oder: Auf dem Weg zu einer wissenschaftlichen Gesellschaft. Dies alles sind nur Aspekte dessen, was später in dem Grundsatzprogramm des Clubs zusammengetragen wurde, das den Titel trägt: *Rebuilding the Mankind – Strategy, Forces and Resources for a New Scientific Society.*«

»Können Sie uns das besorgen?«, fragte Jane. »Haben Sie eine Kopie davon?«

»Leider nein.«

»Das, was Sie uns hier erzählen«, sagte Troller, »erinnert mich stark an eine Verschwörung, auf die ich im Rahmen unserer Recherche gestoßen bin, die sogenannte One-World-Verschwörung. Hat dieser Club etwas damit zu tun?«

»Nein«, sagte der Professor entschieden. »Ich habe es geprüft und bin zu dem Ergebnis gelangt, dass es sich bei dieser sogenannten One-World-Verschwörung wohl doch mehr um ein Phantasieprodukt von Internetfreaks handelt. Wenn es sie gäbe, wäre auch der Club ein Teil davon, aber ich habe keine Anhaltspunkte dafür.«

»Na schön«, sagte Jane ungeduldig, »dann erzählen Sie uns weiter von diesem Club.«

»Die Idee war also«, fuhr Krauthammer fort, »mit Hilfe der Genetik und der Neurologie einen neuen, friedlicheren, demokratisch strukturierten Menschen zu schaffen und ihn so umfassend zu kontrollieren, dass für Kriege, Verbrechen und Gewalt kein Raum mehr ist. Aber erst gegen Ende der neunziger Jahre und ganz besonders nach dem 11. September 2001 konkretisierte sich das Ziel noch weiter. Einige der Intellektuellen, die zum Club gehörten, vertraten die Ansicht, dass der sich zunehmend in der Welt ausbreitende Terrorismus, der Kampf der Kulturen, seine Wurzel letztlich in der Religion habe, und sie machten sich dafür stark, den Fokus auf die Bekämpfung der Religion zu konzentrieren, vor allem der islamischen, aber auch der christlichen. Ich denke, der Club ist gerade dabei, ein neues Manifest auszuarbeiten, das den Titel *Auf dem Weg zu einer friedlichen Welt ohne Religion* tragen könnte. Genaues kann ich Ihnen zum jetzigen Zeitpunkt leider nicht sagen.«

Krauthammer nahm einen Schluck Kaffee, setzte den Becher wieder ab und verschränkte die Arme, als habe er alles gesagt und warte nun darauf, dass Troller und Jane sich wieder verabschiedeten.

Troller sah zu Jane hinüber, die mit offenem Mund dasaß und offenbar nicht wusste, was sie sagen sollte. »Das ist alles?«, brachte sie schließlich hervor. »Mehr haben Sie nicht für uns? Nur dieses bisschen X-Y? Entschuldigen Sie, aber das kann doch nicht Ihr Ernst sein.«

Krauthammer sah sie mit kalten Augen an. Sein linker Mundwinkel zitterte leicht. »Ich weiß nicht, wieso Sie finden, dass das, was ich Ihnen gerade offenbart habe, wenig oder nichts ist. Ich hatte mehr von Ihnen erwartet. Ich dachte, Sie wären intelligent genug, um die Gefahr zu erkennen.«

»Aber wieso, verdammt noch mal«, platzte es aus Jane heraus, »hat man noch nie etwas von diesem Club gehört?«

»Hören Sie nicht die Signale?«, fragte Krauthammer mit leiser Stimme. »Hören Sie nicht die Philosophen und Biologen, die Atheisten und Darwinisten, die immer lauter davon sprechen, dass Religion eine Geisteskrankheit sei, ein Gotteswahn? Ich sage Ihnen, wer von Krankheit spricht, der will die Krankheit heilen. Mit welchen Mitteln aber heilt man heutzutage Geisteskrankheiten? Mit der Psychoanalyse? Mit Gesprächs- oder Verhaltenstherapie? Nein, die Zeiten dieser Heilmethoden sind vorbei! Heute regieren die Psychopharmaka – und morgen wird es der direkte Eingriff ins Hirn sein, ob nun mit Hilfe von Operationen oder mit elektromagnetischen Feldern. Und damit wir uns rechtzeitig daran gewöhnen, dass man in unsere Hirne eingreifen wird, gibt es ein weiteres Signal, das mit dem regelmäßigen Rhythmus eines Pulsars gesendet wird, die Behauptung, der freie Wille sei eine Illusion! Wissen Sie, was der Sinn dieser Behauptung ist? Der Sinn ist: Wir, die Hirnforscher, sind dabei, euren freien Willen abzuschaffen. Und damit ihr den Verlust nicht bemerkt, gewöhnen wir euch von vornherein an den Gedanken, dass es da gar nichts zu verlieren gibt.«

»Und Sie glauben, dahinter stehen nackte wirtschaftliche Interessen?«

»Was glauben Sie denn, warum Firmen wie Braintech eine so gewaltige Anstrengung unternehmen, die Hirnforschung zu propagieren? Woher diese unglaubliche Medienoffensive, dieses permanente Gerede und Geschreibe, dieses Eindringen der Hirnforschung in jeden Bereich, den wir uns nur vorstellen können, Neuromarketing, Neuroökonomie, Neuropädagogik, Neurogeriatrie, Neurojuristerei, Neuro hier und Neuro da! Glauben Sie, das alles kommt von allein? Glauben Sie, das alles hätte sich naturwüchsig ergeben? Und das in einer Zeit, in der man nicht einmal mehr glaubt, dass die Klimaveränderung sich naturwüchsig ergibt? Plötzlich, von einem Jahr auf das andere, steuert die Gesellschaft ins Neurozeitalter hinein? Nein, ob Sie es glauben oder nicht, dahinter steht, als geheimes Zentrum einer bewusst in Gang gesetzten und weltweit gesteuerten Bewegung ...«

Er kam nicht mehr dazu, das Wort auszusprechen. Mit einem unterdrückten Aufschrei fasste er sich wie vom Blitz getroffen ins Gesicht und beugte sich halb nach unten von ihnen weg, um in dieser Stellung wie eingefroren zu verharren.

Troller und Jane standen betroffen da und wussten nicht, was tun.

Zwei, drei Sekunden blieb Krauthammer in der bizarr gebeugten Haltung stehen, dann löste sich langsam der Schmerz oder der Krampf, von dem er plötzlich heimgesucht worden war, und er fand langsam zurück zur aufrechten Position. »Entschuldigen Sie«, sagte er leise, aber sehr bestimmt, »Sie müssen gehen. Bitte. Seit meine Frau gestorben ist, habe ich immer wieder diese Anfälle. Ich brauche dringend Ruhe. Also nehmen Sie es mir nicht übel. Vielleicht sehen wir uns ja am Sonntag auf dem Kongress.«

NOCH ALS SIE LÄNGST IM AUTO SASSEN und auf dem Weg zur Autobahn waren, ging Troller das schmerzverzerrte Gesicht des armen Krauthammer nicht aus dem Kopf. Der Nachhall dieses Bildes beschwor eine Ahnung in ihm herauf, eine Assoziation, die er aber nicht klar benennen konnte, sie blieb unbestimmt, nebelhaft, verworren.

Jane saß neben ihm und spielte gedankenverloren mit einem Etwas, das er aus den Augenwinkeln nicht genau erkennen konnte.

»Irgendetwas war faul an der Sache«, sagte sie. »Irgendetwas stimmte nicht. Ich habe das Gefühl, dass er uns reingelegt hat. Ich weiß bloß nicht, womit. Oder wieso.«

»Ich hatte die ganze Zeit das Gefühl, er hält mit der Wahrheit hinterm Berg«, sagte Troller. »Vielleicht steckt hinter der One-World-Verschwörung doch mehr, als er uns erzählen wollte. Ich meine, immerhin hat er zugegeben, dass er sich auch damit beschäftigt hat, und …«

»Bitte, Troller«, unterbrach Jane, »lass mich ein für alle Mal mit dieser blöden Verschwörung in Ruhe. Ich glaube kein Wort von diesem Unsinn. Ich weiß ja noch nicht einmal, ob ich an diesen Club glauben soll. Ich meine, das klingt doch alles reichlich abstrus, findest du nicht? Mr X und Mr Y! Entschuldige bitte!«

»Und warum sollte er die Geschichte erfunden haben?«

»Um«, sagte sie und klopfte mit dem Ding, das sie in der Hand hielt, gegen ihre Nasenspitze, »um mit uns den Deal zu machen. Er hat uns die Geschichte aufgetischt, damit wir nicht konkreter nach seiner Rolle als Gehaltsempfänger von Braintech fragen. Um …« Sie stockte und sprach nicht weiter.

»Um was?«

»Komisch.«

»Was ist komisch?«

»Schmeckt salzig.«

»Na und?« Er warf einen Blick zur Seite und sah jetzt, dass das Ding, mit dem sie die ganze Zeit herumspielte, der Chinalöffel war. Krauthammer hatte ihn ihr geschenkt, und sie hatte das Geschenk am Ende doch angenommen, nicht in aller Form, dazu war der Abschied zu überstürzt gewesen, aber immerhin hatte sie, als sie noch einmal zum Tisch gegangen war und das Aufnahmegerät eingepackt hatte, den Löffel einfach eingesteckt, warum auch nicht. Troller hatte Krauthammer übrigens insgeheim beigepflichtet, er fand den Löffel auch eher kitschig, und ob er nun aus Hongkong war oder nicht, wahrscheinlich bekam man diese Art von Zuckerlöffel in jedem Chinaladen an der nächsten Ecke für ein paar ... »SALZIG?«

»Ja, schmeckt nach Salz. Aber wieso hat er Salz in seinen Kaffee ...?«

Sie waren kurz vor der Autobahnauffahrt. Um nach Berlin zu fahren, mussten sie gleich rechts abbiegen. Troller fuhr mit unverminderter Geschwindigkeit an der Auffahrt vorbei.

»Was ist los?«, fragte Jane. »Warum biegst du nicht ab?«

Troller antwortete nicht. Er fuhr in die Parkbucht hinter der Auffahrt, hielt an, stellte den Motor aus, fasste sich mit beiden Händen an den Kopf und atmete einige Male ganz tief durch.

# 30

Jane öffnete die Tür zu ihrer Dachterrasse und trat hinaus in den Nieselregen. Berlin konnte wunderbar grau und trostlos sein. Die schwarzen Dächer der gegenüberliegenden Häuser glänzten wie Robbenfelle. Der Springbrunnen auf dem Platz war versiegt und würde erst im Sommer wieder sprudeln. Überhaupt war der Platz unbelebt, verwaist. Und wenn es wieder richtig schön werden würde, im Mai, dann musste sie aus dieser Wohnung ausziehen. Wohin?

*A foggy day – in London town …*

Auch London konnte wunderbar grau und trostlos sein. Was Frank wohl gerade machte?

*Komm, Jane, vergiss London und geh wieder an die Arbeit!*

Bis morgen musste der Artikel fertig sein. Nicht für die Printausgabe, sondern für *Fazit-Online*. Sie konnte es sich nicht erlauben, bis zum Erscheinen des Heftes zu warten, sie musste jetzt etwas herausbringen, möglichst bald. Erstens, weil Frank auch an der Geschichte dran war. Und zweitens, weil immer noch die Gefahr bestand, dass Braintech dahinterkam, dass sie die Wheeler-Dateien kopiert hatten. Die Auftraggeber der Russen würden sich fragen, warum sie ausgerechnet bei einem der Kandidaten gewesen waren, die auf der Liste standen. Aber wenn die Story erst mal draußen war, gab es nichts mehr einzuschüchtern. Dann musste Braintech sich etwas anderes einfallen lassen.

Sie ging zurück ins Zimmer und setzte sich wieder an den

Computer. Es war ihre Story. Troller hatte angeboten, ihr zu helfen, aber sie hatte abgelehnt. Sie wussten beide, auch ohne darüber zu sprechen, dass die Braintech-Story untrennbar mit Frank Teschemacher verbunden war.

Kaum hatte sie ihre Konzentration wiedergewonnen und den ersten Satz geschrieben, klingelte das Telefon. Frank? Sie hob den Hörer aus der Schale und meldete sich nur mit ihrem Vornamen.

»Hello, little one.«

Es war nicht Frank. Es war ihr Vater. Sie war enttäuscht und erleichtert zugleich.

»Ich habe es getan«, sagte ihr Vater.

Jane verstand nicht. *Was getan?* Dann fiel ihr ein, was ihr Vater meinen musste. Es ging um seinen Freund. Michael. Den mit ALS. Der darum gebeten hatte, ihn sterben zu lassen. Wie zur Bestätigung sagte ihr Vater jetzt: »Ich habe ihm seinen Wunsch erfüllt. Den einzigen, den er noch hatte. Und ich werde dafür in der Hölle braten.«

»Niemand brät in der Hölle.«

»Oh doch, und mich schicken sie bestimmt dahin. Es war Sünde. Was Gott gegeben hat, darf der Mensch nicht nehmen.«

»Du hast es nicht genommen. Michael hat schon lange daran gedacht. Er hat auch mit mir darüber gesprochen, als ich das letzte Mal da war.«

Erst in diesem Moment wurde ihr bewusst, dass sie Michael Wagner nie wiedersehen würde …

Ihr Vater hatte das Medikament besorgt. Verabreichen durfte er es ihm nicht, das wäre Totschlag oder Tötung auf Verlangen gewesen, er durfte es nur in seine Reichweite bringen und zulassen, dass Michael es selbst nahm. Und auch das eigentlich nur aus der Ferne, damit er nicht wegen unterlassener Hilfeleistung angeklagt werden konnte. Aber wer konnte schon beweisen, ob er dabei war oder nicht?

Man würde ihn danach fragen, und er müsste lügen – aber wenn er in seiner langen Laufbahn als Diplomat eines gelernt hatte, dann war es der freie Umgang mit der Wahrheit. Daran hatte ihn sein Glaube nicht gehindert.

Michael Wagner hatte nicht mehr die Kraft gehabt, die Tablette in die Hand zu nehmen und zum Mund zu führen. Seine Arme gehorchten ihm nicht mehr, sogar seine Finger waren zu schwach. Ihr Vater hatte die so harmlos aussehende kleine gelbe Tablette auf einen Teller gelegt und vor Michaels Mund gehalten. Es war immer noch seine Entscheidung, sie mit der Zunge aufzupicken und hinunterzuschlucken. Nur den letzten Schluck Rotwein hatte ihr Vater dem Freund gegeben. »Einen 1995er Vega Sicilia Gran Reserva.«

»Ist das was Gutes?«

»Das Beste.«

Und nun machte er sich die schlimmsten Vorwürfe.

»Das darfst du nicht«, sagte sie. »Du hast das Richtige getan. Ich bin stolz auf dich.«

»Es war Sünde.«

»Aber nicht deine. Du hast ihm nur den Freundschaftsdienst getan. Wenn jemand in der Hölle brät, dann er.«

»Was ändert das?«, sagte ihr Vater mit einem kurzen, bitteren Auflachen. »Wenn sie ihn dahin schicken, dann will ich auch dahin. Ich werde ihn doch nicht allein dort unten schmoren lassen.«

Der Regen war so fein, als käme er aus einer Sprühdüse in einem Gewächshaus. Troller spürte ihn kaum. Nur hin und wieder blieb er vor einem überdachten Schaufenster stehen, nahm seine Brille ab und rieb sie mit einem Papiertaschentuch trocken. Dann ging er wieder weiter. Er hatte kein Ziel. Er ließ sich treiben. Von seinen Füßen, seinen Gedanken, von irgendwelchen Eingebungen oder Reflexen, über deren Ursachen er sich keine Rechenschaft ablegte. Warum bog er jetzt in die Bleibtreustraße ein, anstatt auf dem Kurfürstendamm zu bleiben? Und warum blieb er vor dem Filmkunst 66 stehen und starrte auf das Plakat im Schaukasten? Weil der Titel des Films ihn angelockt hatte: »Der freie Wille«. Es ging um einen Mörder, der seinen Trieben ausgeliefert war, gespielt von dem Schauspieler mit den Lücken zwischen den Zähnen.

*Der freie Wille des Mörders ist keine Illusion.*

Er putzte seine Brille und ging weiter. Ein paar Schritte noch, dann war er in der Kantstraße.

Kantstraße.

*Daniel-Burton-Street.*

Wieder ging ihm der Song von Elton John durch den Kopf. Was hatte er bloß immer mit diesem Namen? Es war etwas Vertrautes daran, etwas Wohlbekanntes, er wusste nur nicht, warum.

Aber wenn er bisher noch für möglich gehalten hatte, dass Kant oder Daniel Burton ihm schon irgendwann einmal begegnet war, dann war er jetzt anderer Meinung.

Er konnte es immer noch nicht fassen, dass sie so auf den falschen Krauthammer hereingefallen waren, alle beide! Und dabei hatten sie es von Anfang an geahnt. Er hatte ihnen sogar den Hinweis gegeben, dass er anders aussah, als sie es erwartet hatten. Aber dann hatte er angefangen, vom falschen Rot der Rose zu reden, von den Täuschungen, zu denen unser Hirn uns verleitet, davon, dass wir die Wirklichkeit notwendigerweise konstruieren, und damit hatte er sie alle beide eingewickelt, auch Jane. Obendrein hatte er gewusst, dass Troller zu der Intervening-in-the-Brain-Veranstaltung zu spät gekommen war, und hatte ihm damit noch zusätzlich Sand in die Augen gestreut. Und dann das große Theater! Kummer über den Verlust seiner Frau, Zerknirschung über seine Bestechlichkeit, Besorgtheit um seinen guten Ruf – und am Ende die vagen Andeutungen über den Club!

Noch an der Autobahnausfahrt hatte Troller Rita Graf angerufen und ihr von der Begegnung erzählt. Und sie hatte ihm als Erstes eingeschärft, dass sie sich auf keinen Fall noch einmal dem Haus nähern dürften, nicht auf eigene Faust. So hatten sie sich, nachdem sie wieder zurück in Bad Saarow gewesen waren, ins Café Dorsch gesetzt und gewartet. Anderthalb Stunden später war der Hubschrauber der *SOKO Kant* über das Café hinweggeknattert. Den eigentlichen Polizeieinsatz hatten sie nicht mitbekommen, weil die Straße inzwischen abgeriegelt war. Aber es war ohnehin niemand mehr im Haus gewesen. Nur ein toter Mann.

Troller und Jane konnten die Leiche nicht im strengen Sinne identifizieren, aber immerhin bezeugen, dass der Tote nicht der Mann war, mit dem sie das Interview geführt hatten. Kants Bart und Perücke waren täuschend ähnlich gewesen, aber der echte Krauthammer war größer und dicker. Wenn auch nicht so groß und dick, dass eine Kugel ihn nicht getötet hätte.

Troller blieb erneut vor einem Schaufenster stehen und putzte sich die Brille. Der Nieselregen wurde stärker.

Mr X und Mr Y – wusste Kant wirklich nicht mehr über diesen Club? Oder erwartete er von ihnen, dass sie es herausfanden? Jane hatte sogar den Verdacht, dass er erst durch sie auf die Liste gekommen war. Er hatte sich in ihren Computer eingehackt, die E-Mails abgefangen, die Datei mit der Liste entschlüsselt und auf diesem Wege auch von ihrer Verabredung mit Krauthammer erfahren. Wie hätte er sich sonst so gut auf ihren Besuch vorbereiten können? Ja, er war vorbereitet gewesen, und er hatte ihnen eine Komödie vorgespielt, und das hätte sogar funktioniert, wenn da nicht die Sache mit dem Zuckerlöffel und dem Salz gewesen wäre. Eine winzige Unbedachtheit – aus Übermut? –, die ihn dazu verleitet hatte, Jane den chinesischen Löffel zu schenken. Aber wenn Troller nicht den Hirnscan gehabt und von Laurenz Block erfahren hätte, dass Kant einen Tumor an der Schädelbasis hatte, der zu Trigeminusattacken und zum Verlust des Geschmackssinns führen konnte, dann wäre ihnen auch so nichts aufgefallen.

In jedem Falle hatte er gewusst, dass sie kommen würden, und dafür gab es keine andere Erklärung als die, dass er einen Trojaner auf Janes Computer plaziert und Krauthammers Bestätigung des Interviewtermins gelesen hatte.

Troller setzte sich wieder in Bewegung. Der Regen wurde stärker, die Brille war im Nu wieder nass, und die Lichter der Kantstraße, die grellbunten Neonreklamen, die gelblich oder bläulich beleuchteten Schaufenster und die blendenden Scheinwerfer der Autos verschwammen vor seinen Augen. Er zog die Schultern hoch, aber er wanderte weiter, Richtung Westen, Richtung ICC, wo morgen der große Kongress beginnen würde.

Aber, dachte Troller, und der Gedanke beunruhigte ihn immer mehr, wenn Kant sich in Janes Computer eingehackt hat, dann doch auch in meinen. Vielleicht hat er sogar Zugriff auf die Festplatte. Auf meine Tagebuchaufzeichnungen, meine Briefe, meine Notizen ...?

Troller drehte sich der Magen um bei dem Gedanken. Er hatte eigentlich nicht viel zu verbergen, er besuchte keine Sex-Portale, er chattete nicht in dunklen Chatrooms, er interessierte sich nicht für Kinderpornos oder Gewaltvideos, aber er brauchte das Gefühl, dass es einen geschützten Raum gab, einen Platz für das Geheimnis, selbst wenn es kein dunkles Geheimnis war. So wie einer Wert darauf legte, ein Haus mit Keller zu haben, auch wenn er nicht vorhatte, eine Leiche darin zu verstecken. Der gläserne Mensch, das war das Grundelement totalitärer Systeme. Der freie Bürger, auf dem die demokratischen Gesellschaften aufbauten, brauchte einen Raum für sein Geheimnis, selbst wenn es nur ein fiktives war. *Sire, geben Sie Gedankenfreiheit*, hieß es bei Schiller im Don Carlos.

Wo war er hier? Kant Ecke Leibniz. Troller stellte sich in einem überdachten Eingang unter und schaute sich unschlüssig nach einer Kneipe oder einem Café um.

Sein Handy klingelte. Er angelte es aus seiner Lederjacke und klappte es auf.

»Ertappt«, sagte die etwas spröde Stimme, die er immer erotischer fand.

»Wobei?«

»Sie waren gerade in einem Pornoschuppen. Jetzt blicken Sie sich um und hoffen, dass niemand Sie gesehen hat. Pech gehabt.«

Erst in diesem Augenblick wurde ihm bewusst, dass er direkt im Eingang eines Pornoschuppens stand, der sich »Private« nannte. »Ja«, sagte er errötend und suchte die Straße mit den Augen ab, ohne die Anruferin zu entdecken, »das ist echte Polizeiarbeit: erst mal drauflos verdächtigen! Und unsereiner muss dann um seine Unschuld kämpfen.«

»Wo? Im Private?«

»Wo zum Teufel sind Sie?«

»Auf der anderen Seite vom Mittelstreifen. In einem roten Golf. Sehen Sie?«

Er sah sie. Ihr Wagen stand da drüben halb auf dem Zebrastreifen. Sie ließ das Seitenfenster herunter und winkte ihm zu. »Trinken Sie ein Glas Wein mit mir?«, fragte er und wunderte sich selbst über seinen Mut.

Und noch mehr wunderte er sich darüber, dass sie ja sagte. »Aber nur kurz. Ich muss zu meiner Tochter. Warten Sie.«

Er verfolgte mit den Augen, wie der rote Golf sich in den Verkehr einreihte, unten an der Wielandstraße umdrehte und kurz darauf direkt vor ihm hielt. Er setzte sich auf den Beifahrersitz.

Sie fuhr rechts um die Ecke und nahm gleich die nächste Parklücke.

Die Tische im Europa waren so hübsch mit frischen Blumen und Kerzen dekoriert wie immer. Troller gefiel das heute besonders gut. Die Wirtin begrüßte sie wie alte Freunde. »Soll ich Ihnen die Speisekarte bringen?«

»Nein. Wir wollen nur etwas trinken.«

»Na, das ist doch schön.«

Rita Graf bestellte wieder einen Grünen Veltliner, Troller ein helles Hefeweizen.

Troller stellte die Kerze, die zwischen ihnen stand, ein wenig beiseite, damit sie nicht blendete. »Sie haben eine Tochter?«, fragte er,

»Carolin. Sie ist elf.«

»Meine ist erst neun.«

»Sarah. Ich weiß. – Wir haben uns erkundigt«, fügte sie entschuldigend hinzu.

»Sie lassen sie abends allein?«

»Nach Möglichkeit nicht. Aber ich kann mir meinen Dienstplan nicht immer aussuchen. Und …« Sie ließ den Satz offen.

Der Wein und das Bier kamen dazwischen.

Troller fragte sich, ob sie erwartete, dass er nachfragte oder gerade eher nicht. Aber er war neugierig. Als Journalist musste man ja neugierig sein. »Sie sind geschieden?«

»Nein«, sagte sie in sachlichem Ton und bewegte ihren Kopf leicht auf und ab wie zur Bekräftigung einer Wahrheit, an die sie immer noch nicht glauben konnte. »Er ist tot.«

Troller runzelte leicht die Stirn und schaute sie fragend an.

Sie räusperte sich, nahm einen Schluck Wein und sagte dann: »Ich weiß nicht, ob Sie sich an den Fall erinnern, bei dem sich mehrere Rechtsradikale in einer Villa verbarrikadiert hatten. Beim Sturm auf das Haus kam ein Polizist ums Leben. Das war er.«

Troller erinnerte sich. Es musste so vor zwei Jahren gewesen sein. Irgendwo in der Nähe von Brandenburg. »Das tut mir sehr leid.«

Sie brach einen geronnenen Tropfen Wachs von der Kerze ab und knetete ihn zu einer Kugel.

»Aber ...« Troller zögerte, seinen Gedanken auszusprechen.

»Ich weiß schon«, sagte sie. »Mir könnte etwas Ähnliches passieren.«

Troller nickte. Genau das hatte er gemeint.

Sie überlegte eine Weile, bevor sie weitersprach. Überlegte wohl vor allem, wie offen sie ihm gegenüber sein wollte. »Wissen Sie, ich habe die Wahl: Entweder ich setze mich der Gefahr aus und riskiere, dass Carolin eines Tages auch keine Mutter mehr hat. Oder ich lasse mich in die Etappe zurückversetzen und riskiere, dass Carolin eine Mutter hat, die jeden Abend ein unzufriedenes Gesicht nach Hause trägt. Was ist besser?«

»Dass Ihnen nichts passiert«, sagte er und hob das Glas leicht an.

Sie tranken und schwiegen eine Weile.

»Sie haben gestern ein Leben gerettet«, sagte sie. »Durch Ihren Anruf.«

Sie erzählte, dass Kant oder Daniel Burton sich als Zimmerkellner verkleidet ins Hotel Esplanade eingeschlichen hatte, in dem Professor John F. Maynard logierte. Er hatte unter den Augen des Polizisten, den sie aufgrund von Trollers Anruf dorthin geschickt hatten, einen Weinkühler mit einer Flasche Champagner ins Zimmer gebracht und war wieder gegangen. Ein paar Minuten später war der Professor den Flur entlanggekommen und hatte die Zimmertür aufgeschlossen. Zum Glück war der Polizist inzwischen ins Grübeln geraten und hatte den Professor gefragt, ob er den Champagner bestellt habe. Nein, hatte er nicht. Wieder eine Bombe. Sowie er die Flasche aus dem Kühler genommen hätte, wäre sie explodiert. »Wenn Sie mich gestern nicht angerufen hätten, wäre der Professor heute tot.«

Troller brauchte einen Moment, um diese Neuigkeit zu verarbeiten. Er wusste, dass dies ein Grund zur Freude war, doch im Augenblick gefiel ihm am meisten daran, dass es Rita Graf gefiel.

»Ich hab übrigens noch eine gute Nachricht«, sagte sie.

»Ich weiß schon«, sagte Troller. »Sie haben in Frankfurt keine Spuren von mir gefunden.«

»Ich muss mich nachträglich noch einmal dafür entschuldigen, dass die Kollegen in Frankfurt so lange gebraucht haben«, sagte sie. »Es ist ein Sauladen da drüben. Aber – woher wissen Sie das so genau?«

»Ich verrate es Ihnen, wenn Sie einen Deal mit mir machen.«

Heute Morgen noch hatte der falsche Krauthammer einen Deal gewollt. So schnell pflanzten sich Worte und Gesten fort.

»Was für einen Deal?«, fragte die Kommissarin misstrauisch.

»Wenn Sie mir versprechen, vor Donnerstag nichts durchsickern zu lassen, habe ich noch mehr Informationen für Sie.«

»Bei uns sickert nichts durch«, sagte sie knapp.

Er zog die Augenbrauen hoch und wiegte den Kopf hin und her. »Die *F.A.Z.* hätte ihre Kampagne gegen mich nicht eröffnen können, wenn der Text der Plakate von Kant nicht durchgesickert wäre.«

»Das war nicht hier bei uns«, sagte sie mit einem Anflug von Ärger in der Stimme. »Ich hab ja gesagt, es ist ein Sauladen. Und ich kann verstehen, dass Sie vorsichtig sind. Worum geht es?«

»Erst der Deal.«

»Versprochen.«

Er erzählte ihr von dem Hirnscan des falschen Troller, von dem Gespräch mit Laurenz Block und davon, dass seine Informationen über den Tumor in Kants Kopf den Ausschlag dafür gegeben hatten, dass sie seine Krauthammer-Maske durchschaut hatten, wenn auch zu spät.

»Und er kann wirklich nichts mehr schmecken?« Es klang so, als wäre das für sie die schlimmste Strafe der Welt.

Troller versprach, ihr die CD am nächsten Tag ins ICC mitzubringen. »Wo finde ich Sie da?«

»In der roten Lederjacke.«

Troller bedauerte, dass sie schon aufstand. Fast hätte er gesagt, bleiben Sie doch noch ein bisschen. Aber nur fast.

»Tja«, sagte sie, »war ein hübscher Zufall, dass wir uns getroffen haben. Ich war übrigens gerade im ICC, um mich zu vergewissern, dass die Sicherheitsvorkehrungen in Ordnung sind. Aber jetzt muss ich wirklich nach Hause.«

Sie gab ihm die Hand, ging zur Theke und zahlte ihren Wein.

Er blieb am Tisch sitzen und schaute ihr nach. Auch als sie verschwunden war, blieb sein Blick noch eine Weile an der geschlossenen Glastür hängen. Dann nahm er den letzten Schluck aus seinem Weizenglas, sah auf die Uhr und versuchte, sich zu einer Entscheidung durchzuringen. Philosophiezirkel – ja oder nein?

Anuschka Berger hatte gestern allen eine Mail geschickt und eine außerordentliche Sitzung vorgeschlagen. Aus gegebenem Anlass. *Breaking Philosophy*. Über Kant und »Kant«. »Wozu ist ein Philosophiezirkel gut, wenn er sich in einer solchen Situation nicht trifft? Und du, Troller, darfst uns auf keinen Fall im Stich lassen. Ich habe inzwischen sogar dein Buch gelesen, *Der Terror der Wissenschaft*. Starkes Stück.«

Es war nicht gut, dass Troller jetzt allein war. Sie sollte bei ihm sein. Oder er bei ihr. Aber sie musste mit der Braintech-Story fertig werden, bis morgen, unbedingt. Und noch war das Ende nicht abzusehen.

Trotzdem wäre es ihr lieber gewesen, wenn Troller jetzt in ihrer Nähe wäre. Oder wenn sie wüsste, dass er mit Sarah zusammen oder bei Freunden wäre. Als sie merkte, dass ihre Sorge um ihn sie nicht in Ruhe lassen wollte, wählte sie seine Nummer. »Wo bist du?«

»Im Europa.«

»Ah, interessant.«

»Nein, nicht in, sondern *im* Europa. Im Restaurant.«

»Mit wem?«

»Allein.«

»Wolltest du nicht in deinen Zirkel gehen?«

»Ich kann mich nicht entscheiden.«

»Ich finde, du solltest hingehen.«

»Warum?«

»Es würde mich beruhigen, wenn du heute Abend unter vernünftigen Menschen wärst.«

»Du denkst, Philosophen sind vernünftige Menschen?«

»Ihr seid ja keine Philosophen.«

»Na schön«, sagte er und grinste. »Ich überleg's mir. Hinterher gehe ich dann in meine Wohnung. Ist das okay?«

Ja, das war okay. Sie würde ohnehin bis tief in die Nacht hinein arbeiten. Und an ihren Vater denken. Und an Frank.

»Was machst du morgen?«, fragte er. »Kommst du mit auf den Kongress? Die Eröffnungsveranstaltung ist um zehn.«

»Nein«, sagte sie. »Ich brauche noch Zeit für den Artikel. Vielleicht komme ich am Nachmittag. Aber pass auf dich auf.«

Das war nicht die ganze Wahrheit. Sie hatte morgen früh noch etwas anderes vor. Ihr Instinkt sagte ihr, dass Kant nicht dahin gehen würde, wo alle ihn erwarteten. Vielleicht konnte sie ja doch noch herausfinden, was er wirklich vorhatte. Vielleicht hatte sie ja Glück.

# 31

Troller hatte kaum das Zimmer betreten, da wurde er schon mit Fragen bestürmt. Warum sie ihn verhaftet hätten? Wie es im Gefängnis gewesen sei? Woher sie bei *Fazit* gewusst hätten, dass der Mörder sich Kant nennt? Was er zu dem *F.A.Z.*-Artikel sage? Ob sein Buch jetzt auf der *SPIEGEL*-Bestsellerliste landen werde? Und so fort.

Troller ließ die Fragen geduldig auf sich herabregnen und konzentrierte sich darauf, am Geruch, der aus der Küche herüberwehte, das bevorstehende Essen zu erraten. Curry? Kokosmilch? Indisch, dachte Troller. Nein, Thai.

»Jetzt lasst ihn doch erst einmal ein Glas Wein trinken«, unterbrach Anuschka das Verhör. »Was möchtest du? Rot? Weiß?«

»Bier.« Er setzte sich wie immer neben Wilfried. Ihm gegenüber saß, ebenfalls wie immer, Hansen, der Schriftsteller. Neben dessen Teller sah Troller das gelbe Reclam-Bändchen mit Kants *Grundlegung zur Metaphysik der Sitten*, über die man heute sprechen wollte.

Während des Essens – es war tatsächlich ein feines Hühnercurry nach Thaiart, das allgemein und sehr zu Recht mit vielen Ohs und Ahs gelobt wurde – spekulierte man weiter über die Kant-Morde und die Motive des Mörders, und natürlich wollten alle von Troller wissen, wie der neueste Stand seiner Recherchen aussehe und ob er erwarte, dass morgen etwas Schlimmes passieren werde.

Als das Lehrerehepaar die Teller abgeräumt und in die Küche getragen hatte, klopfte Anuschka Berger mit einem Teelöffel an ihr Glas, wartete, bis Ruhe eingekehrt war, und sagte dann: »Ja, also, wir hätten uns ja normalerweise erst in drei Wochen wieder getroffen, aber ich habe am Donnerstag, nachdem ich das Cover von *Fazit* mit dem verfremdeten Kant darauf gesehen habe, gleich mit Gerrit telefoniert, und wir waren beide der Ansicht, dies sei die Stunde des Philosophiezirkels. Es gibt einen Mörder, der sich Kant nennt und der es, wie es aussieht, auf Hirnforscher abgesehen hat, die ein Manifest mit dem Titel *Der freie Wille ist eine Illusion* verfasst haben.«

Nicht nur, dachte Troller.

»Das ist doch«, fuhr Anuschka fort, »ein hochaktueller Anlass, sich damit zu befassen, was Immanuel Kant zum freien Willen gesagt hat. Deswegen die kurzfristige Einladung. Zumal ja morgen dieser Kongress beginnt und möglicherweise, was wir nicht hoffen wollen, wieder etwas Schreckliches passiert. Jedenfalls habe ich dann Hansen angerufen, und er hat versprochen, eine kurze Einführung in die *Grundlegung zur Metaphysik der Sitten* zu machen. Ich bin sehr gespannt darauf, weil ich, um ehrlich zu sein, mit Kant so meine Schwierigkeiten habe. Ich habe den Text auch gar nicht zu Ende gelesen, aber umso mehr hoffe ich jetzt, von Hansen darüber aufgeklärt zu werden, was denn nun an dieser Metaphysik der Sitten so Besonderes ist. Bitte, Hansen.«

Und damit war der Schriftsteller dran.

»Tja«, sagte er und räusperte sich. Dann nahm er einen weiteren Schluck Riesling – er hatte während des Essens bereits drei Gläser getrunken – und sagte mit bedeutender Miene: »Kopernikanische Revolution!«

Alle schauten ihn erwartungsvoll an.

»Aha«, machte Gerrit, der Filmregisseur.

»Das war ’n Pitch«, sagte Hansen mit schwerer Zunge und grinste schelmisch.

Das wird eine Katastrophe, dachte Troller. Wenn der jetzt im angetrunkenen Zustand über Kant referieren will, dann prost!

»Kopernikus hat quasi die Welt auf den Kopf gestellt«, fuhr Hansen fort. »Und Kant hat den Menschen auf den Kopf gestellt.«

Nun ja, der zweite Teil war nicht ganz falsch.

»Aber auf seinen eigenen«, fügte Hansen hinzu und tippte dabei mit dem Zeigefinger an seine Stirn. »Auf seinen eigenen Kopf! Das war die Revolution. Wobei ich jetzt zunächst einmal von seiner Erkenntnistheorie rede und noch gar nicht von der Moralphilosophie. Bei den englischen Empiristen, die damals sehr in Mode waren, hieß es ja immer: Wir wissen nur das, was wir mit unseren Sinnen erfahren. Kant aber widerspricht dem entschieden und sagt: Was wir als Naturgesetz erkennen, das ist zunächst einmal eine Schöpfung unseres Verstandes. Natürlich überprüfen wir die Sache dann empirisch – aber am Anfang steht der Begriff.«

»Entschuldige noch mal ...«, sagte Anuschka.

»Hier«, sagte Hansen und hob einen seiner Notizzettel hoch, »ich lese euch mal ein Zitat vor. Kant sagt wörtlich: *Der Verstand schöpft seine Gesetze nicht aus der Natur, sondern schreibt sie dieser vor.*«

»Prima«, sagte Gerrit, »dann schreibe ich der Natur jetzt vor, dass ich fliegen kann. Oder mich von hier nach Amerika beamen.«

»Na ja«, sagte Wilfried mit seiner metallisch klingenden Stimme, »Kant – oder Hansen – hat vom Verstand gesprochen, nicht von der Phantasie. Er hat von Gesetzen gesprochen, nicht von Willkür. Und dass nicht jedes beliebige Zauberkunststück der Phantasie auch in der Wirklichkeit gelingt, heißt ja nicht, dass die Gesetze, die in der Natur herrschen, nicht tatsächlich zunächst von unserem Verstand entworfen wurden. Das ist schon sehr pfiffig, was der Herr Kant da gedacht hat. Wir finden das Naturgesetz nicht in der Natur, wir erfinden es mit unserem Verstand – und überprüfen das dann im Experiment.«

»Okay«, sagte Harald, der Rundfunkmann, »aber wenn wir schon von Kants Erkenntnistheorie sprechen, müssten wir dann nicht auch das Ding an sich erwähnen?«

»Das Ding an sich ist unerkennbar«, sagte der Lehrer, und niemand widersprach.

»Wenn es dieses Dingsbums denn überhaupt gibt«, sagte Wilfried.

»Also, ich hab das mit dem Ding an sich immer so verstanden«, sagte Anuschka, »dass Kant sagen will: Unser Verstand hat Grenzen. Unsere Erkenntnisfähigkeit hat Grenzen. Genau wie auch unsere Sinne begrenzt sind. Eine Fledermaus hört Töne im Ultraschallbereich, wir nicht. Ein Schmetterling riecht einzelne Moleküle, wir nicht. Wir nehmen von der Welt nur das wahr, was wir mit unseren begrenzten Erkenntnismöglichkeiten erfassen können. Wie aber die Dinge in Wirklichkeit – oder objektiv – sind, darüber können wir nichts sagen.«

»Also«, sagte Hansen und gab sich einen Ruck, um die Zügel wieder in die Hand zu bekommen. »Ich fasse jetzt mal zusammen: Kants kopernikanische Wende besteht darin, dass er den Verstand zum Meister und Dirigenten aller Erkenntnis macht, ohne ihn aber von der Erfahrung abzukoppeln. Verbindung von Rationalismus und Empirismus nennt man das in der Fachsprache. Wobei das Ungewöhnlichste vielleicht Kants Betonung der Konstruktionsleistungen unseres Verstandes ist.«

»Was übrigens mit den Erkenntnissen der neueren Hirnforschung übereinstimmt«, sagte Troller und erklärte den anderen die Sache mit dem falschen Rot der Rose.

»Und wie kommen wir jetzt zur Moralphilosophie?«, fragte Anuschka.

»Wir sind schon da«, antwortete Hansen und nahm noch einen kräftigen Schluck Wein, »denn so wie Kant die Erkenntnistheorie auf den Kopf gestellt hat, so hat er auch die Moralphilosophie auf den Kopf gestellt. Das ist es natürlich, worauf ich eigentlich hinauswill. Kants Frage war: Wie kommen wir zu einer allgemmm…, allegem…«

Manchmal war es nur ein einziger Schluck, der die Zunge zum Entgleisen brachte.

»Allgemeinen«, sagte Linus.

»Allge-mei-nen, für alle ver-bind-li-chen Moral? Das ist die Frage. Wo ist sozusagen der archimedische Punkt? Oder der Ur-Meter, also dieses Ding, das da in Paris …«

»Geschenkt«, sagte Wilfried.

»Die Bibel«, sagte Hansen, sichtlich bemüht, sich zusammenzureißen. »Zehn Gebote! Schön und gut! Aber können wir uns damit begnügen, dass der Mann Moses ein paar Steintafeln vom Berg Sinai schleppt und sagt, jetzt hört mal auf, ums Goldene Kalb herumzutanzen, lest diese Dinger durch und haltet euch daran?«

»Nein, damit können wir uns nicht begnügen«, gab Linus zur Antwort. »Weil wir nämlich aufgeklärte Menschen sein wollen, die nicht mehr blind auf irgendwelche Autoritäten hören, sondern niemand anderem mehr gehorchen als unserer …«

»Ver-nunft«, ergänzte Hansen. »Kant sagt: Nur die Vernunft und das Vermögen und die Bereitschaft, ihr gemäß zu handeln, nämlich der gute Wille, können wahrhaft sittliches Handeln begründen. Mit dem Willen fängt ja überhaupt alles an. Ich zitiere« – er las es wieder von einem Zettel ab: »*Es ist überall nichts in der Welt, ja überhaupt auch außer derselben zu denken möglich, was ohne Einschränkung für gut könnte gehalten werden, als allein ein guter Wille*. Mit anderen Worten: Nur der gute Wille ist gut. Da heiligt kein Zweck die Mittel, und die Hauptsache ist auch nicht der Effekt, wie bei den Utilitaristen, sondern die Hauptsache ist, was einer will. Und die Frage, ob einer dem guten Willen gehorcht, beantwortet sich am deutlichsten dort, wo Vernunft und guter Wille jeglichem Eigeninteresse und der bloßen Neigung zuwiderlaufen.«

»Siehst du«, sagte Maike, die Lehrerin, »und damit komme ich nun überhaupt nicht zurecht. Kant sagt ja wohl: Wenn du einem anderen eine Wohltat erweist, weil es dir Freude macht, zu geben, dann ist das zwar nett und sympathisch, aber unter moralischen Gesichtspunkten ist es nichts wert. Wenn du dagegen ein kalter, gleichgültiger Mensch bist und trotzdem etwas gibst, weil deine Vernunft dir sagt: So ist es richtig, also tu's, dann verdient deine Handlung unsere Achtung. Also – Entschuldigung –, ich finde, man soll doch gerade aus freien Stücken und von Herzen geben, oder nicht?«

»Kant findet das auch sympathisch«, sagte Hansen, nun schon wieder deutlich nüchterner, »aber ich wiederhole, ihm geht es um die Frage, worauf kann man eine allgemein verbindliche Moral gründen, und da kommst du mit dem guten Herzen nicht sehr weit. Das kann man sich wünschen und erhoffen, aber fordern oder einklagen kann man es nicht.«

»Fordern oder einklagen kannst du nur etwas, das Gesetzeskraft hat«, sagte Linus, »und darum geht es Kant vor allem. Er will das allgemeingültige Sittengesetz finden. Und er findet es …«

»Im kategorischen Imperativ«, ergänzte Hansen. »Ihr kennt ihn alle, aber ich lese ihn noch einmal vor, weil er so schön ist: *Handle so, als ob die Maxime deiner Handlung durch deinen Willen zum allgemeinen Naturgesetze werden sollte.* – Das hat schon eine Kraft, die sich mit Moses' Gesetzestafeln vergleichen kann.«

»Interessant ist ja die Sache mit dem Naturgesetz«, sagte Wilfried. »Der Herr Kant weiß natürlich genau, dass niemand gegen ein Naturgesetz verstoßen kann, wohingegen du ein Sittengesetz befolgen kannst oder auch nicht. Daher ja auch das *Als-ob*. Aber sein Ehrgeiz ist es eben doch, ein moralisches Gesetz zu formulieren, dem vernünftigerweise niemand widersprechen kann. Und ich denke, er hat es mit seinem kategorischen Imperativ durchaus geschafft.«

»Verzeihung«, sagte Gerrit, »aber läuft dieser komische Imperativ nicht auf die Spießerformel heraus: *Wenn das jeder täte?* Ich habe dieses Argument immer gehasst. Du bist in wahnsinniger Eile, weil du deinen Zug verpassen und deinen Job verlieren wirst, wenn du nicht rechtzeitig kommst, du drängelst dich am Schalter vor – und irgendjemand in der Schlange sagt todsicher: Wo kommen wir denn da hin, wenn das jeder täte?«

»Richtig«, sagte Wilfried. »Darauf läuft es hinaus. Nur dass ich den Spießer hier in Schutz nehmen würde. Kant bringt ja verschiedene Beispiele, und eines davon finde ich absolut überzeugend, nicht originell, aber überzeugend. Da ist jemand in großer finanzieller Bedrängnis, kann seine Familie nicht mehr ernähren, seine Kinder haben nichts zu essen und so weiter, und nun ist die Frage, ob er sich Geld leihen und dem Geldgeber etwas von einer bevorstehenden Erbschaft vorschwindeln und ihm versprechen darf, dass er das Geld pünktlich zurückzahlen werde, obwohl er genau weiß, dass er es niemals wird zurückzahlen können. Ist diese aus der Not geborene Lüge erlaubt?«

»Nein«, sagte Hansen, »ist sie nicht.«

»Right«, sagte Wilfried. »Denn wenn jeder, der sich Geld leihen will, lügen darf, dann wird man niemandem mehr glauben. Also wird auch niemand mehr Geld verleihen. Und damit hätte die Notlüge sich sozusagen selbst das Wasser abgegraben. Da ist das Problem bis zu seiner logischen Konsequenz durchgerechnet, das ist schon sehr *smart*, findet ihr nicht?«

»Nein, finde ich nicht«, sagte Gerrit, »ich finde, Moral hat doch viel mit Mitgefühl zu tun, mit Empathie.«

»So war es bei Adam Smith«, fügte Linus hinzu, »von dem ich euch ja letztes Mal ein wenig erzählt habe. Smith gründet sogar den gesamten gesellschaftlichen Zusammenhalt auf die Empathie. Modern würde man sagen: auf die Spiegelzellen. Bei Kant dagegen sind es Vernunft und freier Wille. Kant braucht keine Spiegelzellen.«

»Wenn also jemand«, sagte Troller nachdenklich, »aus irgendeinem Grunde keine Spiegelzellen hätte oder eine andere Gehirnschädigung, die ihn gefühllos macht, dann könnte er sich in moralischer Hinsicht an Kant halten, richtig?«

»Interessante Überlegung«, sagte Wilfried.

»Müsste funktionieren«, sagte Linus.

Das ist es, dachte Troller. Das ist der Punkt. Er ist ein Moralist, aber er hat kein Gefühl, also hält er sich an die Vernunftmoral.

»Aber der freie Wille ist doch sowieso nur eine Fiktion«, wandte Gerrit ein.

»Ja, aber eine sehr pfiffige«, sagte Wilfried. »Eine Fiktion, auf die wir nicht verzichten sollten. Wenn wir den Hirnforschern folgten, dann wären wir doch nichts als ein Ameisenstaat, in dem alles mit naturgesetzlicher Notwendigkeit abläuft. Ich denke, das wäre ein Biologismus, der, Pardon, geradewegs in einen neuen Faschismus hineinführt.«

Und deswegen hat Kant recht, dachte Troller und wusste im Augenblick selbst nicht, ob er Immanuel Kant oder Daniel Burton meinte. Wenn man die Aufklärung, den Menschen, das freie Individuum bedroht sieht, dann muss man dagegen rebellieren. Und das tut er. Alle anderen sind tolerant bis zur Selbstaufgabe, nur er setzt sich zur Wehr, weil er sieht, wie die Gesellschaft vor lauter Wissenschaftshörigkeit sich selbst zugrunde richtet.

»Ich würde gern noch einen Satz vorlesen«, sagte Hansen.

»Welchen?«

»Den alles entscheidenden. Kant sagt, Freiheit ist eine bloße Idee, deren objektive Realität auf keine Weise nach Naturgesetzen begriffen werden kann. Klingt für mich auch logisch. Die Wissenschaft sucht nach Gesetzmäßigkeiten, also findet sie auch nichts anderes. Und daher rettet Kant die Freiheit mit einem Sprung aus der Logik der Wissenschaft heraus. So, und jetzt mit gütiger Erlaubnis des hohen Hauses das Zitat: *Wo aber Bestimmung nach Naturgesetzen aufhört, da hört auch alle Erklärung auf, und es bleibt nichts übrig als Verteidigung, d. i. Abtreibung der Einwürfe derer, die tiefer in das Wesen der Dinge geschaut zu haben vorgeben und darum die Freiheit dreist für unmöglich erklären.*«

»Und was heißt das jetzt?«, fragte Anuschka.

»Das heißt«, sagte Troller, und er glaubte jetzt genau zu wissen, wie Daniel Burton dachte, »er mordet, um die Freiheit zu verteidigen.«

»Bullshit«, sagte Wilfried.

»Nein«, widersprach Troller, »das ist genau der Punkt.«

»Ja, und das ist *bullshit*. Du kannst nicht im Namen von Freiheit und Vernunft morden. Wer die Vernunft auf seine Fahne hebt, der muss an die Kraft der Argumente glauben. Mord ist kein Argument. Außerdem scheint der Herr Kant – ich meine jetzt den Mörder – zu denken, er müsste den Weltuntergang verhindern oder die Abschaffung des Menschen oder *whatsoever*.«

»Ja«, sagte Troller, »ich glaube, das ist genau das, was er denkt.«

»Entschuldige«, protestierte Gerrit, »das ist doch nun wirklich Unsinn. Er gibt vor, für den freien Willen zu kämpfen, spricht aber denen, die diese Freiheit anders nutzen, als es ihm vorschwebt, die Existenzberechtigung ab.«

»Nein«, sagte Troller, »das ist kein Unsinn. Toleranz darf nicht so weit gehen, dass sie die Diktatur toleriert, sonst hebt sie sich selbst auf. Und bei der Frage des freien Willens geht es inzwischen nicht mehr bloß um Meinungsfreiheit. Es geht darum, ob man eines nicht mehr allzu fernen Tages so in die Gehirne der Menschen eingreifen wird, dass sie ihren Willen tatsächlich verlieren.«

»Aber«, sagte Anuschka kopfschüttelnd, »das ist doch paranoid.«

»*Absolutely*«, sagte Wilfried.

Wilfried ist eben auch ein Wissenschaftler, dachte Troller enttäuscht.

»Aber es gibt noch ein anderes Argument«, fügte Wilfried hinzu, »über das dieser Kant mal nachdenken sollte: Die Zukunft steht nicht fest. Es gibt, wie auch gesagt wird, viele mögliche Zukünfte. Kant muss also damit rechnen, dass die Welt sich anders entwickelt, als er denkt. Mord aber ist irreversibel, endgültig, absolut. Der Herr Kant ist also, ob er es selbst weiß oder nicht, der größte Determinist.«

»Quasi Determinator«, ergänzte Hansen humoristisch.

»Wer jetzt?«, fragte die Lehrerin, die offenbar nicht aufgepasst hatte. »Der Philosoph?«

»Nein«, sagte Wilfried. »Der Mörder.«

# 32

Jane drosselte das Tempo und bog langsam in die Seestraße ein. Der Twingo hoppelte über das Kopfsteinpflaster. Sie spürte die Erschütterungen, als säße sie auf einem Presslufthammer. Gestern, in Trollers Volvo, hatte sie das Pflaster kaum bemerkt. Das war der Nachteil an diesen Autos mit den kleinen Rädern. Die Federung war zu hart. Aber da sie ihren Twingo liebte, verzieh sie ihm.

Als sie am Café Dorsch vorbeikam, sah sie bereits den Polizeiwagen vor dem Haus des Professors. Warum das? Die Spurensicherung hatte ihren Dienst längst getan, die Leiche lag in einer Schublade der Pathologie, was gab es hier noch zu bewachen? Natürlich konnte man für möglich halten, dass der Mörder noch einmal an den Tatort zurückkommen würde, um sich zu vergewissern, dass alles noch so war, wie er es verlassen hatte, oder um die Leiche verschwinden zu lassen. Aber wenn man ihn erwischen wollte, dann durfte man ihn doch nicht dadurch abschrecken, dass man einen Polizeiwagen vor die Tür stellte. Sie wollten ihm doch eine Falle stellen! Die Kommissarin hatte ihnen wieder und wieder eingeschärft, dass sie zu keiner Menschenseele etwas von der Ermordung Krauthammers und der Begegnung mit Kant erzählen dürften!

Sie fuhr bis zum Wendekreis und kehrte dann um. Vielleicht konnte sie von einem der beiden Nachbargrundstücke aus über den Zaun klettern? Sie parkte das Auto vor dem rechten Nachbarhaus, stieg aus, ohne mehr als einen flüchtigen Blick auf den Polizeiwagen zu werfen, und versuchte, die Gartenpforte zu öffnen. Ging nicht. Die Pforte war verschlossen. My home is my castle. Warum nicht gleich Burggraben und Zugbrücke? Sie klingelte. Niemand öffnete. Sie hätte über die Gartenpforte klettern können, aber vor den Augen der Polizisten?

Vielleicht klappte es ja von der anderen Seite. Sie schlenderte am Krauthammer-Grundstück und dem Polizeiwagen vorbei und wollte es an der Pforte des linken Nachbarn versuchen, aber so weit kam sie gar nicht. Wütendes Gebell ließ sie zusammenzucken. Ein kleiner, gedrungener, schmutzig weißer Köter mit gelben Augen und Zähnen, die keine Mühe haben würden, ihr die Knochen zu zermalmen, sprang wütend am Zaun hoch.

Hab schon verstanden, dachte sie. *No trespassing*.

Sie musste sich etwas anderes überlegen. Drei Seiten des Grundstücks waren geschützt. Die vierte war unzugänglich, da lag der See. Da müsste sie schon schwimmen.

*Keine schlechte Idee.*

Sie ging nicht zurück zu ihrem Wagen, sondern ein paar hundert Meter weiter zum Café Dorsch.

Das Café Dorsch hätte genauso gut Café Käthe heißen können, es trug seinen Namen zu Ehren der Filmdiva, die hier am See ihre Zweitvilla gehabt hatte, Käthe Dorsch. Sie war einer der großen Ufa-Stars der ersten Hälfte des letzten Jahrhunderts gewesen, und wenn sie nicht gerade am Wiener Burgtheater spielte oder einen Film drehte, hatte sie sich hier am Scharmützelsee erholt.

Es war zwar noch ein wenig früh im Jahr, aber das Café hatte bereits die Boote flottgemacht, die es vermietete: ein paar Ruderboote, zwei Tretboote, ein paar Paddelboote. Jane hatte sich gestern noch gewundert, dass sie so früh im Jahr damit anfingen, aber heute kam es ihr gerade recht. Sie ging hinein und fragte den Wirt nach einem Ruderboot.

»Wie lange?«

»Eine Stunde reicht.«

»Nehmen Sie die Nummer zwei, da sind die Dollen am besten. Die Riemen liegen drinne. Die Dollen ooch. Viel Spaß.« Er rang sich ein Lächeln ab und fügte hinzu: »Können Se überhaupt rudern?«

»Hab mein Leben lang nichts anderes getan«, sagte sie.

»Na, so sehen Se gerade aus.« Was wohl ein Kompliment war.

Sie ging hinunter zum Steg, suchte Nummer zwei, stieg in das schwankende Boot, machte die Leine los, steckte die Dollen in die Löcher, setzte die Riemen hinein und ruderte los. Es war kalt auf dem See. Sie war froh, dass sie die wattierte Jacke angezogen und einen Schal umgebunden hatte, aber die Jeans waren eindeutig zu dünn. Und Handschuhe hätten auch nicht geschadet. Aber es war ja nicht weit. Als sie zweihundert oder dreihundert Meter gerudert war, sah sie schon die vom Ufer herabhängenden Weiden, deren Knospen kurz davor waren aufzuspringen, und dahinter den verwitterten Bootssteg mit der verrosteten Leiter an der Seite. Sie stemmte die Riemen gegen das Wasser, um die Geschwindigkeit zu drosseln, und glitt langsam zum Steg. Auf dem zum Haus ansteigenden Rasen und oben am Bungalow war niemand zu sehen.

Sie vertäute das Boot an der wackeligen Leiter und kletterte hinauf. Das Holz war glitschig, sie musste aufpassen, dass sie nicht ausrutschte. Über den Rasen, der noch feucht vom Morgentau war, ging sie hinauf zum Haus und warf einen Blick hinein. Niemand.

Sie rüttelte an der Glastür, aber sie war verschlossen. Ebenso das Fenster zum Schlafzimmer des Professors, das mit einer Gardine verhängt war. Gestern hatte seine Leiche dort gelegen.

Jane zog sich Handschuhe an, nahm das Klebeband und

den Glasschneider, den sie vorsorglich eingesteckt hatte, machte vier kleine Schnitte, die sie jeweils mit dem Klebeband abklebte, damit das Glas nicht zu Boden schepperte, und löste das kleine Glasquadrat aus der Scheibe heraus. Dann griff sie mit der Hand hindurch und öffnete die Tür.

DAS ICC lag am Ende der *Neuen Kantstraße*.

Als es 1979 eingeweiht wurde, hatte der Volksmund ihm den Namen *Raumschiff* gegeben, weil es so silbern glitzerte, weil es ganz oben, an seiner Stirnseite, eine Fensterfront hatte, hinter der man die Steuerzentrale vermutete, und weil die mehrfach verschachtelte Konstruktion wie von riesigen Metallklammern zusammengehalten aussah.

Heute musste, wer an Bord des Raumschiffes wollte, einen Umweg über den Hammarskjöldplatz machen, wohin man den Eingang zum Kongress verlegt hatte, aus Sicherheitsgründen, und um die Teilnehmer über den Jahrmarkt zu leiten, der bei solchen Kongressen immer in den Katakomben aufgebaut war, die unter dem Messedamm hindurch zum ICC führten. Troller ließ geduldig die Prozeduren über sich ergehen, die die Sicherheitsbehörden für nötig hielten. Einladung vorzeigen, Jacke, Metallteile und Handgepäck in den Scanner schieben, durch einen Metalldetektor schreiten und sogar an einer Phalanx von Hunden vorbeigehen, die nach Plastiksprengstoff schnüffelten. Schon gestern Abend und noch einmal heute Morgen war das Raumschiff nach Sprengstoff durchsucht worden.

Jedes Mal wenn Troller durch einen Metalldetektor gehen musste, dachte irgendwas in ihm: Jetzt erwischen sie dich. Die Uhr, die Schlüssel, das Handy, das Kleingeld, der Gürtel lagen im grauen Plastikkorb und schipperten durch den Scanner, aber trotzdem duckte er sich innerlich und dachte, gleich piept's. Aber nein.

Er nahm seine Sachen wieder an sich, zog den Gürtel durch

die Laschen, verschloss ihn, band sich die Armbanduhr wieder um, versenkte das Handy in der Brusttasche seiner Lederjacke und zog sie an. Währenddessen schaute er versonnen auf die drei schwarzglänzenden BMW-Limousinen, die ein Berliner Autohändler dort hingestellt hatte, um Kunden zu werben. Das war schon der Beginn des Marktes. Troller wandte sich nach links, wo ein breiter Gang, mit rotem Teppichläufer ausgelegt, zu weiteren Verkaufshallen führte, in denen größere und kleinere mehr oder weniger elegant oder phantasievoll gestaltete Informationsstände diverser Firmen aufgebaut waren, von Novartis und Glaxo-Smith-Kline, von Bayer und Pfizer, von Siemens und General Electric, von Philips, Braintech und vielen anderen mehr. Es gab auch hier wieder eine Reihe von Ständen, die nichts mit Medizin oder Medizintechnik zu tun hatten, eine Indoor-Golfanlage zum Beispiel, zur Verbesserung des Abschlags und Verfeinerung des Puttens, oder die neuesten Flachbildfernseher von Sharp oder Toshiba. An jedem Stand gab es Bonbons, Pralinen, Sekt und diverse Häppchen beziehungsweise Canapés, um die Damen und Herren Neurologinnen und Neurologen anzulocken. Man sah die modernsten MRT-Geräte, die längst darauf verzichten konnten, dass der Patient in eine Röhre geschoben wurde und mit seiner Klaustrophobie fertig werden musste, und man konnte sogar dabei zusehen oder auch selbst ausprobieren, wie es war, mit bloßer Gedankenkraft einen Computer zu steuern: *Ich bin ein Cursor,* hieß es auf dem Banner über dem betreffenden Stand.

Zwischen den Ständen patrouillierten mit wachsamen Augen Sicherheitsleute, denen man nicht ansah, von wem sie ihr Geld bekamen, ob von den Firmen oder vom Staat. Überall, in halber Höhe und weiter oben, hingen Überwachungskameras.

Troller schlenderte durch den Hochsicherheitsjahrmarkt hindurch und dachte an die Möglichkeiten, die Kant gehabt hätte, eine Bombe in diese Hallen hineinzuschmuggeln.

Konnte man wirklich jedes Metallteil akribisch untersuchen, bevor es hier als medizinisches Gerät hineingebracht wurde? Konnte man perfekt für die Sicherheit eines so riesigen Geländes sorgen? Wenn der Präsident der Vereinigten Staaten einen Ort wie Heiligendamm besuchte, dann waren die Spezialisten des Secret Service schon tagelang vorher am Ort und übernahmen das Kommando. Wie gut ausgebildet waren die Spezialisten, die hier für die Sicherheit sorgten? Und wie raffiniert war Kant?

Auf jeden Fall war er ein verdammt guter Schauspieler. Vielleicht hatte er sich als Arbeiter oder als Wachmann ausgegeben? Vielleicht ging er gerade hier neben ihm?

Zum ICC führte eine Rolltreppe hinauf. Hier war der Jahrmarkt zu Ende. Bevor man auf die Treppe gelassen wurde, musste man noch einmal Schlange stehen und einen Sicherheitscheck über sich ergehen lassen. Aber niemand beklagte sich.

Als Troller auf der Rolltreppe oben ankam, lief er Schmidt-Schönbein in die Arme. Es gab kein Entrinnen. Schmidt-Schönbein kam direkt auf ihn zu.

»Na, Herr Kollege, was ist denn für heute geplant?«, fragte er.

»Begrüßungsansprache«, sagte Troller, »Vortrag des Nobelpreisträgers und dann die Workshops.«

»So meinte ich es nicht.«

»Sondern?«

»Was Kant heute vorhat.«

»Woher soll ich das wissen?«

»Sie haben doch besondere Beziehungen zu ihm.«

»Sagt wer?«

»Man munkelt etwas von E-Mails, die Sie von ihm bekommen.«

»Wer munkelt so was?« Es war schon ärgerlich gewesen, dass Schmidt-Schönbein die Plakate und ihren Inhalt gekannt hatte, aber sein Informant in der Frankfurter Polizei versorgte ihn offenbar noch weiter mit Stoff. Troller überlegte, ob er andeuten sollte, dass er von Schmidt-Schönbeins besonderer Beziehung zu Braintech erfahren hatte, ließ es aber.

»Ich würde es Ihnen gern verraten«, sagte Schmidt-Schönbein, »aber Sie kennen das ja. Man verrät seine Quellen nicht.«

Er sagte *Quellen* und nicht *Informanten*, als ob er beim Geheimdienst wäre. Aber vielleicht war er das ja. »Also, schönen Tag noch«, sagte Troller und ließ den Kollegen stehen.

»Hey, seien Sie doch nicht gleich beleidigt«, rief Schmidt-Schönbein hinter ihm her, »Sie können mir dankbar sein!«

Troller drehte sich um und machte wieder ein paar Schritte auf Schmidt-Schönbein zu. Er bemühte sich dabei, gefährlich auszusehen, als wollte er auf ihn losgehen. »Dankbar wofür?«

Schmidt-Schönbein wich einen Schritt zurück. »Ich habe Ihrem Buch zum Erfolg verholfen. Es steht morgen auf Platz sieben.«

»Wenn Sie meinem Buch zum Erfolg verholfen hätten, als es herauskam«, sagte Troller, »dann wäre ich Ihnen wirklich dankbar. Aber so war's doch nur ein Schuss, der nach hinten losgegangen ist, oder?« Er wandte sich erneut ab und ließ sich von dem Strom der Wissenschaftler und Kollegen verschlucken, die dem Bankettsaal und der dort zu erwartenden Begrüßungsansprache zustrebten.

Es war eine eigenartige Atmosphäre, die ihn umgab. Normalerweise ging es auf solchen Kongressen immer eher gemessen bis gelangweilt zu. Man irrte zwischen Tausenden von Menschen umher, traf den einen oder den anderen, manchmal gab es auch so etwas wie Wiedersehensfreude oder gelegentlich gespannte Erwartung auf einen bestimmten Vortrag, aber in der Regel verlor sich jeder Anflug von Freude oder Aufregung in dem gedämpften Verhalten und der unterkühlten Selbstbeherrschung, die bei solchen Gelegenheiten zum guten Ton gehörten. In Amerika war das anders, amerikanische Wissenschaftler waren mehr wie große Kinder, die sich an ihrer Kreativität freuten und jeden Unsinn mitzumachen bereit waren, immer in dem Vertrauen, dass sie aus einer spielerisch gefundenen Idee vielleicht einmal großen Gewinn ziehen könnten. Aber der deutsche Wissenschaftler hielt immer noch an dem Ideal fest, das das neunzehnte Jahrhundert hervorgebracht hatte: Sachlichkeit, Objektivität, Emotionslosigkeit. Daran hatte auch die Kreativitätsforschung nicht viel geändert, die längst bewiesen hatte, dass man *so genial wie Einstein* nur wurde, wenn man sich das Spielerische seiner Kindheit bewahrte.

Heute herrschte entschieden eine andere Grundstimmung. Sie war auch nicht spielerisch oder kindlich, aber übertrieben heiter. Alle hatten so eine Wird-schon-schiefgehen-Haltung, jeder hatte offenbar das Gefühl, auf einem Vulkan zu tanzen, und so wurde gelacht und gescherzt und darüber gewitzelt, was man machen würde, wenn die Bombe explodierte. Es seien ja immerhin genug Mediziner im Raum, die Erste Hilfe leisten könnten. Oder man spekulierte darüber, auf wen Kant es wohl als Nächstes abgesehen hatte. Der Spezialist für Alzheimer und Parkinson vermutete, Kant hätte es bestimmt auf den Spezialisten für Neuroprothesen abgesehen, und der Spezialist für Neuroprothesen scherzte zurück, er würde Kant empfehlen, sich doch bitte an den Spezialisten für Alzheimer zu wenden, der würde die Tat am schnellsten vergessen.

Es gab aber auch die stillen, ernsten Gesichter der Leute, die versuchten, zu überspielen, dass sie sich Sorgen machten, und wünschten, sie wären jetzt lieber im Urlaub auf den Malediven als in diesem vermaledeiten ICC. Jedenfalls war bestimmt niemand in diesem Gebäude, der nicht an Kant dachte und sich fragte, was der Mörder wohl geplant hatte.

Troller setzte sich auf einen Außenplatz ziemlich weit oben in dem amphitheaterartig ansteigenden Auditorium und studierte das Programm des dreitägigen Kongresses. Welche Veranstaltung würde Kant wählen? Die Eröffnungsveranstaltung?

*Was würde ich an seiner Stelle tun?*

Troller sah auf das Programm. Drei Tage, drei Schwerpunkte.

Erster Tag: *Das Schmerzgedächtnis löschen. Wie Patienten lernen, chronische Schmerzen zu vergessen.* Sowie: Ursachen der *Depression: Umwelt oder Gene?*

Zweiter Tag: *Abhängigkeit und Sucht. Was geschieht im Gehirn?*

Dritter Tag: *Gedankenforscher. Was unser Gehirn über unsere Gedanken verrät.*

Konnte man sich vorstellen, dass Kant eine Bombe in einem Saal zur Explosion bringen würde, in dem gerade über chronische Schmerzen referiert wurde? Er, der doch selbst unter heftigsten Schmerzen litt? Oder in einem Saal, in dem gerade von Abhängigkeit und Sucht die Rede war? Würde nicht gerade Kant sehr genau zwischen therapeutisch sinnvollen Bereichen der Hirnforschung und gesellschaftlich gefährlichen Richtungen unterscheiden?

Das Thema des dritten Tages dagegen musste für ihn ein rotes Tuch sein. Besonders wenn man sich die Tagesordnung im Einzelnen ansah:

*9.00 Uhr: Nicht-invasive Gehirn-Computer-Schnittstellen – mit Gedanken die Welt bewegen. Prof. Dr. Eberhard Cranio. Universitätsklinikum Charité Berlin*

*11.00 Uhr: Gedankenlesen in Echtzeit und Informationsaustausch von Gehirn zu Gehirn via funktioneller Magnetresonanztomographie (fMRT). Prof. Dr. Manfred Goetze, Universität Maastricht*

*15.00 Uhr: Die Unterscheidung von Wahrheit und Täuschung: Lügendetektoren auf der Basis funktioneller Bildgebungsverfahren. Prof. Dr. Hubert L. Ruperti, University of Pennsylvania, Philadelphia*

*17.00 Uhr: Gedankenlesen aus philosophischer Sicht: ethische und anthropologische Folgen. Prof. Dr. Norbert Thomasius, Universität München*

Keine Frage: Wenn Kant etwas Spektakuläres und zugleich Symbolträchtiges vorhatte, eine Tat, die für sich sprach, dann bot sich der dritte Tag dafür geradezu an. Vielleicht hatte sich bis dahin auch die Alarmstimmung etwas gelegt. Wenn am ersten Tag nichts passierte, würde man erst einmal aufatmen. Wenn am zweiten Tag auch noch alles gutging, käme allmählich Routinestimmung auf. Und dann, am dritten Tag, wenn einige schon wieder abgereist waren und die Dagebliebenen in Gedanken bereits drei Kreuze machten, käme der vernichtende Schlag.

Es war kurz vor zehn. Um zehn Uhr würde die Konferenz vom Präsidenten der FENS eröffnet werden, der Federation of European Neuroscience Societies, die diesen Kongress in Zusammenarbeit mit der Freien Universität organisiert hatte. Troller stand auf, um eine Gruppe von drei Teilnehmern in die Reihe zu lassen, und durchsuchte mit seinen Augen den Saal. Er war jetzt fast voll, die meisten Teilnehmer saßen bereits auf ihren Plätzen, studierten das Tagungsprogramm, unterhielten sich miteinander oder schauten nervös zu den Saaltüren, als ob von da das Unheil drohen müsste.

Troller scannte mit seinen Augen den Saal durch, und plötzlich versetzte ihm etwas einen kleinen Stich ins Herz. Auf der anderen Seite der Sitzreihen sah er Laurenz Block ins Gespräch vertieft mit einer blonden Frau, die Jeans und eine rote Lederjacke trug. Troller wusste ja, dass sie hier sein würde, er hatte auch schon nach ihr Ausschau gehalten, aber ob er es wollte oder nicht, er war ein bisschen eifersüchtig auf Block. Wieso redet sie mit dem?, dachte er, wieso nicht mit mir? Troller wunderte sich auch, dass Laurenz Block nach Berlin gekommen war und sich erneut in Gefahr begab. Aber er hätte es auch nicht anders gemacht. Wenn jemand Sarah ermordet hätte, dann würde er ihn auch verfolgen bis ans Ende der Welt.

Er ging hinüber auf die andere Seite und näherte sich den beiden mit betonter Zurückhaltung, so, als wollte er sie begrüßen, aber nicht gleich über sie herfallen. Block sah ihn zuerst. »Wir haben gerade von Ihnen gesprochen«, sagte er mit seiner rauen, knarzigen Stimme.

»Hoffentlich nur Gutes.« Troller gab erst Rita Graf und dann Laurenz Block die Hand, wobei er nicht umhinkonnte, einen kurzen Blick auf den leeren Ärmel zu werfen, der zu seiner Linken schlaff herunterhing.

»Statt Blumen«, sagte er und gab der Kommissarin die CD mit den Bildern vom Mörderhirn.

»Oh, danke«, sagte sie und ließ ein flüchtiges Lächeln über ihr Gesicht huschen. »Wir haben gerade darüber gesprochen, Professor Block und ich.«

»Haben Sie sich mal das Tagungsprogramm angeschaut?«

»In welcher Hinsicht?«

»Ich denke, wenn Kant etwas plant, dann für übermorgen.« Er zeigte ihnen das Programm des dritten Tages. Und zu Block gewandt: »Kennen Sie eigentlich Professor Krauthammer?«

»Warum?«, fragte Block.

»Nur so«, sagte er und registrierte die Warnung im Blick der Kommissarin.

»Ich hab ein paarmal mit ihm zusammen auf irgendwelchen Podien gesessen«, sagte Block, »und mich mit ihm gestritten. War anfangs wohl ein ziemlicher Querkopf, hat dann aber Kreide gefressen. Na ja, das ist ja immer so, wenn die Leute Karriere machen. Mit Kritik erregt man Aufsehen, dadurch wird man bekannt, klettert die Leiter nach oben, und je weiter man nach oben kommt, desto mehr verliert sich die Kritik.«

Ja, dachte Troller, das ist der übliche Weg. Bestechung durch Erfolg. Oder Bestechung durch Bestechung. »Haben Sie ihn heute schon gesehen?«

»Wen?«

»Krauthammer.«

»Nein«, sagte Block, »hier noch nicht.«

In diesem Moment wurde das Saallicht heruntergedimmt und das Rednerpult beleuchtet. Auftritt des Präsidenten der FENS. Troller holte sein Handy aus der Brusttasche seines Jacketts, um den Klingelton auszustellen, und genau in diesem Moment klingelte es. Er sah auf dem Display, dass es Jane war. »Warte mal eben«, flüsterte er und verließ den Saal. »Bist du fertig mit deinem Artikel?«

»So gut wie. Aber darum geht's nicht.« Sie erzählte von ihrer Fahrt nach Bad Saarow. »Hör zu, Troller, mir ist in der Küche so ein Apothekenkalender aufgefallen, auf dem der heutige Tag eingekringelt ist.«

»Ja, klar«, sagte er. »Der Kongress. Beginnt gerade.«

»Auf dem Kalender steht eine Adresse. Muss irgendwo am Wannsee sein.«

»Gibt es eine Zeitangabe?«

»Zehn Uhr dreißig.«

»Und was soll da sein?«

»Wie wär's, wenn du mal hinfährst?«

Sie nannte ihm die genaue Adresse und sagte dann: »Ich komme nach, sobald ich meinen Artikel an die Redaktion gemailt habe. Aber sei vorsichtig, okay?«

Jane hatte ein ungutes Gefühl, als sie im Auto saß und wieder nach Berlin zurückfuhr. Sie war versucht, Troller noch einmal anzurufen und ihn davon abzuhalten, zum Wannsee hinauszufahren. Kant hatte von Krauthammer ganz sicher alles über den Club erfahren, was er wusste. Wenn Krauthammer dort einen Termin hatte und wenn es, wie sie vermutete, der Club war, der dort tagte …

Während sie auf der Autobahn nach Berlin fuhr, fragte sie sich, ob es nicht besser wäre, die Kommissarin anzurufen und ihr von dem möglichen Treffen des Clubs zu erzählen, aber was sollte sie sagen? Hören Sie zu, es gibt da möglicherweise einen dubiosen Club, der möglicherweise am Wannsee tagt, zu dem möglicherweise auch Krauthammer gehört, und nun geht möglicherweise Kant dorthin? Das wären vier *Möglicherweise* zu viel. Übrigens hatte Jane gestern schon kurz die Frage gestellt, ob nicht die Erwartung, dass Kant auf dem Kongress angreift, möglicherweise in die Irre ginge. Die Kommissarin war mit keinem Wort darauf eingegangen.

*Werde ich eigentlich verfolgt?*

Immer wieder fuhr sie für eine Weile extrem langsam, um einen möglichen Verfolger auszumachen. Aber jedes Mal zogen alle anderen Autos, ohne zu zögern, an ihr vorbei. Trotzdem ärgerte sich Jane jetzt, dass sie den Braintech-Artikel nicht schon gestern Abend oder wenigstens heute Morgen an die Redaktion gemailt hatte, einschließlich der Braintech-Dateien. Es war Leichtsinn, damit zu warten, bis Kowalski ihr die letzte Information geliefert hatte, die sie noch brauchte.

Gerade als sie an dem sonderbaren Turm vorbeikam, der aussah wie eine Pappmachékulisse in einem Horrorfilm, rief Kowalski an.

»Ich hab den Namen«, sagte er. »Er besitzt sowohl fünfzig Prozent von Brainimprove, das zur anderen Hälfte der CIA und dem Pentagon gehört, als auch die Mehrheit bei Braintech. Was sagst du dazu?«

»Du hast den Namen noch nicht gesagt.«

»Willst du raten?«

»Sag ihn einfach.«

»Ron Gebhardt.«

»DER Ron Gebhardt?« Ron Gebhardt war Software-Milliardär, einer der reichsten Männer der Welt.

»Natürlich der«, sagte Kowalski. »Er interessiert sich eben für jede Software. Auch für die in unserem Hirn. Also, mach's gut.«

»Halt!«, rief Jane. »Nicht auflegen bitte.« Sie wollte Kowalski immer noch nach dem Dossier über die One-World-Verschwörung fragen, das er für Troller zusammengestellt hatte. Das holte sie jetzt nach.

»Ach das«, sagte Kowalski und kicherte. »Das war Fertigware. Lies *Heimliche Herrscher* von Jim Marrs oder *Bewusstseinskontrolle* von Jim Keith. Da steht der ganze Kram drin. Hat's was genützt?«

»Verwirrung gestiftet. Aber trotzdem genützt.« Manchmal kam man auch mit falschen Vorraussetzungen zum richtigen Ergebnis. Troller hatte sie am Telefon nach dem Tavistock-Institut gefragt, und dadurch war Frank auf den Gedanken gekommen, dass Chris Wheeler am Tavistock Square gewesen sein könnte, bevor er auf der Finchley Road seinen mysteriösen Autounfall hatte.

Jane fand einen Parkplatz direkt am Viktoria-Luise-Platz. Während sie zu ihrem Haus ging, dachte sie darüber nach, ob sie die Treppe oder den Fahrstuhl nehmen sollte. Normalerweise ging sie zu Fuß, das hielt fit. Vor zehn oder zwölf Jahren hatte sie sogar am jährlichen Treppenlauf zur Spitze des Empire State Building teilgenommen, 86 Stockwerke, 1576 Stufen. Sie hatte ungefähr eine halbe Stunde gebraucht. Der Schnellste etwas weniger als fünfzehn Minuten. Aber immerhin, sie war oben angekommen.

*Also los, Jane, hopp, hopp.*

Sie nahm einen kleinen Anlauf und trabte mit einer Leichtigkeit, über die sie sich selber freute, die Treppen hinauf. Erster Stock. Zweiter Stock. Dritter Stock. Jetzt fing sie an, es zu spüren. Vierter Stock. Ein bisschen musste sie doch atmen. Die letzte halbe Treppe zum Dachgeschoss ging sie gemächlich, holte schon mal ihr Schlüsselbund aus der Handtasche und schloss die Tür auf.

Sie war – nicht sehr, aber doch ein bisschen – beunruhigt, als sie die Tür öffnete. Umso mehr, als sie jetzt einen etwas muffig-säuerlichen Geruch wahrnahm, der normalerweise nicht zu ihrer Wohnung gehörte. Eine innere Stimme sagte ihr, lass alles stehen und liegen und lauf die Treppe wieder hinunter, und zwar noch schneller, als du gekommen bist. Aber da war auch noch die andere Stimme, die sagte, übertreib's nicht, das sind die Nerven, sieh erst mal nach, ob wirklich jemand in der Wohnung ist.

Sie machte einen Schritt in die Wohnung hinein, spähte hinter die Tür und bekam die Antwort, eindeutig, unmissverständlich, hart. So hart wie der Lauf der Pistole, in deren Mündung sie blickte.

# 33

TROLLER VERLIESS SICH AUF DIE STIMME SEINES NAVIGATORS. Die Frauenstimme war kühl, sachlich und seelenlos. Sie erinnerte ihn an eine Frau, die er mal in einem Agentenfilm gesehen hatte, eine Mittvierzigerin mit dunklen Haaren und einem schmalen, verhärmten Gesicht, die in einem Schnellimbiss arbeitet. Sie redet wenig, lächelt kaum und sieht unendlich traurig aus, aber sie nimmt den Helden, der sich auf der Flucht befindet, mit zu sich und lässt ihn bei sich übernachten. Wahrscheinlich schlafen sie auch miteinander, man erfährt es nicht. Am nächsten Morgen, der Held ist nur mal eben Donuts kaufen gegangen, kommt sie ihm in einer schmalen Gasse entgegen, er lächelt sie an, und auf einmal zieht sie eine Pistole, um ihn zu erschießen.

»Jetzt links abbiegen.«

Er fuhr den Kronprinzessinnenweg Richtung Bahnhof Wannsee.

»Jetzt rechts abbiegen, dann haben Sie Ihr Ziel erreicht.«

Das Ziel lag auf der linken Seite. Eine riesige Gründerzeitvilla, herrschaftlich war gar kein Ausdruck, fürstlich schon eher, so etwas gehörte früher Leuten wie Krupp oder Quandt oder Flick oder Schickedanz. Heute vielleicht Joop oder Jauch, aber die wohnten drüben in Potsdam. Das Grundstück ging direkt zum Wannsee hinunter, man sah es von hier aus nicht, aber das galt für alle Häuser auf dieser Seite der Straße. Im Vorgarten standen hohe Kiefern, dazwischen parkten teure Autos. Das hohe Doppeltor zum Parkplatz wurde von zwei Wachleuten bewacht, die frierend von einem Bein aufs andere traten. Troller überlegte, ob er einen Versuch wagen sollte, gleich auf den Parkplatz zu fahren, entschied sich dann aber doch dafür, auf der Straße zu parken und zu Fuß zur Villa zu gehen.

Was er sich zurechtgelegt hatte, war der Satz: Ich werde erwartet. Wenn sie ihn fragten, von wem, dann würde er sagen: Von Professor Krauthammer. Wenn sie sagten, den kennen wir nicht, dann wäre er mit seinem Latein am Ende.

»Haben Sie eine Einladung?« Der Mann trug ein Headset auf dem Kopf wie diese Leute, die immer wild gestikulierend durch die Straßen rannten und mit Geistern redeten.

»Ich werde erwartet.«

»Name?«

»Krauthammer«, sagte er, weil er sich den Namen gerade zurechtgelegt hatte, wenn auch für einen anderen Zweck. »Professor Krauthammer.«

»Kann ich mal Ihren Ausweis sehen?«

*Lauf einfach weg. Hau ab!*

Gut, dass der Mensch nicht jedem Impuls folgen musste. Troller kramte seinen Personalausweis hervor und händigte ihn dem Mann mit dem Headset aus.

Der Mann studierte den Ausweis und verglich das Bild mit dem Gesicht, das ihn mit mühsam aufrechterhaltender Fassade anschaute. »Sagten Sie nicht Krauthammer?«, fragte er misstrauisch.

»War ein Missverständnis«, sagte Troller. »Ich dachte, Sie hätten gefragt, wer mich erwartet.«

Der Mann entfernte sich ein paar Schritte, sprach etwas in sein Mikrofon hinein, lauschte auf die Stimme aus dem Jenseits und gab Troller den Ausweis zurück: »Bitte gehen Sie vor zum Haus und legitimieren Sie sich dort noch einmal.«

*Soll das heißen, ich werde wirklich erwartet?*

Er nahm seinen Ausweis und behielt ihn in der Hand. Er passierte eine Reihe von Autos, die zwischen den Kieferstämmen parkten, Mercedes, BMW, ein Jaguar, sogar ein Bugatti. Er ging vorbei an dem langgestreckten Nebengebäude auf der linken Seite und versuchte, sich einen Reim auf die Situation zu machen. Irgendjemand, mit dem der Wachmann gesprochen hatte, wusste, wer er war. Ein Kollege vielleicht? Irgendjemand aus der Wissenschaftsszene? Kannte ihn, hielt ihn für unbedenklich, würde ihm Zugang zu der Veranstaltung verschaffen. Vielleicht waren ja auch andere Presseleute da. Er wusste ja nicht, was hier stattfand, er wusste nur, dass Krauthammer hier wäre, wenn er noch lebte. Und dass möglicherweise Kant hier war. Maskiert als Krauthammer? Oder als jemand anderer?

Er stieg die drei flachen Stufen zum Eingangsportal hinauf, das von vier weißen dorischen Säulen getragen wurde. Er zog den rechten Flügel der schwarzlackierten Doppeltür auf und fand sich gleich darauf in der prächtigen Eingangshalle wieder. Marmorboden, vergoldete Spiegel, Kristallleuchter, ein zierlicher cremefarbener Tisch. Dahinter eine junge Dame in weißer Bluse und schwarzem Hosenanzug. Sie hatte ein schmales Gesicht, hübsche dunkle Augen, kurzes schwarzes Haar und eine zierliche Figur. Ein bisschen wie Audrey Hepburn in *Frühstück bei Tiffany*.

»Herr Dr. Troller?«

Er hielt ihr seinen Personalausweis vor die Nase. »Man hat mir gesagt, ich soll mich noch einmal legitimieren.«

»Ist schon in Ordnung.« Sie warf aber doch einen prüfenden Blick auf den Ausweis. Dann nahm sie einen braunen Umschlag vom Tisch, DIN A5, und überreichte ihn Troller.

»Danke«, sagte er und ging zielstrebig auf eine der beiden Türen zu, die sich an der hinteren Wand befanden. »Diese oder die?«

Im selben Moment öffneten sich beide Türen, und in jeder Türfüllung erschien ein schwarzgekleideter junger Mann, schwarze Schuhe, schwarzer Anzug, weißes Hemd, dunkle Krawatte, Headphone ans Ohr geklippt. *Men in Black*. Nur die Sonnenbrille fehlte.

»Tut mir leid«, rief die junge Dame. »Sie können da nicht hinein.«

»Ich dachte, dies wäre die Einladung.«

»Nein, tut mir leid. Das ist ein Missverständnis. Der Brief wurde für Sie hinterlegt. Das ist alles. Wir sind leider nicht befugt, Sie hineinzulassen.«

»Von wem?«

»Wie bitte?«

»Von wem wurde der Brief hinterlegt?«

Sie schaute ihn misstrauisch an, die Stirn leicht gerunzelt, die dunklen Augen in Skepsis getaucht. »Ich dachte, Sie wüssten Bescheid.«

»Ja, ja, natürlich«, beeilte er sich zu sagen, »aber ich hatte wirklich gedacht, es würde sich um eine Einladung handeln.«

»Tut mir leid«, wiederholte sie noch einmal, diesmal aber mit Stimme und Geste, die besagten: Und wenn Sie sich jetzt bitte vom Acker machen würden …

»Na dann.« Er hob zum Gruß den Umschlag halb in die Höhe, als er an ihr vorbeiging, und drückte den linken Flügel der auf dieser Seite weißlackierten Tür auf.

Draußen auf dem Vorplatz blieb er stehen und öffnete den Umschlag. Etwas Hartes war darin. Er ließ es in seine hohle Hand fallen. Es war ein Sicherheitsschlüssel. Mit einem Anhängerschildchen, auf dem eine Zimmernummer stand: *114*.

Er steckte den Schlüssel in seine Hosentasche und zog einen Brief aus dem Umschlag. Ein DIN-A4-Blatt, einmal gefaltet. Er klappte es auf und las:

*Wir sind beinahe am Ziel, Troller. Geh ins Nebengebäude, Parterre, ans Ende des Flurs. Es ist alles vorbereitet. Ich kann leider nicht anwesend sein. Alles Weitere ist deine Aufgabe. – K.*

Das Nebengebäude lag jetzt rechts von ihm. Vermutlich waren dort die Gästezimmer untergebracht. Er sah die grüngestrichene Eingangstür an der linken Seite des langgestreckten Hauses und schlenderte darauf zu. Er fragte sich, ob die Wachleute etwas dagegen haben würden, dass er in das Gebäude ging. Offenbar nicht. Er bemühte sich aber auch nicht, ihre Aufmerksamkeit zu erregen.

Die grüne Tür war verschlossen.

Er probierte den Schlüssel.

*Passt.*

Er betrat das Gebäude, schloss die Tür hinter sich und wartete ein paar Sekunden, unsicher, ob nicht doch einer der Wachleute hinter ihm herkam. Aber sie hatten ihn entweder nicht gesehen, oder sie hatten wirklich keine Einwände. Es war das Gästehaus. Er war jetzt ein Gast.

Er drückte auf den rot leuchtenden Lichtschalter, und der Gang wurde in ein angenehmes weiches Licht getaucht. Es waren vier, oder nein, fünf Zimmer auf jeder Seite. Nummer 114 war das vorletzte auf der linken Seite. Nicht mit dem Fenster zum Hof, sondern zum Nachbargrundstück.

Er klopfte an die Tür.

Keine Antwort.

Er drückte die Klinke hinunter. Die Tür war verschlossen.

Er probierte den Schlüssel. Er passte. Natürlich passte er.

Er betrat das Zimmer und schloss die Tür hinter sich.

Das Zimmer war nicht besonders groß, vielleicht zwölf oder vierzehn Quadratmeter. Es war ausgestattet mit einem Doppelbett, einem Einbauschrank, einer Sitzecke mit einem zierlichen blaugepolsterten Biedermeiersessel, einem Tischchen mit Schachbrett-Intarsien, einem ebenfalls mit kostbaren Intarsien verzierten Sekretär und einem Biedermeierstuhl davor, der das gleiche Polster hatte wie der Sessel. Die Vorhänge waren zugezogen, ein blauer Stoff mit einem Muster von kleinen goldenen, nicht ganz exakt gezeichneten Quadraten, die unregelmäßig über die gesamte Fläche verteilt waren.

Trollers Aufmerksamkeit richtete sich sofort auf das Notebook, das auf der Schreibfläche des aufgeklappten Sekretärs stand. Die LEDs leuchteten blau und zeigten, dass es eingeschaltet war. Troller hörte das Geräusch der eingebauten Lüftung. Neben dem Notebook lag ein kleiner Stapel DVD-Rohlinge, auf der schwarzen Tastatur ein weißer, länglicher Briefumschlag, auf dem mit Maschinenschrift geschrieben nur der Name *Troller* stand.

Troller öffnete den Brief und las:

*Die Aufzeichnung hat bereits begonnen. Die eingelegte DVD reicht für zwei Stunden. Danach musst du sie wechseln. – K.*

Troller steckte den Brief ein und tippte auf die Leertaste. Auf dem Bildschirm erschien eine Video-, oder nein, vermutlich die Live-Übertragung einer Tagung oder Konferenz. Troller sah ein niedriges Podium mit einem Rednerpult, an dem gerade jemand einen Vortrag hielt, daneben ein weißer Konferenztisch, hinter dem fünf Stühle standen.

Das war er also: der Club.

Vom Saal waren nur die vorderen Reihen zu sehen, Rücken und Hinterköpfe der Teilnehmer.

Der Redner war offenbar gerade am Ende seines Vortrags angekommen. Er raffte sein Manuskript zusammen und verließ das Podium. Als Troller genauer hinschaute, erkannte er ihn. Es war Clemens Wilbrandt, einer der Hirnforscher, die zu den Unterzeichnern des Manifests gehörten. Während er einen Platz in der dritten Reihe einnahm, stand ein Mann aus der ersten Reihe auf, ging in die Nähe des Rednerpults und sprach von dort zu den anderen. Er trug einen dunklen Anzug, ein weißes Hemd mit offenem Kragen und zupfte sich die Manschetten zurecht.

*Wo ist der Ton?*

Erst jetzt sah Troller die Kopfhörer. Sie waren bereits an die entsprechende Buchse angeschlossen. Er setzte sich auf den Stuhl, streifte sich die Kopfhörer über die Ohren und regulierte an dem kleinen Rädchen an der linken Seite des Notebooks den Ton.

»... deswegen habe ich den Vortrag nicht unterbrechen wollen«, hörte Troller die Stimme auf Englisch sagen. »Aber bevor wir zum nächsten Beitrag kommen, möchte ich noch einen Teilnehmer begrüßen, der eben erst eingetroffen ist: den Gründer und Sponsor unseres Clubs: Ron Gebhardt.«

Mr X.

Die Teilnehmer in den vorderen Reihen wandten sich um, während sie zur Begrüßung des Milliardärs Beifall klatschten. Ron Gebhardt hatte seine Milliarden mit Computersoftware gemacht, war aber auch in andere Geschäftsfelder vorgedrungen. Die neueste Idee seiner Firma war die Entwicklung einer Software, die sich direkt mit dem Hirn des Computerbenutzers verband und auf dessen Gehirnströme reagierte. »Wenn wir den Nutzer befragen«, hatte ein Sprecher der Firma gesagt, »dann erfahren wir von ihm nicht immer die Wahrheit. Wir wollen aber herausfinden, was er wirklich denkt.« Zunächst ginge es nur um ein Pilotprojekt mit Testpersonen, später werde man aber eine breitere Anwendung für diese Schnittstelle zwischen Gehirn und Computer finden. Online-Durchsuchung des Computers war technisch gesehen schon ein alter Hut. Die nächste Stufe war die Online-Durchsuchung des Gehirns.

Troller schüttelte den Kopf voller Bewunderung und Erschrecken. Kant hatte es also geschafft, ihn hierher zu lotsen, zur richtigen Zeit an den richtigen Ort. Wie hatte er das angestellt? Woher hatte er gewusst, dass Jane noch einmal nach Bad Saarow fahren und in das Haus eindringen würde, um die Eintragung in Krauthammers Kalender zu entdecken? Woher konnte er wissen, dass sie diese Eintragung richtig interpretieren würde? Aber natürlich hatte er es nicht gewusst. Er hatte es nur geplant, und wenn Troller jetzt nicht da wäre, dann hätte er ganz sicher noch einen Plan B oder Plan C. Viel erschreckender war, dass er von Anfang an, seit seiner ersten Mail, vorgehabt hatte, Troller in seine Pläne einzubauen, und dass seine Rechnung aufgegangen war. Troller spielte mit. Aber er war ja nur der Beobachter. Er würde ein- oder zweimal die DVD wechseln, und am Ende würde er den Mitschnitt in die Tasche stecken, nach Hause fahren und über die Veranstaltung schreiben. Die Frage war nur: Was war an diesem Club so besonders? Und die andere Frage war: War Kant wirklich nicht hier? War es ihm nur darum gegangen, Troller diesen Beobachterposten zu verschaffen?

Unter den Teilnehmern in den vorderen Reihen, die sich nach dem Milliardär umdrehten, erkannte Troller jetzt weitere Gesichter. Da war Thierry Fresnay, der Philosoph und Bestsellerautor aus Frankreich, der eine brillante, klug argumentierende und unerbittliche Streitschrift gegen die drei abramitischen Religionen verfasst hatte. Da war William Draft, der britische Molekularbiologe, der mit einem ähnlich gerichteten Buch besonders in den USA großes Aufsehen erregt hatte. Da war Rafat Nalburian, der Hirnforscher von der Case-Western-Universität in Cleveland, Ohio, der sich mit der Lokalisation der Religion im Hirn befasste. Und da war noch ein zweiter Hirnforscher, der zu den Verfassern des Manifests gehörte, Konstantin Murnau.

Troller hätte jetzt auch gern Ron Gebhardt gesehen, aber

die Kamera machte keinen Schwenk, sondern blieb, wo sie war. Es gab offenbar niemanden, der die Kamera bediente. Wahrscheinlich hatte Kant sie heimlich installiert und so programmiert, dass sie ihre Bilder an das Notebook funkte.

»Sie wissen, wir haben uns darauf geeinigt, dass jeder Vortrag maximal fünfzehn Minuten dauern soll«, sagte der Mann vor dem Rednerpult, der offenbar der Moderator war. »Ihre Fragen bewahren Sie sich bitte für die anschließende Podiumsdiskussion auf. Der nächste Vortrag kommt von Lawrence Simpson, Terrorismusforscher an der Columbia University New York. Bitte, Larry.«

Lawrence Simpson war ein vielleicht vierzigjähriger Mann mit zurückgekämmten Haaren, einem vorgeschobenen Mund und einem ungesunden Teint. Er brachte sein Notebook mit, etablierte es auf dem Rednerpult, verband es mit einem Kabel und drückte auf eine Taste. Auf der Leinwand hinter dem weißen Konferenztisch erschienen in dicken Lettern geschrieben die Worte:

Religion and Terrorism

»Meine Damen und Herren«, begann er, »wir alle wissen und beklagen, dass der islamistische Terror in den letzten fünfzehn Jahren dramatisch zugenommen hat. Die Standardmeinung, die wir dazu immer wieder hören, lautet: Der Terror wurzelt nicht in der Religion, sondern im Missbrauch der Religion zu politischen Zwecken. Ich möchte dieser These widersprechen. Werfen wir zum besseren Verständnis einen kurzen Blick auf die Geschichte des Terrorismus. Als die ersten Terroristen der Weltgeschichte gelten nach allgemeiner Auffassung ...«

Auf der Leinwand erschien eine neue Zeile:

about 100 B.C.: Zealots (Jews)

Troller nahm den Kopfhörer ab. Na schön, dachte er, erst bringt er die jüdischen Zeloten, dann macht er einen Sprung ins späte Mittelalter zu den Assassinen, danach vielleicht einen kleinen Abstecher zu den hugenottischen Propheten, und dann überspringt er mit einem riesigen Satz den Terror der Französischen Revolution, der Anarchisten, der Kommunisten, der Nazis, der Maoisten, der IRA und der ETA und landet mit einer eleganten Volte beim Terror von Al Kaida. Aber was ist daran neu?

*Was interessiert dich daran, Daniel?*

Er hatte wieder dieses eigenartig vertraute Gefühl, als ihm der Name durch den Kopf ging. Er wusste genau, es fehlte nur ein Geruch oder ein Geschmack oder ein Geräusch oder eine Melodie, um das Tor zur Erinnerung aufzustoßen.

SIE HÄTTE SCHREIEN KÖNNEN. Ihr Mund war nicht geknebelt. Kein silbernes Isolierband verklebte ihn. Sie hatten ihr die Rolle mit dem Band gezeigt und gefragt, ob es auch ohne ginge. Sie hatte ja gesagt, es geht auch ohne. Sinnlos, zu schreien, wenn dich niemand hört. Das war der Nachteil an dieser Wohnung. Sie hatte keine direkten Nachbarn. Und unter ihr wohnte eine Schauspielerin, die gerade ein Engagement am Schauspielhaus Zürich hatte. *Der Besuch der Alten Dame*. Jane hatte gesagt, sie würde vielleicht mal für einen Abend hinfliegen und sich die Vorstellung anschauen, aber schon als sie es sagte, wusste sie, dass es nicht dazu kommen würde. So etwas sagt man leicht, aber man tut es dann doch nicht. Jetzt bedauerte sie, dass sie nicht in Zürich war. Ohne die beiden Kerle, versteht sich.

Sie sprachen russisch miteinander. Janes Vater war zwei Jahre an der Botschaft in Moskau gewesen, und sie war dort zur internationalen Schule gegangen. Sie hatte nicht richtig Russisch gelernt, aber doch eine Menge aufgeschnappt.

Wie die beiden wirklich hießen, wusste sie nicht. In Gedanken hatte sie sie Wladimir und Vitali getauft. Vitali war der Ältere mit dem gutmütigen Gesicht, Wladimir der Jüngere mit den bösen Augen. Jane konnte nur hoffen, dass Vitali die Zügel in der Hand behielt. Wenn es nach Wladimir ginge, wäre sie längst vergewaltigt worden. »Was hast du dagegen?«, hatte er auf Russisch gefragt. »Sie sieht gut aus. Sie ist sexy. Wäre doch eine Sünde, so eine Gelegenheit zu verpassen. Ich nehme sie für eine Viertelstunde mit ins Schlafzimmer. Kannst ja hierbleiben, wenn du willst. Oder willst du zuschauen?«

Vitali hatte nur gelacht und *njet* gesagt. Als ob Wladimir nur einen Scherz gemacht hätte. Jane war ihm dankbar dafür. So konnte Wladimir sein Gesicht wahren. Sonst hätte sich die Situation womöglich hochgeschaukelt. Stell dir vor, er haut seinen Bruder um und schleppt dich ins Schlafzimmer. Oder stell es dir lieber nicht vor.

*Warum hab ich Idiot die Dateien nicht abgeschickt!*

Sie hatte sich von Anfang an dazu entschlossen, mit ihnen zu kooperieren, schon als sie an den Stuhl gefesselt wurde. Jede andere Strategie wäre selbstmörderisch gewesen. Sie zweifelte nicht daran, dass sie die Instrumente gebrauchen würden, die sie gut sichtbar vor sie auf den Esstisch legten. Es waren einfache, aber sehr wirksame Instrumente: eine Kneifzange, ein kleiner Schraubenzieher und eine Injektionsspritze.

»Kneifzange für Fingernägel«, sagte Vitali.

»Verstehe«, murmelte sie.

»Schraubenzieher für Ohren.«

Sie nickte.

»Und für Augen.«

Sie biss die Zähne zusammen.

»Spritze ist für machen Zunge locker.«

»Nicht nötig«, sagte sie. »Was wollen Sie wissen?«

Sie wollten wissen, warum sie bei dem Professor in Bad Saarow gewesen waren, Troller und sie.

Weil sie ihn interviewen wollten, sagte sie.

Warum?

Auftrag der Redaktion. Für einen Artikel über Neuroethik.

Was ist das: Neurethik?

Neu-ro-ethik, sagte sie und erklärte es, so gut sie konnte.

Dann wollten sie wissen, warum sie in London gewesen war.

Weil sie dort einen Freund besucht habe.

»Chat Freund Name?«

Das war das erste Mal, dass sie zögerte. War es Verrat, wenn sie Franks Namen nannte? Nein, sie wussten es ja ohnehin. Vielleicht nicht diese beiden hier, aber die in London. Sie hatten ihnen schließlich im Fleming's Hotel den Stick abgenommen. Als sie Franks Namen nannte, entspannte sich die Situation ein wenig.

»Prawda«, hatte Vitali auf Russisch gesagt. *Das ist die Wahrheit.*

»Fragt sich bloß, ob ganze Wahrcheit«, hatte Wladimir auf Deutsch entgegnet und sie zum wiederholten Mal mit seinen geilen Blicken verschlungen. »Vielleicht sollte ich sie doch erst mal.«

»Satknis!« *Halt's Maul!*

Und dann kam die unvermeidliche Frage, ob Jane etwas aus London mitgenommen habe. Sie wisse schon, was. Dateien. Informationen. Über Braintech.

Sie zögerte, blickte von einem zum anderen, während Wladimir wieder eine obszöne Geste machte und Vitali einen demonstrativen Blick auf die drei Folterinstrumente warf.

Sie sagte, ja, sie habe etwas aus London mitgenommen.

»Wo es ist?«

»Auf meinem Notebook. Ich konnte die Dateien in London noch abspeichern.«

Sie war sicher, dass sie das Notebook ohnehin mitnehmen würden. Ärgerlich, aber nicht so schlimm. Den Braintech-

Artikel konnte sie leicht neu schreiben, sie hatte alles im Kopf. Sie bedauerte nur wieder, dass sie den Artikel nicht schon gestern Abend oder wenigstens heute Morgen an die Online-Redaktion gemailt hatte. Dann wäre er jetzt schon im Netz.

Auf die Frage, ob sie die Dateien gesichert habe, zögerte Jane lange, um den Eindruck zu erwecken, dass es ihr schwerfiele, die Wahrheit zu sagen.

»Nu?«

Sie warf einen ängstlichen Blick auf die Instrumente. Dann auf ihr eigenes Schlüsselbund direkt daneben. Sie biss sich auf die Lippen.

»Du willst Zange? Oder Schraubenzieher?«

»Das Schlüsselbund«, flüsterte sie schließlich. »Da ist ein Reißverschluss an der Seite.«

Vitali griff sich das schwarze Etui, an dem der Ring mit den Schlüsseln hing, zog den Reißverschluss auf und holte den schwarzen USB-Stick heraus. Da war ihr Artikel abgespeichert. Und die Braintech-Dateien.

Genau in dem Moment klingelte ihr Handy.

»Warum gehen Sie nicht ran?«, fragte sie.

Vitali hielt ihr Handy in der Hand und schaute nachdenklich auf das Display. »Wo ist dieser Mann?«, fragte er zurück. »Wo ist Troller?«

Troller! Sie hätte einiges dafür gegeben, jetzt mit ihm sprechen zu können. Oder auch nur etwas zu schreien. Hilf mir, Troller, ruf die Polizei an, sie haben mich gefesselt!

»Ich weiß nicht«, sagte sie und bemühte sich, ihre Beherrschung nicht zu verlieren. »Fragen Sie ihn doch.«

»Er kommt cher?«

»Ja, er müsste bald hier sein.«

Es war die falsche Antwort. Die richtige wäre gewesen: Nein, er kommt nicht hierher, im Gegenteil, er erwartet mich. Und wenn ich nicht rechtzeitig da bin, wird er sich Sorgen machen und die Polizei anrufen. Wir sind nämlich schon gestern von zwei Kerlen verfolgt worden, wissen Sie.

Wieder klingelte ein Telefon. Diesmal das Festnetzgerät. Nach dem vierten Klingeln sprang der Anrufbeantworter an. Sie hörte ihre eigene Stimme etwas sagen, das leider nicht den Tatsachen entsprach, dann den Pfeifton und schließlich Troller. Er sprach leise, fast flüsternd, als wollte er nicht gehört werden: »Hallo, Jane. Bist du da? Wenn du da bist, geh doch bitte mal ran! Hallo? Na ja, offenbar nicht. Ich wollte dir nur sagen: Ich bin drin. Ich weiß nur noch nicht, worauf es hinausläuft. Warte mal – ich rufe dich später noch mal an. Mach's gut.« Nach einer kurzen Pause fügte er hinzu: »Ach ja – es kann sein, dass er doch im ICC ist. Also sei vorsichtig. Okay?«

»Wer ist im ICC?«, fragte Vitali.

»Ich glaube, er meinte Kant«, sagte Jane. »Den Mörder, der sich Kant nennt.«

»Wer ist Kant?«, fragte Vitali. »*Kto on* – wer ist er?«

»Das ist eine sehr gute Frage«, sagte Jane. »Wenn ich die beantworten könnte, säße ich jetzt nicht hier.«

»Warum?«

»Warum was?«

»Warum du wjurdest nicht chier sitzen?«

»Weil ich dann in der Redaktion wäre und einen sensationellen Artikel schreiben würde! Alle wollen wissen, wer Kant ist. Die Polizei, die Journalisten, alle. Und Ihre Auftraggeber auch.«

Wieder klingelte das Telefon. Noch einmal Troller? Der Anrufbeantworter sprang an. Wieder ihre eigene Stimme, die behauptete, sie wäre im Augenblick nicht da. Und dann hörte sie die Stimme: »Hello, little one, bist du da?«

Die Stimme ihres Vaters.

Und auf einmal explodierte der Schmerz in ihr.

»… DASS SIE EIN WAHN IST, EIN GOTTESWAHN«, sagte William Draft mit schneidender Stimme. Troller kannte den Evolutionsbiologen recht gut. Er hatte ihn zweimal interviewt. Beim ersten Mal ging es um die Rolle der Gene im Evolutionsprozess und um die Frage, ob die Individuen einen freien Willen hätten oder nur Vollzugsorgane dessen seien, was die Gene auf molekularer Ebene bereits entschieden hatten; beim zweiten Mal hatte William Draft sich schon zum Vorkämpfer der Wissenschaft gegen die Religion ernannt und den Versuch unternommen, die Frage, ob es einen persönlichen Gott gebe, wie eine normale wissenschaftliche Hypothese zu prüfen. Das Ergebnis war, dass die Wahrscheinlichkeit dafür gegen null geht. William Draft war jetzt nach Larry Simpson und Thierry Fresnay, der einen recht interessanten Vortrag über Religion als kollektive Neurose gehalten hatte, der dritte Redner, der vor allem über Christentum und Islam zu Felde zog, als wäre Gott in Wahrheit eine Erfindung des Teufels. »Stellen Sie sich doch nur einmal Folgendes vor«, beschwor William Draft seine Zuhörer. »Ihr Nachbar schnappt sich seinen Sohn, geht mit ihm in den Wald oder in die Wüste, legt seinen Kopf auf einen Stein und sagt, mein Junge, du bist zwar das Liebste, was ich habe, aber gerade deswegen muss ich dich opfern. Gott will es so. Was würden Sie von diesem Nachbarn halten? Und was von einer Gemeinde, die diesen gemeingefährlichen Verrückten als einen gottesfürchtigen Mann verehrt? Ich bin sicher, Sie würden einen großen Zaun um diese Gemeinde ziehen und ein riesiges Schild am Eingang aufstellen, auf dem geschrieben steht: Vorsicht, gefährliche Irre! Und dasselbe gilt für jene, die behaupten, ein Toter sei wieder auferstanden. Oder die behaupten, jemand hätte Wasser in Wein verwandelt oder ein brennender Busch hätte zu ihnen gesprochen oder ihr Gott hätte ihnen befohlen, einen heiligen Krieg zu führen. All das ist krank. Und diese Krankheit ist nicht harmlos, sondern gemeingefährlich. Das ist alles, was ich dazu sagen möchte. Ich danke Ihnen.«

»Danke, Bill«, sagte der Moderator mit einem kurzen Blick auf die Uhr, »wir haben jetzt unsere Zeit ein wenig überzogen, aber ich denke, das war es wert. Bevor wir eine kurze Pause machen und dann zu unserer Podiumsdiskussion kommen, möchte ich noch einen Kollegen vorstellen, der sich wie kein anderer mit der neurologischen Basis von Religion und Aberglauben befasst hat. Hier ist er, Rrrrafat Nalburrrrian« – es machte ihm offenbar einen Heidenspaß, das R kräftig zu rollen –, »Hirnforscher von der Case Western University.«

Es wurde sehr schnell klar, warum der Moderator das R des Namens so genussvoll gerollt hatte. Rafat Nalburian war gebürtiger Inder und sprach sein Englisch mit extrem hartem Zungen-R. Brrrain. Orrrrigin. Rrrreligion. Rrrrrandom. Irrrrronic. Er war sehr schlank, hatte dunkle, umschattete Augen, schwarzes, gelocktes Haar, einen kräftigen Schnurrbart und weiße Zähne. Er trug eine schwarze Hose und ein blaues Freizeithemd und war der erste Vortragende, der ohne Computer auskam.

Troller stellte den Ton leiser, behielt die Kopfhörer aber auf. Der Inder war ein außerordentlich phantasievoller Wissenschaftler, der zudem über die Qualitäten eines Comedians verfügte, aber Troller konnte sich nicht auf seinen Vortrag konzentrieren, weil ihn der Gedanke an Jane zunehmend beunruhigte. Warum meldete sie sich nicht? Sie müsste längst aus Bad Saarow zurück sein. Oder war sie im Krauthammer-Haus von jemandem überrascht worden? Von der Polizei? Oder von den Russen? Er musste daran denken, wie die beiden gestern über den Rasen spaziert waren, als gehörte ihnen der ganze See. Sie waren nicht hinter Krauthammer oder Kant her gewesen, sondern hatten es auf Jane abgesehen. Mit der eindringlichen Warnung: Hör auf, hinter Braintech herzuschnüffeln!

Er hörte, wie Rafat Nalburian über das schwer zu erklärende Phänomen sprach, dass ein genialer Mathematiker wie Kurt Gödel trotz seines überragenden Verstandes an einen persönlichen Gott glaubte. Das sei nur damit zu erklären, dass die verschiedenen Hirnareale sich verselbständigen könnten, sagte er, manchmal eben so weit, dass derselbe Mensch zwei nicht kohärente Glaubenssysteme vertrete. Ein schlagendes Beispiel für diese Möglichkeit der Inkonsistenz der Hirnareale sei die Anosognosie.

»A-noso-gnosie, das heißt wörtlich: Nicht-Krankheit-Wissen. Gemeint ist damit nicht bloß die Verleugnung einer Krankheit, sondern die absolute Unfähigkeit, sie zu erkennen, ein Phänomen, das wir häufig bei linksseitig gelähmten Schlaganfallpatienten beobachten. Jemand kann perfekt Schach spielen und sich mit Ihnen gebildet über Kunst oder Politik unterhalten, er ist gewissermaßen vollkommen normal – nur weiß er nicht, dass sein linker Arm gelähmt ist. Wenn sie ihn darauf aufmerksam machen, wird er sagen, wieso, der Arm ist doch völlig in Ordnung. Und wenn Sie seinen linken Arm anheben« – Nalburian demonstrierte es, indem er seinen linken Arm schlaff herunterhängen ließ und mit der rechten Hand anhob wie ein Puppenspieler eine Marionette – »und fragen, wessen Arm ist denn das hier? Dann wird er vielleicht sagen: Er ist dunkelhäutig, er ist behaart – das ist der Arm meines Vaters.«

Großer Lacherfolg.

Aber Troller hörte nur mit einem Ohr zu. Jane war nicht zu Hause und ging auch nicht ans Handy, vielleicht war sie in der Redaktion?

Er rief in der Redaktion an und fragte nach ihr, aber sie wussten nicht, wo sie war. Die Online-Redaktion wartete auf den Beitrag über Braintech. Irgendeine Information habe ihr noch gefehlt, hieß es, sie habe Kowalski darauf angesetzt, aber seitdem nicht noch einmal angerufen.

Troller wählte die Nummer von Kowalski.

Rafat Nalburian redete jetzt über Split-Brain-Patienten, bei denen man das Corpus Callosum, also den Balken, der die beiden Hirnhälften verbindet, durchtrennt hatte. Diese Patienten, so führte er aus, hätten zwei verschiedene Persönlichkeiten, von denen die eine an Gott glauben könne, während die andere streng atheistisch sei. »Und«, sagte er unter dem nun schon fast brüllenden Gelächter der Anwesenden, »das ist jetzt wirklich eine philosophische Frage: Was passiert, wenn diese Person stirbt? Kommt die rechte Hemisphäre in den Himmel und die linke in die Hölle?«

Kowalski meldete sich. Troller erfuhr, dass er tatsächlich mit Jane telefoniert hatte. Da war sie auf dem Rückweg nach Berlin gewesen.

»Tu mir einen Gefallen, Kowalski, und versuch, Jane zu erreichen. Sie soll mich anrufen, okay?«

Er stellte den Ton wieder lauter.

»Okay«, hörte er Nalburian sagen, »die nächste Gruppe, mit der wir es zu tun haben, sind die Patienten mit Schläfenlappen-Epilepsie. Normalerweise ist Epilepsie ja damit verbunden, dass der Kranke laut schreit, zu Boden fällt, sein ganzer Körper geschüttelt wird, er bewusstlos wird und so weiter. Aber es gibt auch eine Art von Anfällen, bei denen das alles nicht passiert. Das sind rein mentale, emotionale Anfälle, die sich, wie gesagt, in den Schläfenlappen ereignen. Und das Erstaunliche ist nun, dass es als Begleiterscheinung dieser Anfälle – und zwar nicht nur während der Anfälle, sondern auch in der Zeit dazwischen – außerordentliche mystische und religiöse Erfahrungen gibt. Die Patienten sagen zum Beispiel während eines solchen Anfalls: Ich sehe Gott, oder: Ich erfahre Gott, oder: Ich spreche mit Gott, und Gott spricht mit mir, oder: Das erste Mal in meinem Leben sehe ich die Bedeutung des Universums, oder: Jetzt verstehe ich, wo mein Platz im Kosmos ist. Und das, wie gesagt, passiert während dieser Anfälle und auch noch danach. Wir können also davon ausgehen, dass Moses, als er mit dem brennenden Busch sprach, oder Abraham, als ihm der Befehl gegeben wurde, Isaac zu opfern, unter einer Schläfenlappen-Epilepsie litt. Und inzwischen wissen wir sogar, dass es eine Gruppe von Neuronen in den Schläfenlappen dieser Patienten und vielleicht bei uns allen gibt, die uns anfällig machen für mystische Erfahrungen und religiösen Glauben. Sie können diese Neuronen, wenn Sie so wollen, das Gottes-Modul nennen. Sie können auch, wie es der Bischof von Oxford getan hat, behaupten, dies sei die Antenne, die der Schöpfer in unser Hirn eingebaut hat, damit wir seine Stimme vernehmen. Ich frage mich allerdings, ob wir diese Antenne nicht lieber einfahren sollten. Ich frage mich, ob der auf ein Wahnsystem von Schläfenlappen-Epileptikern gegründete Irrglaube nicht zu der gefährlichsten Krankheit unserer Zeit geworden ist. Mir jedenfalls ist nicht wohl bei dem Gedanken, dass sich Atomwaffen in den Händen von religiösen Fanatikern befinden, egal ob im Iran, in Pakistan, in Israel oder den USA. – Ich danke Ihnen.«

Der Moderator stand längst wieder in der Nähe des Rednerpults und schaute besorgt auf die Uhr. »Ich sehe, Sie haben eine Menge Fragen«, sagte er mit Blick auf das Publikum, in dem einige Hände nach oben geschossen waren, »aber ich unterbreche die Veranstaltung an dieser Stelle, damit wir uns alle eine kurze Pause gönnen. Draußen ist ein Buffet aufgebaut, Sie können sich also stärken und erfrischen. Wir treffen uns dann zur Podiumsdiskussion wieder, sagen wir in zwanzig Minuten.«

# 34

»Wer chat Dateien von Braintech?«, fragte Vitali. »Engländer auch?«

Das war die Frage, die sie am meisten gefürchtet hatte. Wenn sie ja sagte, würden sie sofort die Kollegen in London in Gang setzen, um Frank in die Mangel zu nehmen. Wenn sie nein sagte, würden sie sie selbst in die Mangel nehmen.

»Ich weiß es nicht.«

Vitali schaute sie erstaunt an und schüttelte dann ungläubig den Kopf. »Sie weiß es nicht.«

»Lass mich«, sagte Wladimir. »Dann sie weiß es.«

»Wir waren in London«, sagte Jane. »Wir waren im Hotelzimmer. Wir haben die Dateien von einem USB-Stick auf mein Notebook kopiert. Wir haben geschlafen. Vielleicht hat Frank sich in der Nacht die Datei kopiert. Vielleicht auch nicht.«

»Kollegen in London werden sich um ihn kjummern«, sagte Wladimir.

»Wer chat Dateien noch?«, fragte Vitali. »Was ist mit Troller?«

»Nein«, sagte sie. »Troller hat sie nicht. Frank hat sie vielleicht. Aber hier in Berlin habe nur ich sie. Sonst niemand.«

»Gut«, sagte Vitali. »Sehr gut. Dann wir gucken in Computer.«

Jetzt schlug die Stunde von Wladimir. Mit Computern kannte er sich offenbar aus. Er ging zum Schreibtisch, klappte das Notebook auf und schaltete es ein. »Wenn ich herausfinde, dass noch jemand die Datei hat«, sagte er auf Russisch, »dann gehört sie mir.«

Sie versuchte, in seinem Gesicht den Anflug eines Grinsens zu entdecken, in der Hoffnung, dass er es nicht ernst meinte. Aber da war kein Grinsen.

Vitali sagte nichts dazu. Er schaute sie nur prüfend an.

Gut, dass er nicht sah, wie kalt ihr auf einmal wurde. Oder konnte er im Licht der Sonne, das durch die Terrassentür fiel, sehen, wie ein feuchter Film auf ihre Stirn trat? Sie hoffte, dass sie nicht anfangen würde, zu zittern und mit den Zähnen zu klappern. Sie hatte sich fest vorgenommen zu kooperieren. Und jetzt eine so dreiste Lüge.

Sie hatte zwei E-Mail-Adressen. Genau genommen sogar drei. Die *Fazit*-Adresse, eine T-Online-Adresse, deren Mails von Outlook direkt auf ihr Notebook heruntergeladen wurden, und eine gmx-Adresse, deren Mails auf dem Server blieben.

Was Wladimir zuerst sehen würde, war das Outlook mit den T-Online-Mails. Wahrscheinlich war er bereits dabei, die Mails nach Attachments durchzuchecken. Er brauchte ja nur ein paar Tage zurückzugehen.

Danach würde er sie nach ihrer *Fazit*-Adresse und dem Passwort fragen. Sie würde nicht zögern, es ihm zu verraten. Selbstverständlich nicht.

Aber an diese Adressen hatte sie die Dateien nicht geschickt, bevor die Männer mit den Burberrys ins Fleming's kamen. Sie hatte die Mails direkt von gmx aus abgeschickt. An Troller und an sich selbst. Mit den Datei-Anhängen. Und da waren sie immer noch. Genau dreimal. Einmal als Anhang der gesendeten Datei, einmal bei der Mail, die Troller bekommen hatte, und einmal bei der Mail, die sie an sich selbst geschickt hatte, und zwar an dieselbe Adresse: jane.anderson@gmx.com.

Wenn er diese Adresse fand, sah es finster aus. Erstens,

weil er dann alle Braintech-Dateien löschen konnte, so dass sie keinen Beweis mehr für ihre Story hätte. Und zweitens …

»Wie ist andere E-Mail-Adresse?«, fragte Wladimir.

»*Fazit*«, sagte sie.

»Sie will es«, sagte Wladimir. »Sie will es einfach. Sie ist cheiß.«

»Satknis!«

*Danke, Vitali.*

»Komm schon«, sagte Wladimir ungeduldig. »Sag mir *Fazit*-Adresse und Passwort.«

»Jane Punkt Anderson at Fazit Punkt d-e«, sagte sie. »Passwort: Cézanne.«

»Buchstabieren.«

Sie buchstabierte. Ohne den Akzent. Es war praktischer ohne.

»Ich bin drin«, sagte Wladimir und grinste.

Und du wirst nichts finden, dachte sie mit Genugtuung.

Doch gleich darauf machte sie sich klar, dass sie nur ein bisschen Zeit gewonnen hatte. Zeit, um darüber nachzudenken, ob es sich lohnte, für das Geheimnis der gmx-Adresse ihre Augen, ihre Ohren oder ihre Fingernägel zu riskieren.

Da waren sie wieder. Sie hatten sich wirklich nur eine kurze Pause gegönnt. Troller legte einen neuen Rohling ein, um ganz sicherzugehen, dass die DVD nicht mitten in der Diskussion voll war, oder während vielleicht doch etwas Außerordentliches geschah. Bisher war auf dieser geheimen Tagung des Clubs oder des *Project for a New Scientific Society* noch nichts gesagt worden, das ihn besonders überrascht hätte. Aber er hatte inzwischen so eine Ahnung, wohin das Ganze führen würde, und in diese Ahnung mischte sich bereits ein Anflug von Erschrecken und Abscheu.

Vier Konferenzteilnehmer nahmen hinter dem weißen Tisch auf dem Podium Platz, und der Moderator stellte einen nach dem anderen vor. Da war Konstantin Murnau, Hirnforscher an der Universität Freiburg, der zu den Unterzeichnern des Manifests gehörte; da war William Draft, der Darwinist; da war Piet van Dijk, der holländische Philosoph; und schließlich James Lassiter, studierter Physiker und Mediziner, der die Forschungsabteilung der Firma Braintech leitete. Da wächst zusammen, was zusammengehört, dachte Troller.

Der fünfte Stuhl blieb frei.

»Wir wollten jetzt ja eigentlich gleich mit der Diskussion unter dem Motto *Jenseits des Humanismus* beginnen«, sagte der Moderator, »aber Cathy hat mich in der Pause gefragt, ob sie nicht einen, wie sie mir versprochen hat, sehr kurzen Beitrag zur Anregung der Diskussion bringen dürfe. Cathy wird ja ohnehin auf dem Podium sitzen, daher habe ich ihrem Vorschlag zugestimmt. Sie alle kennen Catherine LeClerc, Biologin und Soziologin an der Universität Toronto, Kanada. Bitte, Cathy.«

Catherine LeClerc war eine etwas füllige, mittelgroße Frau, die die Fünfzig überschritten haben mochte. Sie trug einen langen schwarzen Rock, eine rotgemusterte Bluse und eine Brille mit schwarzem Gestell. Auch sie hatte ein Notebook dabei und verkabelte es jetzt mit dem Beamer.

»Ich will Ihnen«, begann sie, »bevor wir mit unserer Diskussion beginnen, ganz kurz davon berichten, was die amerikanischen Forscher Sue Carter und Larry Young vor wenigen Jahren über Wühlmäuse herausgefunden haben. Ich halte diese Entdeckung für bahnbrechend, weil sie uns zeigt, wie sehr unsere Moral von den chemischen Prozessen abhängt, die in unserem Gehirn ablaufen.«

Auf der Leinwand hinter dem weißen Tisch erschien eine Projektion mit zwei nebeneinandermontierten Fotos. Auf dem linken Foto waren zwei Mäuse in einem Käfig voller Sand oder kleiner Kiesel zu sehen. Darunter stand das Wort: *Prairie Vole*.

Vole war das amerikanische Wort für Wühlmaus.

Auf dem rechten Foto saß nur eine einzelne Maus hinter Gittern. Darunter das Wort: *Montane Vole*.

»Sie sehen, es geht um zwei verschiedene Arten von Wühlmäusen«, sagte Catherine LeClerc, »die Prairiemaus und die Bergmaus. Die beiden sind miteinander verwandt, aber genetisch und auch in ihrem Verhalten sehr verschieden. Die Prairiemaus ist monogam, beide Eltern ziehen ihre Jungen gemeinsam auf, die Familie hängt an ihrem Nest und schützt es vor Eindringlingen. Mit anderen Worten, ihr Lebenswandel würde jeder Mittelstandsfamilie der USA Ehre machen. Ganz anders dagegen die Bergmaus. Sie ist promisk, hat keine Langzeitbeziehungen, die Weibchen machen sich bald nach der Geburt auf und davon und überlassen den Männchen die Aufzucht der Brut. Kurz: Sie ist ein Loner, ein Einzelgänger.

Eine Schautafel löste die Bilder mit den Mäusen ab:

| Prairie Vole | Montane Vole |
|---|---|
| Monogamous | Promiscuous |
| Biparental | Loner |

»Okay«, fuhr Catherine LeClerc fort, »als Larry Young und Sue Carter versuchten zu verstehen, was der Unterschied zwischen diesen beiden Arten war, machten sie eine erstaunliche Entdeckung. Und zwar in Beziehung auf Vasopressin.

Beide Spezies haben Rezeptoren für diesen einfachen Botenstoff im Gehirn. Aber sie sind unterschiedlich verteilt. Und Young und Carter fanden nun heraus, dass der Grad der Monogamie bei männlichen Prairiewühlmäusen abhängig ist von der Dichte der Rezeptoren für Vasopressin. Natürlich machten sie alle Checks und Kontrollen, die Sie sich vorstellen können. Sie blockierten die Vasopressin-Rezeptoren von Prairiewühlmäusen, und die Mäuse wurden promisk. Sie führten den Bergwühlmäusen eine Extradosis Vasopressin zu, und auf einmal wurden sie monogam. Und alle Experimente bestätigten diesen Befund.

Ich finde, das ist ein ganz frappierendes Ergebnis! Denn hier zeigt sich doch, dass das, was wir jahrhundertelang für ein kulturelles Konzept gehalten haben, Monogamie oder Promiskuität, eine Funktion von biochemischen Vorgängen in unserem Gehirn ist.

Natürlich können die entsprechenden Unterschiede auch auf der genetischen Ebene nachgewiesen werden. So hat man auf Chromosom 17 den Teil isoliert, der für die Vasopressin-Rezeptoren verantwortlich ist. Und dieser Teil der DNA hat bei den monogamen Mäusen eine andere Gestalt als bei den weniger monogamen. Mit anderen Worten, unsere Gene beeinflussen Art und Verteilung der Vasopressin-Rezeptoren, und diese wiederum steuern unser moralisches Verhalten.« Sie schaute in die Runde, wie um zu überprüfen, ob ihr auch alle zugehört hatten. »Das war es auch schon, was ich unserer Diskussion vorausschicken wollte. Ich danke Ihnen.«

Sie kappte die Verbindung ihres Notebooks zum Beamer und trug es hinüber zum weißen Konferenztisch, wo sie sich auf den fünften Stuhl setzte. Die Diskussionsrunde war jetzt komplett, aber es gab eine kleine Verzögerung. Irgendetwas mit Catherine LeClercs Ansteckmikrofon stimmte nicht. Der Moderator rief nach einem Techniker.

Troller setzte die Kopfhörer ab und griff erneut nach seinem Handy. Er sah, dass der Akku nicht mehr viel hergab. Sollte er noch einmal versuchen, Jane anzurufen? Es kam ihm sinnlos vor, er hatte ihr auch zu Hause auf den AB gesprochen, aber er wollte ihr noch eine SMS schicken, wenigstens das. Er tippte den Text: *Mache mir Sorgen, bitte anrufen. – T* – und sah auf seinem Display, wie das Briefchen davonflatterte. Dann wählte er die Nummer von Hebold.

»Bist du im ICC?«

»Ja, klar«, sagte Hebold. »Du nicht?«
»Hast du Jane gesehen?«
»Nein.«
»Hör zu, Hebold, mein Akku ist gleich leer. Tu mir einen Gefallen und versuch, Jane zu erreichen. Zu Hause, auf ihrem Handy, in der Redaktion, im ICC. Ich mache mir Sorgen um sie. Okay?«
»Was ist denn passiert?«
»Ich hoffe, nichts, aber ich mache mir Sorgen.«
»Und warum bist du nicht hier? Wo bist du?«
»Erzähl ich dir später.«
»Oh, großes Indianergeheimnis?«
*Indianergeheimnis!*
Es war dieses eine Wort, das den Knoten platzen ließ. Dieses Wort, das er seit seiner Kindheit nicht mehr gehört hatte, nicht bewusst jedenfalls. Tagelang war ihm der Daniel-Song durch den Kopf gegangen, tagelang hatte er versucht herauszufinden, was es mit diesem Namen auf sich hatte, was ihm daran so vertraut war. Jetzt sprang das Tor zur Erinnerung auf ...

... UND ALLES WAR WIEDER DA. Die Szene auf dem Schulhof, das Gebrüll der Mitschüler und seine eigene plötzlich aufplatzende Wut auf diese ganze feige Bande! Er bahnte sich einen Weg durch den Pulk der brüllenden und lachenden Schüler, stürzte sich auf den Dicken und rammte ihm die Faust in sein schwitzendes Gesicht. Es war ein großartiges Gefühl!
Als die anderen fort waren, saßen sie auf der niedrigen Mauer aus gelben Klinkersteinen, in die der Zaun eingelassen war, der den Schulhof umfriedete. Sie würden zu spät in den Unterricht kommen, aber das war jetzt nicht so wichtig. Troller und der andere: ein schmaler, zarter, strohblonder Junge mit einer verdreckten hellen Hose, einem fleckigen

blassroten Polohemd und einem blutigen Gesicht. Er hielt den Kopf nach unten, und das Blut tropfte aus seiner Nase auf den sandigen Boden.

»Warte«, sagte Troller, »ich mach nur eben mein Taschentuch nass, dann waschen wir dein Gesicht.«

»Nein«, sagte der andere und zog ein blütenweißes Tuch aus seiner Hosentasche hervor, »nicht deins. Nimm meins.«

Es gab einen Brunnen auf dem Schulhof, vier wasserspeiende Fische, in jede Himmelsrichtung einer. Troller hielt das weiße Taschentuch unter das fließende Wasser und wrang es leicht aus, während er zu dem Blonden zurückging. Die Nase blutete jetzt kaum noch.

»Halt mal still.«

»Nein, gib her, ich mach das selbst.«

»Du hältst jetzt still«, sagte Troller. »Keine Widerrede.«

Worte, die er selbst oft genug von seiner Mutter gehört hatte. Und auch die Geste kannte er von ihr: mit dem Taschentuch über das Gesicht fahren, nicht zu fest, aber doch fest genug, um die blutigen Flecken abzuwaschen.

»Au!«

»Was ist?«

»Ich glaube, er hat mir das Nasenbein gebrochen.«

Es war tatsächlich gebrochen. Daniel, so hieß der Blonde, musste zum Arzt und die Nase richten lassen. Er blieb ein paar Tage zu Hause, bevor er wieder zur Schule kam. Inzwischen hatte Troller Erkundigungen über ihn eingezogen. Er ging in die Parallelklasse, war aber ein Jahr jünger als Troller. Er kam aus einem reichen Elternhaus, sein Vater war Reeder, besaß Schiffe, die in alle Welt fuhren, und hatte sogar ein Privatflugzeug. Manchmal, so hieß es, wurde der Blonde in einem riesigen Mercedes zur Schule gefahren. Von einem Chauffeur in grauer Uniform.

Als er nach ein paar Tagen wieder in die Schule kam, waren sie befreundet. Es ging mehr von Daniel aus, aber Troller ließ es geschehen, ein bisschen verwundert über sich selbst. Er mochte diesen zarten, blonden Jungen, der sich für alles interessierte, was es auf der Welt gab, außer für Sport. »Dafür ist mir meine Lebenszeit zu schade«, sagte er, und Troller wunderte sich darüber, dass ein Elfjähriger schon so redete, aber wahrscheinlich hatte er den Satz von seinem Vater aufgeschnappt.

Sie wohnten in einer Villa an der Elbchaussee, mit riesigen Hortensien- und Rhododendronbüschen im Vorgarten und Säulen vor dem überdachten Eingang. Außer dem Chauffeur gab es noch eine Haushälterin und einen Gärtner, die den jungen Herrn mit großem Respekt behandelten. Bei Troller zu Hause gab es keine Dienstboten, und er fand es sonderbar und unangemessen, dass Erwachsene ein Kind hofierten. Daniel nahm das mit großer Selbstverständlichkeit hin, nicht überheblich, aber doch mit dem Gefühl, dass es sich so gehörte. Umso verstörender musste für ihn die Demütigung auf dem Schulhof gewesen sein, aber er sprach nie wieder davon, nicht ein einziges Mal, und wenn er es getan hätte, dann wahrscheinlich nur, um zu betonen, wie froh er jetzt über die Freundschaft mit Troller sei.

Sie gingen an der Elbe spazieren, fuhren Tretboot auf der Alster, gingen zusammen ins Kino, ja sogar ins Theater (zusammen mit Daniels Eltern), und sie langweilten sich nicht eine Sekunde miteinander. Sie hatten sich immer etwas zu erzählen, über das, was sie in der Schule erlebt hatten, über das Buch, das sie gerade lasen, über eine Sendung, die sie im Fernsehen gesehen hatten, über die Mitschüler, die Lehrer oder ihre Eltern. Sie schworen sich – das geschah auf Daniels Wunsch –, einander immer die Wahrheit zu sagen und nichts zu verschweigen. Troller hielt sich nicht wörtlich daran, er legte den Schwur mehr so aus, dass er Daniel niemals böswillig belügen würde, aber alles sagen? Sollte er ihm etwa sagen, dass er in Daniels Mutter verliebt war?

Sie sah Daniel ähnlich, blond, klein, sehr zart und, wie Troller fand, von geradezu außerirdischer Schönheit. Sie spielte hinreißend Klavier, gab sogar öffentliche Konzerte, und manchmal, es war Sommer, lag sie im Bikini am Schwimmbad, trug eine riesige Sonnenbrille, und Troller wusste nie, ob sie jetzt in dem Buch las, das auf ihren Knien lag, oder ob sie Daniel und ihm beim Schwimmen zusah. Er wünschte sich, sie wäre seine Mutter, und hatte deswegen ein schlechtes Gewissen. Aber in Wirklichkeit wünschte er, dass sie seine Geliebte wäre, nur traute er sich noch nicht, so etwas zu denken. Ein paarmal bekam er die Erlaubnis, bei Daniel zu übernachten, und dann kam Daniels Mutter vor dem Einschlafen zu ihnen ins Zimmer und strich auch ihm zur guten Nacht über den Kopf. Er wäre fast verrückt geworden vor Freude und vor Sehnsucht.

Nachdem sie vielleicht einen Monat oder zwei miteinander befreundet gewesen waren, schlug Daniel vor, dass sie einen Pakt schließen sollten, einen Freundschaftspakt, so etwas wie Blutsbrüderschaft. Sie hatten *Winnetou* gesehen und sich an der Freundschaft von Winnetou und Old Shatterhand begeistert, weniger an dem Film als an dieser Freundschaft, und ein paar Tage später kam von Daniel der Vorschlag, diesen Pakt zu schließen. Troller erinnerte sich nicht mehr an einzelne Paragraphen, aber immerhin daran, dass es ein geheimer Pakt gewesen war, mit dem Schwur der Treue bis in den Tod und allerlei anderen pathetisch formulierten Beteuerungen.

Die Unterzeichnung des Pakts wurde von Daniel als feierlicher Akt gestaltet, er hatte sogar Blumen und silberne Kerzenleuchter auf seinen Mahagonischreibtisch gestellt, hatte die je zwei DIN-A4-Seiten, auf die er mit sauberer Handschrift den Text geschrieben hatte, in eine schwere, dunkelbraune lederne Mappe hineingelegt und sich den mächtigen Montblanc-Füllfederhalter seines Vaters ausgeliehen. So hatten sie sich im Bewusstsein der Bedeutung dieses feierlichen Augenblicks hingesetzt und einer nach dem anderen beide Exemplare unterschrieben. Auch Troller hatte sich für einen Augenblick von diesem heiligen Ernst anstecken lassen und es sogar befürwortet, dass sie ihren magischen Bund damit besiegelten, dass sie sich die Haut ritzten und ihr Blut vermischten.

Nicht lange danach fand die Freundschaft mit Daniel ein abruptes Ende. Hans Iversen, Daniels Vater, stürzte mit seinem Flugzeug ab. Er hatte die Maschine selbst geflogen, und außer ihm war nur ein einziger Passagier an Bord: Daniels Mutter.

Troller bekam nicht einmal die Gelegenheit, seinen Freund zu trösten. Er sah ihn nie wieder. Er hörte von dem Unfall, las im *Hamburger Abendblatt* von der Beerdigung, erfuhr, dass Daniel zu Verwandten ins Ausland gebracht worden war, und nahm das seltsamerweise alles wie ein Naturereignis hin, als hätte es so kommen müssen, unausweichlich. Flugzeuge stürzten ab, Menschen starben, Freunde gingen fort, so war das eben. Troller vergaß Daniel, vergaß den Pakt und den Treueschwur, vergaß die Villa an der Elbchaussee und sogar Daniels Mutter, in die er so verliebt gewesen war.

Er sah auf dem Monitor, dass der Techniker seinen Job erledigt hatte, und setzte die Kopfhörer wieder auf. Jetzt war es also endlich gelöst, das Daniel-Geheimnis! Er hatte in den letzten Tagen immer wieder darüber nachgegrübelt, warum dieser Name eine so eigenartig vertraute Empfindung in ihm hervorrief, nun hatte die Grübelei ein Ende. Was mochte damals aus Daniel Iversen geworden sein?

Eine Passage aus der E-Mail, die Kant nach dem Attentat auf Laurenz Block geschrieben hatte, kam ihm auf einmal in den Sinn: *Manchmal geschieht es eben, dass einem das Liebste auf der Welt fortgerissen wird.* *War es nicht auch bei*

*Kant so, als seine Mutter starb? Er war noch ein Kind damals. Und er hat niemals eine andere Frau geliebt.*

Wieso hatten Jane und er diesen Worten keine Beachtung geschenkt?

»Danke, Cathy«, begann Piet van Dijk mit einem asthmatischen Schnaufen. Seine kleinen Äuglein verschwanden fast in seinem breiten Gesicht. »Ich fand Ihre Ausführungen über die Wühlmäuse höchst interessant, da sie uns vor Augen geführt haben, dass Moral in letzter Instanz kein geistiges, sondern ein biochemisches Konzept ist. Man kann ja mit einiger Ironie – und ich weiß, dass Sie als Naturwissenschaftlerin diese Formulierung sorgsam vermieden haben – die Prairiewühlmaus als die moralische Maus bezeichnen; wohingegen die in den wilden Klüften der Berge umherstreifenden *montane vole* der Anarchist, der Outcast wäre. Ist es nicht außerordentlich aufschlussreich, dass die Prairiemaus ein dauerhaftes Nest besitzt? Auch der Mensch wurde erst moralisch, als er sesshaft wurde. Wer aber da draußen herumstreift und das Haus bedroht, das ist der Fremde, der Barbar. Und doch steckt, wie wir von Sigmund Freud gelernt haben, der Barbar in jedem von uns, verborgen in den dunklen Winkeln unseres Unbewussten. Wie aber, das ist ja die große Menschheitsfrage, wird der Barbar domestiziert? Wie wird die Bestie gezähmt? Durch Religion? Durch Humanismus? Durch Gesetz und Strafe? Nein, sondern – *cum grano salis* gesprochen – durch eine kräftige Dosis Vasopressin. Man mag das für bedenklich halten, ich aber sehe darin einen Hoffnungsschimmer, einen Silberstreif am Horizont, eine Lichtung in der Finsternis, die uns umgibt. Ich spreche von der Finsternis, in die uns zweieinhalbtausend Jahre Humanismus geführt haben; und Religion ist, wie Sie wissen, nur eine Spielart des Humanismus.«

Troller sah, wie der Moderator auf und ab ging und nervös an seinen Manschetten zupfte.

»Lassen Sie mich dazu«, fuhr Piet van Dijk ungerührt fort, »noch eine kleine, aber nicht unbedeutende Bemerkung anfügen. Sie alle kennen meine These: Das Projekt des Humanismus ist gescheitert. Doch worin bestand dieses Projekt? Letztlich doch darin, den Menschen mit Hilfe von Büchern zu zähmen. Auch die Bibel ist ja ein Buch. Auch der Koran. Es waren Schriftgelehrte, Priester und Lehrer, die über die Jahrhunderte das Werk der Zähmung der Bestie übernommen hatten. Aber die Geschichte – besonders die des zwanzigsten Jahrhunderts – hat gezeigt, dass sie gescheitert sind. Die Welt ist aus den Fugen, der Mensch ist aus den Fugen, und was wir heute brauchen, ist nicht eine Wiederbelebung des Humanismus, sondern eine Neuzüchtung des Menschen.«

»Ausgezeichnet, Piet«, sagte William Draft, »und ich möchte an dieser Stelle auf ein Argument eingehen, das uns häufig entgegengebracht wird. Das Argument nämlich, dass die schlimmsten Verbrechen des vergangenen Jahrhunderts, die Massenmorde der russischen Kommunisten, die Massenmorde der deutschen Faschisten, die Massenmorde der Kommunisten in China, die Massenmorde der Kommunisten in Kambodscha – dass all diese Vernichtungsorgien und Ausrottungsmaschinerien nicht religiös gewesen seien. Ich bestreite das. Sowohl der Kommunismus in seinen verschiedenen Spielarten als auch der Nazifaschismus waren zumindest quasireligiöse Bewegungen. Sie waren irrational, wie Religion irrational ist. Sie waren totalitär, wie Religion totalitär ist. Sie waren diesseitsverachtend und erlösungsgläubig. Und ich bin sicher, Rafat Nalburian hätte in den Schläfenlappen der gläubigen Nazis oder Kommunisten ähnliche Neuronengewitter gemessen wie bei den gläubigen Christen. Was ich aber eigentlich sagen will, ist Folgendes: Wir treffen hier zusammen, weil wir die Welt von Religion bedroht sehen, weil wir den Clash of Civilizations fürchten, den dritten Weltkrieg oder das Selbstmordattentat eines religiös Verblendeten, der sich mit einer Atombombe auf dem Rücken in London oder New York in die Luft sprengt. Das ist die Angst, die uns umtreibt; denn es kann einem heute, in unserer hochtechnisierten und vernetzten Welt, nicht mehr gleichgültig sein, mit welchen archaischen Wahnideen sich unsere Mitmenschen herumtragen.«

»So ist es«, sagte James Lassiter, der Manager von Braintech, mit einer hohen Stimme, die in seltsamem Kontrast zu seiner bulligen Erscheinung stand. »Wir haben zwar nicht die Möglichkeit, die Technik dem Menschen anzupassen, aber wir haben das Know-how, den Menschen der Technik anzupassen.«

Troller kannte dieses Argument. Es war auch eigentlich nicht neu: Das Gehirn des Menschen, so hatten einige Anhänger der Friedensbewegung argumentiert, sei viel zu archaisch, als dass er mit Atomwaffen oder biologischen Waffen verantwortungsvoll umgehen könnte. Dieser Widerspruch sei nur durch Abrüstung zu lösen. Aber der Braintech-Manager löste ihn nach der anderen Seite hin auf: Wenn Mensch und Technik nicht zusammenpassen, dann muss man – den Menschen verändern!

»Womit wir ja längst begonnen haben«, fügte Konstantin Murnau, der Hirnforscher, hinzu. »Wir verändern den Menschen mit Prozac, mit Retalin, mit Viagra, und wir haben ihn auch schon mit der Antibabypille verändert. Oder, wenn Ihnen diese Beispiele noch zu wenig spektakulär sind: Wir verändern ihn, indem wir ihm Elektroden ins Hirn pflanzen, um ihn von der Schüttellähmung zu erlösen; und wir verändern ihn, indem wir ihm einen Mikrochip ins Hirn pflanzen, damit er mit bloßen Gedanken einen Computer steuern kann. Und das alles ist erst der Anfang.«

»Das will ich meinen«, bekräftigte der Manager mit seiner Fistelstimme.

»Mir kommt es übrigens immer wie eine List der Evolution

vor«, sagte William Draft, »dass genau in der Mitte des zwanzigsten Jahrhunderts, ausgerechnet in dem verheerendsten Jahrhundert der Weltgeschichte, jene Heroen auf den Plan getreten sind, die uns den Weg zu einer Neuzüchtung des Menschen gezeigt haben. Ich spreche von Francis Crick und James Watson, die 1953 das Modell des DNA-Moleküls entdeckten.«

»Da kann ich nur beipflichten«, sagte Piet van Dijk mit einem weiteren Schnaufen. »Es sind diese beiden, denen wir den entscheidenden Beitrag zur Entwicklung der Anthropotechniken zu verdanken haben, mit denen es uns in absehbarer Zukunft möglich wird, einen neuen Menschen zu züchten. Bereits Platon hat ja in seinem Dialog über Politikos und Politeia den Gedanken der Menschenhütung und Menschenzüchtung in aller uranfänglichen Klarheit und Deutlichkeit formuliert, und ...«

»Ich möchte noch einmal auf die Wühlmäuse zurückkommen«, unterbrach Catherine LeClerc, die sich in dieser Männerrunde recht gut behauptete. »Und zwar auf die Möglichkeit, mit Hilfe der Zuführung von Vasopressin das moralische Verhalten der Maus zu steuern. Ich finde das, wie gesagt, ganz erstaunlich. Und wenn wir nun von Rafat Nalburian hören, dass wir die religiösen Wahnvorstellungen unserer Mitmenschen einer bestimmten Gruppe von Neuronen in den Schläfenlappen zu verdanken haben« – bei den Worten *zu verdanken* hob sie die Unterarme und schrieb Anführungsstriche in die Luft –, »dann liegt es doch nahe, danach zu fragen, wie diese Gruppe von Neuronen mit Hilfe von geeigneten Neurotransmittern oder entsprechenden Transmissionshemmern zu beeinflussen ist.«

Eine Frau aus dem Publikum, die Troller auf dem Monitor nicht sehen konnte, meldete sich zu Wort und wollte wissen, wie weit man mit der Entwicklung eines solchen Gegengiftes gegen den religiösen Wahn schon sei.

Rafat Nalburian, der in der zweiten Reihe Platz genommen hatte, stand auf. »Es ist hübsch, dass Sie von einem Gegengift sprechen«, sagte er. »Francis Crick, von dem eben die Rede war, sprach ja wörtlich von einem *theotoxin*, also einem Gottesgift. Wir arbeiten tatsächlich an einem Gegengift, und ich kann Sie nur bitten, Ihre Frage bei unserem nächsten Jahrestreffen noch einmal zu stellen. Dann werde ich vielleicht schon eine konkrete und optimistische Antwort für Sie haben.«

»Es gibt aber auch noch andere Möglichkeiten«, meldete sich James Lassiter wieder zu Wort, »nämlich Magnetstimulation. Wir von Braintech sind ja, wie viele von Ihnen wissen, dabei, einen neuen, sehr handlichen Magnetresonanztomographen zu entwickeln, der sich wie ein Metalldetektor an Flughäfen oder am Eingang von Schiffen oder anderen sicherheitssensiblen Bereichen aufstellen lässt, um nach gefährlichen Mustern im Gehirn von Passagieren oder Besuchern zu fahnden. Das ist einerseits eine Frage der Theorie – welches Muster erkennen wir als gefährlich? – und andererseits eine Frage der Technik – wie einfach, unkompliziert und bezahlbar machen wir es, diese Technik flächendeckend zu installieren? Unsere Idee ist es nun, diese Apparate so zu konstruieren, dass sie nicht nur messen, was drin ist, sondern auch darauf Einfluss nehmen.«

»Sie meinen«, fragte William Draft, »Sie wollen den Apparat nicht nur dazu einsetzen, ein islamistisches Muster zu erkennen, sondern auch gleich dazu, dieses Muster außer Kraft zu setzen?«

»Ja, sicher, genau das meine ich.«

Wieder wollte jemand aus den Reihen außerhalb des von der Kamera erfassten Bereichs etwas genauer wissen. »Mich würde interessieren«, hörte Troller eine Männerstimme, »wie weit diese Technik der gezielten Beeinflussung des Hirns durch Magnetstimulation bereits entwickelt ist.«

»Nun ja«, antwortete der Braintech-Manager ausweichend, »wir haben durchaus schon beachtliche Anfangserfolge mit unserer Magnetstimulation erreicht. Verbesserung der Kreativität, der Assoziationsfähigkeit, des Denkens überhaupt. Aber was unser spezielles Thema betrifft, kann ich nur sagen: Wir forschen unter Hochdruck. Sie wissen ja selbst, wie rasant die Entwicklung voranschreitet. Das Wichtigste ist meines Erachtens, dass man ein klares Ziel definiert. Alles Weitere ist im Prinzip machbar.«

In der dritten Reihe stand eine dunkelhaarige, indianisch aussehende Frau auf und fragte, ob es nicht doch gefährlich sei, so offen über diese Dinge zu sprechen. Wenn die Öffentlichkeit davon Wind bekäme, dann könnte das doch unter Umständen kontraproduktiv für die Forschung sein.

»Das bringt mich auf die Frage mit den Wühlmäusen zurück«, sagte Cathy LeClerc mit einem ironischen Lächeln. »Verzeihen Sie, dass ich so darauf insistiere. Unser Forschungsziel ist es doch, eine Substanz oder ein Mittel zu finden, das die Menschen von ihrem religiösen Wahn befreit. Die Atheismuspille, wenn Sie so wollen.« Sie schaute in die Runde, und die anderen nickten. »Okay. Gesetzt, wir haben diese Pille gefunden, wie bringen wir sie zum Einsatz? Ich meine, gerade diejenigen, die sie am meisten nötig hätten, die Fundamentalisten, die Anhänger von Jerry Falwell in den USA oder von Ajatolla Khamenei im Iran, gerade diese Gläubigen werden doch den Teufel tun und unsere Pille schlucken.«

»Wir halten ihnen die Nase zu und spülen mit Wasser nach«, sagte James Lassiter mit einem unzweideutigen Grinsen.

Troller saß mit ungläubigem Staunen vor dem Monitor.

»Verzeihen Sie«, wandte Piet van Dijk ein, »ich denke, das ist unter unserem Niveau. Wir müssen und werden Mittel und Wege finden, um die Menschen freiwillig …«

»Freiwillig, Piet?«, rief Konstantin Murnau aus. Troller

ahnte sofort, worauf es hinauslaufen würde, und es lief auch darauf hinaus. »Freiwillig? Auf welchem Stern leben Sie denn? Sie wollen den Humanismus überwinden und glauben an den freien Willen? So wird es aber nichts mit der Menschenhütung und Menschenzüchtung, von der schon Platon gesprochen hat. Wenn Sie eine Pflanze züchten, fragen Sie sie, ob sie gezüchtet werden will? Wenn Sie ein Pferd züchten, fragen Sie es, ob es gezüchtet werden will? Wenn Sie einen neuen Menschen züchten wollen, fragen Sie den alten, ob er zugrunde gehen will? Nein, und das müssen Sie auch gar nicht, weil es den freien Willen gar nicht gibt! Der freie Wille ist eine Illusion, das haben wir in unserem Manifest unwiderleglich bewiesen …«

»Na ja«, sagte William Draft gutmütig, »unwiderleglich ist ein hohes Wort. Unwiderleglich im streng wissenschaftlichen Sinne ist ja nicht einmal die These, dass eine silberne Teekanne um die Erde kreist.«

»Sie haben recht, Bill«, erwiderte der Hirnforscher. »Dann lassen Sie es mich so formulieren: Wir Hirnforscher haben den freien Willen nirgendwo gefunden. Was wir dagegen sehr wohl gefunden haben, ist der Beweis dafür, dass das Gehirn, dieses in der Geschichte der Evolution so einzigartige Organ, unser Denken, Fühlen, Handeln und unseren Glauben bestimmt. Warum also sollten wir dieses Organ nicht so verändern, dass es von seinen dümmsten und gefährlichsten Illusionen Abschied nimmt?«

»Es ging ja um die Freiwilligkeit«, sagte Piet van Dijk. »Oder darum, ob wir den Menschen die Atheismuspille mit Gewalt einflößen dürfen.«

»Von mir aus können wir sie auch als geschmacksneutralen Zusatz ins Trinkwasser eingeben«, sagte James Lassiter mit dem Hochmut des Machers gegenüber dem Bedenkenträger. »Hauptsache, wir schlagen dieser Hydra die Köpfe ab. Wenn es mir darum geht, ein paar Milliarden Menschen von ihrem verhängnisvollen Wahn zu befreien, dann bin ich doch nicht zimperlich mit meinen Mitteln. Ich meine, Sie selber, Sie alle miteinander, haben die Religion als Geisteskrankheit charakterisiert, und zwar als eine gefährliche Geisteskrankheit Und da soll ich darauf warten, dass die Verrückten zu mir kommen und sagen, bitte, Mr Lassiter, befreien Sie mich von meinem Gotteswahn und geben Sie mir die Atheismuspille? Nein, Herrschaften, ich tue, was ich tun muss. Ich handle. Und ich befreie sie von ihrem Wahn, ob sie wollen oder nicht. Basta.«

Es war seltsam unpassend, wie diese hohe Stimme in dem bulligen Körper ein solches Machtwort hervorbrachte. Selbst den Mitdiskutierenden schien für einen Augenblick der Atem zu stocken. Es war die logische Konsequenz, die James Lassiter in aller Deutlichkeit ausgesprochen hatte. Die Konsequenz ihres Denkens, ihres Forschens, ihres Handelns. *Wir lösen das Rätsel des Bewusstseins* – das klang edel und gut. *Wir werden euer Bewusstsein beherrschen* – das klang erschreckend und bedrohlich. Und doch waren diese beiden Sätze nur zwei Seiten ein und derselben Gleichung.

# 35

Troller nahm den Kopfhörer ab und holte tief Luft. Er hatte während der letzten Minuten kaum noch geatmet, er hatte auf den Monitor gestarrt, seinen Ohren nicht getraut, mit offenem Mund dagesessen und kaum merklich den Kopf geschüttelt.

Jetzt schaute er sich, wie aus einem bösen Traum erwacht, im Zimmer um, sah die Vorhänge mit ihren goldenen Quadraten, sah den zierlichen, intarsiengeschmückten Sekretär, auf dem das Notebook stand, sah die Biedermeierstühle und den kleinen, mit blauem Velour bezogenen Sessel, sah das ganze Interieur dieser Luxuszelle, in die er sich selber eingesperrt hatte, und wusste nicht, wohin mit sich. Alles, was er eben gehört und gesehen hatte, ballte sich in ihm zu einem Knäuel von Eindrücken zusammen, in seinem Kopf und in seiner Brust. Aber während der Kopf versuchte, das alles sachlich einzuordnen, zu beurteilen, zu bewerten, war das Gefühl in seiner Brust nichts anderes als ein dumpfes Durcheinander von Zorn, Wut und Empörung.

Wovon redeten diese Leute? Moral ein biochemisches Konzept! Die moralische Maus und der wilde Geselle. Der Einheimische und der Barbar! Der Humanismus und die Zähmung des Menschen. Die Priester und die Wissenschaftler. Überwachen und Strafen oder Intervening in the Brain. Menschenhüter. Menschenzüchter. Darauf lief es hinaus. Und es lief nicht nur einfach so darauf hinaus, es war nicht nur die Logik ihrer Forschung, die ungewollte Konsequenz, wie Troller bisher immer gedacht hatte, nein, sie wollten es ganz bewusst. Der ganze Club! Sie wollten die Veränderung des Erbguts und den Eingriff in die Gehirne. Sie wollten Gott oder der Evolution das Heft aus der Hand nehmen und selber Menschenzüchter sein, Designer des zukünftigen Menschen. Sie sagten, es gäbe keinen freien Willen, aber was sie meinten, war, dass sie dabei waren, den freien Willen abzuschaffen. Oder genauer: den Willen der anderen, der Menschen, mit denen sie experimentierten. Sie selbst waren durchaus imstande, etwas zu wollen, nur die anderen wurden gewollt. Sie selbst waren die Züchter, während die anderen gezüchtet wurden. Wenn sie den freien Willen als Illusion bezeichneten, dann diente das vor allem dazu, die Menschen bereitzumachen, bereit, sich der Manipulation durch ihre Anthropotechniken zu öffnen, die bereits existierenden und diejenigen, die sie dabei waren zu entwickeln. Natürlich würden es immer erst die Outcasts sein, die für den Eingriff freigegeben wurden, die Schwerverbrecher, mit denen man schon immer gern experimentierte, die Schwerkranken, denen jede Hilfe recht war. Aber dann, so nach und nach, würde der Krankheitsbegriff ausgeweitet werden, das hatte man ja beim ADH-Syndrom gesehen oder bei der Lobotomie, und am Ende war jeder krank, der nicht ihre Gedanken dachte und ihren Verhaltensnormen entsprach. Kein Wunder, dass sie gegen die Religion zu Felde zogen, gegen die Lehrer und Priester, die in den vergangenen Jahrtausenden das Geschäft der Zähmung des Menschen betrieben hatten; denn das waren ihre Konkurrenten. Sie aber waren die neuen Priester. Nur dass sie ihre magische Kraft nicht mehr aus dem gesprochenen Wort und der Schrift bezogen, sondern aus dem Magnetresonanztomographen, dem PET-Scanner und dem Computer.

Troller stand von seinem Biedermeierstuhl auf und lief wie ein gefangenes Tier in dem kleinen Zimmer auf und ab. Er wusste nicht, wohin mit seinem Zorn. Kant hatte recht! Man musste diese ganze Bande in die Luft sprengen. Warum sollte er ihn daran hindern? Er konnte es ja sowieso nicht, er war hier gefangen, er war nur Zuschauer, er war, wenn man so wollte, ein *embedded journalist* in dem Krieg, den Kant gegen den Club führte, aber selbst wenn! Wenn er Partei ergreifen sollte für den einen oder die anderen, dann war er auf der Seite von Kant! Dieser Club war eine Gefahr für die Menschheit. Ihn zu vernichten war ein Werk der Vernunft, ein vielleicht letztes Aufbäumen des moralischen Menschen gegen diejenigen, die schon immer behauptet hatten, sich in einer moralfreien Sphäre zu bewegen, und die nun aus der ganzen Welt eine Sphäre ohne Moral machen wollten. Kant hatte recht: Worte halfen nicht. Nicht wenn Milliardäre wie Ron Gebhardt und Firmen wie Braintech die Macht hatten, Wissenschaftler, Politiker und Journalisten zu korrumpieren. Sie alle redeten, als ginge es ihnen darum, das Licht der Aufklärung gegen die Finsternis der Religion zu verteidigen, aber was hatte dies alles noch mit der Aufklärung zu tun? Das Ideal der Aufklärung war das autonome, frei denkende und verantwortungsvoll entscheidende Individuum. Der Mensch des neuen wissenschaftlichen Zeitalters, auf das sie zusteuerten, war eine manipulierte Maus. Mochte die Wissenschaft auch ein Kind der Aufklärung gewesen sein, inzwischen hatte das Kind die Mutter gefressen. Die Aufklärung ist tot, es lebe die Wissenschaft!

Er wäre jetzt gern dort drüben gewesen, ein paar Meter entfernt im Hauptgebäude, und hätte diesem ganzen Club die Wahrheit ins Gesicht geschrien, die Wahrheit, dass sie nicht Menschenzüchter und Menschenzähmer seien, sondern Menschheitsverbrecher. Aber wie sollte er dort hinkommen? Er lief im Zimmer auf und ab, drei Schritte in die eine Richtung, drei Schritte in die andere, und zitterte vor Wut über seine Machtlosigkeit.

Sie standen draussen auf der Terrasse und rauchten. Jane fand es ausgesprochen rücksichtsvoll, dass sie nach draußen gegangen waren, um zu rauchen, aber noch rücksichtsvoller wäre es gewesen, wenn sie endlich USB-Stick und Notebook gepackt hätten und verschwunden wären.

Vitali hielt in der einen Hand die Zigarette und in der anderen sein Handy. Mit wem telefonierte er? Wahrscheinlich mit seinen Auftraggebern von Braintech. Deswegen waren sie rausgegangen. Damit Jane nicht mithören konnte.

Vitali wiegte mit ernster Miene den Kopf, als sie wieder hereinkamen. »Jetzt kommt Preisfrage«, sagte er.

»Jetzt kommt Hauptgewinn fjur mich«, sagte Wladimir.

»Wie lautet die Preisfrage?«

»Preisfrage lautet: Wie kommt Datei auf USB-Stick?«

»Wie bitte?«

»Sie will Fjunfzig-fjunfzig-Joker«, sagte Wladimir und fasste sich zwischen die Beine.

»Tut mir leid, ich verstehe die Frage wirklich nicht.«

»Oder sie will anrufen klugen Freund. Troller. Oder Mister Teschemaker.«

»Ja«, sagte Jane, »das würde ich wirklich gern.«

»Ich sage nur noch einmal«, sagte Vitali. »Wie sind Dateien gekommen auf deinen Stick? Bitte, machen keine Probleme!«

Es klang beinahe aufrichtig. Er wollte sie nicht foltern. Er wollte auch nicht das, was sein Bruder wollte. Er war ein Profi. Er wollte seinen Job machen und nach Hause gehen. Wo immer das war.

»Ich hab die Dateien draufgeladen«, sagte sie.

»Wo? Und wie?«

Sie hatten mit Braintech telefoniert, und Braintech hatte sie auf die Idee gebracht, dass es noch weitere Kopien geben könnte. Die einzige Chance für Braintech, zu verhindern, dass die Korruptionsgeschichte an die Öffentlichkeit kam, war die Beseitigung sämtlicher Kopien. Und Janes einzige

Chance, den Artikel zu bringen, war es, eine der Kopien zu behalten. Wenn sie die Dateien sofort an *Fazit* gemailt hätte, wäre sie jetzt aus dem Schneider. Dann würden die beiden abziehen, weil das, was sie verhindern wollten, schon geschehen war. Aber offenbar hatten die Auftraggeber die Hoffnung noch nicht aufgegeben. Das hieß: Sie würden sie so lange bearbeiten, bis sie ihnen etwas lieferte.

Wladimir ging zum Tisch, nahm die Rolle mit dem silbernen Klebeband, benutzte die Zange, um ein Stück davon abzuschneiden, und kam mit diesem Stück und der Zange zu ihr. Er würde ihr den Mund zukleben und dann die Zange ansetzen. Sie würde nicht einmal schreien können.

»Moment!«, rief sie. Es klang panisch, und das war es auch.

»Siehst du«, sagte Wladimir auf Russisch. »Sie hat gelogen.«

»Ich habe die Dateien von London aus gemailt. Okay?«

»An wen?«

»An mich selbst.«

»Wie lautet Mail-Adresse?«

»Jane Punkt Anderson at gmx Punkt d-e.«

»Von da hast du Mail abgeschickt?«

»Ja. Von – und an.« Sie hatte die Mail mit den Dateien im Anhang an sich selbst geschickt. Von der gmx-Adresse an die gmx-Adresse. Und an Trollers.

Vitali gab Wladimir einen Wink. Wladimir setzte sich wieder an den Computer.

Er fand die Mail mit dem Attachment im Eingangsordner. »Chab ich gelöscht«, sagte er einen Mausklick später. Dann ging er in den Ausgangsordner. Mit aller Macht bewahrte sie sich einen kleinen Funken Hoffnung: Vielleicht würde er die im Gesendet-Ordner gespeicherte Mail auch einfach löschen, ohne sie genauer anzuschauen. Aber er war nicht blöd. Leider. »Mail wurde an zwei Adressen geschickt«, sagte er. »An eigene Adresse und an Troller.«

Und damit hatten sie ein neues Problem.

Sie gingen wieder hinaus und rauchten. Aber sie telefonierten nicht, sie redeten miteinander. Sie berieten sich. Es war klar, was sie brauchten: erstens das Passwort für Trollers E-Mail-Account und zweitens eine Antwort auf die Frage, ob Troller die Dateien auf seinem Computer gespeichert, auf einem Stick gesichert oder sonst wohin verschickt hatte. Mit anderen Worten: ob sie den Vogel wieder einfangen konnten oder ob er schon über alle Berge war.

Vitali hatte seine Pistole in der Hand, als er zurückkam. »Ruf Troller an«, sagte er. »Sag ihm: Computer ist abgestürzt. Frag ihn nach Passwort von seiner E-Mail. Und ob er Dateien gespeichert hat. Ein falsches Wort und – peng.«

Ihre Hände waren immer noch gefesselt. Sie banden sie auch nicht los. Vitali hielt ihr den Hörer ans Ohr, während Wladimir die Nummer von Trollers Handy wählte.

Troller meldete sich sofort. Sie hatten auf Lautsprecher gestellt und konnten mithören. »Um Gottes willen, wo bist du?«, fragte er. »Ich mache mir die größten Sorgen um dich. Geht es dir gut?«

Sie zögerte einen Augenblick. Sie spürte den kalten Stahl im Genick. »Ja«, sagte sie. »Ich bin okay.«

»Hör zu, es ist grauenvoll. Es ist erschreckend, was hier abläuft. Ich sitze hier in einem kleinen Zimmer und kann die ganze Sache auf dem Monitor verfolgen ...«

»Troller!« Sie stieß den Namen hervor wie einen Hilfeschrei.

»Was ist? Wo bist du überhaupt?«

»Hör zu, Troller. Hör einfach zu. Ich brauche zwei Informationen von dir. Erstens: Ich habe dir doch aus London die Dateien von Braintech geschickt, okay?«

»Ja, klar.«

»Hast du die schon runtergeladen? Ich meine, auf deinen Computer?«

»Nein, tut mir leid. Wann hätte ich das machen sollen? Wir sind doch vom Flughafen aus gleich zu dir gefahren. Warum? Ist dein Computer abgestürzt?«

»Noch was: Wie lautet das Passwort für deine gmx-Adresse?«

»Warum fragst du danach? Du kennst es doch.«

*Ja, ich kenne es. Aber musst du das jetzt sagen, verdammt?!*

»Sag's einfach, Troller.«

»DeChirico.«

»Nicht Matisse?«

»Matisse hatte ich früher. Jetzt ist es DeChirico. Sag mal, was ist eigentlich ...«

Und Schluss. Vitali hatte die Verbindung unterbrochen.

»Wie man schreibt Kiriko?«

Jane buchstabierte. Wladimir gab das Passwort ein. Eine Minute später war die Mail mit den Braintech-Dateien auch in Trollers E-Mail-Ordner für immer gelöscht.

Jetzt würden sie abziehen, Gott sei Dank.

Vitali steckte die Instrumente in die Tasche seines dunkelgrauen Anzugs und nahm das Notebook unter den Arm. »Wir gehen«, sagte er.

»Geh du schon vor«, sagte Wladimir auf Russisch. »Ich bleibe. Sie hat gelogen. Sie hat nicht die ganze Wahrheit gesagt. Sie wollte uns austricksen. Sie hat Strafe verdient.«

Sie schaute Vitali an. Wartete darauf, dass er wieder *satknits* sagte. Oder einfach nur *njet*. Flehte ihn mit Blicken an, sie vor seinem Bruder zu retten. Ihr den Schmerz zu ersparen, die Demütigung, den Ekel. Und die tiefe innere Verletzung, die sie nie mehr loswerden würde.

»Ich warte unten«, sagte Vitali. »Aber mach schnell.«

SELTSAM. WIESO HATTE JANE DAS PASSWORT VERGESSEN? Sie wusste doch, dass er *Matisse* in *DeChirico* umgewandelt hatte, schon vor einem halben Jahr. Und warum wollte sie von ihm wissen, ob er die Dateien schon heruntergeladen hatte? Und warum hatte sie so plötzlich aufgelegt? Sie musste in großer Eile sein, wahrscheinlich drängte die Online-Redaktion auf den Artikel und sie hatte aus irgendeinem Grunde die Dateien verloren. Ohne die war der Artikel nichts wert, natürlich nicht. Die Redaktion musste sich ja absichern, bevor sie eine so brisante Sache an die Öffentlichkeit brachte. Sonst hätten sie eine dicke Schadensersatzklage von Braintech am Hals.

Es klang beinahe so ...

Vor seinem geistigen Auge sah Troller Jane in den Händen der beiden Russen, aber das war nur so ein Panikgedanke, das kannte er. Jane hatte sich schon oft darüber lustig gemacht, wie ängstlich er sein konnte. »Du schon wieder mit deinem Befürchtungstheater«, sagte sie, wenn er sich mal wieder darüber sorgte, was alles schiefgehen konnte. Es konnte ja immer alles schiefgehen. Man war niemals sicher. Der Zug konnte entgleisen, die Bremsen konnten versagen, der Ziegelstein konnte vom Dach fallen, die Kofferbombe konnte explodieren.

*Also komm, mach dich nicht verrückt.*

Aber er machte sich verrückt. Er war jetzt beinahe sicher, dass Jane von den beiden Russen überfallen worden war. Es war ja auch logisch, sie wollten die Braintech-Dateien, sie mussten verhindern, dass Jane etwas über die Bestechungen schrieb. Und ihre einzige Chance bestand darin, alle Kopien wieder einzufangen, daher die Frage nach seiner E-Mail-Adresse. Jane hatte gesagt, sie wüsste das Passwort nicht, die Russen hatten sie gezwungen, ihn anzurufen, aber natürlich hatten sie mitgehört, und Jane hätte ihr Leben riskiert, wenn sie einen falschen Satz gesagt hätte.

*Warum fragst du danach, du kennst es doch.*

Er hatte den falschen Satz gesagt! Ohne sich dessen bewusst zu sein, hatte er ihnen verraten, dass sie gelogen hatte.

Er hatte drauflos geplappert und die Folgen nicht bedacht. Er war leichtfertig gewesen, gedankenlos, naiv. Er hatte sie ans Messer geliefert!

Aber es war der falsche Moment, sich Vorwürfe zu machen, es ging nicht um sein Gewissen, sondern darum, wie er Jane retten konnte, bevor sie ihr etwas antaten.

*Lieber Gott, mach, dass es nicht schon zu spät ist!*

Er schnappte sich seine Lederjacke, lief zur Tür und öffnete sie. Er hielt inne, überlegte. Die DVDs fielen ihm ein. Er sollte sie mitnehmen, das kostete nur ein paar Sekunden. Er schloss die Tür wieder und lief zurück zum Computer.

Auf dem Monitor sah er, wie ein zierlich wirkender Mann mit wildem Haar und Rauschebart ans Pult trat. Der Mann, dessen Gegenwart er die ganze Zeit gespürt hatte. Der Mann, den er erwartet hatte. Der Mann, den sie gestern interviewt hatten.

Krauthammer.

Kant.

Troller sah den Moderator an seinen Manschetten herumzupfen und dachte, warum zieht er nicht ein anderes Hemd an, wenn es ihn so stört, und dann dachte er, wieso geht mir jetzt so etwas durch den Kopf, als ob das wichtig wäre, was mache ich denn nur, was soll ich tun? Er hatte die Kopfhörer nicht auf und hörte nicht, was der Moderator sagte, aber der Moderator hielt Kant für Krauthammer, alle hielten ihn für den Professor, nur er, Troller, wusste: Das ist Kant. Er hat todsicher etwas vor. Er wird den ganzen Club in die Luft sprengen, genauso wie ich es erst gerade eben selbst tun wollte. Aber, dachte er jetzt, das eine ist die Phantasie, das andere die Wirklichkeit. Würde ich es denn wirklich tun? Mich zum Richter über diese Menschen machen? Zum Richter und zum Scharfrichter? Würde ich eine Bombe zünden und diese Menschen umbringen?

Wie auch immer er über diese Menschen dachte, er musste das Attentat verhindern.

Und er musste Jane retten.

Aber beides zugleich war unmöglich. Entweder er blieb hier und überließ Jane den beiden Russen. Oder er fuhr in rasender Geschwindigkeit in die Stadt und überließ die Menschen in diesem Tagungsraum ihrem Schicksal. Wen rettest du, wenn du die Wahl hast: den einen Menschen, den du liebst, oder die siebzig, achtzig Leute, die du gerade noch zur Hölle gewünscht hast?

Aber konnte er denn sicher sein, dass Jane tatsächlich in Gefahr schwebte? Er hatte das *untrügliche Gefühl*, dass es so war, doch das untrügliche Gefühl hatte ihn schon oft getäuscht. Es schien logisch oder plausibel, aber was hieß das schon? Vielleicht war Jane doch nur in Eile gewesen, weil sie den Artikel fertigschreiben musste. Sie war nie besonders auskunftsfreudig, wenn sie im Stress war. Und dass sie sein Passwort vergessen hatte, war schließlich kein Beweis dafür, dass jemand ihr eine Pistole an den Kopf hielt. Vielleicht war alles nur ein Hirngespinst, was dann? Jane wäre die Erste, die darüber den Kopf schütteln würde. Andererseits – war es nicht genauso ein Hirngespinst, dass er annahm, Kant hätte eine Bombe dabei?

*Nimm dir eine Sekunde Zeit, um nachzudenken, Troller, eine Sekunde.*

Er stand in der Mitte des Raumes, hielt beide Hände mit gespreizten Fingern an die Schläfen und wartete darauf, dass eine Eingebung kam. Er stand eine Ewigkeit so da, regungslos, wie aus der Zeit gefallen.

*Du musst die Kommissarin anrufen.*

Genau das war die Lösung! Er musste die Kommissarin anrufen, und er musste beten, dass sie sofort ranging, bevor der Akku seinen Geist aufgab.

Er wählte die Nummer.

Sein Gebet wurde erhört.

»Troller hier«, sagte er. »Ich hab nicht viel Zeit. Mein

Akku ist gleich leer. Erstens: Ich fürchte, Jane Anderson ist in der Hand von zwei Russen. In ihrer Wohnung. Sie müssen ihr sofort helfen. Zweitens: Ich bin hier am Wannsee bei einer Konferenz von Wissenschaftlern. Und ich habe gerade gesehen, dass Kant hier ist. Wieder als Krauthammer.«

Sein Handy gab einen Piepton von sich. Akku gleich leer.

»Adressen«, sagte die Kommissarin knapp.

Troller nannte beide Adressen. Janes Adresse zuerst. Danach, vielleicht aber auch schon kurz vorher, war das Handy tot.

»Meine Damen und Herren«, hörte er den falschen Krauthammer sagen, nachdem er die Kopfhörer wieder aufgesetzt hatte. »Ich möchte Ihnen zunächst versichern, dass es eine große Ehre für mich ist, zum ersten Mal in diesem Kreise sprechen zu dürfen. Ich bin der bisherigen Diskussion mit großem Interesse gefolgt, und ich habe tatsächlich vor, wie eben in der Ankündigung gesagt wurde, Sie ein wenig zu provozieren. Aber bevor ich damit beginne, möchte ich Ihnen eine kleine Geschichte erzählen. Eine Anekdote aus dem Leben eines elfjährigen Jungen.«

# 36

Du kommst um das Thema nicht herum, wenn du Kriminal- und Gerichtsreporterin bist, und auch, wenn du es nicht bist: Wahrscheinlich gibt es keinen Menschen, Mann oder Frau, der sich nicht wenigstens einmal im Leben gefragt hat, wie das ist. Man liest darüber in den Zeitungen, täglich. Man sieht es im Film, mal mehr, mal weniger drastisch, mal mehr, mal weniger brutal, mal mehr, mal weniger ästhetisiert. Es blitzt einem durch den Kopf, wenn man nachts durch eine dunkle Straße oder einen Park geht und einem Fremden begegnet – in Zehlendorf weniger als in Kreuzberg, in Berlin weniger als in New York, in New York weniger als in Kapstadt, aber präsent ist es doch. Obwohl Jane mehr als einmal über solche Fälle geschrieben hatte – über den Täter, der in seiner Kindheit selber Opfer von Missbrauch und Gewalt gewesen war, und von der Gefahr, über dem Interesse für den Täter das Leiden des Opfers zu vergessen –, hatte sie doch nie begreifen können, was einen Mann dazu trieb, eine Frau zu vergewaltigen. Wie konnte man Lust an so etwas Scheußlichem haben? Wie konnte man Lust daran haben, gehasst und verabscheut zu werden?

Und es gab eine Frage, die jeder Frau schon durch den Kopf gegangen war: Wie würdest du dich verhalten, wenn? Was machst du, wenn dich einer in seiner Gewalt hat? Einer, der dir das Messer an die Kehle setzt. Oder der Fäuste hat wie Schraubstöcke? Was machst du dann? Wehrst du dich? Riskierst du, dass er dir den Schädel einschlägt? Oder die

Kehle zudrückt? Oder das Messer in die Brust rammt? Oder verstellst du dich und sagst, du magst ihn? Und wenn er dir seinen Schwanz in den Mund steckt, wagst du es zuzubeißen, auf die Gefahr hin, dass er dich umbringt?

Das mit dem Schwanz im Mund kam Gott sei Dank nicht in Frage. Er hatte ihr das silberne Isolierband über den Mund geklebt, jetzt doch. Das Schlimmste, was ihr passieren konnte, war, dass sie sich erbrechen musste. Dann würde sie ersticken. Sie durfte sich nicht ekeln, sie durfte sich nicht wehren, sie durfte nichts empfinden. Sie würde stocksteif daliegen und es über sich ergehen lassen. Keine Emotionen zeigen, mit keiner Wimper zucken, keinen Laut von sich geben. Sie war bereits dabei, sich taub und gefühllos zu machen.

*Aber mach schnell.*

Er trug den ganzen Stuhl mit ihr zusammen ins Schlafzimmer. Erst dort band er sie los, aber nur um ihre Hände gleich darauf ans Bett zu fesseln. Er riss ihr die Kleider vom Leib, die Bluse, den Büstenhalter, die Hose, den Slip. Die Socken ließ er ihr. Sie bemühte sich, darüber nachzudenken, aber es gelang ihr nicht. Sie zappelte nicht im Bett herum. Es war sinnlos. Sie lag da und wartete auf das, was kommen würde.

Sie sah aus halbblinden Augen, wie er sich die Schuhe auszog, die Hose, die gestreiften Boxershorts.

Daniel. Daniel Iversen!

Da war immer dieses vertraute Gefühl gewesen, von Anfang an, seit er das erste Mal gehört hatte, dass der Mann, der sich Kant nannte, möglicherweise Daniel Burton war. Immer diese Beunruhigung, immer diese unbestimmte Ahnung, dass sich mehr hinter diesem Namen verbergen könnte, etwas Intimes, etwas, das nicht aus der Ferne, sondern aus der Nähe kam, aus einstiger Nähe. Und jetzt stand dieser bärtige Mann dort am Pult und erzählte die Geschichte des elfjährigen Jungen, der in einer Schulhofschlägerei hoffnungslos am Boden liegt, während ein dicker, roher Kerl über ihm kniet und ein Geständnis aus ihm herausprügeln will. Und alle anderen lachen und brüllen und feuern den Dicken an, bis endlich einer sich durch den Pulk hindurchwühlt und dem Dicken mit dem Mut des Gerechten die Faust ins Gesicht rammt.

Jetzt fiel Troller auch der Satz wieder ein, den der Dicke unbedingt von Daniel hatte hören wollen, der Satz, den er aus ihm herausprügeln wollte, das Geständnis. Es war vollkommen unsinnig, von einem Elfjährigen ein solches Geständnis zu fordern, und zu prügeln gab es da ohnehin nichts. Aber als Troller Daniel damals näher kennenlernte, merkte er, dass die Freundschaft weiter ging, als er erwartet hatte. Und als der kurze Sommer abrupt endete, schämte er sich ein wenig seiner Freundschaft mit Daniel und beschloss, sie für immer zu vergessen.

»Das war die Geschichte, die ich Ihnen erzählen wollte«, hörte er Daniel sagen. »Eine Episode, die mir einen frühen Begriff davon gab, was moralisches Handeln ist. Denn derjenige, der in das Kampfgeschehen eingegriffen und es beendet hat – für mich ist er ein wahrer Held –, handelte ohne Interesse, ohne Kalkül, ohne Berechnung und ohne eine realistische Chance, zu gewinnen. Er handelte, weil er mit allen Fasern seiner Existenz gewusst hat, dass es falsch war, was dort geschah. Falsch, einen Unterlegenen wieder und wieder mit Fäusten zu bearbeiten, und falsch, einem solchen Geschehen zuzuschauen, ohne einzugreifen. Es ist dieses Erlebnis, das dazu geführt hat, dass ich mich zu allen Zeiten meines Lebens für Fragen der Ethik interessiert habe. Und letztlich ist diese Episode auch der Grund dafür, dass ich heute tue, was ich tun muss. Aber nun«, sagte er und wischte mit einer Handbewegung das Vergangene beiseite, »will ich mit meinem eigentlichen Vortrag beginnen.«

Auf der Leinwand stand jetzt ein Text, eine Art Überschrift:

*Prolegomena zu einer jeden künftigen Verteidigung der Menschheit, die als Wissenschaftskritik wird auftreten müssen.*

Und darunter der erste Paragraph:

§ 1

In den Tierversuchen zeigt die Hirnforschung ihr wahres Gesicht. Die Beherrschung des Affenhirns ist nur die Vorstufe zur Beherrschung des Menschengehirns. – Kant

Der Moderator hatte es angekündigt: Professor Dr. Krauthammer, Neuroethiker, der neu in diesem Kreise sei, habe so etwas wie ein soziales Experiment mit den Teilnehmern vor. Er wolle, um zu provozieren und durch diese Provokation die Gegenargumente der Anwesenden zu schärfen, den Advocatus Diaboli spielen. Er werde daher in einer Art Rollenspiel die Argumente des Mannes vortragen, der im Augenblick den stärksten und gefährlichsten Angriff gegen die Hirnforschung unternehme, nämlich Kant.

Es gab bei dieser Ankündigung zunächst einige Unruhe, sogar auch Unmut im Saal, aber nun, nach der sehr persönlichen Vorbemerkung, war man doch bereit, sich auf das »soziale Experiment« einzulassen.

Troller hatte nur noch einen Gedanken: Er musste es irgendwie schaffen, nach drüben zu kommen, ins Haupthaus, in den Saal. Er musste es schaffen, bevor die Bombe hochging. Es war undenkbar, dass Kant keinen Sprengstoff dabeihatte.

Trollers erster Gedanke war, über den Hof zu laufen, die drei Stufen zur Villa hinauf, die Tür aufzureißen, an Audrey Hepburn vorbeizustürmen und durch eine der beiden Türen in den Vortragssaal zu rennen. Aber das wäre blanker Aktionismus. Hinter den Türen wachten die *Men in Black*, und ein alternder Intellektueller hätte gegen die beiden durchtrainierten Security-Profis keine Chance.

Vielleicht konnte er aus dem Fenster springen, hinten um das Haus herumlaufen und dort in das Haus einbrechen. Er ging zum Fenster und zog die Vorhänge zurück.

Das Fenster war vergittert.

Ein Blick auf den Monitor zeigte den nächsten Paragraphen:

§ 2

Ted Kaczynski hat uns gezeigt: Es gibt ein Widerstandsrecht gegen den Terror der Wissenschaft. – Kant

Und Sekunden später den dritten:

§ 3

Der freie Wille des Mörders ist keine Illusion. – Kant

Es gab jetzt nur noch eine Hoffnung: dass eine Verbindung vom Gästehaus zum Haupthaus führte. Möglicherweise schon auf dieser Ebene. Oder im Keller, im ersten Stock oder auf dem Dachboden.

Troller öffnete die Zimmertür und spähte vorsichtig nach links und rechts den Flur entlang. Er hatte immer noch das Gefühl, unrechtmäßig in das Haus eingedrungen zu sein. Niemand war zu sehen. Er nahm den Zimmerschlüssel mit und ging ein paar Schritte nach links, wo der Flur durch einen Vorhang begrenzt war.

Es gab tatsächlich eine Tür dahinter. Eine eiserne Brandschutztür mit einem Sicherheitsschloss.

*Vielleicht passt er ja.*

Aber er passte nicht. Er hatte für die Eingangstür und für die Tür zum Zimmer gepasst, aber nicht für diese.

Drei Chancen blieben noch: Keller, erster Stock, zweiter. In dieser Reihenfolge.

*Also los.*

Als er an Zimmer 114 vorbeikam, fielen ihm die DVDs wieder ein. Er ging noch einmal zurück, und während er noch einmal eine neue DVD einlegte und zwei andere in seiner Lederjacke verstaute, sah er auf dem Monitor, dass Daniel inzwischen bei Paragraph vier angelangt war:

§ 4

Die Neuroethik ist nur der Lakai der Hirnforschung. Anstatt vor ihren Gefahren zu warnen, dient sie der Durchsetzung ihrer Ziele. – Kant

Und er sah noch etwas: Die Leute im Saal saßen inzwischen wie von einem Versteinerungszauber getroffen auf ihren Stühlen. Daniel hielt in der Linken eine Art Fernbedienung und entfernte mit seiner Rechten den Bart und die falschen Augenbrauen aus dem Gesicht.

*Du hast nicht mehr viel Zeit!*

Während er in äußerster Hast die Treppen hinunter in den Keller lief, fiel ihm ein, dass auch Paragraph vier wieder ein Satz von ihm war. Ein Satz, den er geschrieben hatte. Aber etwas war ungewöhnlich daran. Er hatte nur keine Zeit, darüber nachzudenken.

Auch im Keller gab es eine Verbindungstür. Wieder eine eiserne Brandschutztür. Wieder verschlossen.

*Noch zwei Chancen.*

Er lief hinauf in den ersten Stock, der Flur ähnelte dem im Parterre, am Ende wieder der Vorhang, dahinter die Eisentür mit BKS-Schloss, und der Schlüssel passte nicht.

*Noch eine.*

Als er den Flur zurücklief, fiel es ihm ein: Paragraph vier stammte aus dem unveröffentlichten Manuskript für sein neues Buch. Daniel musste es von seinem Computer abgegriffen haben.

Die Treppe zum Dachboden war steiler als die anderen. Sie war auch nicht mit einem Teppichboden belegt. Und oben gab es keinen Flur. Es gab nur einen kleinen Vorsprung, dann begann schon der Dachboden. Die Tür war auch keine Eisentür. Sie war aus Holz.

Und sie war unverschlossen.

Es klappte nicht mit der Ausschaltung der Gefühle. Ihr abgespaltenes Ich kehrte in ihren Körper zurück. Sie warf den Kopf hin und her und bereitete sich darauf vor, Wladimir mit ihren nackten Beinen von sich zu stoßen. Sie wusste, dass es nur ein sinnloses Aufbäumen sein würde, aber sie wollte sich wenigstens aufgebäumt haben, wenigstens das. Das würde seine Lust noch steigern, vermutlich. So sagte man. Der Rat an alle Frauen war: Rede vernünftig mit ihm, verwickele ihn in ein Gespräch über die Bausparkasse, das törnt ab. Aber wie, wenn einem der Mund mit einem silbernen Isolierband verklebt war?

Er kniete am Fuß des Bettes und hielt mit seinen Pranken ihre Beine fest.

*Du darfst dich nicht ekeln!*

Seine Hände robbten nach oben, von den Knöcheln angefangen über die Knie bis zu den Oberschenkeln. Sie wollte mit ihrem Becken ausweichen, aber die einzige Richtung, in die sie es bewegen konnte, war nach oben. Was immer sie tat, jede Bewegung würde ihn nur noch mehr anstacheln.

»Ich weiß, du kannst nicht warten«, sagte Wladimir. Es klang so, als hätte er keinerlei Zweifel daran. »Ich werde dir Lust bereiten, wie du nie erlebt.«

Sie würde sich rächen. Gnadenlos. Sobald das hier überstanden war, würde sie ihn jagen, bis sie ihn gefunden hatte. Sie würde bewaffnet sein und ohne Zeugen. Sie würde das Geheimnis bewahren bis ans –

Es klingelte.

Er rief etwas auf Russisch, einen Fluch, etwas Unflätiges.

Es klingelte erneut. Jemand ballerte mit den Fäusten gegen die Tür.

»Scheiße«, sagte Wladimir auf Deutsch. Dann schrie er auf Russisch: »Wenn es nicht wirklich wichtig ist, dann zerquetsche ich dir die Eier, und wenn du tausendmal mein Bruder bist!«

Er ließ von ihr ab, sprang aus dem Bett, zog sich seine Boxershorts an.

Es klingelte wieder.

»Warte auf mich.« Als ob sie eine Wahl hätte.

Er rannte aus dem Zimmer. Schnaubend vor Wut.

Was sie gleich darauf hörte, waren Kampfgeräusche. Kurz, heftig, laut. Atem wurde ausgestoßen, Möbel polterten, Glas splitterte. Dazwischen immer wieder Flüche. Flüche auf Russisch, Flüche auf Englisch. Flüche von einer Stimme, die sie zu erkennen glaubte, auch wenn sie nicht zu hoffen wagte, dass sie richtig hörte. Wieso war er auf einmal da? Wieso war er in Berlin? Wieso war er jetzt hier oben, in ihrer Wohnung, genau in dem Moment, in dem sie ihn brauchte?

Er hatte ein verbeultes Gesicht und ein schiefes Grinsen, als er zu ihr ins Zimmer kam, aber so schön war er ihr noch nie vorgekommen. Sie schämte sich nicht einmal, so würdelos ans Bett gefesselt dazuliegen. Sie hatte immer noch Angst, dass Wladimir zurückkommen könnte oder der andere, Vitali. Gegen einen Mann mit Pistole war auch ein Kickboxer machtlos.

»Keine Angst«, sagte Frank, nachdem er ihr das Klebeband abgezogen und die Fesseln gelöst hatte. »Die beiden tun dir nichts mehr.«

Sie umarmte Frank, nackt, wie sie war, nackt bis auf die Socken. Aber sie war nicht beruhigt. Man hatte es in tausend Filmen gesehen: Das Opfer wird in letzter Sekunde befreit, der Böse kriegt einen krachenden Schlag auf den Schädel, oder ihm steckt ein Messer im Rücken, oder ein Schuss trifft ihn, und während das Opfer sich erleichtert in Sicherheit wähnt, schafft der Böse es noch einmal, auf die Beine zu kommen, und droht neues Unheil anzurichten. Jane war erst beruhigt, als sie mit Frank zusammen ins große Zimmer ging und sah, wie Wladimir bewusstlos auf dem Boden lag, die Arme mit dem silbernen Klebeband an den Körper gefesselt.

»Und der andere?«

»Ans Treppengeländer gefesselt. In ähnlichem Zustand.«

Und was sie zusätzlich beruhigte, waren die Polizeisirenen, die sie jetzt hörte.

Während Jane sich anzog, ging Frank zum Kühlschrank, holte sich Eis aus dem Eisfach, füllte ein Geschirrhandtuch damit und kühlte seine Beulen, vor allem die, hinter der sein linkes Auge mehr und mehr verschwand.

»Hat er dich schwer getroffen?«

»Geht schon. – Und du …?«

»Weiß nicht, Frank. Ich bin froh, dass du da bist.«

Und dann musste er berichten. Wie er unten, vom Platz aus, zu ihrer Terrasse heraufgeschaut und die beiden rauchenden Riesen gesehen hatte; wie bald darauf der eine mit ihrem roten Notebook aus der Tür gekommen war, wie er ihn mit einem gezielten Sprung kampfunfähig gemacht hatte und wie er dann die Treppen heraufgestürmt war und geklingelt und gegen die Tür gedonnert hatte, ohne viel nachzudenken. »Ich hab mich einfach darauf verlassen, dass mein Kickboxtraining zu irgendwas gut war.«

»Aber wieso bist du in Berlin?«, fragte sie, als er sie jetzt in die Arme nehmen wollte. »Und warum bist du hier? Ich könnte nicht glücklicher darüber sein, aber …«, sie zögerte, »was ist mit unserer Abmachung?«

»Na ja«, sagte er, und ihm gelang eine Art Grinsen, »an

die habe ich mich gehalten: Frederick McKinnock, der Erlöser, ist heute Nacht aus dem Koma erwacht.«

Der Dachboden war in ein schummriges Halbdunkel gehüllt. Es gab nur zwei kleine Klappen im schrägen Dach, durch die spärliches Licht fiel. Den Lichtschalter suchte Troller gar nicht erst, er würde das Licht ohnehin nicht anknipsen. Er tastete sich an Gerümpel vorbei in Richtung Haupthaus, stieß sich das Schienbein an einem Eisenträger, wischte sich die Spinnenweben aus dem Gesicht und hatte das Gefühl, die Ratten pfeifen zu hören, aber wahrscheinlich war es nur sein eigener Atem. Als er die Brandschutztür erreichte, wagte er kaum, die Klinke hinunterzudrücken, aus Angst vor Enttäuschung. Seltsam, dachte er. Es kann nur gefährlicher sein, wenn ich es schaffe, nach drüben zu kommen, und trotzdem wünsche ich es mir.

Etwas wie Freude durchströmte ihn, als die Tür sich öffnen ließ.

Aber die Freude hielt nur Sekunden an. Er würde zu spät kommen. Die Bombe würde schon im nächsten Augenblick losgehen. Er sollte umkehren, sofort! Wem war denn damit gedient, dass er sein eigenes Leben dem der anderen noch hinterherwarf? Daniel stand dort unten mit einer Fernbedienung in der Hand und würde die Zündung auslösen, so oder so. *Ob ich da bin oder nicht, er weiß, was er vorhat, und wird sich von niemandem davon abbringen lassen, auch nicht von mir. Ich bin Journalist, kein GSG-9-Veteran. Muss ich denn unbedingt den Helden spielen? Warum bin ich nicht wenigstens früher auf die Idee gekommen, mir diesen Weg zu suchen? Warum hab ich Idiot auf den Monitor gestarrt, als wäre ich nur ein unbeteiligter Zuschauer, weit, weit vom Geschehen entfernt!*

Er ging weiter, trotz der Zweifel. Irgendetwas in ihm sagte ihm, er hätte keine andere Wahl. Selbst wenn dabei herauskam, dass er sterben musste. Er konnte nur hoffen, dass Daniel sich Zeit ließ.

Auf dieser Seite war der Dachboden heller, freundlicher, aufgeräumt. Aber die Dielen knarrten und machten einen höllischen Lärm. Er versuchte, zu schleichen wie ein Indianer, aber jeder Schritt verriet ihn vieltausendmal. Ich bleibe jetzt einfach stehen und rühre mich nicht mehr von der Stelle, dachte er einmal. Und machte dann doch wieder einen Schritt. Versuchte, die Füße kaum noch zu heben, sondern zu gleiten wie ein Eiskunstläufer. Aber es nützte nichts. Die Dielen knarrten. Keinen Schritt weiter!, riefen sie. Und: Hier ist einer, wir haben ihn!

Jeder Schritt war eine Qual.

Er erreichte die Tür zum Treppenhaus. Auch sie war unverschlossen.

Wieso eigentlich? Zufall?

Die Treppe hinunter zum ersten Stock war zu seiner großen Erleichterung mit dickem rotem Teppichboden ausgelegt.

Wo mochte der Vortragssaal sein? Hier im ersten Stock? Nein, hier oben waren nur Zimmer. Eine breite Treppe, mit demselben Teppichboden belegt, führte nach unten. Troller wagte sich ein paar Schritte hinunter, schaute über das Treppengeländer und sah links unten einen breiten Gang, der auf eine hohe Doppeltür zuführte. Dort musste es sein. Als er den Kopf nach rechts wandte, in die Verlängerung der Treppe, sah er in einiger Entfernung die Männer von der Security. Sie wandten ihm den Rücken zu und beugten sich gemeinsam über irgendetwas, das er nicht sehen konnte, ihre Handyfotos oder ein Computerspiel oder was auch immer.

*Schön so bleiben, bitte!*

Der rote Teppichboden war ein Segen. Ein altes Haus, und trotzdem eine Treppe, die nicht knarrte! Troller hatte das Gefühl, barfuß über weiches Moos zu laufen. Er hörte seine eigenen Schritte nicht. Der Nachteil war unter Umständen nur, dass er die Schritte der Männer in den schwarzen Anzügen auch nicht hören würde.

Troller blickte sich um, als er um die Ecke zum Vortragssaal ging.

Die schwarzen Männer standen immer noch so da.

An der Tür blieb er stehen und versuchte zu hören, was innen vor sich ging, aber die Tür war so schallschluckend wie der Teppichboden. Oder da drin war es totenstill.

Und wenn es das Falsche ist?, dachte er. Wenn es genau das Falsche ist? Du machst die Tür auf, weil du denkst, du kannst noch etwas retten, du kannst Daniel davon abbringen, die Leute im Saal und vielleicht sich selbst mit ihnen in die Luft zu sprengen, und genau dadurch, dass du es verhindern willst, löst du die Katastrophe aus. Du denkst, du bist der Retter, und in Wirklichkeit bist du der Vernichter. Ist es nicht sogar Hochmut, zu glauben, du könntest das Unheil abwenden? Wenn du jetzt diese Tür öffnest, dann kriegt er da drinnen einen Schreck, denkt, es sind die Security-Leute, und drückt auf die Taste. Also kehr um!

Troller hörte nicht auf die Stimme in seinem Kopf. Er öffnete die Tür.

Er öffnete sie leise, aber doch mit der Bestimmtheit eines Teilnehmers, der dazugehörte. Vor allem aber war er darauf bedacht, dass Daniel ihn möglichst schnell erkannte. Das war seine einzige Chance. Seine – und die der anderen.

Er hörte, wie bei seinem Eintreten förmlich der ganze Saal den Atem anhielt. Es hörte sich an wie ein letztes Luftschnappen vor dem Untertauchen für die Ewigkeit.

»... und daher gibt es nur eine Konsequenz«, sagte Daniel. »Den To...«

Er sprach das Wort nicht zu Ende. Im Raum herrschte jetzt absolute Stille.

Es war eine lauernde, drohende Stille, die vibrierende Stille der Mittagshitze, wenn die Glut am höchsten und die ganze Welt für einen Augenblick verzaubert und gelähmt ist. Es war die Stille vor dem Ausbruch der Panik. Die unheimliche Ruhe, in der du genau weißt, dass dich gleich das Ungeheuer anfällt. Er musste die Panik verhindern, unbedingt. Wenn die Leute von ihren Stühlen aufsprangen und die Flucht ergreifen wollten, dann schaffte es keiner mehr nach draußen.

»Hallo, Daniel«, sagte er in die Stille hinein.

»Hallo, Troller.«

Und erst in diesem Moment, so schien es, stießen alle den angehaltenen Atem aus. Es klang wie ein religiöser Seufzer oder eine gemeinsame Meditation. Aber sie blieben ruhig, beherrscht. Keiner, der aufsprang und sich in einer fatalen Einzelaktion zu retten versuchte.

Daniel hatte den Krauthammerbart und die Perücke mit dem wirren Haar bis auf ein paar Mastixreste beseitigt. Sein Gesicht war jetzt schmal und blass. Seine Haare graublond, kurz geschnitten. Es sah streng aus, kühl – und verletzlich.

*Einsame Augen.*

»Du solltest nicht hier sein. Dein Platz ist woanders«, sagte Daniel leise.

»Ich dachte, du hättest mich gerufen.«

»Ich?«

»Als du unsere Geschichte erzählt hast. Nur dass ich diesmal den zarten blonden Jungen vor sich selbst retten muss.«

»Ich habe die Geschichte nicht deswegen erzählt«, sagte Daniel mit einem feinen Lächeln, ohne dabei die anderen im Saal aus den Augen zu lassen oder den Finger von der Fernbedienung zu nehmen. »Ich habe sie erzählt, weil ich denke, dass ich – dass wir – eingreifen müssen, um zu verhindern, dass diese Leute mit ihren Plänen Erfolg haben. Dass wir genauso eingreifen müssen, wie du damals eingegriffen hast. Die Abschaffung des Menschen ist nur noch eine Frage der

Zeit. Und niemand erkennt die Bedrohung, niemand tut etwas dagegen. Nur du und ich.«

Nein, dachte Troller, ich tue nichts dagegen. Ich schreibe Artikel, Bücher, und kein Mensch kümmert sich darum. Und dann kommst du und mordest, und auf einmal wachen die Leute auf. Es wird zwar den Lauf der Welt nicht ändern, aber es hat Wirkung gezeigt. »Wir werden uns wehren«, sagte er laut. »Wir werden die Ziele und Methoden des Clubs an die Öffentlichkeit bringen. Wir werden Bücher schreiben. Artikel. Fernsehsendungen. Aber wir werden nicht einen einzigen Menschen töten.«

»Worte können die Welt nicht aufrütteln, Troller. Die Menschen lernen nur durch Gewalt und Katastrophen. Wenn die Welt schläft, muss man sie mit Hammerschlägen wecken.«

*Stimmt ja. Aber gibt es keine anderen Hammerschläge als Mord?*

»Niemand hat das Recht, den Menschen als Mittel zum Zweck zu benutzen.«

»Sagt wer?«

»Immanuel Kant.«

Aus den Augenwinkeln sah Troller, wie der Mann, der rechts von ihm saß, seine Hand vorsichtig unter das Revers seines Jacketts schob.

»Stopp!« Daniels Stimme klang schneidend, gebieterisch. »Nehmen Sie Ihre Hände hoch. Alle!«

Der Saal gehorchte. Auch der Mann, der die Aktion ausgelöst hatte. Er sah südländisch aus, schwarze, gegelte Haare, dunkler Teint, schmales Gesicht.

»Nimm ihm die Pistole weg, Troller. In seiner linken Achselhöhle.«

Troller ging in die Reihe hinein, schob, als er bei dem Mann angekommen war, das Revers beiseite und zog die Pistole aus dem Schulterhalfter. »Idiot«, flüsterte er. »Für wen arbeiten Sie?«

»Das darf ich nicht sagen.«

»CIA?«

»Ich darf es nicht sagen.«

»Gibt es hier noch jemanden von Ihrer Sorte?«

»Nein.«

»Schwören Sie es beim Leben Ihres Präsidenten?«

»Ich schwöre es.«

»Gut.« Er steckte die Pistole in den Hosenbund und machte zwei Schritte auf Daniel zu.

»Geh nicht weiter«, sagte Daniel. »Bitte!« Mit den Fingern seiner linken Hand massierte er behutsam seine Stirn.

Es gab noch eine andere Gefahr als die, dass die Leute in plötzlicher Panik aufsprangen und durcheinanderliefen oder dass ein verrückter CIA-Mann glaubte, Daniel erschießen zu können, ohne dass er die Explosion auslöste. Es gab die Gefahr, dass Daniel eine Schmerzattacke bekam, dass er sich plötzlich verkrampfte und, ohne es zu wollen, den Auslöser betätigte. Man musste ihn irgendwie dazu bringen, dieses Ding wegzulegen. Er, Troller, musste ihn dazu bringen. Er allein wusste, wie es um Daniel stand. »Gut«, sagte er. »Ich bleibe hier stehen. Aber ich glaube, es ist besser, wenn du mir das Ding da gibst.«

»Ich verstehe dich nicht«, sagte Daniel in einem fast zärtlichen Ton. »Du bist Journalist. Wenn du zurückgehst, dann hast du die Sensation deines Lebens. Es sind deine Ideen, denen ich folge. Du und ich, wir gehören zusammen. Wir waren immer wie zwei Elementarteilchen, die an verschiedenen Orten, Lichtjahre entfernt, doch immer ihre gemeinsame Herkunft bewahren. Das eine ist positiv geladen, das andere negativ. Aber sie gehören zusammen. So wie wir. Geh zurück, Troller, und berichte der Welt, was hier geschehen ist. Lass mich das Falsche tun und tue du das Richtige.«

»Du siehst also selbst, dass es das Falsche ist?«

»Es ist gegen die Moral. Ja. Aber auch das Unmoralische

ist immer noch Teil einer Welt, in der Moral, Vernunft und freier Wille ihre Gültigkeit haben. Was die hier wollen, ist eine Welt jenseits der Moral, eine Welt, in der nur noch das Gesetz der Wissenschaft zählt. Wie aber willst du mit moralischen Argumenten gegen eine Macht ankämpfen, für die Moral nicht existiert? Wie willst du gegen die ankämpfen, für die es keine Schuld und kein Verdienst gibt – ohne schuldig zu werden?«

*Um ehrlich zu sein, ich weiß es auch nicht.*

Für einen Augenblick wünschte sich Troller, er stünde hier mit Daniel allein. Er würde ihm die Hand geben, ihn vielleicht sogar kurz umarmen und mit ihm zusammen hinausgehen, am Wannsee entlang oder hinüber zum Heiligensee. Warum ließen sie nicht diesen Club Club sein und freuten sich darüber, dass sie einander wiederbegegnet waren?

Aber so war es ja gar nicht. Daniel hatte alles sorgfältig geplant. Er hatte nur nicht damit gerechnet, dass Troller jetzt hierherkommen würde, in diesen Saal. Warum, um Gottes willen, war er nicht vorher zu ihm gekommen? Bevor er Heribert Ritter in den Affenstuhl zwängte oder Laurenz Block die Bombe schickte! Wenn er wirklich glaubte, dass sie zusammengehörten wie zwei Elementarteilchen, dann hätte er sich doch mit ihm verständigen müssen!

»Es sind Menschen«, sagte Troller. »Sie können sich ändern. Wir können sie davon überzeugen, dass sie nicht das Richtige tun. Du wirfst ihnen ihren Determinismus vor. Aber was ist mit deinem Determinismus?«

Das war das Argument, das Wilfried Martini im Philosophiezirkel gebraucht hatte. *Der Herr Kant ist, ob er das nun weiß oder nicht, der größte Determinist.*

»Ich bin kein Determinist«, rief Daniel empört, die linke Hand massierte seine Schläfen, »ich kämpfe für die Vernunft.«

»Und doch willst du diese Menschen hier töten, weil du

glaubst, dass du die Zukunft vorhersehen kannst. Weil du glaubst, dass das, was sie planen, mit Notwendigkeit eintritt. Weil du nicht eine Sekunde daran zweifelst, dass sie ihre Ziele erreichen werden. Aber auch wenn du sie tötest, ihre Ideen werden weiterleben.« Schon als er den Satz aussprach, wusste er, dass er jetzt alles verspielt hatte.

»Umso entschiedener müssen wir vorgehen«, sagte Daniel, genau wie Troller es befürchtet hatte. »Auch unsere Kritik wird weiterleben. Meine – und deine. Aber du kannst dich noch retten, Troller. Ich gebe dir dreißig Sekunden Zeit. Dreißig Sekunden nach der Uhr, die dort über dem Eingang hängt. Danach …«

Er brauchte den Satz nicht zu vollenden. Eine kleine Bewegung seines Zeigefingers würde das besorgen. Eine kleine Bewegung, und alles hier würde in die Luft fliegen, der Club, Daniel, er selbst. Er wandte sich um und maß mit den Augen den Weg zur Tür ab. Sein Blick streifte die schwarze Aktentasche auf einem der Stühle. Es war vollkommen sinnlos, sich zu opfern. Daniel wollte ihn verschonen, aber er würde nicht auf alles verzichten, was er geplant hatte, nur um ihn zu retten. Er musste hier weg, weit weg, so schnell wie möglich! Also los!

»Noch fünfzehn Sekunden!«

Troller sah aus den Augenwinkeln Piet van Dijk, der bleich, mit nassen Haaren, nasser Stirn und weit aufgerissenen Augen dasaß und auf Daniels Hand starrte, die Schultern hochgezogen in Erwartung des Knalls. Die Fernzündung war auf den Sitz gerichtet, auf dem die Aktentasche stand. Daniels Zeigefinger zitterte.

»Noch zehn Sekunden.«

Sarah. Vor seinem geistigen Auge sah Troller, wie sie die Rolltreppe zum Eissalon hochstürmte, schlank und zerbrechlich, in ihrer braunen, fellgefütterten Lederjacke, sah, wie sie ihm von der Galerie aus zuwinkte, sah ihren lachenden Mund, in dem die Zahnspange glitzerte.

»Noch fünf.«

Er wünschte, er könnte ihr erklären, dass er der Einzige war, der Daniel aufhalten konnte. Wenn einer, dann er. »Warte!« Er sah, wie Daniels Augen, die eben noch den Saal in Schach gehalten hatten, zu ihm zurückfanden. »Du kriegst nicht das Ende, das du geplant hast, Daniel. Wenn du auf den Auslöser drückst, dann bleibt nichts übrig als ein sinnloses Schlachtfeld. Du verlierst deinen einzigen Zeugen und« – er hielt zwei in Klarsichthüllen verpackte DVDs in die Höhe – »du vernichtest den Mitschnitt. Es gibt ein Blutbad, die Öffentlichkeit ist entsetzt, die Welt trauert eine halbe Sekunde, und die Erde dreht sich weiter.«

Daniels Finger massierten Stirn und Jochbein, als wüsste er, dass jeden Augenblick die Schmerzattacke kommen würde, der unerträgliche, sekundenlang anhaltende Schmerz, bei dem man sich nichts anderes wünschte, als auf der Stelle tot zu sein. »Aber …«, sagte er mit tonloser Stimme, die nichts als abgrundtiefes Unverständnis, nichts als Fassungslosigkeit ausdrückte, »das darfst du nicht … Du nicht … Die Welt muss doch erfahren … Sonst war alles umsonst.«

»Du musst das Ding hinlegen, Daniel«, sagte Troller mit gedämpfter Stimme. »Du bist nicht mehr Herr deiner Sinne.«

»Bitte geh – schnell!«

»Nein, ich werde nicht gehen.« Er machte wieder einen Schritt auf Daniel zu.

»Bleib stehen, bitte!«

»Du hast die Wahl. Entweder fliegen wir alle in die Luft, einschließlich der Beweise« – er hob noch einmal die in aller Hast beschrifteten silbernen Scheiben in die Höhe –, »oder du gibst auf. Ich verspreche dir, ich schreibe mit deiner Hilfe alles über den Club. Alles. Es wird eine Story, die der ganzen Welt die Augen öffnen wird.«

Er ging weiter auf Daniel zu, langsam und sehr darauf bedacht, keine falsche Bewegung zu machen. Er kam sich vor wie jemand, der sich einem Löwen nähert, um ihm den Dorn aus der Pfote zu ziehen. Er streckte seinen Arm aus und näherte sich der Hand, in der Daniel die Fernbedienung hielt. »Komm, Daniel«, sagte er leise. »Keine Widerrede.«

Er sah in das gequälte Gesicht seines ehemaligen Freundes. Er sah die unendlich traurigen Augen. Er sah – oder bildete er sich das ein? – einen Anflug von Freude, von Erlösung in seinen Augen, als spürte Daniel eine große Erleichterung darüber, dass Troller ihn vor seiner Tat bewahrte.

»Du machst die Story?«, fragte er leise. »Versprochen?«

»Großes Indianerehrenwort«, flüsterte Troller, während die Fernbedienung aus der Hand des Freundes in die seine glitt.

Und in diesem Augenblick fiel der Schuss.

# 37

Der Schuss zerriss die unheimliche Stille, die über dem Saal lag. Irgendeiner war der Erste, der die Flucht ergriff, aber der Impuls dazu pflanzte sich in Lichtgeschwindigkeit fort, von Geist zu Geist, von Körper zu Körper, so dass er alle zugleich ergriff: Nichts wie weg!

Wissenschaftler, Manager, Journalisten – sie alle waren jetzt ein zappelnder Großkörper aus um ihr Leben kämpfenden Kreaturen, die sich drängelnd, rempelnd, schreiend, schubsend, boxend durch die große Doppeltür drängten; die draußen über den roten Teppich zum Ausgang strebten, weit weg, nach draußen, heraus aus der Gefahrenzone. Die Fernbedienung hatte zwar die Hand gewechselt, aber dadurch war die Bombe noch nicht entschärft. Der Mörder war angeschossen oder tot, aber war man deswegen sicher vor der Explosion?

Troller hielt den Fernzünder in der Hand, ihm stand der Schweiß auf der Stirn vor Angst.

*Bloß die Finger stillhalten.*

Er hätte Daniel gern aufgefangen, als er zusammensackte, aber nicht mit diesem Ding in der Hand. Er kniete sich neben ihn, sah die aufgerissenen Augen, sah die klaffende Wunde in der Stirn, die Mastixreste im Gesicht, den schmalen Mund, der beinahe zu lächeln schien.

Warum mussten sie ihn erschießen? Er hatte doch aufgegeben. Er war keine Gefahr mehr gewesen, für niemanden. Die Polizei – wo blieben die eigentlich? – hätte ihn festgenommen, er hätte sich nicht gewehrt. Warum nur mussten sie ihn erschießen?

»Es ist besser, wenn Sie mir das Ding geben«, sagte eine Stimme mit amerikanischem Akzent.

Troller sah den CIA-Mann über sich, die Hand ausgestreckt. Er gab ihm das Ding. Er war froh, es los zu sein. Als er aufstand, überfiel ihn ein leichter Schwindel. Der Kreislauf. »Ja«, sagte er, »aber gehen Sie vorsichtig damit um.«

»Und meine Waffe hätte ich auch gern wieder.«

»Okay.« Er holte die Pistole aus dem Hosenbund und gab sie dem Mann.

»Danke. Und Kompliment. Das haben Sie gut gemacht.«

Neben dem südländisch aussehenden CIA-Agenten stand ein anderer. Athletische Gestalt, grauer Bürstenschnitt, Narben im Gesicht, stahlblaue Augen, dunkler Anzug.

»Waren Sie das, der geschossen hat?«

»Yep.«

»Es wäre nicht nötig gewesen.«

»Kann man hinterher immer sagen. War er Ihr Freund?«

Was sollte er darauf erwidern?

Ja, er war mein Freund. Und es tut mir leid um ihn. Warum musste er sich so verirren? Warum tat er das Falsche für den richtigen Zweck? Warum hat er sich nicht andere Mittel ausgesucht? Warum hat er keinen geduldigen Kampf geführt. Ja, warum hatte er so wenig Geduld?

Er ließ die beiden stehen und ging auf den Ausgang zu. Es war niemand mehr im Saal. Ein Toter, zwei CIA-Agenten, eine Aktentasche mit einer Bombe und ein Journalist, der die große Story über den Club in der Tasche hatte.

»Warten Sie!«

Sie kamen schnell wie Raubtiere hinter ihm her. Der mit dem dunklen Teint überholte ihn und versperrte den Weg.

»Was noch?«

»Die DVDs bitte.« Er hielt die Hand geöffnet.

»Nein«, sagte Troller, »die gehören mir.«

»Nun machen Sie schon.«

»Wenn ich sie jemandem gebe, dann der Polizei. Es sind Beweisstücke.«

»Deswegen wollen wir sie ja haben.«

»Ich schwöre Ihnen, es ist nichts drauf.«

»An Ihre Schwüre glaube ich ungefähr genauso wie an meine eigenen.« Sein linker Mundwinkel verzog sich zu einem halben Grinsen. »Aber ich stimme Ihnen zu. Es ist nichts drauf. Und wissen Sie, warum?«

Nein, wusste er nicht.

»Weil es sie nie gegeben hat.«

»Das hat ein Nachspiel«, sagte Troller. »Glauben Sie mir.«

Die anderen nickten müde, der mit dem Bürstenschnitt nahm die DVDs und steckte sie ein. Sie gingen zusammen und doch so, als hätten sie noch nie ein Wort miteinander gewechselt, über den roten Teppichboden.

Draußen war die Hölle los. Blaulicht überall. Krankenwagen, Feuerwehrwagen, Polizeiwagen, schwerbewaffnete Polizisten. Das Bombenräumkommando machte sich auf den Weg. Rita Graf, die Kommissarin in der roten Lederjacke, kam auf Troller zu, begleitet von Kommissar Leoni. »Ich hab schon von ihrem Auftritt gehört«, sagte sie mit einem angedeuteten Lächeln. »Ich muss Ihnen wohl dafür danken.«

»Wenn Sie wissen wollen, wer ihn erschossen hat«, sagte Troller bitter, »dann müssen Sie sich an die beiden Herren da wenden.«

Hinter einem rotweißen Absperrband standen die Teilnehmer der Konferenz. Und Jane.

*Danke, lieber Gott.*

Neben Jane stand ein ziemlich verbeult aussehender Kerl mit blonden Haaren, den man, wenn man sich die Beulen wegdachte, wohl als attraktiv bezeichnen musste. Troller ging auf die beiden zu: »Ist er das?«, fragte er.

Jane nickte.

»Mr Tempranillo?«

»Frank Teschemacher«, sagte sie. »Er hat mir gerade das Leben gerettet.«

»Danke«, sagte Troller und gab Frank die Hand. »Es ist ein Leben, das mir sehr lieb ist.«

»Ja«, sagte Frank. »Mir auch.«

»Wenn ihr auf mich wartet – ich bin in einer Sekunde wieder da!«

Presseleute rannten auf ihn zu, Kollegen, und begannen, ihn mit Fragen zu bestürmen. Haben Sie den Mörder erschossen? Woher kannten Sie ihn? Waren Sie mit ihm befreundet? Waren Sie sein Komplize? Wie war sein richtiger Name? Was war das hier für eine Zusammenkunft?

Er rettete sich zurück hinter die Absperrung und ging zu Leoni und der Kommissarin. »Sie kommen am besten gleich mit uns«, sagte sie. »Es gibt da ein paar Fragen.«

»Ich hab da drinnen noch was vergessen«, sagte er. »Hier im Gästehaus. Ich komme gleich wieder.«

Er ging zurück ins Zimmer 114, holte die DVD aus dem Computer, nahm auch noch zwei andere mit, schloss das Zimmer hinter sich ab und warf den Schlüssel in den Papierkorb am Ende des Flurs. Noch ein kleines Hindernis einzubauen konnte nicht schaden.

Draußen machte er Rita Graf klar, dass er ihr gern alle Fragen beantworten würde, nur jetzt nicht. Er stünde unter Schock und würde in diesem Zustand ohnehin nichts sagen.

Sie war nicht erfreut, aber sie nahm es hin.

Als sie zu dritt im Auto saßen, blickte er immer wieder besorgt in den Rückspiegel, aber als bis zur Avus-Auffahrt kein Auto hinter ihnen herfuhr, entspannte er sich allmählich.

Er machte einen Umweg über die Redaktion, ließ Frank und Jane im Auto warten, sprang hinaus, fuhr in den zweiten Stock und gab Kowalski drei DVDs. »Kopieren, noch mal kopieren, in den Safe damit und die Filme komplett ins Netz stellen. Bei uns, bei YouTube, am besten überall. Je schneller, desto besser.«

Was einmal im Netz war, ließ sich nicht mehr zurückholen. Auch nicht von der CIA. Sie könnten höchstens noch behaupten, alles wäre gefälscht.

Zu dritt gingen sie ins Manzini und aßen Clubsandwichs. So viel Humor musste sein. Troller hörte mit bangem Herzen, wie es Jane ergangen war, und war noch einmal erleichtert über Franks Rettungstat. Dann musste er den beiden vom Club erzählen, von Daniel Iversen, von den CIA-Leuten und von den unbespielten Rohlingen, die er ihnen angedreht hatte. Und während er dies alles noch einmal Revue passieren ließ, fiel ihm auf, dass Frank und Jane nebeneinander auf der mit dunkelgrünem Leder bezogenen Bank saßen und er ihnen gegenüber auf einem einzelnen Stuhl. Und als er genauer hinschaute, sah er, dass ihre Hände ineinander verschränkt waren wie die Hände zweier Liebender.

# Epilog

»Sarah?«

Keine Antwort.

»Sarah!«

Wo steckte die denn wieder? Im Wohnzimmer waren ihre Sachen verstreut. Jacke, Schuhe, Schulmappe und das neueste *Wendy*. Wenn er etwas hasste, dann war es Wendy, aber er durfte es nicht sagen, weil Pferde nun einmal supertoll waren. Sie bekam jetzt auch Reitunterricht. Und natürlich wollte sie ein eigenes Pferd.

»Sarah, verdammt noch mal!«

Er fand sie in ihrem Zimmer vor dem Computer, Kopfhörerbügel über den gelockten Haaren, und wahrscheinlich wieder dabei, Musik herunterzuladen. Er musste ihren Kredit begrenzen. Apple verdiente ein Vermögen an ihr.

Er versuchte, möglichst wenig von all dem Zeug kaputtzutreten, das auf dem Fußboden verstreut herumlag, in einer rätselhaften Ordnung, die man früher Chaos genannt hätte.

Sie drehte sich zu ihm herum, nahm die Kopfhörer ab und reichte sie ihm voller Begeisterung hin. »Hör mal! Hab ich gerade runtergeladen.«

Es war irgendwas von *Tokio Hotel*. So gut kannte er sich inzwischen aus.

»Wie findest du es?«

»Hat Jane angerufen?«

»Ja. Wie findest du es?«

»Und wann kommt sie?«

»Nun sag doch mal.«

»Wann?«

»So um vier. – Und?«

»Ganz nett.«

»Ganz nett!!? Das ist total super-extrem-klasse! Sensationell!«

Er musste lachen. »Sensationell« war ein Zitat. Der kleine Drahtige aus der Enoteca unten im Haus sagte es immer. Sie gingen jetzt fast täglich in den Laden, auch wenn sie nichts kauften. Sie waren ja jetzt Nachbarn. Als die beiden Weinhändler ihm vor zwei Monaten davon erzählt hatten, dass diese Wohnung im Dachgeschoss frei werden würde, war er sofort zur Hausverwaltung gerannt. Fünf Zimmer, eine riesige Wohnhalle mit integrierter Küche, eine große Südwestterrasse und ein Blick über die Dächer – sensationell!

Er ging zurück ins große Zimmer und hörte den Anrufbeantworter ab. Siebenundzwanzig Anrufe, nur heute!

»... wollte ich Sie bitten, mir mit ein paar Details aus Ihrer Kindheit ...« Schon gelöscht. Er lieferte ihnen keine biographischen Details. Niemandem. Weder von sich noch von Daniel. Was hatten die Leute nur immer mit der Biographie?

»... haben wir eine Diskussionsveranstaltung geplant, bei der Sie unbedingt teilnehmen müssen. Also rufen Sie bitte ...« Danke, gelöscht. Befehlston bitte nicht mit mir.

Der nächste Anrufer war sein Verleger. Wann denn endlich das Manuskript fertig sei. Noch ein solcher Anruf, und er würde den Verlag wechseln. Was sollte diese Drängelei?

Danach hatte jemand von einer Talkshow angerufen, drittes Programm. Und so ging es weiter. Troller löschte Anrufe oder notierte sich Telefonnummern und Stichworte, wenn er zurückrufen wollte. Er fällte die Entscheidungen schnell, instinktiv, routiniert.

»Troller?«

Er war gerade beim vorletzten Anruf. Der Präsident der Berlin-Brandenburgischen Akademie. Bitte an einer Podiumsdiskussion über Hirnforschung teilnehmen. Anschließend Wein und Häppchen.

»Troller!«

»Was ist denn?«

»Du hast gesagt, wir gehen heute noch zum Potsdamer Platz.«

»Ja, mal sehen.«

»Nicht mal sehen. Du hast es versprochen!«

»Also gut.«

»Und wann?«

»So um fünf.«

Sie schaute auf die Uhr. Er auch. Es war kurz nach vier.

Es klingelte.

Er ging in den kleinen Flur, drückte auf den Summer, öffnete die Tür und hörte, wie der Fahrstuhl surrend höher kam. Die Fahrstuhltür klappte auf, dann wieder zu, und jemand begann, die letzten paar Stufen zum Dachgeschoss hinaufzusteigen.

Sie trug keinen Mantel. Es war Mai, warm genug. Sie trug eine weiße Hose, ein schwarzes T-Shirt und darüber eine sandfarbene Leinenjacke. Sie sah umwerfend aus.

Er umarmte sie, roch ihr Parfüm. Opium.

Er dachte, ich werde sie nicht mehr loslassen.

»Hast du einen Kaffee?«

Sie gingen in die Küche, die in das große Wohnzimmer integriert war, genauso wie in Janes Wohnung am Viktoria-Luise-Platz. In ihrer ehemaligen Wohnung. In der Wohnung, die bis zum Ende des Monats offiziell noch ihr gehörte. Aber sie war nie wieder dahin zurückgekehrt. Nur um ihre Sachen auszuräumen.

»Schlüsselübergabe perfekt?«, fragte er, als er ihr den Espresso hinstellte.

»Gerade erledigt«, sagte sie.

»Wehmütig?«

»Ein bisschen.«

Sein Handy klingelte. Er holte es heraus, sah auf dem Display, dass es Hebold war, klappte es auf und sagte: »Kann ich dich in einer halben Stunde zurückrufen?«

»Hast du von der neuesten Attacke gegen dich gehört?«

»Nein, will ich auch nicht. Nicht jetzt. Ich rufe zurück.«

Er wartete nicht auf Hebolds Reaktion. Er klappte das Handy einfach wieder zu.

»Was ist?«, fragte Jane.

»Sie schießen immer noch gegen mich«, sagte er. »Der Club. Sie wollen mich jetzt verklagen. Weil ich sie ausspioniert und ihre interne Diskussion an die Öffentlichkeit gebracht habe. Erst haben sie den Propagandafeldzug gegen mich gemacht, jetzt folgt der juristische Angriff. Aber ich werd's überleben. Und weißt du, was das Tolle ist? Ich hätte nie gedacht, wie viel Zustimmung ich ernten würde. Nie! Aus aller Welt. Du müsstest dir mal die E-Mails angucken, die ich bekomme. Sensationell.«

Sie lächelte verhalten über das Sensationell. »Und wie geht's mit Sarah?«

»Chaotisch. Aber schön.«

»Zeigst du mir die Wohnung?«

Er führte sie herum. Er war stolz darauf, endlich eine richtige Wohnung zu haben. Er war stolz und glücklich, mit Sarah zusammenzuwohnen. Und es tat immer noch weh, dass Jane ihn verlassen hatte. Es würde immer weh tun. Immer. Schon jetzt nicht mehr so sehr wie vor zwei Monaten; in einem Jahr nicht mehr so sehr wie jetzt; aber eine Narbe würde bleiben. So wie bei den Leuten, deren Narben schmerzten, wenn ein Gewitter aufzog.

»Schön hast du's hier«, sagte Jane.

»Ich weiß.«

»Erinnert mich an meine Wohnung. Meine Ex.«

»Mich auch.«

»Also. – Ich muss los.«

Er begleitete sie zur Tür, umarmte sie noch einmal und wollte sie auch jetzt kaum loslassen.

Jane war glücklich und traurig zugleich, als sie im Taxi saß und sich zum Flughafen fahren ließ. Sie war glücklich, dass es Troller gutging. Natürlich tat es ihm weh, dass sie jetzt in London lebte, aber er war so aufgeblüht, so viel jünger geworden, wie es schien, so viel aktiver und so viel – ja, was war das? – stimmiger. Dieses immer ein wenig Bedeckte, leicht Depressive, war wie weggeblasen. Er war nicht gerade ein anderer Mensch, aber einer, der befreit wirkte, gelöst, angekommen.

Beinahe beleidigend, dachte sie. Jetzt, wo ich weg bin, blüht er auf. Aber deswegen war die Zeit mit ihm ja nicht schlecht gewesen. Nein, ganz und gar nicht. Nur dass sie jetzt zu Ende war. Weil sie sich in Frank verliebt hatte? Aber warum hatte sie das getan?

Vielleicht war das die falsche Frage. Sie dachte an einen Song von Van Morrison, in dem es hieß: »It ain't why, why, why – it just is.«

Sie freute sich auf ihre neue Wohnung am Sloane Square. Sie freute sich auf ihr neues Leben.

Es war ihr egal, dass einige ihrer Kolleginnen den Kopf darüber schüttelten, dass sie jetzt mit einem SUN-Journalisten zusammenlebte. Frank hatte die Braintech-Story groß aufgemacht und viel Erfolg damit geerntet, Festanstellung inklusive. Und er hatte ihr ein seltsames Geständnis gemacht. Sein Vater, hatte er gesagt, habe immer die SUN gelesen, und daher sei es schon als Kind sein Traum gewesen, SUN-Journalist zu werden.

Das Taxi hielt vor dem Flugsteig. Der Taxifahrer gab ihr

die Reisetasche aus dem Kofferraum und wünschte einen guten Flug.

Ihr Handy klingelte. »Wann ist die Urteilsverkündung?«, fragte Bäumler. »Morgen?«

»Übermorgen.«

»Schaffen Sie es bis Dienstag?«

»Ja«, sagte sie. »Kein Problem.«

Sie standen in der Schlange vor dem Eissalon und warteten ungeduldig darauf, dass sie endlich drankamen.

»Was machen die denn bloß da vorne«, nörgelte Sarah. »So lange hat es ja noch nie gedauert!«

»Soll ich mal nachschauen?«

»Ja, und mach ihnen ordentlich Dampf!«

Er ließ Sarahs Hand los und ging an der Schlange vorbei nach vorn. Vom Tresen lösten sich, turmhoch gefüllte Eistüten in der Hand, ein elfjähriges blondes Mädchen in einer Jeansjacke und eine etwa fünfunddreißigjährige Frau in einer roten Lederjacke.

»Hallo«, sagte Troller, »lange nicht gesehen.«

»Sie können immer noch gestehen, dass Sie es waren, der das alles geplant hatte«, sagte sie mit ihrem wie immer etwas asymmetrischen Lächeln, der linke Mundwinkel höher gezogen als der rechte.

»Manchmal denke ich selbst, dass es so war«, sagte er eine Spur zu ernst.

»Das ist übrigens Carolin«, sagte sie, »und das ist der Herr Dr. Troller.«

»Troller reicht.«

Er gab Carolin die Hand und jetzt auch erst der Kommissarin.

»Wo ist Ihre Tochter?«, fragte sie. »Ich nehme nicht an, dass Sie allein hier Eis essen gehen.«

»Steht Schlange. Wollen Sie sie kennenlernen?«

Er stellte ihnen Sarah vor. Und umgekehrt.

»Ich hab Sie schon im Fernsehen gesehen«, sagte Sarah zu Rita Graf. »Und wen jagen Sie jetzt?«

»Dienstgeheimnis. Aber wir müssen weiter. Alles Gute für Sie beide!«

»Für Sie auch«, sagte Troller und ließ sich von Sarah nach vorn ziehen.

»Nun hör doch mal auf, hinter der herzugaffen«, sagte Sarah. »Wir sind gleich dran.«

Und dann begann die gewohnte Diskussion über die Eissorten, die sie bestellen würden.

# Nachwort des Autors

Ich bin gefragt worden, wo in diesem Roman die Grenze zwischen Fiktion und Fakten verläuft.

Die generelle Antwort lautet: Personen und Handlung habe ich frei erfunden, die Fakten habe ich recherchiert. Ich bin aber gern bereit, meine wichtigsten Quellen zu nennen. Vielleicht haben Sie ja Lust, sich genauer zu informieren.

– Die Buchpräsentation *Intervening in the Brain*, zu der Troller im 6. Kapitel geht, fand am 2. Mai 2007 am beschriebenen Ort statt. Der Film des belgischen Professors wurde dort gezeigt.

– Über Ted Kaczynski, den Unabomber, erfahren Sie mehr in Lutz Dammbecks Buch *Das Netz – Die Konstruktion des Unabombers*, in dem auch das Manifest von Ted Kaczynski abgedruckt ist.

– Zum Stand der Hirnforschung in Bezug auf *Gedankenlesen* gibt es seit Anfang 2008 ein gutrecherchiertes Buch mit diesem Titel. Autor ist der Journalist Stephan Schleim, der sich schon länger mit diesem Thema beschäftigt. Für mich kam das Buch zu spät, aber ich kannte mehrere Artikel des Autors. Das Buch informiert z. B. über Lügendetektoren, sowohl über die klassischen als auch über Lügendetektion mit dem Hirnscanner. Auch der Gedankenlese-Wettbewerb, den ich in Kapitel 28 erwähne, kommt darin vor. Dabei ging es darum, anhand von Hirnströmen zu erkennen, welche Filmbilder eine Testperson gesehen hat. Der Preis wurde im Juni 2006 auf der Human-Brain-Mapping-Konferenz in Florenz vergeben.

– Die Kombination von Waterboarding-Folter und Lügendetektion mit dem Hirnscanner, von der Laurenz Block im 15. Kapitel spricht, habe ich erfunden. Es scheint aber leider kein allzu weit hergeholter Gedanke zu sein. Bereits im August 2002 begannen Verhaltensforscher im Auftrag des FBI damit, Al-Kaida-Gefangene in Guantanamo Bay zu befragen. »Es ist ziemlich unwahrscheinlich, dass es sich bei diesen sogenannten Interviews bloß um nette Gespräche bei einer Tasse Tee handelt«, schreibt Jonathan D. Moreno im American Journal of Bioethics, November 2003 (»Detainee Ethics: Terrorists as Research Subjects«).
– Was die Menschenexperimente der CIA auf der Suche nach dem »Manchurian Candidate« betrifft, so ist nichts von dem, was Pit Kern oder der falsche Krauthammer dazu ausführen, erfunden. Nachzulesen bei John Marks *The Search for the Manchurian Candidate* oder in dem Buch der ZDF-Journalisten Egmont R. Koch und Michael Wech mit dem Titel *Deckname Artischocke – Die geheimen Menschenversuche der* CIA.
– Über die monströsen Pläne des Pentagons bzw. seiner Forschungs-Agentur DARPA, alle verfügbaren Daten über alle Menschen dieser Erde zu sammeln und zu speichern, berichtete Ulli Kulke in der *WELT* vom 24. Oktober 2003 unter der Überschrift: *Das wachsame Auge des großen Bruders.*
– Was die One-World-Verschwörungstheorie betrifft, so nennt Kowalski seine Quellen im 32. Kapitel selbst.
– Die Informationen über Walter Freeman und sein *Lobomobil* habe ich vom Wikipedia-Stichwort »Lobotomie«.
– Unter der Überschrift »Microsoft reklamiert das Gedankenlesen für sich« berichtete Spiegel-Online am 25. 10. 2007 über einen Patentantrag von Microsoft für ein Verfahren, das eine direkte Verbindung von Hirn und Computer herstellen soll, mit dem Ziel, das Computersystem »zu informieren, wie

es sich anpassen kann, um dem Nutzer bei der Erfüllung seiner Aufgaben zu helfen«.

– Den Club habe ich natürlich erfunden. Zu meiner großen Überraschung fand ich aber eine harmlose Variante des Clubs im Internet. Unter dem Motto »Beyond Belief« wurde im Salk-Institut in La Jolla bei San Diego vom 5. bis 7. November 2006 eine Konferenz von namhaften Wissenschaftlern und Philosophen abgehalten, die sich Gedanken darüber machen, wie man der Welt die Religion austreiben könnte. Sie können sich sämtliche Vorträge im Internet ansehen (http://thesciencenetwork.org/BeyondBelief/watch/). Ich habe mich für das Club-Treffen in diesem Buch der Vorträge von Richard Dawkins (»Gotteswahn«), Patricia Churchland (»Prairie vole und Montane vole«) und V. S. Ramachandran (»Gott wohnt in den Schläfenlappen«) bedient. Vor allem der Letztere ist ausgesprochen unterhaltsam.

– Die Ausführungen des Philosophen Piet van Dijk gehen natürlich auf Peter Sloterdijks umstrittenen Vortrag »Regeln für den Menschenpark« zurück.

– Bei den Schauplätzen habe ich mir gelegentlich kleinere Freiheiten erlaubt. So steht z. B. der HiFlyer im 5. Kapitel noch an seinem ursprünglichen Ort. Aber in der Regel stimmen auch die Schauplätze mit der Wirklichkeit überein.

# Danksagung

Ich danke meinem früheren Verleger und jetzigen Agenten Vito von Eichborn für die wiederholte Ermutigung, für seine kritischen Fragen und seine konstruktiven Ratschläge.

Dr. Diana Djouchadar und Dr. Georg Ebersbach haben mir bei der Gestaltung des Mörderhirns mit fachlichem Rat geholfen. Ich hatte übrigens nicht erwartet, dass die Frage: »Welcher Hirntumor erlaubt die Prognose, dass der Patient unter Ageusie leidet?« so schwer zu beantworten sein würde. Umso mehr danke ich Frau Dr. Djouchadar dafür, dass sie so viel Zeit darauf verwendet hat, eine Lösung zu finden.

Cornelia Kruse danke ich für einen Grundkurs in Russisch-Deutsch; Diethelm Kaiser für guten Rat in der Anfangsphase; Florian Bleisch dafür, dass er mir den Wissenschaftsjahrmarkt im ICC gezeigt hat; und Peter Platt für die Beratung in Rechts- und Polizeiangelegenheiten.

Die Arbeit mit Lothar Strüh war außerordentlich fruchtbar. Ich danke ihm für sein gewissenhaftes, engagiertes und kreatives Lektorat.

Ganz besonders hervorheben möchte ich zu guter Letzt die Hilfe von Ursula Anders und Simon Brückner.

Ursula hat als meine Erstleserin (leider nicht immer ein Vergnügen!) oft schon die Spreu vom Weizen getrennt. Bei der Schlussredaktion sorgte sie an wesentlichen Stellen für mehr Klarheit. Ihrem sicheren Urteil verdanke ich viel.

Den Filmemacher Simon Brückner habe ich um Rat gebeten, als ich mich ungefähr auf halber Strecke festgefahren hatte. Er hat meine Arbeit seitdem kontinuierlich begleitet. Seine philosophischen und psychologischen Kenntnisse sowie sein feines dramaturgisches Gespür waren eine große Hilfe.

Für Fehler und Unvollkommenheiten des Romans bin selbstverständlich ich allein verantwortlich.

Jo Nesbø

**Der Erlöser**

Kriminalroman

ISBN 978-3-548-26968-9
www.ullstein-buchverlage.de

Oslo im Weihnachtslichterglanz, ein kaltblütiger Mörder und ein Kommissar, dessen Leben aus den Fugen zu geraten droht. Harry Hole liefert sich ein atemloses Duell mit einem kroatischen Auftragskiller, in dem er einen ebenbürtigen Gegner findet.

»Ohne Zweifel der beste skandinavische Kriminalroman des Jahres.« *Anne Holt*

»Jo Nesbø schreibt nicht einfach Krimis – unter einem Epos macht er's nicht, und immer haben seine Geschichten gesellschaftliche Relevanz. Nebenbei lesen sie sich großartig.« *Brigitte*

JETZT NEU
Aktuelle Titel
Login/ Registrieren
Über Bücher diskutieren
Jede Woche vorab in einen brandaktuellen Top-Titel reinlesen, ...
... Leseeindruck verfassen, Kritiker werden und eins von 100 Vorab-Exemplaren gratis erhalten.
vorablesen.de